Наталия Терентьева

Редакционно-издательская группа «Жанры»
представлет книги

НАТАЛИИ ТЕРЕНТЬЕВОЙ

Наталия Терентьева

СТРАСТИ ПО МИТРОФАНУ

Издательство АСТ
Москва

УДК 821.161.1-31
ББК 84(2Рос=Рус)6-44
Т35

Серия «Там, где трава зеленее... Проза Наталии Терентьевой»
издается с 2013 года

Серийное оформление — *Андрей Ферез*
Иллюстрация на обложке — *Виктория Лебедева*

Все события и персонажи этого романа вымышлены,
любые совпадения случайны

Терентьева, Наталия Михайловна.

Т35   Страсти по Митрофану : [роман] / Наталия Терентьева. —
Москва : Издательство АСТ, 2016. — 416 с. — (Там, где трава
зеленее... Проза Наталии Терентьевой).

ISBN 978-5-17-095019-5

Обжигающая, чувственная история первой любви, первой
страсти, ошибок, кажущихся непоправимыми, острого разочарования, бессмысленного предательства.

Детство кончается, когда по-настоящему влюбляешься
или когда разуверяешься в своих первых, таких сильных чув-
ствах?

Два подростка из одной московской школы и двух совершенно разных миров влюбляются друг в друга. Оба — хорошие,
умные, красивые, талантливые. Но есть препятствие, и оно кажется непреодолимым...

УДК 821.161.1-31
ББК 84(2Рос=Рус)6-44

ISBN 978-5-17-095019-5

Крылья
сброшены на землю,
Мы больше никогда
не полетим на свет...

Сергей Трофимов

Глава 1

Митя вытянул ногу из-под одеяла и с сомнением посмотрел на свою пятку. Кажется, вчера она была меньше. Неужели он не замечал, что у него такая огромная, нелепая пятка, похожая на кость мастодонта? Вот какие были кости у мастодонта, интересно... Митя пошерудил рукой около кровати. Телефон, где телефон? Вчера он запихнул его под коврик, чтобы отец, войдя, пока он спит, не сразу нашел и не забрал. Да, здесь.

Набирать и смотреть, как точно выглядел мастодонт, Митя не стал. Он увидел значок сообщения. Она... Так улыбается на крохотном значке личного сообщения, что кажется — вот сейчас скажет важные, необыкновенные слова... Сладко затикало в груди, в животе. Что-то надо с этим делать. Это так хорошо и так тревожно. Отец вчера начал долгий разговор насчет мужской энергии, если правильно ей пользоваться, если уметь переводить ее в творческую, то можно... Но не договорил, даже ничего толком и не сказал, помешала мать, она всегда не вовремя приходит с работы. Они с отцом подмигнули друг другу и молча договорились продолжить разговор. У них времени скоро будет много. Впереди лето.

❖ Ты спишь?

Она написала это вчера, когда Митя играл в железных мишек. Классная игра, несложная и увлекательная. Они похожи на танки, когда лежат. А когда поднимаются — лениво, с трудом, ты оказываешься одним из них. Мощным, быстрым, страшным танком и медведем одновременно. Ты мчишься, сминая все на своем пути, сжигая, из тебя идет дым, ты дышишь огнем, у тебя огромные сильные руки, ты можешь сломать дерево, дом, легко подхватить и отбросить далеко здоровый внедорожник... Эх, жалко — урока такого нет, где можно было бы играть и получать высшие баллы.

И еще одно сообщение, две строки стихотворения. Странные, обжигающие, томительные, совершенно непонятные... «Дымы... От тех костров, где прошлое сгорело...» О чем это, о ком? Не о нем же, не о них. Разве есть — «они»? Отец вчера сказал — если девушка начинает проявлять к тебе повышенные знаки внимания, надо быть начеку.

— Митяй, вставай, раздолбай! — С обычной своей утренней присказкой отец распахнул дверь.

Дверь стукнулась об шкаф. Шкаф покачнулся. Отец выматерился — шутливо, не зло, всё, как положено, как начинается привычное утро. Хорошее утро, да, наверно, хорошее.

— Ну-ка, что там? — Отец резко отобрал у него телефон, который Митя попытался было запихнуть под одеяло. — «Ты спишь?» — это что такое? Это кто тебе пишет? Она, да?

Митя как можно небрежнее пожал плечами.

— Вроде...

Отец сдернул с него одеяло, слегка шлепнул по ноге, оттянул резинку его трусов, отпустил ее, та пребольно хлопнула сына по животу. Отец усмехнулся:

— Шевелится, когда думаешь о ней?

Митя мгновенно покраснел.

— Батя...

— Давай, вставай! — Отец теперь уже с силой толкнул его с кровати. — Лежишь... Отец давно уже встал. А мог бы спать, между прочим! Кашу варю тебе...

— Слышу... — Митя пошевелил ноздрями. — Не хочу кашу, батя...

— А что ты хочешь? Пирог с лангустом? Другой жизнью запахло? Поманили? Или что?

-- Нет, ничего не хочу...

Митя попытался проскользнуть мимо отца в дверь.

— Стоять! — Отец загородил ему дверь большим телом. — Смотреть на отца и отвечать!

— Что? — Митя заставил себя с огромным трудом посмотреть отцу в глаза.

Тот крепко обнял сына, прижал его лохматую голову к груди, поцеловал.

— Я же задал тебе вопрос.

— Можно я не буду говорить об этом, батя?

— Нельзя, сынок. Как же не говорить? А кому ты об этом еще скажешь? Кирюшке? Сене? Так они сами не знают ничего про себя. А батя тебе все о жизни объяснит, чтобы ты ошибок не делал.

— Мальчики, вы что тут застряли? — В дверь заглянула мать. Увидев, что муж обнимает растерянного сына, она встревоженно спросила: — Что? Заболел? Горло болит?

— Да ничего не болит, мам...

Воспользовавшись тем, что отец чуть отвлекся, Митя выскользнул из двери и побежал в ванную, побыстрее заперся там. Через пару секунд он услышал сильный стук в дверь и голос отца:

— Открой-ка!

— Сейчас, пап!

— Открывай, нечего запираться! У нас с тобой секретов нет!

— Батя, сейчас...

— Давай-давай, не раздумывай. Считаю до трех, не откроешь, хуже будет!

Митя открыл дверь, отец зашел в крохотную ванную и закрыл за собой дверь на щеколду.

— Умывайся, сынок, я здесь побуду.

Высокий, полноватый отец занимал все свободное пространство, которое оставалось между ванной, тумбочкой и старой стиральной машинкой, не работавшей уже полгода. Отец показал на кучу белья на полу:

— Устала наша мать все это стирать. Вот деньги получу, купим новую... Что ты замер? Умывайся, брейся... После уроков сегодня сразу домой, не задерживайся, ясно?

Митя смотрел в небольшое, помутневшее от старости зеркало.

— Ты знаешь, пап, что в зеркале у другого человека лицо всегда с правой и с левой стороны разное? У себя это не видишь, а у другого видишь...

— Ты что? — Отец сильно тряхнул Митю за плечо, так что у того клацнули зубы. — Головой двинулся? О чем ты?

— Нет, ни о чем...

— Да нет уж, договаривай, сынок. Значит, у меня лицо кривое?

— Не кривое, батя... Просто... Да ладно! Это я так.

В дверь постучала мать.

— Мальчики! — позвала она. — Вы там надолго не запирайтесь! Половина восьмого уже!

— Да-да, Марьянушка, мы быстро! — ответил отец и толкнул в спину Митю. — Тебе сказали, поторопись!

— Батя, ну выйди, пожалуйста... — Митя умоляюще посмотрел на отца.

— А то че? — усмехнулся отец. — Не рассмотришь себя как следует? Думаешь, что-то сильно за ночь изменилось? Сомневаюсь. Хотя... Если ты всю ночь с ней переписывался... Может, и заматерел слегка... Вон какой стоишь, весь взрослый... Ножищи расставил... Прям мужик почти... Переписывался?

— Нет.

— А если не врать отцу?

— Да нет, батя! Я спал ночью! И не взрослый я никакой...

Отец взял Митю за подбородок, потрепал, прижал к себе. Митя ощутил родной запах. Большой, грубый, родной батя... Самый любимый, самый близкий... Отец, как будто почувствовав Митины мысли, тихо проговорил:

— Никогда ни одна женщина не поймет тебя так, как я. Вообще не поймет. Ясно? И ни одна любить тебя не будет. Будет только пользоваться. А я тебя люблю.

— Я тебя тоже люблю, батя, — ответил Митя.

— Вот то-то же! А то, вишь ты, «Ты не спишь?» Спит он для тебя, девочка! Отдыхай! — Отец неожиданно громко прокричал в потолок.

— Да хватит там орать-то уже! — ответила соседка. — Встали... Артисты хреновы...

— Надо заделать дыру, — показал отец на вентиляционное отверстие, решетка с которого давно упала и потерялась. Рядом с отверстием по стене шла большая щель. — Займемся с тобой в воскресенье!

— Да, батя! — улыбнулся Митя.

В дверь снова постучала мать.

— Хватит шептаться, мальчики, каша уже подгорела!

— Ах ты, черт, — спохватился отец. — Отвлекаешь меня глупостями! Давай, брейся, — подтолкнул он сына. — Или, знаешь, что... Не брейся! Так лучше. Будет как у меня щетина... Скоро! — Отец поскреб свою почти седую щетину на подбородке, щеках.

Митя как зачарованный смотрел на отца. Вот повезло же ему. У кого еще есть такой отец! Сильный, красивый, талантливый, остроумный...

Когда отец вышел, Митя с сомнением посмотрел на несколько толстых коричневых волосков, которые росли над губой и на щеках. Кажется, это не очень красиво... Но раз отец говорит... Волосы... Надо спросить отца, стричь ли волосы. Тот плохого не посоветует.

Глава 2

— Элька, давай быстрей! — Лариса заглянула в комнату к дочери. — С нами выйдешь или не успеваешь? Что такое? — Мать увидела, что девочка стоит у окна, опустив щетку для волос и задумчиво перебирая пальцами края шторы. — Плохо себя чувствуешь?

Эля обернулась к матери.

— Плохо. Нет. Хорошо. Нормально, мам!

— И собираешься плакать? — уточнила мать.

— Нет! Ничего подобного. — Эля быстро собрала густые, слегка вьющиеся светлые волосы в хвост. — Все хорошо. С вами выйду, мам.

Лариса быстро подошла к дочери.

— Точно все хорошо?

— Да.

— А плакать о чем хотела? Скажешь?

— Нет, — та покачала головой и отошла от матери. — Ни о чем.

— Почему говорить не хочешь?

— Отцу расскажешь.

— И что? Он твой отец.

— Точно?

— Очень глупая и грубая шутка, Эля.

— Я на вас не похожа, мам.

— Зато мы на тебя похожи, дочка!

— Девочки! — не выдержал отец и заглянул в комнату. — Лара, ну что такое? Мы восемь минут назад должны были выехать из гаража.

— Всем помешала я, да, пап?

Отец поцеловал Элю в лоб и обнял жену, подтолкнув ее к выходу.

— Всем помешал я, но давайте доживем до воскресенья и там уж поговорим по душам.

— С вами поговоришь! — вздохнула Эля. — Ты что, в воскресенье производство остановишь, чтобы со мной поговорить?

— Нет, но...

— Вот и не обещай того, чего исполнить не можешь. Ага?

— Ага, дочка, — вздохнул отец.

— Я вообще не уверена, что я ваша дочь, — твердо сказала Эля теперь уже отцу. — Мы слишком разные.

— Слушай, разная, давай ты в школу сегодня не пойдешь, а? Поедем с нами. И поговорим.

— Не-а, — Эля отвела руку отца. — У меня пробное ОГЭ.

— О... что? — Отец попробовал все свести на шутку.

— Мне не о чем с тобой говорить, пап, не держи лифт, подвинься, не закроется так, из-за твоей мощной спины фотоэлемент скоро сломается.

— Эля! — Лариса беспомощно всплеснула руками.

— Да ладно! — засмеялся отец. — Смешно. Так почему тебе со мной не о чем говорить, дочка? Потому что у меня пятьдесят четвертый мужской размер? Я много съел булок собственного производства?

— Нет, потому что ты даже не знаешь, что я сдаю экзамены через две недели и что они называются ОГЭ.

— Теперь буду знать, — мирно ответил отец и насильно прижал дочь к себе. — Разрешают ходить в школе с таким вырезом? — Он попробовал застегнуть повыше блузку дочери.

— Отличницам разрешают! — вздернула нос Эля и расстегнула еще одну пуговку. — Я — лучшая, ясно?

— Но только не с нами, дочка, — вздохнула Лариса. — Ты хочешь поссориться, тебе так проще? Куда ты? Мы же на минус первый... Ты не идешь с нами в гараж?

— Я пешком в школу пойду, мам! Или на троллейбусе подъеду.

— Опоздаешь.

— Я же объяснила — мне можно, я лучшая.

Родители переглянулись и ничего не сказали.

— Что? Такие дружные, да?

— Элька, да что тебя просто раздирает сегодня?

Эля выразительно посмотрела на мать. Та больше ничего не сказала. Отец ничего не знает о Мите, по крайней мере, Лариса дала ей слово мужу не говорить. Почему Эля так на этом настаивала, она сама не понимала. Ей казалось — вот начнет отец расспрашивать, и все исчезнет. Ведь придется рассказать и о Митиной семье, главное — о его отце. И Федору, ее собственному отцу, вряд ли понравится вся та ситуация. Он будет против. А бороться еще и с собственным отцом у нее уже не хватит сил. Ей достаточно Митиного.

На самом деле опаздывать каждый день очень неприятно.

— Теплакова, ты что, лучше всех? — резко остановила ее Таисия, моложавая энергичная женщина с ослепительной улыбкой, никогда не сходящей с лица, даже когда та сердилась. Два года проработав в их лицее, Таисия сделала головокружительную карьеру от учительницы истории до замдиректора огромного учебного центра.

Эля взглянула на учительницу.

— Таись-Игнатьевна...

Нет, пожалуй, не стоит вступать с ней в спор. Испортит настроение на весь день.

— Я спрашиваю, почему опять опоздала?

— Проспала, — коротко ответила Эля.

— Пиши объяснительную.

— Хорошо, — мирно улыбнулась Эля.

— Не вижу ничего смешного! — стала заводиться Таисия. — Тебе смешно? Дисциплина у тебя хуже всех в классе!

Эля решила считать в голове до десяти, чтобы не отвечать Таисии на заведомую ерунду. Уж у кого, у кого, а у нее дисциплина... Опоздание — это такие мелочи в сравнении с тем, что делают некоторые ее одноклассники...

На счастье, дверь распахнулась, и с грохотом ввалились два друга, один из ее класса, второй из параллельного. За ними потянулся отчетливый запах табака и хорошего одеколона.

— Здрассьте, Таись-Игнать! — проорали оба и попытались проскользнуть через турникет мимо замдиректора.

— Стоять! — закричала та, на секунду забыв про Элю, и перегородила им проход обеими руками.

Дудукин, светлый энергичный подросток, с удовольствием врезался в необъятную грудь Таисии, сегодня обтянутую тонким ярко-фиолетовым шелком.

— Ух ты! — весело сказал он. — Таись-Игнать, это вы?

— Да ты что, Сережа, совсем уже? — Замдиректора двумя руками отпихнула Дудукина, который, врезавшись, так и остался стоять в совершенно неприличной близости к женщине.

Эля засмеялась. Второй подросток, Киселев, обернулся на нее и тоже засмеялся.

Бурая от негодования замдиректора набрала побольше воздуха и крикнула:

— Только с родителями в школу пущу! Всех!

— Таись-Игнать, — дружески начал Дудукин и снова придвинулся к учительнице. — А сейчас ч, мы с Элькой и Тёмой го в кинишко?

— Что ты говоришь? На каком языке ты говоришь? Какое кинишко? Что еще за «го»? Что за «ч»?

— Рванем, значит, в кинишко, вы же говорите — только с родаками пустите... А «ч» — это «шыто»...

— Дудукин!..

— А как? Родаки мои на работе... Вернутся только через неделю... Работа у них такая... В кино, а потом ко мне на хату двинем, да, Кисель, как?

Второй подросток неопределенно улыбался, Эля стояла и слушала разглагольствования Дудукина.

— Что ты несешь, что ты несешь, Дудукин? — Замдиректора беспомощно махнула рукой. — Быстро все в класс... Кинишко... Через неделю... О чем только думают родители... А эта... каждый день опаздывает... Смотрите на нее... Баллы она школе зарабатывает... Лучше бы не опаздывала... — приговаривая, Таисия быстро пошла к лестнице.

Дудукин подмигнул Эле:

— А ты ничё так сегодня... Сядешь со мной?

Эля выразительно скривилась.

— А ч? А ч? — Подросток стал подступаться к ней поближе, ненароком пытаясь обнять за талию.

— Дуда, руки убери, — спокойно сказала Эля. — Нич.

— Ладно, — неожиданно просто согласился Дудукин. — Правда выглядишь супер. И ваще так всё... просвечивает... Списать алгебру дашь?

Эля пихнула его кулаком в бок, на ходу открыла сумку, достала тетрадку, потом спохватилась:

— Как списать? Задание же было онлайн! Надо было решить и отправить!

— Вот черт! — расстроился Дудукин. — Двойку влепит...

— А тебе не все равно? — удивилась Эля.

— Мне? Нет. У меня лимит. Одна тройка. Или химия, или алгебра.

— А если две?

— В Англию не поеду. Не пустят родаки.

— А что ты там забыл, Дуда? — догнал их Киселев, все это время пытавшийся расстегнуть заклинившую молнию на ярко-зеленой ветровке, так и не расстегнул, шел сейчас в ней.

— Где?

— В Англии! Зачем тебе туда?

Дуда растерянно посмотрел на друга.

— Ну ч... Англия... Юнайтед Кингдом... Кисель, ты ч? Англия!

— Не, я в Англию не хочу. Ч там делать... Летом дождь, холод... Мне английский не нужен... На кой мне язык врагов... Мне лучше автомат...

Мальчики громко засмеялись и стали стрелять друг в друга воображаемыми автоматами.

— Ну кто же так орет в коридоре? — высунулась из кабинета математичка. — А, родные все лица. Веселые, приятные. Заворачивайте на огонек. Дудукин, не хочешь задачки пощелкать? Как раз тебя ждем.

— Ага, — с неохотой улыбнулся подросток. — Эль, давай двигай первая...

В соседнем классе была открыта дверь, и Эля увидела знакомую лохматую голову. Митя что-то писал, сидя на третьей парте, у окна, подперевшись другой рукой. Словно почувствовав ее взгляд, он поднял голову. Да, стоило поругаться с родителями и опоздать, напоровшись на Таисию, чтобы увидеть этот взгляд и эту улыбку. У Мити есть две улыбки, одна — для учителей и для всех остальных. Вторая — для нее. Он редко так улыбается, но если уж улыбнется, можно даже словами ничего не говорить. Она замерла на секунду, встретившись с ним глазами. Хорошо началось утро.

Дудукин увидел, что Эля замялась у дверей, подхватил ее под руку и силой втащил в класс.

— Здрассьте, Наталь Петровна! — весело проорал он математичке. — А вот и мы с Элькой! Таись-Игнать нас в кинцо гнала, да мы не пошли. Решили — на математику лучше! А у меня вчера комп вис, я задание не сделал!

Эля освободилась от цепкой руки Дуды и прошла на свое место. Подружки ее не было, поэтому Дуда тут же нарисовался рядом с ней.

— Садитесь, садитесь, — засмеялась математичка, как всегда бодрая и энергичная. — Таисия Игнатьевна, говоришь, вас в кино отправляла с утра?

— Ага... — уже менее уверенно кивнул Дуда.

— Ладно. А я попрошу тебя у доски помаяться. Давай-давай, иди.

— Я только со своей девушкой... Я без нее никуда... — Дуда попытался потянуть с собой и Элю.

Кто-то в классе фыркнул, но математичка лишь махнула на него рукой:

— Иди-иди, Серега, девушка твоя пока за партой посидит.

— Да что он говорит? — возмутилась Эля. — Какая девушка?

— Вот и я думаю, — засмеялась математичка. — Какая Дуде девушка? Нос не дорос.

— А нос тут не главное! — пробурчал Дуда, так, чтобы одноклассники слышали, а математичка — нет.

Но Наталья Петровна услышала и покачала головой:

— Вот язык без костей, а! А если я отвечу? Тоже будет ржа.

Эля увидела значок сообщения:

❖ Доброе утро! ☺

Посмотрела на задачу, которую дала Наталья Петровна, и решила сначала заняться математикой. Если начать переписываться с Митей, то задача уже станет неинтересной. Второй раз он писать не будет, надо его знать. Будет ждать и ждать, пока она ответит. Наверно, это не очень мужское качество... Трудно разобраться. Можно попытаться поговорить с матерью... Но Митя ей не очень понравился. Она видела его один раз, мельком, и не понравился. Она прямо не сказала, но Эля почувствовала. Митя как раз от растерянности стал улыбаться той самой улыбкой, ненастоящей, старательной.

Дуда вернулся на место, ничего не решив и совершенно не расстроившись.

— Накрылась твоя Англия, — сказала Эля, чуть отодвигаясь, потому что подросток сел к ней слишком близко.

— Ну и ладно! — улыбнулся Дуда и снова пододвинулся к Эле. — По химии четыре получу. Или не получу. И не поеду. С тобой в лагерь поедем, да? В развивающий... Меня родаки отправить хотят. Будем развиваться, да, Эль? — Дуда игриво засмеялся, хлопая ресницами.

Эля скривилась.

— Дудукин! — крикнула Наталья Петровна. — Отстань от Теплаковой! Сам не решаешь и ей не даешь! А она должна баллы школе принести на экзамене, раз уже мальчики у нас такие.

— Мальчики у нас ого-го! — бодро ответил Дудукин, постучав себя по груди. — Нравятся мои духи, Эль?

Эля только покачала головой, продолжая решать.

— Значит, нравятся, — уверенно сказал Дуда. — Мне тоже! Брутальные! Ну ч, го со мной в лагерь? В Сочи...

— Дуда, да что ты завелся с утра? — удивилась Эля. — Какой лагерь? Я в лагеря не езжу...

— А со мной? А в Сочи? Шашлик, го-ори, гарячий друг, тёплий море...

Эля сбросила его руку под столом, которой он пытался ухватить ее за коленку.

— Это ч, твоя нога, Элька? Какая гладкая... Ты ч, без колготок? Во даешь...

— Да уйди ты, пожалуйста!

— Это не я, это море плещется у ног... тёплий-тёплий...

— Придурок...

— Не могу, у меня гормональный выброс...

Эля вздохнула.

— Ну а я тут при чем?

— В твою сторону выброс... Го в кинцо вечером?

— Не го, Дуда. Вечером у меня музыкалка.

— А завтра?

— Завтра танцы.

— Танцы... Вот почему у тебя ноги такие сексуальные... М-м-м... секас-шмекас...

— У меня нормальные ноги, Дуда, если не заткнешься, я пересяду.

— Я с тобой...

— Ты меня утомил, Дуда! — прокричала Наталья Петровна и показала ему кулак.

Дудукин послал математичке воздушный поцелуй, скосив глаза к носу, и сделал вид, что пишет в тетрадке.

— Слушай, — негромко спросила его Эля. — А как же Ленка? Ты же с ней недавно в кино ходил?

— Ты все про меня знаешь? — удивился Дуда.

— Да кто ж этого не знает! Она всем рассказала... Как ты там отжигал... — проговорила Эля и попыталась все же решить задачу. Лучше бы она Мите ответила на сообщение. Все равно ничего не решается, когда рядом сидит Дуда и горячими руками то и дело хватает ее за коленки, за руки, ненароком приваливается. — Еще раз дотронешься до меня, я уйду, ясно? Вообще из класса уйду.

— Не уйдешь, — разулыбался Дуда, но руки убрал. — Давай решать вместе, в одной тетрадке.

— О господи, за что мне это? — вздохнула Эля. — Ну что за человек!

— А Ленка мне надоела, — довольно громко ответил Дуда, так, что услышали те, кто сидел впереди. — Ревнивая очень. И приставучая. И ноги у нее кривые. И волосатые.

— Ну ты гад, Дуда, я же помню, как ты за ней усвистывал!

— Было-было-было, да прошло! — напел вполне музыкально Дуда. — С Ленкой это просто зигзаг был... Шоссе-дублер... Мне вообще-то высокие нравятся, и чтобы волосы такие... как у мулаток... только не темные... А в нашей школе одна такая. Что же мне делать?

— Посмотри в соседней! — посоветовала сидящая впереди Соня, София, восточная девочка с огромными светло-карими глазами и копной медно-рыжих волос.

— Разыберусь сам! — с сильным акцентом ответил ей Дуда. — Разылюбил адыну, палюбил другую!

— Дети, ну какие же вы сволочи! — не зло сказала Наталья Петровна. — В частности Дудукин.

— Всё, всё, Наталья Петровна! — примирительно поднял обе руки Дуда. — Сейчас Элька все решит. Я замолчал! На... — Он посмотрел на свои большие модные часы, — двадцать две минуты. Она вам все решит за это время.

— Себе что-нибудь реши пока!

— Я сегодня не могу... У меня сегодня гормоны... — Дуда откинулся на спинку стула.

— Жаль, что такому красивому мальчику совсем не дали мозгов, — вздохнула математичка. — Румянец, волосы хорошие, фигура... А мозгов нет.

— Это ч? Про меня? — удивился Дуда. — Мне мозгов хватает. И я еще футболом занимаюсь.

— Посиди заткнувшись, футболист, хорошо? — попросила математичка. — Меньше мячом об башку стучать нужно! У тебя есть двадцать две минуты! Не решишь — кол. И ты его не исправишь никогда!

— Бе-е-е... — тихо ответил ей Дудукин и положил голову на Элино плечо. — Я так посижу, хорошо? С тобой моим гормонам спокойнее.

Эля толкнула товарища, не рассчитав сил, он упал со стула.

— Вот, Наталья Петровна, почему я решить ничего не могу... — сказал, приподнимаясь с пола, весь красный Дуда.

— И почему, Дудукин?

— Потому что меня девочки слишком любят, понимаете?

— Ну ты вообще... — покачала головой Эля, взяла свои вещи и пересела на последнюю парту.

Дудукин взял сумку и поплелся за ней, на ходу дав оплеуху паре своих приятелей.

Наталья Петровна только развела руками:

— Что мне, матом на вас заорать?

— Не надо, Наталья Петровна, — рассудительно посоветовала София. — Запишет кто-нибудь, в «Подслушано мой район» выложат. Стыда не оберешься, проверка придет...

— И то верно, — вздохнула математичка. — А до конца урока уже ничего не осталось, все время Дудукин съел. Кол.

— За что? — взвился Дуда. — Я уже минуту как молчу!

— Странные вы люди, — неожиданно серьезно сказала математичка. — И не дети уже, и совсем не взрослые.

— Мы — новые взрослые, — объяснила Эля. — Это так называется. Психологи выяснили уже.

— Да? И чего же вы хотите?

— Это очень неприлично спрашивать! — тут же выскочил Дуда. — Запретная территория личности!

— Помолчи, личность! — махнула на него рукой Эля. — Играть хотим. Это самое главное. У нас мир другой, понимаете?

— Нет. Но постараюсь понять.

— Нич она не поймет, — пробубнил Дуда. — Как я уже устал. Только день начался... Может, правда, мотанем в кинцо, а, Эль?

София, сидящая впереди, обернулась и с интересом посмотрела на Элю.

Эля растерянно подняла глаза на приятельницу.

— Что?

— Да ничего. Интересно просто. Как ты пацанами вертишь. То один, то другой.

— Это ч за другой? — завелся Дуда. — Ч за другой? Кто у нее?

— Глаза открой! — засмеялась София. — Только свой пупок видишь!

— А ч? А ч? Это кто еще такой? — Дуда стал активно вертеть головой. — А! Понял! Волоконский, что ли? — Он свистнул, ловко кинул острый карандаш и попал в спину Косте Волоконскому, высокому хрупкому мальчику, который сидел впереди в среднем ряду. — Не обломится тебе ничего, понял? Тощий слишком! Не дворянин ты! Буква у тебя лишняя одна, Костян! Волокуша!

Костя обернулся и молча посмотрел на него.

— Глаза красивые, правда? — громко, на весь класс, прошептала Софья Эле. — Мне вообще-то голубоглазые не нравятся, конечно...

Эля в отчаянии закрыла уши руками.

— Слушайте, ну лучше бы я спала дома! Пользы больше бы было! Ну какие глаза! Какая лишняя буква... Волокуша... Голубые глаза... Кинцо... Что за бред?

— О ком она говорит? — Дуда придвинулся к Эле и крепко обнял ее, несмотря на все попытки девочки сбросить его руку. — Какой другой?

На счастье прозвенел звонок, и Наталья Петровна решительно сказала:

— Вон все из класса, мне к завучу нужно срочно, кабинет закрываю. Давай-давай, Дудукин, двигай ногами. Даром что выросли вон длинные какие...

— И накачанные, Наталь Петровна! Хотите, прыгну с места к вам на стол?

— Уйди вон, Дудукин!

— А кол уберете?

— Уберу, уйди только! — засмеялась математичка. — Вот народ, а... Новые взрослые они... Штаны научитесь застегивать сначала! Взрослые...

Эля побыстрее вышла из класса. Митя — в соседнем кабинете, сейчас тоже должен выйти.

— Погодь-ка! — Дуда в два прыжка догнал Элю, пихнув по дороге Костю. — Пошел вон отсюда, теперь во-он туда... Эль, Эль, так как насчет кинца?

— Никак. — Эля стукнула его сумкой, и в это время как раз из соседнего класса вышел Митя.

Увидев крутящегося вокруг нее Дудукина, он вопросительно посмотрел на Элю и, не поздоровавшись, быстро спустился по лестнице на второй этаж. Соня внимательно наблюдала всю эту сцену и лишь усмехнулась. К Эле снова подошел Костя. Дудукин хотел с ним связаться, но увидел на другом конце коридора Киселева, заорал что есть силы: «Кисе-е-ель!» — и помчался к нему, расталкивая других учеников.

— У тебя ничего нет поесть? — спросил Костя, улыбаясь и покачиваясь из стороны в сторону.

— А у тебя? — Эля холодно посмотрела на товарища. — Ты голоден?

— Нет... просто...

— Просто он не знает, что у тебя спросить! — засмеялась Софья. — Я же говорю — то один, то другой, то третий.

— А ты не завидуй! — К ним подошла еще одна девочка, Таня, проспавшая первый урок, крепкая, среднего роста, в короткой юбке и длинной вязаной кофте, небрежно накинутой на блузку. — Я вот — свободная одинокая женщина и никому не завидую! Даже Эльке, хотя она со счета сбилась, сколько у нее парней. Вот у меня нет парня, и я не завидую!

— Оно и видно! — засмеялась Софья. — Что тебе не завидно!

— Да у меня тоже... — попробовала было поспорить Эля, но, увидев снова поднимающегося по лестнице Митю, замолчала и отошла в сторону.

Митя прошел мимо нее, нарочито отвернувшись. Эля быстро достала телефон и написала:

❖ Ты сердишься на меня?

Она увидела, как мальчик достал телефон, прочитал ее сообщение, начал что-то писать в ответ, но передумал и сунул телефон в карман. Софья, наблюдавшая за ними, подошла к Эле:

— Ревнует, да? Это очень хорошо...

— Ты ничего не понимаешь, — покачала головой Эля. — Все не так.

— Расскажи, может, я и пойму...

Эля посмотрела на подружку. Рассказать? Софья все выслушает, будет кивать, сочувствовать, а потом как-то само собой окажется, что это знают все. С преувеличениями и неожиданными трактовками. Очень хочется рассказать, очень хочется поделиться. Но с кем? С Таней — было бы естественнее всего, они дружат с четырех лет. И Таня почти умеет держать секреты. До тех пор, пока ее не укусит муха и Таня на ровном месте не поссорится со всем миром, включая Элю, и вот тогда уже она выскажет все, что знает. Самое тайное, самое сокровенное. Она и свое может сгоряча рассказать, а уж чужое... Так уже бывало не раз. Поэтому с ней тоже делиться ничем нельзя. А как бы хотелось кому-то рассказать обо всех своих сомнениях и противоречиях.

Костя снова подошел и так и стоял рядом, молча, смотря что-то в своем телефоне. Увидев, что Эля на него взглянула, он сказал:

— Дура!

— Сам дурак, — ответила Эля.

— Яблоки есть?

— Есть, но не дам.

— А курабье?

— Нет.

— А булочки с изюмом?

— Для тебя — нет.

— Значит, есть, — обрадовался Костя. — Дашь?

— Посмотрим. — Эля похлопала его по руке и в этот момент увидела Митю, бредущего по коридору в их сторону, совершенно не обращающего внимания на то, что происходит вокруг него. Митя смотрел только на нее. И опять рядом с ней мальчик, теперь уже другой, Костя. — Фу ты черт! — засмеялась Эля.

Увидев, что она еще и смеется, Митя резко развернулся и пошел в другую сторону.

— Булочку дашь? — Костя ненароком привалился к Эле.

— Да уйди ты ради бога! — толкнула она мальчика, тот покачнулся и не удержался на ногах, чуть не упал.

— Слушай, ты волейболом занимаешься, а такой слабый! — усмехнулась Софья.

— Я не слабый, я просто голодный...

— Он всегда голодный! — вмешалась Таня. — Элька, что сегодня принесла?

— Да ничего я не принесла, отстаньте! — Эля отмахнулась от товарищей. — Что вы, дома не поели, что ли!

— Капиталисты должны делиться своим богатством! — рассудительно сказала Софья. — У вас слишком много булок. Вам надо их раздать бедным.

Дети стали смеяться, Эля тоже — а как иначе? Отойти в сторону, обидеться? И быть одной? Ее друзья не такие плохие, бывает гораздо хуже. Никто из них не пьет, не курит, в подворотне после уроков не стоят, Таня собирается быть художником, Софья — психологом, Костя — дипломатом. И наверняка будут, все хорошо учатся, у всех нормальные семьи, не бедные, не богатые — нормальные.

— На третьей перемене поедим, ладно? — примирительно сказала Эля. Она слышала сигнал сообщения, но решила отойти в сторону, прочитать, чтобы не полезли Таня с Софьей.

❖ Я принес тебе диск Скрябина. Если хочешь, сама меня найди. ☺

Эля вздохнула. Наверно, мальчики тоже могут капризничать и обижаться. Только потом они станут мудрыми, великодушными, сильными и щедрыми, а пока они маленькие и слабые, и при этом очень хотят казаться сильными и взрослыми.

❖ Хорошо, Митя, найду.

Эля подождала ответа. Нет, конечно, он не ответит. Она решила не откладывать до следующей перемены, иначе весь урок ни он, ни она нормально учиться не будут.

Митя стоял у кабинета истории и разговаривал с двумя невысокими девочками. Ох, Эля слишком хорошо знала этих девочек, их знала вся школа. В каждом классе есть такие девочки, начиная с седьмого. Их видно издалека. Непонятно как, а видно. Они могут быть не накрашены, даже вполне скромно, никак одеты, а видно. То ли по взгляду, то ли по походке, то ли потому, что они редко ходят одни, обычно вместе с группой мальчиков.

Сейчас одна из девочек взяла ненароком Митю за локоть и поглаживала, поглаживала, что-то говоря, вторая смеялась и прислонялась к нему то боком, то ногой. А Митя разглагольствовал, как будто и не замечая, что девочки вовсе его не слушают, а только делают вид. До Эли донеслись обрывки фраз. Гиппиус... Мережковский... Он, что, издевается? Он рассказывает Тосе и Посе — так прозвали девчонок, одна из них Настя, другая Полина — о поэзии Серебряного века? Он бы еще им о Микеланджело рассказал или о Ростроповиче! Он ведь сейчас как раз о нем читает...

Наверно, ему все равно, кому рассказывать... Эля повернулась и пошла прочь.

— Подожди! — Митя, отлично видевший Элю, догнал ее. — Привет.

— Привет. — Эля остановилась. — Как дела?

— Превосходно...

Иногда от растерянности Митя начинает разговаривать высокопарным слогом, сам этого стесняется, но ничего не может поделать. Как будто в нем просыпается какой-то древний предок, который с утра запрягал коня, скакал по полям, потом возвращался к обеду, его ругал дворецкий: «Барин, ну что же вы, не завтракавши... И взмокли все... Идите, я вас переодену... И к обеду уже барыня ждет вас...» Именно такой, взрослый предок. Лет тридцати, а то и больше. Дворянский, холеный, живущий в эмпиреях, ничего не смыслящий в мирских делах...

Глава 3

Эля видела, как недобро зыркнули на нее девчонки, Тося и Пося, еще бы, Митя на полуслове взял и ушел. Эля знала, что они не успокоятся, особенно Настя Торчкова, она же Тося. Она сама придумала себе такое имя, назвалась так Вконтакте — Тося Литтл, может быть, потому, что в каждом классе было не меньше четырех Насть. Тося почти было уже добилась своего, а тут так некстати — Эля.

Ранней весной Тося пришла в Митин десятый класс из ПТУ, где у нее произошла очень неприятная история, и она решила вернуться в школу. В ее собственную, где она еле-еле сдала в прошлом году экзамены за девятилетку, ее не взяли, а взяли почему-то в Элин, вполне добропорядочный лицей, находящийся в топ-300 московских школ на почетном двести тридцать втором месте. Но не на восьмисотом же! В Москве — полторы тысячи школ.

Тося положила глаз на Митю. Сдружилась с Посей, водившей компанию с мальчишками из обоих десятых классов, веселую и азартную компанию. Пригласила Митю к себе в гости. Но не сама, а воспользовавшись тем, что один из парней, худой, темноволосый, бледный Деряев, так хотел сходить к ней в гости, все вился, вился около нее с самого первого дня, как она пришла к ним в класс. «Приходи, — усмехнулась тогда Тося. — Только не один. Одному неудобно. Приходи с... Митей. Поговорим о музыке. Он же музыкой занимается? Мне интересно». Деряеву ничего не оставалось, как начать уговаривать Митю.

Тот сначала удивился, отказался, но потом согласился. Деряев чего только не наврал — и что у Тоси дедушка знаменитый дирижер, и что девушка слышала, как Митя играет на виолончели, была просто сражена его игрой... Деряев надеялся, что Митя под любым предлогом уже придет вместе с ним к Тосе. А там уже Деряев не растеряется, Митю как-нибудь отправит на улицу, и сам останется наедине с Тосей. Потому что это то, чего ему больше всего хочется. Ребята рассказывают, что есть ради чего рваться к Тосе...

Все получилось немножко не так, как хотела Тося — она-то как раз рассчитывала, что отправит куда-нибудь навязчивого Деряева и останется одна с Митей, но пришел один Деряев. Он сидел и сидел, пил кофе чашку за чашкой, все обещал, что вот Митя придет, вот сейчас придет... А сам подкатывался к ней, подкатывался. Вовремя пришла мать с приятелем, Тося обманщика Деряева отправила домой, остыть немножко, позвонила сама Мите, но тот вежливо и уклончиво отказался прийти к ней один и наивно все ссылался при этом на своего отца, что мол «батя не разрешает».

Тося ни одному его слову не поверила, но планов своих завоевать Митю не оставила и уверенно рассчитывала на победу. Она привыкла с мальчиками добиваться своего. Если ей кто-то нравится — он будет с ней. Пока ей не понравится другой. И не важно, что она не выросла даже до среднего женского роста. Не в росте дело. И не в длинных красивых ногах. Не в глазах, не в фигуре. Дело совсем в другом. Мальчики это понимают и очень ее любят.

Сейчас ей мешала Эля, как никто и никогда. Но Тося знала, что у Эли нет такого оружия, как у нее. Тайного и мощного. Не было еще ни одного мальчика, который устоял бы против Тосиных чар. Вот так. Тося издалека показала Эле неприличный жест, тайком, чтоб не видел Митя.

Митя проследил за Элиным взглядом, но ничего не увидел, близорукость иногда удобна, не замечаешь многих неприятных вещей. Эля говорит, что ему идут очки, но ему самому так не кажется. Вся брутальность пропадает сразу. И батя очки не носит... В очках он совсем не похож на батю. А батя похож на Марлона Брандо, голливудского красавца, эталона красоты целого поколения. И в молодости был похож, и сейчас похож. Некоторые даже путают его, батя сколько раз рассказывал — пойдет он на рынок, и женщины, особенно старшего возраста, просто ахают, начинают у него автограф брать, а батя только улыбается, молчит — они думают, что тот по-русски ничего не понимает, еще больше радуются — точно, Марлон Брандо!

— Ты чем-то занята? — ревниво спросил Митя.

— Я с тобой разговариваю, — улыбнулась Эля. — Чем я могу быть еще занята сейчас?

— А куда смотришь?

— Тося ваша матерные знаки мне пальцами делает, Митя, вот я и смотрю! — в сердцах ответила Эля.

— Настя? Торчкова? Зачем?

Эля покачала головой. Все-таки мальчики ничего не понимают.

— Ты с ней встречался? Диск, кстати, давай, а то забудешь.

— Да, вот... — Митя протянул ей диск. — Вторую вещь послушай. Можно, конечно, в сети найти, но здесь такая запись чистая — Князев играет, он мастер.

— Спасибо.

— Ты что-то спрашивала... А... Я? С Настей Торчковой?

— Ну да, с Тосей.

— Нет, ты что! Я просто с ней гулял...

— Гулял? — удивилась Эля. — Ничего себе. Ты даже со мной не гулял.

— Мы втроем с Кирюшкой Деряевым гуляли.

— Вместе?

— Конечно, а что тут такого? Общались. Мы дружим.

Эля смотрела на Митю. Вот он верит сейчас в то, что говорит? Конечно, верит. Интересно, что он вкладывает в слово «дружим»?

— И никто из троих ни в кого не влюблен?

— Что? Слушай, ну почему ты хочешь сразу все опошлить?

Эля повернулась и пошла прочь. Нет, так невозможно. Этот странный дворянин тридцати пяти лет, прочитавший в своей жизни три куртуазных романа по-французски, который сидит в нем... Отчего Митя начинает вдруг так разговаривать? Он же учится в нормальной школе, не в коррекционной, и не в гимназии для одаренных детей, где приветствуется некоторая странность, часто сопутствующая гениальности... Почему он иногда бывает таким странным?

Митя, разумеется, догонять ее не стал. Лишь написал сообщение:

❖ Ты не права. Ты меня обидела.

Зато Элю тут же догнал Костя. Наверно, стоял неподалеку и смотрел, как она разговаривает с Митей Бубенцовым. Ревновал, сопел, стеснялся, сомневался в себе...

— Поедим? — спросил он. — Яблочко дашь?

— Вы не мальчики, — ответила ему Эля. — Вы принцесски!

Костя обернулся, ища глазами вокруг себя.

— Ты со мной разговариваешь?

— А с кем еще, Костя! Ну что ты, голодный?

— Да, — улыбнулся Костя.

— Сходи в столовую, поешь. Слышишь запах? Наварили там что-то, не продохнёшь.

— Нет, я с тобой лучше постою. Я же тебе нравлюсь...

Эля отпихнула Костю:

— Да ну тебя! Невозможно с вами! У меня усы скоро начнут расти и борода от общения с такими принцесски!

Костя, не понимая, что она имеет в виду, улыбаясь, так же шел рядом с ней по коридору. На всякий случай он потрогал свой подбородок, на котором утром сбрил несколько пробивающихся волосков. Борода... Почему Эля думает, что у нее начнет расти борода? Может быть, ее родители дают ей какие-то специальные витамины? Вон она какая сильная, красивая, здоровая... Может быть, борода — это побочный эффект от этих витаминов? Или в тесто добавляют... Их булки и хлеб такие вкусные, ел бы и ел...

Костя плелся рядом с Элей и слушал, как она его ругает. За что? Непонятно. Он же хорошо учится, матом не разговаривает, ничего плохого не сделал. Не поймешь девочек, чудные они.

Очень голова у них неправильно устроена. Даже непонятно, как Эля умудряется так хорошо учиться, лучше, чем он. Экзамены сейчас покажут, конечно, кто первый... Но Наталья Петровна почему-то ставку делает на Элю, которая вовсе не собирается поступать на математический. Делает ставку, потому что сама женщина, наверно. Если бы все учителя были мужчины, как раньше, как до революции было когда-то или в Древней Греции, школа была бы другая. Но вот захотели они учиться, и не только образование получать стали, а и сами учить. А как женщина может чему-то научить, если у нее голова неправильно устроена?

— Кость, ты слышишь, что я говорю? — Эля дернула его за рукав.

— А? Да, слышу.

— Что?

Костя улыбнулся.

— Слушай, а вот такие штуки... они сами у тебя получаются, или ты как-то делаешь их? — Он осторожно потрогал закрутившиеся концы Элиных волос.

— Вот ты даешь! Я тебе о беженцах говорю...

— О беженцах? — удивился Костя. — Я думал, ты меня ругаешь...

— Я тебя ругала, что вы до того заигрываетесь в свои пулялки, что ничего не соображаете, в реальность вернуться не можете.

— Не разговаривай, как старая тетя, — тут же ответил Костя.

— Я же говорю — твоя невеста учится в первом классе.

— Всё, отстань от меня! — обиделся Костя. — Не ходи за мной!

Эля засмеялась и обняла Таню, которая некоторое время уже шла рядом с ними.

— Во дают принцесски!

— Я же тебе говорю: я — свободная независимая женщина! — кивнула Танька. — И никто мне не нужен!

— Кроме Егорки и Ванечки, да, Танюха?

— Да ну их!

Девочки, смеясь, пошли в кабинет литературы. Костя, вздохнув и посмотрев на свое отражение в стекле на стенде, тоже зашел в класс. Ведь он красивый... Мама так говорит, на папу похож... И брекеты у него модные... Мама купила несколько комплектов цветных заклепок на брекеты, чтобы он красивым в школу ходил. И Костя подбирает заклепки. Сегодня — зеленые, потому что шнурки на ботинках ярко-зеленые, вчера вот были красные, потому что весь был строго одет — бело-черная гамма. И только брекеты — ярко-красные. Стильно же. Непонятно, почему Элька смеется, нарочно, наверно, чтобы он думал, что он ей не нравится. А зачем тогда яблоками и булочками его кормит? Не любила бы, ни за что бы свой завтрак с ним не делила.

Когда Эля ушла прочь от Мити, к нему тотчас же подбежала Тося.

— Ты классный... — сказала она без всяких предисловий. — Когда у тебя концерт в музыкальной школе?

— Вот только что был... Годовой... Я играл Моцарта, — растерялся Митя. — А что, ты хотела пойти?

— Конечно, хотела!— Тося расстроенно кивнула и погладила его по руке. — Моцарта играл, здорово... Какой ты необыкновенный... Какая рука красивая... Приятная кожа... Пальцы такие... Настоящий пианист...

— Вообще-то я играю на виолончели, — сказал Митя, аккуратно, чтобы не обидеть девушку, отнимая руку, неудобно все-таки, все смотрят вокруг. — Я тебе говорил, кажется, да?

— Да, ты говорил... Я помню... Конфету хочешь? — Тося быстро достала конфету из кармашка юбки, развернула ее и поднесла к Митиным губам. — Шоколадка немного расплавилась... Я теплая очень, шоколадка об меня согрелась... А у тебя губы красивые... Такие брутальные... — быстро и негромко продолжала девушка. — Сексуальные... Верхняя особенно...

Митя молча жевал конфету и смущенно слушал Тосю, не зная, что на все это сказать.

— Наверно, ты хорошо целуешься, да? — продолжала Тося.

— Н-не знаю... — ответил Митя, чувствуя, что говорит что-то не то, и вообще... ужасно неудобная ситуация. — То есть... Д-да...

— Покажешь?

— Что? — Митя почувствовал, что неудержимо краснеет, как дурак, как последний идиот.

— Как ты целуешься... Попробуем? Прямо сегодня... — совсем тихо, но очень внятно проговорила Тося. Никто не мог этого услышать. Со стороны могло показаться, что Тося стоит рядом с ним и просто улыбается.

— А... — Митя не знал, что ответить, а Тося ждала ответа. Нехорошо, когда девушка ждет ответа, а ты стоишь столбом и не знаешь, что ответить. — Я... Слушай, я хочу математику повторить...

— Я с тобой... — проворковала Тося и цепко взяла его под руку. — Куда пойдем? На диванчик?

На большом круглом диване у окна в холле уже сидели две парочки и несколько ребят. Ребята играли в телефон, а парочки обнимались. Митя дошел с Тосей до дивана, остановился, потом освободил свою руку, аккуратно, но твердо.

— Нет, знаешь, извини, я сейчас... просто не могу. Хорошо? Не обижайся.

— Я не обижаюсь, — сказала Тося и облизнула губы, медленно-медленно, самым кончиком языка, по кругу — верхнюю... потом нижнюю, и не закрывать рта потом, чуть выставляя вперед губы...

Обычно это действует на ребят. Простенькая такая уловочка, ничего особенного, а они начинают волноваться — плечи расправляют, гарцуют, стараются привалиться к ней, прикоснуться, начинают нести чушь, кровью наливаются, пунцовеют...

Тося видела, как это делает ее мать. Мужчины любят ее мать, не женятся, правда. Но кому нужны такие мужья? Нормальных мужчин у матери не бывает, потому что она неразборчива. А Тося — разбирается в мужчинах, тем более в мальчиках. Деряев ей не нужен, худой, болезненный, никчемный, странный. А вот Митя, хоть и тоже с некоторыми странностями, ей нужен. Из него точно что-то получится. Скорей всего, он будет известным музыкантом, ездить по всему миру... Она могла бы ездить с ним... Она видела сто раз по телевизору, как выходит звезда и его женщина — жена или подруга... В мягкой шубе, наглая, далекая, сама еще больше звезда, чем он, — потому что с ним, потому что он ее выбрал. Это дорогого стоит.

Да и дело не в том, кем он станет. Пусть сначала станет. Но с ним хоть приятно время провести. Кожа чистая, почему только прыщей нет — непонятно, у всех мальчиков прыщи, а у него нет, подбородок ровный, четкий, каштановые волосы мягкие, шелковистые, волос много, красивые, всегда чистые, так и хочется в них зарыться лицом, прижаться грудью, и руки изящные, а уж фигура...

Тося пару раз заходила в мужскую переодевалку до физкультуры, точнее, делала так, что ее туда затаскивали мальчики — хихикала, поддевала их, висла то на одном, то на другом, залезала, обвивая ногами, а они перегревались и тащили ее к себе. Тося же очень хотела посмотреть на Митю без рубашки и брюк. И она не ошиблась.

Мощные длинные ноги, уже как у взрослого мужчины, широкие ровные плечи, торс — как будто вылепленный, качается, наверно, грудь рельефная, прямо хочется ее потрогать... Как можно не желать близости с таким парнем? И Тося своего добьется, никакая Эля ей не помешает. Только что Тося видела, как они с Митей поссорились. А Тося ссориться не будет, ни за что. Потому что она четко знает, что ей нужно. И она знает, как сделать, чтобы Митя сам к ней пришел.

Митя на секунду замер, как зачарованный, глядя на Тосю. Раскрытый доверчиво ротик, розовый язычок, вся подалась навстречу ему... Конечно — улыбнулась про себя Тося — все замирают. Мальчики устроены очень просто — и тупые, и ботаны, и вот такие, как Митя — сложные, замудрёные, из другого теста, из другого какого-то мира, где Тося никогда не была еще. С Митей даже забавнее, интереснее, азарту больше. Какой смысл завлекать Деряева? С Кирюхой и так все ясно — что было, что будет. А с Митей вон как всё заворачивается. И гордячку Теплакову победить очень хочется. Так, чтобы побледнела, увидев Тосю с Митей, чтобы поняла, что проиграла. Ей досталось все — и рост, и богатые родители, и роскошные волосы, и хорошая светлая кожа, и длиннющие ноги, и ум — кому он только нужен, ее ум. Женщине не такой ум нужен.

— Я пойду, Тось, звонок... — Митя от неловкости не знал, куда девать руки. И ноги... — Математика...

— Жа-алко, что мы с тобой в разных группах... Ты у-умный... — протянула Тося, вкладывая в эти слова все, что хотела бы ему сказать.

И Митя услышал. Так внимательно на нее посмотрел, как будто пропустил какие-то слова. Как будто хотел еще что-то услышать.

— Я напишу тебе, — пообещала Тося. Она знает, как это сказать. И пообещать, и одновременно как будто неуверенно, спрашивая разрешения. — И ты пиши мне. Ночью, хорошо? Вконтакте.

— Да, да... — кивнул Митя и побыстрее пошел в сторону класса математики.

Когда он волновался, то начинал ходить с носка, широко разводя ноги. Это очень глупая походка, неловкая, смешная, но он ничего не мог с собой поделать, ноги сами шли враскоряку, как у потерянного, отсталого тюленя... Элька так его называет, когда он ходит на носках. Митя постарался идти нормально.

— Бубенцов, ты в порядке? — остановила его высокая полногрудая завуч.

Почему учительницы все такие толстые? Митя смотрел на Марину Тимофеевну, перегородившую ему путь. Ведь они целый день бегают, бегают — по коридорам, по лестницам вверх-вниз, носятся по классу, редко кто из учителей ведет урок сидя, поесть на переменах некогда, если они и приходят в буфет, там толком не поешь — сутолока, толкотня, шум, кто-то обязательно упадет, кто-то подойдет не вовремя с вопросами, просьбами...

— Митюша, зайчик, ты что? — Марина Тимофеевна положила полную белую руку ему на лоб. — Лоб вроде прохладный. Ну, что ты? — Она нежно погладила мальчика по выпуклой груди. — Слушай, ну как ты накачался, прелесть моя... Молодец, следишь за собой. Был такой упитанный зайка, а теперь — ну просто мачо, итальянец... Качаешься, правда?

— Немного, — смущенно кивнул Митя. — Полчаса в день.

— В тренажерный зал ходишь? — спросила Марина Тимофеевна и сама осеклась. Мальчик же из бедной семьи, ну какой зал, даже в школе тренажеры теперь после уроков платные.

— Я — дома, Марина Тимофеевна, мне батя турник повесил, из трубы сделал.

— Умница, Митюша, какой ты умница. — Марина Тимофеевна отвела волосы со лба Мити. — Ты хорошо себя чувствуешь? Растерянный какой-то... И лоб влажноватый вроде... Ты не заболел?

— Я — нет, все нормально... у меня математика сейчас...

— Иди, зайка, на математику, иди... У вас мой урок сегодня есть? Увидимся еще, есть урок, кажется...

Митя увидел в конце коридора Элю, вокруг нее бегал, припрыгивая, все тот же румяный, с высоко зачесанными белыми волосами... как же его фамилия... прозвище еще такое дурацкое... Дуда! Да, Дуда! Что ему от нее надо? Хотя какое Мите дело? Пусть Эля развлекается с кем хочет, раз она такая. Только что с ним разговаривала, а вот уже с Дудой смеется. Да ради бога!

— Что, Марина Тимофеевна? — перевел он глаза на учительницу биологии, которая все так же стояла близко-близко, так, что он чувствовал ее пряные духи. Не очень приятные. Или, наоборот, приятные. Он не разобрался пока. Слишком много впечатлений.

— Я говорю — ты здоров? Глаза потерянные... Хочешь, после этого урока зайди, я тебе чаю налью, мне такие конфеты принесли дети, закачаешься, с коньячком...

— Да, хорошо... спасибо... — выдавил из себя Митя. — С коньяком? В школе?

— Немного коньяка полезно для кровообращения! — засмеялась учительница. — Да и какой это коньяк, не настоящий! И потом — у нас же школа, а не монастырь для тех несчастных, кто жизнь разлюбил, правда? У меня урок как называется — био-логия! Изучаем жизнь! Во всех ее проявлениях!

А ведь она — хорошая учительница. Почему тогда она так глупо иногда смеется? Почти как девчонки из его класса и даже младше. Она вообще-то хорошая. Она ведет музыкально-театральный кружок, сама потому что любит петь и играть на гитаре, он пробовал туда ходить, но было скучно, выступать ему всегда стыдно — и с виолончелью, и со стихами, а тем более наряженным в костюмах.

Он однажды играл принца в «Золушке», сам себе совершенно не понравился, хотя имел большой успех у девочек. Это приятно, это жутко приятно, девочки потом несколько дней бегали вокруг него, прибавилось сразу заявок в друзья Вконтакте, кто-то писал ему, ставили лайки на фотографии, и всё крутились вокруг, крутились, хихикали, но когда он посмотрел запись короткого спектакля — они уложились в пятнадцать минут, придумали сокращенный вариант, потому что в кружке занимаются всего четыре человека, — ему стало плохо. Видеошок, так это, кажется, называется.

Он даже не мог себе представить, что он такой уродливый, так нелепо ходит, говорит таким странным, сдавленным голосом, что у него такие уши... трудно сказать какие, но какие-то неправильные. А нос — так вообще ужас. Откуда у него такой нос? У бати — обычный, у матери — тоже. Носы как носы. А у него — как у римского легионера. Не большой, нет, наоборот, аккуратный, но почему-то с небольшой горбинкой, такими широкими ноздрями... Ни у кого из родственников нет такого носа.

— Придешь на кружок еще в мае? Или как?

— У меня... — Митя замялся. Что соврать? Экзаменов в десятом классе нет. В музыкалке он уже дополнительный год учится, тоже экзаменов нет. Концерты все прошли...

— Приходи обязательно, и Иван Селиверстович так тебя ждет...

Митя любил второго руководителя школьного театра. Никто в школе не любил его, многие смеялись, из-за него-то и заниматься в кружке никто не хотел. А Митя — любил. Жалел и уважал одновременно. Ведь так может быть? Он видел, что никто не понимает Ивана Селиверстовича, никто не воспринимает всерьез, даже сама Марина Тимофеевна. А Митя видел, что это тонкий, очень несчастный человек, который мог бы так много сделать в жизни, если бы ему хоть чуть-чуть повезло. А ему не повезло. Так же, как его бате.

— Приду, — твердо сказал Митя. — Приду, Марина Тимофеевна. Передайте Ивану Селиверстовичу. Приду. Обещаю.

То, что Марина так в него влюблена, как девчонка, — а дураку ясно, что влюблена, — ему мешает. Приятно и мешает. Из-за этого он и ходить не хочет на кружок. И играть после «Золушки» ему уже не так хочется, и стыдно, когда Марина все подсаживается к нему, подсаживается, трогает его крупными белыми руками, касается полными коленками, обволакивает пряными духами, а уж когда наваливается огромной грудью, он совсем теряется, мгновенно взмокает, как жалкий убогий мышонок. Но... прийти поговорить с Иваном Селиверстовичем можно. Они разговаривают часами — обо всем, о театре, о музыке, о том, как тяжела планида у художника — у любого, у скульптора, актера или виолончелиста. Иван Селиверстович понимает его так хорошо, гораздо лучше, чем, скажем, Митина мать. Конечно, не так, как батя...

Но батя — это особый разговор. Он всегда так близко, что иногда Мите кажется — он перестает понимать, где батя, а где он. Его это мысли или отцовы. У них всё общее. Они даже чай часто пьют из одной огромной чашки. Митя — глоток и батя — глоток. Это батя так когда-то придумал. Рассказывал ему, что так пьют в походах, когда чашек на всех не хватает. Ну и вообще, для того, чтобы подружиться... Так и повелось у них. Мать ругается, а они только пересмеиваются и переглядываются — им так удобно, привычно. Когда мать уезжает в командировки, Митя подкатывается и ночью к отцу. Большой грузный отец может во сне стянуть с него одеяло совсем или ненароком столкнуть его с дивана. Ну и что. Зато рядом с ним Митя чувствует себя маленьким, любимым, хорошим, нужным.

Кто-то хочет взрослеть, торопится, а он — нет. Отец сгребет его в охапку, навалится на него и так и засыпает, и Митя засыпает, чувствуя родной запах, абсолютную защищенность. Его дом — там, где отец. Если им все-таки придется продать их квартиру, чтобы как-то жить, он поедет с отцом и в Подмосковье, и будет жить в любом сарае. Лучше, конечно, в каком-нибудь домике, не в сарае... Но если прижмет — то где угодно. Потому что отец не виноват, что с ним так все в жизни произошло. Не виноват, Митя знал это точно. Кому-то везет, а кому-то — нет. Его талантливому, красивейшему, умнейшему отцу просто не повезло.

«Главное, сынок, не попадать во власть ни к одной женщине, запомни», — часто говорит ему отец, говорит с самого детства. Когда Митя был маленький, он не понимал, что такое власть, думал, что это что-то огромное, сладкое, душное, куда можно упасть и никогда оттуда больше не выпутаться. Почему он сейчас об этом вспомнил? Может быть, Маринины духи ему напомнили отцовские слова и свои детские страхи.

— Что, Митяй, с Тосей перетирал? — Деряев улыбался, внимательно глядя на него.

Хороший, умный парень Кирилл, Митя мог бы с ним дружить, но Деряев подходил на определенное расстояние, а ближе не хотел. Митя видел, что тот не до конца искренен.

— Да, поговорили, — улыбнулся Митя. — Хорошая девчонка.

— Хорошая... — прищурился Деряев. Митя — полный идиот, но это как раз очень кстати. Потерпеть его придется. — Музыку любит.

— Правда? — обрадовался Митя. — А какую?

— Эй, орлы! — Наталья Петровна перестала писать на доске и резко обернулась к мальчикам, заговорившим в голос. — Вы или здесь и решаете вместе со всеми, или выходите к доске, как первоклассники, и стойте молча. Я не для того вас в профильную группу переводила, чтобы вы у меня лясы точили на уроке. — Наталья Петровна решительно ткнула пальцем в интерактивную доску. — Так, это сократим...

— Простите, Наталья Петровна... — сказал Митя, примирительно улыбнувшись ей. — Исправимся.

— За себя говори, придурок... — пробормотал Деряев.

— Что? — обернулся к нему Митя.

— Ничего, потом поговорим.

— Агась! — кивнул Митя.

— Придурок... — еще раз повторил Деряев и пнул Митин стул.

Вот чуть-чуть только потерпеть его, но как же трудно это будет. И за что только он нравится девочкам? И даже взрослым женщинам. Он видел не раз взгляды училок... Что они в нем находят? Деряев гораздо выше, и плечи у него шире, и усы давно растут, и волосы вполне нормальные, он теперь их не забывает мыть — мать не заставляет уже, глаза яркие, черные, как посмотрит — обожжет. А что такого в Бубенцове? Ведь он придурок. Иногда как начнет ласково и приторно разговаривать, как старый дядька, да и не просто старый, а устарелый. Обороты у него какие-то ненормальные, слова устаревшие... А училки только умиляются. И внешность... Ну что такого в его внешности? Лохматый вечно, волос много, цвет какой-то непонятный — ни то ни се, глаза — ничего особенного, да вообще в нем ничего особенного нет! Кроме выпендрежа. К тому же бедный, самый бедный в классе. Так с виду не скажешь, конечно, одет нормально, телефон средненький есть вроде, планшет даже какой-то... Но Деряев зимой сходил к Мите домой, тот звал «на чай» (придурок!), и ахнул.

Он думал, что беднее, чем они с матерью живут, квартир сейчас не бывает. Бывает. Любимый всеми красавчик Бубенцов живет, оказывается, в крохотной смежной хрущобке, с родаками и жутковатым котом. Отец его из дома практически не выходит, редко очень, а кот — тощий, ушастый, морда наглая, и, главное, смотрит, как будто все про Деряева понимает. Вот Митя ничего не понимает, верит, улыбается, а кот — глупое животное — понимает. Деряеву так хотелось пнуть его в прихожей, так тот его потом поймал из-под стула и оцарапал — ботинки, видать, не нашел, Деряев снимать их не стал. Куда в такой квартире ботинки снимать! Принесешь еще домой блох каких-нибудь... А ремонтировалась квартира, наверно, последний раз лет сорок назад. Или никогда вообще. Темно-зеленые обои в мелкие огурцы, серые облупившиеся двери, старые окна с качающимися форточками, на полу — темно-коричневый линолеум. И Митина убогая комнатка с аккуратно застеленной кроватью, вьющимся по стене цветком, фотографиями известных музыкантов, известных только Мите, потому что кроме него никто такую музыку не слушает, полочка с фигурками, которые тот лепит от нечего делать, и, конечно, посреди комнаты — сверкающая виолончель. Вот это, наверно, подкупает женщин — его необычность. Деряев готов все сделать, чтобы Тося была с ним, а Митя сидит дома, пилит часами на виолончели и лепит никому не понятные фигурки. А все в диком восторге от него. Нет, Деряев возьмет другим.

— Кирилл! — прокричала Наталья Петровна, подойдя к Деряеву.

Тот вздрогнул и поднял на нее глаза.

— Я тебя, знаешь, сколько раз звала! Тебя перевести обратно, в слабую группу?

— Нет, Наталья Петровна, — обернулся к ним Митя. — Пожалуйста. Кирилл просто... Это я его отвлек.

— Митюша, отвали, дружок, — ласково посоветовала ему математичка. — У тебя у самого положение пока шаткое. Я тебе пятерку в году обещала, я тебе ее и не поставлю, ясно?

Деряев посмотрел на Митю. Хорошо, что Митя мало что понимает в жизни. И взгляд этот сейчас не понял, улыбнулся в ответ. Ну не дурак ли? Ничего, скоро все будет по-другому, ему бы лишь раз наедине с Тосей остаться, она поймет разницу — между этим недоумком и Деряевым.

Глава 4

— Почему Элька сегодня такая? — Федор взглянул на жену.

— Вперед смотри, — посоветовала ему та. — Почему опять сам за рулем?

— Хочу водить.

— Ладно, — вздохнула Лариса. — Води. Элька — какая? Вздернутая?

— Ну да.

— Возраст такой.

— Нет, что-то другое. Ничего не скрывает?

— Не думаю, — пожала плечами Лариса. Говорить или не говорить мужу о мальчике, который нравится Эльке? Вроде она пообещала дочери... Хотя узнала совершенно случайно, увидела как-то, что тот провожает дочку до подъезда. А не увидела бы, Элька еще неизвестно сколько времени не сказала бы ей.

— Мальчик никакой ей пока не нравится? — Федор остановился на долгом светофоре и внимательно посмотрел на жену.

— Федя... Ну как тебе сказать... Она нравится мальчику. А он ей — не знаю.

— Вот вам и новости! Узнаю последним. Ну, давай, жена, рассказывай. Кто, что, когда, кто родители, сам откуда...

— Федь, Федь, Федь... — Лариса погладила мужа по руке. — Успокойся. Очень хороший мальчик. Из хорошей семьи. Мать где-то на телевидении работает, вроде как...

— Вроде или работает? — Федор недоуменно взглянул на жену и тронул с места машину.

— Я... я точно не знаю, неудобно было допытываться.

— Ну, здравствуйте вам, Лариса Сергеевна! — Муж с досады не притормозил на пешеходном переходе. — Простите меня, люди, у меня в семье такое...

— Ну какое у тебя в семье, Федечка, ну что ты... Все хорошо. Мальчик красивый...

— О, это меняет дело! — засмеялся Федор. — Красивый — это главное качество, конечно.

— Не детей же нам с ним крестить, Федя, — примирительно сказала Лариса.

— Ты дочку нашу знаешь? Или всё или ничего! Или как? Что-то поменялось?

— Федь, ну... Выпытывать неудобно... Но я знаю, что мальчик учится хорошо вроде...

— А где она его нашла?

— Да нигде не нашла, они в одной школе учатся, только мальчик на год старше.

— Зовут как?

— Митя.

— Дмитрий, значит. Ну нормально. Как деда моего.

— Да нет, Федя...

Лариса взглянула на мужа. Что он так нервничает? А ведь есть еще и Костик, который регулярно пишет Эльке Вконтакте, Лариса то и дело видит сообщения в телефоне, если дочка забывает его на столе в кухне. Вот тот странный мальчик, это правда. Лариса недавно увидела сообщения: «Элька, хватит мне писать!», «Элька, не приставай ко мне больше!». А дочка в это время два часа плавала в бассейне и там же в зале занималась на тренажерах. А телефон забыла дома. Лариса спросила Элю, что это все значит, та лишь пожала плечами:

— Приятель, мам...

— А почему он просит тебя к нему не приставать?

— Флиртует так, мам. Другой формы не нашел. Меня это бесит, ему нравится — я на него внимание обращаю.

Ну так что, сказать Феде еще и про странного Костика? Лучше не всё сразу.

— В смысле, Митя — не Дмитрий? А кто?

Лариса осторожно погладила мужа по щеке.

— Митрофан.

— Митрофан? А у него родители нормальные?

— Нормальные, Феденька, я же тебе сказала. Мать — на телевидении где-то работает, а отец — скульптор.

— А, скульптор... Хорошо. Художественная семья, ладно. А сам пацан что?

— Школу музыкальную окончил. На виолончели играет. Поступать вроде собирается.

— А, ну еще ничего... — облегченно вздохнул муж. — Тогда ладно. На виолончели сильно не забалуешь. Как часа четыре посидишь... Я представляю... Ладно.

— Ну вот, я же говорю — нормальный мальчик, положительный.

— Понравился тебе?

— Я недолго с ним разговаривала. Взгляд такой... — Лариса замялась.

— Какой?

— Как тебе сказать... Настороженный. И понравится мне хотел, когда понял, что я Элькина мать. Улыбался изо всех сил.

— Зубы хорошие? — засмеялся Федор.

— Не коня же выбираем, Федя!

— Я надеюсь, что вообще пока не выбираем никого! Что за разговоры, Лара! Так что у них?

— Да кажется, ничего, Федь. Так, пару раз провожал. Ты же видишь, Элька никуда не ходит, после школы не задерживается.

Школа, бассейн, танцы, все. Два раза в неделю ходит на вокал в музыкальную школу.

— Уговорил бы кто ее поступать в консерваторию!

— Эльку уговоришь... Попробуй уговори.

— Ладно. Я сам не уверен, надо ли уговаривать... Так, Ларис, нам сегодня с тобой надо разобраться с новой линией. Я надеюсь, сегодня все утвердим и запустим на той неделе. Еще мне идея с прибалтийским хлебом нравится, только я бы определился — какой именно. Латышский, так латышский, литовский, так литовский.

— А есть разница?

— Большая. Разберись сама, я тебе не объясню. Но есть. И надо, чтобы было четко. И названия надо их узнать аутентичные. Я вчера смотрел, есть такие прямо яркие, красивые названия, так и назовем, привлечет сразу. И надо, чтобы срок хранения нормальный был.

— Больше обычного?

— Может, чуть больше. Хлеб плотный, много не съешь сразу... В общем, все мелочи продумать нужно. И не мелочи. Потолок цены сразу надо на него определить, чтобы не ахнуть потом.

— Феденька, я удивляюсь, как тебе не надоело во все детали влезать, хотя у нас уже есть все люди, кто занимается специально и рекламой, и финансами, и рецептами, и названиями...

— А если не влезать, смысла нет. Мне иначе неинтересно, Лара. Ты же меня знаешь... — Федор посмотрел на жену. Удивительно, как она почти не меняется. Чуть уставшее лицо как будто. Конечно, она еще молода. Но у некоторых друзей жены стали расплываться и, главное, в них трудно узнать тех девушек, с которыми они познакомились в молодости. Но Лара — другая.

— Федя, вот еще что... Элька... — Лариса с некоторым сомнением посмотрела на мужа.

Он оказался неожиданно ревнивым по отношению к Эле. Ее саму никогда не ревновал или ревновал так, что она этого не чувствовала, даже немного обижалась. А Эльку ревнует теперь за двоих.

— Да? Есть еще кто-то? — тут же вздернулся Федор.

— Нет, нет... Знаешь, она хочет поехать на фестиваль.

— Куда?

— В Латвию.

— Ну здорово, пусть едет. Вот, может, хлеба как раз привезет, попробуем. А кто еще поедет? Тебя я не отпущу, на день только, без тебя все остановится.

— Да я и сама не поеду. Преподавательница ее поедет. Ее или какая-то еще...

— А что Эля петь будет?

— Красивое что-то очень. Она мне напела вчера. Сложное, красивое. Португальское фадо, народная песня, с необычными голосовыми штуками всякими. Ни на что не похоже, ни на итальянское, ни на испанское, чудо просто какое-то.

— Пусть поет. Удивительно, что она не хочет серьезно учиться пению. Как бы было хорошо. Поет девушка и поет. И ничего ей больше не нужно. Ни математики, ни химии.

— Не хочет, Федь. Серьезная девушка, дальше учиться хочет. Пение — только для себя.

— Не знаю... — покачал головой Федор. — Странно как-то все у нас в семье... Другие без голосов поют, а у нас с голосами — и никто петь не хочет.

— Традиция такая... — негромко сказала Лариса. Она обычно этой темы не касалась, но раз сам заговорил муж — ладно.

— Я давно не переживаю, Лара, — улыбнулся Федор, — не надо так осторожничать со мной. Я сто раз уже порадовался, что не стал работать в музыкальном театре. Как посмотрю сейчас на своих однокашников по консерватории...

— Только лет пять как вообще не заговаривал об этом, а так все хорошо, — вздохнула Лариса.

— Просто пять лет думал, прав я был или нет... Слушай, ну мы доедем когда-нибудь сегодня или нет? Вроде рядом, пешком быстрее... Надо было в шесть утра совещание назначать. Цех же ночью работает, и администрация наша как миленькая пусть на ночную смену переходит.

— Ладно, я подумаю, — серьезно кивнула Лариса. — Пешком не очень, стройка везде, не пройти, и потом, как я на каблуках протопаю три километра...

— Да и вообще несерьезно, да, Лар? Хозяева пешком на работу приходят. Или на великах еще можно... Смешно. Как-то оно незаметно так все сложилось... Я иногда просыпаюсь и в первую минуту не помню, что у нас все это есть. Тут проснулся, и мне показалось, что мне сегодня петь надо, я горло пробовать стал — болит не болит, все ли хорошо...

— Федь...

— Нормально. Понял, что не надо ничего пробовать и петь не нужно, — обрадовался. Честно. Вспомнил, что у меня такое богатство, в смысле, что я делаю такое хорошее дело. Что-то я разболтался. Старею, Лар.

— Поговорить с женой искренне — это стареешь? — усмехнулась Лариса.

— Не придирайся. Позвони лучше, готовы ли макеты новых этикеток. Пусть несут, посмотрим. Да?

— Да.

Лариса улыбнулась мужу. Хорошо, что все так. Хорошо и невероятно. Так не бывает, как у них в семье. Ни у кого из подруг так нет. Федор ей не изменяет — она уверена в этом, они практически не расстаются. Федор хороший, порядочный, веселый, здоровый. У них ребенок один, но зато какой — красавица и умница Элька. Чуть заносит ее в последнее время — но это возраст.

Познакомилась Лариса с Федором, когда он уже окончил консерваторию и начал работать в музыкальном театре, сразу получил партию Фигаро — кто из молодых певцов не мечтает спеть? А она только поступила в литературный институт. Сама не знала, что толком хотела — читать хорошую литературу, говорить о ней, писать стихи, рассказы, кем быть — она не понимала. Когда окончила, стало ясно — книги писать она не будет, стихи — разве что для себя. Редактировать чужую прозу ей тяжело. Если бы редактировать Чехова или на худой конец Фитцджеральда, а ведь надо читать такую разную, часто очень несовершенную прозу. А это ей неинтересно. И она пошла работать в школу.

В школе ей понравилось, несмотря на то, что работать она могла только с детьми не старше шестого класса — подростки ее не воспринимали, смеялись, мальчики приставали, ей на вид трудно было дать даже двадцать лет, девочки не слушали. Проработала пару лет, вышла замуж за Федора, родила Эльку, а тут и перемены начались в их жизни.

Федор ушел из театра. Почему, объяснить это было невозможно. Пел главные партии и маялся. Участвовал во всероссийском конкурсе, получил вторую премию — и маялся. Снялся в музыкальном фильме, записал с оркестром диск. И все время хотел чего-то другого.

— Ставить? — спрашивала его тогда Лариса. — Сам хочешь оперы ставить, музыкальные спектакли, мюзиклы, что?

— Не знаю... Нет, наверно. Не пойму.

— Пойти поучиться еще можно, Федя, я возьму учеников подтягивать по русскому, готовить к экзаменам, проживем как-нибудь, родители наши помогут с Элькой...

— Нет, Лара, нет. Не обращай внимания. Голос есть — пою. А там посмотрим.

Друг Федора тогда затеял свое дело — печь хлеб. Лариса отнеслась к этому скептически, друг вечно затевал то одно, то другое и всегда прогорал. А Федор неожиданно серьезно решил вложить свои деньги. Лариса протестовала, как могла. Деньги нужны для записи следующего диска.

— Деньги нужны. А диск мой никому не нужен, — отвечал ей муж.

— А хлеб нужен, Федя? Что, хлеба людям не хватает? У тебя — голос...

— У меня обычный голос. Ты не отличишь его от других. Я вчера тебе поставил запись, ты меня так хвалила...

— А что, ты плохо разве спел эту партию?

— Хорошо, Лара, только это пел не я. У меня неразличимый тембр.

— Федь, ну я не знаю. У тебя творческий кризис. Тебе не хватает денег? Вот поедешь, может быть, в миланскую оперу...

— А может быть, и не поеду. Лара, я устал от постоянного страха. Устал бояться инфекций, шарахаться от любого, кто чихает, устал от режима, устал трястись над своим здоровьем, вообще устал. Хочу другого. Имею право.

— Имеешь, Феденька, конечно... Только если человеку дан талант, им нельзя разменяться.

— У меня просто голос, Лара, никакого особого таланта нет.

— Странно... Всегда все хотят петь, если есть мало-мальский голос.

— И я хотел, Лара. И перехотел. Все, надоело.

— Хочешь деньги зарабатывать?

— И деньги зарабатывать, и вообще... Другого чего-то хочу. Было бы две жизни, одну бы пел, другую чем-то еще занимался. А жизнь, к сожалению, одна.

— Ладно, — неожиданно согласилась тогда Лариса. Она всегда понимала мужа как-то иначе, изнутри, не от тех слов, которые он сказал, а как будто чувствовала то, чему слова найти трудно. — Тогда я тоже уйду из школы и будем вместе что-то делать. Пойдет так?

— Ты серьезно говоришь?

— Серьезней некуда. Ты что хочешь? Хлеб печь?

— Да.

— Ну вот, я и тоже буду с тобой печь. Все продаем, старую бабушкину дачу в Нахабино, родительскую квартиру в центре, которую собирались сдавать, берем кредит и покупаем вместе с твоим Егоркой хлебзавод номер пять?

— Да, — ошарашенно кивнул Федор.

— Отлично. Егоркины — двадцать пять процентов. От него один вред, не обижайся. Главное, чтобы он особо не лез. Я буду директором и хозяйкой. Срочно придется закончить экономические курсы.

— А я?

— Ты — хозяином и... — Лара взяла обеими руками лицо мужа и покрутила его туда-сюда, — и лицом. У тебя такая симпатичная русская пухлая мордашка, приятная, позитивная, чуть отрастим бороду... Вот тебе и лицо. А назовем нашу хлебную фабрику... Как назовем?

— Что-то незатейливое бы и понятное...

— Может, просто «Тепло»? К фамилии имеет отношение. И зимой будет приятно такое название.

— А зима у нас полгода... — засмеялся Федор.

— А если — «Хлебная мануфактура Теплаковых»? А, как?

— Пафосно немножко, но...

— А без пафоса и затеваться нечего, Федя.

Муж покачал головой.

— Возможно...

— Так что — решили?

— Да, Лариска, наверно, пусть так и будет.

Так полушутя Лариса с Федором десять лет назад начали свое дело. Помогло всё: друг Федора Егор, у которого до этого прогорали все проекты, уже нашел закрытый хлебный завод и договорился о его покупке; отец Федора до самой смерти работал в мэрии, и там остались хорошие связи, завод удалось купить за четверть его реальной стоимости; Ларисин отец, еще вполне бодрый, продолжал служить в милиции, занимая не последний чин в округе, тоже со всех возможных сторон подстраховывал их начинание. Было кстати и то, что брат Федора, семь лет назад уехавший в Германию и сделавший там успешную карьеру, отказался от доли в наследстве, а квартира от родителей Федору досталась огромная, в «тихом центре», в Николопесковском переулке, с видом на старый Арбат. «Бабушкина дача» — это тридцать соток земли в популярнейшем месте. Ларису с Федором Нахабино уже раздражало близостью к Москве, а земля там стала теперь золотая. Мануфактуру на все это не поднимешь, но серьезный взнос был сделан.

Лариса же оказалась на удивление точным и расчетливым экономистом. «В юности мне нравилось читать Мандельштама и Волошина, — смеялась Лариса. — А теперь нравится продираться через дебри финансовых раскладов, сводить концы с концами в отчетах и писать планы развития. Разве так не может быть?»

На третьем году существования мануфактуры Лариса с Федором пережили пожар — сгорел, слава богу, не производственный цех — огонь не успел до него дойти, подожгли со стороны администрации и склада. На пятом году с помощью Ларисиного отца кое-как отбились от конкурентов, настойчиво предлагавших принудительное слияние предприятий. К десятилетию мануфактуры Теплаковы получили подарок — известный политик решил добавить себе популярности, поддержав такое позитивное производство, как выпечка традиционного национального хлеба, что было основой стратегии Теплаковых.

Лариса с Федором выпекали хлеб не только русский, но тщательно и добросовестно воспроизводили рецептуру добрых соседей, не важно, в каких отношениях держава находится с ними в конкретный исторический момент. Традиционный хлеб бывших соседей, неспокойных соседей, дружелюбных соседей, коварных, гостеприимных... — любых. Выпечка Теплаковых пользовалась спросом именно благодаря сочетанию качества и регулярного обновления продукции: то румяный казахский шельпек, то нежнейший армянский лаваш, то плотный финский хлеб с семечками и кунжутом, то немецкие булочки с корицей, марципанами, то белорусские картофельные рагоуляйи... Каждые три месяца запускался новый ассортимент, из старого оставались только самые удачные и популярные.

Лариса сама занималась поисками рецептов, оригинальных, вкусных, экономичных. Федор всегда настаивал, чтобы их продукция находилась в сегменте доступного, для этого приходилось самим за все браться, во все вникать и ни на секунду не отвлекаться от производства.

Отдыхать они ездили несколько раз в году, но не дольше, чем на пять дней — это тот максимальный срок, на который можно оставить большое производство, где постоянно может что-то произойти — то приходится выбраковать партию товара, то не поставили вовремя сырье, то случилась авария, то не хватает персонала, то идут проверки за проверками, наезжают все новые и новые конкуренты или просто лезут под ноги авантюристы, пытающиеся легко заработать на тех, у кого есть стабильное, развивающееся и дающее доход дело.

Несколько лет назад Теплаковы с грустью попрощались со своей крохотной квартиркой, которую в складчину купили им родители после свадьбы. Ее давно уже пора было менять, когда стала подрастать Элька. Малышкой она часто оставалась то у одних родителей, то у других, пока не умерли друг за другом отец и мать Федора и неожиданно не выросла сама Эля, превратившись из смешной трогательной малышки с большими глазами, пушистыми ресницами и золотыми кудряшками в красивую и своенравную девушку-подростка. Тогда Федор сказал:

— Все, у дедушки с бабушкой больше не ночуешь, они в тебе видят малыша и балуют, и вообще пора переезжать в ту квартиру, в которой у меня будет кабинет. Я, кажется, заработал себе право на кабинет.

— Тебе не хватает кабинета на работе? — удивилась Лариса. — Зачем тебе дома кабинет?

— Я повешу на стену отцовское ружье, закажу себе парадный портрет и... поставлю кабинетный рояль.

— Ну, дожили, — вздохнула Лариса. — Пойдем обратно в театр?

— Нет, — засмеялся Федор. — В театр меня уже не возьмут, да и я еще с ума не сошел. Но... В общем, решено. Ищем большую хорошую квартиру, где у всех будет свой уголок, и желательно — побольше и посветлее.

— Двухэтажную квартиру, — подсказала Элька. — Мне комнату на втором этаже, идет?

— Можно и двухэтажную, — согласился Федор. — Лара, а у тебя какие пожелания?

— Чтобы в окно не тарахтели машины и не гремела стройка, чтобы можно было открывать окна, дышать, чтобы воздух был не искусственный, было видно небо, деревья, парк какой-нибудь... Или лес...

— Может, нам поискать квартиру не в Москве, а, скажем, в Петрозаводске? На берегу Онежского озера? Мне реклама недавно приходила. Ночь езды от столицы, — засмеялся Федор.

— Нет, пап, я из Москвы никуда не уеду, — запротестовала Элька.

— Да и я тоже, Федя!

— А где ты такое место в Москве сейчас найдешь, чтобы без машин, да без стройки, а в окно — небо и деревья?

Но квартиру такую они нашли. В своем же районе, в месте, не пользующемся особой популярностью у застройщиков из-за большого количества несносимых кирпичных семиэтажных домов, где чудом кто-то втиснул в середину дворового парка новый небольшой дом индивидуального проекта, разной этажности с вполне большими квартирами.

В этом доме как раз оказалась двухэтажная квартира с замечательной комнатой для Эли, огромной застекленной лоджией для зимнего сада, оригинальным помещением с шестью углами, где Федор сделал себе кабинет, и даже небольшим бассейном на минус первом этаже, где всегда была слишком прохладная вода, и до въезда Теплаковых там плавала только одна семейная пара в гидрокостюмах, с аквалангами и... с собакой.

Федор быстро и без ссор навел порядок и в бассейне, и во дворе, где некоторые соседи пристроились было мыть машины прямо на траве, как у себя на даче, и на этаже, где те же соседи-дайверы держали надувную лодку, скутер и четыре горных велосипеда. Лариса только удивлялась, глядя, как муж легко и твердо решал все вопросы на новом месте, вспоминая, как познакомилась с ним много лет назад, даже не представляя, что смущенный, легко краснеющий, чуть полноватый артист, певец станет совершенно другим человеком, деловым, успешным и очень просто находящим общий язык с совершенно разными людьми.

Глава 5

— Не понимаю, сына, зачем тебе этот фестиваль. Ничего путного из этого не выйдет.

— Отец... — Марьяна примирительно положила руку на плечо мужа. — Пусть мальчик съездит.

— Нет у нас денег на это!

— Я на Элькин грант еду, батя...

— С чего это? С чего ты на ее грант вдруг едешь? Пусть сама на него едет! А откуда у нее грант?

— Она в прошлом году Гран-при получила на фестивале, и ей дали грант...

— И ты в это веришь? Да врет она все! А с собой что, денег не надо тебе? А на билет? Тоже грант? Билеты, знаешь, сколько туда стоят! Куда ехать-то надо? В Прибалтику, что ли?

— Да, в Юрмалу.

— Да что там делать! Бездари там одни...

— Отец, отец... — Марьяна погладила мужа по большой руке. — Мальчику интересно.

— А ему интересно, откуда отец деньги ему на билет возьмет?

— У меня зарплата через неделю...

— А жить мы на что будем? Сколько билеты стоят? Два месяца потом голодать?

— Элька сказала, у них есть баллы, они много путешеств... — Митя осекся под гневным взглядом отца.

— Кто? Что? Какие баллы? Что ты мелешь? Что такое баллы? Они что, экзамены сдают? Не понимаю! И что ты мне в глаза тычешь — «Элька, Элька...»! Что за собачье имя? Как ее полностью зовут? Да не хочу я знать, как ее зовут, видел я ее в музыкальной школе! Лохмы распустила, задницей вихляет, обтянула — что там обтягивать-то... Элька... Чтобы я больше не слышал этого! Говоришь, как будто о своем лучшем друге...

— Батя... — Митя пытался остановить разошедшегося отца.

Тот в ярости разлил чай по всей клеенке, собирал его машинально рукой, потом бросил в лужицу полотенце. Митя осторожно достал полотенце, встал, отжал его в раковину, с опаской поглядывая на отца. Сейчас лучше делать как можно меньше лишних движений и не говорить лишних слов...

— Отец, да и правда, не заводись, ничего такого нет. Не хочешь, никуда он не поедет, да, Митюша? Сядь, сынок, я все уберу...

— Я — не хочу? Я не хочу, чтобы мой сын ехал в Европу? Да я все для него сделаю, чтобы у него все было! Только надо знать, куда и с кем ехать!

— Ну тут вроде бесплатно он едет, Филиппушка... — улыбнулась Марьяна. — Не каждый день такая удача. Куда мы его летом отправим? А так все-таки мальчик Европу повидает...

— Европу... Да главное, зачем все это? А репетировать когда он будет? Заниматься на виолончели?

— Целое лето еще впереди, батя... — тихо вставил свое слово Митя. — И потом, я же играть буду, все равно это полезно, не свою программу, конечно, но...

— Слышь, Митяй, а не обидно тебе девчонке какой-то подыгрывать?

— Почему подыгрывать, батя? У меня там довольно сложная партия... А во втором номере у меня вообще соло...

— Ну, не знаю... — Филипп откинулся на спинку кухонного диванчика и забросил руки за голову, взъерошив свои длинные седые волосы. — Рано поседеешь... — Он погладил сына по голове, легко дотянувшись до него через стол огромной рукой.

— Филипп... — Марьяна взглянула на мужа и продолжать не стала.

— Поседеешь! — Филипп с любовью смотрел на сына. — Я поседел, и ты поседеешь. Ты весь в меня. Копия. Все, как у меня будет.

— Удачи только, может, чуть больше! — аккуратно вставила свое слово Марьяна.

— Если с бабами не закрутится раньше времени. Я вот в каком возрасте женился, ты помнишь?

— В сорок два, — проговорил Митя, с трудом дожевывая суховатую кашу.

— Вот, значит, и тебе такой срок, не раньше. Ешь-ешь! Вся сила в пшене! — Отец пододвинул к мальчику кастрюлю с кашей. — Клади еще!

— Я — всё, батя.

— Нет, ты еще не наелся, ешь! — Филипп зачерпнул большой половник каши и положил Мите. — Ешь, сказал! Где силы брать мужику, если не в еде?

— Мяса бы купить... — вздохнула жена.

— Вот сейчас заказ получу, все у нас будет... Если опять не подставят, как в прошлом году. Не звонят что-то. Сам не хочу звонить, у меня гордость есть. — Филипп похлопал сына по плечу. — Вот молодец, ешь-ешь! Отец сказал — сын сделал!

— Не могу больше, батя, обратно лезет...

— А ты ее сверху трамбуй, сверху! — засмеялся отец. — Еще бери...

— Филипп, мальчик с таким трудом похудел, может, не надо...

— А с чего он худеть надумал? Чем ему живот мешал? — Филипп потрепал сына по щеке. — Что это за вид? Щеки худые... Сидеть за виолончелью можно и с животом. Живот — это жизнь, ты не знал?

— Знал, батя.

— Вот. Так что я своего живота не стесняюсь, это естественно и хорошо. Вон у меня какой живот! Живот — это что?

— Жизнь, — проговорил Митя с набитым ртом.

— Ешь, осталось еще полтарелки. Пока не съешь, играть не пойдешь. А играть тебе сегодня четыре часа. Вчера играл два. А мы играем по три часа в день. Это покуда учебный год не окончился. Летом по пять будешь играть. Я — сказал.

Митя кивнул.

— Давай, жена, чаю. Убери это! — Филипп легким щелчком вышиб из рук Мити кусочек хлеба, который тот машинально крутил, слепя из мякиша за минуту изящную фигурку. — Что это за урод? — Филипп поднял фигурку, покрутил, прищурясь, бросил на стол и одним движением кулака размял ее в лепешку. — И так будет со всем, что ты слепишь. Не получается у тебя лепить, сынок, понимаешь? Не твое это. Просыпаешься утром — на полочку посмотрел, на уродцев, которых ты налепил в прошлом году, — специально не выбрасываю, чтобы сына мой каждое утро вспоминал: «Я — бездарен!»

Марьяна молча обернулась на мужа, но ничего не сказала.

— Что ты на меня смотришь?! — тем не менее взвился Филипп. — Что? Бездарен он как скульптор... Да и вообще — какой скульптор! Что за слово? С чего это Митрофан наш — и скульптор? Руки у него шаловливые! Бью-бью, никак не отобью!

— А что такого, — Митя понимал, что сейчас совсем не время говорить об этом, но он так давно хотел у отца спросить, — если у меня... просто хобби такое будет... бать, а? Просто хобби...

— Хобби?! — заорал Филипп, и на лбу у него мгновенно вспухли неровные вены.

— Отец, отец... — заторопилась Марьяна. — Успокойся, тебе нельзя так волноваться... Митя, ну зачем ты...

— Хобби он захотел! Слово-то какое нашел! Смотрите-ка на него! Выполз змеёй, гаденыш, придумал! Да сдохло твое искусство! Нет никакого искусства у нас в стране, понимаешь! Никому ничего не нужно! Бабки только нужны! Есть бабло — нет бабла — вот тебе и все искусство. Лепи не лепи! Тем более что у тебя — ни-че-го не получается, ты понял? Ничего! Твое дело — виолончель! Слишком ты поздно это понял, профукал столько лет в музыкальной школе, протрындел, но — мы — наверстаем! Всё, с сегодняшнего дня — по четыре часа! Не дожидаясь лета! А летом — по семь!!!

— Филипп... Батя... — одновременно ахнули жена и сын.

— Я — сказал! Пока — по четыре!!! Потом по семь!!! Буду сидеть рядом с тобой! Моцарта отец привязывал к табуретке! И что из него получилось? А?! Не слышу ответа! — Филипп резко повернул к себе лицо мальчика. — Ответа не слышу!!! Что из него получилось?

— Моцарт получился...

— Во-от!!! Из тебя тоже получится гений! Я все для этого сделаю! Рядом все четыре часа буду сидеть! Не встанешь у меня со стула!

— Хорошо, — проговорил Митя, глотая горький чай. — Мам, а сахар можно?

— Са-ахар? — засмеялся Филипп. — Какой такой сахар? Ты пока не заслужил сахар. Я сказал — оценки когда выставят в году, алгебра, геометрия, физика — пятерки, тогда и будет тебе сахар. Мужику нужны точные науки!

— Зачем только... — тихо проговорила Марьяна.

— Жена! — Филипп с треском хлопнул ее по спине, в крохотной кухне ему дотянуться было нетрудно. — Что нужно мужику — бабе не понять, ясно? Допил, сын? Иди в комнату. Приду тебя пороть.

Митя отставил чашку и попытался встать.

— Ты не допил чай, зло оставил, — усмехнулся Филипп, заглядывая к тому в чашку. — Кому ты зло оставил? Допивай.

Митя допил чай и ткнулся головой в плечо отца.

— Вот так, — удовлетворенно сказал отец.

Когда Митя ушел в свою комнатку, Марьяна быстро сказала:

— Ты уверен с поркой? Может, без меня? Я пойду в магазин скоро...

— А ты из кухни не выходи. — Филипп крепко обнял жену. — Я — уверен во всем. Слушай меня, жена. Ремень мне дай.

Марьяна протянула мужу два ремня, висящих на гвозде рядом с кухонным полотенцем.

— Этот лучше, шире. — Филипп оттянул один ремень рукой. — Тот повесь обратно. Так отхожу сейчас парня — перехочет ехать с этой... Вот увидишь. Забудет все. Запрещать не стану. Сам не захочет.

— Филипп... — Марьяна опустила голову.

— Что? — Филипп резко поднял ее голову обеими руками. — Что?

— Нет, ничего. Не перестарайся, как в прошлый раз.

— Нормально! Отошел же тогда! Мужику полезно! Пусть умеет терпеть боль! А в армию как он пойдет? Пусть терпит! В огне пусть закаляется, спасибо потом мне скажет. Сиди здесь, не выходи. Люблю тебя, такой, как ты, больше нет. — Филипп с силой прижал к себе жену и вышел большими вальяжными шагами из кухни.

— Да, да... — прошептала Марьяна и прикрыла дверь на кухню. Наверно, муж прав. Прав во всем. Он — сильный. Он перенес все свои несчастья, не сломался, не запил вчерную. Другие бы не смогли. А он — смог. И пить бросил совсем...

Она услышала вскрик сына и плотно прикрыла дверь. Пусть бьет. Плохого от этого не будет. По крайней мере, сын научится превозмогать боль, это правда. Ведь жизнь — это боль и лишения. А она ему к окончанию десятого класса скопила немного денег. Даст потихоньку от мужа. Мальчик сможет себе что-нибудь купить, наушники или новые кроссовки, он хотел какие-то кроссовки, которые в темноте светятся, сами едут по тротуару...

Марьяна пустила воду, чтобы не слышать вскрики сына. Еще хуже будет, когда он не сдерживает крик, Филипп расходится и может избить его слишком сильно, так уже не раз бывало. Ведь его цель — не просто выпороть сына, а чтобы тот научился терпеть. И вмешаться нельзя. Однажды Марьяна попробовала войти во время порки, душа не выдержала, но ей досталось не меньше Митрофана, а сына потом пришлось откачивать, осерчал Филипп — не вовремя она под руку полезла, с жалостью своей. Но она твердо верила — муж это делает, потому что знает, что нужно сыну. Она этого понять не может. Она — женщина. Она другая, она слабая. Муж хочет, чтобы сын был сильный, поэтому бьет его. А их сын не очень сильный, таким уж родился. И баловали, наверно, в первые годы, поздний ребенок, первый, единственный, любимый... Вот он и стал расти слабоватым. Вовремя муж за него взялся. Муж — это ее опора. Она с ним все перенесет. Любые лишения, любую бедность. Лишь бы он был с ней. Большой, сильный, красивый, талантливый, уверенный в себе...

— Я тебя бью, потому что люблю, — приговаривал Филипп, отхаживая сына. — Понятно? Не слышу ответа.

— Да, батя, — сквозь стиснутые зубы проговорил Митя, обеими руками держась за стол.

— Счастлив должен быть, что тебя учат жизни. Я все тебе отдаю. Все в тебя вкладываю, что у меня есть. Одну слезу увижу — отделаю до потери сознания! Ну-ка, повернись!

Митя с трудом повернул к отцу голову.

— Нет слез, батя...

— Вот и терпи! — Филипп занес ремень, Митя сжался. — Что ты скукожился? С радостью принимай! Это — любовь! Это — любовь! Любовь!!!

Филипп бил и бил сына, сам уже тяжело дыша. Только когда он увидел, что спина мальчика побагровела, и у того стали подгибаться колени, он нехотя остановился.

— Хватит на сегодня... Иди ко мне... — Он сгреб сына в охапку и прижал к груди. — Я тебя люблю, понял? Больше никто тебя не любит. Еще мать. Но она — женщина. Она не может так любить. Женщины вообще не умеют любить. Только я тебя люблю. Ты — это я, а я — это ты.

— Да... — выдавил из себя Митя, прячась в больших объятиях отца. — Да, батя...

Так больно и так сладко потом, когда отец перестает его бить и обнимает... Стыдно... Хорошо, что никто никогда этого не узнает... И так спокойно... Это правда, никто его не любит, кроме отца.

— Что, поедешь с ней?

— Нет, батя... Нет...

— Никуда ты от меня не уедешь... Не надо тебе это... Будем вместе... Только так всего добиться можно. Я тебе скажу, что делать. Только я. — Филипп оттолкнул от себя сына. — Все, хватит, разнюнился опять. Ну-ка, вставай, не допорол тебя, видно. Это что еще за нюни?

— Нет...

— Что — «нет»? Я вижу — не хватило тебе сегодня... — Филипп замахнулся и стал снова бить сына, попадая по плечам, по груди, по побуревшей спине. Тот пытался закрываться, уворачиваться, но Филипп заорал: — Стой ровно! И принимай все с благодарностью! Ни у кого такого нет! Никто такой школы... не проходит... плечо уже у меня устало... болит... но я тебя сегодня до нужной кондиции.. доведу... забудешь у меня... как нюниться... И состриги... уже лохмы... свои, а то... как... девчонка совсем! Стой... терпи... принимай с благодарностью... любишь... меня? Не слышу...

— Люблю, батя...

— Вот, это... и есть... любовь... А не то, что ты думаешь... Когда больно... и хорошо... Стой ровно! Ты только мой и больше ничей, понятно? Как скажу, так и будет... так и будет... так и будет...

Глава 6

Эля издалека заметила высокую фигуру Мити. Он тоже заметил девочку, приостановился, хотел было побыстрее свернуть на лестницу, но передумал и все-таки пошел навстречу, пряча глаза и смотря что-то в телефоне.

— Привет, — остановила его Эля. — Ты что?

— Что? — Митя упорно не поднимал на нее глаза.

— Мить... — Эля дождалась, когда мальчик все-таки поднимет глаза. — Сегодня в пять репетиция.

— Я... Я, наверно, не смогу.

— А что у тебя? — вздохнула Эля.

— У меня... я занят... у меня дополнительные... физика...

— Сегодня у всех пять уроков, Мить, в школе проверка, всех домой отправляют.

— Эля... ну просто... мне домой надо, заниматься.

— Ясно. Ты поедешь на фестиваль?

Мальчик помолчал.

— Нет.

— Почему? Митя, почему? У нас такой отличный номер получается! Ну, что такое?

— Прости... — Митя попытался обойти девочку.

— Нет, уж ты скажи. Столько репетировали, пробовали разные вещи, нашли, наконец, все почти уже сделали... Что такое?

— Эля... Я...

— Ясно! Ничего не хочу слышать. Приходи на репетицию, и все тут. Твоя Нина Георгиевна, кстати, тоже придет в пять. Послушать, что получается.

— Хорошо, — кивнул Митя. — Если мой учитель скажет, что это плохо, я играть не буду.

— Не скажет. Это хорошо.

— Я послушаю, что скажет учитель.

Эля снова вздохнула. Ну что с ним сделаешь? Откуда в нем это? И ведь, кажется, он искренне это говорит. Писал бы сейчас, а не устно говорил, то написал бы еще и с большой буквы — «Учитель». Это не подобострастие, это искреннее уважение. И странное неверие в себя. Он вообще странный. Но не в плохом смысле. Он так не похож на других мальчиков... Наверно, этим он ей и нравится. Не одной внешностью же!

— Почему у тебя синяки под глазами?

Мимо них бежали Кисель с Дудой. Дуда, еще издали заметив Элю с Митей, пихнул того в спину. Митя поморщился от сильной боли и инстинктивно схватился за спину. Попал, гад, по самому большому синяку, как знал...

— Элька, ну как, не протухла на кинишко? — подмигнул ей Дуда, резко затормозив и обернувшись. — Го сегодня?

Эля ничего не стала отвечать, лишь отмахнулась.

— Я не втупи-ил... — завелся было Дуда. — Ты ч, меня отшила?

— Когда втупишь, приходи, поговорим! — засмеялась Элька и показала язык Дуде.

Тот толкнул плечом Киселя, и они покатились дальше по коридору, шутливо пихаясь и стуча друг друга огромными сумками.

— Что у тебя со спиной? — спросила она Митю.

— Ничего, потянул просто.

— Качался?

— Вроде того, — кивнул Митя. — Можно и так сказать. Силу воли вырабатывал. Ладно, я приду. В пять?

— Давай вместе пойдем. Нам же в музыкалку по пути.

— Нет, извини. Мне надо...

— Хорошо, — быстро перебила его Эля. — Как знаешь.

Митя взглянул на Элю. Он обещал бате. Он обещал, и он обещание свое сдержит. Просто батя не понимает, как это трудно. Когда смотришь на эти нежные губы, на золотые прядки волос, выбивающиеся из небрежно схваченного сзади хвоста, на чистую гладкую кожу, ровные дуги каштановых бровей, то забываешь все обещания, данные бате. А уж если не успеешь отвести взгляд и попадешь в плен Элькиных глаз — светящихся, влекущих, таких доброжелательных, таких прекрасных...

— Мить, Мить... — подхватила под руку мальчика Тося, давно наблюдавшая за их разговором. — А вот у меня тут геометрия не получается. Нарисовать не могу такую штучку... Забыла, как называется... Парабеллум или как его... — Тося хихикнула и заправила за уши зеленые и антрацитово-черные прядки волос, неровно остриженные по последней моде. — Ты мне обещал помочь...

— Я? — удивился Митя, пытаясь снять Тосину руку. Она хорошая девочка, конечно, и помогать людям нужно, но зачем так хватать его за руки?

Эля уже этого не слышала, она быстро ушла прочь, как только подошла Тося. Неприятная, разболтанная девчонка, то на одного виснет, то на другого. Вчера Эля видела, как та взобралась верхом на Киселя и так ездила по этажу. Юбка вся задралась, мальчики смеются, она довольна, привлекла всеобщее внимание, Кисель весь красный, вспотел от волнения, она его ногами понукает... Митя этого не видел, наверно, а если и видел, он как-то по-своему все понимает.

Может, и зря они это затеяли с фестивалем? Номер, конечно, можно и без виолончели показать, но ей без Мити ехать неинтересно. Ну, получит она еще одну грамоту, займет какое-то место, скорее всего первое. Она уже привыкла к этому. Ее необычный тембр всегда выгодно звучит даже рядом со взрослыми голосами. Все равно для нее вокал — не главное. Она будет делать в жизни что-то другое, она точно знает. Что-то более реальное. Что-то, от чего будет польза. Ведь наверняка не случайно ее отец ушел из театра, где у него открывались такие перспективы. Его считали одним из лучших молодых баритонов России. А он ушел и не жалеет нисколько, это скрыть невозможно, особенно в их семье. Значит, все правильно сделал.

Да и не в отце дело. Петь — хорошо, приятно. Но ей хочется еще чего-то. Пока не очень понятно — чего именно. С родителями она из принципа работать вместе не станет. Может быть, будет заниматься наукой. Прикладной какой-нибудь. Нанотехнологиями, к примеру. Транспортом лекарств, чем-то на стыке биологии, физики, медицины... А может быть, она станет прокурором, закончит юридический. Или дипломатом. Не женой дипломата, а дипломатом. Никому так не удается гасить конфликты, мирить друзей, находить компромиссы. Ей часто говорят друзья: «Тебе бы дипломатом быть...»

А заботиться о том, не болит ли с утра горло, не отек ли нос от жары, нет ли аллергии, бояться пить холодное, промочить ноги, всегда заматываться шарфами, не плавать в ледяном озере, прятаться под зонтиками от малейшего дождя — нет, это не по ней. Она и так здорова, но пение диктует совсем иной режим, ей это не подходит. Так, для себя, для удовольствия разве что... Особенно ей нравится работать с другими музыкантами, как вот сейчас с Митей... особенно с Митей... Конечно, он не самый сильный виолончелист в музыкальной школе... да разве в этом дело...

Эля училась с Митей в одной школе с первого класса, как выяснилось. И не замечала его. Не видела до девятого класса. В начале этого учебного года она обратила внимание на мальчика, который неожиданно покрасил свои явно темные по природе волосы в ярко-желтый цвет. Даже рассказала дома.

— Может, снимается где? — предположила тогда Лариса. — Бывает же, для роли красятся.

— Да не похоже... — пожала плечами Эля. — Знали бы все, если бы снимался. Только об этом бы и говорили.

— А зачем тогда?

— Не знаю... Он вообще странный какой-то, никогда не обратила бы на него внимания, если бы не покрасился.

Волосы у Мити быстро отросли, и он состриг крашеные пряди. Эля как-то и забыла о нем. Но напомнила ей и остальным Наталья Петровна.

Где-то с середины зимы Наталья Петровна стала говорить им о талантливом мальчике, который окончил прошлый год на тройки, в этом году начал с четверок, а к зимним каникулам неожиданно подтянулся почти до пятерки по алгебре и геометрии.

— Бубенцов... Бубенцов... — с восторгом повторяла Наталья Петровна. — Ну какая же умничка... Бубенцов! Вот сел и... всем доказал! Бубенцов!

И Эля почему-то представляла себе кудрявого, веснушчатого, смешливого мальчика. Но только не этого странного крашеного чудика.

Потом, когда они уже познакомились с Митей, она как-то спросила его:

— А зачем ты покрасился?

— Меня тетя покрасила... Краску пробовала на мне... — смущенно объяснил Митя.

— Ерунда какая-то...

— Да, батя так ругался, заставлял наголо обриться... Еле уговорил его не брить меня...

Эля стала смеяться, представляя Митю обритым наголо, но мальчик неожиданно так посмотрел на нее, что она осеклась.

— Ну и потом, я себе не нравлюсь... — продолжил Митя. — Хотел, наверно, как-то поменяться...

— Как не нравишься? — ахнула Эля, удивленная тем, что Митя так откровенно говорит о своей нелюбви к самому себе.

— Не нравлюсь... Не таким бы я хотел быть...

— А каким?

— Не знаю. Но не таким. У меня волосы темные...

— Хорошие, каштановые волосы у тебя, — пожала плечами Эля. Удивительно, мальчики, оказывается, тоже о таком думают.

— Глаза тоже карие...

— А какими они должны быть?

— Не знаю, светлыми...

— Это ген какой-то арийский тебе покоя не дает. Один маленький глупый и настойчивый ген против ста тысяч других. Перебороть их не может, а настроение тебе портит.

— Почему арийский? — удивился Митя.

— Ну, славяно-балтийский, хорошо. Ты в душе — сероглазый блондин. Да?

— Ну да, я же в детстве был светлым, начал резко темнеть только лет с десяти... Сейчас подхожу к зеркалу, а там — я...

— Так ты женщинам нравишься такой, как есть! — засмеялась Эля.

— Нравлюсь... — недоверчиво хмыкнул Митя. — Ты же меня не помнишь?

— Не помню. Увидела, только когда покрасился. А так не замечала.

— У нас физкультура в прошлом году была вместе, ты не помнишь?

— Физкультура? — ахнула Эля. — Да, точно, с девятым «В»... Нет, не помню. То есть всех помню, а тебя — нет.

— Ну вот видишь. А я тебя помню.

— Но кстати... Ты играл когда-нибудь в школе на виолончели?

— А что? — спросил Митя и тут же покраснел.

— Играл, ясно, — вздохнула Эля. — Значит, это был ты. В четвертом или третьем классе.

Маленький Митя, со спадающими на лоб светло-каштановыми тогда еще волосами, вышел на сцену, вытащил тяжелую виолончель, поклонился, ему похлопали, сел, начал играть, остановился, сидел-сидел, пока зрители в зале не начали переговариваться, потом кто-то захлопал, засмеялся, он встал, неловко поклонился — положено же, всегда кланяются классические музыканты, и до, и после выступления! — и потащил свою виолончель обратно со сцены. А ему всё хлопали и хлопали взрослые, а дети смеялись.

Эля помнила, как ей жалко было мальчика, ей казалось, что такого позора она бы не перенесла. В музыкальной школе, в которой они, оказывается, учились параллельно в течение семи лет, она его не видела никогда. Как такое могло быть, Эля не понимала. Смотрела мимо. Не останавливались на нем глаза.

К весне этого года Митя уже состриг все крашеные волосы, которые ему так не шли, у него быстро росли его мягкие каштановые кудри — легкие, не круто закрученные, приятные, шелковистые.

К Женскому дню Эля готовила номер с мальчиком Гошей, на год младше, который занимался в детской вокальной студии «Арпеджио», известной на всю страну. Ей хотелось спеть дуэтом про весну, про любовь, она нашла симпатичную песню, учила ее, вспоминая Валерия Игнатенко, хорошенького аспиранта Академии имени Гнесиных, который в прошлом году проходил практику в музыкальной школе и который ей так нравился — издалека, она с ним даже толком вживую и не разговаривала. Ему двадцать семь, ей четырнадцать — о чем говорить... О том, что скоро и ей будет восемнадцать, и тогда они смогут встречаться, а сейчас лишь переглядываться и переписываться Вконтакте, смущая друг друга несбыточными пока желаниями? Несбыточными, а для Эли так просто преждевременными. Но желания рождаются в той части тебя, которая не понимает, что прилично, а что — нет, что еще рано, а что может привести тебя в плен, в полную зависимость, которая определит твою судьбу, изменит ее, а то и сломает... Эля с Валерой встречаться не стала — он пару раз предлагал, во время ночных разговоров Вконтакте. Странные они, эти разговоры, когда не видишь собеседника, хотя бы не слышишь голос. «Да», «Почему?», «Наверно, нет» — можно прочитать совсем по-разному. Как захочешь, как и прочтешь.

После тех переписок Эля для себя решила — ей это не подходит. Те юноши, кто уже вошел во взрослую жизнь, ей пока не товарищи. Решила сама, ничего не рассказывая матери. Лариса обязательно поделилась бы с отцом, ее родители — образцовая пара, друг от друга секретов нет, поэтому ей приходится решать многое самой. Они бы очень удивились, узнав, что Эля часто чувствует себя одинокой в их благополучной и дружной семье. А как не чувствовать? Если они — вместе. А она — одна.

Песня, которую Эля нашла, очень соответствовала ее настроению этой весной. Что-то несбыточное, что прошло мимо, тревожное и радостное ожидание новых, неизведанных, волнующих чувств... Сложная мелодия на два голоса. Нужен второй, хороший, уверенный мальчишеский голос, после мутации, который может спеть и верхние, дискантные ноты и иметь плотные, уже мужские низы.

Хорошенький улыбчивый Гоша учил-учил песню, да так и не выучил. Слов не знал, мелодию перевирал, партию свою не держал.

— Фу ты, Гоша... Только зря я на тебя столько времени потратила!

— Не зря, я выучу...

— Когда, Гоша? Времени — четыре дня до концерта осталось!

— М-м-м... — заныл Гоша. — Ну вот, какая ты...

— Не ной, ты что! Слушайте, ну вы вообще не мальчики, а я не знаю что...

— Эль, сложная мелодия, сразу не выучишь...

— Как же вы выступаете на концертах? — удивилась Эля. — Я видела афишу — у вас этой зимой были концерты в таких роскошных залах... Билеты продавались везде, реклама по телевизору, в сети...

— Так мы же поем под хороший плюс! — искренне ответил Гоша.

— В смысле?

— Да как! Кто же будет рисковать петь живым голосом? — наивно объяснил мальчик.

— Как это? А какой смысл в таком пении?

— Ты не понимаешь, — начал рассказывать Гоша. — Мы записываем в студии, много раз, потом режут, делают хорошую фонограмму, те, кто петь не умеют, не записываются...

— А они потом на сцену выходят, те, кто петь не умеют? — засмеялась Эля.

— Конечно, выходят!

— А делают что?

— Подпевают, танцуют... Микрофон же выключен! Ну что ты привязалась! Все так поют!

— Не думаю, — покачала головой Эля. — Не думаю, что все поют под хорошо сделанную фонограмму, чужую причем... Ладно, Гоша, проехали! Вот почему ты песню выучить не можешь и голос не держишь!

— Все я могу, — обиделся Гоша. — Не хочу только. И времени у меня не было. У нас столько выступлений за этот месяц. И репетиции каждый день.

— Хорошо, свободен! — кивнула Эля.

— Тебе сколько билетов принести на наш концерт? У меня есть штук пятнадцать...

— Нисколько.

— Потом сфотографироваться можно с гостями. Звезды будут... Всего тридцать евро фотография, поставишь Вконтакте...

— Свободен.

Разобиженный Гоша поплелся на урок, а Эля подошла к Елизавете Константиновне, энергичной учительнице, ответственной за концерт, и предупредила ее:

— Мне придется песню поменять. Я другое спою, сольно, дуэта не будет, Гоша песню не выучил.

— Да ничего подобного! — всплеснула руками Елизавета. — Как это поменять? На что? Мы уже ее в сценарий вплели, песня уж больно такая... весенняя... Слушай, а я тебе сейчас Бубенцова приведу... Он ведь тоже поет, ты не слышала его на вечере романса? Иван Селиверстович делал концерт. Миленько так было, душевненько...

— Нет, я не люблю романсы, — пожала плечами Эля.

— Ладно! Не в романсах дело...

— И Ивана Селиверстовича не люблю. От него пахнет мышами.

— Теплакова!..

Элька вздохнула. Если бы только мышами...

— Бубенцов — это математик из десятого класса? — спросила она.

— Математик? — удивилась Елизавета. — Не знаю. Он у меня в группе по английскому, очень хорошо учится, старается в этом году. Я думала, он больше гуманитарий... Не важно. Сейчас я тебе его приведу.

Елизавета сходила куда-то и через пять минут привела в зал взлохмаченного, симпатичного, смущенного мальчика, с немного грустными и одновременно внимательными карими глазами.

— Это — Бубенцов? — крайне удивилась Эля. — Ты — Бубенцов?

— Ну да. А что?

— Я тебя не так себе представляла... Нам столько про тебя Наталья Петровна рассказывала...

— Так, Теплакова, вот тебе партнер, и чтобы дуэт был. Не будет она петь! Да мы весь сценарий концерта на твоей песне завязали. Слова там у тебя такие... «Пойдем в переулках весны...» Чудо! Мы же уже переулки нарисовали даже! Виртуальные! По ним и остальные бегать будут! И матросы у нас есть, танец такой, и посвящение любимому учителю — тоже в переулочке выходит ансамбль, а навстречу — любимая классная... Такое оформление придумали... Закачаешься! Давай, учи. Вот тебе Бубенцов, отпрошен с двух уроков. Он весь твой. — Елизавета подмигнула Эле. — Тебя тоже сейчас отпрошу. А ты, орел, старайся, ясно? А то двойку по английскому поставлю. Чтобы песню мне к завтрашнему дню знал. О'кей?

— О'кей, — растерянно кивнул мальчик.

Елизавета ушла, они с Бубенцовым остались одни в большом актовом зале. Эля с большим сомнением напела песню.

— Попробуешь? — спросила она Бубенцова.

— Давай, попробую, — улыбнулся он.

Так искренне, так светло улыбнулся, Эля внимательнее посмотрела на него.

— Ну, давай, подпевай.

Мальчик пел хорошо, немного неуверенно, но легко подстраивался к Эле.

— Слух у тебя отличный, — похвалила она его. — И тембр красивый.

— У тебя тоже.

— Да у меня — понятно! — засмеялась Эля.

— Певицей хочешь быть?

— Нет, конечно. А ты — кем?

— Я... — Митя замялся.

Рассказать ей? Или не надо... С чего бы ему с ходу откровенничать с этой красивой девочкой, которая поет на всех концертах, отлично учится, всегда выступает в школе, в музыкалке, ее песни крутят на огромном школьном экране на первом этаже, он ее не раз видел на окружных концертах. Префект ее обнимал, представлял, как надежду округа, что она прославит когда-нибудь эти места... Но главное — она такая красивая, что даже не хочется ни о чем больше думать. Язык сам что-то произносит, может быть, то, что говорить не нужно... Митя толком не понимал, что говорит. Она слушает внимательно, так смотрит, как будто залезает ему в душу, и ему никак не закрыться, а закрыться — нужно... Батя ведь предупреждал его о женщинах... Закрутят — сам не заметит. Очнется — будет поздно. Вот и сейчас он, кажется, потерялся в ее светящихся глазах, забыл, о чем начал говорить...

— Мить, Мить... — с мягким смехом прервала его Эля. — Не успеем ничего. О профессиях потом поговорим. Нам нужно понять, споем ли мы дуэтом. Еще раз пробуем.

Вот, значит, ей вовсе не интересно. А для него это самое главное. Он хочет быть скульптором. Но он не должен быть скульптором, потому что он бездарен. И потому что искусство умерло. Никому скульпторы не нужны. Поэтому он будет великим виолончелистом, таким же великим, как Мстислав Ростропович или, на худой конец, Пабло Казальс.

Через час репетиции Митя уже отлично пел свою партию, почти не ошибаясь и тут же поправляясь, слушая все замечания Эли.

— Трудно поверить, что ты никогда не занимался пением.

— Не занимался.

— А на хор в музыкальной школе ты ходил?

— Прогуливал... — признался Митя. — Убегал, играл в футбол за музыкальной школой.

— О! Мой папа тоже прогуливал хор, когда его отдали в музыкальную школу. А потом окончил консерваторию и стал певцом.

— Твой папа — певец? Где он поет?

— Теперь только дома и для друзей. Он же больше не работает в театре.

— А кто он?

Эля внимательно посмотрела на Митю. Вот интересно. Она думала, что вся школа знает, кто ее отец. Все магазины в округе продают их хлеб. У них столько булочек, рогаликов, бубликов, сушек, печенья, всяческой кондитерской продукции, ну и, главное, их последняя фишка — старорусский хлеб, который столько рекламировали по телевизору, и ведь кто именно его ел, сидя на резной лавке в сказочно красивых палатах! Один из самых известных и скандальных политиков России. Ел, причмокивал, всем советовал есть, рекомендовал покупать и любить все только русское, самое русское, самое-самое русское! Никогда бы родители не оплатили такую рекламу — тридцать восемь секунд эфирного времени на центральных каналах, — политик платил за нее сам. Уж больно красивая, выразительная получилась реклама — и самому политику, и модной национальной идее, и их хлебу. Федор очень сомневался: «Убого — рекламировать то, что заложено в самой сути человека! Ну что такое — модно быть русским и любить все русское!» Но Лариса уговорила его, и вышло забавно, привлекательно и вовсе не стыдно.

Так что вся школа знала, что у Теплаковых — знаменитая, процветающая хлебная мануфактура, находящаяся к тому же в их собственном районе, в десяти минутах езды на городском транспорте от их школы. Сколько туда детей возили, сколько отец устраивал бесплатных дегустаций... Как можно об этом не знать, учась в их школе?

— А кто твой отец? — повторил Митя. — Если не певец, то кто? Режиссер?

— Папа? Да нет... Он... — Эля улыбнулась. — Он капиталист.

— А... — немного растерялся Митя. — В смысле — капиталист?

— В смысле — «заводы, дома и пароходы»! — засмеялась Эля.

— Вы — богатые?

— Ну да.

— Очень богатые?

— Очень! — опять засмеялась Эля.

— А почему ты в нашей школе учишься?

— А где мне учиться?

— Ну, я не знаю. В частной закрытой школе какой-нибудь. Или за границей.

— Я в этой школе с первого класса учусь.

— А ты без охраны ходишь?

— Пока — да.

— А у вас есть свой самолет?

— Самолет? Нет.

— А яхта?

— Яхта — есть. Вернее, катер. А что?

— Нет, ничего. — Митя вздохнул. — Ладно. Странно. Я не думал, что у нас в школе дети капиталистов учатся.

— Митя, прекрати! Я ведь пошутила! У меня хорошая обычная семья. Мама была учительницей когда-то...

— А сейчас она — кто? Жена олигарха?

— Мы не олигархи, Митя.

— Так что делает твой отец?

— Мой отец? Печет хлеб.

— В смысле?

— В смысле — печет хлеб. Что тут непонятного? — пожала плечами Эля. — У нас хлебная мануфактура. А мама — ее директор.

— Ничего себе...

— А твой отец?

— Мой? — Митя гордо улыбнулся. — Мой батя — очень талантливый скульптор.

— Да? — теперь уже удивилась Эля. — Здорово... А... где можно посмотреть его работы? У него бывают выставки?

— Я... я тебе потом расскажу. Давай петь, хорошо?

— Хорошо.

Эля включила музыку, и тут в зал заглянул Дуда. Увидев Элю с Митей вдвоем, он пошерудил пальцами губы, издав смешной звук. Ему показалось это недостаточным, он забежал в зал, пронесся мимо Мити, толкнул его, проскакал по стульям, стоящим рядами, и крикнул Эле:

— Я тебе напишу!

— Буду ждать, Дуда! — иронически ответила Эля.

— Ты с ним переписываешься? — спросил Митя.

— Не больше, чем со всеми остальными, — пожала плечами Эля. — С ним не о чем говорить. Просто он... Очень любвеобильный мальчик. И привык, что все по первому зову с ним бегут. А я не побежала. Вот он сам кругами около меня и бегает теперь. Все сужая и сужая круги... При этом у него вроде как есть другая девушка, но это ему не мешает.

— Ты красиво говоришь... Читаешь книги?

— Читаю. А ты?

— Я — тоже.

— Это редкость. У нас в классе человека четыре читают, не больше. Остальные только краткое содержание смотрят и скачивают сочинения.

— Да, у нас тоже. Мы только что пробный допуск по литературе писали, так десять человек вообще пустые листы сдали, не знали, что писать, ни одного слова не написали.

— Смешно...

— И грустно, — кивнул Митя.

Удивительный мальчик — подумала тогда Эля. Не похож ни на кого.

Глава 7

— Ну, что, балбес, сидишь, ковыряешься опять в мусоре этом? — незаметно подошедший сзади Филипп взял большой рукой Митю за затылок и несколько раз пихнул его голову, так что мальчик стукнулся носом об стол. — Что там пишут? Прочитай бате.

— Батя... Ну, мне нужно тут...

Как такой крупный, полный человек умеет тихо открывать дверь и мягкими шагами подходить к Мите? Или просто виртуальный мир так затягивает, что перестаешь слышать звуки реального мира?

— Ну-ка, ну-ка, не закрывай, мне интересно... «Чтобы быть добрым к людям, надо быть всегда искренним и открытым...» —

Филипп резко повернул к себе крутящийся стульчик, на котором сидел Митя, и сильно сжал мясистыми коленями ноги сына. — Ты что, со мной об этом не можешь поговорить? Считаешь, что они там... — он ткнул пальцем в экран компьютера, — умнее, чем я?

— Нет, батя... но... — Митя попытался высвободиться, но отец еще сильнее сжал его ноги.

— Ты сколько сегодня занимался?

— Два часа сорок минут.

— Врешь... Я засек — и двух часов еще не играл. Что б ты делал без меня! Пропал бы в этом дерьме! А я тебе дорогу показываю! — Филипп взял сына за волосы. — Я же сказал — постричься. Что за лохмы?

— Батя...

Говорить или не говорить отцу, что Эля просила его не стричься... Ей вообще так больше нравится, и для фестиваля нужно, для образа романтичного музыканта, у них такая пьеса... Девушка поет о своем пропавшем в море суженом, о том, как она садится в лодку и плывет в открытый океан его искать, а Митя играет на виолончели тему — как будто плачет душа погибшего моряка... Как тут коротко подстричься, под солдатика, как любит отец. Всегда и во всем хочет, чтобы Митя был на него похож, а вот волосы почему-то отпускать не разрешает, хотя у самого всегда волосы чуть не до плеч.

Мите казалось, что он все же поедет на фестиваль, и будет играть эту пьесу, он знал, что ехать не надо, отец прав, а просто видел, как они садятся в поезд — вот Эля сидит напротив него в купе, смотрит на него сияющими глазами, он рассказывает ей что-то потрясающее, такое, что никто и никогда ей еще не рассказывал, и у нее такая светлая кожа, такие нежные руки, она ими поправляет растрепанные Митины волосы...

— Ну все, ты меня достал сегодня. Да ты меня не слушаешь! В прострации сидишь, мечтаешь! Что я сейчас сказал?

— Что... сказал, что...

— Все, иду за ремнем.

— Нет, батя, нет! Я сейчас буду играть! Все, я выключил компьютер. Вот, выключил, смотри!

— Мне кажется, ты перевозбужден! — Филипп ухмыльнулся. — Просто очень сильно перевозбужден. Я знаю, что ты должен сделать.

— Нет, пожалуйста, нет!

— Да, иначе никак. Сына, мы же с тобой психи, ты знаешь, что нам помогает лучше всего.

— Да, батя... — Митя прижался головой к мощному бедру Филиппа.

Отец лучше знает, что ему нужно.

— Ты — еще ребенок. Ты сам не понимаешь, что тебе делать. Только я знаю, что для тебя лучше.

— Да, батя, да.

Филипп вышел неспешными шагами и скоро вернулся с огромной чашкой черной, сильно пахнущей жидкости.

— Пей, сына, пей.

— Половину? — с надеждой спросил Митя.

— Все пей, сына. Валерьянки много не бывает.

— Меня в тот раз тошнило, батя. И так все было потом... вообще тошно.

— Это с непривычки. Я же тебе в два раза крепче стал заваривать. Все, ты теперь мужик, шестнадцать исполнилось, и дозу надо увеличивать. В валерьянке — вся наша сила! Как иначе себя в чувство привести? Никак. Не водкой же заливаться? Я уже залил свое, а ты и не будешь никогда. Я тебя научу жизни. Все брошу, а тебя жизни научу. Мужика из тебя сделаю. Пей, пей, я постою, подожду.

— Можно, я сразу не буду выпивать?

— Нельзя. Пей все сразу.

— Не смогу. — Митя с ужасом смотрел на огромную эмалированную чашку.

Два веселых медвежонка на ней танцевали с какими-то цветочками в лапах. Полустертые медвежата... И огромные цветики-семицветики в лапах... Надо оторвать лепесток и загадать желание. Он помнит их с детства. В этой кружке всегда что-то заваривали. Слабительное, успокоительное, снотворное... И он с детства боялся этих медвежат, ему казалось, что они знают, как ему плохо, как не хочется пить горький, отвратительный отвар... Знают и смеются, танцуют... У них — волшебные цветики, они могут загадать желание, а он — нет.

— Эх, сына... — Филипп одной рукой крепко обнял сына, другой поднес ему чашку ко рту. — Рот открывай и пей! Глаза закрой и пей до дна! Вот когда мне творить что-то, если я сына ращу!

Меня спрашивают — что вы слепили, что сваяли? Сына я слепил, из мрамора отваял, вон какой сынище у меня! Мое произведение! Пей, пей, попробуй только подавиться! Или, может, хочешь, чтобы я тебе опять клизму сделал? «Пять трав»? Волшебная тибетская клизма, а, как? Так пронесет, забудешь, как звали! — Филипп захохотал. — Весь психоз как рукой снимет!

— Нет, батя, пожалуйста! У меня нет психоза...

— Как это нет психоза?! У нас это семейное! Не хочешь клизму — тогда пей! И благодари судьбу, что у тебя такой отец! Все бросил ради тебя! Вот мастерскую мне дадут, уйду от тебя! Один останешься, с матерью! Будете вдвоем ковыряться, вспоминать, как хорошо было с отцом, какие вы были неблагодарные...

— Нет, батя...

Почему, когда отец рядом, все кажется по-другому? Все становится неважным — и Эля, и школьные проблемы, и страх перед будущим, и все желания, которые мучают и тревожат? С отцом рядом Митя как будто растворяется, теряет четкие очертания самого себя. Вот он был — а вот его и нет. Есть большой, безграничный отец, занимающий весь мир. И в этом мире есть маленький Митя, которому там так хорошо, в мире отца, хорошо, спокойно, надежно, не надо ничего решать, не надо ничего бояться, ничего не хочется, не страшно. Даже если отец ругается, даже если бьет. Ведь он любит, любит больше жизни Митю. Подзатыльники дает, от которых потом голова гудит весь день, порет так, что майку не снять на физкультуре — вся спина исполосована, голодом держит, высмеивает, но это все от любви. Он сам всегда так говорит... А отец его врать не может. Потому что отец — это весь мир. И в этом мире жить больно, но иначе и не может быть. Отец страдал всю жизнь, и теперь страдать ему. Но рядом с отцом он все выдержит. И не почувствует боли.

— Вот и молодец! — Филипп забрал из рук сына чашку. — Сам выпил. А то что же это такое — отец заставляет! Отец ничему тебя не заставляет, правда, сына? У нас полная демократия. Захотел успокоиться, выпил валерьянки. Хорошо чувствуешь теперь себя, правда?

— Да...

Как-то все теряет цвет и краски, если выпить так много черной, густой валерьянки. Сердце сначала стучит медленнее, как будто хочет остановиться, а потом начинает биться, как малень-

кий растерянный зверек — то быстрее, торопливо и неровно, то
с перебоями, и Митя совсем его не слышит, и трудно дышать, и
так липко внутри, и взмокает спина, лоб... Руки становятся ват-
ными, тяжелыми, непослушными, и совсем не хочется разговаривать, даже читать ничего в сети не хочется... Только спать... Но не
спится... Это не сон, это тяжелое забытье... С вязкими, мутными
кошмарами... Худая бесплотная Эля... Она течет, переливается,
становится то холодным ручейком, прозрачным, как стеклыш-
ко, острое, опасное, с рваными обломанными краями — тронь и
брызнет кровь, вся вытечет, его, Митина кровь, до капли... то —
змеей, холодной, блестящей, серо-зеленой, залезающей ему за
шиворот, струящейся по ногам, так неприятно, так стыдно, так
раздражающе... Нет, это не змея, это валерьянка, почему она течет по всему телу, почему так ужасно пахнет, этот запах не выве-
тривается очень долго, муторный, навязчивый, он придавливает
к земле, к вытертому коврику, на котором когда-то, много лет
назад можно было разглядеть крокодила из мультфильма, у этого
крокодила глаза, как у Эли — огромные, бездонные, ужасные,
в них можно утонуть... У Эли — крокодиловые глаза... Нет, это
крокодиловые слезы, которые она льет о нем, о Мите... Так сказал
самый лучший в мире человек... самый лучший в мире отец... он
такой добрый... он все бросил ради него, Мити... он жизнь свою
закопал ради него... но Митя ему поможет... он отца не бросит...
не променяет на баб... Эля — баба... просто баба... таких баб будет много... так сказал отец... ох, как же тошно, как тяжело, как
плохо... как жжет все внутри... пищевод, как будто туда натолкали
мелких раскаленных гвоздей... разрывает... разрывает изнутри...
плохо... невыносимо плохо...

— Филипп... — Марьяна умоляюще посмотрела на мужа, который прикрыл дверь в ванную, доведя туда бледного шатающегося
Митю. — Может, не надо так много ему валерьянки?

— Надо! Слушай меня, жена! Я знаю, что ему надо! Просто он
отвык, я же неделю не заваривал, занят был, все ждал звонка, позвонят эти сволочи или не позвонят! А ведь по фэн-шую каждый
день нужно пить по две чашки, и заваривать по-другому, с ночи
настаивать. И добавлять еще кое-что, у меня записано, я знаю,
там секрет один есть! Сделаю сегодня, покажу тебе, как надо, сама будешь заваривать, если сможешь, конечно, там точно надо

все соблюдать, ошибешься, переваришь или не доваришь — все насмарку.

— Хорошо... Если по фэн-шую... Это китайцы так говорят, да? Филипп подошел к жене.

— Китайцы... Они знают, как жить... Тремя рисинками питаются, скоро весь мир завоюют... А я тебя китайцам не отдам... Какая ты у меня... — Он одной рукой сгреб ее лицо, другой смял грудь. — Единственная...

— Филиппушка...

Марьяна прислонилась к мужу. Вот оно, ее счастье. Ее половина, ее судьба. Ни у кого такого нет. А у нее — есть. Так поздно она его встретила, так долго ждала. И ничего ей не надо, ни богатства, ничего. Кто не был на ее месте, тот не понимает, какое это счастье — быть женой такого человека. Такого мужчины, невероятного, сильного, неординарного... Близость с ним — это каждый раз как рождение заново. И говорит как... Можно только его слушать, никого больше — он знает вообще все. Никто даже близко не приближается к ее Филиппу, ни у кого нет такого безграничного интеллекта. Служить ему — радость. Жить с ним — бесконечное счастье. У гениев простых характеров не бывает. Быть женой гения — это тяжелый крест, усыпанный алмазами. И пусть никто этого не понимает. Как они могут понять? Филипп же — ее, ничей больше. Кругом столько одиноких женщин, которым надо беспокоиться о себе, все самим решать. Сотни тысяч одиноких... А она — с Филиппом, мощным, красивым до слез, ненасытным, молодым.

— Батя... — полуживой Митя выбрался из ванной и еле дошел до дивана. — Мне плохо...

— Это что еще за штуки? Поганец какой! — Филипп неторопливо подошел к сыну и одним рывком сдернул его с дивана, на секунду приподняв над полом. — Ты что устраиваешь?

— Мне как-то... плохо...

— А мне — хорошо? Мне — хорошо?! — Филипп заорал так, что сверху постучала по батарее соседка и в ответ прокричала:

— Тебе — сдохнуть пора, так ты меня достал! Участкового сейчас на тебя вызову, урод! Орать по ночам!

Филипп взглянул на часы.

— Так, без двадцати одиннадцать. Иди играй. Еще двадцать минут имеешь право. А как ты думал? Через тернии к звездам, сына.

— Я... не могу... батя... меня тошнит...

— А меня, знаешь, как тошнит от тебя, ошметок ты загаженный!

Марьяна проговорила:

— Мальчики, вы не ссорьтесь, пожалуйста. Я вас люблю. Тебе получше, сынок? Я чайку тебе сделаю...

И ушла на кухню, плотно прикрыв за собой дверь.

— Давай, давай! — крикнул Филипп, надуваясь и багровея. — Давай! Прячься! Кастрюльками греми там! Всё на меня бросай! Говняшку эту я сам, я один должен воспитывать! Всё — я! — Он изо всех сил стукнул кухонную дверь ногой, так, что задрожало стекло в двери. — Вставай! — Он рванул Митю за рубашку. — До инфаркта хочешь меня довести? Вставай, иди играй! Куча дерьма, ты — просто куча дерьма! Ты понимаешь, кто — ты? Сухая говняшка ты, вот ты кто! Я тебе варил настойку, цедил, студил, а ты — что? Все обратно сдал? Сам будешь сейчас варить и снова пить, пока все не выпьешь! Что ты молчишь? Что ты на меня смотришь?

Митя опустил голову. Сейчас надо, главное, переждать. Отец быстро успокоится, как обычно. Он добрый, и отходчивый, и очень ранимый человек. Он — старался. А Митя его подвел. Он не хотел подвести, но подвел. И правда, слова не сдержал, не играл, сколько нужно. А если мало играть, то ничего не получится. И так он слишком поздно понял, что его ждет карьера великого виолончелиста. Пока отец ему не сказал, он не понимал, чего ему искать в жизни. Шесть лет еле-еле в музыкальной школе учился. Только в последний, выпускной год взялся за ум. А как тут наверстаешь? Ровесники уже играют концерты, а он еле-еле на экзамене сонатину до конца доиграл, четверку ему натянули, не заканчивать же с тройкой по специальности! И когда он пришел на следующий год, осенью проситься в восьмой класс, завуч руками развела:

— Ну вот! Бесплатно учиться не хотел, теперь платно будем тебя учить?

— Нет, нам платить нечем, — твердо сказал тогда отец. Он умеет настаивать на своем и ставить на место людей. — Мы не воруем. У нас денег лишних нет. Мать одна работает. Так что пишите нам разрешение на бесплатное обучение в восьмом классе.

— Я посоветуюсь с директором, — заколебалась завуч.

— А пойдемте вместе, прямо сейчас! — легко улыбнулся отец. — Мне — разрешат. Я скажу, кто я и почему мы имеем право на бесплатное обучение!

И им разрешили, поняли, кто его отец... И что же, Митя теперь подведет отца? Нет, нет, конечно. Он вообще может никогда не включать компьютер. И выключить телефон. И не отвечать Эле, которая еще час назад что-то ему написала, он видел значок ее сообщения Вконтакте, и не открывал, хотел немного подождать, чтобы она не думала, что он ждет не дождется ее сообщений...

Митя сел, прислонил к себе виолончель, начал играть.

— Это лучше любой бабы, поверь мне, сына...

Филипп сел напротив сына.

— Руку вот так держи, не сгибай в запястье, вот, молодец... Знаю, знаю, как надо, чувствую! Талантливый человек во всем талантлив! Вот не играл никогда, и слуха у меня особого нет, а как играть — знаю. Интуитивное знание, как у древних. Они же ни логарифмов, ни таблицы умножения не знали, а про мир знали всё. Вот и я так. И запомни, сына, никакая баба не даст столько удовольствия, сколько дает музыка. Там ты властен над одной только женщиной, а здесь — надо всем миром. Сидят в зале триста человек — и они в твоей власти, а еще триста миллионов слушают тебя по радио, слушают твои диски, или как там ты в Интернете слушаешь, в ютубе своем... Ты их всех заставляешь себя слушать... Они все — твои рабы, понимаешь?

— Да, батя...

— Все, что сегодня не доиграл, доиграешь завтра. Можешь в школу утром не ходить, я разрешаю. Что у тебя первым уроком?

— Физика.

— Нет, на физику надо идти. Мужику нужна физика. Иди. Придется вставать. Меня не буди. Мне надо выспаться. Мне завтра могут звонить насчет заказа. Я должен нормально выглядеть. А то посмотрю с утра на себя в зеркало, там такая рожа заспанная, помятая, и разговаривать буду неуверенно, и опять не договорюсь. Поймут, что слабину дал. А так я им условия поставлю — и никуда не денутся, как миленькие согласятся! Скажу — половину вперед. И прибегут, принесут на блюдечке. И все у нас будет. И деньги на отпуск, и машинку стиральную купим, и что ты там хотел, новый планшет... Все купим. Одежду тебе... Поэтому надо нормально с ними разговаривать, чтобы хвосты поджали! Они же знают, с кем имеют дело! Это не какой-то им там неизвестный молодой сосунок, который вчера институт кое-как окончил. Мастеру заказ делают! И я марку должен держать... Это целая наука, сына! Кто тебя еще научит таким тонкостям, если не батя! Физику сделал?

— Да.

— А если не врать бате?

— Ну... не до конца.

— Ах ты, ошметок... — Филипп шутливо ударил Митю по затылку, да не рассчитал, у того аж клацнули зубы. — Ну-ка, давай садись, делай, а я рядом посижу. Сына мой... Дитё ты еще неразумное... А это что? — Филипп увидел, как Митя задвигает телефон под тетрадку. — Ну-ка, ну-ка, это что там за сообщение... Как открыть? Контакт этот ваш... Вот хрень какую придумали, а... — Он увидел первые слова. — «Ку-ку...» Это что за ку-ку? Кто может позволить мужику такие слова писать? На хрен пошли ее, я ведь знаю, что это баба какая-то... Открывай, я жду.

— Батя, там ничего нет, кроме ку-ку. Она всегда так пишет...

— Всегда? Моему сыну кто-то всегда пишет «ку-ку»? Что за бред? Что за унизилово? Ты что, сына, охренел? Как ты позволяешь этим... — Филипп набрал побольше воздуха и проорал матерное слово, — с собой так обращаться?! Ну-ка, я сейчас ей отвечу. Это же она, да? Я тебя от нее еще не отвадил? Давай, давай, пиши: «Пошла на хрен!» Так и напиши. Можешь еще прибавить матом. Или нет, матом не надо. Напиши просто «коза». Это лучше будет. Чтобы знала свое место. Матом — много чести. Эмоций слишком много. Так кто это? Она?

Митя сжался в комок. Если написать Эле то, что требует отец, она вряд ли будет еще когда-то с ним разговаривать, тем более не сядет в одно купе и не поедет на фестиваль, туда, где отец будет далеко, а она — близко... А если не написать, отец разойдется так к ночи... Его иногда разбирает, он не может себя остановить... Никто его не остановит, ни мать, ни соседка, которая то и дело вызывает полицию... Они уже и не ездят, смеются только... Кто же его остановит! Батя — творческий человек, понятно, такие бури внутри бушуют... Вся их пятиэтажка дрожит, когда батя разойдется... Никто не спит, с первого по пятый...

— Мальчики, у вас все хорошо? — В дверь Митиной комнаты заглянула Марьяна.

— Хреново у нас все, мать. Ремень неси, широкий. Митька что-то перестал понимать человеческие слова. Не хочет отца слушать. Неси-неси, не робей. А то и тебе попадет. — Филипп подмигнул Марьяне. Она знает, что он имеет в виду... Ушла сразу! Не перечила. Его жена не перечит ему. Если даже весь мир перевернется, и все жены будут перечить мужьям, его жена будет ему служить, как служит уже семнадцать лет. Поэтому он и женился на ней. Поэтому и живет с ней, терпит ее, не такая уж она и красавица. Но зато умница какая... Все понимает с полуслова. И служит ему, служит, и верит в него, боготворит. А так и должно быть! Никак иначе! До сорока лет такую женщину не мог найти, и все же — нашел!

— Вот... — Марьяна, не заходя в комнату, просунула ему ремень. — Ты этот просил?

— Этот... Дверь закрой. Ну что, Митяй, доигрался! Вставай к столу. Снимай... это все... — Филипп сам задрал Мите старенькую тельняшку, в которой тот любил ходить дома. — Это что же, и места нет, где тебя пороть? Синяки одни. Я же не зверь, по синякам парня пороть... А по заднице нельзя... Играть не сможешь на виолончели. По ногам разве что...

— Батя... — Митя умоляюще смотрел на отца. Как страшно, когда он так спокойно рассуждает... Лучше, когда кричит...

— Ну-ка... — Филипп резко развернул сына спиной к себе и стал хлестать его, куда попало. — Терпи, ты и так сегодня два раза уже провинился. Пикнешь — запорю до крови. Ну-ка... — Филипп на секунду остановился, — пиши ей, что я сказал. Пиши!!!

Митя молчал, наклонив голову. Филипп поднял его голову и притянул близко к своему лицу:

— Тебе кто важнее — она или я?

— Ты, батя.

— Вот и пиши: «Пошла на хрен от меня».

— Я... я не могу.

— Хорошо... — Филипп неожиданно отпустил сына, медленно свернул ремень и открыл дверь. — Хорошо...

— Батя?.. — Митя со страхом ждал, что сейчас будет.

— Ничего, сына, ничего. Батя твой и такое переживет. Я же тебя люблю. Я же все про тебя понимаю. Прищемила тебя шмара какая-то, ну, значит, прищемила. Значит, не мужик ты еще. Мужика — не прищемишь. Мужик — пнет ногой и дальше пойдет по жизни. Один — понятно? Один! А иначе — он не мужик. Побежит за тобой — значит, твоя. Не побежит — и хрен с ней. Ясно?

— Ясно, батя... Но...

— Никаких «но», сына! Ты меня слушай! Я знаю, что говорю. Ты книжки читай, а слушай — меня. В книжках — выдумка, ложь, так, как в жизни должно быть, но никогда не бывает, понимаешь? Не понимаешь... Сейчас объясню. Садись, поговорим.

Филипп прошел в гостиную, сел на диван, поправил старенькое покрывало, сбившееся и открывшее ободранные подлокотники, откинул руки за спину.

— Что ты там стоишь, как неродной? Иди, садись поближе к бате. Эх, вот что бы ты делал без меня... Сердце слабое у меня, а ты меня так мучаешь, заставляешь нервничать... Вот так сидели наши великие русские писатели в теплых креслах, чай попивали со сладкими настойками и пирогами с перепелками и фантазировали. А я тебе скажу, как на самом деле бывает. Как бывает в этой поганой, поганой, несправедливой жизни. И ты будешь ко всему готов. К жизни готов. Мал ты у меня еще, мальчонка совсем... Ну, иди ко мне.

Филипп подождал, пока Митя осторожно подойдет к нему, обнял мальчика, усадил рядом с собой и крепко расцеловал.

— Вот ты какой у меня, своенравный, как батя... «Но» он мне говорит... Ишь, какой смелый... — Он потрепал сына по щекам. — Щеки-то ввалились, каши мало ешь. На ночь иди поешь да и спать ложись! Давай-давай, а мне еще с матерью твоей надо поговорить по душам, а то что-то вид у нее бледный, заработалась наша мать. Надо бы ей отгулы взять, да всей семьей нам на шашлыки мотануть куда-нибудь в Подмосковье.

— Тетя вроде звала к себе... — робко вставил Митя.

— К тетке твоей, торгашке, я не поеду! Фамилию нашу позорит! Я ей написал письмо, чтобы она фамилию поменяла, раз торговлей занялась. Отнесешь на почту... Бубенцовы еще никогда на рынке не торговали!

— Так она вроде не на рынке, батя... У нее магазин теперь... Она мне телефон обещала новый купить...

— Ах, телефон новый! А батя, значит, тебе телефон купить не может? Да? То есть вот как ты за моей спиной! Ты когда с ней разговаривал, сучонок? А ты видел, какой у меня телефон? — Филипп громко захохотал. — У меня вообще есть мобильный? Я по городскому со всеми общаюсь и — ничего! Телефон ему тетя пообещала! Вот твари какие, сговорились, а... А я-то наивный, доверчивый человек, всем верю, всех прощаю...

— Батя, можно, я спать пойду? Мне не нужен новый телефон. Правда.

— Вот. Позвони и откажись. Мы у этой торгашки ничего брать не будем... Иди, иди, умой лицо, а то что-то бледный ты какой-то... Что ты, что мать твоя... Жизни нет в лице... Все вам отдаю, кровь свою отливаю — а вы бледные. Есть нужно больше, не истощать себя диетами. Иди вон кашу доешь, и спать.

— Хорошо, — вздохнул Митя. — Как скажешь, батя.

— Да нет, сына! Я же не заставляю! Ты же сам знаешь, как надо, правда?

— Правда.

— И вздыхать тут нечего. НЕЧЕГО!!! — неожиданно заорал Филипп.

— Да чтоб ты сдох!!! — ответила ему соседка сверху. — Я только что уснула... Вот сволочь какая, а!

— Видишь, сына, какие люди есть несдержанные. Не по фэншую живут. Не в ту сторону спит, наверно, ногами. Надо завтра к ней подняться, посмотреть, в какую сторону у нее кровать стоит. Высплюсь как следует да и поднимусь к ней, помочь надо человеку. А то нервы — ни к черту. Научу траву заваривать, спать будет, как убитая. Иди, сына, ложись. Спать-то тебе осталось... Всего ничего. На пять тебе будильник ставлю. И побегать во дворе успеешь, босым бегай — я тебе фото показывал человека, который босым бегал, и всё к нему в жизни пришло, и слава, и деньги, — и зарядку потом успеешь сделать, и мантры прочтешь, я там тебе оставил бумажку, списал сегодня в газете, — это молитвы такие... китайские... Еще рубашку себе погладишь. В восемь мать разбудишь, а то она сегодня опоздала на работу. И потише топай, а то я, если проснусь, потом плохо сплю, не высыпаюсь. Иди, поцелую на ночь.

Филипп поцеловал сына в висок, в голову.

— Голова у тебя, сына, что-то горячая. Постричься надо. Кровь слишком приливает к голове, волос много. От волос кровообращение нарушается. Когда седые волосы — то еще ничего, а когда темные, как у тебя... Кровотечение даже может быть из ушей, когда волос так много... И в кого ты такой цыганенок? Я на францу-

за похож, мать наша — просто королева... степная... а ты — как
цыганенок, но красивый, сволочонок... На меня в юности похож,
только силы нет никакой пока... Я-то какой был конь, а ты вон у
меня... нюня-разнюня... Ох, иди. А то разговоримся, до утра опять
проговорим, в школе носом клевать будешь. Иди. Постой! Ты —
шикарный, породистый самец, моя порода! Ты — гениальный
виолончелист, перед тобой весь мир открыт, тебя ждет мировая
сцена. Бабы тебе должны ноги мыть и воду с них пить, а не «ку-
ку» писать, ясно? И ползти за тобой, в грязи, в лужах, ползти на
брюхе, ты их ногами в лицо, а они — за тобой, куда угодно, лишь
бы рядом. Морда вся в соплях, а она ползет за тобой, ползет... Ты
меня понял?

— Понял, батя, — кивнул Митя и побыстрее проскользнул в
свою комнату.

Странно, он ничего этого не ощущает. Ни красоты своей, ни
гениальности... Конечно, он нравится девочкам и даже женщинам. Ведь не просто так Марина то и дело норовит прислонить-
ся к нему своей огромной, теплой грудью, подкармливает его
французским шоколадом, еще пару учительниц весь этот год ему
подмигивают, явно оценки завышают, любят поправить на нем
пиджак, застегнуть пуговичку на рубашке или, наоборот, расстегнуть, посмеиваясь, ненароком погладить по выпуклой груди,
взъерошить волосы... И девочки... Вон Тося как бегает, может
быть, конечно, ей интересно, как он рассказывает про литературу
и классическую музыку, ведь он очень хорошо умеет говорить, но
она тоже любит взять его за руку, горячей потной ладошкой сжать
ему пальцы, по ноге провести пальчиком, по шее... Не просто же
это так! Он не дурачок, он книги читал, где подробно все описа-
но — не по физиологии, этого хватает в учебниках биологии и в
Интернете, а по психологии, это гораздо сложнее. Он и Куприна
читал, и Мопассана, и, само собой, Набокова...

А с физиологией все и так понятно — два-три раза посмотришь
видеозаписи чужого секса или японские порномультики, и как-то
все становится неинтересно. Неужели вот так и у него будет? Так
тупо, грязно, убого... Нет, у него все будет по-другому. Он пока
не знает с кем. Иногда носятся картинки в голове, но он тут же
их прогоняет. Не с Мариной Тимофеевной, нет. Это стыдно, хотя

было бы проще всего, наверно. Ведь она все уже знает о жизни, все умеет...

Батя несколько раз пытался с ним об этом поговорить, но Митя сделал вид, что ему совсем неинтересно. Потому что он не хочет об этом говорить с батей. Почему, даже лучше не пытаться понять. Не хочет.

Вот, может быть, Тося бы подошла ему, если, конечно, она согласится. На самом деле он точно не знает, чего она от него хочет. Может быть, как все девочки, она его заманивает, а потом пожелает стать его девушкой. То есть он должен будет ходить с ней за руку, водить в кино, гулять в парке... Он совсем к этому не готов. Некоторые ребята из его класса обзавелись такими девушками, девчонки тут же ставят фотографии в обнимку на свои странички, чтобы рассказать всему миру о том, что парень пойман, парень больше не свободен!

Митя так не хочет. Даже с Элей, наверно. Хотя когда он начинает о ней думать, мысли путаются совсем. Он и не может толком сказать, чего он хочет. Как с Тосей?.. Нет, так далеко мысли у него не заходят. С Тосей он бы мог еще допустить, что у него получится, как у других ребят, хотя он просто не представляет, как и с чего начать. Вот как? Взять и подойти и... все само собой произойдет? Нет... От этих мыслей становится душно и неприятно. Отец говорит, что он — самец, но наверняка что-то другое имеет в виду...

А вот как быть с Элей? Когда ее нет, Митя особенно и не думает о ней. Но стоит ей пройти мимо него в школе, взглянуть на него своими совершенно волшебными глазами... Да, волшебными, другого слова у него нет. Как тогда можно объяснить, что от одного ее взгляда ему становится весело, горячо, ноги сами пускаются то в пляс, то в бег припрыжку, его начинает как будто нести какой-то неостановимый, бурный, радостный поток, слова льются сами собой, остроумные, громкие... Потом, конечно, ему очень стыдно. Но в тот момент, когда на него смотрит Эля, он растворяется, становится легким, невесомым, искрящимся, ему так хорошо, что вообще больше ничего не нужно, лишь бы стоять рядом с ней, бежать за ней, слышать ее голос, видеть струящиеся, отливающие золотом длинные волосы, желать прикоснуться к нежнейшей светлой коже и знать, что ему никогда — никогда! — не прикоснуться к ней, это как драгоценность в музее, исключительная, изумительная, сверкающая, на нее можно смотреть часами, рассматривать, наслаждаться, очень хотеть приобрести навсегда, отлично понимая, что это невозможно, потому что... невозможно.

Главное, не проболтаться отцу. Он привык рассказывать ему все. Но об Эле он, наверно, зря рассказал. Конечно, отец может его научить, как Мите с ней быть... Батя ведь всему его учит. И если бы не отец, Митя никогда бы не понял, что ему нужно заниматься виолончелью. Тянул музыкалку и тянул, еле-еле. И никто из преподавателей никогда не обращал внимания на Митю. Ходит мальчик, сдает худо-бедно экзамены на четверки, и ладно. А отец распознал в нем гения. И заставил заниматься. И когда Митя выйдет на главные концертные площадки мира, в зале будет сидеть отец и молча улыбаться. И тогда Митя позовет его на сцену, и все будут хлопать его отцу, и он получит все свои аплодисменты, которые недополучил, которые украл у него кто-то другой, менее талантливый, но более приспособленный к жизни, чем его тонкий, ранимый, легко взрывающийся отец. Митя страдает от него физически, но отец-то сам страдает за всех душой — и за него, и за мать, которой приходится за всех работать, тянуть всю семью. Отец — душа, сердце и мозг их маленькой дружной семьи. И, может быть, отец и прав. Никакая девушка ему сейчас не нужна. Ей просто нет места в Митиной жизни.

Митя подумал, взял телефон и написал в ответ на Элино шутливое «ку-ку!»:

❖ Я — спать. Доброй ночи.

И вроде не отшил, но и разговор поддерживать не стал. Он видел, что она сейчас онлайн, тоже не спит. Ей — что. Ей в пять утра не вставать. Тем более, сколько бы она ни спала, она всегда хорошо выглядит. Ясные глаза, свежая кожа с легким румянцем. А он, если спит по три часа, похож на молоденького разнесчастного чертика.

❖ Желаю тебе увидеть во сне добрую фею, похожую на меня... ☺ — тут же ответила Эля.

Митя написал сначала «М-да...», как всегда писал, когда не знал, что ответить Эле на ее неожиданные слова, потом стер и написал другое:

❖ Ты правда похожа на фею.

Отправил и тут же пожалел об этом. Ведь это слабость. Отец постоянно говорит ему, что он мал и слаб. И именно поэтому бьет его, для воспитания характера. Митя и сам пытается себя воспитывать. Спит мало, бегает босиком во дворе, когда все еще спят, перетягивает себе живот поясом тайком от отца туго-туго, чтобы не хотеть есть, потому что вообще-то он постоянно хочет есть и был раньше полноватым, а теперь похудел и не собирается больше полнеть. А отцу, конечно, хочется, чтобы Митя во всем был похож на него, и по фигуре тоже.

Он все ждал, когда же Мите достанутся его шикарные вещи, в которых он расхаживал в молодости — кожаный пиджак, который отец купил в Дрездене, куда ездил на практику еще студентом, длинное верблюжье пальто, в котором его всегда путали с Марлоном Брандо, просили автограф, хорошие неизношенные джинсы, настоящий Levi's, плотные, если их встряхнуть и поставить на пол, они будут стоять, сейчас таких уже и не шьют, так отец считает... Но Митя, скорей всего, уже не дорастет до отца, остановился на хорошем среднем росте, метр восемьдесят один с половиной, как ни мерь.

❖ Митя, тебе визу надо получить. Когда ты поедешь в визовый центр? Осталось меньше трех недель до поездки. Не успеешь.

Митя вздохнул, перечитал Элино сообщение и выключил телефон. Он не может ей отказать напрямую. Лучше молчать. И перечить отцу он тоже не может. Не потому что отец взорвется. Митя отца не боится. То есть боится... Но не из-за этого перечить не может. А потому что он любит отца. Любит больше себя, больше Эли... То есть... От пронесшейся мысли Мите даже стало нехорошо.

Он встал, помахал руками, побоксировал в воздухе, представляя себе маленького, вертлявого Артюхина, который вчера смеялся над ним, говорил, что у него... Лучше не вспоминать артюхинские пошлости... Лег на пол, отжался. Он что сейчас подумал? При чем тут Эля и... любовь... Нет, он ведь ничего такого в мыслях не имел... А кто это у него в голове за него подумал?

Митя прислушался, что происходит в смежной комнате, которая на ночь становилась родительской спальней. Можно пробежать до ванной и умыться холодной водой, чтобы мысли всякие в голову больше не лезли? Отец не прощает, если Митя некстати вылезает из своей комнаты, да и матери потом в глаза смотреть неудобно... И неприятна она ему, если что-то такое услышать, а тем более увидеть...

Митя решил лучше не ходить в ванную. Ничего, сейчас пройдет. Мало ли ерундовых мыслей пролетает в голове. Вот, например, недавно он думал, разобьется ли он насмерть или же останется инвалидом, если выпрыгнет из своего окна на втором этаже. Это не значит, что он правда хотел покончить счеты с жизнью. Просто был такой момент слабости... И это — про Элю — лишь слабость. В его голове живет кто-то очень слабый, ведомый, романтичный до глупости... А он — сильный. Он — самец.

Митя лег в постель. Ныло все тело, напоминая ему о странной, владеющей всем его существом близости отца. Он всегда рядом с ним. Мучительно, не радостно, но привычно и надежно. Отец не бросит его никогда. И Митя тоже того никогда не предаст и не променяет.

Глава 8

— Митя, дружок, задержись после ансамбля! — попросила его Нина Георгиевна.

Митя радостно кивнул. Он любит, когда его чем-то выделяют, особенно если это видят другие ученики. Столько лет на него вообще не обращали внимания... А сейчас, когда он стал серьезно заниматься виолончелью, его и в ансамбль взяли, и даже на концерт поставили в конце года, правда, не на школьный, на классный, но все же...

— Да, Нина Георгиевна?

Преподавательница постаралась подавить неприязнь, возникающую каждый раз, когда она занималась с этим мальчиком. Так не хотела его брать на восьмой класс, раньше он был у другого преподавателя, Нина Георгиевна лишь пожимала плечами, ставя вместе с другими членами комиссии четверки на годовых экзаменах, не понимая, зачем эти ненужные муки ребенку, играл бы лучше в футбол, но возраст глубоко пенсионный, не будешь слишком разборчива в учениках. Кого дают, с тем и приходится заниматься. Мальчик хоть и не слишком способный, но старательный. Зачем вот только он все время лукавит, притворяется, так неискренне улыбается... Вот что сейчас улыбаться? Зачем?

— Послушай меня, мальчик... — Нина Георгиевна вздохнула и отвернулась.

Нет, наверно, это возраст. И ее — она устала от всех учеников, и хороших, и плохих. И его возраст — глупый, бессмысленный, когда все силы организма направлены на рост. Мальчик растет и просто не может разобраться, где он, что он, как с кем ему себя вести.

— Митя, сядь и... и, пожалуйста, не улыбайся.

— Хорошо, — машинально согласился Митя и только потом до него дошел смысл слов преподавательницы. — Почему не улыбаться?

— Потому что ты очень неискренне улыбаешься, а меня это раздражает.

Мальчик кивнул и руками согнал улыбку, сильно набив себя по щекам.

— Так лучше?

— Лучше, Митя, лучше. А еще лучше — ничего не показывать. Ни как ты меня уважаешь, ни как ты хочешь учиться, ни как ты с трепетом относишься ко всем моим словам.

— А как же быть? — растерялся Митя.

— Да господи... Никак! Кто тебя этому научил?

Батя всегда говорит: «Улыбайся, у тебя шикарная улыбка, как у меня, я своей улыбкой мир в свое время покорил, мне все двери открывались. Сначала улыбнись, а потом уже начинай разговаривать. Тебе что-то говорят, а ты стой и улыбайся, тогда людям будет приятно с тобой разговаривать, они потеряют контроль, попадут под твое влияние...» Сколько раз он ему повторял это, с малых лет. И Митя привык улыбаться, весело ему или нет. Почему Нина Георгиевна так странно одергивает его? Может быть, у нее болит голова?

— Вы нездоровы? — участливо спросил мальчик.

— Почему, Митя? Я здорова, насколько можно быть здоровой в моем возрасте...

Надо ответить ей, что она молодая? Кажется, так нужно говорить женщинам в преклонном возрасте... Но Митя не решился, он чувствовал, что преподавательница за что-то на него сердится.

— Не перебивай меня, пожалуйста.

— Хорошо. Я слушаю. — Митя покорно кивнул и невольно улыбнулся.

Нина Георгиевна только махнула рукой. Маска эта у мальчика не от хорошей жизни наверняка. Она помнила его отца, который привел его на первое занятие в восьмом классе. Странно уже то, что с таким взрослым мальчиком пришел отец, да и сам мужчина произвел на Нину Георгиевну самое неприятное впечатление. Наверно, домашний тиран, так ей показалось. Настырный, говорит без остановки, и улыбается вроде, а тяжело становится от разговора. И мальчик поэтому такой, весь перекрученный, пережатый, не понимает обыкновенных искренних слов.

— Постарайся меня услышать, Митя.

— Да-да, Нина Георгиевна...

— Митя, тебе надо поехать в Латвию на фестиваль с Теплаковой и выступить там.

— Я не могу, — быстро ответил Митя и снова улыбнулся. Ведь улыбка — это самое верное средство, чтобы человек понял, что ты говоришь искренне, чтобы проникся твоей правдой.

— Можешь, Митя.

Нина Георгиевна отошла к окну. Раньше она бы закурила, и сильное раздражение, которое сейчас мешало ей говорить с Митей, быстро бы растворилось в горьковатом, таком необходимом ей сейчас дыме сигареты. Но — увы. Чтобы закурить, теперь надо выйти из школы и топать далеко за ворота. А с мальчиком говорить нужно сейчас и здесь.

— Можешь и должен ехать. Ты зажат.

— Я?

— Да, ты, Митя. Ты зажат, ты боишься сцены, ты еле-еле доиграл свое произведение на классном концерте. Ты не можешь открыться. У тебя нет свободы, нет азарта, нет огня. Разве ты сам об этом не знаешь?

— Знаю, — кивнул Митя.

Очень болезненная тема. Он пытается об этом не думать. Гораздо приятнее верить отцу и представлять себя на сцене европейских концертных залов... Потому что он хочет на самом деле совсем другого. Зря даже Нина Георгиевна об этом сейчас так открыто заговорила.

— А если знаешь, то почему отказываешься от такого шанса? Чудесного просто шанса! Если бы мне кто-то сейчас предложил бесплатно поехать в Европу сыграть на фестивале...

— Подыграть Эле, а не сыграть, — уточнил Митя.

— Да ты что, мальчик, издеваешься? Подыграть! Да, во-первых, такой певице и не грех подыграть! Три полные октавы с колоратурным верхом, мощный голос, тембр, сама — красавица... Подыгрывать ей — одно удовольствие. И девчонка хорошая, скромная, голосом своим вовсе не гордится, не выпирается никогда вперед... Чудо, а не девочка! А потом, почему, извини, пожалуйста, ты так относишься к выступлению дуэтом? Ну да, один ведет, другой — за ним...

— Я должен быть главным... — пробормотал Митя, не совсем уверенный, что говорит правильные вещи, но он обещал бате быть мужиком во всех ситуациях, а не нюней-разнюней.

Он уважает своего Учителя! Нина Георгиевна за один лишь год так многому его научила, предыдущая преподавательница ни во что его не ставила, батя говорит, что вот раньше бы к Нине Георгиевне попасть, уже бы в училище музыкальном был, и она-то сама считает наверняка его своим шансом, своим последним шансом, с Митей она прославится как педагог. Да и просто — пожилая женщина так любит его, так прекрасно к нему относится, понимает, что к гению нужен особый подход...

— Почему ты должен быть главным, детка? С чего это ты решил? — прищурилась Нина Георгиевна. Много она повидала детей на своем веку, и еще более странных, чем Митя. Он, конечно, чудак-человек, но она была уверена, что видит его насквозь. Ничего сложного и особенно пугающего в его поведении она не видела. Это, скорей всего, обратная сторона зажима и неуверенности в себе. — Иногда нужно и уступить кому-то первое место.

— Но не женщине, — пробормотал Митя. — И вообще, я в таком дуэте и в оркестре играть не собираюсь. Я буду солистом.

— Будь, Митя, будь. Но сейчас надо поехать с Элей, у вас просто великолепный номер, тебе только нужно раскрепоститься, снять все зажимы, поверить в себя, услышать, как прекрасно Эля поет, понять, о чем она поет, и достойно сыграть свою партию. Она может спеть и без тебя, но с виолончелью будет лучше. Да и внешне вы — прекрасная пара.

— Нет!

Митя не хотел дальше спорить, вырвалось само. Батя учит, что ему не нужна пара. И ему на самом деле нужно быть одному. Иначе он не станет тем, кем должен стать. Если уж ему не быть скульптором... Конечно, было бы здорово лепить, вырезать, ваять...

Его рукам с самого детства хочется разговаривать, рассказывать, выражать то, что чувствует Митя, о чем он мечтает, фантазирует. Сколько раз он принимался лепить Элю за последние два месяца, с тех пор, как они спели в школе эту странную, волнующую песню о переулках весны, в которых они пойдут вдвоем, навстречу рассвету, навстречу наступающему дню, навстречу весне... Лепил из чего придется — в школе из пластилина, который у него был спрятан в мешке со сменной обувью, дома из хлебного мякиша, в музыкалке — из остатков мягкой оконной замазки, которую можно потихоньку отколупать из окна, она похожа на гипс, даже пахнет так же... Отец дома лепить не разрешает, потому что Митя — бездарен и потому что заниматься скульптурой нет смысла вообще, кому, как не отцу, это знать. Настоящий талант в нашем обществе не востребован, это Митя хорошо усвоил с самого раннего детства.

— Короче, так, Митя. Ты спрашивал мое мнение? Я пришла, послушала номер и говорю тебе — номер хороший, Эля поет великолепно, произведение интересное, ты играешь нормально, можно лучше, есть куда расти. Вот. И надо поехать, преодолеть себя. Я считаю, ты просто трусишь.

— Я?! Я — трушу? Я?..

— Да, мальчик. Ты трусишь. И прячешься в свои глупости, которые сам и придумал. Все. Надо помочь с номером — приходи, позанимаюсь с тобой. А так — до свидания. Учебный год закончен.

— А программа? Я хотел летом играть программу... Выбрать программу нужно, определиться...

— Какую программу, Митя? — устало вздохнула Нина Георгиевна.

— Для поступления...

— Ты — собираешься поступать, — уточнила преподавательница.

— Да! Конечно!

— А куда, прости?

— В консерваторию.

— Ясно...

Нина Георгиевна села, снова встала, подошла к окну. Да, вот чего ей не хватает — это сигареты. Ну как можно спокойно разговаривать с этим мальчиком? Выйти на большой балкон, что ли, закурить? Уволят... Ей шестьдесят семь лет. Уволят за малейшее нарушение дисциплины... Она даже больничные уже лет шесть как не берет, как бы себя ни чувствовала.

— Хорошо. Готовься, если считаешь нужным. Тебе ведь еще год до поступления?

— Да! И я летом хотел с вами заниматься. Вы же еще будете приезжать в школу по делам?

— Да, писать учебные планы, и у меня платный ученик, он поступает в Австрии в музыкальную академию.

— Вот, я же могу после него рассчитывать на урок с вами... Мне нужно, Нина Георгиевна... Прошу вас, не отказывайтесь. — Митя старался говорить как можно убедительнее и не терять достоинства. Как батя.

Нина Георгиевна взглянула на мальчика. Да, он не виноват. Да, у него очень бедная семья. Почему, непонятно. Она же видела отца. На вид — здоровый мужик, крепкий, рослый. Но это на вид. А там — кто знает? Может быть, он инвалид... Мало ли каких болезней только не бывает. И мальчик привык к своей бедности, не стыдится ее, не скрывает, не понимает, что есть вещи, за которые все платят, кроме него... Может, это и неплохо. Живет в эмпиреях, не задумывается о хлебе насущном. Что есть, то и съел. И пошел играть на виолончели.

— Ладно. Приходи на урок, там разберемся. Ехать в Латвию, мальчик! Ехать и не раздумывать!

— Нина Георгиевна... — Митя встал, чувствуя, что от волнения не может сидеть. Ведь это все так важно для него. На самом деле он очень хочет поехать. Он никогда не был ни в какой другой стране, он даже не мечтал никуда поехать этим летом, кроме тетиной дачи, если отпустит батя, а он сестру презирает и вряд ли отпустит. Митя хочет поехать с Элькой, потому что хочет поехать, потому что она ему снится, потому что руки сами ее лепят, ее высокую, тонкую фигуру, ее нежный профиль, ее ровные плечики, стройные сильные ноги, он хочет поехать, но ОН НЕ МОЖЕТ! Батя взял с него слово. Он же не может его предать, не может нарушить слово...

— Да, Митя?

— Нина Георгиевна... Ваше окончательное слово — ехать? Да? Мне ехать?

— Конечно, Мить, что тут думать и рассусоливать столько. Сразу, с первого дня было ясно. И вообще, Митюша, это хорошее развлечение, тебе судьба такой подарок дарит! Поехать, посмотреть мир, познакомиться с другими творческими людьми...

Нет, вот слово «развлечение» ему не подходит. Ему надо работать. Надо играть по четыре часа в сутки. По шесть, семь — летом, когда уроков не будет. Мир посмотреть — тоже не резон. А себя испытать, преодолеть — вот это да, это резон.

— Хорошо. Спасибо, Нина Георгиевна!

Мите очень хотелось сказать, что, когда он станет всемирно известным музыкантом, он всем будет рассказывать и о своей первой учительнице, которая совсем не любила и не ценила его, просто терпела, и о Нине Георгиевне, которая увидела в нем гения. Но он не решился.

Теперь, главное, заручиться поддержкой матери, чтобы отец не остервенел, не набросился на него с кулаками, не устроил скандал. Хотя бывает и так, что отец покричит-покричит, да и согласится. На новогодние каникулы к тете на два дня отпускал. Потом порол, правда, «дурь вышибал»... Но отпустил же! А к порке Митя привык. Ничего особенного. Не страшнее ста пятидесяти отжиманий или бега по мокрой грязной земле босиком, когда все спят, спит весь мир в теплых уютных постельках, и только он, маленький, мокрый, замерзший со сна, бегает и бегает по ледяному асфальту, сбивая ноги, разбрызгивая лужи, попадая то в бензиновые подтеки, то в собачье дерьмо, бегает и представляет, как когда-нибудь он будет это вспоминать, зная, где начинался его звездный путь — вот в этом стареньком дворике, заросшем тополями с обрубленными головами, заставленным машинами, среди которых нет их машины, она давно сломалась и вросла в землю на пустыре, где осенью началась стройка, во дворике, из которого он когда-нибудь обязательно уйдет в другую жизнь, где у него все будет — и самые лучшие женщины, и много, очень много денег, и слава, и прекрасная светлая мастерская, где он будет лепить сколько душе угодно — после концертов на самых лучших сценах мира. И конечно, в этой мастерской будет место и для бати. Или даже — нет, лучше батина мастерская будет рядом, смежная. Они же привыкли всегда жить в соседних комнатах. Вот и будет когда-нибудь у отца мастерская рядом с Митей.

И отец наконец получит возможность слепить и изваять все, что он задумывал за жизнь. И все поймут, какого скульптора они столько лет отрицали и унижали, какого большого художника не принимали! Отец еще всем покажет!

Митя, взволнованный разговором с Ниной Георгиевной, быстро шел домой и не заметил, что идет за Элей. Только когда он ее перегнал, то словно очнулся, обернулся, засмеялся:

— Элька! Я тебя не увидел!

— Привет...

Когда она говорит «привет» таким голосом, то кажется, что она так много ему сказала, все, что он не решается спросить и о чем даже не хочет думать! Митя стал рыться в сумке.

— Подожди, пожалуйста, сейчас...

— Ты что-то забыл в музыкалке? — засмеялась Эля.

Ну почему она так светится, особенно когда улыбается? Митя засмотрелся на девочку, потом спохватился и снова стал рыться в сумке.

— Да черт, где она... А, вот! — Он достал маленькую шоколадку, которую еще перед ансамблем купил в автомате в фойе музыкалки. Как раз думал, вдруг встретит Элю... По рублю копил со сдачи в магазине, когда мать посылала его за хлебом. — Будешь? — как можно небрежнее спросил он.

— Давай, спасибо... — довольно равнодушно сказала девочка, как-то сама осеклась и вдруг резко поменяла тон. — Как раз такую люблю, спасибо!

Митя хотел задуматься, почему она заговорила по-другому, но не успел. Он увидел, как распахнулась короткая кожаная красная курточка Эли, под ней приподнялась легкая белая рубашка, застегнутая на три пуговки, и так красиво, волнительно обозначилась нежная круглая грудь... Митя засмотрелся. В голове у него затикало, внизу живота тоже. Вот о чем так грубо иногда спрашивает отец, вот что он имеет в виду, когда интересуется, как реагирует его тело на Элю... Вот так и реагирует... Довольно неловкая ситуация, как ему теперь себя вести, непонятно... Эля понимает, как ему нехорошо? Точнее, как хорошо...

Митя совсем растерялся, заговорил о чем-то, не соображая, что говорит, засмеялся, отвернулся, хотел уйти, потом положил руку на Элино плечо, то, которое было рядом, тут же отдернул

руку, потому что это совсем ему не помогло, да и что она подумает... Теперь уже жгло и тикало во всем теле, смеялась и пела душа,
Митя напевал вместе с ней, все подряд, ноги приплясывали, руки
показывали что-то большое и не имеющее формы, и трудно было
дышать.

— Мне направо, Мить... — негромко сказала Эля.

— Мне тоже, с тобой! — радостно воскликнул Митя. — Ой,
сумку давай! Ты что сама-то тащишь? Мне отдала бы сразу!!!

— Да нет, она не тяжелая...

— Сумку давай! — заорал Митя, сам не понимая, зачем он так
страшно кричит.

— Мить, ты что? — Губы у Эли задрожали. — Почему ты так
кричишь? Что вообще с тобой такое? Ты как себя чувствуешь?

— Хорошо. Прости. Эля, прости, я... — Митя остановился, взъерошил волосы. — Постригусь пойду. Кровь приливает к голове.

— Нет, пожалуйста, нет! Тебе так идут волосы!

— Правда? А батя говорит — не идут.

Вот кому верить? Конечно, бате. Но под Элиным взглядом
начинаешь таять, тело теряет вес, горячо, радостно, время растворяется, непонятно, вечер сейчас или утро, и видишь только
эти губы, так точно очерченные, эти золотистые ресницы, если
они проведут по твоей щеке, наверно, это будет очень приятно...
Нет, нет, об этом нельзя думать! О чем вообще он думает? Митя
постарался прокашляться, глубоко подышать.

— Митя, что с тобой? — испугалась Эля. — Ты приболел?

— Нет. Нет. — Он протянул ей сумку. — Все, мне надо домой.
С отцом разговаривать. Я еду в Латвию. Я не сказал тебе?

— Нет! — засмеялась Эля. — Самое главное ты не сказал! Всё
рассказал, кроме главного! Как хорошо, давай тогда вместе в визовый центр поедем!

— Нет. Нет... — испугался Митя. — Нет. Я... я с батей. Или с
матерью поеду.

— Ну, хорошо, что ты так переполошился? Конечно, только
езжайте быстрее. Мить... У тебя есть деньги на визу? Может...

— Нет! — Митя отшатнулся от нее. — Еще чего! Ты мне будешь
давать деньги? Ты что — вообще? С ума сошла... Унижать меня...

— Да успокойся ты! Прости. Конечно, у тебя на все есть деньги, и на визу, и на все. Я вообще к деньгам просто отношусь. Деньги — песок.

— Да? — удивленно переспросил Митя. — Странно ты рассуждаешь. Ну да, вы же богатые...

— Мои родители не всегда были богатыми...

Митя услышал звук телефона в кармане, судорожно достал телефон. Отец, конечно, заждался его...

— Да, батя... Я иду домой.

— А сколько можно идти?! — заорал батя. — У тебя когда ансамбль закончился? Я уже собирался за тобой в музыкалку идти! Ты где вообще?

— Я... Я тут... — Митя взглянул на Элю. — Я друга встретил...

— Какого?

— Сеню...

— А, Сеню... А дай ему трубку... Хотел спросить, как у него дела в техникуме...

Митя растерялся.

— Бать... А... он... он уже ушел! Только что сел в троллейбус. Я его провожал, мы на остановке стояли. Я домой иду.

— Ну, хорошо... — недоверчиво сказал отец. — Поторопись. Кашу два раза тебе разогревал уже. Выйти, встретить тебя?

— Нет, нет, — заторопился Митя.

Вот плохо, что приходится из-за нее обманывать самого близкого, самого любимого человека.

— Пока, Эля! — Митя, не оборачиваясь, ушел широкими шагами.

— Пока... — Эля недоуменно смотрела ему вслед.

Может, и зря она все это затеяла? Может, и зря так хочет с Митей поехать? Что-то есть в нем такое, что не дает ей безоговорочно кинуться в это щемящее, волнующее, радостное чувство, которое заполняет и заполняет ее душу, всю ее суть с тех пор, как на концерте в школе Митя в самом конце песни протянул ей руку, они так не репетировали, он это сделал неожиданно только на концерте, она в ответ дала ему руку и почувствовала то, что никакими словами нельзя описать. Да, можно сказать: «Он сжал мне руку и не отпускал», — и ничего этим не объяснить.

А с этой секунды началась ее новая жизнь. Жизнь, в которой появился он. И отошли на задний план все друзья, все подружки, все предыдущие маленькие влюбленности, и обольстительный аспирант Валера, и смешной долговязый Костик, доверчиво топающий за ней по школе — куда она, туда и он, всегда, уже два года, и хулиганистый, вечно румяный и вполне симпатичный Дуда, не дающий ей прохода.

Всех затмил, и, похоже, надолго, этот вихрастый, глазастый, трогательный, необычный мальчик, который не умеет улыбаться, его обычная улыбка — это не улыбка, а гримаса — то ли боли, то ли ненужной никому натужной вежливости, — и лишь редко-редко, ей одной он улыбается по-настоящему, мальчик, над которым многие ребята смеются, а женщины с интересом провожают его глазами — еще бы, такая атлетическая фигура, ноги, грудь, плечи, такой нездешний взгляд — как будто Митя только приехал с каких-то далеких островов, где все по-другому, совсем другая жизнь, и ему все так удивительно здесь, все так непривычно...

Глава 9

— Митюша, вот, смотри, что у меня есть! — Марьяна достала конверт.

Митя бросил тревожный взгляд на отца, тот читал газету, не обращая внимания на них с матерью. Вроде как не обращая внимания. Что в конверте? Деньги? Мать иногда дарит ему деньги в конце года и на разные праздники. Он их чаще всего копит и покупает на них подарки родителям. Мите так нравится дарить, так нравится видеть удивленно-недоверчивый взгляд отца: «Что, мой сына так вырос? Он мне дарит подарки...»

Или что там? Паспорт с визой? Так ведь они вроде договорились с матерью, что та сама потихоньку, постепенно уговорит отца, получит его согласие на Митину поездку, им надо вместе идти к нотариусу. Неужели уже уговорила, а отец никак и виду не подает, не комментирует, молчит? И виза так быстро готова? Может, мать обошлась без отца, и он сейчас взорвется?

— Что это? — сдержанно спросил Митя.

— Билеты на концерт. Ты же хотел куда-нибудь с друзьями сходить. Пригласительные, бесплатные. Сядете где-нибудь, там места будут наверняка... Очень хороший концерт, струнный, и виолончель будет. Там же и программка внутри. Это нам на работе давали. Никто не хотел идти, так я семь билетов взяла.

— Семь? Ух ты, так я с ребятишками пойду...

— Ты прямо как отец иногда разговариваешь, — умилилась Марьяна. — Его же интонации, его словечки. Надо же...

Так... Митя стал считать, кого позвать. Деряев, это понятно, лучший друг. Потом Сеня, если пойдет... Самый лучший друг, но он отпал уже от школьной компании, свои интересы, техникум... Наверно, надо Тосю и Посю позвать, им полезно, пусть просвещаются. Тося всегда внимательно слушает его рассказы про музыку и музыкантов... А как быть с Элей? Она учится в другом классе, да и вообще... Смотрит иногда на него так, что Митя начинает крутиться на месте, подпрыгивать от волнения... Деряев точно это уловит и будет смеяться. С ней если идти, то только вдвоем... В общем, без Эли. И отец тоже любит, когда он ходит компаниями, а не вдвоем с кем-то, так ему спокойнее.

— Только это завтра, сынок, надо побыстрее договариваться.

— Агась! — улыбнулся матери Митя. — Спасибо, мам! Я тебя люблю!

— Я тебя тоже люблю, сынок... — Марьяна договорила тише, видя, как дернулся и поднял бровь Филипп. Не любит он, когда Марьяна слишком уж нежна с сыном. Да и не надо, когда есть отец в доме, пусть он и воспитывает, он и приласкает. Не у всех отец есть, а если есть, то редко принимает такое участие в воспитании. Вот поэтому и сын у них такой необычный, такой талантливый...

Мальчик быстро допил несладкий чай — отец как сказал, так и сделал, до получения годовых оценок Митя послушно пил чай без сахара, — схватил сумку и побежал в школу.

Перемена давно закончилась. Но физик — добрый человек, понимает, что у Мити нет денег обедать в столовой. Митя живет рядом и бегает домой перекусить и переодеться. Митя любит, чтобы одежда на нем была свежайшая, и меняет рубашки два раза в день.

— Бубенцов, ну заходи, заходи... Как раз обсуждаем, какую обидную ошибку ты сделал в контрольной... Да, не выходит у тебя пятерка, увы. Как ты ни старался. Но все равно молодец! Вытянул в этом году с тройки на твердую четверку.

— Нет... — Митя невольно произнес это вслух.

Физика! Только не по физике! Отец требовал, чтобы по точным наукам у него были пятерки. До десятого класса он как-то легче к этому относился, а вот с этого года у них дома жесткий контроль. Тройка по математике или физике — наказан. Да Митя и без наказания понял, услышал отца. Надо так надо. Почему, он поймет потом. Отец сам когда-то учился в авиационном институте два года, не сразу пошел в Строгановку, но талант оказался сильнее, перетянул его. И отец хорошо разбирается во всех бытовых приборах, всегда знает, что и почему перегорело, может все объяснить. Когда давно-давно у них была машина, отец вечно ругался с мастерами, чинившими ее, потому что они не понимали, что надо делать, только ломали машину. А он им все хорошо объяснял, маленький Митя просто заслушивался, стоя рядом.

— Алексей Ефимович... Я перепишу...

— Все, все, Бубенцов! Проехали, закрыли тему. У тебя тройка по годовой контрольной, так что электронная система пятерку в году тебе не выставит. Ничем не могу помочь. Переписывать некогда. Три дня до конца учебного года, ты смеешься?

— Алексей Ефимович...

— Сядь, не отсвечивай.

Митя поймал взгляд Тоси. Что-то в нем было такое... Не жалость, не сочувствие, не понимание... Вообще что-то не относящееся к физике... Он отвернулся. Вот черт! Как теперь быть с концертом? Отец никуда его не пустит. Пойдет в школу разбираться с физиком, настоит на переписывании, потом посадит Митю дома, будет объяснять ему, зачем мужику точные науки, заставлять учить формулы, решать задачи, будет пороть... Ну, в общем...

После урока Митя подошел к физику, дождался, пока все уйдут. Он видел за дверью черно-зеленые волосы Тоси, она маячила под дверью, но не заходила. Митя слышал и низкий хохоток Деряева. Ждут его друзья, поддерживают его, приятно. Там же крутился и Артюхин, он слышал и его смех, визгливый, как у девчонки. Даром, что усы у первого выросли.

— Алексей Ефимович...

— Все, все, Бубенцов! В следующем году отыграешься. Сейчас — фол. Все, пока.

Почему физик его не любит? Вообще, кажется, его недолюбливают мужчины-учителя. Что физкультурник, хотя Митя отжимается больше всех, бегает быстро, не пропускает физкультуру, не курит в раздевалке в маленькое зарешеченное окошко, что информатики, оба, иронизируют над его аккуратностью и исполнительностью. Может, ему это только кажется, просто симпатия мужчин выражается по-другому? Вот и физик сейчас. Ведь смотрит на него с явной симпатией, а прогоняет. Ждет, наверно, чтобы Митя проявил настойчивость.

— Алексей Ефимович, я хочу исправить тройку. Я... мне... В общем, мне нужна пятерка в году.

— Слушай, Бубенцов... — Физик взглянул на дверь, в которую просовывалась голова Тоси. — Торчкова, дверь закрой и подальше от нее отойди!

— Надо-олго, Алексей Ефи-имович? — засмеялась Тося.

— Месяца на три, Торчкова! А лучше вообще больше не приходи! А ты, Бубенцов, попробуй себя в чем-нибудь другом. Мить, скажи мне, — физик понизил голос, потому что закрытая было дверь снова стала потихоньку приоткрываться, — тебя что, дома бьют? Ну что тебе так дались эти оценки? Никто в десятом классе уже так не кипишует, ну что ты, а? Унижаешься...

— Я — не унижаюсь, — твердо ответил Митя. — Просто мне нужна физика.

— Ясно. Хорошо, в следующем году старайся тогда. Ты куда думаешь поступать?

— В консерваторию, — не задумываясь, ответил Митя. — Или, если не получится, в Мерзляковку.

— А это что за зверь? — усмехнулся физик. Да, не напрасно он думал, что мальчик немного не от мира сего. Идет в консерваторию, а так переживает о физике.

— Это училище при консерватории. Но я думаю, что меня сразу в консерваторию примут. У меня... способности, — скромно добавил Митя. — Батя так говорит.

— Батя... Да, я, кажется, помню твоего отца. Представительный такой мужчина. Он художник, кажется, да, у тебя?

— Скульптор, — с гордостью ответил Митя.

— Хорошо. Ладно, Бубенцов. Если уж так ты рвешься... Даю тебе последний шанс. Переписывай, но прямо сегодня, после восьмого урока приходи.

— Спасибо, Алексей Ефимович, — сердечно поблагодарил Митя.

Вот, значит, он умеет с людьми договариваться. Забыл улыбнуться! Он вернулся, улыбнулся, поймал в ответ удивленный взгляд физика. Вышел в коридор, там по-прежнему стояла вся его компания.

— Ребятки... — начал Митя.

Артюхин заржал.

— Митюха, ну ты запарил разговаривать, как дебил! Ч хотел?

— Ну как там, Мить, а? — Тося подошла к нему близко-близко, прижалась всем тельцем к его боку. Прижалась, провела, не видно для других, ручкой ему по спине, и ниже, погладила ягодицы, бедро, как-то незаметно рука ее соскользнула куда-то совсем в неожиданное, незащищенное, слишком тайное место... Митя вздрогнул, хотел отойти от Тоси, но не смог. Это было и тревожно-приятно, и немного непривычно, так, что даже нога стала сразу дрожать, и Митя почувствовал, что весь взмок. Он неожиданности новых ощущений он икнул.

Артюхин с Деряевым переглянулись и тоже икнули, громко-громко, передразнив его.

— Ребятки... — снова начал Митя внезапно осипшим голосом. Ведь никто не видел, что делала сейчас Тося? Она, маленькая, стояла, спрятавшись за ним, прислонившись к стене, и словно задумчиво слушала всех. А на самом деле гладила его, да так, что Митя застыл от переполнивших его ощущений. Новых и странных.

— Ну, лошок, ч ты хотел? — Деряев прищурился, пытаясь понять, почему Тося так замерла за спиной у Мити. — Говори, не томи. Торчкова, иди ко мне, я тебя потерял.

— Я зде-есь... — жеманно протянула Тося и все же пошла к Деряеву, напоследок крепко-крепко сжав Митину ногу.

Приятная девочка, немного странная, конечно, никто еще из женщин так не льнул к Мите... Но это же, черт возьми, хорошо! Значит, он ей точно нравится? Батя всегда говорит — надо, чтобы было, из кого выбирать. Одну пнешь, другую пнешь, посмотришь, кто из них поползет за тобой. Митя расправил плечи. Вот, в общем, уже две точно есть. Эля и Тося. Еще Марина Тимофеевна, эта тоже точно в него влюблена, а еще школьная учительница по музыке, которая у них не ведет, — в старших классах нет музыки, — но всегда ему улыбается, когда он приходит в столовую пить воду, старается чем-то его угостить... Но будут ли они так же смелы и откровенны, как Тося...

Митя увидел, как Деряев неожиданно обнял Тосю, та не отстранилась. Наверно, они друзья. Между друзьями это нормально. Вообще — ведь все они друзья! Все — его ребятки! Его компания! У Мити резко улучшилось настроение после разговора с физиком и после того, как Тося так явно показала ему, что он ей очень нравится.

— Ч хотел? — повторил Деряев. — Уболтал Ефимыча? Исправит тебе тройку?

— Я переписывать буду, — улыбнулся Митя, видя, как Тося, зажатая высоким Деряевым, смотрит-то из-под его подмышки на него, на Митю! И тихонько ему подмигивает и облизывает губы, как-то так, что Мите стало все ясно. Он, правда, с другом ссориться из-за девчонки не будет, если надо, уступит Деряеву. Но только, судя по всему, Тося уже выбрала его, Митю. Или они просто с Деряевым друзья... Тогда что выбирать... Митя потер голову. Нет, ничего не понятно. Очень сложно во всем этом разобраться! Билеты! Надо же договориться о концерте, ведь идти завтра уже! — Ребятки, пойдемте на концерт, — сказал Митя.

— Ребя-я-ятки... — Маленький Артюхин смешно проблеял, передразнивая Митю, и неожиданно очень сильно толкнул его.

Тот покачнулся, но тут же в ответ так пихнул Артюхина, что подросток отлетел назад, стукнувшись об колонну, задев по пути Марину Тимофеевну, которая уже некоторое время шла за группой десятиклассников.

— Ну, Артюхин, ты вообще... — покачала она головой. — Ты как себя ведешь? Привет, Митя! — поздоровалась одна с одним Митей. — Как успехи? Что-то не заходишь... Вот зайди, кстати, я там твоей маме кое-какие материалы хотела передать, она просила.

— Маме? — удивился Митя. — А, ну хорошо, сейчас зайду. Вот, с ребятками только договорюсь. Мы на концерт идем. Хотите с нами?

— На концерт? — Марина Тимофеевна подняла тоненькие сероватые брови. — Когда?

— Завтра.

— А что за концерт?

— Струнный. В Доме музыки. Бесплатно!

— А знаешь... — Марина усмехнулась, глядя, как Тося быстро-быстро захлопала ресницами, слушая Митю, при этом даже не пытаясь освободиться от цепких объятий Деряева. — Слушай, Деряев, ты свою девушку, может, на улице будешь обнимать, ну не так же откровенно!

Марина ничего не понимает в их отношениях, усмехнулся про себя Митя. Они все — друзья!

— Это еще не откровенно, Марина Тимофеевна! — засмеялся Деряев, обнажив длинные желтоватые зубы. — Показать, как откровенно?

— Нет, нет, не сейчас, Деряев. Какие же вы, а! Наглые, беспардонные... Митя, в общем, заходи, я материалы маме передам, и про концерт все расскажешь. Я завтра могу пойти, у меня муж как раз в командировку на два дня уезжает.

— Так вот и надо... — Деряев подмигнул, — немножко оторваться, да, Марина Тимофеевна?

— Ох, Деряев, жаль, ты у меня больше не учишься...

— Не нужна мне биология, Марина Тимофеевна, у меня экономический профиль! В будущем вообще наук не будет, только одна экономика. Кто лучше деньги сосчитает, тот и в шоколаде!

— В шоколаде будет тот, кто их заработает, Деряев!

— Или украдет! — встрял Артюхин.

— Или украдет, — согласилась Марина Тимофеевна. — Мить, я тебя жду.

Митя в растерянности остановился, не зная, идти ли ему с друзьями, так хорошо компания складывалась, он всегда мечтал, чтобы ходить с друзьями по школе, вот так, как сейчас — все вместе, дружно, весело, ну что, вот так взять и уйти к Марине?

— Подождете меня? — попросил он. — Вместе погуляем потом. Мне к Алексею Ефимовичу только после восьмого. Еще целый час.

Тося подмигнула ему. Подождет, она и подождет. И Деряев с ней, он же все время рядом с ней. Это вообще все очень приятно. Все — вместе! Вот так, дружно, весело, в компании — много ребят, все друг друга любят, все хорошо относятся... Это ведь его заветная мечта — быть в центре большой дружной компании.

Митя увидел, что по лестнице спускается Эля в окружении своих одноклассников. Вот, у нее же есть компания. Они всегда так по школе ходят. Рядом с ней, как обычно, долговязый мальчишка с огромными голубыми глазами, как у девочки, наверно, ее друг, потому что никогда от нее не отходит. Где-то поблизости прыгает и белобрысый Дуда, хорошо известный на всю школу, после того как неделю назад на спор курил электронную сигарету, пройдя три этажа школы медленными шагами. И никто не смог его остановить. Не драться же с подростком! Все училки прыгали рядом, уговаривали... А главное, ничего и потом ему не сделали.

Ругались, кричали, угрожали, а Дуда только посмеивался. Родители его уезжают в длительные командировки, Дуду оставляют одного, он самостоятельный и смелый, Мите только мечтать о такой смелости.

Но, кстати, он бы не хотел быть таким самостоятельным. Ему нравится то, как у него есть сейчас. Он знает, что дома его ждет человек, который понимает все, все может объяснить, все непонятное расставить по своим местам. Ну, конечно, то, о чем Митя решится отцу рассказать. Вот о Тосе он, наверно, не расскажет. И о том, как несколько дней назад он шел из музыкалки с Элей и неожиданно потерял ощущение времени, растворившись в ее взгляде... О том, как каждую ночь после этого ждал, когда затихнут все звуки в родительской комнате, и только тогда писал Эле, уверенный, что неожиданно не откроется дверь, не войдет отец и не отберет телефон... И не прочитает его взволнованные, без начала и конца сообщения...

— Привет, Мить! — помахала ему рукой Эля, спустившись на этаж с одноклассниками. И улыбнулась, широко, светло, как обычно.

Ее подружка, которая шла с ней под ручку, тоже помахала Мите.

Интересно, он ей нравится? Она так внимательно посмотрела на Митю. Какая забавная девочка, одевается чудно — кофта длинная, ниже юбки, на шее — замшевый ободок с блестящей бляшкой... Ноги не очень, но улыбка такая загадочная... Надо расспросить про нее Элю. Так смотрит на него, как будто увидела что-то необыкновенное. Да, все-таки нравится он женщинам. И это весьма приятно. Но не самое главное в жизни.

Митя кивнул Эле и обернулся к своим ребятам:

— Подождите меня, я на минутку к Марине!

— Минуткой вряд ли обойдется! — непонятно ухмыльнулся Деряев.

— Я за материалами для мамы... — спокойно начал объяснять Митя.

— Другим будешь эту дичь втирать! — хохотнул Артюхин.

— Но мы тебя ждем на улице, Мить, — сказала Тося, по-прежнему держась за Деряева.

Митя поймал недоуменный Элин взгляд и побыстрее отвернулся. Ну что она хочет! Он очень занят! У него физика, у него компания, естественно, друзья важнее, чем одна-единственная девушка, даже если она ему и нравится... Ему Тося тоже нравится. И она, кстати, идет сейчас себе с компанией и совсем не настаивает на том, чтобы быть вместе с Митей. А Эля, кажется, обиделась. Не на что обижаться! Он ей ничего не обещал. Мало ли что покажется ночью, тем более когда лежишь под одеялом, с телефоном, видишь крохотную иконку с ее фотографией, она улыбается так светло, так хорошо, только ему, читаешь строчки ее милых сообщений, понятных только ему, она, конечно, не такая смелая, как Тося, и симпатию выражает не так откровенно, но понятно же, что он ей нравится, понятно же из ее нежных недоговоренностей, что больше всего ей бы хотелось сейчас быть с ним, провести пальчиками по его щеке, и не только по щеке...

Ну и что! Сейчас он занят. Митя физически чувствовал взгляд Эли, когда шел по коридору в кабинет Марины Тимофеевны. Пусть смотрит. Ничего особенного. Ну не улыбнулся, ну отвернулся, ну не поздоровался! Что делать из этого событие! Он — занят. И точка. Пусть ползет за ним. Так батя сказал, а батя понимает про жизнь и про женщин ВСЁ. Митя обернулся-таки. Не поползла? Сама виновата.

Он увидел, как Дуда взял Элину сумку, взвалил на плечо вместе со своей и, подпрыгивая, пошел рядом с ней. Крайне неприятный мальчик. Просто сволочь. Какое он имеет право брать сумку его девушки?.. То есть... Митя — совершенно свободный человек, но Эля ведь ему вчера писала что-то такое... Конечно, это можно понять как угодно... И ее нежный взгляд... У нее от природы такой взгляд... Она на всех так смотрит, на весь мир... У нее глаза так устроены... Черт!

Митя резко развернулся, побежал за ними. Зачем он бежит? Он остановился у лестницы, увидел, как Эля со смехом сняла Дудину руку с талии, как, красный и расстроенный, за ними плелся-таки голубоглазый Костик, ковыряясь в своих разноцветных брекетах... Тут, как назло, Элина подружка Таня, только что смотревшая на Митю с явной симпатией, обернулась, показала ему язык и неприличный жест... А девочка с медными волосами, Соня, кажется, еще и махнула так небрежно ручкой, мол «иди-иди, парень!». Наверно, Эля всем дала прочесть его глупые сообщения...

Митя в два прыжка обогнал Элину компанию, толкнул Костика, нарочно посмотрел на Элю с ядовитой усмешкой, ничего не сказал и свободный, самостоятельный, высоко подняв голову, широко раскидывая ноги, как отец, спустился первым на этаж. Вот так! Пусть знает, что ему — все равно! Она именно такая, как говорил отец. «Пусть другие носят за ней мантию!» Ведь это батины слова, а он не поверил! Батя все правильно говорит, и никуда он с ней не поедет! Или... Или поедет, но покажет ей там, за границей, что она ему совсем не нужна! Ему вообще никто не нужен! Его ждут звездная слава и лучшие концертные площадки Европы.

Обессиленный от противоречивых мыслей и эмоций, Митя пробежал по второму этажу, взбежал по другой лестнице и, взмыленный, ворвался в кабинет Марины.

— Ты что, зайчик? От кого бежал? — Марина сразу подошла к двери, плотно ее прикрыла. — Садись, радость моя. Вот тебе конфеты с коньячком, кофе будешь? Или чай? У меня разный чай есть... Дети все несут, несут...

— Лучше воды! Холодной! — проговорил, задыхаясь, Митя.

Что-то сейчас произошло не то, а что, он еще не понял. Кому рассказать? Некому. Может быть, Деряеву, он — лучший друг, с некоторых пор Мите стало так казаться. То, что он обнимает Тосю, — это ерунда, это по-братски, по-пацански, они же с Сеней иногда ходят в обнимку, как братья... Сене тоже можно рассказать, но он в женщинах ничего не понимает. Может, Марине рассказать? Конечно, она в него влюблена... Но она взрослая, замужем, все поймет...

— Что, шалун, набегался? — Марина поставила ему чашку и ненароком задела его грудью.

Он уже к этому привык. Это поначалу он замирал, краснел, а сейчас уже сам ждет этой теплой волны, которая разливается по всему телу, когда Марина, словно сама не замечая, окутывает его своей мягкой, белой, огромной, открытой до самой ложбинки грудью. Обычно видно родинки между двух больших грудей, плотно лежащих рядом, а сейчас было видно и ниже, Маринина блузка совсем опустилась. Митя бы раньше отстранился от неловкости, а сейчас, наоборот, взгляда не отвел и даже чуть сам прижался к ней плечом. Коленки при этом подрагивали, но... это от быстрого бега, наверно. Он — не растеряется. Он — самец.

— О... — негромко засмеялась Марина. — Мальчик мой... Тебе сколько сахару? Попробуй все-таки мой чай...

Митя посмотрел на кусочки сахара в круглой желтой сахарнице. Коричневые, белые кусочки, квадратные, неровные, прозрачные, шероховатые... Нет, нельзя. У него договор с отцом.

— Я — без сахара, — твердо сказал он.

— Что это вдруг?

Митя улыбнулся.

— Не хочу.

— Зубки у тебя у самого как сахарные, белые-белые... — проворковала Марина. — Так и хочется их попробовать... Ну-ка, покажи, этот зуб у тебя как-то вырос. — Она бросила быстрый взгляд на дверь, легко провела пальцем по Митиным губам, коснулась зуба, чуть неровно выпирающего из ряда верхних зубов. — Клычок... А губы какие у тебя... Нецелованные, да, Мить? И не целуйся! Девочки все очень плохие, им все равно с кем целоваться.

— Да? — искренне удивился Митя.

— Конечно, — пожала плечами Марина, садясь напротив него и медленно разворачивая конфету в красной блестящей фольге. — Ты не знал? — Она положила в рот большую шоколадную конфету и стала с удовольствием ее жевать. Губы ее испачкались шоколадом и помадной начинкой, Марина причмокивала и то и дело облизывала губы.

— Нет...

— Конечно, малолеткам все равно. Им же важен процесс, а не человек. Их кто поцелует, с тем они и будут целоваться. И остальное всё — тоже. Ну это, наверно, тебе не интересно, ты мальчик серьезный... — Марина лукаво взглянула на него.

— Интересно, Марина Тимофеевна. Это же жизнь. А мне интересно, как... вообще... в жизни... — Митя почувствовал, что запутался и, наверно, у него не получится сказать, что он хотел.

Но Марина поняла его. Вот что значит — взрослая женщина. И очень хорошая, добрая! Видно же, что она добрая. И умная. И точно не захочет с ним за ручку парой ходить. Ведь у нее есть муж.

— А интересно, Митенька, так приходи ко мне...

— Когда? — спросил Митя, чувствуя, что краснеет.

— А сегодня и приходи.

— Завтра — концерт, вы хотели с нами пойти... — совершенно нелогично ответил Митя, не понимая, соглашаться ему или отказываться.

— Знаешь, я, наверно, не пойду. У меня на завтра оказалась куча дел. А сегодня я совершенно свободна. Приходи, чаю попьем, конфет у меня дома полно... Ну и вообще... — Марина потянулась, подняв вверх руки, и под тонкой трикотажной красной кофточкой так ясно, так выпукло обозначилась ее нереально белая и огромная грудь. Такая тяжелая, такая манящая...

Митя сглотнул слюну, прокашлялся. Марина погладила его по спине.

— Ты устал. Очень устал.

— А... А что вы хотели моей маме передать?

— Маме? Ах, маме... Сейчас, да... Она же у тебя председатель родительского комитета? Тут на лето путевки в летний лагерь предлагают...

— Нет, не председатель... — растерялся Митя. — Кажется, нет... Она — нет...

— А ты хочешь поехать в лагерь?

— Я? Не знаю. Нет, наверно. А сколько стоит? У нас денег совсем сейчас нет. Ситуация такая.

— Да? — Марина остро взглянула на Митю. — У тебя... все здоровы в семье?

— Да, спасибо.

— А отец?

— И отец здоров.

— Хорошо. Как знаешь... Значит, я просто ошиблась, спутала. Ладно, если сможешь, зайди ко мне вечерком, я во-он в том доме живу... — Марина сама подошла к окну и позвала Митю. — Подойди, я тебе покажу.

Митя нерешительно подошел к ней. Как-то все не так. Здорово, но непонятно. Чего она хочет?

— Смотри... — Марина взяла его руку и его же рукой стала показывать ему. — Вот тот дом, зеленый, высокий, новый, видишь? А за ним двенадцатиэтажный. Там я и живу, очень легко запомнить, третий подъезд, третий этаж, сто одиннадцатая квартира. Три-три — один-один-один. Запомнил? Придешь?

Марина смотрела на него сильно накрашенными глазами. Острые черные стрелки делали ее похожей на египетскую принцессу. Вместе с ярко-рыжими волосами, взбитыми в пену, это казалось немного угрожающе. Красные ногти с черными подтеками, усики над верхней губой, морщинки, такие внятные морщинки в уголках рта, на висках... Странно, издали ничего этого не видно... Так сильно, так сладко, так душно пахнут ее духи... Митя отстранился, отступил назад.

— Придешь?

— Не знаю... Да, наверно... Не знаю... Постараюсь...

— Постарайся... — Марина провела рукой по его волосам. — Шелковые... Просто шелковые... Какие же у тебя волосы...

Митя отступил еще на шаг.

— Я... я пойду, хорошо, Марина Тимофеевна? Мне переписывать физику надо...

— Иди, — засмеялась Марина и уперлась кулаками в бока, стала похожа на себя обычную, так она стоит посреди класса во время урока. — Не придешь, значит.

— Я... не знаю...

— А я знаю, Бубенчик. Не придешь. Ну и ладно. А зря. В общем, если надумаешь, я тебя после семи жду. В любое время приходи. Не пожалеешь. Три-три-один-один-один. Запомнил?

Митя кивнул и побыстрее вышел из кабинета. Уф... Как же тяжело с женщинами... Вроде и тянет к ним, такое приятное, ни с чем не сравнимое волнение в теле, но как же с ними тяжело... Они все сразу хотят как-то на него влиять, хотят, чтобы он был только с ними, ревнуют... Марина вон вообще все про него поняла... Это и приятно, и не очень. Он ведь — сильный, он — загадочный, он — самец! Митя приосанился, глядя на свое отражение в стекле двери на лестнице.

Вот интересно, то, что Марина уговаривала его прийти в гости, означает ли, что прямо сегодня он бы смог... У него бы получилось, как у других ребят... И он перешел бы в мир взрослых... И тогда уже полушутливое и многообещающее «самец» точно бы имело к нему отношение... А как бы все это было? Как... Марина знает как... И с ней было бы не стыдно оказаться неумехой... А, может, само бы все получилось, ребята рассказывают... А вот Марина потом поползла бы за ним? Ведь только тогда он настоящий мужик... Или нет, или он что-то не так понял в словах отца...

От волнительных и путаных мыслей Митя врезался в Елизавету, которая когда-то привела его на репетицию к Эле. Если бы не Елизавета, Митя бы с ней и не познакомился, и ничего бы не было.

— Бубенцов, что с тобой? Ты здоров? Вид такой... Ошеломленный...

— Да, да... — выдавил из себя Митя. — Елизавета Тимофеевна...

— Я вообще-то Константиновна, Митя.

— Ой, простите! Простите! — испугался Митя.

— Мить, да что с тобой? — Елизавета провела рукой по его лбу. — Горячий какой-то. Все, переучился. Отдыхать пора. Вы с Элькой, я слышала, едете на фестиваль в Латвию? — Учительница подмигнула ему.

— Мы? Я? Откуда вы знаете?

— А что такого? Что ты так переполошился? Мама твоя приходила, подписывала анкету для визы.

— А, мама... Да, еду, наверно, не знаю...

— Ох, Митька, смотри!.. — Елизавета шутливо погрозила ему пальцем. — Не родись красивым... Повезло тебе, кажется...

Митя извиняюще улыбнулся и побыстрее сбежал по лестнице вниз. Его там ждут друзья! Как же тяжело, как все непонятно. Тяжелее всего с женщинами. Это они все запутывают, усложняют, все время обижаются, друг к другу ревнуют... С ребятами гораздо проще. Если тебя друг называет «дебил», это не значит, что он тебя считает на самом деле дебилом. Просто... Просто у мужчин все иначе, правильнее, без лишних усложнений, загадочных взглядов, намеков...

Он вышел на улицу, оглянулся. Куда-то подевались его друзья... Митя обошел всю школу, но нигде не увидел своей компании. Не дождались его. Сам виноват, пошел к Марине. Друзья ушли.

Митя растерянно потоптался в школьном дворе и побрел домой. Потом решил не ходить домой, сначала пересдать физику, а потом уже показываться отцу на глаза. Так проще, и врать ничего не нужно. Или набраться смелости, прийти домой, честно сказать: «Я получил тройку, но пойду ее пересдавать, я договорился, я смог убедить физика»? Митя сидел, колебался-колебался, потом решил — надо все-таки пойти домой. Он — мужик. Он — смелый. Таким его воспитывает отец. Поэтому бьет.

Митя решил сначала обойти свой дом, подышать... Не решаясь признаться себе, что домой идти боязно, что не хочется, нет сил преодолевать сейчас возмущение отца... Он услышал сигнал сообщения.

❖ Ну. Ты. Даешь. ☺

Митя пожал плечами. Что она имеет в виду? Что он с ней не поздоровался? Даже отвечать ничего ей на это не будет. Не поздоровался и не поздоровался. Свободный человек. Никому ничем не обязан.

Он убрал телефон, прошел еще кружок вокруг своего дома. Ну вот, испортила настроение. И так он перебаламучен всеми событиями...

Физика, ирония Алексея Ефимовича, презрительная ирония, ведь Митя все понял, просто преодолевал ее, потом Тося, ее горячие ладошки, смелые прикосновения, никто и никогда так его еще не трогал...

А еще и Марина Тимофеевна, ее милая хитрость, как она заманила его — он и это понял, он же не дурачок, все она придумала про путевки, ее тяжелая зовущая грудь, настойчивый ванильный запах ее духов, так иногда пахнет в туалете — в театрах, музеях, когда искусственный запах забивает все, сильный, навязчивый, неожиданное приглашение домой, внезапная неприязнь, которую он ощутил, глядя на ее не такое уж и молодое лицо, на сильно накрашенный рот, на морщинки над верхней губой, в которых собралась красно-карминная помада, на тугие плотные усики...

И Елизавета, проницательная, спокойная, которая вдруг подмигнула, так заинтересовалась фестивалем... Едет он, не едет... С кем едет... С кем!.. С ней!.. К которой мысли постоянно возвращаются сами. Он, Митя, не думает. А мысли возвращаются. Как странно устроена его голова...

Митя увеличил фотографию, которая у Эли была на главной. Сегодня она почему-то так на него не подействовала, как обычно. Ну глаза, ну сияют, ну губы, нежные, ненакрашенные, ну овал лица... Овал как овал — почему раньше ему казалось, что она похожа на рафаэлевскую мадонну? Ни на кого она не похожа. Ни на «Мадонну», ни на «Весну» Боттичелли... Он ей, дурак, писал ночью... На Эльку она похожа, которая хочет ходить с ним за ручку! И считает, что он чем-то ей обязан.

Митя покривился и написал:

❖ Не понял. Ч хотела?

Эля ответила сразу, ждала, значит.

❖ Митя... Зачем ты так?

Нет, в такие разговоры он точно не будет пускаться. Наверно, лучше откровенные и понятные намеки Тоси. Да и не намеки! Просьбы! Девушка хочет быть с ним, и она об этом просит. Значит, надо выбрать ее. Ведь так учил отец? Если Митя его правильно понял... Спрашивать — бесполезно. Во-первых, отец бросится вызнавать, что и кто и как было уже у Мити с девочками. А во-вторых... Он воспитывает по наитию, по вдохновению. Спросишь — только подзатыльник получишь, от которого потом зеленые мушки перед глазами скачут и голова раскалывается.

— Не буду тебе ничего отвечать! — внятно сказал Митя Элиной улыбающейся фотографии. — Сиди там, жди! Я — свободный человек, не надо меня ловить. Меня — не поймаешь.

Он убрал телефон в нагрудный карман плотной рубашки, как взрослый, — сунул и одним щелчком задвинул. Совершенно некстати вспомнился глупый и оскорбительный для всех свободных мужчин анекдот про Джо Неуловимого... Джо никому на хрен не нужен... Но он-то — нужен, ему сегодня две женщины это доказали!

Он услышал звук сообщения, нарочито пожал плечами, словно Эля могла его видеть, достал телефон и прочитал:

❖ Ты на что-то обиделся? Или нервничаешь перед поездкой? Еще есть время, не переживай.

Да что за ерунда! Почему она разговаривает с ним, как с маленьким слабым мальчиком! Заплаканным, описанным... Она должна сидеть сейчас и страдать, что он ее отвергает... А, вот... Неожиданная мысль заставила его даже встать. Да, вот что он сделает... Точно! Как ему это раньше в голову не пришло! Он быстро набрал сообщение:

❖ Ты будешь сегодня вечером в музыкалке?

❖ Да, приду пропеть с Еленой Самуиловной.

Больше он ничего не написал. Но ведь этого достаточно, чтобы она ждала.

Митя не уверен на все сто, что он ей нравится. Батя видел ее — и в записи, когда они пели, на концерт он не стал звать родителей, боялся, что засмеют, и потом, несколько раз, когда приходил за ним в музыкальную школу. И сам батя толком не понял, нравится ли ей Митя. И если нравится, то насколько сильно... Поймать она его хочет — это да. Но насколько сильно он ей нравится? Когда начинаешь об этом думать, в голове все путается. Анализировать это невозможно.

Митя пытался холодно рассуждать сам с собой, как он бы анализировал художественное произведение. Но ничего не получалось. Не сходились концы с концами. Взгляд — да. Совершенно особенный взгляд. Но кто сказал, что она так не смотрит на других? Интонация... Улыбается ему... Она вообще по жизни улыбается... То, что они переписываются по ночам... С Сеней он тоже переписывается по ночам, и что? А с Тосей вообще не переписывается, она никогда не знает, что сказать. Сидит с телефоном и ждет, что он напишет... Шлет ему смайлики, собачек, какие-то невнятные неприличные картинки... В общем, все непонятно. Батя ведь дал ему один хороший совет насчет Эли, еще в самом начале, ранней весной, а он им как-то не воспользовался, закрутился, забыл. Вот он сегодня и попробует.

Физику Митя пересдал легко. Он был уверен, что сделал несколько ошибок, одну задачу он вовсе не решил. Но Алексей Ефимович неожиданно поставил ему пятерку.

— Спасибо, Алексей Ефимович, но... — сердечно поблагодарил Митя. Он решил отказаться от незаслуженной пятерки. Он ее не заработал. Не о том думал. Не выходила из головы Эля, и параллельно носились волнительные, странные фантазии о Тосе. До него только сейчас дошло, что сегодня было. Так легко, так незаметно Тося призналась ему... в любви? Значит, она его любит? Раз так себя ведет. И как ему теперь быть?

— Иди, Бубенцов, отдыхай. На тебе лица нет. Пятерка тебе авансом.

— Нет, Алексей Ефимович, я не готов принять от вас...

— Уйди с глаз моих, Бубенцов. За старание, за пот...

— Я не вспотел... — стал оправдываться Митя, с подозрением оглядывая свои подмышки. — Разве я вспотел? Я просто...

— Какие же вы чудовища... — покачал головой физик. — Или я стал слишком стар и забыл, каким сам был сорок лет назад, или всё же вы другие. Странные, мозги у вас свернутые.

— Я читал, что неизвестно еще, будет ли у нас потомство, потому что мы первое облученное поколение, живем, пронзенные радиоволнами с утра до вечера. Может быть, у нас что-то с гипоталамусом из-за этого или... или еще с чем-то. Я забыл.

Физик с большим интересом посмотрел на Митю.

— И ты так спокойно об этом говоришь? Ты понимаешь, что означает, если ваше поколение окажется бесплодно?

Митя улыбнулся.

— Но у меня-то детей точно не будет.

— Почему?

Говорить или не говорить об этом физику? Митя пожал плечами. Почему бы и не сказать?

— У меня будет другая жизнь. Я не собираюсь жениться. У меня другие цели.

— Хорошо, Бубенцов. Иди. До новых встреч в сентябре! Иди, отдыхай, гипоталамус свой проветривай! В голове у тебя каша полная.

Обязательно надо будет пригласить Алексея Ефимовича на свой первый концерт в консерватории или в зале Чайковского... Не забыть. Надо начать составлять список всех, кого надо не забыть. Столько хороших, добрых людей, весь зал можно заполнить. И пусть сидит целый ряд женщин, которые обожают Митю. Все его поклонницы. Эля в длинном золотом платье, у нее есть такое, он видел фотографию на ее страничке, ослепительная Эля... Там дальше всякие учительницы, и Марина пусть с мужем придет, жмет руку мужу, а смотрит на него, на далекого, звездного Митрофана Бубенцова... И Тося с Посей пусть придут, и Элина грубая подружка Таня, что-то в ней есть такое, цепляющее, что-то ёкает в животе от ее колкостей... И... надо еще всех вспомнить... Из лагеря девочка, которая позвала когда-то его танцевать и горячо дышала ему в шею, а он не знал, куда ему деваться от стыда, тогда еще у него из-за девочек ничего нигде не ёкало и не волновалось, он был совсем маленький, ноги был безволосые, голос не ломался еще. А она все дышала и дышала в шею, щекотала его спину... И писала потом Вконтакте... Надо ее найти. И сколько еще будет женщин! Целый ряд поклонниц, или два, или даже три! Отец говорит, что вообще все женщины его будут, надо только правильно с ними себя вести. Главное — чтобы они увидели, какой он необыкновенный, какой сильный и — недоступный.

Глава 10

Преподавательница вокала долго не отпускала Элю после занятия.

— Элька, — смеялась Елена Самуиловна, — вот другие рвутся без голосов петь, а ты с голосом не хочешь.

— У нас это семейное, вы же знаете.

— Да, феномен какой-то. Я нашла записи Федора Александровича, отца твоего. Ну слушай, это правда нереально! Он не имел право так поступать. У него необыкновенно красивый голос.

— Он считает, что у него неразличимый тембр.

— Да что за глупости! И тебе внушает...

— Нет, что вы, Елена Самуиловна! — искренне воскликнула Эля. — Ничего подобного. Папа только за, чтобы я училась пению. Наоборот, он говорит, что для женщины и желать ничего другого не нужно.

— А почему же тогда, Элечка?

— Не знаю, Елена Самуиловна... Моим мозгам все время пища нужна. Я даже летом не могу без нагрузки для мозгов. Покупаю журналы с новостями науки, решаю судоку.

— И что, ты на физмат пойдешь?

— Не знаю, не пойму пока.

— Ну ладно. У тебя есть еще два года. Для голоса пятнадцать лет — не возраст. Все еще только начинает развиваться. Родители ведь не будут настаивать, чтобы ты в их бизнес включилась?

— Нет, конечно! — засмеялась Эля. — Они же молодые еще у меня, довольно рано поженились. Маме сорок, папе сорок пять... Они еще работать сами будут. Меня никто не заставляет к ним подключаться.

— А сама ты хочешь?

Эля пожала плечами.

— Не знаю. Можно, я пойду?

Елена Самуиловна взглянула на девочку:

— Ждут тебя?

— Кто? — покраснела Эля.

— Да уж знаю я, кто. Давай-давай, иди, хороший мальчик. Чудной, зажатый, с тараканами в голове, но хороший, чистый. Нина Георгиевна от него стонет, правда, неугомонный, все репетирует и репетирует. Вы когда свой номер будете проходить? Позови меня обязательно.

— Не знаю, — честно ответила Эля. — Я вообще не знаю, поедет ли он.

— Да перестань! Почему?

— Он говорит такие непонятные вещи...

— Да что ты его слушаешь! — замахала руками преподавательница. — Разве можно всерьез относиться к тому, что говорит мальчик, у которого вся голова изрешечена пубертатом? Ты смотри на то, что он делает. А не слушай. У него вообще сейчас речь отдельно, ноги отдельно, руки отдельно живут. С такой точки зрения к нему подходи. Понимаешь?

— Не совсем...

— У мальчиков — рост толчками, им самим с собой очень трудно. Я-то знаю, у меня же свой такой есть. Вырос уже, слава богу, сам успокоился вроде, и мы чуть в себя пришли. А так из-за его пубертата весь дом года два перетрясало. А то и три. То напился, решил все напитки сразу в один вечер попробовать, а то как же — все друзья пробовали, рассказывают про свои подвиги, один он лох, то сразу двоих полюбил, запутался, то всех сразу разлюбил, обеих бросил, то хотел в мореходку, бесплатно мир посмотреть решил, всю землю объехать, то надумал барабанщиком быть, потом дирижером. Это сейчас он такой приличный, костюм даже купил, брючки, правда, странные, до щиколотки, но пиджак хотя бы не отрицает, и бреется иногда... А раньше... Ладно, расскажу еще как-нибудь, всё, доросла, надо тебе секреты всякие рассказать, которые только мамы мальчиков знают. Поди, твои тебе не рассказывают? У тебя же брата нет? Опыта никакого? Мальчики — они совсем другие, поверь мне. Не учитывать этого нельзя. Больно тебе делает, а сам страдает больше твоего. Не знала этого?

Эля смущенно взглянула на преподавательницу. Интересно, откуда она все про нее знает? Неужели это так видно? Ну и что, что они с Бубенцовым репетируют и вместе собираются ехать... Конечно, ей стыдиться и скрывать нечего, но все начинают сразу подшучивать, интересоваться, советы неожиданные давать...

— Ладно, Элька, иди! Попроще с ним себя веди. А то ты иногда как королева. Глянешь — так мне самой прямо нехорошо становится. Представлю, мой бы такую привел, я бы не обрадовалась. Шучу, шучу, я же тебя люблю, иди! — Елена Самуиловна засмеялась и махнула полной белой рукой. — Иди-иди, хорошо очень выглядишь сегодня, а им это самое главное. Можешь вообще ничего не говорить, главное — выгляди и загадочно улыбайся. Вот.

Эля вышла из кабинета. Мити нигде не было видно, ни в коридоре, ни в вестибюле на первом этаже. Наверно, передумал. Ведь не зря же он спрашивал ее, есть ли у нее занятие. Может быть, хотел пройти их номер... И потом проводить ее до дома... Эля остановилась у стенда прочитать афишу концертов на начало июня и услышала за спиной музыку и знакомый голос:

— Привет!

Эля обернулась и даже ойкнула от неожиданности.

— Пойдем? Ты освободилась? — сказал Митя, это, конечно, был он, но Эля не сразу его узнала.

Митя стоял перед ней в длинных, до колена, ярко-бордовых шортах, черной майке с синим блестящим черепом и яркими надписями в стиле граффити, в огромных кроссовках с кислотно-желтыми шнурками, в темных очках, на ушах у мальчика были большие зеленые пушистые наушники, некоторые девочки в таких ходят зимой, вместо шапки, но от этих наушников шли провода, и Эля слышала, что в них включена музыка, тяжелый рок. В довершение всего на голове у Мити была соломенная шляпка, с красной ленточкой, небольшая, почти без полей, очень модная этой весной, она уже не раз видела молодых людей в подобных шляпках. Молодые люди в них были похожи не на мужчин, а на забавных, кокетливых и капризных принцессок.

— Привет... — только и смогла выговорить Эля.

Митя, видя ее реакцию, самодовольно ухмыльнулся.

— Идем, идем... Что застыла? — Митя говорил громко, потому что не выключил музыку в наушниках.

Они вышли на улицу.

— Ну, пока! — сказал Митя и не двинулся с места.

— Пока, — пожала плечами Эля.

— Ты домой? — спросил Митя.

— Да.

Он еще потоптался. Ну должна же она его спросить, а куда он? Она ведь думает, что он сейчас пойдет ее провожать, она так вопросительно и с надеждой на него смотрит! Кажется...

— А я вот... — наконец сказал Митя, видя, что Эля молчит, — хочу побегать. В парке.

— Молодец. — Эля улыбнулась, и совершенно непонятно было, что она имела в виду. — Здорово.

— Да, вот я... Будет районный кросс летом, и я хочу прибежать первым.

— Здорово, — повторила Эля. — Молодец.

— И я буду тренироваться. Я так решил. Пока! — Митя резко развернулся и побежал, не оглядываясь.

Эля смотрела, как он бежит — легко, энергично, ноги у него мощные, как раз для бега, сзади вообще кажется, что бежит крепкий юноша лет двадцати трех... Шляпа, конечно, мешала, съезжала назад. Он несколько раз поправлял ее, потом все-таки снял, оглянувшись. Увидел, что Эля смотрит, и побежал быстрее, чуть склонив вперед голову, как настоящий спринтер.

Эля, вздохнув, пошла домой. Поверить, что он просто хотел показаться ей в спортивной одежде и побежать на ее глазах на тренировку, было очень трудно. А чего он хотел? Встретиться с ней на полминуты, так соскучился? Вряд ли. Тогда что?

— Элька, за тобой не заехать? — Федор позвонил ей, когда она уже садилась в трамвай. — Мы освободились.

— Да нет, па, я на трамвайчике доеду. Все хорошо.

— А мальчик никакой не вызвался тебя провожать? Девять уже почти, поздновато.

— Мальчики — тупиковая ветвь развития человечества, пап. Если хочешь, встреть меня через семь минут, погуляем немного, на улице тепло и хорошо. До реки дойдем. Светло же, весна.

— Договорились, дочка, — немного обескураженно ответил Федор, как всегда удивляясь, что Эля выросла. Как-то он и не заметил. А вот так скажет что-то неожиданное, и понимаешь — дочка уже одной ногой вышла из родительского дома.

Эля ехала в трамвае и улыбалась, вспоминая, как нарядился Митя. Какой же он глупенький! Ну да, понятно, хотел перед ней погарцевать... Лучше бы погуляли в парке или вместе пробежались, она не отказалась бы побегать. А шляпа... Ну при чем тут шляпа, совсем не шла к его спортивной одежде... На ком-то увидел, наверно, понравился ему вид... Но она-то знает, что за этой мишурой — хороший, честный мальчик, положительный, очень необычный. Елена Самуиловна даже зря ее уговаривала, она это сама поняла еще ранней весной, когда они, спев песню, проведя в репетициях три дня, стали переписываться. Слово за слово, слово за слово...

И она даже испугалась тогда — неужели вот оно... Точнее, вот он, которого ждет каждая девочка — и грубая Танька, и рассудительная и скрытная София, и все-все, и она тоже. Ведь когда она влюблялась раньше, она всегда точно знала — нет, это не он. Это... ну как хватаешь что-то перекусывать, когда ужасно хочешь есть, а обеда никак не дождаться.

Сейчас она, может быть, отцу расскажет о своих сомнениях. Он мужчина, с мужской точки зрения может ей объяснить что-то. Почему вдруг Митя так резко меняется — вроде ночью разговаривали, а потом он в школе отворачивается, как будто его подменили. Или вот этот сегодняшний забавный демарш. И вообще надо получить отцовское согласие на поездку, пока он очень уклончиво отвечал: «Смотря кто с тобой поедет... А кто еще там будет? А взрослые где будут жить? Почему не едет Елена Самуиловна, она же твой педагог...» Надо объяснить, что едет еще целый ансамбль малявок и с ними — их педагог. И что все они будут жить в одном небольшом отеле, поэтому отцу беспокоиться не о чем. Хотя с Митей и вообще беспокоиться не о чем.

Эля вышла из трамвая, ища отца. Да, вот и он... С мамой. Они такая прекрасная, гармоничная пара, все знакомые и родственники так говорят. Только Эле от этого не легче. Она хотела поговорить именно с отцом. Ну или только с одной мамой. Но лучше с отцом. Даже непонятно почему, но поделиться хотелось именно с ним. Ну, вместе так вместе. Им дня не хватает, они и так с утра до вечера вместе. Отец сказал: «Встречу». А пришел почему-то с мамой...

— Элька! — помахали руками родители.

Стоят, держатся за ручки, как будто подростки... Эля придирчиво взглянула на мать. А вот не собирается ли мама случайно родить ей брата или сестру... Как-то неожиданно она располнела за весну. Эля раньше этого не замечала. Лариса надела короткую розовую толстовку, которая ей совершенно не шла и слишком явно обозначала живот. Мама же не такая толстая... Нет, не такая...

— Мам, ты что, беременная? — спросила Элька, так громко, что обернулась женщина с собакой на поводке, которая шла мимо остановки, и покачала головой.

А что качать головой? Это ее родители, и они, самые лучшие родители в мире, ее, кажется, совсем не любят. Потому что любят сами себя! И еще кого-то, кого пока еще нет. Папе не дает покоя, что у него нет сына. Вот необходим ему сын и все тут! И он его любит больше, чем живую и страдающую Эльку!

Эля прошла мимо родителей быстрым шагом.

— Ты что, дочка! — засмеялся Федор. — Кричишь на мать, мимо идешь...

— О-о-чень смешно, пап! Ты обещал меня один встретить, между прочим!

— Элька... — Мать сама догнала ее, взяла под руку, Элька резко сбросила ее руку.

— Ну, что же ты не отвечаешь, мама? Ты скоро родишь мне братика?

Федор тоже догнал их, взял Элю за другую руку.

— Разве можно об этом так кричать на всю улицу, дочка?

— Что?! — Элька аж задохнулась.

Ну ведь она спросила просто так, этой глупой мысли еще пять минут назад не было в ее голове, она ехала и думала о Мите, о том, как он заставляет ее страдать без причины, ни от чего, о том, как она поговорит об этом с отцом, добрым, умным, который так любит ее... А вот оно что, оказывается, происходит!

— Ты... ты беременная?

— Да, Эля, ты что, с ума сошла? Ну-ка, немедленно прекрати орать на всю улицу! — Федор крепко держал ее за руку.

Эля так рванула свою руку, что отец покачнулся. Если надо, у нее сил хватит — на все! И вообще из дома уйти, если надо!

— Дочка, дочка, успокойся, у тебя что-то случилось? — Лариса пыталась обогнать ее и заглянуть в лицо. — Ты как сама не своя...

— Да вы еще меня предаете... В такой момент...

— Да в какой момент? И почему предаем?

— Элька... Элька... — Родители наперебой увещевали дочь.

— Я узнаю последняя? Вот вы какие...

— Не хотели раньше времени!.. — Федор засмеялся и подмигнул Ларисе. — Элька, послушай...

— Раньше какого времени? Раньше какого времени? Я, как дура... Я даже ничего не знаю... Я вообще... — Элька путалась в словах, как-то вся обида быстро закончилась. Но так просто сдаваться не хотела.

Она прошла несколько шагов, увидела приближающийся с другой стороны трамвай и сказала:

— Я, кажется, забыла в музыкалке пропуск в школу.

— Ничего, подъедет кто-нибудь с утра... Пошлю шофера... — начал Федор.

— Нет! — Элька решительно впрыгнула в трамвай. — Приеду через полчаса! Идите домой!

— Да школа уже закрыта, — развел руками Федор, стоя у дверей трамвая и оглядываясь в нерешительности на жену. — Эль, ну что, мне за тобой садиться или вытаскивать тебя из трамвая?

— У тебя теперь есть дела поважнее! — горько усмехнулась Элька. — Заботься о сыне, папочка, который еще не родился! Новую линейку булочек назови — «мой будущий сын»! А школа... Нет, там еще идут занятия! Не переживайте обо мне!

Элька знала, что школу запирают в девять, но надеялась, что еще не ушла Елена Самуиловна. Вот она-то не откажется ее выслушать.

— Федь, ну зря ты с ней шутки шутить начал... — Лариса укоризненно посмотрела на мужа.

— Да я как-то не думал, что она так взовьется... Надо было разубедить ее!

— Такая удивительная реакция, конечно... А если бы это была правда? Что с ней такое, не понимаю.

— Она не влюбилась?

— Я же тебе говорила про мальчика, но я не думаю, что это очень серьезно, она бы мне сказала... — Лариса покрепче взяла мужа под руку.

— Вон, видишь, сама от нас на трамвае уезжает... Не к нему ли? Давай-ка вернемся, я сяду на машину да перехвачу ее. В кои-то веки вечер свободный, вот и отдохнули, называется. Лара, и ты считаешь, отпустить ее в Латвию? Может, пусть мальчишка этот придет, посмотрим на него, тревожно мне как-то ее отпускать...

— Да, давай, конечно, Федя. Звони ей, чтобы возвращалась, не надо бегать по улицам в такое время девушке одной. Или правда, давай-ка садись в машину да догоняй ее... Экзамен завтра все-таки... Понятно, что она все сдаст, но это совсем уже как-то... легкомысленно...

— Давай с ней по душам поговорим, а давить не будем. Я помню себя в этом возрасте. Хуже всего было, когда на меня давили. А Элька на меня похожа.

— Хорошо, ты прав! — Лариса с любовью взглянула на мужа. — Вместе поговорим, так всегда лучше, ей так проще делиться.

Эля доехала до музыкальной школы, вышла на конечной остановке трамвая, увидела, что в кабинете Елены Самуиловны еще горит свет. И не пошла в школу. Зачем? Преподавательница все ей уже сказала. И вообще. Она — одна на всем свете, даже родители ее предали. У них теперь другие заботы, другая жизнь. Сейчас начнется такое!.. А ей нужно самой о себе побеспокоиться.

Эля брела в сторону парка, смотрела на недавно выстроенный новый мост, достала телефон, сфотографировала его на фоне закатного неба. Красиво, как ярко-красные натянутые струны на огромном удивительном музыкальном инструменте... На что это похоже больше всего? На гусли, наверно, или на перевернутую арфу... Арфа, которая упала в небо... И струны стали красными... Отчего? От крови, от страданий...

Девочка замерла. Навстречу ей брел Митя, без наушников, без соломенной шляпы, в простом темном свитере, надетом поверх той майки с блестящими надписями, в руке у него был рюкзачок, куда он запихнул всю амуницию, которой так хотел потрясти Элю. Митя заметил ее не сразу. А заметив, улыбнулся, той самой улыбкой, предназначенной только ей. Потом спохватился, согнал с лица улыбку, остановился. Она сама подошла к нему.

— Привет.

— Привет, — ответил Митя. — Ты что, так и стояла тут?

— Нет, я уже успела съездить на трамвае туда-обратно, пообщаться с родителями.

— И что они? — Митя полез в сумку, достал было свои зеленые меховые наушники, покрутил их, засунул обратно. — Я на концерт завтра с ребятами, кстати, иду. На классический.

— С какими ребятами?

— С моей компанией, — ответил Митя, чувствуя, что говорит что-то не то.

— У тебя есть компания?

— Есть. Да, есть.

— Рада за тебя. Ну, пока. — Эля прошла мимо него и направилась в сторону парка. Там сейчас уже темновато и страшно, там нет освещения, но ничего. Чем хуже, тем лучше. Она одна пойдет в парк, потому что теперь она вообще одна!

— Подожди! — Митя догнал ее. — Ты куда?

— Погулять хочу.

— Ты что, поссорилась с родителями?

— Да.

— Я тоже иногда ссорюсь. Но потом мы миримся. У нас очень хорошая семья.

— У меня тоже хорошая семья, Митя. И родители хорошие. Только... — Эля подумала, не сказать ли Мите о новостях в ее семье. Нет, не сказать. Зачем ему это? Он идет с какими-то ребятами на концерт, говорит ей об этом, как будто нарочно...

— Пойдем, я тебя провожу, — неожиданно мирно предложил Митя. — Давай мне свою сумку с нотами.

Когда он так смотрит, говорит нормальным голосом, улыбается своей изумительной улыбкой, освещающей все лицо, прикасается слегка к ее плечу и тут же сам, смущаясь, убирает руку, она понимает, что это тот человек, который ей нужен. Ее место на земле — рядом с ним. О чем бы он ни говорил.

Эля слышала, что звонят родители, и не отвечала, потом выключила звук у телефона. Она же домой идет, что беспокоиться? Придет, обо всем поговорят. Пусть пока подумают, надо ли было от нее, от единственной дочери, держать в секрете такое. Телефон в кармане все бурчал и дрожал, на бесшумном режиме. Пришлось все-таки ответить отцу:

— Да, пап. Меня провожают, не переживай.

— Это тот мальчик?

— Какой тот?

Ясно, проговорилась мать, а обещала ведь ничего не говорить. Эля сама хотела завести с отцом разговор. Нельзя ей доверять никакие секреты, она так и знала.

— С которым ты репетируешь номер на фестиваль.

— С которым я еду на фестиваль, папа.

— Хорошо, дочка, — примирительно согласился Федор. — Приходи с ним сейчас. Я хочу с ним познакомиться, прежде чем отпускать тебя.

Эля вспыхнула. Разговаривает с ней, как с несмышленой девочкой! Да у них половина девочек в классе уже совершенно взрослые! Папа даже представить себе не может, насколько взрослые...

— Зайдешь к нам? — решительно спросила она Митю. А что тянуть?

— Нет, — сразу ответил Митя. — Меня ждут.

— Тебя ждет твоя компания? — усмехнулась Эля. — Понятно...

— Да нет, родители... Батя уже на остановку вышел...

— Как у тебя все интересно... — покачала головой Эля. — Ладно, пока! Не провожай меня дальше, раз тебя встречают. Сама дойду.

— Нет уж. — Митя взял ее за руку выше локтя. — Осторожно, споткнешься, не смотришь под ноги...

Эля хотела высвободить руку, но не смогла. Не то чтобы Митя держал ее слишком крепко... Нет, наоборот. Он держал ее нежно, как будто боялся сломать. И они так и дошли до ее дома, молча, лишь изредка взглядывая друг на друга. Под конец Митя уже крепче взял ее за руку, но все там же, выше локтя. Она чувствовала его прикосновение и не хотела ни о чем говорить. Хотела только, чтобы это подольше не кончалось. У ограды ее дома Митя отпустил руку.

— Пока! — сказала Эля.

— Пока, — ответил Митя и не двинулся с места.

— Я напишу тебе.

— Напиши.

Он стоял так близко, что Эле казалось, она чувствует его неровное дыхание и слышит, как бьется сердце. Или это ее сердце так нервно, толчками бьется? Можно смотреть на него бесконечно... Эля тряхнула волосами, прогоняя наваждение.

— Я пошла! — Она быстро повернулась и побежала в свой двор, охранник, видя ее, уже отпер ворота.

— Пока... — Митя постоял, глядя, как Эля заходит в подъезд.

Зачем он договорился с ребятами на концерт завтра? Ведь хочется ему идти только с ней. И сейчас он силой заставил себя не приблизиться к ней, не провести рукой по ее щеке, она стояла совсем рядом, она была близко, не отходила. Он мог даже... мог даже поцеловать ее... Наверное... Или нет, это она должна сама первая поцеловать, а иначе какой он самец? Сейчас отчего-то совсем не хотелось вспоминать наказы отца и думать, так ли он себя вел. Это было трудно и... неприятно. Наверняка не так. Проявил слабость, теперь она этим воспользуется. Будет им понукать. Решит, что она его девушка...

Митя снял свитер, надел наушники, включил погромче музыку и рысцой побежал домой. Отец ведь взорвется на остановке. Телефона у него нет, он стоит и стоит, терпеливо ждет его, пока Митя тут разнюнился... с бабой... Именно так бы сказал отец и не стал бы ничего слушать.

Глава 11

— Стоит, стоит, зырьте, народ, а ноги у него... как будто он... — Артюхин что-то проговорил, показывая на дирижера, и сам заржал.

Пося захихикала, а Тося смеяться не стала, опять взглянула на Митю. Это очень приятный взгляд. Когда девушка на тебя так смотрит, кажется, сил прибавляется. Что-то в ней такое — в Тосе... А Эля... Нет, сейчас думать об этом не надо. Эля тут вообще ни при чем. Эля — это Эля. Тем более такая музыка... Такой шквал эмоций...

Митя, счастливый, обернулся на зал. Странно, что так мало народу... Оркестр, конечно, неизвестный... Но композиторы-то известные! Шуберт, Лист, Брамс... Ребятишкам его, конечно, сложновато, но молодцы, что пошли! Митя с любовью взглянул на друзей. Вот еще недавно он был один, а теперь у него столько друзей! Как это хорошо...

Деряев метнул взгляд на Тосю, которая все придвигалась и придвигалась к Мите. Она села между Митей и Деряевым, точнее, они, как лучшие друзья, сели рядом, а девушка влезла между ними. Под взглядом Деряева Тося отодвинулась от Мити, но и к нему не придвинулась, села ровненько на стуле. Стала слушать.

Когда закончилось длинное первое отделение, Артюхин громко сказал:

— Ну ч, отстрелялись? Двинули!

— Еще второе отделение, Сибелиус... Это очень красивый концерт...

Артюхин издал хрюкающий звук, две пожилые женщины, которые шли перед ними в проходе, обернулись и покачали головами.

— Ой, что-то мне, кажется, плохо... — Тося схватилась за грудь и за голову. — Как-то вот...

— Надо на улицу выйти, здесь душно... — Деряев ловко подхватил ее, но Тося аккуратно высвободилась от его рук.

— Митя, проводишь меня домой?

— Я? Конечно, но, может быть...

— Ой, вот тут болит, и еще здесь... — Тося тяжело дышала, по-прежнему держась за грудь.

— Надо врача позвать, наверно... — Митя растерянно обернулся. — А где здесь может быть врач?

— Я — врач... — ухмыльнулся Деряев. — Сейчас вылечим...

— Кирилл, не смешно... — Тося проговорила слабым голосом, поглядывая на Митю.

— Ребятки, вы оставайтесь, там во втором отделении все самое интересное, а я тогда провожу Тосю домой.

— Да нет, это уж ты оставайся! А мы проводим! — Высокий худой Деряев подбоченился и склонился к маленькой Тосе, переломившись пополам. — Слышь... Ты как?

— Плохо... — Тося облизала губы. — Во рту пересохло...

— Так это мы сейчас поправим... Всё, народ, валим...

Деряев с Артюхиным подхватили вдвоем Посю и оглянулись на Тосю и Митю.

— Батонами двигайте!

Тося крепко уцепилась за Митину руку, повисла на нем.

— Тебе не тяжело? — Она смотрела на Митю сильно накрашенными глазами, и он никак не мог поймать ее взгляд.

То ли она косит, то ли еще на кого-то смотрит, то ли ресницы накрашены так сильно, разноцветной краской, что его собственный взгляд не концентрируется в ее зрачках. Митя сморгнул. Как-то не по себе от всей этой ситуации... Они-то что ушли? Оставались бы на концерте...

— Эй, мы здесь! Митяй, давай сюда! Не тормози!

Ребята стояли под деревом.

— По сотке скидываемся, Митяй.

— Не понял...

— Что ты не понял? Девчонки по пятьдесят, мы — по сто.

— А... а зачем?

Девчонки хихикали, Тося при этом прижималась боком к Мите, Деряев подошел поближе и ненароком приобнял девушку, отодвигая ее от Мити. Артюхин прижал к себе Посю. Та хихикала, уворачивалась, но как-то, наоборот, оказалась зажатой невысоким Артюхиным.

— Зачем, зачем... — Артюхин обеими руками сжал Посю и приподнял над землей. — А пузырь на что брать?

— Какой пузырь? Вы что... Я — нет, я — не буду...

— Кирилл, может, меня Митя проводит? — Тося мелкими шажками все подступалась и подступалась к Мите. — Я одна не доеду...

— Так, я не понял... Вы ч, компанию развалить хотите? — Деряев решительно оттащил Тосю от Мити. — Ты ч к нему прилипла? Ты — чья вообще, определись!

— Я — мамина... — захихикала Тося. — Я одинокая, хочу любви... — при этом она так смотрела на Митю, что у того пересохло в горле.

Ну да, сомнений нет. Она его любит. И что ему делать теперь? Кирилл ее обнимает, а смотрит она на него... Как поступать в этой ситуации? Отбирать ее у Деряева? Драться с ним, что ли? Но Митя хорошо к нему относится. Кирилл — его лучший друг, как-то так вышло...

— Пошли все ко мне, у меня мать в смену ушла... — Тося погладила Деряева, что-то шепнула ему, тот сразу размяк, разулыбался.

Митя растерянно стоял, не двигался с места. Он на это не рассчитывал. Он вообще себе все не так видел.

— На полчасика, Мить... — Тося улыбалась и проводила пальцем по своим губам.

Так сильно накрашенные губы, ярко-красные... Интересно, почему на ее пальцах не остается краски, какая удивительная помада... Или это губы у нее от природы такие? У Эли вишневые, иногда бывают бледные, розовые, а у Тоси — красные, как свежая кровь, которая только что брызнула и не успела побуреть... Митя с трудом отвел взгляд от ее губ.

— Эй, лошок, идем! — Артюхин махнул рукой и первый пошел к метро. Пося посеменила за ним. — Митяй, слышь, не зависай! Нет денег, в следующий раз отдашь! Когда будут.

— Идем, Митюха. — Деряев улыбнулся ему. — Когда у друзей нет денег, они же не перестают быть друзьями, правда?

Тося взяла за руки обеих мальчиков.

— Тебе лучше, Настя? — спросил Митя.

— Я — Тося... Насти — это все остальные... А я одна такая... — Девушка пожала ему руку. — Да, мне сейчас лучше...

И сомнений у него вообще никаких не осталось. Эта девушка хочет быть с ним. Это приятно и... и лучше сегодня это не решать. Что-то изменилось в нем со вчерашнего дня, когда он, как дурак, ходил в спортивном виде перед Элей, потом ее случайно еще раз встретил. Или не случайно... Или она ждала его у школы, ведь он встретил ее прямо там же, где они расстались полчаса назад. Он и бегать особо не стал. Дошел до леса да и вернулся обратно. А потом он пошел ее провожать... Она как будто не была слишком рада, думала о своем... И когда они расставались, так смотрела, словно ждала от него чего-то... Если бы она хоть шаг к нему сделала, вот как сейчас Тося... Эта то руку пожмет, то подмигнет, то облизывает губы и прислоняется к нему ногой... Про то, что было тогда в коридоре после физики, лучше вообще не вспоминать... Но это Тося... А Эля не делает никаких шагов. Только ослепляет его своей красотой, и хочется бежать за ней, бежать, не думая ни о чем, ни на что особенно не рассчитывая, не рассуждая...

Когда они вышли из метро, Митя увидел большой плакат с рекламой шоколадных батончиков. Съешь такой батончик, и получишь высший балл на экзамене... Черт! Черт... Митя даже остановился. У нее же девятый класс... Она же сегодня сдает математику или русский... Математику, кажется... Уже сдала, очень давно, утром еще... Как он забыл... Он же еще вчера не мог поверить, что перед экзаменом она так спокойно ходила на занятие в музыкальную школу, с ним гуляла... Родители ее не беспокоятся, батя бы его с ума сошел, привязал бы его к стулу, чтобы Митя готовился, все повторял... «Все равно я сдам на самый высший балл в параллели! — засмеялась Эля. — Я чем меньше готовлюсь, тем у меня лучше мозги работают. Я иногда думаю, может быть, у меня должен был быть близнец? Поэтому мозгов в два раза больше — на мальчика-близнеца и на меня саму...» Черт, а он и не написал, ничего не спросил. И она сама не пишет...

— Митяй, нам сюда...

— Мить... — Тося ухватила его за руку. — Не уходи, ты куда? Деряев крепко обнял Тосю и тоже сказал:

— Давай с нами, Митюха... Бутылку возьмем, к Тоське завалимся...

— Нет, я... я домой. Пока, ребята!

— Ну ты лалка... — Деряев ухмыльнулся, но не зло, а, наоборот, как-то удовлетворенно.

Митя не стал особо размышлять, махнул друзьям рукой и поспешил к остановке. Может быть, они — не настоящие друзья? Как-то все не совсем так складывается, как ему хотелось. Он обернулся. Ребята, смеясь, двумя парами, шли по улице. Деряев обнимал Тосю за шею, она прислонялась к нему, как только что льнула к Мите. Митя пожал плечами. Странно. Или это у нее вообще ничего не значит? Ходят же они с Сеней в обнимку иногда, как братаны... Обнимаются при встрече... Он уже думал об этом... Митя еще раз обернулся. Деряев как раз начал на ходу целовать Тосю, крепко держа ее за шею. Тося не вырывалась, даже наоборот. Значит, Митя что-то не так понял... Или у девочек тоже так бывает, как у ребят — ей нравятся сразу двое? Нет, Митя на это не согласен. Категорически. Значит, Тося его не любит. Это меняет дело, так проще.

Надо, кстати, срочно спросить у Эли, почему вокруг нее все так же прыгает белобрысый Дуда, а сзади еще плетется голубоглазый Костик, очень популярный среди девочек, оказывается... Митя только вчера ночью случайно прочитал в «Подслушано: мой лицей», что за Костика идет отчаянная борьба между несколькими девочками. А так и не скажешь... Брекеты, нескладный, плетется по школе за Элей, всегда там, где она... Где же при этом те девочки, которым он нравится? Не разобраться. Но Митя так ни за кем плестись не будет, это уж точно!

Митя достал телефон и написал Эле:

❖ Как экзамен?

❖ Все отлично! — тут же ответила Эля.

❖ Я иду с концерта.

❖ С компанией?

❖ Один.

Он подождал, не спросит ли она еще что-то. Она молчала.

❖ Наверно, я ошибся. — Митя поставил криво улыбающийся смайлик.

❖?

❖ Они не самые лучшие мои друзья.

❖ А кто твой самый лучший друг?

❖ Раньше был Сеня, сейчас — не знаю, — честно ответил Митя.

Эля молчала. Может быть, она ждала каких-то слов? О том, кто Митин лучший друг и самый близкий человек... Но он не был уверен в этих словах и поэтому тоже молчал. Подошел троллейбус, Митя убрал телефон подальше. Предыдущий телефон он так месяц назад и потерял, точнее, у него украли в троллейбусе — переписывался с Сеней, зазевался, глядь — а карман пустой.

— Молодой человек, вы не знаете, где выходить к стоматологической поликлинике? — сидящая впереди девушка обернулась на него.

У нее были очень интересно накрашены глаза — разноцветными волнами. Фиолетовая, перламутровая, зеленая волна сменяли друг друга, перехлестываясь, заходя на висок, поблескивая то золотом, то бронзой... Митя засмотрелся — необычно как, неправильно, зеленого слишком много, глаза как будто сползают вбок...

— Вы так на меня смотрите... — улыбнулась девушка. — А вам еще долго ехать?

— Мне? — Митя взглянул в окно. — Да, еще пять остановок.

— А... — Девушка быстро встала и пересела к нему. — А ты в этом районе живешь? Ты такой красивый...

— Я? — удивился Митя.

— Да, такой волевой подбородок, красивые волосы... — девушка откровенно осматривала Митю и не торопясь перечисляла его достоинства. — А фигура — вообще... закачаешься... Я как тебя увидела, сразу поняла — ты такой сильный...

Митя подтянулся. Вот это да! Вот это популярность! Ничего себе! Он услышал в кармане звук сообщения. Наверняка Эля. Неудобно сейчас с ней переписываться. Мальчик не стал доставать телефон.

— Ты, наверно, спортсмен, да?

— Ну... — Митя уклончиво улыбнулся. — Можно и так сказать.

— А каким спортом занимаешься?

— М-м-м... Разным... Бегаю. Легкой атлетикой! И качаюсь еще...

— Качаешься... — Девушка легко коснулась его рукой.

Таких ногтей Митя еще никогда не видел... Он, как зачарованный, стал разглядывать ее ногти. Нежно-фиолетовые, как будто присыпанные мелким светящимся песочком, с выгравированными на них алмазными цветами, разноцветными эмалевыми вставочками, крохотными, изящными...

Девушка заметила его взгляд и провела пальчиком по его щеке.

— Красиво, правда?

Он не понял, о чем она точно спросила, и на всякий случай кивнул. Она показалась ему очень яркой, необычной. Сильно накрученные белые волосы, чуть подбритые виски, много маленьких разноцветных сережек-шариков в одном ухе, в другом — ничего, только красная блестящая пружинка, вся шея туго обвита кораллово-красными острыми камешками, крайне раздражающими взгляд... Оригинальные бусы, как ошейник...

Митя хотел спросить, не царапают ли ей камешки шею, но не решился. Наверно, о таком неудобно спрашивать.

— А у тебя есть девушка? — Соседка придвинулась к нему и ненароком обвила его ногу своей. Как Тося, та точно так же делала сегодня на концерте. Надо же...

Митя взглянул на ноги девушки. У Тоси ножки коротенькие, мясистые, хотя вроде вполне симпатичные. У этой же на ногах были узорчатые колготки, черные, с блестящими, ползущими по ноге цветами, как змейками, и поэтому форму ноги было не разглядеть. Кажется, ровные.

Митя не переносит уродливых форм. Он глазом всегда спрямляет, исправляет всякое уродство, пытаясь создать идеальный образ хотя бы в своей голове. Это его любимое развлечение с самого детства, так проходили дни и недели в школе — глядя на учителей, на одноклассников, он рисовал, лепил в своей голове прекрасных, совершенных людей. Он любит прекрасное. Наверно, поэтому он и полюбил Элю... Митя вздрогнул от собственной мысли. Что это? Кто это сказал в его голове? У него и мыслей подобных не было. А чьи тогда это мысли?

— Пойдем?

Он в испуге взглянул на девушку, сидящую рядом. Она его о чем-то спрашивает?

— Что?

— Я говорю — выходим? На бульварчике посидим, покурим... Ты ж вроде кивал...

— Да-да... — Митя встал, растерянно потоптался рядом с девушкой, вышел, когда двери открылись. Это на самом деле не его остановка, и он вовсе не собирался сидеть с ней на бульваре...

— Ну, пошли! — Она взяла его под руку, как лучшего друга. — Ты, наверно, уже институт заканчиваешь, да?

Девушка тащила его на бульвар, и ему было крайне неловко. Не оттолкнешь же ее, она ничего плохого ему не делала, наоборот, ясно было, что он ей понравился. Но, с другой стороны, это очень неудобно, он же ее совсем не знает...

Митя решил не говорить пока, что он и школу еще не окончил, только перешел в одиннадцатый класс. Раз он так взросло выглядит...

— У тебя сигареты есть? — Девушка оказалась совсем невысокой, несмотря на то, что шла на огромных красных каблуках. Интересно, не тяжело ли ей ходить на таких каблучищах?

— Нет.

— И у меня — нет. Надо стрельнуть. Есть закурить? — Девушка легко подошла к сидящим на скамейке парням.

Те что-то ей сказали, заржали, девушка покачала головой. Но сигарету ей дали, даже две. Девушка вернулась к нему.

— Держи. — Она попыталась всунуть сигарету прямо ему в рот.

— Я... не курю... — растерялся Митя.

— А пробовал?

— Пробовал...

— Понравилось? — Девушка засмеялась и подмигнула.

Митя пожал плечами. Наверно, понравилось. Тем более запах дыма — это отцовский запах, тот иногда курит. Выходит на лестничную клетку, стоит у окна, глубоко затягивается. Митя когда-то рисовал такую картинку — высокое окно, у окна — отец, летят птицы, осень, очень красивая и грустная вышла картина. И подарил отцу на день рождения, как раз он ноябрьский. А отец порвал рисунок, потому что все, что связано с живописью, лепкой, — это от лукавого, это ненужное, выдуманное искусство. Митя это давно усвоил. Изобразительное искусство — от слова «искусственный». Только музыка — настоящая. Она существует независимо от человека. Отец это слишком поздно понял. Иначе бы он был музыкантом. Но он объяснил это Мите. И Митя будет музыкантом, большим музыкантом.

— Так ты куришь? — уточнила девушка.

— Нет, — твердо ответил Митя. Он лишним хвастаться не будет. Чего нет, того нет.

— Не куришь? — Его новая знакомая удивилась. — Да ладно! Не гони! Все курят... Давай, садись, покурим. Вот увидишь, как классно сразу станет. А я не могу без сигаретки... Как-то все нудно... Кальянчик тоже люблю, ты как?

Митя растерянно молчал. Что он тут делает, с этой девушкой? Как много на ней красного, глаз сам скользит по ней, переходя от одной красной детали к другой... Красные сережки, кроваво-красные бусы, красные переливающиеся вкрапления на ногтях, лакированная сумочка, квадратные каблуки, огненно-красная молния на кармашке на груди...

— Что смотришь? — улыбнулась девушка. — Хочешь потрогать? Потрогай, я не кусаюсь! — Она взяла его руку и положила себе на грудь. Грудь ее оказалась плотная и совсем не волнующая, не такая, как у Марины Тимофеевны, не теплая, не колыхалась. Искусственная как будто бы, матерчатая.

Митя убрал руку и встал, девушка усадила его рядом с собой обратно.

— Ты че? Бросаешь девушку одну? Заманил и бросил? Я — Полинка, а ты?

Митя все-таки встал и пошел в сторону дома. Он же вышел на две остановки раньше, но здесь тоже можно пройти к его дому. Как глупо, нелепо получилось... Даже неприятно. Он достал телефон.

Он несколько раз слышал звуки сообщений. И все думал, что это пишет Эля. Но нет. Просто приходили оповещения: о том, что Сеня поставил новое фото, что его одноклассники переписываются в группе... И Кирилл Деряев поставил новое фото — улыбающееся лицо Тоси, сам Кирилл рядом очень довольный, показывает длинные зубы и язык — это же в Доме музыки, когда только они успели сняться?

Митя открыл сообщения в группе своего класса:

○ Ты ч лох?

○ Сам лох.

○ Дебил.

○ Ты дебил.

○ Го завтра в парк?

○ А ч там делать?

○ Ч делать в парке?

○ Пить.

○ Я не пью.

○ Ты ч лох?

○ Сам лох.

○ Дебил.

○ Бросил пить.

○ ☺☹! Лох.

Митя закрыл их переписку. Как-то... глупо, что ли. Они все хорошие, но... иногда кажутся донельзя глупыми. Он тоже на таком языке с Сеней иногда разговаривает, но у них с Сеней это получается смешно, а тут просто глупо...

Митя шел мимо большого нового дома, он иногда проезжал здесь на велосипеде, но никогда не ходил. Он почувствовал изумительный аромат. Хлеб. Ну да, он же очень голодный. И как замечательно пахнет хлеб. Митя приостановился у красивой витрины. «Хлебная мануфактура Теплаковых. Фирменный магазин №17». Он перечитал вывеску. Это — магазин Элиных родителей? Точнее, их хлебной фабрики? Номер семнадцать... Ничего себе... Значит, есть еще и номер шестнадцать, номер одиннадцать, номер девять... Вот это да. Удивительно. Митя поколебался и зашел. Он никогда не был в таком магазине и никогда бы не зашел, если бы не так хорошо знакомая фамилия на вывеске... Просто нереально.

Он обошел витрины с булочками, марципанами, печеньем, сушками.

— Выбрали? — устало улыбнулась продавщица.

Ее длинные светлые волосы были собраны в высокий пучок. Может, это Элина мама? Чем-то похожа на нее — высокая, световолосая... Хотя вряд ли она сама будет торговать в магазине...

— Да, — кивнул Митя. — Можно полбатона?

— Мы не режем в конце дня. Бери целый. Не пожалеешь. Сразу съешь половину, красавчик. Наш хлебушек летит только так. Денег хватает?

— Хватает! — нахмурился Митя.

Что это еще за разговоры? Что, он похож на бедного? Он, кажется, очень хорошо одет, мать старается, всегда покупает ему хорошую одежду, в приличных магазинах, и у него хватает вкуса одеваться стильно... Сегодня у него ремень красивый, он специально медную пряжку начищал содой, чтобы блестела...

— Что ты хмуришься! — засмеялась продавщица. — Какой симпатичный! Даже когда хмуришься...

Почему только она показалась ему похожей на Элю?

— Думаю, может, стипендии красавчику не хватает. Ты где учишься?

Понятно, ей, наверно, хотелось поговорить, покупатели уже все разошлись по домам, магазин еще был открыт, но Мите было неловко. Как-то уж слишком женщины обращают на него внимание сегодня. Может быть, не надо было так низко расстегивать рубашку? Он оделся точно так же, как известный американский актер в нашумевшем фильме — голубые джинсы, белая рубашка, ботинки без носков — модно этой весной так стало, и рубашку точно так же, как он, расстегнул — до самой груди... И внизу — тоже... Так, что была видна блестящая пряжка и плоский живот, на котором стали расти волосы... На лице — как-то не очень, а что на ногах, что на животе...

Может быть, из-за расстегнутой рубашки обращают внимание? Не зря отец стал ругаться, заставил его рубашку заправить, застегнуться до самой шеи. Но Митя потом вышел из подъезда и привел себя в нормальный, модный вид.

Батя просто не понимает. Он сам редко из дома выходит, а если и выходит, то всё в своих старых джинсах да клетчатой рубашке, да в ветровке, а осенью и зимой — в старой синей стеганой куртке, в которой ему когда-то премию и диплом вручали. Это было в Подмосковье, стояла поздняя осень, и вручали прямо на улице, где открывали памятник. Историческая куртка, отец ее поэтому не выбрасывает, все носит и носит, немецкая, он ее из Германии когда-то привез, ездил на практику, как лучший студент...

— Я учусь в Строгановке, — ответил Митя продавщице, сам не зная, почему он так сказал. Просто приятно это произнести.

— А-а-а... Художник...

Образованная женщина, знает, чему учат в Строгановке.

— Нет, скульптор, — улыбнулся Митя.

— На вот, возьми, скульптор... — Продавщица полезла под прилавок и достала большой пакет с булками. — У нас пересорт. Бери-бери, я каждый день их ем. Уже раздуло меня от этих булочек. Вкусные, не остановишься.

— А что с ними не так? Почему пересорт? — удивился Митя, глядя на аппетитные, с румяной золотой корочкой булочки и не решаясь взять.

— Да вот, видишь, помялись, пока везли, наклонились как-то. Вот тут кусочек отломился... А у нас строго — мятое, обломанное не продаем. Сами зато есть можем.

— И что, не проверяют? — удивился Митя.

— Да! — Продавщица махнула рукой. — Не уследишь! Поэтому разрешают. Так что ешь, бери, угощайся, больше бери!

Митя подумал и взял три булочки. Ну и ладно, что мятые. Принесет родителям. Расскажет, что это Элины родители пекут, точнее, на их мануфактуре делают, или не расскажет... Как-то не хотелось ему начинать про это разговор, ему казалось, что ничего хорошего из этого не получится. Хотя... Отцу главное, чтобы не художники.

Художник — от слова «худо», искусство — от слова «искусственный», скульптор — от слова «культя», то есть обрубленная рука. Когда-то отец ему это объяснил и даже обещал руки обрубить, если он будет лепить.

Митя услышал, понял, но рукам его это очень трудно объяснить, они словно живут своей собственной жизнью. Мите, чтобы слепить кого-то, абсолютно не нужно никак напрягаться. Он как-то в школе, когда был меньше, слепил за урок головы семерых своих одноклассников и учительницы. Взял чей-то пластилин, забытый в классе, и сколько было там пластинок, столько разноцветных голов и слепил. Та просто ахнула, позвала другую, та — классную руководительницу. А классная позвонила родителям.

Дома был отец, он принял поздравления, вежливо поблагодарил учительницу, а потом страшно выпорол Митю, вот как раз тогда пообещал обрубить ему руки и взял с него слово не лепить больше никогда. Не вырезать из дерева, не ваять, не вытесывать из камня. И — главное — не мечтать. Митя держал слово, когда помнил о своих руках. Иногда ему снилось, что у него рук нет, вместо рук — культи, обрубки, и что ему нужно этими руками слепить большую прекрасную фигуру, каждый раз разную. Но он — не может, плачет, тычется обрубленными руками и ничего не получается. И потом, проснувшись, он так четко помнит это страшное ощущение, физическое — когда нет рук, невозможно ничего сделать... Иногда он забывается, задумывается, лепит дома из хлебного мякиша, но каждый раз это приводит к страшной ссоре с отцом, и он старается за собой следить, чтобы лишний раз не провоцировать и не расстраивать отца.

В школе же, в мешке из-под сменки у него есть пластилин, он из него уже два года лепит, сядет на перемене на скамейке под лестницей и лепит. Одноклассники уже привыкли, смеялись, особенно те, кто не знает Митю, новые, старшие классы все время меняются, перетасовываются по профилям, но теперь уже не смеются, все привыкли. У каждого своя странность. Кто-то ест на каждой перемене, кто-то стучит мячом об стенку в физкультурном зале, лишь только есть такая возможность, а он — лепит. Митя пробовал и вырезать из дерева, тетя ему дарила особый ножичек, у него получалось хорошо, но особого удовольствия он не испытывал.

Удовольствие — только когда лепишь руками. Его руки знают что-то такое, чего не знает сам Митя. Он не знает, не понимает, сам всегда удивляется, когда получается похоже или просто красиво. Его руки знают симметрию, золотое сечение, знают, как сделать хорошо, как передать движение, воздух, даже ветер. Он может слепить девушку в платье, развевающемся на ветру. Уже слепил, недавно, Элю.

Слепил, смял, снова слепил. Сначала ветер был несильный, второй раз — сильнее, развевал платье так, что открывались ноги, приоткрылась и нежная круглая грудь, которую он успел увидеть тогда на улице из-под тонкой белой рубашки. Он и это смял и слепил снова. Эля не успела укрыться от шквального ветра, обрушившегося на нее, с дождем, и стояла, не закрываясь, облепленная мокрым платьицем, с нее стекала вода, ветер со страшной силой закрутил ей легкое платье, приподнял его край. Мите на секунду стало жалко сминать фигурку, он ее сфотографировал (в прежнем телефоне у него была плохонькая камера) и все же смял. Искусство — искусственное. И он — бездарен. Это аксиома. Это невозможно доказать, это невозможно опровергнуть. На этом стоит мир их маленькой дружной семьи. Отец не может ошибаться, потому что он знает о жизни все и об искусстве — тем более.

Он был лучшим студентом выпуска, его дипломная работа получила приз, ему дали сразу прекрасный заказ, он с ним превосходно справился. Его скульптура до сих пор стоит в Подмосковье, Митя должен съездить туда, как только узнает, где она. Отец не говорит, этой темы нельзя касаться, если не хочешь вконец разъярить отца, в Интернете ее нет — а все потому, что искусство никому не нужно и не интересно. Поэтому его друзья ушли сегодня с концерта. Даже музыка — безусловное искусство — людям не интересна, в массе своей. А уж скульптура!..

Митя не заметил, как дошел до Элиного дома. Надо же, такая разная жизнь — их скромная пятиэтажка и Элин роскошный дом. Митя, по своей привычке, глядя на дом, убрал у него мысленно один этаж в боковой части, зрительно скруглил фасад, высветлил слишком яркие кирпичные вставки между окнами, вот так лучше. Так было бы лучше.

Он вчера не спросил, где ее окно. Вдруг она сейчас выглянет из окна и увидит его? Что она подумает? Что он мается у нее под окнами? Да еще с прозрачным пакетом, в котором их булочки... Она же сразу увидит, что это их булочки, витые, обсыпанные пудрой, политые глазурью... Нет, нет, это просто ерунда. Стыд какой...

Митя быстро пошел прочь, не оглядываясь. Мало ли. Он ведь случайно сюда зашел, ноги как-то сами свернули не к своему дому, а через дорогу, через несколько дворов, и вот, привели сюда...

Дома, когда он переодевался, Филипп зашел к нему в комнату, прикрыл дверь.

— Есть хочешь?

— Хочу.

— Очень?

— Очень.

— И я хочу, но еще больше хочу с тобой поговорить.

Филипп сел на кровать сына, погладил покрывало, на котором был изображен тигренок. Со временем мордочка его стерлась, выстиралась и стала расплывшейся, невнятной, а Митя отлично помнил, как в детстве побаивался этого тигренка, у него были такие злые глазки, воинственно открытый рот, в котором видны были острые, сильные клычки, толстенькие упругие лапки, которыми он норовил ночью прыгнуть на грудь маленькому Мите...

— Сынок, ну что, едешь, значит? Мать документы вроде получила, визу тебе дали...

Митя вопросительно посмотрел на отца. Он не понимал его тона. Если бы отец по-прежнему был против, он бы мать в консульство не отпустил. Та никогда ничего не делает без согласия и полного одобрения Филиппа. Тем более у нотариуса согласие им вдвоем надо было получать, значит, точно согласен...

— Надо ехать, батя, да?

Филипп ухмылялся.

— Надо-то надо, тебе ж в музыкалке сказали — езжай, тем более, раз почти бесплатно... Но я о другом...

— Да, батя?

— Ты ж там с ней вдвоем, считай, окажешься...

Митя почувствовал, что краснеет.

— Нет, там будут еще дети... С преподавательницей... Ансамбль едет, народных инструментов...

— Народных, говоришь... — Отец так смотрел, как будто бы знал о нем все, даже то, что Митя не понимал или тщательно скрывал сам от себя. — И как ты там собираешься с ней общаться?

— Не понимаю.

— Зато я тебя понимаю, Митрофан Филиппыч... Ох, как я тебя понимаю.

— Правда, батя? — спросил Митя, на самом деле не понимая, к чему отец клонит.

— Понимаю, как никто. Еще бы! Девчонка она яркая, ноги длинные...

— Батя, она... — Митя не нашел слов, смутился.

Филипп засмеялся и прижал к себе лохматую голову сына.

— Постричься надо, а то ты как девочка у меня.

— Хорошо, батя, постригусь.

— Я понимаю, что она тебе нравится. Она многим нравится, наверняка. И тебе льстит, что и ты ей нравишься — вроде как... Я пока все правильно излагаю?

Митя молча кивнул.

— Во-от... Но, знаешь, сына, сколько еще баб и девок у тебя будет? Нет, ты даже не знаешь. Будешь в именах путаться! А нужна — единственная, понимаешь?

— Понимаю...

Почему-то, когда отец говорил о единственной, у Мити невольно вставало перед глазами лицо Эли. Мальчик тряхнул головой. Отец не так понял его движение и дал ему легкий подзатыльник.

— Что, недоволен моими словами, щенок?

— Доволен, батя...

— То-то же!

Филипп сгреб сына в охапку, крепко-крепко прижал к себе, так что Митя слышал, как тяжело, неровно бьется сердце отца.

— Как сердце, батя?

— Как может быть мое сердце, сына, если мой единственный сын собрался свернуть со своего пути. И из-за чего! Из-за кого! Из-за случайной бабы! Тебе надо учиться, а не с девками по дворам гоняться! Учиться, готовиться к экзаменам, играть, играть, пока само все не будет получаться, по шесть, по восемь часов играть! И всю энергию — только в учебу, только в виолончель. Женщины отнимают энергию, сынок, поверь мне, я-то уж знаю!

А как попробуешь — понесется, себя не остановишь! Тебе сейчас вообще об этом думать не надо! Только учиться! Только учиться! И если ехать туда с ней, то только для того, чтобы ей показать — ты сам по себе, у тебя звездный путь, она не должна тебе мешать, пусть усечет это!

— Батя... — Митя все-таки заставил себя посмотреть в глаза отцу.

— Что, сына, что? Ты не понимаешь... Ну, хорошо. Давай по-другому. Если она действительно твоя женщина, необязательно тебе с ней сейчас крутиться, когда у тебя и без нее забот хватает. Если твоя — она тебя дождется. И ты придешь к ней победителем! Конечно, если она еще нужна тебе тогда будет.

Она нужна сейчас, но как сказать об этом отцу? Язык не поворачивается, стыдно и жалко это звучит. Митя молча смотрел на отца.

— Придешь, и она ахнет. И всё — твоя будет! Она поймет, кого потеряла... То есть... — Филипп почувствовал, что слегка запутался, и пихнул Митю в бок. — Фу-ты, кости одни! У мужика должно быть мясо! Есть надо больше! Опять кашу утром не доел. Вся сила — в пшене!

— Батя... А если она ждать меня не будет?

— Не будет? — захохотал Филипп. — Ждать не будет? А на кой ляд она тогда тебе нужна, а? Пусть всю жизнь ждет, пока ты не добьешься своего и не придешь к ней!

— Нет... — Митя покачал головой, с ужасом чувствуя, что может расплакаться. Вот этого отец точно не простит. — Сейчас, подожди... — Пряча глаза, он попытался встать.

— Ку-да-а? — Филипп, почувствовав неладное, схватил сына за руку мертвой хваткой. — Ну-ка, повернись ко мне, сына... А-а-а! — вскрикнул он. — Я так и знал. Давно я тебя не бил! Это что такое? А? Кто это нюни распустил? Я тебя столько лет учил терпеть любую боль! Ты у меня был как железный рыцарь, любое терпел, даже маленький, лежал, еле живой, за руку меня хватал, «Батя, люблю тебя», а тут — смотрите-ка на него... Я-то думал, я мужика воспитал, нет! Тряпку! Тряпку половую, об которую любая баба может ноги вытирать!!!

— Батя... — Митя умоляюще поднял глаза. — Я не плачу.

— Вот и не плачь! Не о чем! Вот я помру, тогда заплачешь. А так — не о чем.

— Батя... — Митя судорожно обнял отца. — Нет, нет, не говори так...

— Ладно... — Филипп похлопал большой рукой сына по спине. — Сына, стань звездой, и все к тебе придет — и деньги, и женщины. Только стань. Выберемся из этой убогой квартирки, ты ведь купишь дом и возьмешь нас с матерью, правда?

— Батя! — Митя с любовью смотрел на такое родное лицо отца. — Что ты говоришь! Как это может быть — возьму или не возьму? Мы всегда будем вместе!

— Хорошо... — Филипп удовлетворенно гладил сына по спине, по шее. — Сына мой... Хорошего я сына вырастил... Купишь себе машину — любую, какую захочешь — кабриолет, или этот... большой такой...

— Лендровер!

— Да... Матери тоже купишь машину, пусть ездит, она давно мечтает о машине... Я уж что, пешком похожу, привычный...

— Я тебя возить буду, батя!

— Будешь... Добейся только всего! Утром проснешься, а тут уже тебе звонят, приглашают на концерт... А ты говоришь: «У меня все концерты на пять лет вперед расписаны»...

— На десять! — тихо подсказал Митя.

Как хорошо, как приятно, когда отец заводит эти разговоры. Все встает сразу на место... Жаль, что не получилось пока рассказать Эле о его будущем. Начинал, когда провожал ее домой, но разговор тогда не склеился, слишком его разносило, прыгал-прыгал вокруг нее, а ничего толком и не сказал. Она и не знает ведь, что ждет Митю.

— Я слышал, Денис Мацуев по телевизору рассказывал недавно — на десять!

— Да, на десять... И вот ты идешь по своему особняку, тут везде горничные стоят, кланяются, двери открывают, спрашивают: «Что вы хотите на завтрак, Митрофан Филиппович?» А ты говоришь: «Пшенку, вся сила в пшене!» Подходишь к моему портрету, здороваешься...

Митя, зажатый в объятиях отца, скосил глаза на его лицо, чтобы увидеть выражение глаз.

— Бать, почему к портрету?

— Потому что не дождусь я этого, сына, не дождусь. Не так ты идешь, не туда, силы свои тратишь...

— Нет, нет! — Митя уткнулся головой в ладони отца, поцеловал его руки. — Дождешься, батя! Обещаю тебе!

— Клянись.

— Я... — Митя поднял голову, распрямился. — Я обещаю тебе, отец. Я стану звездой, у меня все будет, ты будешь мной гордиться. Только, пожалуйста, больше так не говори, хорошо?

— Ладно! — Филипп усмехнулся.

— А дальше что, батя?

— Дальше... Вот идешь ты по своему дому, разговариваешь по телефону. Тебе говорят — за концерт в Кремле предлагают пятнадцать миллионов рублей. Ты говоришь — мало. А тебе говорят — президент России приедет. Тогда ты говоришь — хорошо, я согласен.

— Два миллиона я отдам на благотворительность, хорошо?

— Отдай, сына, ты у меня добрый мальчик!

— Или три. Чтобы дети в детских домах могли учиться музыке.

— Да, но ты имей в виду, сына, что музыка нужна не всем, а только избранным. Мы с тобой — избранные, понимаешь?

— Понимаю, батя...

— Неуверенно говоришь. А должен понимать — ты не такой, как все. Ты — особый. Ты — гений. Гений!!! А это очень обязывает. Я знаю по себе... — Филипп сдержанно улыбнулся. — Быть гением, сына, очень непросто.

— Я понимаю, батя, — кивнул Митя, волнуясь. Ведь не каждый день такие разговоры происходят. И отец не всегда так откровенен с ним.

— Я иногда проснусь, сына, у меня, знаешь, столько проектов в голове, столько разных идей... Была бы у меня мастерская...

— Будет, батя, будет!!! — воскликнул Митя. — Я куплю тебе мастерскую! Или... нет, пусть в доме будет огромная мастерская — под крышей, пойдет? Светлая, с большим окном во всю стену... И ты там будешь творить... И они все поймут, все, кто столько лет не давали тебе свободы!

— Да... — Филипп откинулся на диване. — Я уж тогда им всем покажу! Будет у нас звездная пара — отец и сын Бубенцовы!

— Да, батя...

— И вот тебе снова звонят, просят — сыграйте, Митрофан Филиппович, на корпоративе...

— На корпоративе? — ужаснулся Митя. — Нет, я не буду играть.

— Ишь ты, какой ты у меня принципиальный! — усмехнулся Филипп. — Не будет он играть... Смотря за какие деньги!

— Деньги — песок, батя...

— Что-о? — Филипп заорал так, что ему ответила соседка сверху:

— Ничего! Ты что, не сдох еще? Я думала — замолчал, два дня тебя не слышно, значит, сдох!

— Несчастная женщина, — вздохнул Филипп. — Продолжай, сынок, расскажи отцу о том, что такое деньги, которых у него нет.

— Нет, батя, батя... — заторопился Митя. — Я не то хотел сказать... Вот просто Эля...

— Кто такая Эля? — сощурился Филипп.

Митя осекся.

— Я хотел сказать... Ладно.

— Нет уж, говори. Учи отца, учи. Ты же там где-то общаешься с людьми успешными, богатыми, успел узнать что-то о жизни, чего отец не знает. Давай-давай, говори, сына.

Митя поднял голову на отца.

— Бать... Ну просто... У Эли родители богатые, денег очень много, но она говорит, деньги — это песок.

— Ха! Ха! — Филипп встал и тяжело прошелся по комнате, разбрасывая большие ноги в стороны. — Маленький ты у меня еще, наивный! Поэтому они так и говорят, она за родителями наверняка повторяет, потому что денег у них куры не клюют! Наворовали, у народа наворовали, у тебя, у меня!

— Они хлеб пекут... — робко вставил Митя. — Я вот принес там булочки... — Митя осекся, видя как у отца стали раздуваться ноздри от гнева.

— Спорь с батей, сынок, спорь! Смело спорь, вот таким я тебя воспитываю. Тебя бьют, а ты — спорь, молодец! Ничего в жизни не бойся! Хлеб пекут и продают его в пятнадцать раз дороже, чем он стоит, ты что, не понимаешь? Почему мы в крохотной хрущобке ютимся, а они в особняках с прислугой жируют, ты же сам рассказывал!

— Я не говорил — жируют! Я вообще не знаю, есть ли у них прислуга, особняк... Просто она сказала — дом большой... Вот, наверно, на репетицию поеду, посмотрю...

— Не жируют, а что они делают, если у них прислуги наверняка больше, чем у нас тараканов? Знаю я таких! — Филипп захохотал. — Эксплуатируют людей, эксплуататоры! Буржуи недобитые! Не добил их мой прадед в семнадцатом году! Вот они головы-то и подняли! И людей искусства пытаются в своих рабов превратить. Вот звонят тебе такие и говорят: «Митрофан Филиппович, умоляем вас к нам на корпоратив! На юбилей, на свадьбу!» А им знаешь что отвечаешь?

— Отвечаю — нет.

— Не-а, сына! Ты им отвечаешь: «Сколько?»

— Я не продаюсь, батя, — твердо ответил Митя.

Филипп пнул голову сына.

— Ты не продавайся, а денежки свои имей в виду, сына! Ты им скажи — тридцать тысяч, в твердой валюте! Вот так-то!

— Тридцать тысяч?! А дадут столько?

— Больше дадут, сына, ты только стань звездой... — вздохнул Филипп. — А ты — Эля, Эля... Да какая к ляду Эля, сына! Когда перед тобой такие горизонты открываются! Знаешь, как тяжела будет слава... Ты должен приготовиться, я тебя должен еще научить... Это бремя, сына, самое тяжелое. По себе знаю.

Митя доверчиво прильнул к отцу.

— Вот слушай. Славу переносить очень тяжело, чтобы под ней не согнуться, не растерять весь талант. Все тебя любят, все превозносят, а ты так скромненько улыбайся и думай про себя: «Вы даже не можете понять, насколько я талантлив, мозги у вас куриные понять это! Гения может понять только гений!» Ясно тебе?

Митя с сомнением кивнул.

— Вот... И сейчас уже есть люди, которые готовы тебе служить, которые видят в тебе гения. Лови эти взгляды, копи их, собирай своих поклонниц, пусть ходят на концерты, пусть хлопают, цветы носят...

Митя взглянул на отца:

— А... а как я пойму, что это мои поклонницы?

— Ну как там у вас в интернетах... Не знаю... Держи, в общем, всех девок на короткой привязи. Всем обещай, всем подмигивай, всем намекай. И ни одной ничего не давай. Пусть ждут, надеются, думают, что каждую из них ты выберешь в подруги...

— Батя, но я еще не настолько популярен... — несмело возразил Митя.

— Так ты работай над этим, сына, работай! Одевайся соответствующе, каждый день меняй наряды, следи за собой, будь загадочным, сдержанным, и в то же время наглым. Надо тебе — подойди, обними любую... Что ты, не самец?

— Самец...

— Ну вот... Ладно, пошли, каша уже подгорела, наверно...

Глава 12

— Мам, ты уверена, что это правильно, что мы его пригласили?

— Конечно. У вас песня такая, что чем больше вы общаетесь, тем лучше номер получится. И потом, здесь, на природе, как-то все по-другому, чем в городе. Вот увидишь.

— Да...

— Не понимаю причин грусти, дочка...

— Не знаю, мам, как сказать... Как будто я чувствую, что что-то будет плохое, но не понимаю, что и почему плохое...

— Глупости! — Лариса обняла Эльку. — Это от... — она замялась, подбирая мягкие слова, — оттого что у вас как-то все... неровно развивается...

— А бывает, что отношения ровно развиваются?

— В пятнадцать лет — не знаю, особенно когда мальчик — почти ровесник...

— А если не ровесник, мам, то у него другие потребности будут!

— Что ты имеешь в виду?

— В постель потащит, мам!

— Элька! — Лариса искренне ужаснулась. — Где ты набралась такого?

— Мам, ты издеваешься? Вы с папой вообще в капсуле своей живете какой-то, да? У нас одна семиклассница четыре месяца жила дома у восьмиклассника... В соседней комнате с его родителями.

Лариса внимательно слушала дочь.

— Мам, ты слышишь меня?

— Да-да, и что? Не понимаю... Почему жила? Ей жить негде было?

— Спала с ним в одной постели, мам! Пока он ее не прогнал. Надоела ему.

Лариса закрыла уши.

— Ужас какой ты рассказываешь! Это исключение! При чем тут ты... И вообще... Это надо на художественной литературе все проходить... Я подумаю, что тебе дать почитать...

— Ага, давай, мам! Начинай с того, как Лимонов в Америке с негром жил. Книжка премию, кажется, получила. Ну и дальше все по порядку, какие еще хорошие книжки найдешь. Из классики. Да?

— Дочка, ну напрасно ты так... Это только одна грань... Всегда были люди с низкой моралью, но... — Лариса только махнула рукой. — Ладно, ладно... — Ну как говорить, какими словами? Надо бы действительно какую-нибудь хорошую книжку ей подсунуть, только вот какую... Чтобы у нее в голове путаница эта прошла... — Классику надо девятнадцатого века читать, дочка. Мораль тогда все-таки была другая, если верить книгам...

— Ага, а все незаконнорожденные дети кухарок, похожие на барина, это как, мам? А дамы с желтыми билетами, а содержанки, а...

— Ну знаешь, дочка, если только это видеть в нашей литературе...

— Да ну тебя, мам! Ты ханжа или притворяешься!

Элька легко вскочила с качелей и убежала в другую сторону большого сада. Лучше было бы с отцом поговорить. С ним проще, но тоже только до определенной грани. Он тоже будет прятаться, закрываться, отшучиваться. С подружками лучше даже не пытаться говорить о Мите.

Таня — грубая и глуповатая в том, что касается мужчин, сама ни с кем не встречается, потому что нравится Ване, высокому, нелепому, умному, а ей нравится совсем другой мальчик, Егор, который любит сидеть дома за компьютером и набирать себе виртуальных подружек, заигрывать с ними, болтать обо всем на свете — без продолжения, поболтал и забыл.

Второй подружке Соне нравится долговязый голубоглазый Костик, давно, с пятого класса, с перерывами, сейчас опять нравится. Соня, видя переглядки Эли с Митей, возобновила атаки на Костика, а тот как ходил за Элей уже полтора года, так и ходит, не обращая внимания ни на резвого Дуду, ни на Соню с ее мягкими восточными приемами обольщения, ни на Митю. Костик — всегда там, где Эля. Зачем только это, если Элино сердце уже занято?

Элька увидела, как к матери подошел чем-то очень озабоченный отец, та встала, поспешила с ним к машине. Родители, не заходя в дом, не оборачиваясь на Элю, уехали. Сейчас позвонят ей с дороги, скажут, что будут поздно, выяснится, что сгорела какая-то печь, или пришла бракованная партия муки, или, наоборот, приехали какие-то необыкновенные специалисты по хлебопечению — латыши, армяне, буряты, индонезийцы... Вот так она и живет. Совершенно одна, в прекрасном дворце.

А ее родители, такие хорошие, такие любящие, такие успешные, всегда где-то там, где ее нет. Им интереснее, как коренные народы Сибири в древности пекли лепешки на горячем камне из перетертых корешков, чем то, отчего их собственная дочь не хочет ни лепешек, ни булок, ничего вообще.

Странное ощущение — все ведь хорошо, а на душе какое-то предчувствие, тяжесть, непонятная, ничем не объяснимая. Может, ей пойти на месяц поработать? Курьером, например. Поездить по пыльной, душной Москве, потоптать ноги в транспорте, занять себя чем-то конкретным, бессмысленным и утомительным? Отпустят ее родители?

Элька обошла сад пару раз, посмотрела, как Сергей Тихонович, садовник, подрезает кусты, попросила у него вторые кусачки, помогла ему.

— Маешься? — спросил Сергей Тихонович.

— Почему? — пожала плечами Элька. — Просто хочу что-то поделать... Экзамены все сдала, время есть...

Разговор с садовником не задался, Элька слегка ободрала руку о куст барбариса, решила пойти на кухню, приготовить завтрак для Мити. Он наверняка рано встал, проголодается, пока доедет, мальчики всегда хотят есть.

На кухне Алина, новая горничная, ловко шуровала, готовила одновременно борщ, расстегаи, салат — взбивала, перемешивала, резала, бросала в духовку.

— Ватрушечку хочешь? — Алина изо всех сил улыбнулась ей и кивнула на поднос с огромными ватрушками.

Зачем она их печет? Кто столько съест?

Элька пристроилась на краю огромного стола, заваленного продуктами — Алина готовила каждый день как на роту солдат, родители только смеялись, отмахивались, когда Эля что-то говорила им. Она давно уже решила, чем угостит Митю, сделает одно блюдо, которое раньше готовила бабушка к празднику, несложное, вкусное, красивое. Митя любит все красивое, он никогда не говорил об этом, но это же понятно.

Эля быстро закрутила рулетики с орехами и лимоном из теста с их фабрики, поставила в духовку, попросила Алину последить, чтобы те не сгорели, пошла к себе в комнату.

У нее в жизни все, как в сказке. В сказке про одинокую принцессу — совершенно пусто. Не с кем просто поговорить, некому доверить свои сомнения. О том, почему Митя то пишет всю ночь, то не пишет неделю. То желает удачи на экзамене, то забывает спросить, как она сдала. То ходил вечером по ее двору, смотрел на окна — его спутать ни с кем невозможно, то через два дня в школе едва кивнул, когда пришел сдавать учебники, а она как раз шла с консультации. Ну что с ним делать? И как они вместе поедут?

Ехать через четыре дня, отношения у них совершенно непонятные и, главное, — номер сырой. Дуэт не получается. Митя играет что-то свое, совсем ее не слушает, задумчиво, неэмоционально. Елена Самуиловна даже привела вчера на репетицию к ней взрослого музыканта, студента Академии имени Гнесиных, Эля пару раз с ним пропела и точно поняла, что выбрала эту песню для того, чтобы сделать номер с Митей. С другим человеком ей неинтересно и ехать незачем. Зачем ей петь с незнакомым музыкантом о том, как страдает душа, как одиноко, как хочется вернуть того, кого больше нет. Почему только ей захотелось петь именно эту песню? Эля страданий не любит, всегда от них бежит, предпочитает веселые фильмы, позитивные истории, разговоры...

Девочка взяла тряпку, протерла чистое зеркало в комнате, чистые подоконники, чистые полки, на которых стоят прекрасные книги о жизни и любви — родители всегда дарят ей книги, а она все читает, с удовольствием, размышляя... Потом подошла к пианино, распелась. Надо и правда почитать романы девятнадцатого века о том, как жили барышни, которым совершенно нечего было делать в свободное от сердечных мук время... Им еще хуже было — у них не было алгебры, химии и экзаменов в девятом классе, которые нужно сдать на высший балл, чтобы школе выделили деньги на ремонт актового зала и на белый рояль...

Звякнуло сообщение — Митя.

❖ Буду через час.

❖ Тебя встретят на станции.

❖ Ты?

❖ Шофер.

❖???

❖ Я не вожу еще машину.

❖ Пошли пешком.

❖ Не дойдешь.

❖ На автобусе нельзя?

❖ Не знаю. Наверно, можно.

Элька подождала сообщения от Мити. Тот молчал. А как он думал? Он же никогда особенно не спрашивал о ее жизни. Да, у них в загородном доме есть два садовника, основной, Сергей Тихонович, отставной майор, и помощник, который приходит, когда много авральной работы в саду — весной и осенью, учитель физики из местной школы. У них есть сторож, который живет постоянно, бывший автомеханик. Делать ничего не умеет, даже лампочку вкрутить у себя во флигеле не может, косорукий, с патроном вырывает лампочки. Совершенно непонятно, как он полжизни ремонтировал машины. Так и ремонтировал, наверное, вырывал колодки, рулевую трапецию, предохранители... Но зато он надежный, спокойный, непьющий, и разрешение на ношение оружия есть, он — охотник. А с их деньгами и без охраны это немаловажно. У родителей есть два шофера, работающие в смену. В Москве каждый день приходит горничная, которая убирает, гладит, ездит в магазин. Иногда родители любят сами купить продукты, но обычно у них нет сил и времени.

За мелкими покупками ходит Элька, просто чтобы сходить в магазин, чтобы была какая-то обязанность по дому, чтобы переключиться с уроков, музыки и русской классической литературы, которую нужно в большом количестве прочитать в старших классах. Невозможно с утра до вечера находиться в сумрачном Петербурге среди душевно неустойчивых персонажей или же в салонах, где упорно все сбиваются на французский язык. Элька все романы читала медленно, вдумчиво, погружаясь в атмосферу, в страдания героев, представляя себя на месте влюбленных девушек, мечущихся бунтарей, размышляющих о жизни русских дворян и не дворян...

В загородном доме у них есть Алина, ее взяли недавно, она страшно коверкает русский и очень обижается, потому что тот неправильный, смешной язык, на котором она говорит, — это тоже грамотный язык, только другой, похожий на испорченный русский. А это ее родной язык, язык ее народа, обиженного судьбой. Почему русским — всё, огромная территория, реки, моря, леса, богатства, слава великой нации, а им, красивым, поющим — практически ничего?

Элька, несколько раз обжегшись и выслушав от родителей нотации о своей нетолерантности к малым нациям, старалась с Алиной много не говорить и к ней без особой нужды не лезть. Алина же всячески стремилась быть вежливой, даже подобострастной, но порой Эля ловила на себе такой недружелюбный взгляд, что сказала об этом родителям, и те пообещали найти другую горничную. Но Эля знала — пока что-то не случится, родители с работниками не расстанутся, потому что идеальных людей не бывает. И хозяев никто особенно не любит. Вот проработает у них кто-нибудь лет двадцать, тогда, может быть, и полюбит их, как родных.

Кроме Алины, которая готовит, гладит и следит за порядком, в загородном доме к ним приходят два раза в неделю уборщицы, жена и дочка сторожа, те так просто ненавидят Эльку, потому что считают это огромной несправедливостью, почему одна красивая девочка — принцесса, а вторая — уборщица? Дочка сторожа, чем-то похожая на Элю, высокая, фигуристая, тоже с длинными светлыми волосами, могла бы рассчитывать на другую судьбу. А родители заставляют ее мыть у Эли полы — семьсот квадратных метров. И двести метров полов в двухэтажной бане с бильярдом.

В бильярд отец играть не любит, ему подарили друзья на сорок лет, стол поставили на втором этаже бани, он там так и стоит. У родителей нет времени играть в бильярд, в теннис, в пинг-понг, в волейбол, в шахматы, нет времени сидеть в саду и ходить в баню, у них есть дело, которому они посвятили всю свою жизнь. Что происходит с их дочерью, наверно, их беспокоит меньше. Мать так легко сказала: «Пусть приедет Митя», — Эля, не подумав, согласилась. Но ведь должен он узнать, как она живет...

Но готов ли увидеть все это? Как он отнесется к тому, какой у них огромный, богатый дом, что в доме есть прислуга? Может быть, один раз придет, посмотрит, развернется и больше никогда не придет? Он же такой чудак-человек...

Эля решила сама поехать с шофером на станцию, чтобы Митя не растерялся и не уехал обратно.

— Сергей Тихонович, вы не знаете, автобус ходит сюда от станции? — на всякий случай спросила она, вдруг Митя не захочет садиться в их роскошный автомобиль.

Да еще и Павел, их шофер, похож на вооруженного до зубов охранника. Алина уж так на него заглядывается, так строит глазки...

— А что?

— Ну так... Я даже не знаю этого...

Пожилой садовник с любопытством взглянул на Эльку.

— Ходит. Только тебе на нем ездить не нужно.

— С чего бы это?

— С того, что там... неподходящая для тебя компания может оказаться.

Элька пожала плечами. Почему? В Москве же она ездит одна на трамвае. И на метро. Две девочки из ее класса, в десять раз беднее ее, на метро не ездят. Родители боятся терактов и вообще... Слишком много маргиналов и нелегалов, опасных, чужих. И разных дураков. А ее родители к этому относятся проще, в стеклянную банку ее не прячут. Либо просто не задумываются. У них есть заботы поважнее.

Это неостановимый процесс. Чем лучше у них идут дела, чем охотнее покупают их продукцию, тем больше у них денег, тем больше новых магазинов открывается, тем больше новой продукции они выпускают, тем больше к ним идут с предложениями поставщики, рекламщики, пекари-любители, тем больше они выпускают новой продукции, тем лучше ее рекламируют, красивее оформляют, тем лучше ее покупают, тем больше у них становится денег... — это бесконечность. В которой нет одного маленького звена — ее, Эли. Да, она пользуется всеми благами, которые дают родители. Но зачем ей дом семьсот квадратных метров? Ей хватило бы и маленького симпатичного домика на девяти сотках. Эля видела такие домики неподалеку. Там уж точно дети сутками одни не проводят время. Одни или с совершенно чужими и порой враждебными людьми, которые вынуждены работать на ее родителей.

Она не хочет с какой-то «бонной» путешествовать по морям летом. Отец сказал: «Найдем ей бонну для путешествий, например, англичанку». О чем Эльке говорить с англичанкой? О том, что язык ее народа, маленького косноязычного германского племени, отселившегося когда-то на неуютный остров с холодными тяжелыми туманами по причине своей неуживчивости, зловредности, не произносящего половину звуков, которые произносят остальные европейцы, стал международным — он простой, примитивный, в нем не изменяются существительные и глаголы, слова короткие, порядок слов жесткий, и ее, Эльку, заставляют учить этот язык? Об этом? Не о Мите же. Всех Элькиных переживаний английская бонна не поймет, даже если прочитала в молодости в переводе «Войну и мир» и «Идиота». Все остальное ведь не читала!

Элька положила в подарочный пакет книги, которые приготовила для Мити. Наверно, неправильно дарить мальчику подарки. А книги? Ей хочется, чтобы Митя прочел то же, что нравится ей. Стругацких, Волошина, прозу Цветаевой, рассказы Достоевского...

Раньше, когда была жива бабушка, Ларисина мама, Эле было не так одиноко. Бабушка была умная, спокойная, начитанная, с ней можно было поговорить о многом — но, конечно, до той самой черты. Бабушка, как и ее родители, воспитанная в другое время, о тайном, сокровенном, говорила с трудом. Да и Эля была меньше. Теперь из всех остался один только дедушка Сережа, Ларисин отец, иногда он приезжает к ним на дачу, ходит на рыбалку, молчит, курит в углу сада. С ним толком тоже не поговоришь, не поделишься своими сомнениями, страхами, вопросами.

— Привет... — Митя с удовольствием взглянул на Эльку.

Есть ли на свете вещи, которые ей не идут? Ей идет любой стиль, любая одежда. Сегодня она надела милое короткое платьице, свободное, светлое, в мелкий черный цветочек, на тонких лямочках, открывающее ровные, достаточно широкие плечи, длинные красивые руки, ноги, на которые можно смотреть бесконечно — они совершенны по своей форме, во всей ее внешности — гармония вселенной...

— Мить, вот наша машина...

Митя мельком взглянул на автомобиль, вежливо поздоровался с Павлом, их водителем, неожиданно сел впереди.

— Ты что? — засмеялась Элька. — Ко мне садись.

— А долго ехать?

— Нет, минут семь.

— Можно, я тогда впереди посижу?

— Всегда мечтал вот так посидеть, да? В большом внедорожнике... — неожиданно спросил Павел.

— Да, точно, — улыбнулся Митя.

Лишь по его ненастоящей улыбке Эля поняла, что он стесняется и смущен. Она уже научилась разбираться в этом.

Во дворе их дома Митя огляделся, но не слишком пристально, сказал:

— Много деревьев. А цветов нет?

— Еще почти ничего не цветет, не время. Вон там клумба с тюльпанами...

Митя подошел к клумбе, внимательно посмотрел на цветы.

— Вон тот, винный оттенок красивый, с ним бы белые рядом хорошо смотрелись... — Перешел к дорожке, около которой были высажены яркие однолетники. — А эти оранжевые как называются?

— В просторечии — бархотки, есть какое-то латинское название, но я не помню. А зачем тебе?

— Просто... Теплый цвет... Надо очень постараться, чтобы такой получился на картине — полный, насыщенный... Пойдем репетировать?

— Давай поедим? Я приготовила тебе завтрак.

— Давай...

Митя с некоторым сомнением пошел за ней на большую террасу, куда Алина, увидев, что они приехали, уже вынесла чайник, чашки, еду — и Элины рулетики, и свои ватрушки, и вчерашние шаньги, и конфеты, и большую вазочку с несъедобными ягодами, которые выращиваются в оранжерее, красивыми, крупными, неестественно яркими... Алина с интересом взглядывала на Митю, даже хохотнула, чтобы привлечь внимание, совершенно безо всякого повода. Закрыла рот рукой, повела плечами. Митя доброжелательно улыбнулся ей:

— Здравствуйте!

После чего Алина стала носить по одному предмету: принесла салфетницу, ушла, принесла длинную ложку для зачерпывания варенья, крутанулась на плотных ножках, ушла, принесла зубочистки, потом по второй подушечке на стулья...

— Садись. — Эля кивнула на белый резной стульчик. — Не поскользнись на подушечках, ненавижу их, шелковые, как в купеческом доме.

— Да? — Митя удивленно поднял подушку. — Правда... Чудно как... Столько ненужных предметов... Можно я без подушек сяду?

Эля засмеялась и кивнула:

— Да хоть на пол. Сама не люблю этой вычурности.

— А кто это покупает?

— Никто. Притекает как-то. Родителям вообще все равно, у них нет времени наслаждаться всем богатством, которое они заработали. Потому что они не ради денег работают.

— А ради чего?

— Для удовольствия, я думаю. Для азарта. Не знаю. Может, у них есть еще какие-то высшие цели, я не знаю. Знаешь, какой ребенок самый одинокий?

— Какой?

— В полной счастливой семье. Где родители обожают друг друга.

— Не знаю... — покачал головой Митя. — Думаю, все же самые одинокие дети живут не дома и не в полной счастливой семье.

— С жиру, да?

— В смысле? — не понял Митя.

— С жиру бешусь, да? Я тоже сама так думаю. У меня просто все слишком хорошо. Нечего хотеть, все дано. Ладно. Вот... — Эля пододвинул к Мите корзинку с рулетиками. — Это я готовила, остальное можешь не есть.

— А остальное кто готовил?

— Алина.

— А она кто?

— Кухарка.

— Слово какое...

— А как бы ты сказал? Наш домашний повар? Попробуй вот это.

Митя осторожно взял рулетик.

— Вы часто так едите? — спросил он, оглядывая стол.

— Как?

— Ну... как в Новый год.

Эля засмеялась.

— Как родители едят, я не знаю, я их редко вижу. Приносятся — уносятся. Едят на бегу. А я стараюсь не обжираться, потому что танцевать тяжело, да и некрасиво, когда коровы на сцене — у нас есть парочка таких. И в классе все стали жиреть не по дням, а по часам, ты сам знаешь, у ваших такая же проблема. Кто-то в мире голодает, а кто-то обжирается и пухнет как на дрожжах.

Митя слушал Элю вполуха и смотрел на нее. Чуть-чуть убрать волосы, самой чуть передвинуться влево, чтобы голова попадала между ровной лаконичной балясиной, подпирающей крышу ве-

ранды, и кустом, пышно растущим прямо у крыльца. Зелень у него
еще совсем молодая, светло-зеленая, листики резные, изящные.
И вот так рисовать. Можно даже с этой чашкой в руке — белая
чашка с матовым бледно-лиловым тюльпаном, низкая, широко-
ватая, в Элиных изящных пальцах, кольцо с зеленым камушком
не нужно, кольцо снять, можно браслет — тонкий, из тусклого
золота, чтобы обвивал руку... И кусочек резного белого стульчика
чтобы был виден из-за спины, самую малость. Небо идеальное —
редко такое бывает в июне, лазурно-синее, это небо середины
лета, когда верится, что осени не будет никогда, а зима была так
давно, что кажется сном... И написать ее так, чтобы не очень четко
все было, чуть как в грезе, в дымке, чтобы проступало лицо, как
лик...

— Мить, Мить, вкусно? Ничего не говоришь...

Митя с удивлением посмотрел на свое пустое блюдце.

— Да... А что это было?

— Мое фирменное блюдо, моя бабушка так готовила.

— Здорово... Ну что, пошли репетировать?

— Предлагаю прогуляться.

— Прогуляться? — Митя вытаращил на нее глаза, как будто
она предложила ему что-то совсем необычное. — Ты что? Я же не
отдыхать приехал. Нет, нет, у нас и так мало времени. И мне надо
засветло вернуться.

— Сейчас поздно темнеет, Митя.

— Батя сказал — до девяти чтобы был дома.

— Ты всегда точно выполняешь его приказы?

— Батя мне ничего не приказывает, — очень просто объяснил
Митя. — Он говорит, значит, так мне нужно. Он мне всю жизнь
посвятил, понимаешь?

Эля кивнула, хотя это было совершенно непонятно. Ведь Митя
говорил, что его отец — талантливый скульптор. Но она решила с
расспросами пока не лезть.

Они пошли к ней в комнату на второй этаж.

— Какая лестница! — покачал головой Митя. — Я в кино только такую видел. В американском фильме.

И больше ничего не рассматривал и ничего не сказал.

— Показать тебе дом? — все-таки спросила Элька.

— Потом, — пожал плечами Митя. — После репетиции. У вас
в доме есть какие-то старинные вещи?

— Нет. Почему?

— А что ты хочешь показывать?

Эля растерялась.

— Ну просто... наш дом...

— Хорошо, потом.

В Элиной комнате Митя взял себе стул, сел спиной к окну, чтобы не отвлекаться на небо, на деревья, виднеющиеся во дворе. Красивый двор, красивый дом, красивая Эля. Почему только настроение качается, то радостно, то внезапно становится грустно и тревожно, и все как-то неловко, неудобно...

— Начинаем, Эля. — Митя заиграл вступление. — Ну, что ты? Пропустила такт.

— Мить... Подожди... Я хотела сказать... у нас песня очень неэмоциональная получается.

— Я плохо играю?

— Нет, но...

— Ты хорошо поешь.

— Да. Просто... мы как-то не вместе играем.

— Я не слышу, что мы расходимся. Давай репетировать.

— Давай, но гонять бесполезно. Мы должны услышать друг друга.

— Я слушаю, как ты поешь.

— Да, но ты играешь о своем.

— Я же играю за погибшего моряка, правильно?

— Конечно. А почему тогда ты играешь так тихонько, грустно?

— А что мне, веселиться, оттого что я погиб? И ты теперь с другим. То есть не ты, а та девушка...

— Почему с другим? — рассмеялась Эля. Все-таки мальчики — совсем иные. Где он это услышал в песне? Об этом ни слова... — Ну какой другой, если я сажусь в лодку, еду в океан искать любимого, пою о своем одиночестве...

— Неужели ты будешь одна? — искренне удивился Митя. — Такая... — Он осекся.

Чуть было не сказал «красивая». Нет, вот этого говорить не нужно. Батя сто раз ему говорил — ни одного комплимента, ни одного восторженного взгляда или слова. Митя никогда не ставит «лайки» под ее фотографиями, никогда не говорит ничего хорошего о ее внешности. Почему так надо, он не задумывался. Отец знает, что говорит. Он женщин знает, жизнь знает. Неискренне получается, конечно, но не быть же искренним с той, которая тебе так нравится! Ведь если она поймет это, она начнет вить из него веревки — это тоже объяснил ему отец, раз объяснил, два объяснил, три объяснил...

Митя отлично это усвоил. Хочешь себя потерять — будь искренним, отдайся женщине с потрохами. Хочешь чего-то добиться — иди по жизни один, гордый, независимый, всеми любимый, всем нужный, недоступный...

— Ладно, все, начинаем, хватит болтать! — резко сказал он.

— Нет, не ладно. И это не пустая болтовня. Послушай меня, пожалуйста. Тебе не нужно играть тихо и печально, понимаешь? У тебя должна душа рваться. Это очень эмоциональная тема, страстная песня.

— Мне батя так сказал играть... — объяснил Митя, не глядя на Элю.

— Он играет на виолончели? — удивилась Эля. — Ты не говорил.

— Нет. Не играет.

— А на чем он играет?

— Ни на чем. Просто он... необыкновенный человек, понимаешь? Все может, все понимает, все видит. Мой отец — особый человек, огромная личность, глыба, мощь. Он всё знает про всё.

— Так разве бывает?

— Бывает. Ты, если с ним поближе познакомишься, поймешь сама.

— Но, Митя... Мне мешает, когда ты так тихонько играешь, я это не так слышу...

Митя посмотрел на Элю. Какая же она красивая. Вся такая тонкая, высокая, грациозная, сидит так красиво, колени — словно слеплены Микеланджело, тонкая талия, высокая грудь... Он отвел глаза... Об этом лучше не думать, мешает сосредоточиться, крайне мешает, подчиняет, растворяет. А он — не должен растворяться в этой красоте! Иначе от него самого ничего не останется!

— Встань, пожалуйста, чуть подальше, — попросил Митя.

— А что? — Элька растерянно отступила на шаг.

— Мешаешь, громко поёшь, я себя не слышу, — холодно ответил Митя. — Отойди от меня. Совсем отойди, в другой угол комнаты.

Вот так. Он — сможет. Он — не поддастся на искушение. Он сможет честно посмотреть в глаза отцу и выдержать его взгляд сегодня вечером. Он не разнюнится и не понесется по этому горячему, волнующему, искрящемуся руслу, его не захлестнет, не перевернет, он не задохнется... Нет!!!

— Мить, ты не устал? — Эля села на низкий диванчик и отпила воды.

— Вставай, некогда рассиживаться. — Митя упрямо стал играть вступление.

— Я больше не могу петь. У меня голос устал.

— А я играю каждый день по четыре часа. В воскресенье — по шесть. Все каникулы буду играть по семь. Иначе не станешь большим музыкантом.

Эля с некоторым сомнением посмотрела на Митю. Как-то это звучит... Как заученное правило.

— Ты точно хочешь стать музыкантом?

— В смысле? — Митя непонимающе посмотрел на Элю. — Ты сомневаешься, что у меня получится? А ты разве не хочешь быть певицей?

— Нет, конечно. Это совершенно нереальная профессия. Очень шаткая.

— Ты хочешь уверенности? Как у твоих родителей?

— Например, как у них. Папа тоже был певцом, потом занялся делом.

— Как ты это говоришь! — воскликнул Митя, мгновенно покраснев. — Делом! А музыка — не дело?

— Дело, — вздохнула Эля. — Давай отдохнем, пойдем в сад, я устала, правда, голос не выдерживает таких нагрузок. Рукам твоим тоже вредно, кстати. Нужно отдыхать.

Эля увидела в окно, что открываются ворота и въезжает родительская машина.

— О, вот, кстати, и родаки... Что-то рановато они. Наверно, на тебя посмотреть примчались. Отпускать меня с тобой в Латвию или не отпускать.

— Меня вот батя отпустил. — Митя поднял на Элю глаза. — Сказал, мне полезно будет.

— А сам как — хочешь ехать?

Митя пожал плечами и отвернулся, Эля не увидела выражения его глаз. Как понять, нравится она ему или нет? Если нравится, то он это никак не проявляет. Иногда она ловит его быстрый взгляд, иногда что-то проскальзывает в ночных письмах, точнее коротких вопросах-ответах, которыми они обмениваются.

«Спишь? — Нет. — И я — нет. Завтра рано в школу. — И мне. — Не видела тебя сегодня в школе. — Разминулись. — У меня новая песня, пою в субботу, придешь? — Нет. — Почему? — Занят. — Жаль...»

Иногда эти разговоры бывают веселее, иногда еще короче.

«Спокойной ночи. — Доброй ночи. Подожди. — Что? — Ничего. Я спать. — А что ты хотел сказать? — Ничего. Потом скажу. Важное скажу, но не сейчас».

Потом, перечитывая ночные разговоры, Эля удивлялась, где же это проскользнуло — ведь тогда, ночью, она точно чувствовала — что-то такое было, что-то, от чего начало стучать сердце, от чего радостно было засыпать и просыпаться завтра утром, ожидая чего-то очень хорошего от встречи с Митей... Но ничего такого в словах, оказывается, и не было! Как же, где это проскользнуло? В невидимом эфире, в тайных нитях, соединяющих людей, заставляющих их в одно и то же время писать друг другу. Открываешь контакт, и мгновенно вспыхивает его значок — взяли телефон одновременно, одновременно подумали друг о друге...

— Я домой... — Митя стал убирать виолончель в футляр. — Скажешь мне, где остановка.

— Да ты что! Ни в коем случае! Будем обедать.

— Нет, я не буду. Я есть не хочу. Мне домой надо. Меня ждут.

Эля видела, что Митя отчего-то растерялся. И даже рассердился.

— Ты боишься встретиться с моими родителями?

— Нет. — Митя постарался как можно независимее пожать плечами. — Отчего бы это? Ничего я вообще не боюсь. Просто не хочу. Порепетировали и — всё. Я уезжаю.

— Хорошо, — сдалась Эля. — Как хочешь. Но только с родителями все равно придется поздороваться.

— А другого выхода нет? Только главный?

Эля внимательно посмотрела на Митю, чтобы убедиться, что он не шутит.

— Ведь в таких домах, как у вас, всегда есть какой-то черный ход. Для прислуги... — Митя осекся, как будто сказал что-то неприличное.

— Да, у нас есть прислуга, — спокойно пожала плечами Эля. — Потому что дом огромный, с ним не справишься. И мама работает семь дней в неделю. И действительно есть еще одни ворота, точнее, дверь. Вот ты даешь!

— Почему твоя мать работает семь дней в неделю? — спросил Митя.

— В смысле? Как почему? Потому что это их дело, они этим живут.

— Я купил вчера ваш хлеб. Вкусный. Бате принес. Ему тоже понравился.

Митя не стал говорить, что дальше сказал отец по поводу занятия Элиных родителей, что ему это совсем не понравилось.

— Ты всегда так говоришь, как будто у тебя нет матери. Только об отце.

— Почему? — пожал плечами Митя. — Просто мы с ним друзья.

— А мы с тобой — друзья? — спросила Эля. Она бы, конечно, задала другой вопрос, но не решилась.

Митя искренне улыбнулся.

— Друзья, конечно. Если ты не против.

— У мальчиков с девочками разница пять-семь лет. Так что твоя невеста учится сейчас в третьем классе, имей в виду, — лукаво ответила Эля. — Или даже в первом.

— Я не собираюсь жениться! — твердо объявил Митя.

— Никогда?

— До сорока двух лет.

— Почему именно до сорока двух?

— Элька! Вы где? Наверху? — Она услышала веселый голос отца. — Спускайтесь! Мы рыбу привезли, сейчас Алина Константиновна пожарит. Сом шикарный, с усами! Спускайтесь, посмотрите, пока ему усы не обстригли! Эй, молодежь! Вы где там? — зычный баритон отца раскатывался по всему дому.

Митя побледнел.

— Я хочу уйти через заднюю дверь.

— Нет.

— Да.

— Почему?

— Я... Я не могу объяснить.

— Сбегаешь?

— Да. Считай так.

— А в Латвию поедешь?

— Да, наверно. Я пойду, покажешь мне куда?

— Ну, ты даешь! — Эля покачала головой. — Представляю, как я это буду родителям объяснять.

— Скажешь, что я трус?

Эля посмотрела на мальчика. Он стоял так близко, она видела родинку около уха — никогда раньше ее не замечала, каштановые растрепанные волосы приятно пахли — это точно был запах его волос, она его уже знала, наверно, моет голову каким-то особым шампунем, видела ссадину на подбородке (интересно, где он так ударился?), видела, как бьется венка на шее, могла бы провести по ней пальцем, чтобы она перестала биться, быстро, тревожно... Но она видела и то, что Митя был сейчас очень далеко от нее. Наверно, мыслями уже был дома, со своим отцом, который для него важнее всего и всех. А как иначе это все объяснишь?

— А если я передумаю ехать? — спросила она.

— Значит, не поедем. Только жалко, мать столько с визой и разрешением промаялась...

Непонятно, как с ним разговаривать. Непонятно, что он на самом деле думает и чего хочет. Непонятно, как он к ней относится. Непонятно на самом деле, почему он уходит.

— Ну, — Федор весело потер руки и пропел по-итальянски: — Sono il factotum! Della città! Della città! Показывай!

— Что? — вздохнула Эля.

— Не что, а кого! Виолончелиста своего. Ну-ка мы сейчас его на зубок попробуем...

— Он... он ушел, па.

— В смысле? — Федор оглянулся. — В смысле — ушел?

— Убежал, папа. На остановку пошел. Потом на электричку и домой.

— Почему?

— Братья по разуму, пап.

— Не понял.

— Мальчики — наши меньшие братья по разуму, не более того.

— Я тоже в каком-то смысле мальчик... — засмеялся Федор.

— Ты чем-то обидела его? — Лариса, слышавшая конец разговора, пристально смотрела на дочь.

— Ага, мам, рассказала поучительные истории про ранний секс, и ему стало так же плохо, как и тебе, когда я пыталась с тобой поговорить о своем, о девичьем.

— Эля!.. Федор, почему она так разговаривает со мной... — Лариса подошла к мужу и взяла его обеими руками за руку, как маленькая, словно ища защиты.

— Я очень одинока в нашей семье, — сказала Эля. — Я обедать не буду. Мне и без вашей рыбы тошно. Всё. Я наверху.

Эля ушла, не оглянувшись на родителей.

— Ну и что все это значит? — спросил Федор жену. — Какой ранний секс? Кого она имела в виду? Что она тебе говорила? И что с этим мальчиком? Наша дочь нашла оригинала? Больше никого подходящего не было? Может, пинком под зад его сразу, пока ничего нет еще?

— А кто тебе сказал, что ничего нет?

— В смысле? — Федор мгновенно стал наливаться кровью. — В смысле, Лара?! Это что... Так про что она... Я не понял... Лара!!!

— Федь, Федь... — Лариса примирительно обняла мужа. — В смысле она уже влюбилась, разве не видишь?

— Как влюбилась, так и отлюбится. Занять ее чем-то, пусть на вокальные фестивали ездит — в Питер, в Париж, куда хочет. На море скоро надо отправлять ее... С кем только, непонятно. Но надо. Уедет, за лето забудет.

— Не знаю... — покачала головой Лариса. — Не помню, чтобы Элька так себя вела и так переживала. Не уверена, что это может быстро пройти.

— И слышать ничего не хочу. Все. Надо, чтобы она за лето увидела как можно больше красивых мест, с людьми разными познакомилась... И вон из головы этого ипохондрика. Что это? Дочь кричит на нас, есть ничего не хочет, говорит все подряд, в комнате запирается... Я ее такой не знаю. Пойду поднимусь к ней, попробую выманить из комнаты. Нам все равно с тобой скоро ехать обратно, встреча же у нас с поставщиками вечером. И не отменишь. А ребенок — одинокий!

Родители переглянулись и одинаково развели руками. Надо же чем-то жертвовать. Выходит, они жертвуют своим собственным ребенком, у которого есть вообще все, о чем только можно мечтать. А девочка жалуется на одиночество.

...Митя ехал в электричке и смотрел в окно. Все вообще не так вышло. Он обещал отцу не разнюниваться, не поддаваться на «их богатство»... Но он как-то ничего не видел. Ну дом и дом, большой, красивый, если бы крыша у него была не фиолетовая, а коричневая, крыльцо не круглое, а строгое, окна повыше и пошире, вообще было бы здорово. В доме он не заметил никакого такого богатства, хотя ведь он по сторонам особо не смотрел. Охрана по углам не стоит, люстры хрустальные с потолка не свисают, лестница красивая, но не мраморная... Никакого кичащегося богатства нет. И вообще, это все дело десятое. Но сама Эля... Что-то в ней есть такое, что не дает возможности чувствовать себя с ней легко и просто, как с Тосей, скажем. Надо думать, что сказать, нельзя быть самим собой...

Митя взглянул на свое отражение в грязноватом стекле. А какой он настоящий? В старой застиранной матроске, в которой он часами сидит на стуле, обнимая коленями виолончель, с нитяным ободком в волосах, чтобы не спадали на глаза? Или в красивом черном концертном костюме, в котором он когда-то выйдет — обязательно выйдет, ему обещал отец! — на лучшие сцены мира? Он — какой?

Он пойдет пить дешевую водку с Деряевым и Тосей, будет ждать ощущения, жгучего, стыдного, которое возникает у него, когда его трогает Тося своими горячими беззастенчивыми пальчиками, закроет глаза и будет знать, что его любят — а как иначе, зачем тогда льнет, зачем трогает, зачем втайне ото всех подмигивает, ладно еще подмигивает, но ведь сама жмется, прислоняется, переходит ту грань, за которой уже нет стыда, нет запретов, за которой ему будет можно все, о чем даже думать страшно... Она ему это обещает, Митя отлично понимает, не маленький уже. Вот такой он — настоящий?

Или же с Элей, когда тревожно и волнительно от одного ее взгляда? Учащается пульс, становится нечем дышать, не видишь ничего, кроме нежных губ, светящихся глаз, волос, которые хочется потрогать, убедиться, какие они приятные на ощупь, кроме светлой чистой кожи, по ней тоже хочется провести ладонью, губами...

Митя встряхнул головой. О чем он думает! У него не доучена вторая часть сонатины, он никак не справляется в быстром темпе с гаммами, он и не начал еще разбирать произведения, кото-

рые будет играть на поступлении — взглянул на ноты и отложил
подальше. Ну и наконец, у него ничего не выходит с Элиной
песней.

Она добивается от него страстного, эмоционального испол-
нения, сама именно так и поет, и у нее это хорошо получается,
и преподавательницы обе вторят ей, что Елена Самуиловна, что
его Нина Георгиевна, поддаются на ее обаяние — правда, трудно
не поддаться, когда она поет грудным, теплым, таким сильным
голосом, то нежно, то отчаянно, а главное, когда взмахивает
ресницами, смотрит молча — таешь, таешь и начинаешь под-
чиняться...

Но отец сказал, что эмоции здесь совсем ни при чем. Это —
песня мертвеца, а разве мертвец может петь эмоционально? «Вот
ты представь — ты лежишь в могиле, над тобой толща земли, тебе
душно, страшно, и вообще тебя уже нет. Ты что, будешь страстно это играть? Нет, конечно. Твой голос еле-еле слышно из-под
земли. Вот так и играй».

Кто прав? А разве есть такой вопрос? Разве может быть кто-то
другой прав, кроме отца? Пока отец ни в чем не ошибался. Сказал — на даче она будет уговаривать тебя не репетировать, не за
этим зовет. Зовет просто так, чтобы заманить к себе, в свой мир,
показать его соблазны, чтобы тебя приручить, поставить на колени и раздавить потом — ногой, безжалостно, с удовольствием.
И точно. Элька приглашала его гулять, пройтись до озера, потом
оставляла обедать. Отец сказал — она точно захочет с родителями
познакомить — и правда, настаивала, даже сердилась. Отец сказал — уедешь пораньше, расстроится. Так и есть.

Вот не пишет ничего, не спрашивает, почему уехал, обижается.
На прощание вовсе ничего не сказала. Молча провела до задней
калитки, отперла ее, выпустила его, и все. Почему обиделась, почему сердилась? Считает его своим парнем? А кто ей сказал, что
он вообще хочет быть чьим-то парнем? Не из-за этого ли она хочет
поехать с ним? У отца именно такие подозрения были с самого
начала.

Отец согласился-таки на Латвию, мать уговорила. Все деньги,
крохотные сбережения, которые у них были на лето, уйдут на эту
поездку. Отец уже много лет не ездит никуда, мать с Митей однажды ездила на десять дней на Азовское море, и с тех пор Митя каждый год ждет — вдруг они снова поедут, но этим летом, наверное,

не получится. Родители, его любящие родители, отправляют его, чтобы он повидал свет, преодолел волнение, вышел на большую сцену. Фестиваль — огромный, туда съедутся юные музыканты со всего света... Зачем он только согласился? Почему нехотя согласился и отец? Вот загадка — как он только решился отпустить Митю, хотя даже в метро не разрешает ему одному ездить, а если Митя откуда-то возвращается с классом, с компанией, всегда встречает на остановке?

Митя, измученный своими сомнениями, пропустил станцию, с которой было близко добираться до дома, и проехал до конечной, до самого вокзала. На вокзале он увидел киоск «Хлебная мануфактура Теплаковых». Вот чудеса. А он только что у них дома был. Они-то и не догадываются, что мальчик, который к ним сейчас приезжал, когда-нибудь станет звездой. Обязательно станет. Если будет делать все так, как говорит отец. Хотя иногда это очень трудно.

Митя замер на мгновение у ларька, в котором продавались сувенирные скульптурки. Какие уродливые... Неправильный заяц, похожий на человека, вредного, нездорового, с тяжелыми, опухшими веками, свинка в европейском национальном костюме, жирненькая, оплывшая, испуганный еж с кривыми лапками, держит яблочко, словно только что украл его и не успел съесть, застукали... Кто купит это все? Кто это делает? Зачем? Митя, как обычно, взглядом поправил все фигурки, вытянул слишком приплюснутую мордочку зайцу, переодел свинку, спрямил лапки ежу и сделал ему лукавый взгляд... Вот так лучше.

Мальчик вздохнул, резко развернулся и быстро пошел ко входу в метро. Ему — это — не надо. И Эля ему не нужна, потому что ему вообще не нужна пара. Он — одинокий художник, точнее, музыкант. У него нет времени на переживания, на то, чтобы разбираться, чего хочет Эля, чего не хочет. Это все отвлекает его от основной задачи. У него — одна-единственная жизнь, и прожить ее нужно так, чтобы отец был им доволен. Чтобы все, что не получилось у отца, получилось у него, пусть и в другом деле. Все награды, которые не получил отец, получит он. И принесет отцу, и отец поймет, что не зря жил, что все надежды и старания его были не напрасны. Он живет ради Мити, он всегда так говорит. Он выбрал ему путь и ведет его по нему, и Митю ждут только победы, большие, настоящие, звездные.

Глава 13

— Боишься? — Эля взглянула на Митю, который сидел, глядя прямо перед собой.

— Я? Нет, конечно. Я — нет...

— А я боюсь немного. Я летать не люблю.

— Я всегда думал, что мы поедем на поезде...

— Всегда думал? — засмеялась Элька. — А я-то была уверена, что ты ехать до последнего не хотел.

Митя взглянул на нее. Вот если ее не видеть, можно быть с ней очень смелым. Можно хамить, не отвечать. Переписываться гораздо легче. А когда видишь и особенно сидишь рядом, так близко, чувствуешь тепло ее локтя, видишь ее ровненькие коленки, тонкие щиколотки... Черт, ну вот, начинается. Кажется, он начинает попадать под ее влияние с самой первой минуты.

Митя ничего не ответил. Не поймаешь, нет. Он — свободный, независимый музыкант. Партнерша — да, пусть даже друг, поклонницей его Эля вряд ли будет, он это уже понял, слишком она... развитая для того, чтобы быть его поклонницей и безоглядно верить во все, что он говорит, восхищаться им. Но и парой она ему не будет, потому что у него вообще никогда не будет пары. По крайней мере, в ближайшие двадцать лет.

— Приятно быть богатой? — спросил Митя Элю, сам не зная, почему вдруг. Может быть, для того, чтобы отдалить мысли о том, что могло бы быть, если бы ему не надо было делать звездную карьеру. Ведь тогда, возможно, он бы и мог дружить с Элей, она бы ему не мешала жить.

Эля пожала плечами.

— Я не знаю. Я никогда не была бедной. Для меня это естественно. Я привыкла. Это никак не меняет качества моей жизни.

— Ничего себе! — усмехнулся Митя. — Не меняет... Еще как меняет! Ты можешь все. Села и полетела, куда хочешь, будешь учиться, где захочешь...

— Не скажи... — покачала головой Эля. — Во-первых, мой отец не арабский шейх, не премьер-министр и не вор. У нас не такое количество денег. А во-вторых, я же и так хорошо учусь, Митя. Лучше всех в лицее. Я на региональной олимпиаде первое место заняла в этом году...

Странно, вот хорошо это или плохо, что девушка такая умная? Наверно, плохо, очень трудно с ней. Даже как-то перестаешь замечать ее красоту. Давит ее ум. Зря, он, наверно, согласился поехать. Прав был батя.

Митя надел наушники и включил американскую музыку. Удивительно свойство этих песен без начала и конца. Почти ничего не понимаешь, человек о чем-то отчаянно поет, наверняка о своем одиночестве, о какой-то несправедливости, о мучительной несправедливости жизни, но точно слов не разберешь, просто следишь за взлетами-падениями мелодии, опеваниями, когда ни одной точной ноты, ни одного понятного интервала, все относительно — вот вроде и ровная, прямая кварта, а нет — соскользнуло на полтона, и все зазвучало по-другому, неуверенно, щемяще... И бесконечные секунды — малые, большие, мелодия взбирается шажками, шажками, потом летит вверх и резко падает вниз, в хриплое темное дно почти не поющихся человеческим голосом нот... И так хорошо, что непонятно, что о смысле можно только приблизительно догадываться.

Зато он отлично помнит свой смысл, ему о нем перед отъездом напоминал отец: у Мити есть семья, у Мити есть цель. Ему не нужно делать ничего, что бы отдалило его от семьи и от той высокой цели, к которой он идет.

— Помоги мне, пожалуйста...

Митя увидел, что Эля что-то говорит ему, и снял наушники.

— Что?

— Я уронила закладку под кресло, не вижу ее, тебе не видно?

Митя отстегнул ремни безопасности, которые уже снова застегнул перед посадкой, и наклонился под кресло. Близко, совсем близко рядом с ним были Элины босые щиколотки, так беспомощно виднеющиеся из-под недлинных вытертых черных джинсов. Митя замер.

— Мешаю? — Эля отодвинула ноги.

— Лови! — грубовато сказал мальчик, проклиная себя за то, что...

За все! За то, что боится лететь, за то, что согласился ехать, за то, что не знает, хватит ли ему денег на пять дней, а если не хватит — что он будет делать? За то, что у Эли такие тонкие милые щиколотки, совсем не похожие на ее решительный характер...

— Что? — Эля смотрела на него смеющимися глазами.

Еще она и смеется над ним!

— Ничего! — буркнул Митя. — Садимся, кажется. Надеюсь, самолет не упадет. Очень много катастроф как раз при посадке. Шасси не выпустится, и все. Грохнемся, за секунду все взорвется, ничего не останется. Сто восемьдесят обгорелых трупов.

— Мальчик, — обернулась к нему женщина, сидевшая впереди них. — Зачем ты такие вещи говоришь? Девочка, скажи своему брату, чтобы он людей не пугал и сам сидел спокойно.

— Хорошо, — улыбнулась Эля. — Брат, сиди нормально, спокойно и слушайся сестру!

— Я не брат... — проговорил Митя, но так, что слышала одна Эля. — Еще чего!

Рига встретила их на удивление хорошей погодой.

— Никогда не бывает такого в июне!— с улыбкой объяснила им Лиза, девушка-волонтер, помогающая устроителям фестиваля. — Обычно моросит, холодища, а тут такая погода. Должно повезти вам!

— Да мы не за первым местом приехали, — сказала Эля. — Да, Мить?

Митя пожал плечами. От обилия впечатлений он с трудом мог формулировать четко свои мысли. Еще ведь предстоит выходить на большую сцену с виолончелью... Для него это будет огромным испытанием... Хорошо, что рядом Эля. Плохо и хорошо одновременно. Ради нее он будет стараться. И перед ней совсем не хочется показаться слабым, неумелым, растерянным...

Он услышал звук сообщения. Отец беспокоился, как они долетели.

❖ Приедем в гостиницу, батя, сразу напишу или позвоню по скайпу, если будет возможность.

❖ Я с тобой все время рядом, Митяй, не беспокойся. Сомнения какие, сразу мне пиши или звони.

Митя не стал тратить деньги на лишнее «Хорошо», убрал телефон и достал какой-то удивительный предмет.

— Что это? Покажи! — попросила Эля и осеклась. Надо думать, прежде чем что-то говорить.

— Это батин фотоаппарат, — объяснил Митя. — Маленький, очень удобный. Вот тут кнопка, видишь? Больше ничего нет. Экономить буду, у меня пленка одна. А в ней тридцать шесть кадров. Хочу аэропорт снять, пока не отъехали.

— А что в нем такого?

— Просто... Ничего. Буду летопись вести своей поездки. Потом родителям покажу.

— Ребята, — к ним подошла руководительница группы, которая везла на фестиваль ансамбль маленьких домристов. — Мы, оказывается, с вами в разных гостиницах живем, вы даже чуть ближе к залу Дзинтари, где будем выступать.

— Все очень близко, в пяти шагах! — объяснила волонтер Лиза. — Гостиницы рядом. Они маленькие, мест не было.

— Эля, но вы же справитесь? Вы уже большие... Митя тебя в обиду не даст. — Преподавательница подмигнула мальчику.

Тот нахмурился. Вот хорошо бы поменьше шутили насчет их отношений. Как-то он не готов к таким шуткам.

— У нас два дня свободных, — продолжила та, — сегодня вечером — открытие фестиваля, завтра можно погулять, съездить в Ригу, это двадцать пять километров на электричке или на такси, как захотите. Увидимся вечером на открытии, да?

— Хорошо, Ольга Ивановна, мы справимся, — заверила Эля преподавательницу. — Я вообще привыкла быть одна, я с утра до вечера одна. У меня родители всегда на работе.

— А кем они работают? А, господи, да ты же Теплакова... Ну да, конечно... А что они, сами прямо на фабрике работают? — наивно удивилась преподавательница. — А я думала, такие люди только отдыхают, работают другие...

— Нет, сами хлеб, конечно, не пекут, — начала терпеливо объяснять Эля, — но уезжают на работу рано утром, а приезжают поздно вечером...

— А! Ну ясно. А то я-то уж подумала — прямо сами, стоят у печи, калачи и батоны переворачивают... — засмеялась преподавательница. — А у тебя, Митенька, родители — музыканты?

— Мой батя — скульптор, — гордо ответил Митя. — Очень хороший скульптор. А мать работает на телевидении, администратором.

— Как интересно... — протянула преподавательница. — Сразу видно, что мальчик из художественной семьи. Мы с тобой — музыканты. Это вот Элька у нас — буржуйка, да? Всё на нее валится, валится, все к ней плывет, и деньги, и волосищи вон какие отрастила, состричь да продать — так хороший телефон на это купить можно! — Она подмигнула Мите. — И мальчика самого лучшего подгребла себе в дуэт... Ох, Элька, смотри!

Эля, как всегда в таких случаях, не была уверена, нужно ли отвечать взрослому на очевидное хамство. Ответишь — сама нахамишь. Не отвечать? Просто проглотить, сделать вид, что ничего не понимаешь, маленькая и глупая?

— Я сама всего добиваюсь, хорошо учусь, хорошо пою... — все-таки ответила Эля.

— Ну да, ну да... — засмеялась опять Ольга Ивановна. — Видишь, Митька, какой обычно характер у красивых девчонок! С лица-то принцесса, а язычок — как у змеи! Подползет к тебе, как за шиворот залезет... — она пощекотала Митю за шею, — да как укусит!

Митя только нервно пожал плечами и чуть отодвинулся. С чего Ольга Ивановна вдруг прицепилась к Эле? Наверно, он что-то пропустил, прослушал.

— Эля... Ольга Ивановна... не ссорьтесь, пожалуйста.

Кажется, так надо сказать.

— Смотри, Митька, — Ольга Ивановна погрозила пальцем, — я обещала твоей матери привезти тебя в целости-сохранности! Так что вечером чтобы в одиннадцать — отбой! Никаких посиделок, винца...

Эля смотрела на преподавательницу, которую в музыкальной школе видела только издали. Она ей казалась милой и вполне доброжелательной. Неужели и на нее Митя действует так, что любая девушка рядом с ним молниеносно начинает казаться той соперницей? В школе есть несколько таких учительниц, которые любят причесывать Мите волосы, гладить по груди, стоять с ним в вальяжную обнимочку, объясняя что-то, хихикая, теряя мысль... Если бы они только знали, как глупо выглядят со стороны. Как-то это странно и неправильно. С Элей же не стоят учителя-мужчины, не гладят ее по груди, по ноге, по щеке. Ни с ней, ни с кем-то еще... Может быть, они не видят в девочках женщин? А учительницы видят в Мите мужчину, который в нем на самом-то деле только просыпается, иначе бы он вряд ли позволял так с собой обращаться.

* * *

— Идешь? — Митя поскребся в дверь Элиного номера. Дверь была не заперта, и он осторожно просунул голову. — Можно?

— Да, заходи, сейчас я... почти готова. — Эля застегнула короткую красную курточку перед большим зеркалом. — Я уже волнуюсь, а ты?

— Я... Да... — Митя засмотрелся на Элю. — Ты так в школе волосы не делаешь...

— Как — так? — засмеялась она. — Что, плохо? Сделать хвост?

— Нет, красиво... Как золото... То есть... Я тебя в коридоре подожду.

— Да я уже выхожу. У тебя такой же номер?

Митя, уже занесший ногу, чтобы переступить порог, оглянулся.

— Да, то есть нет... Потом посмотришь...

Как в ее номере сразу запахло... Чем-то необыкновенным... То ли это ее духи, то ли запах кожи... Ему уже не раз казалось, что рядом с ней всегда как-то по-особому пахнет. Дурманит, зовет... Может, это какой-то особый секрет, который она знает? Особые такие духи, и поэтому и Костик, и Дуда бегут за ней по школе? Они же рядом с ней в классе сидят... И он тоже попался после их совместного выступления этой весной... Этим запахом сразу наполнилась маленькая комната номера... Трудно сказать, чем это пахнет... То ли розой, но не сладко, а с лимонным оттенком, то ли жасмином, и терпко, и нежно...

Митя энергично потряс головой. Вот, начинается, начинается... Он быстро вышел из номера.

— Мить, ты хорошо себя чувствуешь? — обеспокоенно спросила Эля, выходя в коридор. — Как-то ты разрумянился... Ты бледный такой обычно... Зайди-ка обратно. У тебя нет жара? — Она взяла его за рукав, силком завела в номер, положила руку на лоб.

Митя резко отдернулся от нее. Еще не хватало. Нет, так просто его не возьмут! Он снова выскочил из номера.

— Я здесь тебя жду.

— А ты в порядке? — Эля встревоженно смотрела на юношу.

— Да! — как можно грубее ответил он.

Сейчас только, полчаса назад, под его зимней фотографией, где он стоит в детском магазине в вязаном шлеме, натянув его до самых глаз, один его товарищ поставил лайк и написал «Самэц!» Вот, он — самец. Это всем понятно. Он — вообще альфа-самец, альфач, на языке его одноклассников это значит — самый крутой, самый-самый из самцов. Он — не разнюнится! Он — приехал сюда играть на конкурсе, а не...

— Мить, Мить... — Эля нежно потрогала его за рукав. — Что такое? Пойдем... Надо пойти поесть, а то я от голода сейчас просто упаду. Да и ты тоже.

Митя шагнул в сторону от нее и потерял равновесие, пошатнулся.

— Да ну тебя! — ответил он. — Всё, пошли!

Он будет говорить грубо, он будет вести себя, как альфач, он — сильный, он взрослый, то есть он не взрослый, он маленький, ему еще рано... Черт! Митя потер лоб. Лучше вообще не думать ни о чем. Не получается как-то сегодня думать. Митя достал наушники и воткнул их в уши.

Он пошел по коридору, не оборачиваясь, спустился по красивой витой лестнице. Вот здорово, это — Европа... Так все необычно, красиво, старинный особнячок, перестроенный внутри в номерах. Но сохранены все милые особенности старинной архитектуры...

Митя спустился на первый этаж, внимательно рассмотрев каждую ретрофотографию на стенах лестницы, машинально убрав глазами лишнюю вазу, непонятно откуда взявшуюся тут, и поменяв цвет стен — почему они ярко-синие? Хорошо было бы сюда мягкую фисташковую гамму с кремово-белым... Он огляделся — а где же Эля?

Эля посмотрела, как Митя решительно убежал вперед по коридору, и спустилась на лифте. К ней тут же подошел молодой человек и представился с улыбкой:

— Я — Никита. А ты?

— Я — Эля.

— Очень приятно, — сказал молодой человек и с удовольствием стал рассматривать Элю. — Ты — красивая, просто издалека сияешь... На фестиваль?

— Да.

— Ты петь будешь?

— Да. А ты?

— Я приехал пока лишь посмотреть. Сам буду заниматься фестивальным движением. Я в Норвегии учусь, в Осло, на музыкального продюсера.

— Здорово.

— А брат твой где? Я видел вас, когда вы регистрировались на ресепшен...

— Брат? — засмеялась Эля. — А вот он, на лестнице завис, рассматривает что-то, он художественная личность...

— Тоже петь будет?

— Нет, он на виолончели.

— Слушай, вас вечером еще никуда не пригласили, после открытия?

— Да вроде нет.

— А давайте в клуб пойдем, я читал, здесь есть такое классное место...

Митя, увидев Элю с незнакомым парнем, нахмурился и подошел к ним.

— Привет, — сказал он.

Парень протянул ему руку.

— Я — Никита, через год буду свой первый фестиваль организовывать. Вот с сестрой твоей уже познакомился. Вечером идем в клуб.

Митя пожал парню руку — мужское братство оно во всем мире братство, это сила! — и страшными глазами посмотрел на Элю. Приехала сюда с ним, тут же с кем-то познакомилась и собралась в клуб? Вот это да! Вот это то, о чем его предупреждал батя. «Имей в виду, сына, красивая девушка — это головная боль. Смотреть на нее приятно, конечно, но придется отбивать ее от толпы других мужиков. Тебе это надо?»

— Нет! — ответил Митя бате, как будто тот мог его слышать. — Нет! Пойдем! — грубо сказал он Эле и взял ее за локоть.

— Мить, Мить... — Эля мягко освободилась от его руки. — Никита нас вместе приглашает, ты просто не понял.

— Ага! — легко засмеялся Никита. — Конечно, вместе! Почему нет?

— Посмотрим, разберемся... — пробурчал Митя.

Что-то ему резко перестало тут нравиться... Как-то он не готов к такому... Он сам — кто? Элин — парень? Нет, нет и еще раз нет. Он сам по себе. А... почему тогда он должен ее отбивать? Вот у этого хотя бы наглеца, так дорого и просто одетого... Это же видно, эта одежда видна... У отца есть такие ботинки, которые он купил еще в Германии, на практике. Им больше двадцати пяти лет, но они теперь попеременно с Митей их надевают на всякие ответственные мероприятия, вот он и сюда эти ботинки привез... Им сносу нет. Они — дорогие. При чем тут ботинки?.. Какие ботинки?.. Стоит, смеется, Элька над ним смеется, да нет, вроде не смеется — улыбается, пусть она так не улыбается, эта ее солнечная улыбка, от которой он тает, тает... Не надо было знакомиться, чуть только он застрял где-то... Продюсер... Может быть, он будет полезен Мите? Нет, он же не будет общаться с людьми, если они полезны, но неприятны... Он — неприятен Мите, он лезет к Эльке! Лезет или не лезет? Ничего не понятно!

Митя, совсем растерявшись, сказал Никите:

— Давай, до вечера! Мы сейчас спешим.

— А куда вы?

— Обедать, в ресторан!

— Здесь отличный ресторан есть, в конце главной улицы, называется Мариенхофф, я в нем сегодня обедал. Попробуйте. Так что вечером... — Никита подмигнул Эльке и протянул руку Мите.

Мите ничего не оставалось, как еще раз пожать руку Никите. Он же не дурак! Он же не глупый ревнивый самец! Он — самец, но умный и независимый. Он — человек мира. Его ждут большие успехи, если он не свернет не вовремя с пути. Женщина может помешать. Он помнит, он помнит батины наставления, он их сто раз повторял, когда батя брал с него слово. Митя — держит — свое — слово.

Митя прокашлялся и посмотрел на Элю. Девушка шла рядом с ним со своей обычной светлой улыбкой. Черт. Лучше не смотреть. Надо смотреть на архитектуру, на других людей, тогда он гораздо уверенней себя чувствует.

— Эль, может, на море выйдем? Далеко море, не знаешь?

— Море? — засмеялась Эля. — А ты не чувствуешь?

— Нет... — замялся Митя. Почему он все время ощущает себя с ней дураком? И ведь не хочется развернуться и уйти, хочется, чтобы она поняла, что он — умнее, он самый лучший!

— Море вон там, в пятидесяти метрах, его не видно за соснами. Я запах чувствую.

Митя втянул носом воздух.

— Свежий воздух и еще пахнет чем-то приятным... — Он запнулся, покосился на Элю и не стал продолжать. Он знает, чем это пахнет, это тот же запах, ее запах, он теперь его ни с чем не спутает.

— По-моему, ты слишком легко оделся. — Эля легонько коснулась пальцем его руки. — Вот, ледяной весь, мураши... Вернемся?

— Нет, я пробежаться могу. Хочешь, засеки время, я за полминуты во-он туда могу добежать, до того забора, давай, а?

— Нет, — засмеялась Эля. — Не надо. Лучше побыстрее пойдем. Вот и море.

Митя замер, остановился, он не ожидал увидеть море так близко.

— Красиво...

— Ты был на море когда-нибудь?

— Был... Один раз на Азовском море, в Мариуполе, но давно, я не помню совсем...

— А я на многих морях была, а люблю больше всего Черное. В Крыму красивее всего. Ты был в Крыму?

— Не-а, батя говорит, там нечего делать.

— В Крыму? В Крыму нечего делать?! — Эля покачала головой. — Ладно. А я вот была на Сардинии, на Кипре, на Крите, в материковой Греции, в Турции, в Египте, в Тунисе, в Эмиратах, в Испании, в Черногории, на Мальте, на Мальдивах, на Майорке, в Италии... м-м-м... где-то еще, забыла... А, ну конечно, еще в Болгарии и в Хорватии, но мне больше всего на свете нравится Крым. Просто мое место на земле.

— Ага, ладно, — буркнул Митя. — Я тоже везде поеду, когда... — Митя покосился на Элю. Говорить ей или не говорить? Потом, будет еще время...

— Здесь совсем другое море. Чтобы увидеть его красоту, надо постараться. Когда волны, очень впечатляет, а в штиль — как большое озеро. Вот как сейчас...

— Нет... — Митя добежал по плотному светлому песку до края воды, остановился. Потом сбросил ботинки, стянул носки, засучил брюки и пошел по воде. — Класс! Давай иди сюда тоже!

— Вряд ли... — Эля поежилась. — Я люблю холодную воду, но не до такой степени...

— Сфотографируй меня, я бате пошлю фото, — попросил Митя. — Вот, возьми мой фотоаппарат и на свой сними, хорошо?

Эля улыбнулась, кивнула и сделала несколько снимков. Море и небо. Просто небо. Небольшие светло-серые облака. И небо серо-голубое. Море, песок и небо. Митя, бредущий по морю, задумчивый, грустный. Вот он обернулся, лукаво на нее посмотрел, что-то хотел сказать, не решился, как часто с ним бывает, опять отвернулся, снова повернулся на нее, прищурился — он плохо видит, не носит очки, которые так ему идут...

Глава 14

— Я хочу есть... Я буду салат и запеченную грудку с грибами, и... свежий сок. Все. Потом чай. А ты?

Эля подняла глаза на Митю, который изучал меню. Он сжал губы, захлопнул меню.

— Я — ничего.

— В смысле?

— В смысле я есть что-то не хочу. Живот болит.

— Ой... — испугалась Эля. — А не подташнивает?

— Подташнивает.

Митя хотел добавить «от голода», но не стал. Вот это называется — приехали. И в прямом, и в переносном смысле. Такого он никак не ожидал. Не может суп стоить четыреста рублей, а горячее блюдо — больше тысячи. Он узнал курс евро и пересчитал в уме. С ума сойти! На тысячу рублей можно купить тридцать пачек пшена. И есть их полгода.

— Мить... — Эля дотянулась через стол и дотронулась до его рукава.

Митя отдернул руку. Ну что она пользуется запрещенными приемами! Вообще не надо его трогать!

— Я ничего не буду, — резко повторил юноша.

— Хорошо. — Эля кивнула официанту, который стоял неподалеку и ждал, пока они выберут блюдо.

— Добрый день! — поздоровался молодой человек на чисто русском языке. — Выбрали?

— Да. Будьте добры, два салата, один с креветками, другой...

— Я ничего не буду! — крикнул Митя и привстал, чтобы уйти.

— Посиди, пожалуйста, немного, — попросила Эля. — Я себе беру, хочу разного попробовать. Грудку и телятину с лисичками, два грибных супа. И чай, большой чайник, с малиной и облепихой.

— Понял, — улыбнулся официант. — Наши фирменные булочки принести? Горячие, с маслицем...

— Конечно, спасибо!

Митя нарочито отвернулся, положил ногу на ногу, достал телефон и стал писать отцу. Хотел выразить свои эмоции матом, но подумал, что, если прочитает мать, они начнут ссориться с отцом. Мать почему-то плохо относится к мату, не ругается вообще и даже анекдоты матерные не любит, хотя сама рассказывает, что на телевидении, в редакции, где она работает, без мата люди не разговаривают. У них такой особый язык — русский матный. И шутят, и ругаются, и обсуждают новости, политику, и поздравляют друг друга с юбилеями, с премиями, и пишут на мате... Но дома мать пытается ввести запрет на мат. Хотя что она может! Все равно в семье все так, как скажет отец.

❖ Батя, — написал Митя. — Здесь пока все хреново. Ты был прав. Хочу есть, но все так дорого... — Митя подумал и стер слово «дорого». Зачем расстраивать отца? Написал по-другому, написал «невкусно». — Съел бы сейчас твою картофельную запеканку. Скучаю о тебе.

❖ Держись, сына, я же тебя предупреждал. Как она, не пристает к тебе? — тут же ответил отец.

❖ Не-а. Но вообще полный... — Митя все-таки выразился, как хотел. Ну как без мата? По-другому просто не скажешь.

Он стал смотреть, как оформлен ресторан. Интересный стиль. Как в добротном бюргерском доме. Все капитально, прочно, не слишком красиво, но очень надежно и правильно. Без затей и завиточков. Чтобы удобно сесть, посадить рядом с собой послушную жену, обнять ее, съесть огромную свиную ногу, запить пивом...

Он пробовал пиво, тетя наливала ему, приговаривая: «Попробуй дома. Ведь ты не знаешь, как на тебя влияет алкоголь!» — «Нет! — отбивался Митя. — Батя совсем не пьет!» — «Батя твой не пьет, потому что мой дорогой братик свое уже отпил, Митя!» — «Я — как он», — упрямо отказывался Митя. Но тетя все же настояла. Пиво Мите на самом деле понравилось. У тети пиво было чешское, темное, с пышной белой пенкой, горьковатое, но приятное на вкус. Другое пиво, которое они как-то купили с Сеней, было кислое и отдавало псиной, Сеня выпил, а Митя попробовал и пить не стал. Вот сейчас бы он заказал пиво, если бы у него были деньги.

Мать дала Мите с собой тридцать евро, и он взял еще свои деньги из копилки, пятьсот сорок рублей, на всякий случай. Они посчитали, что ему должно хватить. Эля обещала, что завтрак и ужин у них будут бесплатные, они входят в фестивальную программу, это оплачено ее грантом, а за что ему еще платить? Ему ничего не надо. Он может и раз в день есть.

— Я буду ждать ужина! — объявил Митя. — Пойду прогуляюсь, пару снимков сделаю, ты ешь, я буду неподалеку.

— Мить, нет. — Эля покачала головой. — Что, ты меня здесь одну оставишь, в незнакомом ресторане?

— А что? — Митя огляделся. — К тебе кто-то собирается приставать?

— Пока нет, но... Вон, там, видишь, итальянцы сидят? Один мне рукой махал, подмигивал, пока ты Вконтакте сидел.

— Я не Вконтакте! Я бате писал. Ладно, если махал... — Митя прищурился, посмотрел в сторону четырех темноволосых мужчин, активно размахивающих руками, смеющихся, пьющих, судя во всему, пиво из высоких бокалов. — Официант! — Митя позвал молодого человека, который брал у них заказ, ткнул пальцем в меню. — Один! — Митя для верности поднял один палец.

— Что ты берешь? — поинтересовалась Эля.

— Так... Хочу попробовать... — Митя открыл кошелек, посмотрел — все в порядке, тридцать евро на месте. Он может себе позволить, он не нищий.

— Ваш заказ...

Две официантки принесли на большом деревянном подносе хлеб с разным маслицем в маленьких плошках, два салата и высокую прозрачную кружку с темным напитком.

Митя взял кружку, изо всех сил сдул плотную белую пенку, она отлетела на стол, попала на хлебную корзиночку. Митя отхлебнул, смачно крякнул, как обычно в таких случаях поступают мужики:

— А-а...

— Мить? — Эля встревоженно наблюдала, как ее друг жадно отпивает из кружки. — Это квас?

— Ага! — Митя засмеялся. — Хочешь?

— А он... холодный?

— Агась!

— Нет, мне холодный не надо. На улице солнце, а я все-таки замерзла, ветер ледяной с моря дул.

— А я выпью! — Митя выпил половину кружки, вытер рот большой бордовой салфеткой, смял салфетку, бросил ее на стол — легко, свободно. — Классно здесь! А вообще здесь курят?

— Митя! Ты что, собираешься курить?

— Да нет, я не курю вообще-то... Просто так спросил... Хотя... Вон те итальянцы, как ты говоришь... закурили вроде. У нас же не разрешают курить в ресторанах, я читал...

— Ну то у нас... А здесь задворки Европы, здесь можно! — засмеялась Элька.

— Хочешь, закурю? Куплю сигареты... Хочешь?

— Нет, Митя, не хочу. Я не переношу табачный дым. У нас в семье никто не курит. Не вздумай даже.

Юноша развалился на низком диванчике.

— Классно... Мне здесь нравится.

— Попробуй салат! — Эля пододвинула ему тарелку.

— Не-а, не хочу... — Митя смотрел, как девушка ест. — Вкусно?

— Попробуй, не пойму, что это... Вкусно, да. Но непонятно.

— А давай! — Митя смело пододвинул к себе тарелку, ткнул вилкой, не с первого раза подцепил овощи, забросил в рот, активно пожевал. — Да, правда, трава какая-то... мятная, что ли... Н-еа, я не буду.

— Тогда супа поешь, Митя. — Эля кивнула официанткам, чтобы они поменяли блюда.

— Я вообще суп не ем, не люблю! — ответил Митя и залпом допил пиво.

— А сейчас поешь, хорошо? Я два не съем.

— Зачем брала? Хочешь, садись ко мне. — Митя пододвинулся и постучал рукой по дивану. — Места много!

— Мне отсюда лучше видно, спасибо, — улыбнулась Эля.

— Что, смешной, да? — Митя резко убрал волосы со лба, махнул головой, не рассчитал и слегка стукнулся головой о стенку. — Блин...

— Мить, Мить... Поешь, пожалуйста...

— А то — ч? — Митя хотел подбочениться, но не получилось, рука соскользнула с бока. — А то — ч? — повторил он менее уверенно.

— А то суп остынет, — вздохнула Эля. Взяла пустую кружку, которую еще не успели унести официантки, понюхала.

— Ч? — Митя все-таки установил руки на бока и стал с иронией оглядываться по сторонам. — Ч скажешь?

— Скажу... — Эля засмеялась. — Скажу, что... Вот, нам горячее несут.

— Я не буду! — громко заявил Митя. — Пойду, познакомлюсь с мужиками теми, спрошу, ч хотели, ч уставились на тебя!

— Нет, не надо, пожалуйста, Митенька... — Эля дотянулась до Мити, взяла его за руку.

— Да не надо меня хватать! — Митя резко выдернул руку. — Сесть она со мной не хочет, с мужиками какими-то знакомится, что это вообще за Никита? Я...

Он услышал звонок своего телефона.

— Фу-ты черт, батя... Зачем он звонит? Дорого же... Да, бать... Я? Я — в ресторане... Нет, не один, с ней, да... — Митя взглянул на Элю и отвернулся. — Да... Не-а, это за деньги... Хватает, да... Почему странно? Я нормально говорю... — Митя прочистил горло. — Замерз, да. Замерз. Купался... Ну не купался, окунался, да... Все, бать, дорого, деньги все проговорю... Да, люблю... И я тебя люблю. — Митя запихнул телефон в нагрудный карман.

— Митя, поешь, пожалуйста, очень вкусное мясо.

— Да не буду я есть за твои деньги! — Митя резко отодвинул от себя тарелку.

— Хорошо, мы больше в ресторан ходить не будем. А сейчас же не выбрасывать еду!

— Вот ты и ешь! Официант! — Митя махнул рукой. — Еще, повторить! — Он показал жестом, так, как показал бы свободный, взрослый мужик, самец, альфач, мачо. — Большую!

Официант вопросительно посмотрел на Элю.

— Вам счет вместе?

— Нет, я сам плачу за бухло! — Митя говорил громко и уверенно.

— Я в курсе... — негромко сказала Эля. — Нет, нам отдельный счет, пожалуйста. Я заплачу за еду, а молодой человек за бухло. То есть за два бокала пива, которые он выпьет и упадет, да, Митя?

— Нет! — громко засмеялся Митя. — Еще чего! Холодненькое... — Он сразу отхлебнул большой глоток. — Будешь?

— Нет, спасибо, я воздержусь. Надо поесть, Митя.

— А то ч?

— Нич, — вздохнула Эля. — Еду жалко выбрасывать. А я столько не съем.

— Давай! — Митя пододвинул к себе тарелку. — Хавчик классный... м-м-м...

— Не подавись, спокойно ешь... — Эля услышала звонок телефона — родители. — Да, пап. Все хорошо. Погода отличная, тепло. Едим, в немецком ресторане... Не знаю, почему в немецком... Хавчик классный... — Эля засмеялась. — Это так мои друзья говорят, пап, не я. Да, друзей много, Митя, и еще тут парень один, очень веселый, да, на Митю немного похож, но взрослый... Нет, он меня не слышит, он вообще ничего не слышит. Почему? Не знаю, понесло его как-то... Нет, у нас все хорошо, пап, ничего не происходит. Митя — конечно, нормально себя ведет, он хороший домашний мальчик, ты же знаешь. Вот, сидит передо мной, тихо ест вилкой и ножом, вот как раз сейчас зубы салфеткой протирает... Не знаю, чтобы блестели, наверное... Потом? Прогуляемся, пойдем в гостиницу, переоденемся и — на открытие. Да, наверно, будем выступать на открытии, если Митя нормально будет себя чувствовать. Его... укачало немного. — Эля погрозила Мите кулаком, потому что он пытался вырвать у нее телефон, и увернулась. — Все, пап, пока, маме привет, у меня все хорошо, а будет еще лучше! — Эля отложила телефон. — Доедай, альфач, и пошли. — Эля налила себе и Мите чаю.

Он вытаращился на нее. Она знает, что он — альфач? Она так считает? Ничего себе... Стоило чуть выпить, показать ей, кто здесь настоящий самец... Сразу по-другому заговорила... Если, конечно, она не смеется над ним... Надо проверить... А как? Митя встал, покачнулся, подошел к Эле и смело оперся на ее плечо. Эля подняла на него глаза.

— Сядь, пожалуйста, допьем чай.

— Ф-ф-ф! — засмеялся Митя. Еще чего! Будет он чай пить! Он может себе еще и третью кружку пива заказать.

Митя почувствовал, что в голове как-то не все укладывается на место. Вроде весело, а вроде и нет. Совершенно ненужные мысли лезут в голову. Что будет, если он забудет свою партию... Что будет, если он придет вечером к Эле в номер... Там так пахнет, что можно оттуда никогда не выходить... Пахнет ее волосами, ее телом... Длинные ровные ноги, нежные коленки, тонкие щиколотки, он сегодня видел, совсем рядом, тонкие-тонкие, наверно, можно рукой вот так обхватить... Нет, нет, ничего не надо представлять, а то он совсем не сможет себя собрать... А мысли лезут и лезут, ненужные, сладостные, тревожные... Вот он придет и... Дальше картинки как-то путались... Представить себе, что он подходит к Эле... И... И — что? Сама она к нему не подойдет... А если он подойдет, близко подойдет... и она его оттолкнет? Он этого не переживет... Такого позора и унижения он не переживет... Нет, он к ней не пойдет... Он вообще отключит телефон и ляжет спать... Он бы и сейчас поспал...

Эля взяла Митю под руку и подтолкнула к выходу из ресторана.

— А заплатить?

— Я уже заплатила.

— Я сам. Я сам могу за все заплатить, и за тебя тоже!

— Конечно, — кивнула Эля. — А сейчас пойдем, пожалуйста, в гостиницу. Тебе нужно поспать перед открытием.

На улице все как-то стало по-другому. Дул ветер с моря, бледно-серые облачка сгустились, немного закапал дождь, стало прохладнее. Дальше по улице Митя увидел скульптуру, очень необычную, с ходу и не скажешь, что это. Подошел ближе. Обошел кругом.

— Это — человек, — объяснил он Эле.

— Да? А я думала — просто абстракция.

— Не бывает просто. Бывает абтрс... абстр... абстрактное выражение че-го-то ре-аль-но-го... — заставил себя по слогам выговорить Митя. — Фу-ты черт, что-то я много выпил. Да? — Он со страхом посмотрел на Элю.

Она пожала плечами.

— Я не знаю, Митя, много это для тебя или мало. Я же тебя совсем не знаю.

— Я... Я вообще-то не пью... Я... так сказать...

— Для храбрости, я поняла, — кивнула Эля. — Сейчас проветрись и больше пива в ресторане не заказывай.

— Черт... — Митя с силой сжал виски. — Черт... Как-то все не очень в голове ровно пока...

— Еще бы! — засмеялась Эля.

— Сколько я тебе должен?

— Шесть евро.

— Это за пиво. А за еду?

— За еду... — Эля сощурилась. Она, конечно, думала, что будут проблемы с деньгами, что Митя не захочет есть за ее деньги, но не представляла, что у него совсем не будет с собой денег. — За еду — разберемся. Больше не будем ходить в Мариенхофф, думаю, здесь дороже всего — немецкий ресторан в самом центре Юрмалы. Надо поискать что-то другое.

— Ага, да! Я тоже так думаю! — обрадовался Митя. — Или вообще не есть! Можно хлеба купить и...

— И пива, — кивнула Эля.

— Нет, я пиво больше не буду. Сейчас... — Митя сфотографировал скульптуру. — Как-то мне нехорошо, пойдем в гостиницу, ладно? Вот, возьми деньги, только у меня тридцать евро... Вот... двадцать и десять...

— У меня сейчас сдачи нет. Разменяешь, отдашь.

— Бери! — Митя сунул ей десять евро.

— Хорошо, — пожала плечами Эля, — что так психовать-то? Вот, кстати, красивые какие штуки...

Она задержалась около женщины, продававшей в открытом киоске кожаные украшения, выбрала симпатичный браслет, догнала Митю, флегматично шагавшего по улице, протянула ему четыре евро, Митя, не глядя сунул их в карман, что-то напевая. Эля прислушалась. «Return to me... return to me...» — пел Митя.

— Хорошо поешь! — улыбнулась Эля. — А кого ты просишь вернуться, а?

Митя хмуро глянул на нее и отвернулся.

— Я... Я больше не буду. Извини, — негромко проговорил он через некоторое время.

Он шел дальше молча, сопя и время от времени поглядывая на Элю. Наверно, она его презирает... Наверно, думает, что он слабый, что он никчемный... Как доказать, что он сильный? Он самый сильный, у него вообще потом все будет... Потом, когда он добьется всего, но чтобы добиться, он не должен быть с Элей... Зачем тогда ей доказывать? Логический тупик. Тупик, от которого хочется выпить литр черной валерьянки, вырвать все то, что мучает, все, вместе, с желчью, тоской, горькими мыслями и забыться тяжелым дурным сном, с мутными, бесформенными снами, перетекающими в ватное, беспроглядное утро. У него бывают такие утра. Но что делать, если голова не справляется с некоторыми неразрешимыми задачами, и отец научил его простой, незамысловатой штуке — выпьешь валерыча, и все как-то... отходит на второй план. Хотя бы на время.

Может, зря он с Тосей не попробовал... Он ведь понял, чего она от него хотела... Или с Мариной... Нет, с Мариной как-то противно... Грудь, конечно, у нее большая, тугая... Но дальше думать о Марине не хотелось, о ее дряблом теле — он видел, как трясутся у нее ягодицы, плотно обтянутые трикотажными платьями, о ее колоннообразных ногах, о тяжелых руках, нет. А вот Тося... Тося — приятная, местами... По крайней мере, ее прикосновения ему не были противны... Попробовал бы и — был бы с Элей смелее... Хотя бы не холодел от одной мысли, как подойти к ней... Вообще-то к ней не надо подходить, он обещал отцу. Но... Митя взглянул на ее губы. Эля что-то ему рассказывала. Он не мог сосредоточиться и понять, что именно. Что-то о своей семье, кажется. Или нет, о какой-то певице, которая начала петь очень поздно или, наоборот, рано... Какие у нее губы... Больше ни у одной девочки таких нет. Она их не красит, они нежные, вишневые... когда Эля устает, они бледнеют, но остаются приятно-розовыми... Так тянет на них смотреть, так все волнуется внутри от этого и можно даже представить, только представить, что когда-нибудь... Не сегодня, нет, и не завтра, потом, когда он всего добьется, он подойдет к ней и...

Митя резко свернул в маленькую улочку.

— Ты куда? — удивилась Эля.

— Здесь пойдем! — грубо ответил юноша. — Здесь тоже можно пройти.

— Пойдем. — Эля пожала плечами. — А что ты вдруг рассердился? Тебе не понравилось, что я рассказывала? К тебе отношения не имеет вроде...

— Имеет! — на всякий случай сказал Митя. Интересно, что она рассказывала? Он слегка оттолкнул Элю. — Иди на расстоянии!

— Ты что? Вообще, что ли? — обиделась Эля.

— У меня есть мое пространство, в которое заходить не надо!

— А то — ч? — сощурилась Эля.

— Не надо — и все! Это — моя свобода.

— Да ладно, ради бога. — Девочка пожала плечами. — Подумаешь... У меня тоже — свобода...

— Ага. Только вокруг тебя всегда эти клоуны прыгают! — неожиданно для себя сказал Митя.

Он — не ревнует! Что ему ее ревновать! Вообще ему не интересно, с кем она! С кем хочет! Он — свободный альфа-самец! Подойдет к кому хочет и когда хочет!

Митя положил руку на Элино плечо.

— Иди рядом со мной, не отставай, девочка! А то... а то мне неудобно на тебя все время голову поворачивать. Идешь ты там или не идешь. Go-go! — неожиданно проорал Митя и помахал рукой женщине с собакой, которая шла по другой стороне маленькой улочки. — Europe! This is Spartaaaaa! — Он смело подмигнул Эле. — Так-то!

Эля не знала, что и отвечать на это. Митя прокричал что-то неразборчивое на английском.

— Что это? — спросила Эля.

— Это — мат! — гордо ответил Митя. — Знаешь американский мат?

— Нет, у них же вроде нет мата.

— Ха, девочка! Есть мат! У меня дома такой словарь... я на развале как-то купил — словарь табуированной лексики. Знаешь, что я сейчас сказал?

— Не знаю и знать не хочу. Успокойся!

— Я сказал... — Митя стал смеяться и покраснел.

Эля тоже засмеялась. Совсем другой человек, когда он на свободе. Она и представить себе не могла, что ее друг так разойдется в первый день. Свобода ему идет, несмотря на глупости, которые он говорит и делает. Вообще Мите идет все. На него смотрят все встречные девушки. Почему? Что в нем такого? Рост — средний, ну, чуть выше. Отличная фигура... Ну и что, мало ли парней с хорошей фигурой? Выпуклая грудь, которая так нравится училкам, и они всё трогают его, трогают, гладят по этой груди... Плечи, широкие, ровные... Чистая кожа, да, это редко для юноши. У них все прыщавые, даже голубоглазый Костик, малыш, с детской неразвитой головой и душой, запрыщавел этой весной, «започковался», как говорит Елена Самуиловна про мальчиков, когда они достигают своего срока и начинают превращаться в юношей... А у Мити кожа идеальная, ровная, гладкая, хочется провести рукой по ней... Им всем — тоже хочется? Зарыться лицом в его волосы, обнять его, забыть все...

Эля отступила в сторону и сняла его руку со своего плеча.

— Ты что? — рассердился Митя. — Я тебя просто веду в гостиницу, чтобы ты не потерялась в незнакомом городе!

— Я здесь была в прошлом году, Митя. И получила Гран-при. Поэтому мы здесь сейчас. Я отлично знаю Юрмалу.

— Я понял. Хорошо. — Митя сам отступил от нее. — Указываешь мне мое место? Иди, пожалуйста, иди одна.

Навстречу им от гостиницы шел Никита и оживленно разговаривал с кем-то по телефону.

— Вечером! — махнул он ребятам рукой и улыбнулся Эле. — Вечером, не забудьте, мы — в клуб!

— Агась! — ответил ему Митя и посмотрел на Элю. Вот она как — любит его или нет? Скорей всего, нет. А Тося — любит. Он вернется, напишет Тосе и пойдет к ней домой. И... Или не пойдет. Нет, не пойдет. Он добьется того, что Эля сама его возьмет за руку, приведет к себе в номер, закроет дверь и... Но он обещал отцу. Черт! Митя пнул ногой камень, лежавший на дороге, сильно ударил ногу. — Откуда здесь камни? Вот черт...

— Больно? — участливо спросила Эля. Или нет, равнодушно. Равнодушно спросила. Он так же равнодушно ответил:

— Не-а!

Ему — не больно! Он — вообще привык все терпеть! Любую боль! Его отец порет с раннего детства, и он привык жить с синяками, с ссадинами, с болью, его боль не пугает. Его пугает другое. Лучше это не формулировать, лучше не впускать в себя страх, тоску — это гораздо страшнее физической боли. Понимает она это? Может, и понимает, у нее такие глаза, что, скорей всего, понимает. Сколько раз он рисовал эти глаза... У него только красок нет. А надо бы попробовать в цвете — вот такие, какие есть, жемчужно-серые, иногда светлеющие, иногда загадочно отливающие зеленым, темнеющие в синеву, когда она сердится, так хочется уловить и передать этот цвет...

Эля поймала Митин быстрый взгляд. Почему он так доверчиво на нее смотрит? Вот когда он грубый, циничный, она может повернуться и уйти. Но когда он так хлопает ресницами, так искренне и смущенно улыбается, она может простить любую грубость и глупость. Он не грубый и не глупый, он просто не знает, как себя вести, и от смущения ведет себя вот так. Он — старше на год, но иногда Эле кажется, что она старше его на несколько лет. Это правда — мальчики развиваются по другим законам, медленнее.

— Мить...

— Ч?

— Да нич! Нормально можешь разговаривать?

— Могу, — неожиданно мирно сказал Митя. — Прости меня. Я... Очень все неожиданно. Очень всего много. И вообще. Я не наелся.

— Пойдем в номере чай попьем, у меня с собой курабье есть.

— Ваше?

— Наше, — засмеялась Эля. — А что, наше не будешь?

— Буду, — вздохнул Митя. — У вас вкусное курабье. И вообще все вкусное. Только... Давай в коридоре. Там такой столик стоит у окна. Вот, выноси туда печенье. А я воду принесу, у меня в номере есть бутылка воды.

— У меня тоже есть вода... А почему... — Эля стала спрашивать и осеклась. Как-то она поняла, почему Митя не хочет заходить. И сама смутилась. — Ладно, давай в коридоре. Засмеют нас, но ладно.

— Засмеют? Не-а, тогда не надо. Тогда потерпим до ужина. Сколько осталось?

— Три часа, — вздохнула Эля. — Около того. Терпи. Есть надо было в ресторане, а не выпендриваться.

Открытие фестиваля произвело на Митю огромное впечатление. Эля понимала, что для него это все внове, она-то уже много лет принимает участие в десяти-пятнадцати конкурсах и фестивалях в год, а Митя первый раз вышел на сцену в мае этого года, в музыкальной школе, играл вместе с малышами на концерте класса виолончелистов. Для него юношеский фестиваль в Европе — это целое событие.

На открытие Митя неожиданно надел свою соломенную шляпку, с красной ленточкой.

— Мить, а точно нужно шляпу надевать? — аккуратно спросила Эля.

— Точно! — ответил Митя и неуверенно взглянул на свое отражение в высокой двери концертного зала. — Я с батей советовался сейчас, как одеться!

— Ну, если с батей... — вздохнула Эля.

К ним подошел Никита.

— Ребят, выступать будете сейчас? Или прибережете все для конкурса?

— Почему? — улыбнулась Эля. — На конкурсе у нас одно, а сейчас я спою маленькую песенку, Митя сыграет.

— Подыграю! — объяснил Митя. — Эля у нас ведет, а я подыгрываю. Вот так... — Митя показал руками в воздухе, как он играет на виолончели. — Две ноты — ре-ми... ре-ми... Тоскливенько так, заунывненько...

— Мить... — Эля осторожно погладила мальчика по спине. — Успокойся, пожалуйста, все хорошо!

— Я спокоен! — дернулся Митя.

Никита слегка ухмыльнулся, наблюдая их перепалку.

— Всегда интересно смотреть, как общаются брат и сестра, у которых такая маленькая разница.

— Я не... — начал Митя, и тут их позвал распорядитель:

— Теплакова! Подойдите, пожалуйста, со своим партнером, микрофон нужно для виолончели выставить!

— Хороший парень, — неожиданно сказал Митя, когда они отошли к сцене. — Скажи ему, что мы не брат и сестра.

— Сам скажи, — пожала плечами Эля. — Ты играть в шляпе будешь?

— А ч? Не надо?

— Нет, играть в шляпе точно не надо. Так ходи, если хочешь. Вон есть еще как раз пара таких же, как ты, модников...

Митя растерянно огляделся.

— А если у меня рука затрясется на конкурсе, что делать?

Эля засмеялась.

— Снять штаны и бегать, Митя! Не затрясется! С чего бы она должна затрястись? Ну, не трусь!

— Я?! Я не трушу... Я просто все детали продумываю... Мне батя сейчас сказал — все продумай, все спроси у нее, что и как, она же лучше знает...

Эля только руками развела. Ну что с ним делать! Иногда разговаривает, как десятилетний мальчик! А так со стороны посмотришь — и не скажешь — негромко что-то говорит ей, такая загадочная улыбка, томный взгляд, красавец... А он спрашивает, что делать, если у него затрясутся руки...

После открытия к ним сразу подошел Никита, который все переговаривался то с одним устроителем, то с другим, снимал церемонию, знакомился с разными музыкантами.

— Идем? Здесь недалеко.

— Мне виолончель отнести надо... — забеспокоился Митя. — Я же не пойду в клуб с инструментом...

— Неси, а мы с твоей сестрой тебя подождем в сквере около концертного зала, идет? Найдешь сам дорогу? Я ее поснимаю, свет сейчас очень хороший. Эля, ты не пробовала работать моделью? У тебя идеальная внешность — со всех сторон можно снимать.

Митя внимательно посмотрел на Никиту.

— Послушай, она мне не сестра.

— Да? — засмеялся Никита. — Так я уже понял! Ждал, кто из вас первый скажет! Ну не сестра и не сестра. А кто?

— Мы... — Митя замялся и посмотрел на Элю.

Та медленно покраснела. Что он скажет? Митя молчал.

— Да никто, Никит, — сказала Эля, видя, что ее друг ничего не говорит. — Учимся в одной школе, вместе играем. Всё. Да, Митя?

Мальчик резко тряхнул головой, поправил свою шляпку, развернулся и быстро пошел в сторону гостиницы.

— Вернется? — весело спросил Никита Элю.

— Вот сейчас и узнаем, — ответила она. — Пошли фотографироваться? А то у меня хороших фотографий совсем нет.

— Тебя никто не снимает? — удивился Никита.

— А кто? — пожала плечами Эля. — Родители всегда на работе. В поездках иногда снимают, конечно...

— А парня у тебя нет? — Никита ненавязчиво взял Элю под локоть.

— Не знаю.

— Как это? — засмеялся он.

— Вот так и не знаю. То ли есть, то ли нет.

— Давай на море выйдем, я тебя там пощелкаю... Закат будет красивый...

— Пошли... — Эля чуть отступала от Никиты, который все норовил к ней прикоснуться — то к руке, то к плечу, то заботливо поправлял волосы.

— О, вот отличный вид, давай здесь.

Они остановились у моря.

— Встань вот сюда. Чуть левее... Здорово... Теперь в профиль, голову чуть подними, какой профиль, ничего себе... У тебя рост какой?

— Для модели маловат.

— Модели разные бывают. Для показа одежды — маловат, а для фотографий — самый раз... Эля... — Никита опустил фотоаппарат и откровенно разглядывал Элю. — Ты очень красивая, ты успела это узнать о себе?

Девушка пожала плечами.

— Мне в принципе все равно.

— Нет, ты напрасно так. Я к тому, что дешево себя не продавай.

— Да я продавать себя не собираюсь, Никита.

Молодой человек засмеялся. Эля внимательнее посмотрела на него. Среднего роста, среднего веса, вполне симпатичный, но никакой... Трудно узнать в толпе. А ведь абсолютно уверен в себе, наверно, есть что-то другое, что — пока не понятно.

— Не получится, Эля, не получится. Придется... Если не продавать, то выбирать — из многого. И советую тебе выбирать где послаще, посветлее, поспокойнее да понадежнее. Вот я, например. Рассказать тебе о себе?

— Расскажи.

— У моего отца фирмы по всему миру, он делает корм для домашних животных. Очень полезный и гуманный бизнес, разве нет?

— Наверно. Хотя у моей бабушки кот и собака ели все, что было дома, были здоровы и долго жили.

Никита засмеялся.

— Ты милая. У тебя родители чем занимаются?

— Хлеб пекут.

— О-о... У вас своя булочная?

— Вроде того. Да, можно сказать и так.

— Вот, у вас пекарня, наверно есть какие-то деньги, а у моего отца — заводы по всему миру, филиалы. Представляешь, сколько у нас денег? Много денег, Эля, очень много. После похоронного и фармацевтического это сейчас самый доходный бизнес из легальных. Вот так. Для меня весь мир открыт.

— Все под богом ходим, Никит, — сказала Эля.

— Ты верующая?

— Наверное, верующая, но я просто имею в виду, что в жизни может быть всякое и не все покупается деньгами, это же аксиома.

— А что не покупается, Эля?

— Здоровье, удача, любовь. Ты сам знаешь. Ты же русский человек.

— Русский... — Никита улыбнулся, провел пальцем по Элиному плечу. — Так приятно поговорить с хорошей девушкой, соотечественницей, я так устаю от общения с норвежскими полупарнями-полудевушками, средний род в основном, всегда надо быть начеку, чтобы не нарушить права меньшинств, которые скоро станут большинством, мне кажется... — Никита, говоря, отступил назад и продолжил фотографировать Элю. — Волосы откинь, пожалуйста, да, вот так, и ноги чуть расставь... Ой, сам говорю и начинаю волноваться, ладно, не слушай меня...Эль, если получится, фотографии твои на обложку хорошего журнала поставим, хочешь?

— Не знаю. Зачем?

— Ты — прелесть. Кем ты собираешься быть?

— Президентом.

— Президентом чего?

— России.

— О, давай! Я восхищен! Я за тебя голосую! Слушай, может, не будем ждать твоего... гм... несколько экзальтированного товарища, пойдем потихоньку да начнем уже отдыхать?

Эля посмотрела на нового приятеля. Какой-то совсем другой мир, другие реалии. В Москве у ее родителей тоже есть богатые знакомые, но Федор предпочитает проводить время с друзьями из юности, с которыми связывает что-то другое, не общий бизнес и не то, что они оказались на верху социальной лестницы.

— Мить!

Эля увидела быстро идущего по морю Митю, как только он догадался сюда выйти, ведь они договорились встретиться совсем в другом месте. Ноги привели.

Митя переоделся, ему шла любая одежда, даже глупая соломенная шляпка. Но сейчас он надел модные голубые джинсы, белую рубашку и выглядел просто отлично. Он увидел их издалека, снял очки, спрятал в нагрудный карман, надел снова, решительно подошел к Эле, взял ее за плечо, так же неловко, как и после ресторана.

— Пошли! — сказал он.

— Ну, пошли... — усмехнулся Никита, поглядывая на Элю. — Не успели мы с тобой сбежать...

Эля увидела, как дернулась щека у Мити. Мальчик прикусил губу, ничего не сказал, через несколько мгновений резко отпустил ее плечо.

— Мы в клуб ненадолго, Никита, — сказала Эля. — У нас завтра свободный день, но мы будем репетировать и вообще не хотелось бы выпадать из режима. Мне нужно высыпаться, иначе голос не звучит.

— Само собой, — опять ухмыльнулся Никита. — Я только — за. Не хотелось бы думать, что ты сегодня не выспишься...

Митя мрачно посмотрел на нового знакомого, но ничего не сказал.

В клубе Митя растерялся, но изо всех сил старался этого не показать.

— Ты что будешь пить? — спросил Никита Элю.

Девушка оглядывалась по сторонам. В Москве наверняка есть такие места, только родители бы ее не отпустили, да она и сама никогда не рвалась в ночные клубы.

— Пить? Воду с лимоном.

— С лимоном и...?

— Просто с лимоном.

— Я же говорю — хорошая девочка, — улыбнулся Никита. — А ты, Мить?

— Я? — Митя нарочито медленно взял меню, стал изучать его.

— Мы ничего не будем пить, Никита, — ответила за него Эля.

— Вы — дети, — уточнил молодой человек.

Митя вспыхнул.

— Я...

— Хорошо-хорошо! Веселиться можно и без спиртного, правда, ребята?

Эля взглянула на нового знакомого. Он искренне это говорит? Никита быстро сделал заказ, себе взял коктейль, подсел поближе к Эле, хотел закурить.

— Я не переношу дыма, прости, — сказала Эля.

— А я и не курю, так, балуюсь! Пойдем тогда сразу танцевать! — Никита ненароком пододвинул ногу ближе к Элиной ноге и тихонько постукивал по ее ботинку.

Эля отодвинула ногу и с сомнением посмотрела на несколько веселых пар, толкающихся в центре небольшого зала под яростно грохочущую музыку. Зачем они сюда пришли?

— Тебе нравится здесь? — спросила она Митю.

Мальчик пожал плечами.

— И мне... — негромко сказала Эля.

— Понял, — быстро отреагировал Никита. — Момент! — Он заплатил за свой нетронутый коктейль, за их воду. — Пошли! Не нравится тебе, пойдем в другое место. Знаю великолепный уютный ресторан. Посидим, поболтаем...

Они втроем вышли из клуба. Эля шла между двумя юношами. Митя держался чуть поодаль, Никита, напротив, все норовил приобнять ее.

— Фу-у... — выдохнула Эля, отстраняясь от Никиты, — какой там кошмар...

— Да, мне тоже не понравилось как-то, — сказал Никита. — Ну, идем в ресторан?

— Мы не голодны, был же фуршет после открытия, — с сомнением ответила Эля.

— Так мы не есть идем, общаться.

Эля взглянула на Митю. А как быть с деньгами? Как бы не вышло повторения сегодняшнего обеда. Митя сейчас зажмется, расстроится еще больше, чем уже расстроен.

— Можем просто погулять, по берегу...

— Я понял! — засмеялся Никита. — Я вас приглашаю. У меня хватит денег, чтобы угостить и вас, и еще человек сорок или даже сто. Или двести. Мне отец ограничений не делает. Да я и сам уже начал зарабатывать. Ну, как?

Эля увидела, как опустил голову Митя.

— Прости, Никита, мы никуда не пойдем. Прогуляемся, и надо ложиться спать. И так слишком много впечатлений сегодня.

— Ага... Ну ладно. Я к тебе зайду, Эля, завтра что-нибудь придумаем, — сказал Никита, легко махнув рукой Мите. — Пока!

— Почему он думает, что я с ним куда-то пойду? — пожала плечами Эля, когда их новый знакомый, не оглядываясь, ушел.

— Потому что у него много денег, — ответил ей Митя.

— И что? У меня тоже много денег. Он этого пока не понял.

— А у меня... — Митя отвернулся. Может, сейчас самое время сказать ей, объяснить... Она ведь не знает, что у него все будет, она не догадывается, с кем сейчас говорит... Она думает, что так будет всегда, а так всегда не будет... Перед ним откроется весь мир, ему это обещал отец...

— Знаешь что... — Эля даже остановилась от пришедшей ей в голову мысли. — Да. Правильно. Иди сюда! Идем-идем! — Она подхватила Митю под руку, быстро пошла на мостик через речку, пересекавшую улицу. — Смотри! — Она достала кошелек, вынула оттуда свою кредитную карточку и выкинула ее в речку.

Митя, ничего не понимая, смотрел, как карточка поплыла по достаточно быстрому течению.

— Что ты сделала? Что ты бросила?

— Пап... — Эля набрала номер отца. — Привет, да у меня все хорошо. Слушай, у меня карточку украли, сейчас, в магазине, да. Положила на прилавок, оглянулась, ее нет. Да, надо заблокировать. Сделаешь? Деньги? Не переживай, деньги у меня есть. Да. Двадцать четыре евро. — Эля засмеялась и посмотрела на своего ошарашенного друга. — Хватит, пап! На улицу пойду петь, в случае чего! Это ерунда. Деньги — песок, ты же сам всегда так говоришь. У нас с Митей на двоих полно денег, разберемся, не маленькие! Пока, маме привет!

— Зачем?..

— Что — зачем? Зачем выбросила карточку? Чтобы понять, что такое нет денег. Как ты себя ощущаешь, почему все время смотришь на цены, говоришь о том, что дорого, что дешево.

— Тебя это раздражает?

— Нет, мне это непонятно. Потому что я за все могу заплатить. Вот, теперь не могу. На пять дней я вровень с тобой или даже хуже. У меня... — Элька покопалась в кошельке. — Вот, один евро. У меня наличных вообще не было. Этот завалялся с какой-то поездки. Ну что, пойдем? Ты теперь у нас богач. У тебя есть деньги. Буду рассчитывать только на тебя.

Митя с сомнением посмотрел на Элю.

— Может, прибьет карточку, пойдем поищем?

Эля покачала головой:

— Ну уж нет. Я назад не поворачиваю.

Глава 15

— Ты уверена?

Митя посмотрел на Элю, которая для такого случая оделась необычно и стала похожа на веселую девчонку из какого-то американского фильма — рваные джинсы, свободная рубашка, под которой так приятно обозначается ее круглая грудка, — можно даже специально не смотреть, видно с любого ракурса, манит, зовет, дразнит, — убрала волосы в пышный хвост и надела на руку большой оригинальный браслет — кружевной, с белыми кожаными вставками и густо-медовым янтарем.

— Можно посмотреть? — Митя как можно небрежнее взял девушку за руку. — Хорошая вещь. Авторская?

— Наверно, — засмеялась Элька. — Вчера купила, по дороге из Мариенхоффа, ты не помнишь? Останавливались у открытого киоска на улице. Как раз потратила те шесть евро... Неужели совсем не помнишь? Ну да... Ты же на меня обижался и вообще был не в себе...

Митя опустил голову.

— Ладно, я ведь уже извинился. А если нас кто-то увидит?

— И что? Елена Самуиловна тоже на улице пела.

— В Риге?

— В Кельне! Лет двадцать назад, правда...

— Такая вроде приличная женщина... Ты уверена, что это не стыдно?

— Если не думать о деньгах — нет. О том, что нам как будто милостыню подают, тебя это смущает?

— Но мы же для денег будем петь и играть...

— «У Ку-урского вокза-ала стою я, молодой, пода-айте, Христа ради, черво-онец золотой!..» — пропела Элька, смеясь. — Считай, что нам больше негде выступать. Так ведь бывает? И тогда музыкант идет на улицу и играет. Весь город — одна большая концертная площадка, везде люди.

— Ладно... — с сомнением ответил Митя. — Посмотрим, что нам эти люди скажут...

В небольшом переулке, где они расположились с виолончелью, к ним почти сразу подошел человек в хорошем добротном пиджаке и сказал:

— Izkļūt no šejienes!

— Простите, что? — спросила Эля.

— А! — совершенно недоброжелательно хмыкнул мужчина и повторил по-русски: — Встали и ушли отсюда.

— Почему? — Элька взглянула на Митю, который замер от этих слов.

— Потому. В другое место идите.

— Хорошо, — пожала плечами девушка. — Свои какие-то законы, наверное, — объяснила она Мите. — Ничего страшного.

— Первый зритель был явно не наш... — пробормотал Митя.

Они увидели, как из окна второго этажа им погрозил кулаком пожилой человек, переглянулись, Элька засмеялась, они прошли в соседнюю улочку. Там было несколько открытых салонов и кафе, на улице были выставлены картины, сувениры, стояли столики.

— Давай здесь. Сначала итальянскую, потом три русские, потом нашу конкурсную. Как вчера репетировали, хорошо? Ну и потом еще что-то, я спою а капелла, ты один сыграешь, а потом снова, все то же, по кругу.

Митя, не очень довольный, кивнул.

— Вообще я бы обошелся без еды и без денег. Прекрасно можно раз в день есть, а остальное время обходиться хлебом. Обещали, кстати, два раза кормить...

— У них кризис! Только на завтрак и на праздничный фуршет денег наскребли, как видишь! — засмеялась Элька. — А я без еды не могу. Я все время есть хочу. У меня много энергии, мне надо есть.

— Странно, такая стройная девушка...

— И ест? Ты думал, я ангел бестелесный, вообще ничего не ем? Питаюсь эфиром и мечтами? Кстати, помнишь, у нас в классе есть Костик?

Митя нахмурился:

— Не помню. Зачем мне он? И что этот Костик?

— Не помнишь? Высокий такой, худенький, с глазами голубыми по ложке... Ну не важно. Так вот он вообще всегда ест. Как приходит в школу, начинает есть, и ест, ест...

— Он с родителями живет?

— Конечно!

— Они его не кормят?

— Кормят, но у него мозг постоянно требует пищи. Просит еды, кто что принес, у меня все съедает, если я отвернусь...

— Я думал — он за тобой всегда плетется! А он просто любит ваши фирменные булки! Мозг... Не похоже, что у него вообще есть мозг...

Эля лукаво взглянула на Митю:

— А говоришь, не помнишь... Ладно. В общем, я к тому, что я тоже все время хочу есть.

— Художник должен быть голодный! — упрямо сказал Митя.

— И влюбленный! — засмеялась Эля. — Ладно, не забалтывай меня. Давай, начинай.

Митя стал робко играть. Все хорошо, только играть не очень хочется. Он бы сейчас сел, как вон тот художник, с карандашом в зубах, который прислонился к стенке, задумчиво смотрит, что-то набрасывает на большом листе бумаги. Митя бы тоже сделал набросок, а потом слепил бы Эльку, как она, забросив голову назад, поет, губы ее чуть приоткрыты, волосы тяжелой золотой массой лежат на ровной спине, хрупкие плечи сведены чуть вперед, грудь обозначена под кружевной легкой туникой... Элька сейчас не в тунике, но лучше пусть будет так... У нее есть такая, совершенно невозможная туника, когда она ее надевает, Митя делать ничего не может, только смотреть на нее и представлять, как бы он ее обнял. Или как бы слепил. Радость почти одна и та же. Но и то и то — запрещено. Запрещено, запрещено... Почему запрещено? Почему, если ему больше всего на свете этого хочется? Потому что не все наши желания должны исполняться, потому что ему это помешает, помешает... Но просто разум мутится от того, что она рядом, ее голос, ее запах, ее губы, она поет, какой замечательный голос, светлый, сильный, он наполняет все его существо, ему хочется тоже петь с ней, но, главное, он должен быть рядом, совсем рядом, совсем близко, так, как нельзя, должен, иначе его сейчас разорвет...

— Мить... — Элька подергала мальчика за рукав. — Давай еще раз со второго квадрата. Ты запутался немного.

— Ой, прости... Давай еще раз.

— Немного поэнергичнее играй, хорошо?

— Ладно. Я нормально играю, — тут же обиделся Митя.

Эля посмотрела на своего друга. Чего-то ему не хватает — играет вроде чисто, но как будто бы не может выразить в музыке то, что наполняет его душу. А душа точно переполнена — вот только понять бы чем.

Вчера вечером они долго колебались, где им репетировать, из холла их прогнали, тогда они все же пошли в Элин номер, Митя завесил дверь одеялом, уверяя, что будет меньше слышно, и репетировали до одиннадцати, пока к ним не пришла администратор и не попросила их прекратить шуметь. Митя взял виолончель, встал и молча ушел из Элиного номера, сказал только «пока».

Придя к себе, он через некоторое время начал ей писать. Писал обо всем — о том, как он волнуется перед конкурсом. Не боится, но волнуется. О том, как иногда чувствует страх перед будущим. О том, что он знает, что у него все будет, только надо работать день и ночь для этого, играть, играть. Митя писал коротко, не всегда четко выражая свои мысли, но Элька поняла, как поняла и то, что говорить ему трудно, проще писать.

Утром он встал рано, привел себя в порядок, на завтрак в ресторанчик спустился в чистой рубашке, причесанный, аккуратно побритый — Мите, правда, как и большинству их мальчиков, брить пока нечего, но несколько первых отросших волосков бороды или бакенбард выглядят очень небрежно, если они их не бреют. Элька чуть задержалась на завтрак, потому что неожиданно написал Костик, который никогда не пишет в Москве, ни по делу, ни тем более просто так. Ходит за ней, садится на уроках неподалеку, краснеет, стоит рядом на переменах, но не пишет. А тут написал:

❖ Сегодня после вручения дипломов наши собираются в парк. Пойдешь?

❖ Кто пойдет? — уточнила Эля.

❖ Все — София, Танька, Егор, Ваня, еще кто-то. А ты?

❖ А я в Латвии на музыкальном фестивале, Кость. Я не пойду. Тем более мы же все в десятый класс переходим, это все проформа.

❖ Ладно, — написал Костик.

А минут через десять спросил:

❖ А когда вернешься?

❖ Как пойдет... ☺ — ответила Элька, недоумевая, что вдруг Костик так осмелел.

Может, на его нежной девичьей коже тоже стали расти усы, борода и бакенбарды? И он решился, точнее, не решился, а... взял и спросил... и если она ответит, то он... может быть, решится... еще что-нибудь спросить... как погода... как настроение... какие планы на лето... Знал бы Костик, с кем Эля сейчас гуляет по милым улочкам Прибалтики, не писал бы. Он точно драться за нее не станет, это не Дуда. У Дуды летом будут три разных девушки, Дуда ненасытен и всеяден, любит девочек и любим ими, но осенью снова побежит за ней, за Элькой, просто потому что поставил себе цель — догнать и победить.

Митя играл, Эля пела без перерыва минут сорок. Мимо них шли люди, туристы в основном — немцы, китайцы, русские, поляки. Кто-то приостанавливался, слушал внимательно, даже хлопал, кто-то небрежно бросал монетку.

— Очень унизительно! — не выдержал Митя, увидев, как какая-то пожилая женщина положила деньги — два евро — и еще шоколадный батончик.

— Терпи, Митяй, — засмеялась Эля. — Участь артиста вообще независимая. Поэтому я и не собираюсь идти в консерваторию.

— Очень напрасно, — заметил мужчина, который сидел за столиком в соседнем кафе, недавно пересел поближе, на крайний к ним стол, но сидел спиной, и Эля не думала, что он их слушает и сейчас слышит их разговоры. Мужчина говорил по-русски хорошо, с легким акцентом. — Напрасно не идешь учиться. Сколько тебе лет?

Он разговаривал с ними, не вставая, лишь развернулся. На кого-то похож, что ли... Или просто — типичный симпатичный латыш — с мягкими неопределенными чертами лица, все милое, не большое, не маленькое, светлые глаза, светлые, слегка волнистые волосы.

— Пятнадцать.

— Скоро будет шестнадцать, — уточнил мужчина.

— Нет, еще не скоро.

— Что у тебя внизу, в малой октаве? Фа?

— Ми-бемоль.

— А наверху? До третьей поешь?

— Ми-бемоль, если очень постараться, достаю на распевке, — засмеялась Элька. — Я не оригинальна.

— Еще как оригинальна, — покачал головой мужчина. — Я — Эдмундас.

— Я — Эля. — Элька протянула ему руку. — Эля Теплакова, очень приятно. А это...

Эдмундас, не дослушав, пожал ей руку и подмигнул Мите:

— Привет! Почему играете на улице? Деньги нужны?

Ребята переглянулись и пожали плечами.

— Мы приехали на фестиваль, завтра как раз конкурсный день, а сегодня решили... вот... — уклончиво объяснила Эля.

— Ясно, — улыбнулся Эдмундас. — А фестиваль как называется?

— Балтийская Рапсодия, в Юрмале.

— Значит, рапсодия... — протянул мужчина. — А петь что будешь?

Он разговаривал с Элей, как будто Мити рядом не было. Мите это не очень понравилось. Почему? Почему так? Потому что она — красивая, и теперь любой мужчина считает, если он взрослый и сидит, развалясь, пьет одну чашку кофе за другой в дорогом ресторанчике в центре Риги, где чашка кофе стоит столько же, столько их семья тратит на питание за три дня, а иногда и за неделю, то он может вот так, запросто, начать разговаривать с его девушкой, потому что он, Митя, — никто и ничто?

То есть Эля не его девушка, она его партнерша, но все равно этот наглый дядька не может... И еще — почему он говорит с ней, как будто только она одна поет? Митя ведь играет, и именно Митя, а не Эля будет звездой мировой классической музыки, именно Митя будет выступать на лучших сценах мира, в Ригу он, может быть, и не приедет! Что ему какая-то Рига! В Вену бы успеть, в Лондон, в Милан, в Карнеги-холл... Почему тогда... Тупик. Логический тупик. Как обычно. Головой об каменную стенку, голова начинает болеть, мысли путаются, ответа нет.

Митя открыл чехол от виолончели, аккуратно протер инструмент тряпочками — одной, другой, у него специальные тряпочки, третья — для смычка, сложил виолончель и смычок, спокойно — совершенно спокойно! — закрыл чехол, кивнул Эле и небрежной походкой пошел по переулку. Хочет, пусть бежит, догоняет. Они ведь вдвоем сюда приехали. Значит, она должна его догнать.

Эля посмотрела, как Митя ушел.

— Далеко он пошел? — улыбаясь, спросил Эдмундас.

— Не знаю, — пожала плечами Эля. — Обиделся. Он много музыкой занимается, я — гораздо меньше. Он собирается в консерваторию, я — нет.

— А может, попробовать наоборот? — спросил латыш. — У тебя прекрасный тембр, ты знаешь об этом? Необычный. Узнаваем будет с первой ноты. Это большая редкость. Работать надо над голосом, если собираешься петь в опере. А если петь эстраду, блюзы, джаз, то это ты можешь делать уже завтра. Или даже сегодня. Кроме классики и культурного фолка что-то поешь?

— Я все пою, — засмеялась Эля. — У меня отец был солистом оперы, больше в театре не работает. Но дома поет вообще всё, и я с детства пою, как придется. Ну и еще музыкалку окончила.

— Я слышу, что у тебя природа прекрасная и неиспорченная. И такое интересное сочетание народной постановки голоса и классической. Адская смесь, — подмигнул Эдмундас, — но чертовски привлекательная!

Эля слушала мужчину и смотрела, как Митя дошел до конца переулка, чуть приостановился, ожидая, видимо, что она его догонит, постоял, не оборачиваясь, достал телефон, потыкал в нем, то ли писал что-то, то ли делал вид, потом встряхнул волосами и решительно свернул в другой переулок. Молодец, бежать так бежать. Главное, чтобы не заблудился. Она-то заблудится точно, если пойдет его искать, у нее — географический кретинизм, так родители всегда говорят, наверно, знают, что говорят.

— Вы тоже поете? — спросила Эля. — Разбираетесь так хорошо во всем.

— Отчасти, — уклончиво ответил Эдмундас. — Больше слушаю, как поют другие. А можешь самые верха свои показать, на piano, как? Умеешь не криком брать? Нежно?

— Попробую...

Эля спела самые верхние ноты. Латыш внимательно ее слушал.

— Молодец, я так и думал. А занимаешься сейчас с кем-то?

— Да, у меня преподавательница в музыкалке, но... — Эля замялась.

— Но — что?

— Но у нас с ней часто бывают конфликты.

— Почему?

— Я пою народные песни... Это другая манера, мешает...

— А зачем поешь? — засмеялся Эдмундас.

— Пою, потому что поется. Жизнь одна. Я же ничего плохого не делаю. Люблю эти песни и пою. Редкие всякие знаю.

— Споешь?

— Прямо здесь? — удивилась Эля.

— Так ты же пришла сюда, чтобы петь, разве нет?

Эля растерялась.

— Я с Митей пришла... Мы дуэтом вообще-то выступаем...

— Первый раз играете вместе или второй, да? — уточнил Эдмундас.

Опытный человек, меломан, наверное, решила Элька. Или даже преподаватель музыки. Все понимает про голоса, сразу догадался, что они с Митей не сыграны и не умеют выступать на публике...

— А что пришли-то? — продолжал допытываться мужчина. — Правда, деньги нужны?

У Эли зазвонил телефон в кармане.

— Да, пап... В Риге... Да, хорошо. На улице выступаем. Точнее, уже выступила. Просто на улице, пап... Сами себе концерт устроили. Как улица называется? — Элька оглянулась. — Не знаю, нет вывески... Мне кажется, здесь Штирлица снимали... Дом очень похожий, помнишь, где цветок на окне стоял — условный знак... Что ты смеешься? Митя... Пошел прогуляться, пап. Все хорошо, не знаю, куда он пошел. Я доеду до Юрмалы, не волнуйся, здесь все говорят по-русски, мимо вокзала не пройдешь, а там полчаса на электричке. Деньги? — Элька взглянула на монетки, которые Митя ссыпал из своего чехла на ее джинсовую курточку, лежавшую прямо на земле. — Денег навалом, пап. Искусство сегодня хорошо оплачивается, ты разве не знал? Да ничего не происходит, не надо паниковать. Если ты так настроен, дай мне маму, я ей все объясню. А, ну понятно, конечно, вы же заодно. Ты не против, что я на улице выступаю? Спасибо, пап. Все, маме привет!

— Отец не против? — спросил, улыбаясь, Эдмундас.

— Он сказал, он бы сам с удовольствием бы спел сейчас на улице Риги. В Москве как-то не удобно. А деньги... Вот, видите, насобирали на обед.

Эдмундас внимательно посмотрел, как Эля убрала свой новый отличный телефон в кармашек.

— У него, — он кивнул в сторону, куда ушел Митя, — нет денег, так? И ты пошла с ним петь на улицу?

— Это плохо?

— Да нет, не так, чтобы очень. Пыль, машины ездят, можно простыть, а так — ничего страшного. Больше так не делай, ладно? Тебе голос нужно беречь. Даже если ты сейчас и не собираешься поступать в консерваторию. Ты еще маленькая. Ладно, может, еще свидимся! Nu, tik ilgi! Пока! Удачи завтра тебе, девочка!

Эдмундас положил деньги на столик, где пил кофе, махнул хозяину кафе, снова подмигнул Эльке и ушел.

Эля, вздохнув, собрала монетки, которые им накидали с Митей, на ходу пересчитав их, удивилась — не так уж и мало, и на обед, и на ужин хватит и еще останется, накинула свою курточку и пошла в ту сторону, куда ушел Митя. Бежать, догонять его она не будет, встретятся так встретятся, центр старой Риги не большой, но запутанный, Эля не могла понять, где находится площадь, где Домский собор — его не было видно сейчас за невысокими, но плотно стоящими домами.

Она побродила по улочкам, спустилась по старым каменным ступеням в исторический винный погреб, купила шоколадку с лакрицей в старинной аптеке, тоже расположенной под землей, сфотографировалась на фоне скульптуры со скрипкой, дома с котом, дома с читающим мальчиком, скульптуры Бременских музыкантов...

— Надо дотянуться, дотронуться до петуха и загадать желание! — посоветовал ей пожилой мужчина. — Успеть, прямо в тот момент!

Элька подпрыгнула, дотронулась до стоящего на верхушке живой пирамиды петушка и загадала — чтобы Митя поступил в консерваторию. Про себя она не успела ничего загадать, хотя желание у нее было одно, его очень трудно сформулировать, трудно себе в нем признаться... Все понятно, но когда начинаешь искать этому слова, получается банально, так, как у всех, а у нее совсем по-другому. Ведь то, что сейчас с ней происходит, — это на всю жизнь. Она поняла это недавно, но очень остро. Только рядом с ним ей было хорошо. Эти слова ничего не значат и одновременно означают всё. Хорошо, когда он хмурится, хорошо, когда смеется, хорошо, когда говорит глупости, хорошо, когда пытается рассуждать о сложных вещах. Митя — не похож ни на кого. Может быть, чем-то — на ее отца, не внешне, а искренностью, целеустремленностью, доверчивостью.

Федор — очень доверчивый человек, если бы не Лариса, у них бы не было того, что есть сейчас. Федор полон сил, идей, может работать по восемнадцать часов в сутки, Лариса быстрее устает, никогда ничего нового не придумывает, но зато она всегда видит обман, чувствует, если где-то ослабевает звено, она может все скрупулезно спланировать, дать четкие задания, проследить за их выполнением. Федора же ничего не стоит обмануть.

Так и Митю. Отец — как большой ребенок, а Митя — ребенок и есть, хоть за ним и ухлестывают взрослые женщины, потому что он похож на мужчину внешне. Может быть, было бы лучше, если бы Митя был старше ее, был бы чуть взрослее, в поступках, в словах, меньше бы зависел от отца... Но ведь молодость — быстро проходящий недостаток, так всегда повторяла Элькина бабушка. Жаль, что нельзя с ней поговорить, спросить совета.

Но то, что с Митей — навсегда, это Эле уже стало понятно. Ведь если не навсегда, то зачем?

Эля брела по улочкам, совершенно не представляя, куда идет. Вдали ей померещилась Митина фигура. Она не стала сразу подходить, потому что увидела, как мальчик остановился около какого-то мужчины, сидящего на улочке у дома перед столом с сувенирами. Мужчина что-то делал руками.

Митя шел по улице и думал. Точнее, пытался прогнать мысли, совершенно противоречивые и мучительные. Надо вернуться. Нет, возвращаться не надо. Эля ему не пара. Эля — единственная, больше такой нет и не будет. Ему пара вообще не нужна. Почему тот человек ничего не сказал о его игре? Да, у Эли прекрасный голос, это все знают. Но Митя ведь тоже очень хорошо играет. Никто не сравнивает их, у них дуэт... Но все равно обидно... Почему она его не догнала? Значит, она не его женщина, так говорил отец...

Отец, словно почувствовав Митины метания, позвонил.

— Сына, как дела?

— Хорошо, батя, — сказал Митя как можно нейтральнее.

— Слышу, что плохо. Говори.

— Все хорошо! — неискренне заверил Митя.

— Говори.

Митя молчал.

— Говори!!! — заорал отец, и все сразу стало привычно и гораздо проще.

— Мы играли на улице...

— Что? Ваш конкурс — на улице?

— Нет, я же говорил — у нас сегодня свободный день. Мы поехали в Ригу и играли на улице...

— ....!!! ....!!! — Отец от души выматерился. — Мой сын, будущий великий музыкант, играет — на — улице!!!

— Елена Самуиловна тоже пела на улице, — робко начал объяснять Митя.

— Это кто?

— Элина преподавательница по вокалу...

Отец саркастически засмеялся:

— И где она после этого сидит? В болоте? В вашей музыкалке? Вот и ты, давай, давай, сына, играй на улицах, в переходах, глядишь, и тебя в музыкальную школу когда-нибудь возьмут — учить всяких дебилов! Ты что? Ты что себе позволяешь? Я зачем тебя отпустил туда? Чтобы ты позорил фамилию Бубенцовых? Бубенцовы себя не продают! Вот я себя продаю, скажи мне?

— Нет, батя...

— Нет! Нет! У меня есть гордость! И все это знают! И ко мне никто без поклона подойти не может! И я ни у кого заказов не выклянчиваю! Я свой талант не размениваю! Я поделками не промышляю! Я лучше зубы на полку буду сидеть, чем свой талант продавать! А ты, сосунок, кусок сухого дерьма, посмел меня опозорить! Мой сын — милостыню просит на улице! Смотрите!

— Батя, я ничего не просил...

— А вам что, денег не давали?

— Давали...

— Значит, просил! Клянчил! Ты — урод, не научил я тебя еще! Не выбил из тебя это нищенство! Знаю, откуда это, говорить не хочу сейчас. — Отец, тяжело дыша в трубку, отпил что-то, Митя слышал, как он громко глотнул.

— Бать, ты не волнуйся, слышишь...

— Сколько заработали? — спросил Филипп.

— Что? — Митя не ожидал такого вопроса.

— Сколько?! Заработали!!! — снова заорал Филипп. — Сколько ты денег насобирал на улице?!! Теперь слышишь?!!

— Да. Не знаю...

— Посчитай!!! Я жду!!!

— Батя... Деньги у Эли...

— А она где?!

— Она... не знаю...

— А ты — где?!! Почему деньги у нее?!!

— Я ушел.

— А! Плохо себя вела, что ли?

— Ну да. Мужик какой-то к ней привязался... Спрашивал... про пение... там...

— А-а-а... — захохотал Филипп. — Я понял! Ну ты, сына, попал! Ну тебя, лошка такого, подвязали! Все сейчас выпьешь, до донца! До дней последних донца! Гореть — и никаких гвоздей! Вот лозунг мой и солнца! Ха-ха-ха... Говорил я тебе! Я достаю из широких штанин... Ха-ха-ха... Читайте, завидуйте!!! Ха-ха-ха... Наелся, сынок? Дерьма наелся, как? Или не хватило еще? Как со штанами — все в порядке? Бати-то нет рядом, никто не посоветует! Напарила тебя девка, да? Деньги отобрала да смылась? Или тебя, сосунка — смыла? В толчок спустила! А и правильно! Туда тебе и дорога, если под бабу так подставился! На улицу она его повела играть! Моего сына! И деньги забрала! С мужиками какими-то пошла! Вот шушера, а! Вот шмара! Говорил я тебе, от этих богатых ублюдочных шлюх толка не будет! Попроще там девушки не было? А? Вообще тебе никто не нужен, я же тебе, кусок ты дерьма, говорил уже!!! Говорил?

— Говорил, батя. Ты только так не пережив...

— Заткни-и-ись! — заорал Филипп. — Да мы тут с матерью на пшене сидим, чтобы ты там гулял по Европам, ни в чем себе не отказывал. Я тебе все отдал, все!

— Да, батя...

— Да! Да! Да! — Филипп еще покричал и замолчал. — Поговорили, — буркнул он наконец. — Спасибо, сына. Порадовал отца.

— Бать, бать... Я... — Митя не знал, что сказать. Логический тупик, в который он попал, от разговора с отцом стал еще темнее и безвыходнее. Все — плохо, все — не так. Все — не то.

Отец посопел, повздыхал в трубку, потом сказал:

— Езжай в гостиницу и репетируй, репетируй. Чтобы завтра всем доказать, чтобы все увидели, кто к ним приехал. Ты меня понял?

— Да, батя.

— И деньги у нее забери. Ей зачем деньги? У них и так все есть, наворовали на чужом горе уж как пить дать.

Митя неопределенно промычал.

— Все, сына. Целую. Люблю тебя.

— Я тебя тоже люблю, батя.

Митя со вздохом убрал телефон. Нет, все как-то не так. Как будто он идет не по той улице. И ведь знает, что та где-то рядом, а найти ее не может. В чем тут дело? В Эле? Надо было сидеть дома, у себя в комнате, за стеной батя, шаг вправо, шаг влево — расстрел, сидеть и репетировать, репетировать, готовиться в консерваторию... Сначала Мерзляковка — училище при консерватории, потом консерватория, потом аспирантура, наверное, так отец говорил — нарабатывать репертуар, и чтобы степень профессора потом дали, чтобы самому преподавать в консерватории. И концерты, концерты, конкурсы, победы — все это его ждет, путь долгий, но Митя дойдет, у него хватит сил, с ним всегда рядом отец. А женщины и правда мешают, отец верно говорит. Зачем ему Эля — от нее только одни нервы и переживания, это отнимает его творческие силы...

Митя шел и шел, не понимая, куда он идет. Карты у него не было, но заблудиться тут невозможно, центр города небольшой, можно и спросить, где вокзал, хотя спрашивать, как будто он маленький потерявшийся мальчик, как-то неудобно...

Он свернул в следующий переулок. В конце его был открыт салон-мастерская, около него сидел мужчина и что-то делал руками. Нет, Мите это совсем неинтересно, никакие дешевые поделки ему не нужны. Митя прошел мимо, нарочно отвернувшись. Глаз его зацепился за что-то; он прошел и остановился. За что? Да ничего особенного. Руки мужчины были в глине, он быстро, ловко лепил что-то, молниеносно меняя линии, смахивая лишнее, подравнивая... Вот уже профиль, вот уже нос с легкой горбинкой, лохматые волосы... Это что такое?

Митя посмотрел в смеющиеся глаза скульптора.

— Это я? — спросил Митя, неуверенный, что тот его поймет.

— Да... — ответил ему скульптор и подмигнул. — Похожий?

— Похожий... — ответил ему в тон Митя.

Он не мог оторвать глаз даже не от своей головы, которую скульптор ловко вылепил, пока Митя задумчиво брел по переулку. Понятно же, это фокус, аттракцион, он балуется, делает такие штуки, поделки для туристов, вон двое немцев, рассматривавших какие-то блюдца, уже застыли с открытыми ртами, переговариваются, смотрят то на голову, то на Митю... Что за дешевый цирк... Нет, Митю это не волнует вовсе. Его волнует светлая прохладная масса глины, которая теплеет под руками, как живая, она поддается, она меняет форму по твоему желанию, она — твоя, она хочет, чтобы ты ее взял, размял, тут же изменил, вытащил из нее то, что там спрятано, что никому не видно, кроме тебя...

Митя не понял, как он очутился рядом со скульптором, присел, поставил рядом виолончель. Скульптор молча взглянул на Митю, на его руки, которые сами тянулись к глине. Нет, конечно, он не будет ничего делать. С чего бы это! Просто посидит, посмотрит, смотреть тут не на что, конечно...

— Можно? — спросил Митя. — Я попробую...

Скульптор словно и не удивился, улыбнулся ему, кивнул.

Это птица, это большая птица, которая хочет лететь, но не может больше. У нее не сломаны крылья, она видит, слышит, но она не может петь, не может лететь. Она летела-летела, врезалась на полном лету в дом, никогда здесь не было дома, и вдруг вырос, она же всегда здесь летала — свободно и легко, с поля пролетала на другое, над лесом. А теперь здесь вырос дом — красивый, с яркой, отражающей свет крышей. И она ударилась о стену дома, упала и больше никогда не полетит. Больше никогда не запоет. У нее еще открытые глаза, еще теплое тело. Но она больше не полетит.

— Зачем? — спросил скульптор Митю. — Почему так страшно?

Митя пожал плечами.

— Это здесь было. — Он показал на оставшийся кусок глины.

— Нет, — покачал головой скульптор. — Нет! Здесь была фигура маленького мальчика, у которого еще все впереди, ему пять лет, он умеет бегать, смеяться, не умеет еще драться, слышит красивые звуки, сам поет...

— Нет, — теперь уже Митя резко качнул головой. — Он не поет! Ему — не о чем петь!

— Плохо... Очень плохо... Ты сядь. Птица хорошая... Что ты делаешь? — ужаснулся скульптор, видя, как Митя изо всех сил сжал только что вылепленную фигуру. — Зачем?

— Птица плохая. Я — бездарен. Это все, — он показал рукой вокруг себя на фигурки, выставленные на стеллажах открытой мастерской, — никому не нужно.

Латыш внимательно смотрел на Митю.

— Я плохо понимаю по-русски, наверно, — сказал он. — И очень плохо говорю. Может быть, делаю плохие сувениры для людей, вот это все... Но послушай меня, это было очень хорошо, то, что ты сделал. Почему ты говоришь так? Почему ты... —

Скульптор не мог найти слова, показал руками, как Митя уничтожил свою скульптуру. — Зачем?

Митя молча достал платок, быстро вытер руки, негромко проговорил: «Извините», — взял виолончель и ушел.

Эля, наблюдавшая издалека эту сцену, поспешила за ним. Проходя мимо лавочки скульптора, она, не удержавшись, купила двух милых котов, лежащих на боку, посветлее и потемнее, похожих, но не совсем одинаковых. Коты были такие толстые, что могли сойти за свинок. И если бы не лукавые глаза, можно было бы подумать, что они никогда не встают, так и переваливаются с боку на бок, уютно, привычно...

Чем-то они похожи на Федора и Ларису, когда, набегавшись семь дней в неделю, родители, оба упитанные, но не толстые, укладываются на большие диваны в гостиной, смеются, переглядываются — отдыхают, перед тем как снова побежать по своим важным, очень важным, самым важным делам. Даже если они ее спрашивают о ее делах, им некогда вдумчиво выслушать. А если и выслушивают, тут же бегут шушукаться, рассказывать друг другу, что-то вместе решать, потом дружно воспитывать, мягко подталкивать или мягко не пускать. Эля для них — как любимый кораблик, который они вдвоем, всегда вместе пускают в ручеек, пока еще мелкий, чтобы в любой момент можно было ухватить, подержать в руках, снова запустить, смотреть, как он плывет, заваливается на бочок, поправлять его, смеясь от радости, что у них такой замечательный, самый лучший, самый красивый кораблик, который они сами придумали, сделали...

Эля прибавила шагу, пытаясь догнать Митю, немного коря себя за то, что потратила деньги на котов. Ведь им нужны деньги на еду, а вовсе не на котов, похожих на ее родителей... Можно, конечно, еще попеть на улице, еще подработать, но согласится ли Митя?

Митя после того, как смял то, что слепил — Эля видела всю сцену, но не поняла, что именно он вылепил, — шел очень быстро, не оглядываясь, не останавливаясь, обгоняя неторопливо бродящих по переулкам старой Риги туристов. Эле так хотелось сфотографировать то этот дом, то другой, то красивое окно, то необычное крыльцо, то цветы, уже так пышно разросшиеся в ящиках под окнами в середине июня, но она боялась потерять Митю из вида и спешила за ним.

Они так шли минут десять — Митя несся впереди, не оглядываясь, Эля — за ним, и неожиданно она поняла, что снова оказалась в том переулке, где купила котов. Свернуть — и она окажется прямо у мастерской. Митя быстро шел вперед, а девочка остановилась. Наверно, ему нужно побыть одному. Захочет, пошлет ей сообщение, и они встретятся на вокзале. Больше она за ним не побежит.

Эля подошла к скульптору. Тот лепил маленькую девочку в широком платьице, с косичками, взглянул на Элю и тут же поправил ей лицо, как по волшебству девочка стала похожа на Элю.

— Здорово... — искренне восхитилась Эля. — Как вы это делаете?

— Я? — как будто удивился скульптор. — Да никак. Просто смотрю, а руки сами делают.

— Надо же... А скажите, недавно здесь у вас был мой друг... Он что-то слепил и расплющил...

— Что? — не понял скульптор.

— Разломал, — объяснила Эля и для верности показала руками.

— А, мальчик...

— А что он лепил?

— Птицу. Вот, видишь, я ее снова слепил.

— Красивая... — Эля взяла в руки еще влажную птицу, расправляющую крылья, с взъерошенным хохолком, круглыми, чуть испуганными глазами... — Чем-то на Митю похожа...

— На тот мальчик? — переспросил скульптор. — Только он сделал мертвая птица.

— Мертвую? — ужаснулась Эля.

Она аккуратно положила сырую фигурку на место, вытерла руки тряпочкой, лежавшей у скульптора на столе, и повернулась, чтобы уйти.

— Подожди... — Скульптор протянул ей маленькую фигурку. — Возьми.

Эля взяла крохотную соломенную фигурку ангела, с ажурной ленточкой.

— Это моя дочка делает. Она не видит. Глаза не видят. А руки всё видят.

Эля растерялась, посмотрела кругом. Скульптор заметил ее взгляд.

— Она дома, я ее не вожу сюда. Много... как сказать... ненужные эмоции от людей... жалость... А она светлый маленький человек. Не хочу, чтобы ее жалели.

— Спасибо...

Эля зажала в руке ангелочка и, оглядываясь на доброго скульптора, который все улыбался и кивал ей вслед, побрела по переулку.

Вот, деньги на еду есть, а есть совсем не хочется. Переполняют эмоции, противоречивые, непонятные. И — как обычно — рассказать об этом некому. Не то что посоветоваться, как быть, а просто поделиться. Как вести себя с Митей? Как понять, нравится ли она ему? Сделать ли первый шаг? Или пропеть завтра на конкурсе, вернуться в Москву и вовсе выбросить его из головы, попытаться хотя бы...

Пока радости с ним нет никакой, одно мучение. И все равно — тянет, хочется быть с ним, видеть его, слушать его сбивчивые рассказы, чувствовать его тягу к ней... Как удивительно устроен мир. Ты можешь не знать его законов, не принимать их, а они гораздо сильнее тебя, твоей воли. Включается какая-то программа, и ты начинаешь существовать по ее логике. То, что она испытывает сейчас к Мите — это любовь? Захлестывает, лишает аппетита, бросает к нему, заставляет быстрее стучать сердце, ослепляет... Невозможно думать ни о чем, кроме него... Интересно, отпустили бы ее родители, если бы поняли, как это для нее серьезно... Вряд ли. Особенно отец.

Эля свернула в маленькую улочку, тут же наткнулась на сидящего на ступеньке какого-то закрытого подъезда Митю и от неожиданности ойкнула. Митя поднял на нее глаза.

Все, он мог ничего не говорить. Он мог и не брать ее руки, не сажать рядом... Он не ожидал ее увидеть и не успел приготовиться, натянуть равнодушную или дурацкую маску, которые он меняет по настроению.

— Ты хочешь есть? — просила Эля, садясь рядом с ним и не высвобождая своей руки от его рук. Непривычное ощущение, странное, сложное... Радостно, чуть тревожно, горячо...

— Да, а ты?

— Я... Теперь хочу, наверно...

— Что изменилось?

— Тебя нашла.

— Ты меня искала?

— Не знаю. Думала, что ты хочешь побыть один, но хотела встретить.

— Что он тебе сказал?

— Кто? Эдмундас?

— Нет, тот скульптор. Я видел, что ты с ним разговаривала.

— Сказал, что ты слепил очень хорошую птицу.

— Нет! — Митя с силой отбросил Элину руку. — Нет! Ты нарочно мне это говоришь!

— Митя, послушай...

— Нет. Ничего не говори. Я не буду скульптором, потому что я должен быть виолончелистом.

— Да почему, Митя? Кто тебе это сказал?

— Батя.

— С чего он это решил?

— Это не обсуждается, Эля. Он знает, что мне нужно.

— Хорошо. — Эля решила не наступать.

Митя встал.

— И... И я сам хочу этого.

— Понятно.

— Я всего добьюсь, слышишь меня?

— Слышу. Хорошо. Я тоже хочу, чтобы ты всего добился.

— Правда?

— Правда.

Эля посмотрела на ставшее таким родным лицо Мити. Как это бывает, почему? Наверно, и у ее родителей так же. Они всегда с таким удовольствием смотрят друг на друга, подтрунивают, подсмеиваются, но она знает эти их взгляды — встанешь между ними в момент, когда они так смотрят, и физически почувствуешь тепло.

— Что смотришь? Что-то не так? — Митя попытался смахнуть что-то с лица. — Я испачкался?

— Да нет. Смотрю просто, какой ты... — Эля не договорила. Кажется, не надо так откровенно хвалить мальчика и восхищаться им.

— Смешной, да? Я знаю.

Эля тоже встала.

— Пойдем где-нибудь поедим, смешной. Мы заработали себе на обед.

Митя подхватил виолончель, решительно взял за руку Элю, вопросительно посмотрел на нее — не откажется ли? — и спросил:

— Ты знаешь, куда идти?

— Я — нет. Я давно потерялась.

— Тогда пошли к тому дому. — Митя показал на здание с красивыми темными башенками и резными флюгерами.

— Почему к тому?

— Он красивый, — засмеялся Митя. — Если не знаешь, куда идти, иди туда, где красиво.

— Сам придумал?

— Не знаю... — Митя чуть притормозил шаг, набрался решимости и обнял Элю. Она взглянула на друга и прислонилась головой к его плечу.

Оба хотели что-то сказать, одновременно открыли рты, растерялись, посмотрели друг на друга и засмеялись. Митя перестал смеяться первым и уточнил:

— Я ведь не смешной?

Эля не успела ответить, потому что у мальчика зазвонил телефон.

— Да, батя... — Митя покосился на Элю и чуть отступил в сторону. — Да... Нет, вместе... То есть... — Он еще отступил, чтобы Эля не слышала, как громко говорит отец. — Еще нет. Я... Хорошо... Но...

— Деньги забери у нее! — говорил Филипп. — Я же сказал тебе!

— Мне... Но как я...

— Так и забери! Еще не хватало — ты будешь на нее работать? Мало того, что опозорила тебя, на улицу выволокла, так еще и деньги забрала! Давай, не выключайся, чтобы я слышал, как ты с ней разговариваешь, давай-давай!

Митя в растерянности топтался, то взглядывал на Элю, то отворачивался, пытался вставить хоть слово.

— Батя... Я... Я перезвоню...

— Нет! Посмей только отключиться, только посмей, иди к ней и забирай деньги, которые ты заработал своим позором! Ты — будущая звезда! Ты унижался ради нее, ради этой...

— Да нет, батя, я не унижался...

Эля услышала последние слова Мити, резко развернулась и пошла в обратную сторону.

— Подожди! — крикнул Митя.

— Ты что там, а? Ты что, с ней разговариваешь, когда тебе отец звонит? Ты совсем распоясался? Ну, я тебе покажу, когда ты вернешься! Что ты квакаешь там?

— Батя, у меня, кажется, разряжается телефон...

— А-а-а-а-а... — вдруг страшно закричал Филипп.

— Ты что? Что такое?

— Сердце, сердце... Мне плохо, у меня перестает биться сердце... Боль... Страшная... — Филипп тяжело дышал, то хрипя, то шепча, то снова вскрикивая.

— Батя, батя... Я... Где мама? Я... Я на вокзал сейчас... Я приеду на любом поезде... Ой, у меня же паспорт в гостинице... И на билет денег, наверно, не хватит...

— А вот ты у нее деньги и возьми... — прохрипел Филипп. — И домой возвращайся, сына, а то батя без тебя здесь помрет, пока ты со шлюхами по Европе гуляешь... Помрет батя твой, сына-то вернется, а бати — нету! Нету! Был, да весь вышел! — Филипп говорил все тише, слова его прерывались.

— Батя, батя!.. — закричал Митя, и от отчаяния у него даже выступили слезы. — Батя, нет! Держись, пожалуйста... Да что мне делать? Где же мать?

— Ушла твоя мать... На работу ушла... Оставила меня помирать одного тут...

— Нет, батя... Да господи... Подожди, я сейчас позвоню на «скорую»! Как отсюда мне позвонить... Не клади трубку только! То есть...

Митя метался, то ставил виолончель, то снова подхватывал ее, искал глазами кого-то — хоть кого, доброго человека, полицейского, Элю... Эля, да! Вот кто поможет! У нее же есть телефон!

— Батя, подожди, ты ляг, не отключайся, мы сейчас позвоним на «скорую», а ты со мной разговаривай, разговаривай, чтобы я слышал твой голос!

— Кто это «мы»?! — рявкнул Филипп.

— Мы, батя... Элька и я...

— Нет! Нет... — застонал Филипп. — Всё, кажется, останавливается сердце! Я не могу этого слышать, не могу, никогда мне так больше не говори! «Мы» — это мы с тобой, сына! Ты — мой и больше ничей, слышишь?

— Да, батя, да... Только ты не волнуйся, тебе нельзя волноваться! У тебя сердце...

— Да, у меня сердце! У меня сердце разрывается, ты мне его рвешь, топчешь ногами, ты делаешь мне больно! У меня инфаркт, а ты всё добиваешь своего старого больного отца и добиваешь!

— Батя, батя... — Митя, услышав страшное слово «инфаркт», снова разрыдался. — Нет, что ты говоришь! Ну, пожалуйста! Эля! — Прислонив телефон к боку, чтобы отец не услышал, он отчетливо, но негромко позвал девочку, которая отошла на приличное расстояние, но, услышав, что Митя как-то слишком возбужденно разговаривает с отцом, остановилась и прислонилась к закрытым чугунным воротам на въезде в старый двор.

Митя замахал ей рукой, не рискуя ничего говорить. Эля подошла к нему.

— Звони на «скорую»! Отцу плохо! — зашептал он ей.

В трубке, которую он по-прежнему крепко прижимал к боку, был слышен громкий голос отца.

— Да, батя...

— Ты... — услышав Митю, Филипп заговорил тише. — Ты где? Ты здесь? Последние слова хочу тебе сказать...

— Нет!!! Нет!!! Эля, что делать? Что ты стоишь! Звони, звони!

— Куда? — Элька испуганно смотрела на Митю, ничего не понимая.

— Надо отцу «скорую», у него инфаркт, да господи, что я здесь делаю! — Митя покрутил головой, подхватил виолончель, стоявшую у его ног, и бросился куда-то бежать.

— Ты куда? — Эля догнала его, попыталась остановить.

— На вокзал, в аэропорт, не знаю!

— Матери позвони... — посоветовала Эля.

— Да, правда. Батя, ты как?

— Нет, сына... — Филипп хорошо теперь слышал, что происходит у Мити. — Поздно. Лучше послушай меня. Не надо «скорой». Не успеют. Да я и до двери не дополэу. Все, кончено. Уходит твой батя. Ни с кем сейчас не разговаривай. Отойди от этой женщины, которая сбивает тебя с толку. И послушай меня. У меня осталось несколько минут. Может быть, меньше. Все, что ты можешь для меня сейчас сделать — это выслушать меня.

— Да, хорошо. — Митя опустил голову, изо всей силы махнул рукой Эльке, чтобы та не шла за ним, и отошел в сторону.

Какая-то пара туристов обошла Митю, с удивлением глядя, как мальчик плачет, не замечая, что слезы катятся у него по лицу. Женщина обернулась все же и по-английски спросила:

— Need some help?[1]

— Нет, — Митя покачал головой. — Да, батя, я слушаю.

— Сына, вот тебе мой последний наказ: ты должен стать виолончелистом с мировой славой.

— Да, батя.

— Ты должен идти по жизни один. Женщины — лишь средство. Если от них есть удовольствие, пусть будут, но на расстоянии, и ничего не требуют. Ты им ничего не должен. Просто быть с тобой — уже для них счастье.

— Да, батя.

— Та, что теперь рядом с тобой — не твоя. Тебе такая королева не нужна. Слышишь меня? — Филипп говорил медленно и слабо.

— Да, батя, да... Батя, не умирай, прошу тебя, не оставляй меня здесь одного...

— У каждого свой срок, сына...

— Я матери позвоню...

— Не надо сына. Уже поздно. Мне никто не поможет. Прощай!

— Нет!!! Нет!!!

Митя услышал гудок в трубке, стал перезванивать, но отец не брал трубку. Митя пытался снова звонить ему, потом опустился на землю, закрыл лицо руками и беззвучно зарыдал, трясясь и вздрагивая.

Элька быстро подскочила к нему, присела рядом:

— Митенька, Митя...

Он поднял на нее страшные глаза:

— Пошла вон от меня!

— Митя... — оторопела Эля, не веря своим ушам. — Ты что говоришь?

— Все из-за тебя! Это ты! Это из-за тебя! У него сердце не выдержало из-за тебя! Господи, какой я идиот, какой я дурак... Батя, батя... — Митя плакал, размазывая слезы, приговаривая что-то, сбиваясь, путаясь в словах, раскачиваясь, пока ему не стало плохо от слез.

---

[1] Нужна помощь? *(англ.)*

Эля сидела в сторонке, не зная, что ей делать. Она видела, как плохо Мите, решила не обращать внимания на его грубость. Сходила в лавочку неподалеку, купила воды. Поставила бутылку рядом с Митей.

— Выпей воды, — осторожно сказала она. — Постарайся успокоиться...

— Успокоиться?! Успокоиться?! Мне успокоиться?!! Да ты... Да ты... Как ты смеешь! Батя... Мой самый близкий человек умер, а ты...

— Умер?! — Элька аж подскочила. — Кто умер? Митя, ты что? — Она попыталась встряхнуть мальчика за плечи, но он так оттолкнул ее, что девочка упала и слегка ударилась головой о стену старого дома, у которого они сидели.

Мимо шла пожилая женщина, что-то с неодобрением сказала по-латышски, глядя на них. Услышав, что они говорят по-русски, повторила:

— Очень плохо, не надо так сидеть у нас! У себя сидите, пейте, курите, у нас не надо!

Эля посмотрела на нее. Чем-то похожа на Элину бабушку — строгая, аккуратно одетая, может быть, бывшая учительница. Она думает, наверное, что Эля и Митя — пьяницы, наркоманы. Что ей сказать? Ничего. Обидно, несправедливо и совершенно сейчас некстати.

— Мить... — Эля держалась за голову, которая разболелась от ушиба. — Пойдем, а... Нехорошо здесь сидеть...

— Я домой сейчас поеду... Возьму паспорт, чемодан и поеду.

— Хорошо, конечно. Только я думаю, нужно успокоиться сначала, позвонить матери...

— У меня больше никого нет... Всё... Мир теперь пустой... Отец был для меня всем.

— У тебя есть мать, Митя, и потом, с чего ты решил, что он... — Эле было трудно выговорить это, — умер?

— Что? Что ты говоришь? Что ты вообще здесь делаешь? Что я здесь делаю?

— Митя... — Эля снова попробовала погладить Митю по плечу и протянула ему бутылку воды. — Попей воды и попробуй позвонить матери.

— Зачем?

— Она должна знать, если что-то случилось. Поехать домой. Может быть, можно еще помочь. Иногда все решают минуты...

— Да? — Митя от неожиданных для него слов аж подскочил. — А что ты раньше не сказала? Ему можно еще помочь? Еще не все потеряно?

— Думаю, да. Может, он просто сознание потерял...

Митя быстро набрал номер матери.

— Мам, звони бате, ему плохо, точнее, он... — Митя запнулся, посмотрел на Элю, та покачала головой, он не стал договаривать. — Звони!

Он взял бутылку воды, залпом выпил, заметил, что Эля трет голову и морщится.

— Что с тобой?

— Ударила голову.

— Осторожней надо быть! — сказал Митя.

— Мить, это ты меня толкнул!

— За дело, значит, — пробурчал Митя, сам удивляясь своим словам. Ведь он бы не так сейчас сказал. Это сказал как будто кто-то другой внутри него, сильный, одинокий, тот, кому надеяться не на кого, только на себя самого. — Пошли. Поесть надо. Силы нужны будут.

Эля пожала плечами и встала.

— Мить, я понимаю, у тебя проблемы, но зачем так со мной разговаривать?

Митя, сощурив глаза, посмотрел на девочку.

— Разговариваю, как хочу. Сколько мы денег заработали?

— Что?

— Что слышала. Сколько мы денег заработали, когда позорились на улице, продавали свое искусство?

Эля вздохнула и достала горстку мелочи из кармана.

— Вот, и еще я потратила семь евро, купила родителям подарок.

— А! — Митя выразительно улыбнулся. — Позорились вдвоем, тратила одна!

— Митя... Остановись, пожалуйста, это как будто не ты говоришь.

— Да, мам... — Митя схватил трубку. — Что? Ответил? А как он? Плохо... Бросай все, езжай к нему, прошу тебя! Вызывай врача, будь со мной на связи... Как не отпустят тебя? Ты что?! Мама, я прошу тебя...

— Как отец? — Эля вопросительно смотрела на друга.

— Тебе-то что? Все из-за тебя.

— Хорошо. Точнее — плохо, Митя. Я ничего не понимаю, но спорить сейчас с тобой не буду. Ты хочешь, чтобы я отдала тебе деньги, которые мы заработали?

— Что? Какие деньги? О чем ты сейчас говоришь? Ты не поняла, отец — жив!

— Я же тебе говорила!

— Ты... Да ты... Ты так равнодушно об этом говоришь... Ты... Он был прав... Ты... Зачем я, дурак, с тобой поехал... Зачем... — Митя с ненавистью смотрел на Элю. Как он мог восхищаться этими плечами, волосами. Дешевка! Дешевка она и есть. Показывает всем свое тело, обтянула ноги, все просвечивает, и рубашка непрозрачная, а просвечивает, и он, дурак, предал отца ради нее...

Митя резко развернулся и ушел прочь. Тяжелыми шагами взрослого мужчины. Шел, шел, собрал слюну — сколько было в пересохшем рту — обернулся на Элю, смачно плюнул и пошел дальше — вперед, туда, где никого нет, есть только он, его близкие и его крест, его слава, его музыка.

Эля постояла, глядя на своего друга, и пошла в другую сторону. Как странно все произошло. Как будто влетело что-то постороннее и разбило тяжелым молотом все то волшебное, хрупкое, пронзительно-прекрасное, что произошло только что — часа не прошло! — между ними. Что, почему, чем она виновата — непонятно.

Эля посмотрела на себя в низкое окно первого этажа. На подоконнике с той стороны стояла белая орхидея, вся в цветах, как в огромных белых бабочках. Эля видела свои несчастные заплаканные глаза, растрепанные волосы. Она достала телефон и сфотографировала свое отражение.

«Второй день в Латвии. Рига. Я одна. Митя сказал плохие, ужасные, несправедливые слова и ушел. Еще плюнул в мою сторону. Только что он меня обнял, первый раз в жизни, и взял за руку. А потом что-то случилось с его отцом, и Митя решил, что я виновата, и ушел. Завтра конкурс. Может быть, я буду петь одна. Сегодня я пела на улице, тоже первый раз в жизни. Какой-то человек посоветовал мне поступать в консерваторию. Родители, как обычно, ничего не поймут. Им даже бесполезно рассказывать.

Я думала, что Митя — самый близкий человек. Я ошибалась. Допишу потом...»

Эля убрала телефон. Может, попытаться ручкой записать, на бумаге? Все равно на словах получается как-то обыкновенно. Жаль, что она не пишет стихов. Не рифмуется мир. У кого-то рифмуется, у нее — нет.

Эля улыбнулась, глядя, как маленький мальчик старательно отбивает ногой какой-то интересный ритм. Пройдет несколько шагов, потом прыгнет на стену одной ногой, скажет «хоп!» и, подскакивая, идет дальше. Наверно, внутри него звучит какая-то не слышимая никому мелодия, заставляющая его так танцевать на улице. Мать, идущая рядом, то и дело говорила ему:

— Андрис, хватит, Андрис, pietiek[1], Андрис...

Эля услышала, как мальчик засмеялся и стал повторять, подпрыгивая, ловко вплетая свои слова в прыжки:

— Андрис, хватит, Андрис, pietiek...

Может, ей просто подойти к Мите, сказать: «Митя, хватит, Митя, пиэтэк! Я не хочу печалиться, думать о своем одиночестве...» Ведь он должен услышать простые человеческие слова... Хотя он, Митя, такой непростой человек, такой непонятный... Вдруг, наоборот, она оттолкнет его такими словами?

Глава 16

Вечером Эля погуляла одна по морю, сходила поужинать в маленький ресторан, оформленный как квартира. Можно было сесть за столик в библиотеке, можно — в гостиной, в зимнем саду, в детской, даже в спальне — удобно расположиться на низкой кушетке и пить чай с апельсином и корицей, смотря в окно на пустую улочку, светлое вечернее небо — июнь, самое светлое время в году, на крупных белых чаек, низко летающих по городку. Эля села в комнату, оформленную под деревенскую зажиточную кухню, там было уютнее всего — нарядно блестели медные начищенные кастрюли, стояла светлая деревянная мебель, из разных уголков выглядывали озорные лица домовых — сшитых, соломенных, глиняных.

Эля полистала меню. Да, когда у тебя нет карточки, на которую папа положил много денег, а в кошельке лишь около двадцати

---

[1] Хватит! *(латышск.)*

заработанных тобой евро, начнешь выбирать, что подешевле, а не что повкуснее... Она взяла блюдо — запеченные баклажаны с белым сыром — которое оказалось и недорогим, и очень вкусным, и еще съела целую корзинку разных булочек, прислушиваясь к своим ощущениям — есть ли какая-то разница, когда блюдо так дорого тебе стоило. Чтобы не думать о Митином поведении, лучше думать о баклажанах и булочках...

Митя наверняка тоже добрался до Юрмалы на электричке, но они ни разу не встретились — ни на вокзале, ни в гостинице. Звука виолончели из его номера слышно не было. Эля понимала, что нужно позвонить ему, зайти или хотя бы написать, но она все оттягивала и оттягивала. Объяснить его грубость было невозможно. Даже если его отцу и стало плохо, при чем же здесь она, зачем было так отвратительно себя вести?

Обратно к гостинице она тоже пошла по морю, повыше застегнув куртку и жалея, что не взяла с собой теплый шарф. Лето летом, а вечером на Балтийском море в июне погода больше похожа на московский ветреный апрель, когда зима уже ушла, а стылый холод еще остался. Эля решила не рисковать, не бродить в такой ветер, свернуть в одну из аллей, ведущих от моря к улочке, где стояла их гостиница. Вдалеке она увидела фигуру. Спутать Митю невозможно. Больше ни у кого нет таких волос, такой походки — одновременно и горделивой, и крайне неуверенной.

Митя разговаривал по телефону, кивал, что-то коротко отвечал, улыбался. Но в основном сосредоточенно кивал. Близорукий, он заметил Элю, только когда свернуть уже было невозможно. Мельком взглянул, махнул рукой, прошел мимо. Эля остановилась и смотрела вслед ему. И что ей с этим делать? Завтра вместе играть. Как он это себе представляет? Даже если сказать себе сейчас, что ей совсем не больно, не обидно, что это все не чудовищно, что так может быть, потому что в жизни вообще бывает по-разному, все равно — как вместе выступать? Как Орлова и Утесов когда-то? Ненавидя друг друга, улыбаться и петь про счастье? У нее, правда, песня не про счастье, а про то, что его больше нет и как хочется его вернуть... Надо сказать себе, что эта ситуация поможет ей.

Эля пошла к гостинице, думая, звонить ли родителям. Если они сами не звонят, значит, еще не освободились. Поэтому смысла нет. Посмотрела, о чем говорят ее одноклассники Вконтакте.

Сходили после выдачи дипломов в парк, кто-то напился, кто-то не стал пить, ее друзья играли в «крокодила» — загадываешь слово и показываешь его без слов, все отгадывают, смешно и увлекательно, только если кто-то не загадает что-то далекое от реальности — философский термин или иностранное слово, которого никто не знает. Название бананового супа племени масаи или особый вид табуретки у каталонцев. Эля почитала переписку приятелей и закрыла ее.

В их компании тоже стало все меняться. Раньше было хорошо и весело. Теперь компания словно пронзена пересекающимися влюбленности. Все влюблены не в тех. К ним прибилась еще тоненькая Ирочка, разговаривающая детским голоском, с усиками над верхней губкой, темноволосая, с пронзительными голубыми глазами и резко очерченными бровями. Пока Ирочка была маленькая, она без ума любила животных — то собак, то лошадей, то всех бездомных и выброшенных на улицу кошек. А когда подросла, полюбила мальчиков. Сначала она была влюблена в Ваню, влюбленного в грубую Таньку. Ходила за ним, как на привязи, приглашала на концерты, на выставки. Он отказывался, тогда она стала приглашать его вместе с Танькой. Так они втроем целую зиму куда-то ходили. На уроках стало обычным делом: Ваня смотрит на Таню, Ирочка — на Ваню, а Танька наслаждается тем, что нравится Ване и что она очевидно лучше Ирочки. Потом Ирочке это надоело, она резко бросила Ваню, которого так и не добилась, и стала ухаживать за Костиком.

Костик всегда рядом с Элей, рядом с ним — Софья, которая оберегает Костика от Элиных дружеских насмешек, защищает, отстаивает его мужские права, мужскую гордость, потому что Костик сам ничего отстоять не может, краснеет, смеется, толкает Элю, ненароком прижимаясь к ней своим костлявым телом, говорит: «Дура!» — и убегает подальше, потом приходит опять, просит есть или проверить математику. Но Ирочка стала обхаживать Костика внезапно и энергично. Теперь уже она приглашает Таньку и Костика — на праздник воздушных шаров в торговом центре, на выставку промышленного текстиля, на презентацию книги о развитии кораблестроения в России, после которой обещали бесплатно накормить и сфотографировать для научно-популярного журнала. Тане интересно попасть на страницы журнала, Костику — поесть. Он из вполне обеспеченной семьи, дома его кормят хорошо, но он всегда хочет есть и на слово «еда» реагирует как на пароль. Костик идет туда, где еда. Поев — туда, где Эля.

Никто из подружек ни слова не написал ей. Странно, почему. Хотя бы Танька, которая ревностно не дает Эле сесть ни с кем, кроме нее, и сама громогласно называет себя лучшей подружкой. Ходит с Ирочкой на презентации и выставки и требует безоговорочной Элькиной дружбы.

Дружить с Таней — это все бросить и болтать с ней часами, если Тане становится грустно, делать за нее вариант по математике и физике, проверять ее сочинения, в которых Таня может сделать тридцать-сорок грамматических ошибок, читать Танины стихи, которые она пишет в стиле японских хокку, только на русский манер, и не про природу, и не тонко... «Вот и лист упал. Блин! Чё б ему еще не повисеть? Осень». Зато мальчикам нравится, они хохочут.

Элька посмотрела на фотографию смеющихся друзей. Они снялись в парке. Ирочка, тесно льнущая к Костику, Танька, выставившая вперед тонкие губы и сбившая волосы на глаза, так что те начали слегка косить, София с непроницаемой улыбкой, стоящая с другой стороны от Костика, близко, но порознь, София не позволит себе прикасаться к мальчику напоказ, ее восточная гордость не позволит, Ваня, на всех фотографиях с вопросительной улыбкой смотрящий на Таньку, Костик, разрумянившийся, и, как обычно, потерявший равновесие в момент, когда стали фотографироваться, и еле держащийся на ногах — ноги так сильно выросли совсем недавно, Костик управляться пока с ними не научился...

Почему так все горько? Почему такие несовершенные отношения? Почему еще полтора-два года назад они дружили без оглядки, смеялись, ходили гулять в парк, играли в мяч, в «крокодила», вместе смотрели фильмы, а теперь... Может, все-таки позвонить родителям? Эля, вздохнув, набрала их номер.

— Элька! — обрадованно выдохнула мать. — А мы звоним-звоним тебе, связи нет...

— Я на море гуляла.

— На море? Ну и как там, дочка, хорошо?

— Хорошо...

Ну что она спрашивает... Море — это море, а Эля — это Эля. Просто от моря счастливым не станешь, по крайней мере, в пятнадцать лет.

— Элька, сейчас я отца дам. Он тоже хочет с тобой поговорить.

Как будто Лариса сейчас с ней поговорила. Если это называется разговор с матерью, когда у тебя кошки на душе скребут...

— Элька, как ты? Добралась до Юрмалы?

— Добралась, пап. Завтра конкурс.

— Выспись, дочка. У тебя все хорошо?

Сказать? Кому из них? Как это сказать, как описать то, что произошло днем? Неужели отец сам не слышит по голосу, что ничего хорошего у нее нет? Как сказать — он меня обнял и взял за руку, а через несколько минут наорал на меня ни за что ни про что, плюнул в мою сторону и ушел? Его отцу стало плохо, я не так отреагировала, но Митя же говорил такую ерунду, даже страшно повторять...

— Пап...

— Ты грустишь? Надеюсь, ты поела хорошо?

— Хорошо, пап.

— А что ела? Как там кормят?

— Кормят на убой, пап.

— Сколько раз в день?

— Восемь, пап.

— Во-осемь? Может, и мне к тебе прилететь на пару деньков?

Было бы неплохо, папа, если бы ты отдал часть дел своим заместителям и прилетел ко мне на пару деньков, да хотя бы на день...

— Прилетай, пап.

— Хм... хм... — закряхтел Федор. — Вот, значит... Ну куда мы с матерью от фабрики денемся... Сама знаешь...

— Знаю, пап. Все хорошо.

— Дочка, дочка... А хлеб их пробовала? Не забудь привезти что-то.

— Пробовала, целый день ем хлеб.

— Эля... Ну-ка, знаешь ли... Включи-ка скайп. Хочу на тебя посмотреть.

— Нет связи, пап.

— Точно?

— Точно. Интернета нет.

— Европа все-таки... — с сомнением протянул Федор.

— У них кризис, пап. Все уехали на работу в Германию, и урожай пропал, собирать некому, покупать некому...

— Элька, — прервал ее отец, — прекрати болтать. У тебя на самом деле все хорошо?

Элька услышала встревоженный голос матери: «Что у нее?»

Совсем низко пролетели две толстые белые чайки, крикливо переговаривающиеся между собой. В просвет между соснами был виден кусочек свинцового моря, светлого, спокойного, и медленно садящееся солнце в серо-голубой пелене облаков. «Что у нее...» Вопрос-то какой!.. Да ничего у меня, мам! У меня — жизнь. У тебя — жизнь, у папы, у вас вместе, и вот теперь у меня — жизнь. И в ней все не так, как хотелось бы.

— Элька, не молчи.

— Я не молчу, пап.

— Все нормально?

— Все блестяще, пап. Я иду в гостиницу, чистить зубки и ложиться спать. Спокойной ночи, малыши.

— Хорошо... А... — Федор не знал, о чем еще спросить дочь. — А там у тебя не темно, не страшно? Десять часов все-таки...

— Белые ночи, пап. Сейчас сниму закат и пошлю вам.

— Отличная идея, дочка! Завтра утром обязательно позвони перед конкурсом. Мы с матерью в тебя верим. Будь умницей!

Интересно, им не приходит в голову спросить, а как там мальчик, с которым она поехала? Им неинтересно? Они забыли, что она не одна? Они ведь знают, что он Эльке небезразличен... Не хотят лезть? Стесняются? Или им просто все равно? Скорей всего, просто все равно. Сыта, не простужена, и ладно. Отец даже забыл как будто, что она теперь без денег. Забегался. Дел много на работе. Людей хлебом надо кормить!

Элька закусила губу, чтобы не расплакаться. И ведь у нее — прекрасные родители. Они для нее ничего не жалеют. Они о ней искренне беспокоятся. По-своему, как умеют.

По дороге к гостинице она увидела группу детей из своей музыкальной школы. Они шли с пакетами чипсов, смеялись. Здорово все-таки было жить до двенадцати лет. Мир казался другим. Сейчас тоже здорово, но очень сложно и как-то... негармонично, что ли.

— Теплакова! — окликнула ее Ольга Ивановна. — Как дела? Готова завтра всех сразить?

Почему она так с ней разговаривает? Потому что она старше на тридцать или сорок лет? Сколько ей лет? Столько же, сколько Элькиной маме? Интересно, у нее есть своя дочь или сын? Что бы она сказала, если бы с ее ребенком кто-то так разговаривал?

Элька промолчала, улыбнулась.

— Молчишь? Ну-ну. А где твой партнер? Сбежал? Конечно, с таким характером парней не удержишь, даже если у твоего отца миллионы.

— Ольга Ивановна, — не выдержала Элька. — Что вы ко мне цепляетесь?

— Цепляюсь? Я — цепляюсь? — мгновенно завелась учительница. — Ты что, вообще, что ли? Да ты как разговариваешь?

— Как разговариваю, так и разговариваю, — пожала плечами Элька. — Не хуже, чем вы со мной.

— Жизнь тебе покажет! — зло засмеялась Ольга Ивановна. — Прокофьев! — закричала она одному из своих учеников. — Хватит уже объедаться чипсами, смотри, ты и так, как шар, раздулся, завтра лопнешь на конкурсе! А ты, Теплакова, не думай, что тебе все можно, если твой папа всех купил.

— Да кого он купил? Что вы говорите?

— Всех купил. И если тебе завтра что-то дадут, значит, и здесь всех купил. И голоса у тебя нет. Так, ничего особенного. Полно таких голосов. Просто у других возможностей нет. А тебе отец деньгами дорожку выстелил. Точнее, булками!

Элька знала, что обижаться, если тебя нарочно хотят обидеть, — последнее дело. Но слезы выступили сами собой. Глупость какая... Дорожку ей булками выстелили... Представишь такую картинку, плохо станет... Она побыстрее отвернулась. Вот черт, зря она этой дорогой пошла, надо было возвратиться по морю. Но ей казалось почему-то, что здесь она может встретить Митю. А ведь надо как-то помириться перед завтрашним выступлением. В номер к нему идти неудобно, лучше поговорить на улице.

Что случилось с Ольгой Ивановной? Неужели ей понравился Митя и она ревнует, галиматью такую несет? Но он же младше ее лет на тридцать, двадцать, сорок... Непонятно, на сколько, но сильно младше... Хотя это обстоятельство не мешает Марине Тимофеевне увиваться за Митей в школе... Все уже шепчутся... И не одной Марине хочется потрогать Митю, приобнять, причесать ему волосы, потрепать по щеке...

Эля развернулась и пошла к гостинице, не обращая внимания не то, что Ольга Ивановна нарочито громко стала рассказывать детям, что конкурс — дело очень субъективное и побеждают, как правило не сильнейшие, а самые богатые. Зачем ехать сюда было тогда?

— Какая приятная встреча! — Никита догнал Элю и ловко подхватил девушку под руку.

— Я тебя не видела...

— А я давно тебя видел, по другой стороне улице шел. Думаю, ну кто же такая красивая идет... Задумчивая... Что, привязалась к тебе эта тетка? Кто она?

— Привязалась... Это наша преподавательница из музыкалки, привезла сюда детей. Да ну ее! Она слишком волнуется перед конкурсом, так вымещает свое волнение.

— Ты — хорошая... — Никита ненароком поправил Эле волосы. Девочка чуть отстранилась. Он усмехнулся. — Пойдем, я тебя угощу?

— Я не голодна.

— Выпьем чаю... Такое милое кафе у моря... Пойдем, пойдем, сниму тебя на закате... Закат никогда не повторяется. Каждый вечер новые картины. Изумительно... Идем!

Эля колебалась. Она ведь хотела помириться с Митей... Но где его искать...

— Хорошо, только недолго. Я бы и правда еще выпила чаю. Очень стылый вечер.

— Пошли, пошли... Красивые слова знаешь... — Никита попытался взять девушку под локоть, но она аккуратно высвободилась.

— А знаешь, мне даже нравится, что ты такая недотрога! — засмеялся он. — Отвык совершенно от этого! Всё доступно, все сразу в первый день остаются у меня до утра, а хотели бы и до вечера...

— Вот прямо так все? — тоже засмеялась Эля.

— Нет, есть феминистки, которые не задерживаются. Получают удовольствие и уходят.

— Давай не будем продолжать эту тему? — попросила Эля.

— Стесняешься?

— Просто есть другие темы.

— Вот, давай сюда, видишь, как здесь уютно... Сейчас закажем чай и... выпить чего-то, да? Рижский бальзам со смородиной пробовала?

— Я буду только чай, Никита.

— Мило. Я, кажется, начинаю в тебя влюбляться.

Эля смотрела на симпатичного молодого человека и думала — вот когда так легко, не смущаясь, говорят об этом, это ведь неправда? Ну не стал бы он говорить, что влюблен, если бы это было на самом деле. А Митя? Митя — влюблен? А если нет, зачем тогда утром набрался духа и взял ее за руку... Бесконечный день... Все это было только сегодня утром...

— О чем думаешь? — Никита налил ей чаю и пододвинул чашку. Провел пальцем по руке. — Рука нежная, холеная... Ничего не делаешь дома, да? Булочки сама не печешь?

— Не пеку... — покачала головой Эля. — Есть кому печь...

— А думаешь — о том пацане? Не думай о нем, толка не будет.

— Почему? — Эля подняла глаза на Никиту.

— Потому что не будет. Он весь в своем пупке, понимаешь, что я имею в виду?

— Это такое норвежское выражение?

— Нет, это русское выражение, Эля! Весь на себе зациклен! Не видит дальше своего пупка. И тебя не видит. Смотрит не на тебя, какая ты прекрасная или что у тебя в душе, а как ты к нему относишься. Ловит другие взгляды... Я же видел! Какие-то дуры на него в ночном клубе пялились, так он весь искрутился, раз посмотрел, два, оборачивался, когда мы уходили... Для него важна не женщина, не девушка, а количество поклонниц, уверяю тебя. Я таких знаю.

— А ты не такой, — уточнила Элька.

— Я? Я, конечно, не такой. И послушай, даже если я тебе не нравлюсь и у нас ничего не получится, с этим пацаном тоже не стоит ничего начинать. Или... Или уже начала?

— Что ты имеешь в виду?

— Я имею в виду, насколько далеко зашли ваши отношения. Эля улыбнулась. Никита не так понял ее улыбку.

— И ничего страшного! Порвать можно в один день. Особенно если есть уже другой...

— Я не это имела в виду, — покачала головой Эля. Как ему объяснить? Если сказать, что Митя взял ее сегодня за руку, наверно, Никите будет смешно, у него другие критерии, другой мир, много разных девушек, которые задерживаются до утра или не задерживаются... — Пойдем? Мне надо спать ложиться.

— К тебе на чаек в номер не проситься? — подмигнул Никита. — Смысла нет?

— Никакого.

— Здорово. Самое неожиданное и приятное приключение в Юрмале. Жду твоего завтрашнего выступления. Будут, кстати, выбирать самую красивую пару фестиваля, я слышал в кулуарах...

— Да?

— Да. Мы с тобой за пару не сойдем? Давай-ка сделаем селфи... — Никита ловко сфотографировал себя вместе с Элькой. — Отцу пошлю. Я ему уже сказал, что влюбился.

— Ты так просто об этом говоришь...

— А что мудрить? Шел-шел и влюбился. Я же знаю цену своим чувствам. Я давно не влюблялся уже.

— А как же те девушки, которые у тебя задерживаются до утра?

— Ты что, думаешь, я в каждую из них влюблен?

— Ужас... — искренне передернула плечами Эля. — Какой цинизм!

— Ты — прелесть, стоило за этим ехать на фестиваль.

— Да я обычная, Никит! Всё, хватит, у меня и так сегодня настроение не очень, а с этими разговорами...

Никита попытался обнять Элю, погладить по спине. Та уклонилась.

— Ладно! — улыбнулся молодой человек. — Ладно. Я не обижаюсь. Это даже мило. Я от такого отвык. Если что, я в тридцать седьмом номере.

Эля пожала плечами. Отвык-то отвык...

У себя в номере Эля подождала, не зайдет ли Митя, не стала переодеваться ко сну. Митя не зашел, родители больше не позвонили. Эля попробовала почитать — нет, не читается, даже Чехов, которого она может читать в любое время, сегодня как-то говорил о своем. Не о ней. То, что было у нее в душе, не интересовало никого. Эля открыла группу Вконтакте. Одноклассники, как обычно, шутливо переругивались, девочки всё ставили фотографии с пикника в парке.

Вот Ирочка уселась на колени к Костику Волоконскому, Костик смущен, смеется во весь рот, красный, во рту зеленеют яркие брекеты... Ирочка его то ли нюхает, то ли щекочет носом, обвив руками, ногами... Вот Таня фотографируется, нарочно скривив и без того не очень красивое лицо.

Какая удивительная мода — чем страшнее, чем более отталкивающая получается фотография, тем моднее, тем она популярнее. Мода на страшное, на извращение, на перевернутое, неправильное... Что-то ведь такое уже было в истории культуры? Вот об этом она бы с удовольствием поговорила с Никитой, а не о том, до которого часа у него задерживаются девушки, которых он пригласил домой.

Эля полистала дальше фотографии класса. Все старались сняться как-то уродливо, необычно и обязательно в неприличном виде. Даже сдержанная София умудрилась сесть в такую откровенную позу, что вряд ли бы ее восточным родителям это понравилось. А понравилось бы Федору и Ларисе, если бы они узнали обо всех Элиных приключениях за сегодняшний день? Хорошо, что она не делает фоторепортажи о себе и не выкладывает в сеть.

Вот она с Митей за ручку, вот она с Митей в обнимку — неловко, ну и ладно, все равно в обнимку, вот он ее оттолкнул, она ударилась головой, вот Митя сидит, рыдает, она рядом с ним на корточках, предлагает ему воды, вот Митя ушел, обернулся, плюнул, его яростное лицо, глаза, полные ненависти... А вот она с Никитой, сладким, приятным, обходительным... Сколько раз сегодня Никита пытался ее обнять? Раз сорок? И по руке погладил, и по волосам, и по щеке, и по плечу, и по спине, и опять по руке, она уворачивается, а он все гладит и гладит... Если бы все это снять, вот бы класс взорвался... Это тебе не нарочитые селфи — смотрите, вот я с вытянутыми вперед губами, с одним закрытым глазом, вторым подсматриваю, чтобы не промахнуться, а меня как будто тайный поклонник, очень загадочный, фотографирует...

Эля услышала, как кто-то тихо постучал в дверь. Митя. Больше некому так робко стучать. Она быстро подошла к двери и открыла ее. За дверью стоял Никита с милым букетиком.

— Это вам, девушка. Чтобы вы засыпали с уверенностью, что о вас думают.

— Спасибо... — Эля не смогла скрыть своего разочарования.

— Не пустишь?

— Нет. Я...

— Хорошо. — Никита извернулся и чмокнул ее в щеку. — Вот, не более того. Спокойной ночи, детка.

Эля вздохнула и закрыла дверь. Танька бы порадовалась. Она коллекционирует даже каждое «Пошла ты!», считая и такие слова проявлением особого мужского интереса. А Эля ждала другого человека, который не удосужился зайти или написать короткое сообщение. Может быть, стоит спросить о здоровье его отца? Эля видела вечером, что Митя шел по улице с телефоном в руке совершенно не огорченный, разговаривал сосредоточенно, но без слез, спокойно, нормально. Наверно, все с отцом в порядке.

Эля легла спать, думала о сегодняшнем дне и никак не могла уснуть.

❖ Как отец? — все же написала она.

❖ Спасибо, уже лучше, — тут же ответил Митя.

И больше ничего не написал.

Эля подождала, написала сама:

❖ Ты волнуешься перед конкурсом?

❖ Нет.

❖ А я волнуюсь.

Митя ничего не ответил. Она тоже не стала продолжать разговор. Не хочет говорить, так не хочет. Он даже не извинился за сегодняшнюю грубость.

Эля долго не спала, слышала, как по коридору бегали дети — вся гостиница была заполнена конкурсантами, их отправляли спать, они затихали, потом снова раздавался смех, топот... Эля наконец уснула и через некоторое время проснулась оттого, что услышала звук виолончели. Или ей это показалось? Приснилось? Тихий, далекий, мучительный... Да нет, играет... Кроме Мити, некому. Больше с виолончелью на конкурсе никого нет. Что-то его мучает, что-то не дает спать. Или же он просто волнуется и репетирует, до бесконечности, свою несложную партию.

Глава 17

— Прости. — Митя через силу посмотрел на девочку. — Я был груб вчера.

Эля улыбнулась. Митя вышел на завтрак взъерошенный, видимо, только что помыл голову и не расчесал волосы.

— Ладно, прощу. Больше так не ори, хорошо?

— Я псих, — сказал Митя. — Мы с батей — психи.

— Митя! — Эля даже всплеснула руками, так легко и серьезно ее друг это сказал.

— Что, все можно просто так брать? — Митя оглянулся.

— Ну, вчера же брали...

— Я думал, это как на фуршете было... Продолжение...

— Ну да, вроде того. Шведский стол, завтрак, каждый день. Бери, не стесняйся.

Митя набрал себе огромную миску творога и столько же каши.

— Лопнешь, — предупредила Эля. — Играть не сможешь. Впрок не наешься, зря.

— Наемся, — буркнул Митя. — Что, деньги, что ли, тратить, когда можно бесплатно? У тебя денег слишком много?

— Ненавижу такие разговоры.

— Когда денег много, такие разговоры можно ненавидеть, — упрямо ответил Митя.

— Митя, ну пожалуйста... Не сейчас... Мы сюда ехали ради этого дня, чтобы нормально сыграть... Не надо говорить о деньгах, не надо наедаться так, чтобы стало плохо...

— Сам разберусь, — негромко, но резко ответил Митя.

— Только что извинился за грубость... — покачала головой Эля.

Со стороны никто не мог бы подумать, что этот симпатичный, симпатичнейший, интеллигентный с виду мальчик может быть так груб.

— Я же сказал: мы — психи.

— Митя... — Эля отложила булочку. — Ну, послушай. Ты — это ты. А твой отец — совсем другой человек. Другая личность. Почему ты так часто говоришь «мы»?

— Ты хочешь меня воспитать? Переделать?

— Нет, я... — Эля растерялась.

Митя жадно стал есть.

— Ты не ел ничего вчера? — догадалась Эля. — Экономил деньги?

— Ничего я не экономил! — проговорил Митя с набитым ртом.

Эля вздохнула. Неожиданная сторона жизни. Может, ей и полезно в такое окунуться.

— Я хотела сказать, что у вас с отцом... как будто сросшиеся личности, как братья-близнецы... сиамские...

— Ага! — радостно кивнул Митя.

Эля развела руками.

— Но так же не должно быть! Сиамские близнецы — это уродство, несчастье! У ведь тебя — одна жизнь, судьба, у него — другая...

— Я люблю его! — упрямо пробубнил Митя. — Ешь, а то сил не будет!

— Да я и вчера поела, и выспалась отлично... Это ты ночью играл, кажется...

Митя поднял на нее глаза.

— Я умею переводить свои чувства в творческую энергию...

Что-то он такое хотел еще сказать, отчего Эле неожиданно стало приятно и горячо. Митя задержался взглядом в ее глазах, сам растерялся, побыстрее уткнулся носом в чашку.

— Привет! — к ним подошел улыбающийся Никита с тарелкой в руках. — К вам можно присесть?

— Садись, — кивнула Эля.

Митя протянул Никите руку, они пожали руки. Интересно, стал ли бы Митя протягивать руку, если бы знал, как активно Никита вчера обхаживал Элю? Эля взглянула на Никиту. Тот невозмутимо улыбался, глядя на нее, сел рядом с Митей, напротив девушки.

— Боишься? — спросил он почему-то одного Митю.

— Не-а! — Митя, как мужик, откинулся на стуле, развалился, широким движением вытер рот.

Наверно, так делает его отец, догадалась Эля. Митя был сейчас похож на взрослого, чуть простоватого, грубого мужчину. Так хотел быть похожим...

— А я боюсь, — ответила Эля.

— А ты не бойся! — подмигнул ей Никита. — Я буду в зале, за тебя болеть! Как, цветы мои стоят, не завяли?

Он нарочно спрашивает, поняла Эля. Нарочно подкусывает Митю, провоцирует.

Митя поднял глаза на Элю. Смотрел только на нее, ничего не сказал ни ей, ни Никите, резко отодвинул от себя тарелку, рывком встал, отбросил стул и ушел, не оборачиваясь. Что-то нехорошее проговорил? Или Эле показалось? Так, может быть, надо было с Никитой разбираться, если ему не безразлично, а не на Элю злиться?

— Прости, мне надо спешить... — Эля побыстрее ушла в номер. Там написала Мите:

❖ Жду тебя через пятнадцать минут внизу. Пойдем в концертный зал вместе.

❖ Ок, — ответил Митя.

Вышел с опозданием, но взглянул на нее довольно мирно, говорить ничего о Никите не стал. Эля объяснила сама:

— Он вечером пригласил меня выпить чаю и потом принес букет цветов в номер.

— Я тоже могу тебе цветы купить, если хочешь, — проговорил Митя.

— Успокойся! — засмеялась Эля. — Разве дело в цветах! Надо будет еще пройти песню...

— Ага...

Эля услышала, как в кармане у Мити зазвонил телефон.

— Да, батя... Иду... Да... Ага...

Митя отстал от девочки и стал разговаривать с отцом, нормально, доброжелательно. Эля слышала, что Митя ничего не спрашивает о его здоровье, говорит кратко о себе, значит, с отцом все не так плохо. Потом Митя стал смеяться, еще больше отстал от нее, Эле даже пришлось приостановиться, чтобы мальчик ее догнал. Митя махнул ей рукой: «Иди, догоню!»

— Да, батя, с ней идем... Да... Хорошо... Иди-иди! — крикнул он девочке. — Не заблудишься?

— Да нет... — пожала плечами Эля. — Странно как-то... Ну, хорошо...

Эля пошла к концертному залу, стараясь не задумываться, не расстраиваться... Ведь, наверно, с этим что-то трудно поделать — то, что с Митей постоянно присутствует его отец. Везде, всегда.

Она подошла к залу, где уже шел конкурс, пожалела, что не пришли раньше — комиссию объявляли в самом начале. На дверях зала висел список конкурсантов, она его знала, им прислали по электронной почте, до их выступления оставалось еще семь или восемь номеров. А вот и список членов жюри. Кто в жюри, до конкурсного дня не разглашалось, наверно, чтобы некоторые конкурсанты или их педагоги не пытались договариваться, не просили прослушать их накануне.

Эля читала фамилии и звания членов комиссии: профессор, зав. кафедрой музыкальной академии, даже проректор, продюсер, главный режиссер музыкального театра, известная певица в возрасте, итальянский композитор... Кроме певицы, Эля никого не знала, но порадовалась, что жюри будет компетентное.

— Председатель — Рушайтис... Ну, понятно... Одних латышей будет отбирать на гала-концерт, притом джаз. Больше никому ничего не даст... — Эля услышала, как переговариваются две женщины рядом, обе чем-то похожие на ее Елену Самуиловну. Жаль, что та не поехала. Эле не было бы так одиноко и тревожно. Еще лучше, если бы поехали родители, но это вообще из области фантастики, чтобы ее родители, как у других детей и подростков, приехали вместе с ней на фестиваль.

— Вы знаете его? — спросила Эля.

Женщины оглядели Элю и ничего не сказали. Эля знала и знает — женщины ее не любят, никакие, ни молодые, ни старые, ни красивые, ни менее красивые. Что-то в ней есть очень раздражающее. Преподавательницы отошли, а Эля прочитала регалии председателя — Э. Рушайтис, оперный певец, профессор Музыкальной академии Латвии и почетный профессор Академии музыки в Торонто.

Хотела посмотреть в Интернете, кто он и что, достала телефон, подумала и не стала. А смысл? Тем более если он не любит русских, а наверняка именно это имели в виду женщины, и из музыкальных стилей предпочитает только джаз, хотя сам поет или пел в опере.

Эля поет на конкурсе португальское фадо — народную песню со сложными голосовыми фиоритурами, но к джазу это не имеет никакого отношения. Джаз по происхождению — тоже фольклор, но совершенно другого народа, другой расы, корни которой уходят в какое-то другое человечество, которое пело и плясало, и так и общалось — друг с другом, с космосом, с духами предков, камней, деревьев — через мелодию, ритмы, они были пропитаны этими ритмами, они любили придумывать несложную мелодию, потом ее ломать, рассыпать на отдельные кусочки, разбрасывать эти кусочки, чтобы совсем забыть про целое, а потом опять — ловко, виртуозно собирать эту мелодию. Это умение у них в плоти. Они умеют рычать, хрипеть, как тигры и львы, петь тонко и высоко, как птицы, там, где уже не поет человек, они умеют слышать ритм и мелодию во всем.

Соревноваться с ними в этом умении бесполезно, так же как с цыганами, горцами — у них поет весь организм, они по-другому созданы, свои песни они поют лучше. Сколько бы ты ни играл ритм дождя, дождь сыграет его лучше — сложный, то замедляющийся, то убыстряющийся, то налетающий шквалом, то еле-еле капающий...

Эля оглянулась — а где же ее друг?

Митя шел, тоже оглядываясь, очки почему-то не надел, в руках у него была сумка, костюм в чехле, он по-прежнему разговаривал с отцом. Неужели все это время они проговорили? И ведь находятся у них темы...

— Понял, батя, сделаю... — Митя кивнул Эле, хотел пройти мимо, но она покрутила пальцем у виска и показала ему, чтобы он остановился. — Понял, все будет, как обещал. Не переживай. Мы с тобой им покажем, да! Целую. Люблю. Да. Люблю тебя. Матери тоже привет передай. Позвоню сразу после того, как сыграю.

— Мить... — Эля с ужасом смотрела на своего друга. — А на чем ты сыграешь?

— В смысле?

— Митя, где твоя виолончель?

— Виолончель? — Митя оглянулся, в растерянности огляделся, посмотрел на свои руки. В одной руке были все вещи, в другой — телефон. — Черт...

— Ты останавливался где-то?

— Не помню.

— А из номера ты ее взял?

Эля попыталась вспомнить, была ли у мальчика виолончель, когда они встретились у крыльца гостиницы. Кажется, нет.

— Я сейчас! Ты жди меня, без меня не пой, ладно?

— Митя, ну что ты как маленький совсем...

— Я — не маленький! — мгновенно вспыхнул Митя. — Я просто... Я готовился... Я отцу обещал...

— Обещал, обещал, молодец! Беги уже, я пойду, предупрежу, чтобы нас передвинули.

— А можно?

— Не знаю, наверно, можно. Скажу, мой товарищ голову забыл, пошел за ней в гостиницу.

— Ага, я мигом...

Растерянный Митя, не наглый, не грубый, был похож на того мальчика, который так понравился когда-то Эле. Грубый на самом деле тоже был похож, только когда эта грубость не была обращена на нее саму. Но не договоришься ведь — ты будь грубым с остальными, будь мачо, будь альфа-самцом, а со мной становись зайкой, милым лохматым спаниелем, воспитанным, дружелюбным.

Эля посмотрела, как Митя убежал в сторону гостиницы, только вздохнула. Ну и как он будет играть после такой пробежки? Плохо? Или очень плохо?

Она заглянула в зал, в темноте жюри видно не было. На сцене пела девушка, пела хорошо, на американский лад, песню без начала и конца, без определенной мелодии. Оценки... Эля увидела, как подняли таблички с оценками, ведущий их озвучил — десять, десять, одиннадцать, десять, двенадцать... Максимум — двенадцать. Надо быть готовым, что придется стоять на сцене с улыбкой и смотреть, как тебе ставят оценку, как в школе... Троечку... Почему тройку? Может быть, вообще двойку. Или все же пятерку...

Эля, обычно достаточно уверенная в себе, сейчас почему-то испытывала непривычное волнение и страх. Не из-за того, что это большой международный конкурс, все равно — не Евровидение и не конкурс Чайковского. Волнение было неправильное, связанное с Митей, она это понимала.

Эля решила больше не смотреть выступления других конкурсантов, подошла к организатору, попросила, чтобы их выступление перенесли на несколько номеров позже, с большим трудом уговорила.

Она отошла подальше от зала, стала распеваться. Очень некстати сюда же в коридор завернула и Ольга Ивановна со своим ансамблем. Эля знала, что они выступают гораздо позже, после вокалистов. Но Ольга Ивановна привела детей заранее.

— А! — Ольга Ивановна увидела ее. — И мы тут как тут! А где же твой друг? Не выспался, не пришел еще? А не выспался — почему? — Ольга Ивановна зло засмеялась.

Эля постаралась пропустить мимо ушей колкий тон преподавательницы. Может быть, она так говорит, потому что ей не нравится погода в Юрмале, или вообще ничего не нравится, или она волнуется...

— Вообще, знаешь, Теплакова, мы-то ладно, нам просто в Европу поехать интересно, показать им, как надо детей учить классической музыке, хотя здесь это никому не нужно, фестиваль попсовым оказался, ты видишь, поют черт-те что. Ну а ты-то куда поперлась со своим голосом? И что Елена Самуиловна думала? Ей-то зачем это надо, эти дипломы? Тебе надо на оперные фестивали ездить, а не сюда. Все равно ничего не дадут, это раз. И... — Ольга Ивановна подумала. — И... — Ничего не придумав, она закричала на ученика: — Прокофьев, на стену не лезь! Кто мыть будет стену от твоих ботинок, а? Вот звери какие!..

— Кто? — ужаснулась Эля. Знали бы родители, что говорит Ольга Ивановна про их детей, не отпустили бы, наверное.

— Да вон, смотри! — Ольга Ивановна показала на ансамбль в национальных костюмах. — Иди, скажи им, чтобы так не гоготали. Я настраиваюсь на выступление, мне мешают.

Эля побыстрее отошла от нервной преподавательницы. Обернувшись, она с удивлением увидела, как та с милой улыбкой посылала воздушные поцелуи какому-то горцу, который выплясывал на месте, развернувшись прямо на нее.

Митя примчался так быстро, что они могли бы и не передвигать свой номер.

— Отдышись и пройдем разок, — попросила Эля.

— Сама отдышись! — буркнул Митя. — Да, батя... — схватил он телефон. — Да, успел. Хорошо... А в начале как тогда играть? Хорошо... Помню... Да... Ищи, есть трансляция в Интернете, ищи-ищи, найдешь, ты же у меня молодец...

— Митя, пожалуйста, можно, ты на секунду оторвешься от отца и вернешься ко мне, а потом ты будешь с ним всю оставшуюся жизнь. Можно так, а?

Митя непонимающими глазами смотрел на Элю.

— У тебя сегодня плохое настроение?

— Нормальное. Нам надо выступить. Подключись ко мне, пожалуйста, отключись от отца.

— Он мне всю партию разложил, ты не понимаешь, — усмехнулся Митя. — Вот и он говорит — она тебя не поним... — Мальчик осекся.

Эля улыбнулась. Ну вот и ответ. Хотя бы что-то становится понятным.

— Иди умойся, Митя, пройдем номер и минут через десять нам уже на сцену.

— Ой... — Митя побледнел. — Да? А я еще не настроен... — Он выхватил телефон из кармана, хотел набрать отца.

— Митя... — Эля положила руку на его ладонь. Митя замер. — Я прошу тебя, сейчас нет времени. И... дай возможность отцу найти трансляцию, не звони ему сейчас.

— Точно! — радостно согласился Митя. — Я быстро, я сейчас.

— Не засни, не провались, не споткнись, не заблудись, не убеги в окно... — Вслед мальчику пробормотала Эля. — И главное, Митя, не звони отцу...

Удивительное ощущение — когда замирает зал, ты на сцене, ты чувствуешь невидимую связь с этими людьми, которые смотрят на тебя, слушают, дышат вместе с тобой. В темноте зала не видно лиц, но зрители — как единый живой организм, настроенный на тебя.

Голос звучал легко, Эля пела с удовольствием, Митя сел с виолончелью чуть ближе к ней, чем обычно, и Эле казалось, что она слышит его дыхание. Митя чуть-чуть отставал от нее, никак не попадал в тот искрящийся, бурный поток мелодии, который ощущала внутри и вокруг себя Эля и в котором неслась — вперед, все выше, выше, на ту высоту, где исчезают грудные ноты, где голос становится тонким, легким, совсем светлым, переливчатым и как лучом режет темноту зала, улетая в небо, в блекло-голубое балтийское небо, виднеющееся по краям зала, из-под огромной наклонной крыши.

Огромная сцена концертного зала Дзинтари сузилась для Эли до крохотного пятачка, выхваченного сейчас светом, и в этом свете стояла она, в своем тонком летящем платье, и Митя, старающийся выразить в музыке что-то свое, бегущий за ней, за ее голосом, и никак не догоняющий.

То, что было, было так коротко. Но это была вся жизнь. После этого уже ничего не будет. Потому что такая встреча бывает лишь раз. Невозможно еще раз так полюбить, невозможно отдать сердце еще кому-то, потому что оно уже отдано. А того, кому оно отдано, больше нет, его забрал океан. И тогда она сядет в лодку, поплывет в открытое море и будет там петь, голосом своим спасая того, без кого жить невозможно. Ведь, может быть, он еще не погиб, может быть, он плывет из последних сил, и, услышав ее голос, наберется сил, и найдет дорогу, выплывет, справится с жестокими, бессмысленными волнами, забравшими у нее ее самое дорогое, единственное.

— Браво! — крикнули несколько голосов, после того как Эля спела последнюю ноту — долгую, высокую, растаявшую в тишине зала.

Публика похлопала, ведущий, как обычно, объявил:

— Прошу оценки жюри!

Члены жюри стали поднимать оценки.

— Одиннадцать, одиннадцать, двенадцать, одиннадцать... — читал ведущий. — Гм... Прошу вас, уважаемый профессор Рушайтис... Ваша оценка...

— Моя оценка... — Председатель жюри взял микрофон и встал, чтобы его было видно в огромном зале. Луч света тут же выхватил его, и Эля, не сразу, не веря своим глазам, разглядела в нем вчерашнего «дядечку» из кафе, который советовал ей беречь голос и больше не петь на улице... — Моя оценка такая. Госпожа... м-м-м... — он посмотрел в бумаги, лежащие перед ним, — Теплакова, можно вас попросить спеть а капелла последний куплет, вот с того момента, когда у вас ритенуто, замедление, и — до самого конца. Как, другие члены жюри и зал не возражают?

Зрители согласно захлопали, остальные члены жюри кивнули.

— Можно всю песню еще раз! — улыбаясь и кутаясь в большой шарф, сказала известная певица в возрасте и махнула Эле.

Эля обернулась на Митю. Тот, ничего не понимая, растерянно хлопал глазами.

— Мне не играть? — спросил он тихо Элю.

— Нет, наверно.

— Хорошо. — Мальчик кивнул, встал, взял виолончель.

— Погоди, вместе уйдем, когда оценки все объявят, — шепнула ему Эля.

— Я прошу вас спеть еще раз! — доброжелательно, но, чуть повысив тон, повторил Эдмундас. — Пожалуйста, без инструмента! — раздраженно добавил он.

Эля запела. Теперь, когда ей не надо было придерживать себя из-за Мити, голос полетел еще легче, еще свободнее, она пела еще отчаяннее, потому что, не успев ничего осмыслить, чувствовала, что сейчас произошло что-то неправильное, что это разделит их, что их и без того некрепкая дружба только что пошатнулась, что Митя стоит сзади нее, держа виолончель, опустив голову, и переживает. Но она пела и пела, пытаясь музыкой уговорить его не уходить, не расстраиваться, не замыкаться, пытаясь сказать то, что не могла бы сказать словами. Она спела песню с половины и до конца.

Ей хлопали так, как будто только что не слышали это произведение целиком. Эля даже чуть растерялась.

— Двенадцать, — объявил ведущий. — Председатель жюри ставит двенадцать. Простите? — Он увидел, что другие члены жюри, переговариваясь, вновь подняли таблички. — Вы хотите переголосовать? Но у нас не положено...

— Давайте чуть нарушим правила, ради искусства. Как, зрители поддержат наше эмоциональное решение? — Эдмундас снова привстал и обернулся к залу. Все согласно захлопали.

— Ну что ж... — ведущий развел руками, улыбаясь. — Переголосуем тогда... Двенадцать, двенадцать, двенадцать... Все члены жюри единогласно поставили высший балл! Поздравляю! — обернулся он к Эле. — Вы у нас теперь фаворит фестиваля... Пока еще все высшие баллы никому не ставили...

Эля, еще раз поклонившись, сама взяла за руку уже совершенно стушевавшегося Митю и ушла со сцены.

За сценой Митя освободился от ее руки.

— Не надо, пожалуйста, — сказал он. — Я все понял.

— Митя...

— Я! Все! Понял! Без меня! Тебя попросили сыграть без меня!

— Да не без тебя, а без виолончели, Митя. Может быть, он просто инструмент этот не любит!

— Ага, да! Он... Слушай, а откуда я этого дядьку знаю? Он какой-то известный человек?

— Мы вчера его в Риге на улице видели. Помнишь? Он сидел рядом, когда мы играли...

— А-а-а... Я сразу понял! Ты договорилась с ним? Без меня? За моей спиной? Он приставал к тебе, да? К тебе все пристают, все!!! Батя меня предупреждал...

— Митя... — Эля почувствовала, что все волнение, которое ей удалось побороть, сейчас вернулось и собирается выйти слезами. — Замолчи немедленно. О чем я могла с ним договориться, когда я даже не знала, кто он.

— Правда? — Митя перестал кричать и доверчиво посмотрел на нее.

— Правда. Ты... ты такой хороший, когда ты такой вот... — Эля неожиданно для самой себя чуть прислонилась к Мите и провела рукой по его щеке. — Мне с тобой вместе лучше петь, чем без тебя.

Митя кивнул.

— Я старался тебя поддержать игрой. Я хотел быть тебе опорой. Музыкальной. Я нарочно чуть отставал, чтобы не подгонять тебя...

Эля вздохнула, но говорить ничего не стала. Митя не чувствовал во время игры ее ритма, не играл вместе с ней, он, как обычно, делал что-то свое. Но ведь он делал это искренне, он старался, за что его теперь ругать, тем более что ей дали высший балл в результате...

В их небольшую гримерку, где, кроме них, переодевались еще несколько конкурсантов, забежала девушка-распорядитель.

— Теплакова, вас зовут!

Митя вопросительно посмотрел на Элю.

— Мне идти с тобой?

— Пойдем, конечно, мы же вдвоем выступали.

Они пошли за девушкой в какую-то комнату, в конкурсе объявили перерыв.

— А! — обрадовался Эдмундас и протянул Эле руку. Увидев за ее спиной Митю, он нахмурился, но кивнул ему: — Привет!

— Здравствуйте! — широко улыбнулся Митя.

— Послушай, Эля... — Эдмундас взял ее за руку выше локтя и отмахнулся от фотографа, который бежал по коридору, увидел их с Элей в открытую дверь и тут же стал щелкать. — Отойдем чуть в сторону, не буду устраивать пресс-конференцию... Мальчик, закрой, пожалуйста, дверь.

— С той стороны? — горько пошутил Митя.

— Можешь с этой. Но закрой и стой спокойно. Эля, послушай меня. Ты победила, ты будешь петь на гала-концерте завтра, сегодня подготовишь попозже вечером дуэт со звездой, будет кто-то из наших звезд, и свою песню тоже споешь... Одна. Ясно?

Эля увидела в большое зеркало, как Митя, слышавший все, вытянулся и замер.

— Одна?

— Да. Только одна.

— Но... Мы приехали вдвоем... У нас дуэт...

— У вас нет никакого дуэта. Каждый за себя. Особенно он. Послушай меня, у тебя большой голос. Тебе надо учиться. В Москве, в Вене, в Милане, где-то еще, хочешь, приезжай в Ригу, ко мне поступишь без экзаменов... — Эдмундас заметил Митино выражение на лице. — Иди-ка сюда поближе, подходи!

Митя неохотно подошел к ним.

— Что ты сейчас показывал мне лицом? Что ты... — Эдмундас не нашел слова и показал, как Митя ухмылялся, передразнив его. — Твоя партнерша — талант. А ты — нет. Понимаешь? Ты плохо играешь.

Эля ахнула, а Митя стал наливаться краской, хотел уйти.

— Подожди! — Эдмундас силком задержал мальчика.

Тот не решился вырваться.

— Возможно, это не твой инструмент. Если ты любишь музыку, ты можешь стать теоретиком... Не знаю. Возможно, дирижером, если в состоянии охватить целое. Но ты не исполнитель! Не виолончелист. Ты — плохо — играешь, я ведь слышал вас на улице вчера, долго слушал.

— Я... — забормотал Митя. — У меня просто сейчас техника новая... У меня есть еще... Это все не то... Давайте я вам сыграю Моцарта... Это вообще не мой уровень... Я здесь только подыгрываю... Батя говорил...

— Да о чем ты! Какой уровень! Ее вот попроси чижик-пыжик спеть, она споет так, что все плакать от счастья будут. Давление у всех в норму придет, гемоглобин повысится. А ты — Моцарта... Ну, сыграй Моцарта, сыграй!

— Прямо здесь?

— Да, прямо здесь.

— Эдмундас, ваш кофе. — Девушка заглянула в гримерку с подносом, на котором дымился кофе и лежал скромный бутерброд.

— Спасибо, — кивнул ей профессор. — Играй, мальчик. Садись и играй. Докажи. Может быть, правда, ты не смог там открыться? Бывает, редко, конечно, что на большой сцене играть не могут, только в камерной обстановке... Но это же не гитара, не флейта, это — виолончель! Страстный инструмент, но весь в себе, в него надо вкладывать страсть, а он эту страсть поглощает, поглощает, накапливает и взрывает слушателя. Если, конечно, ты что-то вложил в него.

Эдмундас сел напротив Мити.

Митя дрожащими руками протер смычок, вытер ладони, лоб.

— Хозяин морей... — проговорил Митя.

— Это заметно! — усмехнулся Эдмундас.

— Произведение называется — «Хозяин морей»... — еще тише сказал Митя.

— Играй!

Эле было безумно жалко своего друга, она хотела сказать, что не нужно так издеваться над людьми, что Митя талантливый, что он ни в чем не виноват. Но увидела взгляд Эдмундаса — доброжелательный, внимательный, и ничего говорить не стала.

Митя начал играть. Он играл, как всегда — сдержанно, осторожно, как будто слушая что-то внутри себя — что-то печальное, даже угрюмое, небольшое, неяркое, безвыходное.

— Ну, ну!.. — подгонял его Эдмундас. — Та, та-та, та-ри-ра, и — вверх, и...! А! — Он махнул рукой. — Как вы говорите — что и требовалось подсказать.

— Доказать, — поправила его Эля.

— Да, доказать! Тебе не надо играть, понимаешь? Ты — вялый, никакой, у тебя руки не те, в тебе нет огня. У тебя виолончель в руках — мертвая! Мерт-ва-я! — по слогам повторил профессор.

— Вы не виолончелист, — упрямо проговорил Митя. — Вы же учите петь, а не играть.

Эдмундас засмеялся.

— Хорошо, мальчик. Твоя уверенность приятна. Но советую тебе не терять время зря. Лучше учись чему-то другому. Если есть слух, и сила воли, и любовь к музыке — иди в дирижеры, попытай себя. Хотя без огня... не знаю...

— Я буду виолончелистом, — опустив глаза, сказал Митя. — Я буду виолончелистом.

— Почему? — развел руками Эдмундас. — Ну почему? Зачем? Кто так сказал? Господь бог? Господь бог так не сказал, уверяю тебя!

Митя, не глядя на Элю и на профессора, убрал виолончель в футляр. Эля видела, что у него дрожат руки и губы.

— Спасибо, — сдержанно сказала она Эдмундасу.

Тот лишь покачал головой и, улыбаясь, сложил из пальцев сердечко.

— Понимаю. Вот тебе моя визитка, девочка, здесь электронный адрес и всякие мои контакты. Я бы с удовольствием тебя учил, если бы ты приехала сюда к нам, в Латвию.

— Я не буду учиться пению, — сказала Эля. — Я не хочу быть певицей.

— Да что вы, с ума, что ли, оба сошли! — с досадой воскликнул Эдмундас. — Как знаете! Жду тебя завтра на гала-концерте. Трансляция телевизионная будет на всю Прибалтику и Скандинавские страны, так что постарайся. Спроси иди, когда у тебя репетиция со звездой. Выучишь ведь песню за один день?

— Выучу, — вздохнула Эля.

— Я не буду завтра одна петь, Мить... — сказала Эля, когда они, переодевшись, вышли из зала и побрели по улице. — Ой, холодно как стало. Пошли куда-нибудь поужинаем?

— У тебя остались деньги? Или отец деньги прислал?

— Как он может мне прислать деньги? Да нет, осталось что-то. И у тебя же есть деньги.

— Я — это я. Я могу и поголодать. Тебя накормлю, если надо.

— Хорошо, — засмеялась Эля. — Накорми. Надо, я умираю, хочу есть.

— Ты будешь завтра одна петь, хорошо? А я сниму тебя из зала. — Митя, чуть помедлив, обнял девушку, уже довольно ловко. — У тебя такое плечо... Даже под курткой чувствуется...

— Какое?

Митя смущенно пожал плечами. Какое... Такое, что, когда чувствуешь в своей ладони это плечо, ничего больше не надо. Не сразу вспомнишь, как тебя зовут. Не обидно, что тебе только что сказали, что ты напрасно сидишь часами в своей маленькой комнатке и пилишь, пилишь смычком, глядя, как осень сменяет лето, а зима — осень... Не хочется есть, не хочется слышать долгие отцовы нотации и смешки...

Хочется прижать к себе эту нежную, хрупкую девочку, близко, крепко, и идти, идти, по длинной чужой улице, и дальше, туда, где она кончается, переходит в дорожку между сосен, потом в тропинку, потом выходит к холодному морю и тянется бесконечно по побережью. И лишь бы она была рядом... И чувствовать, как в нем рождается, крепнет то мужское, о котором он только догадывается пока, о котором думать и хочется, и рано, и стыдно, но не думать невозможно, о котором ни с кем не поговоришь, и не надо говорить, когда, оказывается, все ясно. Ясно — когда рядом она.

Митя вздрогнул, услышал звонок. Нет, он не готов. Он не может сейчас говорить с отцом. Врать не хочется, а правду сказать невозможно. Отец звонил долго. Перестал. Позвонил снова. И снова. Эля вопросительно посмотрела на Митю. Тот нахмурился. Отец еще раз позвонил, Митя кивнул, как будто отец мог сейчас его видеть, и ответил как можно веселее:

— Да, батя. Все классно. Ты видел трансляцию? Нет? Не нашел. Ясненько... У меня? Все здорово. Да... Оценки... — Он растерянно посмотрел на Элю. — Хорошие... Но... Я не знаю. Результатов еще нет. Да... И я тебя люблю. Она здесь, да. Потому что... Но я не могу... — Митя отошел в сторону.

— Что ты к ней прилип?! — закричал отец. — Что? Сыграл и — отошел! Что ты собираешься делать?

— Не знаю. Ужинать, наверно.

— Вот иди и пожри! Один! Ты обещал мне не терять себя и не терять своей свободы! Тебе это ничего не нужно! Ты не сможешь ничего добиться, если повесишь на себя эти цепи... Чувства — это цепи, понимаешь? Забирают женщины энергию, забирают! Вот ты доволен собой, как ты сегодня сыграл?

— Я — ну да...

— «Ну да» — это не ответ! Недоволен, я слышу! А знаешь, почему? Потому что она тебе мешала! Одному надо было выступать! Не подыгрывать ей, не отдавать все вообще, что у тебя есть!

— Батя...

— Что «батя»? Что «батя»? Батя тут весь на иголках, на валидоле... Ой...

— Что? — испугался Митя, услышав, как отец застонал.

— Да опять сердце... Доведешь ты меня, сына... до могилы...

— Батя, батя... Я... Ты выпей лекарство...

— Самое лучшее лекарство — это знать, что ты отвязался от этой...

Эля стояла в сторонке и видела, как мрачнел Митя от разговора с отцом, отворачивался от нее, говорил что-то тихо, чтобы она не слышала. Девочка развернулась и медленно пошла в другую сторону. Догонит так догонит.

Митя догнал ее и пошел рядом, больше не обнимая и не глядя в ее сторону.

— Все хорошо? — спросила Эля.

Если бы у нее не был такой голос, если бы он не проникал в самую глубину его существа, не заставлял дрожать все, что есть внутри, не мучил, не ласкал, не звал... Тогда бы он ей ответил, может быть, даже отцовскими, самыми грубыми словами, что все хреново. Все плохо, все не так. Но рядом с ней так не казалось.

Митя взял девочку за руку, удивляясь сам себе. Он ведь никогда не врал отцу... Ну, почти никогда. Он только что пообещал ему... Ну и что? Отец — это отец, а он — это он. От неожиданно пронесшейся мысли Митя остановился. Кто это сказал в его голове? Батя ведь любимый, родной, самый близкий... Как он может предавать его такими мыслями? Митя отпустил Элину руку.

Девочка смотрела на него и видела, что в Митиной душе идет мучительная борьба.

Она чуть поднялась на цыпочки и прикоснулась губами к Митиной щеке.

Митя в ужасе посмотрел на нее.

— Так лучше? — спросила Эля.

Митя потрогал свою щеку и кивнул.

— Пошли. — Эля, не оборачиваясь, убыстрила шаг. — Вон там в переулке есть кафе, где обычно много молодежи, там, наверно, вкусно и недорого.

Митя отобрал у Эли сумку с костюмом, опять взял девочку за руку, они переглянулись и больше ничего не сказали до самого кафе. Даже если это плохо, даже если отец был бы против, даже если Митя сейчас что-то делает не так, нет на свете ничего лучше, чем быть рядом с ней, чувствовать ее ладонь в своей, слышать ее голос, ощущать легкий нежный запах ее волос, до бесконечности смотреть на ее профиль — идеальный, идеальный, лучше не нарисуешь, не вылепишь, на ее фигуру — тонкую, гибкую, на эти розовые губы, шелковистые брови...

Митя услышал, как зазвонил телефон в кармане, рывком достал его и выключил, бросил поглубже в сумку. Вот так. Он же свободный человек? Отец все время учил его свободе. А свобода — это свобода. Это означает делать то, чего хочет твоя душа. Его душа хочет быть сейчас с Элей. И никто не может ему помешать, даже отец.

— Мить... — Эля дождалась, пока мальчик посмотрел ей в глаза. — Не обращай внимания, Рушайтис не инструменталист.

— Не понимает в виолончели ничего! Это точно!

— И... и здесь вообще формат не тот.

— Да, все как-то несерьезно.

— Давай зайдем вовнутрь, а то ветер такой поднялся, продует.

Глава 18

Они вошли в кафе, нашли уютный столик у окна, из которого была видна улица, темнеющее небо, красивые неяркие всполохи медленно-медленно садящегося солнца. Море не увидеть, но городок расположен так, что море рядом, а не видно ниоткуда, если только не выйти на побережье.

Эля полистала меню с тем же, уже знакомым чувством — надо выбирать не то, что хочешь, а то, что дешевле. Не самое приятное чувство, но в целом ничего особенного, так тоже можно жить. Не страшнее ее привычного космического одиночества.

— Мне то же, что и тебе, — сказал Митя, — даже читать не буду. Не про то мысли.

Эля кивнула:

— Горячий хлеб с... маслом. Пойдет?

— Пойдет. Я хотел тебе рассказать одну вещь...

Эля подперлась обеими руками и стала смотреть на своего друга. Как странно, как будто она знала его давно-давно, всегда именно таким и представляла. Не думала о цвете глаз, волос, но знала, каким он будет — хорошим, немного наивным, искренним, целеустремленным, волевым...

— Расскажи, пожалуйста, — кивнула девочка.

— Знаешь, мне кажется... Иногда мне кажется, что я здесь, а должен быть где-то в другом месте...

— Не в Юрмале?

— Нет, я не это имею в виду... Ну что я здесь, вот я, а моя жизнь — где-то там, но только меня в ней нет... Не знаю, как объяснить...

— Митя... — Эля постаралась сказать как можно осторожнее. — Может, тебе чем-то другим надо заниматься? Тем, что само получается...

— Другим?! Ты что? У меня все получается с виолончелью! — Мальчик откинулся от стола. — Получается! Когда я дома один, иногда знаешь, как получается... Я же упустил время, слишком поздно понял, чего я хочу, только год назад...

— А как это произошло?

— Мне... — Митя поднял глаза на Элю и тут же отвел их. — Ну, в общем...

Сказать, что так решил отец? Но это же правда: и если он увидел в Мите будущую звезду, значит, так оно и будет, отец никогда не ошибается. Он знает, понимает все. У него безупречный вкус. Откуда Митя это знает? Просто так было всегда. На этом стоит мир. Его мир. Другого мира он не знает. Да ему другого не надо. Если бы не Эля с ее глазами, в которых он тонет, тонет, не может выпутаться, под их взглядом ему хочется как-то... забыть от отце, что ли... Рассказать о себе все, и... чтобы она восхитилась, улыбалась, глядя только на него, ахала, села рядом, села ближе, чтобы он чувствовал рукой, кожей это ее хрупкое плечо, чтобы она была совсем рядом, так, как невозможно...

Митя встряхнул головой. Ужас. Наваждение. Нет, так не должно быть. Это не свобода. Это зависимость. Он встал, размял ноги, руки, побоксировал.

— Ты что? — удивилась Эля.

— Так... — Митя ответил хрипло, резко прочистил горло. — Да так, ничего. Сядь напротив, не садись рядом со мной.

— Тут неудобно сидеть...

— Значит, я там сяду.

Он не позволит себя увлечь так, что он забывает, о чем начал говорить. Он — трезвый, он — взрослый, он — уверенный в себе самец. Вот. Что-то он совсем забыл об этом. Разнюнился!!! Митя сел так решительно, что скрипнул широкий деревянный стул, изо всех сил стукнул кулаком по столу.

— Пива? — прищурилась Эля.

Мальчик опешил:

— Как ты догадалась?

— Да не трудно было. Давай обойдемся без пива, хорошо, Мить?

— А то ч?

— Нич. Просто обойдемся. Ты не договорил.

— Не буду договаривать!

Когда она напротив, а не рядом, это чуть лучше, но... Все равно начинает затягивать, затягивать, и бороться с этим трудно, почти невозможно, вот уже ничего, кроме ее глаз, ее золотых прядок, сбившихся на одну сторону, открывая нежную шею, кроме ее губ, так доверчиво открывающихся... Черт, черт!!! Да что происходит!!!

Митя встал, прошел по залу в поисках туалета, с трудом нашел его под пристальными взглядами всех посетителей — все смотрели, как он ищет туалет, все смеялись над ним. Но он нашел туалет, включил холодную воду, сунул под нее голову — он умеет, он знает, как снимать напряжение, он вообще все знает!!! Он — взрослый, он самостоятельный, он даже отцу звонить не будет, сам справится со всем!!!

Митя взъерошил мокрые волосы, небрежной походкой вышел из туалета, не спеша прошел по залу, ловя восхищенные взгляды. Да, если сказать себе, что все эти улыбки — не насмешки, а восхищение, то так оно и будет. Все смотрят на него с восхищением. Все знают, что он — как молодой Марлон Брандо. Все видят в нем звезду.

— Все хорошо? — спросила Эля. — У тебя такой вид...

— Какой? — задиристо спросил Митя.

Растерянный! — хотела сказать Эля, но пожалела друга. Она видела, что он мучительно борется с чем-то, с чем, правда, непонятно. Но пока в борьбе явно побеждает это что-то, а не Митя. Эля дотянулась до мальчика и поправила ему воротник. Митя отпрянул.

— Нет!

Эля внимательно посмотрела на мальчика. Что происходит?

— Что такое, Митя, мне уйти?

— Нет...

Ну как сказать ей... Как сказать, что ему хочется, чтобы она ушла, и чтобы она не уходила никогда. Что она — лучше всех, что такой больше нет, что она единственная, что именно такой он всегда представлял себе свою девушку, и что он не хочет никого рядом, что он должен быть один, иначе у него ничего в жизни не получится, как это все сказать, чтобы она ушла и... осталась, чтобы она не обиделась, чтобы она провела рукой по его щеке, и... чтобы она никогда больше его не трогала... потому что... Черт, черт!!!

От обилия противоречивых чувств Митя вспотел. Ну вот. Будет теперь сидеть вспотевший, мокрый, как растерянный мышонок, который прилип к картонке с клеем. В серединке — кусочек сыра, ароматного, вожделенного, а вокруг — клей. И он своими маленькими беспомощными лапками, брюшком, мордой — приклеился и застыл. Мокрый, жалкий, зависимый. Пойманный!!! Впереди — смерть. Потому что несвобода — это смерть.

Митя посмотрел на Элю. Догадывается она о его состоянии? Девочка в этот момент откусывала теплую булочку с маслом. Им только что принесли хлебную корзинку и чай.

— Что? — Эля увидела его взгляд, не так поняла. — Сейчас я тебе тоже намажу маслом.

— Не надо! Я сам могу себе все намазать!

— Мить, а если бы не виолончель, ты бы кем стал?

— Скульптором, — неожиданно для самого себя, не задумываясь, ответил Митя.

— Я так и думала, — кивнула Эля. — Ты очень талантливый скульп...

— Нет! Нет! Я бездарен! И это не искусство! Но все равно...

Эля пододвинула ему корзиночку с булочками.

— Хорошо. Ешь, пока они горячие.

Митя откусил булку, не чувствуя вкуса, жадно съел одну, вторую.

— Кажется, я голодный, — проговорил он с набитым ртом. — Когда мы вернемся, я хочу поехать в одно место... Мне очень надо найти одну вещь... Поедешь со мной?

— Конечно. А куда?

— Сам не знаю. Понимаешь... — Митя взглянул на Элю. Говорить или не говорить? Поймет она его? Не будет смеяться? Поймет, зачем ему это нужно? Так сложно все это объяснить... — Понимаешь, я хочу увидеть скульптуру, мне надо сфотографировать ее, сделать большую фотографию... Ту, за которую отцу дали премию... Я повешу дома эту фотографию... Я буду на нее всегда смотреть... Он — великий скульптор, ты понимаешь?

— Понимаю, — осторожно кивнула Эля.

— И... Так вышло... Его все подставили тогда... И заказы вообще дают по блату... по знакомству... Или за деньги... Заплатишь деньги, и тебе дают хороший заказ... А отца за деньги не купишь... Он не продается... Талант не продается... К нему так просто не подъедешь... Они знают... — Митя почувствовал, что запутался и замолчал.

— Понятно...

— И... — Митя поднял на Элю глаза. — Мне жалко очень его. Он так хочет творить. Но у него же нет мастерской, понимаешь? А без мастерской невозможно творить. И заказы все такие, что настоящий скульптор за это браться не будет. Настоящих — единицы, остальные — подельщики, безрукие, бесталанные. А мой отец — настоящий. И... Я хочу, чтобы он посмотрел на свою знаменитую скульптуру, и... и... почувствовал в себе уверенность... И чтобы все как-то у него наладилось, понимаешь?

Эля кивнула.

— А в Интернете нет этой скульптуры?

— Нет, я не могу найти... Я только знаю, что это где-то в Ивановской области... Или в Рязанской...

— А как же ты будешь искать? — удивилась Эля. — Может, у твоего отца спросить?

— Он не говорит ничего. Однажды рассказывал, разговорился, когда день рождения у него был, расстраивался так, сказал, что село рядом называется как-то то ли Кривощеково... то ли Криволюбово...

— А область Ивановская или Рязанская?

— Рязанская, кажется... Или Ивановская... Не знаю... Он еще припевал тогда: «В Рязани пироги с глазами, их...»... ну там... — Митя смутился.

— «...едят, а они глядят!» — допела Эля, рассмеявшись. — Ну да, я знаю эту присказку. Давай найдем, я думаю, не так много таких сел. Точно начинается со слова «криво»?

— Вроде да. Точно.

— А там... в селе... там что?

— Площадь, кажется... Или нет! Нет, пионерский лагерь! Бывший...

— Ну, давай попробуем... — Эля с некоторым сомнением стала набирать в телефоне. — Вот, смотри, Рязанская область, есть, знаешь, какое село... Нижнее Криволепово... Слушай, — она снова засмеялась, — представляешь, значит, есть еще Верхнее Криволепово?

— И там что? — напряженно спросил Митя.

— «Лепо» от слова «красиво» или от слова «лепить»? — пошутила Эля и сама осеклась. — То есть... Слушай, я никогда не задумывалась... Лепота — ведь это красота. То есть лепить — это делать красиво, так?

— Есть там памятник, Эля?

— Пока ничего не сказано. А как он называется, кстати? Кому памятник? Есенину?

— Почему Есенину?

— Край есенинский...

— Нет, кажется, не Есенину. Я не знаю! — Митя поднял глаза на Элю.

Когда он так доверчиво смотрит, что-то сжимается в сердце. Эля улыбнулась другу:

— Поедем и найдем. Я поеду с тобой, если ты меня возьмешь.

— Возьму. Конечно, возьму. Ты... — Митя опустил голову. Кажется, он теряет контроль. Даже когда говорит с ней о деле.

— А как лагерь называется, не помнишь?

А когда не смотришь, то начинает действовать голос, еще сильнее, чем обычно. Теплый, нежный, переливчатый, в нем как будто всегда спрятана улыбка — не ироническая, мягкая... Митя прочистил горло и распрямил спину.

— Он там один. Всё, я вспомнил. Выйдешь из села, там поле, а за полем лагерь. Отец в деревне жил, в селе этом, когда памятник делал. У бабки Матрены. Она его молоком поила, он еще обещал ее слепить, но просто не успел... Батя часто говорит: «Вот будет у меня мастерская, слеплю бабку Матрену... Колоритный образ... Русская баба...»

— Хорошо, съездим... Вот прямо как вернемся, так и поедем.

Митя неуверенно взглянул на Элю. Почему он должен ехать с ней? Почему он так решил? Или... Или это она решила? Он — растерянный мышонок, прилипший к картонке с клеем, — или он сильный, красивый, как Марлон Брандо, мачо и самец? Как это понять? А она как считает? Когда она так молча улыбается и хлопает ресницами, похоже, что она считает, что он — звезда и самец, но когда начинает разговаривать, как старшая сестра, добрая, нежная, но старшая! — и даже подсмеиваться над ним — над ним!!!, то больше похоже, что она все знает про то, как ему становится плохо под этим ее нежным взглядом...

Плохо или хорошо? Непонятно. Неудобно, непривычно. Несет, увлекает, остановиться невозможно, тревожно, горячо в голове и теле, язык сам что-то продолжает говорить, без пива в голове шумит, шумит так, что не очень увязывается то, что говорит Эля, и то, о чем говорит он. Или она вообще не говорит ничего? Просто смотрит? Просто смотрит. Ждет чего-то... Чего? Он должен к ней пересесть? Зачем? Чтобы сидеть рядом... Совсем рядом... Она этого хотела? А он должен думать о том, чего она хочет? Нет, нет, он теряет независимость... Да и черт с ней, с этой независимостью, может быть, сегодня он... Нет, он не готов... И потом, что скажет Эля... А если она скажет «нет»?..

— Будете еще что-то? — вовремя подошедший официант улыбался так, словно понимал все Митины метания.

— Нет, спасибо, — сказала Эля. — Хотя... давайте еще чаю.

— Нет! — рявкнул Митя. — Пошли!

Он сказал так грубо, как только мог. Хотя бы грубостью показать окружающим, что он — не пойман! Что его так просто не поймаешь! Что он, если надо, в руки себя возьмет!!! Только вот надо ли...

— Не ори, а то я уйду, — спокойно сказала Эля, выходя вслед за Митей на улицу.

Митя покосился на нее. Ничего себе, так легко об этом говорит. Вот отец всегда орет, мать терпит, замечаний ему не делает. Может, и прав батя, не его эта женщина? Почему тогда так сладко ноет все внутри, почему рядом с ней горячо, начинает подбрасывать, тело теряет вес, мысли путаются, во рту сохнет, язык сам несет какую-то чушь... Или не чушь... Эля смотрит, смотрит... Почему она так смотрит... Чего-то ждет от него? Чего? Или нет, смеется... Зачем тогда с ним ходит... Чтобы посмеяться... Митя остановился.

— Что ты за мной идешь? — резко сказал он. — Что тебе нужно?

— Митя... — Элины губы задрожали, глаза мгновенно наполнились слезами. Вот тебе и королева...

Митя заволновался. Что, что такое, почему она плачет? Как-то это очень неприятно и непонятно... Плачет и не уходит. Ушла бы, и все. А он бы пошел кататься на велосипедах, он видел вчера, как веселая компания ребят катилась с хохотом на велосипедах по берегу моря, и думал, хватит ли ему денег взять велосипед напрокат. Он бы с удовольствием прокатился сейчас со своими товарищами, которые остались в Москве, или вот с Никитой, который совершенно некстати стал обращать внимание на Элю. Дружили бы они с Митей, всем бы было лучше. У них — свои разговоры, мужские, как у него с батей. С мужчиной можно обо всем поговорить, не бояться, что тот заплачет, что ему не понравится какое-то слово. Есть и девочки такие, конечно, Тося, например, она, наоборот, любит, когда мальчики рассказывают сомнительные анекдоты, любит мат, с ним все проще, определеннее...

Митя посмотрел на Элю. Ничего в ней нет особенного. Когда плачет — то просто некрасивая. Нос распух, веки набрякли, на щеках — неровные красные пятна... Митя развернулся и пошел в другую сторону. Побежит — значит, будет с ним. Не побежит — пусть идет на все четыре стороны. Он вообще приедет и позвонит Тосе. Придет к ней и... Дальше все будет так, как знает Тося. А что она все знает, он почему-то был уверен. Он видел, как смотрел на Тосю Деряев в последний день учебы, как по-хозяйски сгребал ее в охапку, как она жалась к Деряеву, откровенно, не скрываясь. И помнил, как Тося гладила его самого в коридоре, рядом стояли мальчики, а она спряталась за ним и трогала так, как никто и никогда к нему еще не прикасался.

Поэтому он пойдет к Тосе. У нее нет таких глаз, таких волос, таких ног, как у Эли, такой гладкой, бархатистой кожи, к которой хочется прикоснуться, все время хочется, и рядом с Тосей не так волнительно, но... Это что-то другое. Когда Тося трогала его, тоже было волнительно и совершенно не противно. Наоборот. Приятно. Раздражающе приятно.

Митя шагал по улице — раскидывая ноги свободно, легко, как победитель, как тот, кому жизнь даст все, и очень скоро. У него походка, как у бати — с прямой спиной, гордо поднятой головой, тяжелыми, мощными ногами. Батю никакие жизненные тяготы не сломили. Он все равно ходит, как король. Мог бы ехать в карете, да не хочет. Хочет — с людьми, которые счастливы от одного его взгляда, и кланяются ему, кланяются, а он благосклонно кивает, улыбается в бороду... Когда-нибудь и у него будет такая бородка, небольшая, красивая, с проседью...

Пройдя несколько домов, мальчик остановился. Оглянулся. Ему показалось, или Эля как стояла на том месте, где они разговаривали, так и стоит и смотрит ему вслед? Митя быстро полез в карман, достал очки. Да, правда. Зачем она там стоит? Вроде уже не плачет. Просто стоит и смотрит, как он, свободный, гордый, уходит в свою жизнь, в ту, где Эле места нет, потому что она ему мешает... Да черт! Черт!!! Почему все так?!

Митя сдернул черные очки, в которых он похож на студента биофака, провалившего все экзамены, и бегом припустился к Эле. Не надо так стоять! Не надо нажимать на самые его болевые точки! Он же не скотина! Бросил плачущую девушку на улице, в чужом городе... Запыхавшись, он подбежал к ней, рывком сдернул ее сумку, подтолкнул ее:

— Пошли!!!

Эля молча смотрела на него, не двигаясь с места. Митя тоже замер. Что-то не так? Или всё вообще не так? А как — так? Всё — там, в другой жизни, где его нет, там всё так. А здесь всё криво. Вкривь и вкось. И как это исправить — непонятно. Митя положил на землю все, что было у него в руках. Неловко взял Элю за шею и за плечо, не рассчитал, слишком крепко, ослабил руки, потом снова сжал их. Наклонился к ней. Обычно высокая, сейчас она показалась ему маленькой и беспомощной — так как-то она стояла, глядя на него снизу вверх совершенно непонятным взглядом.

Митя, чувствуя, как бешено колотится сердце, все сжимал и сжимал девочку обеими руками. Эля смотрела на него как будто в испуге. Наверно, она думает, что он сошел с ума. Мысли, и правда, давно уже взорвались в голове и разлетелись рваными клочками, думать было совершенно невозможно. Ни о чем. Только... Митя прислонил ее к себе, повел губами по Элиному лбу, дрожа всем телом, дотронулся до ее губ. Девочка замерла, не вырывалась, но и не льнула к нему. Он делает что-то не так? Конечно, не так. Конечно! Всё не так! Какой он дурак! Идиот!!! Она же смеется над ним!

Митя резко отступил от Эли, хотел оттолкнуть, но не смог. И тут она сама обняла его, что-то прошептала, что-то непонятное, но теплое, хорошее, это не спутаешь — точно не смеялась над ним, точно. И поцеловала его. Губами, нежными, сладкими, коснулась его губ. Что-то рухнуло внутри него, оборвалось, его подхватило, закрутило, понесло, земли под ногами больше не было, в голове зазвучала оглушительная музыка — три симфонических оркестра, нет, пять, все играли свое и что-то очень радостное, праздничное, яркое. Били фейерверки, разноцветные фонтаны, горели огни. «А-а-а-а-а!..» — хотелось петь Мите в голос, в полный голос, но он себя сдерживал.

Мальчик шел по улице, размахивая руками, рассказывая потрясающие, веселые истории, он и сам не знал, что у него в голове столько смешных, удивительных историй, где все падают, бегут, кричат, прыгают, стреляют, все победители, все лучшие, и самый главный победитель — он, Митя, он, неотразимый, сильный, накачанный, умный, талантливый, гениальный...

Эля шла рядом с ним, смотрела на него счастливыми глазами, внимательно, смущалась, улыбалась, Митя видел ее рот, розовый, нежный, он теперь знает его на вкус, он видел полоску белых зубов — у нее такие белые, такие ровные зубы, он обязательно потрогает их, прямо сегодня, сегодня... он только начал, ведь все еще впереди, впереди целый вечер, у него все получится, все будет, он это знает, он это только что понял, и не надо ничьих советов, и не надо ходить учиться к Марине, или к Тосе, чтобы что-то понять, Эля здесь, Эля рядом, и у него все получится, просто потому что он с ней, и так и должно быть.

— Сына!!! — Филипп заорал в трубку так, что Митя отпрянул.

— Да, батя... — Он проговорил хрипло, прочистил горло.

— Что там? Что с тобой?! Ты где? Почему был отключен телефон? Почему ты был недоступен?! Где она? Что вам поставили? Место, место какое ты занял? Первое? Только не говори, что не первое! Что?! Что ты молчишь? — Филипп кричал, не давая Мите ответить ни на один вопрос. — Молчишь? Молчишь!.. Понятно, понятно! Я так и знал, так и знал! Телефон он отключил! Я тебе покажу, когда ты приедешь! Да я весь на иголках! Ничего толком не рассказал! Как ты сыграл начало? Я тебе говорил, как играть, ты же наверняка не так все сыграл, а? Ну-ка, говори, говори, сучонок! Ах, ты... Ну ты приедь домой, приедь, я тебе покажу...

— Батя, батя, все хорошо... — Митя с трудом вставил слово. — Связи не было.

— Связи у него не было! У меня была связь, а у него не было! А с кем у тебя была связь? С ней? С ней?! С ней... Да, конечно, променял батю на бабу! Променял! Я тебе всю жизнь отдал, всю свою единственную жизнь, а ты променял меня на бабу! Ну, давай, сына, давай, пинай батю ногами, пинай! Это очень легко сделать! Батя и так одной ногой в могиле, и так у меня уже ночью останавливалось сердце...

— Батя, ты что? — испугался Митя. — Как останавливалось?

— Да, сынок, да! Вот так и останавливалось! «Скорая» была, две «скорые»! Одна за другой! Выписали таблетки, вот иду сейчас еле-еле за ними, бреду, один, за стенку держусь, а сына мой гуляет с бабами по Европе!

— А мать где? — Митя облизал мгновенно пересохшие губы. Да что же такое, и правда, он совсем забыл про отца...

— Мать твоя, как обычно, на работе! — горько засмеялся Филипп. — Где может еще быть твоя мать? Она что, отгул возьмет? Да никогда! Ей работа важнее! А я тут подыхай один. Вот, не знаю, дойду ли до аптеки... Врачи ночью сказали — лежать, не вставать, только до ванной и обратно...

— Да как же мать ушла, как она могла? — Митя всплеснул руками.

— Вот так и могла, сына, это женщины, у них свой мир. Они нас не понимают и не ценят. На могилу как придет, вот тогда заплачет!

— Батя, батя... — Митя в отчаянии прижимал трубку к уху, как будто так становился ближе к отцу. — Ну что мне делать? Давай я сейчас поеду на вокзал...

— Да ладно, сына, гуляй, что уж делать! У тебя билеты на субботу? Вот в субботу и прилетай. Ты ж такой у меня — по Европам летаешь! Надеюсь, застанешь меня еще живым!

— Батя, батя, ну не надо, пожалуйста! — Митя вытирал предательские слезы. Ну зачем вот сейчас эти слезы! — Я скоро приеду, я постараюсь поменять билеты...

— Не надо, сына! Носом не хлюпай, ты же мужик! И билеты не вздумай менять, только деньги потеряешь, а нам с тобой каждая копейка дорога, ты же знаешь, я сижу здесь на пшене и на воде, чтобы ты мог мир посмотреть, дорожку себе туда протоптать, чтобы люди на тебя поглядели, буду потом вспоминать: «А мы гения этого еще ребенком видели, маленьким мальчиком!»

— Гм... Да... — Митя взглянул на Элю. — Ну, я уже не маленький, батя... Вполне взрослый...

— Да?! — захохотал Филипп. — Стал взрослым? Ну-ка, ну-ка, с этого момента поподробнее! И как все было? Как она? Не отказала? Ну ты даешь, сына, ну ты даешь! Поздравляю!..

— Я... Я не это имел в виду...

— Что имею, то и... — ответил Филипп привычной хулиганской поговоркой. — Ох, сына, сына, отпустил я тебя на свою голову. Ну как, хоть не опозорился? А как... Что ж ты не спросил, я бы объяснил тебе... Эх ты, малой, малой...

Митя в растерянности отошел от Эли. Он надеялся, что она не слышала ничего из последних слов Филиппа. Как-то отец все чувствует, причем с сильным опережением.

— Нет уж, ты мне расскажешь, все расскажешь, кому, как не мне!

— Батя...

— Что — батя, что — батя... Она там рядом?

— Д-да...

— А-а-а... Ясно! А что вы делаете?

— Идем...

— Идете куда?

— В гостиницу...

— А-а-а... Ясно... И что там будете делать?

— Батя...

— Поехал, да? Вот зачем ты так рвался! Отпустили тебя с цепи! Вырвался!

— Батя, батя, да ничего не было! Правда!

— Не было? Не было? Точно?

— Точно. — Митя провел рукой по вспотевшему лбу.

— Ну ладно. Не было — хорошо. Ты помнишь — у тебя свой путь. Рядом с тобой должен быть только я. Я тебя выведу на правильную дорогу. А женщина — помешает. Взял, что хотел от нее — и в сторону. Ясно? Даже если что-то будет, никаких слов не говори, слова привязывают, ничего не обещай. И вообще, сына... Запрись в комнате и ее не пускай. Сама ведь приходит небось к тебе... Представляю... Волоса распустит, расстегнется, вся такая сладкая, да?

Митя только кряхтел, слушая отца. Ну не надо так, зря все это отец говорит. Все не то. Опять как-то стало тошно, криво, и Эля стоит такая чужая, и отец не те слова говорит, и в душе, где только что играли оркестры, стало гадко и пусто.

— Я замерз, пойду в гостиницу.

— Что? — усмехнулся Филипп. — Не хочешь с больным отцом говорить?

— Хочу, батя, но можно я дойду до номера? С моря дует сильный ветер.

— С моря! А я на море, сынок, двадцать лет уже не был! До твоего рождения был, а как ты родился, все соки у меня стал забирать, на тебя работаю... — Филипп осекся. — Живу только ради тебя, ты знаешь. Если бы не я, где б ты был! Я ж тебя растил, я ж за ручку тебя везде водил, отказался от всего...

— Да, батя, прости меня!

— Сына, а денег тебе там хватает?

— Да, не переживай.

— А разговариваем мы так долго, это ничего? Откуда у тебя столько денег на телефоне?

— Не знаю. — Митя пожал плечами. Он и сам уже об этом думал — не положила ли ему Эля в Москве деньги, как-то нереально много он разговаривает из заграницы. Но спросить было крайне неудобно. — Наверно, здесь недорого... Это же не настоящая Европа... И вообще, здесь все по-русски говорят.

— Ладно! — Филипп удовлетворенно зевнул. — Иди уже, грейся. Позвонишь мне по скайпу. И с ней на весь вечер не запирайся! — Он хохотнул. — Разок там, другой — и хорош! Не расходись!

— Батя...

— Я тебе сказал — каждые полчаса буду звонить, проверять тебя, ясно?

— Ты себя как чувствуешь, дошел до аптеки?

— До аптеки? — удивился Филипп. Потом спохватился: — Ах, до аптеки... Сам забыл, куда шел, с такими-то новостями... Нет, сына, не дошел. Ноги подкосились, когда представил, что мальчика моего обкрутили на раз-два-три, а я так далеко от тебя и поделать ничего не могу. Сел вот на скамейку, сижу, ноги чугунные, встать даже не могу.

— Ты потихоньку, хорошо?

— Хорошо, сына, хорошо, — охнул Филипп, закряхтел, застонал. — Нет сил, нету. Были, да все вышли. Любишь меня, сына, скажи?

— Люблю, батя.

— Вот и хорошо. Только этими словами я и жив. Еще раз скажи.

— Люблю.

Эля, шедшая в сторонке, догнала Митю.

— Все хорошо?

Митя пожал плечами. Больше ему не хотелось говорить с Элей. Больше не хотелось смотреть на ее лицо и представлять, как он обнимет ее, проведет рукой по щеке, потрогает волосы, ему так давно этого хотелось, распустит их — сам, даже не спросит разрешения... Больше не хотелось. Почти не хотелось. Пусть молча идет, на полшага сзади. Тогда вообще ничего не хочется. Сейчас бы выпить валерьянки и забыться тяжелым сном. Самое лучшее. И ничего не хотеть. Ничего не решать. Ни о чем не беспокоиться.

Не разрываться между отцом и Элей. Не бояться будущего. Не задыхаться от неожиданно подступающих мыслей — а вдруг он не гений? Вдруг отец ошибается? Вдруг всё вообще как-то не так?

— Мить, Мить... — Эля подергала его за рукав. — Будем еще в номере пить чай? У меня чайник, оказывается, есть. И пакетики я из Москвы взяла...

— У меня тоже чайник есть, — буркнул Митя. — Пакетиков нет. Я могу просто кипяток.

— Нет уж, — улыбнулась Эля и ухватила его за руку.

Митя попробовал было вырваться, но девочка только засмеялась и ухватилась еще крепче. Что он мог поделать? В сетях, да, он в сетях. И не вырваться. Увяз, всеми лапками. И в общем-то не очень хочется вырываться. Митя достал телефон, с сомнением покрутил, хотел выключить, но не стал. Вдруг отцу нужна будет помощь? Митя сможет вызвать «скорую», мать-то так пренебрежительно относится к отцовскому здоровью, даже странно, она же любит его, смотрит всегда преданными глазами, слушается, а вот взяла да ушла, бросила в трудный момент...

Глава 19

Около гостиницы стоял Никита с кем-то из организаторов конкурса.

— О, Теплакова! — радостно воскликнул организатор, увидев Элю. — А мы как раз хотели вам звонить. Репетиция у вас через двадцать минут, на большой сцене, приехал из Риги наш Петерис Метникс.

— Это кто?

— Как? Это же наша восходящая звезда! На «Новой Волне» был в прошлом году...

— Не знаю.

— Ему только этого не говорите, хорошо?

Эля посмотрела на Митю. Тот стоял, отступив от нее на пару шагов и закусив губу. Ну, конечно, ему же обидно. Как будто его и нет, как будто они не дуэт сюда привезли.

— Пойдешь со мной на репетицию? — мягко спросила она его.

— Нет. — Митя как можно равнодушнее пожал плечами. — Нет, конечно. Мне надо свою программу играть. Я — в номер. Найдешь меня потом, если что. Мне поступать в этом году в кон-

серваторию. — Он сказал чуть погромче, чтобы слышали эти людишки, которые не понимают, кто сейчас стоит рядом с ними.
Которые потом схватятся за голову — а будет уже поздно! Митя
уже будет далеко и высоко! Так высоко, что они не докричатся
до него!

Митя быстро ушел, а Эля пошла на репетицию, Никита — вместе с ней.

— Как настроение? — подмигнул он. — Выглядишь просто
по-неземному! Светишься!

— У меня свойство кожи такое, — пожала плечами Эля.

— Светиться? — засмеялся Никита. — Ничего себе... А я думаю — что меня к тебе так тянет, тянет... А у тебя пигмент кожи
такой, оказывается, — флуоресцентный... Интересно, по наслед-
ству передается?

— Передается, — прищурилась Эля. — У меня у бабушки такая
же кожа была. А что?

— А ничего! — Никита крепко подхватил Элю под локоть. —
Бегали бы вокруг меня детки и светились... Я — не против.

— А я — против. — Эля попыталась высвободиться. Но у нее
ничего не получилось, Никита очень крепко держал ее за руку.

— У вас тоже спросят, конечно, — смеялся молодой человек, —
но в последнюю очередь.

— Слушай, я думала, в Европе как-то больше развито равно-
правие.

— Так я только в Европе живу, а так-то я русский человек,
и домострой у меня в крови. И ты так легко от дружбы со мной
не отказывайся. Я в следующем году такой огромный фестиваль
забабахаю, ого-го, прогремим! И ты там будешь у меня звездой.
Гран-при заранее будет твой. Хочешь?

— Нет, — равнодушно ответила Эля. — Я что, с ума сошла?
Зачем мне Гран-при такой ценой?

— И действительно, — улыбнулся Никита. — Ты — прелесть.
Все, иди репетируй, а я буду тебя фотографировать. Тебя, кстати,
номинировали на первую красавицу фестиваля, только пары у
тебя нет.

— А Митя?

— А Митя твой чокнутый, ты разве не знаешь? Ни на одной
фотографии нормально не получается. Смотрели уже в орг-
комитете ваши фотографии. Вроде так он парень ничего, и улыб-

ка широкая, зубы на месте, но как скривится, как посмотрит в сторону — ну идиот идиотом. Точнее — имбецил. Идиот — это кто с ума сошел, а имбецил родился таким.

— Не надо так говорить, — четко ответила Эля. — Он не чокнутый. Ты из вредности говоришь. Митя... необычный человек, талантливый и очень хороший. И это мой друг.

— Да ясно уже всем, — зевнул Никита. — Друг так друг. Сегодня друг он — завтра другой. Есть такая поговорка в русском языке?

— Нет.

— Нет, так будет. Я предложил организаторам, чтобы я был твоей парой. Мы хорошо смотримся. Пару выбирают, понимаешь, денег дадут. Тебе же нужны деньги?

— Нет, — пожала плечами Эля. — Не нужны. Мите нужны.

— Ну, вот Мите и отдашь. Бонус ему будет, за моральный ущерб. А со мной... — Никита сощурился, — со мной поедешь в Осло?

— В Осло? — удивилась Эля. — Зачем?

— Отцу тебя покажу. Всю Скандинавию объедем — на машине, на яхте... А, как?

— Да никак, Никита. Меня зовут, извини.

— Подожди. — Никита взял девушку за плечо и развернул к себе. — Я не привык отступать, имей в виду.

Эля пожала плечами и пошла на сцену, где уже пробовал микрофон невысокий светловолосый парень, наверно, тот самый Петерис, поп-звезда, которого она не знала. Парень оказался приятный, дружелюбный, по крайней мере с первого взгляда, протянул ей руку, старался петь, не забивая Элю, не выпендривался, песня у них получилась сразу. Это очень здорово, и любая подружка на ее месте прыгала бы до потолка, но Элю больше занимали мысли о Мите.

Все куда-то катится, это ясно. Толчками, рывками, неровно, но катится. От этого тревожно, страшно даже. Что будет вечером? Только что он ее поцеловал. Ее еще никто не целовал, по крайней мере, так. В щеку чмокали — на дискотеке в школе Костик расхрабрился и ткнулся в нее носом, когда пригласил на медленный танец, Дуда пару раз изворачивался и полушутя тоже целовал в щеку, но то, что было сегодня с Митей... Эля еще не успела пережить это. И опять все оборвалось, потому что Митин отец словно на расстоянии все чувствует и звонит в самый неподходящий момент.

Эля видела, что Никита смотрит на нее с нескрываемым удовольствием, снимает ее до бесконечности. Это приятно, но не более того. Нет, не раздражает, но и гармонии в жизнь не добавляет. Эля бы предпочла познакомиться здесь с хорошей девушкой, чтобы можно было с ней делиться своими девичьими переживаниями, а не с Никитой, который совершенно некстати в нее влюбился и атакует ее.

— Хорошо поешь и отлично выглядишь! Споемся! — сказал ей Петерис и подмигнул.

Эля улыбнулась в ответ и, сама не зная зачем, посмотрела за кулисы. Там стоял Митя со страшным выражением на лице, смотрел на нее, на Петериса... Митя был в очках, значит, видел, что в пустом зале, где сейчас только бегали с проводами звуко- и светооператоры, сидит еще и Никита и снимает ее, снимает.

Эля помахала другу рукой. Митя показал ей фигу, развернулся, демонстративно толкнул плечом огромную ширму, стоящую на сцене, и ушел. Зачем приходить было? И так ясно, что Эля тут не одна, и так ясно, что она всем нравится...

Волочить шлейф... Волочить за ней шлейф... Не будет он волочить за ней шлейф... Не будет он принимать эти тычки... Он сам — звезда... Просто никто пока этого не знает... Да и дело не в этом... Он не согласен униженно ждать, пока она освободится от своих дел и обратит на него внимание. Или вовсе не обратит... Митя, стуча ногой по каждому встречному препятствию, прошел быстрым шагом с полкилометра, потом резко повернул обратно и пошел в гостиницу. Все, точка. Больше он ее не знает. Все, ни одного слова с ней не скажет. Сядет послезавтра рано утром в самолет и улетит. И все. Конец. Это конец. Ничего больше не будет. Никогда.

У гостиницы он заметил фигуру Эли в красной курточке. Ну, конечно, звезда стоит на очень длинных ногах, с распущенными волосами, которые развевает ветер, в красной куртке и принимает комплименты от поклонников!

— Митрофанушка, ты что такой серьезный? — Его догнала Ольга Ивановна, за которой вереницей тянулся ее ансамбль. — Ну что, закопали тебя сегодня, болезный, да? Ох, я в зале чуть не зарыдала. Думаю, какие свиньи! Спой, говорят, без виолончели! Ничего они здесь в музыке не понимают! Куда мы приехали! Попса здесь тухлая, больше ничего! Ну что ты, дружочек, невесел, что ты голову повесил... — Ольга Ивановна взяла его за плечо — крепко, тяжелой, теплой рукой. — Ох, да ты весь дрожишь... Ты не заболел?

— Нет, — буркнул Митя.

— А что, Элька, кинула тебя, да? Стоит вон с каким-то парнем, а парень-то, парень-то богатый небось... Я по одежде людей вижу... И часы у него золотые... Коза эта Элька, зачем ты с ней дуэтом играешь? Ты — солист.

— Эля... Не надо так говорить про нее. Ни слова. Не смейте, — сам удивляясь тому, что он говорит, произнес Митя. — Ни слова. Молчите!

— Да как скажешь, миленочек мой! — засмеялась преподавательница. — Как скажешь. Ох, как закрутила тебя девка... Она такая... Не первого уже крутит...

— А... кого еще? — удивился Митя.

— А ты ее спроси! — с широкой улыбкой ответила Ольга Ивановна. — Ее спроси. Я-то что... Я просто добра тебе хочу. Вижу, парень талантливый, доверчивый... Слушай, у меня такая колбаска есть, мы вчера в Ригу ездили, я купила. И тминная водочка... местный колорит... — Ольга Ивановна подмигнула Мите. — Тебе уже можно расслабляться? По маленькой? Или еще сам маленький?

— Не маленький я...

— Ну вот... — Ольга Ивановна опять сжала его плечо. — А раз не маленький, так пошли, угощу... Голодный небось, не кормят же! Обещали, а не кормят...

— Я... Не знаю... Нет, наверно... Спасибо...

Митя увидел, как Никита что-то вновь и вновь говорит Эле, с такой гадской, такой откровенной улыбкой, ведь все ясно... Что она с ним стоит! На глазах у всех!

— Извините! — бросил Митя и подскочил к Никите, изо всех сил толкнул его, Никита пошатнулся от неожиданности, но удержался на ногах. — Вон пошел от нее!

— Митя, Митя... — Эля попыталась удержать своего друга.

— Что — Митя? Что? Что ты... с ним... тут... — Мальчик не знал, что еще сказать, открывал и закрывал рот, а Никита стоял себе и вполне спокойно улыбался, как будто Митя только что не толкнул его.

— Привет! — вдобавок сказал Никита.

Митя посмотрел на него самым страшным взглядом и произнес только: «Эх!» Потому что на самом деле он хотел бы с ним дружить, общаться. Но позволить ему так смотреть на Элю он не мог.

— Мы пойдем, Никит! — сказал Митя. — Эля устала.

— Да что вы говорите! Неужто? Отчего бы это? — засмеялся тот. — А я вот Элю в ресторан зову, мне кажется, ей надо как следует поесть — мяса, икры... Она бледная.

— Без тебя разберемся!!! — заорал Митя что есть силы. Ведь он же по-человечески хотел. Зачем Никита его провоцирует. — Сами поедим!

— Да что ты можешь ей предложить! — мило, все так же мило и дружелюбно сказал Никита и еще похлопал его по плечу.

Митя дернулся. Он увидел, что неподалеку остановилась Ольга Ивановна, за ней россыпью стояли все дети из ансамбля и все, все до единого, уставившись, наблюдали эту сцену. Цирк. Клоуны приехали. Все смеются над ним, все. Из-за кого? Из-за Эли.

— Да пожалуйста! — рявкнул Митя, достал телефон, демонстративно набрал номер отца. Вот кто ему сейчас больше всех нужен. Небрежно кивнул Эле и Никите, развернулся, спокойно, совершенно спокойно пошел к лестнице. — Батя! Ну, как ты?

— Плохо, сынок. Тебя услышал, сразу стало лучше. У тебя как? Ты где?

— Я в номер иду. Кипятка попью и спать.

— Сколько часов ты сегодня играл?

— Мало, батя.

— Ты убиваешь меня, сына. Иди, играй. В одиннадцать позвонишь мне.

Митя, стараясь не оглядываться на Элю и на остальных, кто хохотали над ним — молча, про себя, но точно хохотали, убивались от смеха, так он был жалок и смешон, — пошел в гостиницу, споткнулся на ступеньке, ударил ее ногой, все-таки обернулся. Эля, отвернувшись, чуть опустив голову, слушала Никиту. Ольга Ивановна собирала детей, подталкивала их в противоположную сторону, им еще идти было до своей гостиницы. Может, зря он отказался от колбасы? Только сейчас он почувствовал, как голоден.

Митя в нерешительности остановился. Эля махнула рукой Никите и быстро подошла к нему, взяла его за руку.

— Пошли, — спокойно сказала она, как будто они до этого мирно шли по улице, смотрели, как медленно садится солнце, кутались от ветра, слушали нервные крики чаек, смеялись, мечтали о будущем.

Митя хотел вырвать руку, но, почувствовав ее теплую ладонь в своей, не смог. Нет, не смог. Эля прислонилась головой к его плечу.

— Устал ты, да, сегодня? Ну и денек у нас был. Пошли пить чай ко мне.

— С курабье?

— С курабье.

Он ведь совсем не о том спросил, о другом... А она о чем ответила? Он не понял.

Перед ее дверью Митя в нерешительности остановился.

— Я... Я не пойду.

— Почему?

— Мне... Мне надо репетировать.

— Хорошо, — кивнула Эля. — Не забудь проветрить перед сном. Очень душные номера.

Митя смотрел на нее и не верил своим глазам. Это что — такая выдержка? Или ей совсем все равно? Как будто ничего не было? Может быть, она целуется так каждый день? И с Никитой уже целовалась? И с этими, которые в школе вокруг нее вертятся — ловкий смазливый Дуда и долговязый Костик Волоконский, всегда красный, всегда смеющийся... Может, он все время и красный такой, что с Элей целуется на переменах, только он, Митя, дурак наивный, ничего не понимает...

— Что? — Эля взглянула на него.

Иногда кажется, что ей не пятнадцать лет, а сто. Или девяносто. Из молодого лица смотрят такие старые, такие мудрые, такие древние глаза.

Митя отмахнулся, пытаясь как будто что-то снять с лица, налипшее и мешающее ему смотреть и дышать.

— Ничего. Всё. Я пошел к себе в номер. Мне надо репетировать.

— Иди.

Митя стоял и не двигался.

— Иди, тебе же репетировать надо!

— Иду.

Эля открыла дверь, вошла в номер. Обернулась, улыбнулась. А, ну ясно! Смеется! Это же было ясно с самого начала — заманивает и смеется, как и говорил отец. Ну, он не совсем такими словами говорил, но что-то в этом роде. Его предупреждали, а он попался.

— Я пошел. Не стучи ко мне. И не пиши. Я работаю. Готовлю программу к поступлению.

— Ага, — кивнула Эля.

Если бы она сейчас хотя бы слово сказала, хотя бы глазами, а не так вот равнодушно... Митя хотел крикнуть, больше всего он хотел сейчас крикнуть, громко, так чтобы слышали все — и она, и это наглый Никита, и Ольга Ивановна, и отец в Москве: «Да пошла ты!!!» Но он сдержался. Он — сдержался. Он — самец. Он настоящий мужик. Идет по жизни один, гордый, сильный. Ему никто не нужен.

Митя дошел до своего номера, отпер дверь, прикрыл ее, не захлопывая — ни почему, просто так, бросился на застеленную кровать. Полежал, слушая, как кто-то распевается на другом этаже. «I guess I loved you... less... less... that I could...» Дурацкие слова, очень тупые, очень. Тупейшие. Кто только такую муть сочиняет? «Думаю, я любил тебя... меньше, меньше, чем мог...» Или могла. Или любила. По-английски непонятно. А ему и по-русски сейчас вообще ничего не понятно. И все очень больно. И все не так.

Митя пошел в ванную, умылся, причесался. Переодел рубашку, взял полупустую пачку печенья — мать сунула ему в чемодан, зная, что Митя часто бывает голоден уже через час после обеда — она не знала, что обедов здесь вообще не предусмотрено! И вышел в коридор, сам не зная зачем. Дошел до Элиной двери. Постоял под ней. Вроде тихо. Спит, наверное, не надо ее будить. Отошел к окну на закругленной лестнице. Интересно, когда-нибудь станет темно? Или это и есть белые ночи — когда солнца нет, но и темноты нет. Удивительный свет сейчас на улице. Как его нарисовать? Блеклый, неяркий, как будто расширяющий пространство, идущий ниоткуда...

Митя решительно подошел снова к Элиной двери и постучал. Тишина. Ответа никакого не было. Митя постучал громче, еще громче. Ее нет? Она ушла? Она ушла с тем парнем, с Никитой, а Митя еще хотел с ним дружить... Черт, черт, зачем он валялся так долго, зачем он вообще к ней пошел, зачем все это? Митя еще раз стукнул по двери, теперь уже кулаком. Дверь открыла сонная Эля.

— Митька, ты что?

Митя ахнул.

— Ты здесь? Почему ты не открывала?

— Да что-то прилегла почитать и уснула, наверно... День такой был нервный, я ночью плохо спала... Сейчас я... Заходи...

Митя шагнул в номер и в нерешительности потоптался на пороге.

— Пойдем погуляем? Я никогда не видел белых ночей.

— Пойдем, — улыбнулась Эля и сама подошла к нему. Прикрыла дверь. Обняла и стала целовать.

Когда Мите показалось, что времени больше нет, и ничего больше нет, и нет больше его самого — есть она и он, и они вместе, и он чувствует ее сердце, ее дыхание, и он вообще больше не сделает шага без нее, потому что лучше, чем быть рядом с ней, нет ничего на свете, Эля расцепила его руки, шепнула: «Пошли!» — открыла дверь, облокотившись на которую они целовались, вытолкала его за дверь и вышла сама, схватив на ходу куртку.

— Накинь тоже куртку, ночь уже, — кивнула она. — Я тебя на лестнице подожду.

— Ага, — сказал Митя, ничего не соображая.

Это хорошо, это мучительно, это еще не все, это точно не все... Он чувствует... Он теперь знает... Но это то, чего он хотел, и больше он ни о чем не хочет думать.

Телефон он выложил, быстро взял куртку и пришел к Эле, стараясь сдерживать шаг и не бежать. Он — голову — не потерял. Он знает, что делает. Он даже посмотрел на себя в зеркало, удостоверился, что выглядит хорошо. На все сто. Как настоящий Элин парень. Нет, его не поймали. Он сам так решил. Сам! Он так отцу и скажет. Скажет: «Батя, это мое. Все. Точка!»

А батя, самый родной, самый близкий человек, который понимает Митю лучше всех на свете, который растил его с пеленок, и сейчас поймет и одобрит Митин выбор. Иначе просто быть не может.

Митя шел у моря, держа Элю за руку. Странно, сколько раз он видел такие пары, но и представить себе не мог, сколько разных сложных ощущений может вызвать вот такое состояние. Вроде ничего особенного... Да как — ничего особенного! Это особое состояние духа, это приятная тревога тела, это... Это... — любовь?

Митя взглянул на милый его сердцу Элин профиль. Идеально, все в ней идеально, и не надо глазами ничего подрисовывать, исправлять, подлепливать, убирать... В ней все, как должно быть. Гармония мироздания. Как бывает в музыке.

Великая, тайная гармония, математически выверенная. Моцарт, Бетховен, Чайковский... И великие живописцы и скульпторы — Леонардо да Винчи, Микеланджело, Роден... Они родились, зная эту гармонию. Откуда, почему — неизвестно. И Митя знает ее, только никак применить не может. Чуть-чуть, прикоснуться только. Музыку он слышит и понимает хорошо, но не сочиняет. А когда играет... Ощущение гармонии мало ему помогает, нужно еще, чтобы были такие руки, которые сами, помимо него, играли. Он видел таких музыкантов. Стоят, смеются перед концертом, а выходят — и руки их делают невообразимое. Обыкновенный человек не может столько запомнить, повторить, передать эту волшебную, сложнейшую гармонию, эту другую, тайную жизнь, состоящую из звуков...

— Ты веришь, что я буду великим музыкантом? — спросил Митя Элю.

Девочка взглянула на него. Как ответить? Правду? А разве она знает правду? А если то, что ей кажется правдой, на самом деле не так? Нет, она не верит. Но сказать это невозможно. Есть правда, которую можно убить. И говорить ее не нужно. Даже если ты убеждена, что знаешь ее.

— Я хочу, чтобы это было так, — мягко ответила Эля.

Митя услышал не сомнение, а что-то другое, хорошее, наверно, ее веру в него. Вот, значит, точно, она — его человек, раз верит в него.

— Я... Ты даже не представляешь... Какая жизнь у меня будет... Я буду ездить по всему миру... И... Вот... У меня такое расписание будет... Все расписано... То есть... — Митя начал было рассказывать, да запнулся. Как-то не получилось рассказать Эле то, о чем они так легко рассуждают с отцом — о его будущих победах, об импресарио, которые будут за него бороться, за право устраивать ему концерты, о лучших концертных залах, билеты в которые будут распроданы заранее, за полгода, о его звездных турне, о шикарных гостиницах, о номерах, уставленных букетами роз, о плачущих поклонницах, о славе, тяжелой, дурманящей, неотвратимой...

Эля почувствовала его неуверенность и сжала его руку.

Не будет он сейчас думать о виолончели, о славе, о будущем — он и так с утра до вечера об этом думает, играет, считает часы, сидит, сидит, и немеет спина, затекает шея, руки, но он сидит и играет, потому что иначе он не придет к своей звездной славе. Почему он должен к ней прийти? Так сказал отец. Он — знает, и Митя не может его подвести.

Митя отпустил Элину руку. Все хорошо, только он обещал отцу не увлекаться, точнее, что его не увлекут.

— Ты что? — Эля посмотрела на него.

Пусть она так не смотрит, тогда он сможет выполнить все обещания, данные отцу. Митя обнял девочку. Что, вот теперь он может просто, ничего не говоря, не спрашивая разрешения, не боясь отказа, целовать ее, когда хочет? Митя ткнулся губами ей в висок. Эля тихо засмеялась и слегка прижалась к нему. Это удивительно — чувствовать рядом с собой ее нежное, хрупкое тело, слышать ее запах, зарываться лицом в ее роскошные волосы, ощущать нежные руки на своем лице... И он не променяет это ни на что.

— Спокойной ночи... — в полутемном коридоре светлые глаза Эли поблескивали.

Митя молчал, стоя у ее двери и держа ее за руку. Она не хочет, чтобы он вошел. А он... Он хочет и боится. И надеялся, что она сама позовет, и все будет как-то...

Митя вздохнул, наклонился, чтобы еще раз поцеловать ее. Сколько можно целовать? До бесконечности. Это не надоедает. Каждый раз получается как-то по-новому. Масса новых ощущений, новых, прекрасных, неожиданных...

— Я... — Митя не знал, как это сказать. — Я зайду к тебе, можно?

— Зачем? — Эля смотрела ему прямо в глаза.

— Просто... Поговорим.

— Поговорили уже обо всем, — засмеялась девочка.

И Мите стало страшно обидно. Ах, вот, значит, как! Значит, это смешно! Ей смешно, что он... Значит, сама она совершенно не хочет быть с ним... То есть... Митя запутался в мыслях, рассердился на себя, на Элю, отбросил ее руку, резко развернулся, быстро ушел к себе в номер.

— Пока! — бросил он через плечо. — До завтра! Не пиши мне!

Эля посмотрела, как мальчик завернул за угол коридора, и, вздохнув, отперла свою дверь. Обиделся. А как он хотел? Так не будет, как он хотел. По крайней мере, сейчас не будет. Почему? У многих ее подружек уже было. Кто-то обманывает, рисуется, хочет казаться взрослее, опытнее, чем есть на самом деле, но у кого было — это видно. Другие глаза, другая реакция на некоторые шутки, на полудружеские объятия одноклассников.

Эля ведь пыталась как-то завести разговор с матерью, но та испугалась, засмущалась. Все наоборот, вроде бы Эле надо было смущаться, но говорить не захотела Лариса. А Эля хотела рассказать о Тосе, которая пристает к Мите и в то же время близка с другими мальчиками. Что это? Такая природа? Она — другая, чем Эля, чем Элины подружки? Или поговорить об Ирочке, которая, не смущаясь, лезет, лезет, то к одному мальчику, то к другому, гладит их, застегивает пуговки, кормит, приглашает куда-то. Как-то все наоборот стало в мире, что ли? В книгах про старую жизнь все по-другому. Да и в фильмах про современную жизнь тоже не так. А среди ее ровесников почему-то в отношениях лидируют девочки. Девочки решают, с кем им быть. Выбирают мальчиков, добиваются их, кто-то глупо, напролом, а кто-то — очень тонко, хитро, так что мальчику кажется, что это он выбрал.

Это очень интересно, но поговорить об этом совершенно не с кем. Иногда Эля разговаривает с Софией, но та не до конца искренняя. Саму ее воспитывают в восточной строгости — и в поступках, и в мыслях, и она, хоть и умна, видит, понимает больше, чем, например, грубоватая и взбалмошная Танька, но говорит часто не то, что думает, а то, что положено говорить. Вот что бы сказали сейчас ее подружки по поводу Мити?

Танька бы выразилась так грубо, что даже не хочется это представлять. София бы сказала: «Ишь ты, навострился! Молодец, что прогнала!» Костик Волоконский упал бы в обморок. Второй их друг, Ваня, от смущения стал бы смеяться и рассказывать, как вчера в компьютерной игре он чуть было не вышел на пятый уровень, но помешал этот шустрый пузан с огнеметом... А Ирочка облизала бы тонкие губки и загадочно подмигнула: «Точно не пустила? Может, расскажешь поподробнее?»

Эля закрыла окно, когда комната наполнилась свежайшим ледяным воздухом, побыстрее залезла в холодную постель, дрожа, накрылась одеялом.

❖ Спишь?

Она улыбнулась. А ведь просил не писать ему! Сам пишет...

❖ Сплю.

❖ Зачем отвечаешь тогда?

❖ Хорошо, не буду.

❖ Нет, отвечай. Что делаешь?

❖ Сплю.

❖ Ну и спи! Почему ты со мной сегодня...

❖ Что?

❖ Сама знаешь что.

❖ Целовалась?

❖ Да.

❖ То есть — почему?

❖ Почему?

❖ Потому что... А ты — почему?

❖ Ты с кем-то раньше целовалась?

❖ Нет.

❖ А с Костиком?

❖ Ты — идиот?

❖ Да.

Сообщение послалось, он не успел стереть то, что сгоряча написал.

❖ То есть нет. С чего это я идиот?

❖ Нет, Митя. С Костиком Волоконским я не целовалась. Он меня пытался целовать на дискотеке, но это было несерьезно.

❖ А со мной — серьезно?

Эля отложила телефон. Что он хочет услышать? Она все равно этого не скажет. Потому что сама не знает.

❖ Давай спать, Митя.

❖ Ясно. Все ясно.

Ясно все! Отец так и говорил! Заманит, поиграет и бросит! Митя выключил телефон и отбросил его. Пусть теперь пишет! Пусть звонит! Пусть скребется к нему в дверь! Он не откроет! И он вообще больше с ней ни одного слова не скажет. Не пустила. И теперь еще смеется. Да он пойдет к Тосе, вот Тося точно не выгонит его несолоно хлебавши...

Только зачем ему эта Тося нужна теперь? Ведь он любит Элю. Он это знает. Он ее любит, он не может спокойно на нее смотреть, он не может спокойно рядом с ней находиться... А она просто играет с ним. Ясно, попался. Что теперь делать?

Митя измучил себя сомнениями и уснул.

Он не понял, как открылась дверь. Он, кажется, ее запер и даже проверил. Он с детства боится плохо закрывающихся дверей. За ними может стоять кто-то, кто хочет войти и задушить маленького Митю. Так говорил отец. «Будешь слабым, будешь плакать, ночью войдет к тебе человек и задушит тебя. Есть такие люди, они ходят по свету, ищут слабых мальчиков и душат их. Терпи боль, терпи холод, голод, будь сильным — тогда он к тебе не придет». И Митя много лет, наплакавшись в постели, а не плакать он не мог — столько боли, столько несправедливости было в школе и в семье, так над ним смеялись, так неудержимо бил отец, так унижал, ругая, воспитывая, — ждал, что ночью скрипнет его шаткая дверь и войдет высокий, худой, черный человек с длинными костлявыми руками, огромными шершавыми пальцами, возьмет этими руками его за шею и легко, не задумываясь, задушит. Потому что он — слабый. Потому что он не может не подхалимничать, потому что не может не врать, потому что не может играть часами на виолончели — устает, ему скучно, он не понимает смысла в этих звуках, бесконечных, ноющих этюдах. Его виолончель не поет и не плачет, его виолончель только ноет, годами — ноет, ноет. И уроки ему тоже неинтересны. Математика не дается, в русском он не может понять и запомнить ни одного правила, английский... — вообще, зачем его учить... То, что ему нравится, делать нельзя, оно под запретом. Лепить — нельзя, рисовать — нельзя, вырезать, выстругивать — ничего нельзя. Поэтому приходится делать все остальное — что неинтересно.

Дверь открылась, и за ней никого не было. Митя понимал, что надо встать и закрыть ее. Или посмотреть, кто там. Но он знал, кто там. И почему за ним пришли. Потому что он — слабый, потому что он делает все не то. Потому что он не сдержал слово, обманул отца. Потому что его прогнала Эля, а он не смог настоять. Кто спрашивает: «Можно к тебе войти?» Кто вообще из нормальных мужчин это спрашивает? Надо было вломиться к ней в комнату, втащить ее, ногой захлопнуть дверь, бросить ее на кровать... И все бы как-то произошло...

— Ты не смог... — Этот человек, которого Митя так хорошо знал, улыбался и приближал свое лицо к нему, приближал.

Митя хотел оттолкнуть его, но его руки были связаны над головой. Он как будто видел себя со стороны. Кто, когда успел его связать? К рукам была привязана виолончель, почему-то с порванными струнами... Конечно, это же он порвал на концерте... Играл целый вечер... Да, да, был полный зал, все рукоплескали ему стоя...

— Не смог ничего... Ты очень плохо играл... Ты унизился перед бабой...

Откуда он знает этого человека? На кого он похож? Длинные седые волосы, бородка, худой, высокий... Почему он так похож на отца, ведь отец — полный, с мощными ногами, крупными плечами, а этот — как Деряев, только старый и с бородкой, как у отца...

Митя закрыл глаза. Да, вот этого он всегда боялся. Он знал, что когда-то и к нему придут. Искали по всей земле самых слабых мальчиков. И — нашли. Он должен сказать Эле, что...

— Подождите! — изо всех сил крикнул Митя, но не услышал своего голоса. Он пытался кричать, пытался развязать руки, но все тщетно.

Человек наклонился к нему, Митя близко видел страшные глаза — страшные, потому что внутри них что-то было, что-то горело, или взрывалось, или летело, разваливаясь на горящие куски, клочки... Плохо, страшно, больно, муторно, душно, душно...

Митя подскочил на кровати, потер лоб. Во рту пересохло, дышать было нечем. Он же не проветрил перед сном, его Эля просила проветрить... Эля... Митя посмотрел на дверь. Она была заперта. Это был сон, обычный его страх. Этот человек уже снился ему, только раньше он по-другому выглядел. Не был похож на отца и на Деряева... Фу-ты, ерунда какая...

Митя открыл окно. Тихо, как тихо. Ни одного звука, как будто в поле... Это короткие часы летней северной ночи. Еще чуть-чуть, и начнет светлеть. Интересно, обиделась на него Эля? Кажется, он был груб с ней. И если обиделась, то на что — на то, что хотел войти, что нагрубил или на то, что не настаивал, как нюня, взял да и сразу ушел. Может быть, она хотела, чтобы он вошел, просто стеснялась? Скорей всего. Ведь он ей нравится. Он почти уверен в этом. Она его так целовала... Митя заволновался, вспомнив вчерашний день. Зря он все-таки не настоял... Может, сейчас попробовать? Или нет... Некоторые девочки отказываются, не хотят близости... Он слышал такие разговоры... Год встречаются, а она ни в какую... Но таких очень мало. Обычно всё у всех одинаково. Месяц ходили в кино, потом как-то случайно или не случайно оказались вместе дома, когда родителей не было, ну и... Потом у кого как выйдет. Некоторые встречаются до конца школы и даже дальше, некоторые мальчики теряют интерес, потому что девочки начинают качать права, ревновать, требовать, чтобы мальчик был и подружкой, и другом, и встречал, и провожал, и все время был только с ней... Да и вообще. Интересно попробовать, как будет с другой. Так, по крайней мере, ребята говорят.

Митя всегда боялся этих разговоров, особо не прислушивался. У его единственного друга Сенечки девушки не было. Да и трудно было представить себе девушку, которая пойдет с нелепым, прыщавым, застенчивым до судорог Сенечкой. Кому рассказать? С кем поделиться? С отцом — ни за что. Можно себе представить, что скажет отец. А тогда — вообще не с кем. Сенечка будет ржать, еще задаст какой-нибудь тупой вопрос, и они поссорятся, как часто бывает. Нет, такое никому не расскажешь.

Глава 20

На завтрак Митя спустился хмурый. Эля сидела одна, и ровно в тот момент, когда Митя, незаметно поглядывая на нее, накладывал себе в плошку каши и заливал ее вареньем, размышляя, как лучше сказать: «Привет!» или грубо: «Здорово!» — она всегда обижается, когда он так говорит, вот и пусть обижается! — к ней подрулил Никита и, гадко улыбаясь, сел напротив нее, умудрившись на лету поцеловать ей руку. Ох, вот этого ему еще не хватало, после такой ночи, когда он весь измучился, искрутился, от ночных кошмаров, от мыслей, от сомнений. Успокоился и заснул он только тогда, когда нашел, из чего вырезать Элину фигурку — разбросив руки, она летела навстречу Мите — кому же еще. Сама летела, не отводя от него влюбленных глаз, не дожидаясь, пока он будет униженно скрестись к ней в дверь, ожидая очередного отказа... Легкая, нежная, светящаяся...

Вырезал он фигурку из квадратной свечки, которая стояла на столике. Свечка чуть крошилась под руками, точнее, под ручкой чайной ложечки — ничего другого не было. Но это даже приятно, когда материал чуть сопротивляется, пытаешься его подчинить себе, понять его секрет. У каждого материала — свой секрет, как у человека. Иногда приятно, когда материал полностью поддается, как глина, гипс. А иногда интереснее, когда нужно прикладывать усилия.

Митя вырезал светло-желтую фигурку, поставил ее на окно, чтобы утром она засветилась от солнечного света, и только тогда уснул. Черный человек больше ему не снился, зато снилась Эля, беременная, с огромным животом. Митя с ужасом смотрел на этот живот. Он знал, что там — чудовища, которые поглотят его, как только появятся на свет. Где-то это уже было — дети, пожирающие своего родителя... Какой-то миф... Митя во сне никак не мог вспомнить, как звали того, кого пожрали его же дети... То, что он сам родитель этих чудовищ, во сне сомнений не было.

Эля в его сне была решительная, ловкая, со своим животом она бежала легко, подпрыгивая, щелкая его на ходу по носу. Щелк, щелк, еще раз щелк. Митя хотел увернуться, да не мог. И бежал рядом с ней, как на привязи. А потом она села в красный матовый кабриолет, переливающийся фиолетовым и зеленым, как большой изящный жук, плюнула в Митину сторону и уехала, не обернувшись.

В общем, настроение после такого сна было поганое. Все тело болело, как будто он отжимался или подтягивался слишком много раз. Аппетита никакого, но единственный бесплатный раз поесть в день — выбора не было.

Митя набрал каши, положил много творога в другую мисочку, с плошками в обеих руках пошел по большому кругу в ресторанчике, чтобы понять — как быть, куда ему садиться. Сделать вид, что он Элю не знает? В принципе, это мужественное решение. Да, наверно, так и надо сделать. Но почему Никита имеет право целовать ей руки? Что, между ними что-то было? Вот Мите не пришло в голову целовать руки. Кто вообще сейчас целует руки? Что за девятнадцатый век? Почему она позволяет это?

Митя сел так, чтобы ему было видно Элю, натолкал полный рот совершенно безвкусной каши, с трудом ее проглотил. Встал, с грохотом отодвинул стул, пошел, выбрасывая ноги, к Эле. Так как — «Здорово!», или «Привет!», или просто равнодушное «Ха!»? Прошел мимо молча, лишь небрежно глянув на нее. Она в это время намазывала хлеб и даже не подняла на него глаза. О-о-о!!! Вот оно как! Вот как все разворачивается! Не хочет с ним здороваться! Хочет сидеть с Никитой и протягивать ему руки для поцелуя! А его, Митю, которого целовала вчера, да как целовала, она вообще в упор не видит... Ладно! Ладно...

Митя со второй попытки налил себе кофе, первый раз все пролил. Автоматы у них в Латвии дурацкие! В музыкальной школе есть автомат, Митя никогда не обливается! Он уже года три, как взрослый, пьет кофе. Да почему — «как»? Он — взрослый. Он стал взрослым, он это чувствует. И отцу так скажет. И вообще — всем...

Митя резко поменял направление и решительно подошел к Элиному столику. Никита что-то несмешное рассказывал, а Эля смеялась.

— Здоровеньки булы, братишки! — громко сказал Митя, сам ужасаясь тому, что он говорит.

— И вам не хворать, — прищурившись и ехидно усмехаясь, проговорил Никита. — Что ты кругами-то ходишь? Все ходишь, ходишь...

— Я?!

— Да. Садись, не переживай, не нервничай так. Ты из-за пары, что ли?

— Какой пары?

— Да что тебя в пару Эле не поставили. Самую красивую пару фестиваля видел?

Митя непонимающе смотрел на Элю. Вот оно как, оказывается... Все идет мимо него...

— А кто это?

— Эля и Петерис. Они сегодня поют вечером дуэтом, вот их и объявят самой красивой парой. Все уже решено. А ты в пролете. — Никита говорил это так дружелюбно, что, если не понимать слов, можно было подумать, что он говорит что-то очень приятное для всех.

— Ладно. Мне все равно.

— А мне — нет! — засмеялся Никита. — Я хотел с ней быть в паре, проплатить хотел, да меня не поставили, умыли с моими деньгами. Я здесь гость. Вот в следующем году Эля на фестиваль приедет ко мне, будет звездой, да, Элечка?

Эля пожала плечами, взглянула на Митю с совершенно непонятным выражением, быстро допила кофе и молча ушла.

— Не поймешь женщин, да, Мить? — усмехнулся Никита. — Вот вроде только что с нами была, а р-раз — и улетела. От кого? От меня или от тебя? Или от обоих?

— Нет. Нет! То есть... Черт... — Митя отшвырнул от себя миску с отвратительным, кислым, сухим творогом — и как только он вчера столько его съел? — и побежал за Элей. А и все равно, кто что подумает. Он не позволит никому от себя улетать. Он сам улетит от кого хочешь.

Митя изо всех сил застучал в Элину дверь. Она открыла и встала на пороге.

— Ты что так стучишь?

— Я...

Весь запал куда-то пропал. Как она делает так волосы — они струятся, струятся по плечам, можно смотреть до бесконечности, теряясь взглядом в их золотистом водопаде... Митя сдержался, чтобы не икнуть. Он — сдержится, он — взрослый. Он не будет, как маленький слабый мальчик, икать от волнения при виде красивой девочки. У него нервная икота, да. Он же не виноват. Однажды отец его порол и заставлял говорить: «Мне не больно, мне не больно». А он во время этого заикал. И с тех пор так и пошло. Когда Митя нервничает — он икает, громко, мучительно. Но он научился сдерживаться.

Эля смотрела на него с улыбкой. Очень загадочной. Не поймешь — то ли ждала, что он ее обнимет, то ли ждала, когда же он уйдет...

— Пойдем кататься на велосипедах? — неожиданно для самого себя сказал Митя, мирно и робко. — Солнце вышло...

— Пойдем. Только после репетиции. У меня репетиция в двенадцать.

— Хорошо, — кивнул Митя. — Я подожду тебя.

— Сходи пока в городской музей, я смотрела вчера их сайт. Там для тебя будут интересные вещи.

Откуда она знает, что для него интересно, а что нет? Ему интересно ее целовать, а больше сейчас ничего не интересно. Ему интересно быть рядом, интересно, чтобы никто другой не хватал ее за руки, не шел рядом с ней, не смотрел на нее.

— Хорошо, — покорно кивнул Митя. — Схожу. Ты не уйдешь после репетиции?

— Нет, — засмеялась Эля. — Подходи к часу.

Почему она думает, что он будет делать все, что она скажет? Он вообще сейчас возьмет велосипед и уедет на весь день. Он свободен. И для него фестиваль закончился. Конечно, будет награждение... Но не пойдет же он на награждение — высшие баллы поставили Эле без него. Вот пусть она свою награду и получает одна.

Эля легко провела пальцем по его руке. Митя замер. Войти? Это намек? Но она так и стоит на пороге, перегораживая ему путь. Может быть, она просто не хочет его приглашать? Стесняется? Ждет, чтобы он набросился на нее, как настоящий самец? А он стоит, нюнится, боится сделать решительный шаг...

— Ты... — Митя произнес неожиданно сипло, прочистил горло.

— Иди, Митенька, мне надо собираться на репетицию, распеться.

— Ладно, — кивнул он. «Митенька»... Она так никогда не говорит. Что это значит? — Ну, я пошел?

— Иди.

И что, вот так, даже ни словом, ни намеком, никак не выдаст себя? А как она спала? Крепко? Думала о нем? Что она вообще думает о нем? Что он идиот? Жалкий, зависимый... Или что он красавец и будущая звезда? Митя приосанился. Да, как-то он забыл совсем о том, что ждет его впереди.

— Я еще не знаю, что я буду делать сегодня, — как можно небрежнее сказал он. — Там... меня приглашали...

— В ночной клуб? — засмеялась Эля.

Да не надо так смеяться над ним!

— Нет!!! Поклонницы приглашали!

— Да-а? А куда?

— Туда! Не важно!

Не пустит, ясно, всё. Разговор пошел не туда. Митя и сам не знал, зачем ему надо было сейчас войти к Эле, но это было принципиально. Если он для нее что-то значит, она его впустит, если нет — то вот так и продержит на пороге. Как курьера. Как попрошайку. Как нищего!! Нет уж, он не будет ничего просить ни у кого!

— Ну что ж, я пошел? — Митя сделал шаг в сторону.

— Ага. — Эля легко захлопнула дверь.

Ну все. Это все. Это конец. Он ей не нужен. У нее все теперь по-другому. Он может быть свободен. Ее все любят, все добиваются, она — самая красивая девушка фестиваля, а он — никто.

Он — никто? Он — будущая звезда с мировой славой, только они об этом не знают!

Митя шел по коридору и изо всех сил стучал кулаком по стенам. Из нескольких номеров высовывались конкурсанты — вся гостиница была заполнена только участниками их фестиваля. Митя послал троих матом, один из них запустил в него ботинок. Настроение после этого как-то улучшилось. Все-таки с девушками все очень неясно, особенно с такими, как Эля. Матом не пошлешь, не ударишь, и она как-то неопределенно себя ведет...

Митя вспомнил, что со вчерашнего дня так и не включил телефон. Что там произошло за это время с отцом, лучше не думать. Может, и не включать его теперь уже? А то будет взрыв. А ведь Митя может и взорваться в ответ. У него и так нервы на пределе.

Ровно к часу он подошел к концертному залу, откуда была слышна музыка. Эля выбежала к нему разрумянившаяся, до невозможности красивая. У Мити даже все заныло внутри. Все — сердце, зубы, живот... Про то, что еще теперь в его организме реагирует на ее приближение, лучше не думать... А как об этом не думать? Это же главное... Митя изо всех сил постучал себя по щекам. Конечно, щеки тут ни при чем, но как-то нужно попытаться привести себя в чувство... Вот она какая взрослая жизнь, оказывается... Достаточно сложно быть самцом. Нужно привыкать, уметь владеть собой. Митя прокашлялся, поправил соломенную шляпку.

— Шляпу сними, иначе не пойду с тобой, — с ходу сказала Эля.

Митя было нахмурился, но она быстро поцеловала его в щеку, и Митя, ощутив на щеке ее губы, тут же потерял контроль, разулыбался, шляпу сдернул, руки как-то сами собой задвигались, он начал говорить что-то очень смешное, очень, от чего самому захотелось смеяться, напевать американскую потешную песенку, в ноль написанную про Митю и его нынешнее состояние... «I'm too sexy for my hat... too sexy for my hat»[1]...

Митя пел, смеялся, то обнимал Элю, то попытался ее приподнять, один раз умудрился поцеловать, попал мимо щеки, прямо в ухо, хорошо, что у нее нет сережек, оказывается, так здорово

---

[1] «Я слишком сексуален для своей шляпки, слишком сексуален для своей шляпки...» *(англ.)*

целовать ее мочку, нежную, чуть пушистую, можно попробовать еще раз, он не распробовал... Эля отталкивала его, но как-то не всерьез, так что хотелось снова и снова трогать ее, обнимать, пытаться целовать — то в висок, то в шею, то рядом с губами — такое тоже удивительное место, там, где у Эли рождается улыбка, — и у всего свой вкус...

— Кажется, я немножко сошел с ума... — Митя услышал свой голос и рассердился. И зачем он это говорит? Что это? Кто это говорит? Он прекрасно себя чувствует вообще-то...

Но совладать с собой было невозможно. Он говорил, делал совершенно не то, что собирался. Он собирался идти батиными шагами, широко раскидывая ноги, гордо, независимо, с прямой спиной, чуть откинувшись назад. А вместо этого скакал вокруг Эли, хохотал, пел, приставал к ней и был от этого совершенно счастлив.

— Велосипеды! — напомнила Эля. — У нас хватит денег?

— У меня есть деньги! — Митя достал остатки евро. — А сколько они стоят, кстати?

На велосипеды им хватило, тем более что вечером, перед гала-концертом, предполагался прощальный фуршет, можно было сэкономить на обеде.

Оказалось, что Эля ездила хорошо, смело и свободно, не так, как обычно катаются девчонки, кокетничая и боясь упасть. Эля гналась по берегу так, что Мите пришлось догонять ее.

— Ну, ты даешь, — запыхавшись, он обогнал-таки ее и встал наперерез. — Куда поедем?

— До границы с Литвой! — засмеялась Эля. — У нас времени много.

Митя одним прыжком соскочил с велосипеда и взялся за ее руль, положа руки ей на ладони.

— Эля...

— Да?

Митя смотрел ей в глаза и понимал, что сейчас сделает все, что бы она ни попросила. Скажет искупаться в ледяном море — искупается, скажет рассказать все, что он знает, обо всех, о Сене, о родителях, о нем самом, о том, как ему бывает одиноко, как страшно думать о будущем, как он иногда не верит отцу, когда тот рассказывает ему о его тернистом, но звездном пути, о том, как ему унизительно бывает чувствовать себя самым бедным в классе, работает ведь одна мать... Все то, о чем он не расскажет никому и никогда, он готов был рассказать сейчас Эле, если бы она потребовала. Может быть, он бы даже мог отрезать себе ухо, если бы было нужно. Сам он не хотел ничего — только быть рядом с ней, так близко, как только она захочет, как только она позволит. Он сейчас был согласен на любое.

Эля под его взглядом слезла с велосипеда, молча, ничего не говоря и не спрашивая. Как-то она слышала его несказанные слова. Что-то изменилось в ее взгляде. Она испугалась? Или растерялась?

Без улыбки она вместе с Митей отвезла велосипеды к дюнам, они прислонили их к растущему прямо сквозь песок кусту, тот накренился под тяжестью двух велосипедов.

Девушка повернулась к Мите. Он немного растерялся. Веселье прошло. То, чего он хотел и боялся, было невозможно. Почему-то сейчас ему стало это ясно.

Она — хорошая девочка. Она — не Тося. Тося — тоже хорошая. Но Эля точно трогать его, как Тося, не будет. И предлагать себя, как Марина, тоже не будет. Но ему этого и не нужно. Он сам за ней побежит... Только не догонит. Слишком она совершенна. Слишком всем нужна. Митя сел на песок, чуть отстранившись от Эли, не касаясь ее. И стал наблюдать за муравьями, оживленно бегающими по плотному песку. Здесь, дальше от моря, песок был не сырой. Муравьи носили крохотные веточки, по одному, по двое. Вот кто-то потащил своего примятого товарища, может, это Митя на него наступил...

— Ты что?

— Ничего... — Митя оторвал веточку с бледно-желтыми соцветиями. — Интересный запах... У тебя волосы так пахнут, похоже...

Эля улыбнулась и сама обняла его. О, нет. Так не нужно. Когда он чувствует ее руки, он перестает что-либо соображать. Все как-то плывет, все становится другим, неопределенным, без начала и конца, мысли мгновенно сминаются в крутящийся клубок, начинают прокручиваться в голове, не зацепляясь ни за что конкретное... Митя не понял, как оказался так близко от ее глаз, в которых — бесконечность и совсем другая жизнь, другое будущее, вообще что-то другое, близко от ее губ, вкус которых он теперь знает так хорошо... Он думал как раз под утро, что будет, если он поцелует ее по-другому... Он не знает, откуда это родилось в его голове... Он никогда раньше не думал об этом. Эля удивилась, но не оттолкнула его... Бесконечно, наслаждение может быть бесконечно, только телу становится все неспокойнее, все горячее, и что ему с этим делать?

Митя отстранился от девочки, встал, размялся, помахал руками. Не очень помогает, на самом деле. Он уже привык к новым ощущениям в своем теле, но... Что, вот так теперь будет всегда? Митя искоса взглянул на девочку. Догадывается она, что с ним происходит? Или нет? Достаточно она взрослая? У нее такие мудрые глаза... Но мудрость здесь ни при чем. Это — любовь? Да, наверно, это любовь. И то, что у него сейчас в душе, и то, как на смятение души реагирует его тело.

— Я тебя люблю... — тихо-тихо, чтобы не слышал никто, даже крохотный муравей, который все стремился залезть к нему под носок, пробормотал Митя.

— Что ты сказал? Не слышу, — улыбнулась Эля.

Ей легко улыбаться. У нее другая природа... У нее все скрыто. И никто не знает, что она испытывает на самом деле... Хочет ли быть с ним, так, как этого хочет он... Может ли он ей предложить близость? Или это предлагать не надо? Это произойдет само собой? Сегодня вечером? Или прямо сейчас, если уехать подальше, на пустынном берегу, в дюнах? Попробовать — уехать ото всех и... А если она откажется? Если разобидится? Или, наоборот, она обидится, если он не попытается к ней подступиться? А как это понять? Митя несколько раз напряженно взглядывал на Элю. Вообще-то это нехорошо, наверно... Нет, он не знает. Он знает одно — теперь он точно знает, что он взрослый, и знает, чего хочет. Только вот как быть с ней? Вдруг она вспыхнет, расплачется или ударит его по щеке...

— Ну, пошли, отдохнули? — весело спросила Эля и встала.

А, вот как! Ей весело! Он-то еле справляется со своими чувствами, со своей страстью — это ведь страсть? Конечно, страсть, ему же сейчас станет плохо от напряжения, у него сбилось дыхание, он весь красный, наверно, красный, он чувствует, как кровь несется по всему телу — вверх-вниз, вверх-вниз... А она просто отдыхала...

— Пошли! — рявкнул Митя. И не будет он смотреть, как задрожали у нее губы!!! Как задрожали, так и задрожали! Ему сейчас — гораздо — хуже! Гораздо хуже! Невыносимо! Очень тяжело быть взрослым мужчиной... — Подожди... — Он резко рванул ее за руку, развернул к себе. — Мне надо тебе что-то сказать... — Митя крепко ухватил Элю, прижимая ее к себе. Ну и как быть? Как? Может, его переполненное чувствами тело как-то успокоится? Или, наоборот, от ее близости его сейчас разорвет?

Эля, кажется, пыталась высвободиться, но Митя стоял, сжимая все сильнее девочку. Это любовь, да, понятно, это любовь. Он ее любит, любит, любит... Он должен быть с ней, что бы она ему ни ответила... А он и не будет спрашивать... Не будет... Все и так ясно... И он должен делать, что хочет...

Митя выдохнул. Вот как, оказывается, иногда бывает. Какая интересная жизнь у его тела, сложная, непредсказуемая.

Эля осторожно отстранилась от него.

— Ты хорошо себя чувствуешь? — спросила она. — Что-то ты...

— Да... — Митя провел губами по ее лбу. Он придет к ней, обязательно сегодня придет. Ему ясно теперь, как надо себя вести... Ясно... Чуть успокоившееся тело опять задрожало и растревожилось. Митя слегка отпихнул от себя Элю, так, чтобы она не обиделась.

— Что?

— Отойди от меня.

— Почему?

Митя усмехнулся. Почему... Маленькая глупенькая девочка... Потому!!!

Он рывком поднял ее велосипед, потом свой.

— Поехали.

Он — знает. Он — взрослый. Он — к ней вечером придет. Он ее любит. Все, точка. И это навсегда. Ничего лучше у него никогда не будет, потому что не бывает лучше девушки, чем Эля, совершеннее, красивее, нежнее. Говорить ей об этом? Митя искоса взглянул на нее. Батя бы точно сказал — не говорить. Но ведь все идет как-то совсем не так, как предсказывал отец... Хорошо это или плохо — это неостановимо. Думать о том, как придется отчитываться перед отцом, ему не хотелось. Невозможно об этом думать. Может быть, он ничего и не скажет. Есть вещи, о которых отец даже и не догадывается. Например, о Марине Тимофеевне. Или о том, как далеко зашла Тося в попытках ему понравиться. Или о том, что Митя тайком лепит в школе. Знает, что это неправильно, но ничего поделать с собой не может. Так что расскажет ли он об Эле — не факт.

— Что-то тебе родители не звонят... — обронила Эля, словно услышала его мысли.

— Не звонят... — пожал плечами Митя.

Сказать ей, что он отключил телефон? Раздеться перед ней до конца? Пусть знает, как он слаб перед ней? Нет. Да он и не слаб. Любовь — слабость. Да. Или нет. Не понять. Он чувствует сейчас себя очень сильным, очень. От ее присутствия. И хочется, чтобы она это знала, хочется как-то ей доказать это. Митя прыгнул на велосипеде и чуть не упал. Прыгнул еще раз. На песке прыгалось не шибко, но он прыгал и прыгал, пока не стало подозрительно шататься колесо.

— Мить... — Эля обогнала его и обернулась. — Ты молодец. Ты ловкий, сильный. Не ломай велосипед, пожалуйста!

— Я еще не так могу!

— Я знаю. Но больше не прыгай.

— Хорошо. — Митя резко затормозил, потому что увидел выброшенную на берег рыбу. Ничего себе... Он слез с велосипеда, наклонился к рыбе. Еще живая... Или нет... Красивая, крупная, с переливающейся на неярком солнце чешуей... Еще недавно плавала, не думала, что волны подхватят и выбросят ее на берег. И волны-то сегодня невысокие...

— Зажарим? — Эля подошла, улыбаясь.

Митя покачал головой. Как неромантично. Не понимает... Нежная, красивая, а не понимает. Мужскую душу понять не так просто.

— Я выпущу ее, вдруг она поплывет.

— Хорошо... — Эля смотрела на него так, как будто увидела в первый раз. Приятно, когда на тебя так смотрят. Что еще сделать, чтобы она так смотрела всегда? — Митя, давай загадаем... Если она поплывет, то...

Митя закрыл ей рот ладонью и почувствовал, что Эля прикоснулась губами к его ладони. Все тело его опять заныло.

— Я сойду с ума сегодня! — искренне сказал он и даже не пожалел о том, что сказал. Ведь это правда. Это правда. Это первый день его взрослой жизни. — Давай ничего не загадывать.

— Почему?

— Я боюсь загадывать. Мне кажется, что все наоборот будет. Я уже загадывал однажды...

— Давай тогда быстрей выпустим ее...

Митя сбросил ботинки, закатал брюки и зашел с рыбой подальше в море. Какое приятное ощущение — ледяная вода, которая мгновенно остудила все горячие мысли в голове и разогнала слишком острые желания в теле. Митя опустил рыбу в воду, она шевельнулась, сначала пошла на дно, но потом он увидел, как она поплыла. Митя наклонился, зачерпнул воды, умыл лицо, еще и еще. Чуть-чуть соленая вода, малосоленое, но все же море, и запах особый...

— Уплыла, — сказал он, возвращаясь на берег.

— Правда? А я загадала... Ладно! — Эля, счастливо улыбаясь, прислонилась к мальчику.

— Скажи.

— Нет.

— Скажи... — Он взял ее за плечи.

Откуда в мире бывает такая совершенная красота? И почему так откликается на нее сердце? Что это за тайный закон? Кто его придумал? Почему глаза должны быть большие, волосы пышные, брови ровные, нос — прямой, не очень большой, ноздри точеные, губы... Как описать ее губы? Их можно рисовать и лепить, лепить до бесконечности, но описать словами невозможно. Сказать — правильные, красивые... — ерунда, нужно видеть этот изгиб верхней губы, с тайным местом для улыбки, он знает это место, да, знает... Никто больше не знает... И не должен узнать... Может, взять с нее слово? А она будет держать слово?

— Ты ведь не будешь больше ни с кем... — Митя запнулся.

Как-то неловко. В мыслях все хорошо, а слова звучат странно. Но Эля его поняла, засмущалась, даже раскраснелась, прижалась к нему. Удивительное, новое и самое лучшее чувство, какое он только испытывал в своей жизни. Все-таки, наверно, отец ошибался. Нет, он не будет сейчас думать про отца. Это была какая-то другая жизнь, там, с отцом, которая закончилась, и началась совершенно новая, сегодня, вчера, но точно началась. Он не сразу понял это, поэтому вел себя как дурак. Вчера, например. Или ночью. Надо было прийти к ней — и все сразу бы стало на место.

Митя смотрел на Элю и был практически уверен — она согласится на все. Ведь не зря она так на него смотрит. И спрашивать не надо. На словах не согласится. А на деле... Скорей бы вечер. Скорей бы прошел этот совершенно ненужный ему концерт, это ее соло, да еще и дуэт с латышской звездой...

— Наверно, будем возвращаться, я хочу отдохнуть перед концертом, — сказала Эля, и в который раз Митя с удивлением понял, что она думает с ним как-то в одну сторону, что ли. Мысли материальны? Не может же это все быть написано у него на лице? Слишком сложные мысли, такое не напишешь на лице.

— Поехали. — Митя кивнул ей, развернулся и помчался обратно, уверенный, что она с радостью будет его догонять.

— А что ты загадывал? — Эля действительно догнала его и поехала рядом. — Ой, давай чуть помедленнее, я устала.

— Я загадывал... — Митя подумал, не рассказать ли ей, как он загадывал, и не раз, чтобы отцу дали большой дорогой заказ, чтобы они перестали нищенствовать, чтобы отец почувствовал себя нужным, как он загадывал, чтобы он сел за виолончель, а руки, его непослушные руки, взяли смычок и заиграли сами. Он бы не мучился, не потел, не сидел до онемения спины — руки бы играли и играли, и лилась бы музыка — прекрасная, легкая, и ему было бы хорошо, а не тошно от собственной игры. Вот такое он загадывал.

Рассказать? Он взглянул на Элю. Нет, момент тот прошел, когда он хотел рассказать ей все. Почему? А кто ж это поймет. Прошел, и все. Сейчас он хотел быть для нее загадочным и недоступным, и чтобы она немножко понервничала, думая, не разонравилась ли она ему.

— Я, может, и не приду на твой концерт. Буду репетировать в номере! — небрежно сказал он.

— Мить... — Эля остановилась.

Он видел, что она встала, не едет дальше, и ехал и ехал вперед — догонит. Он и так уже перед ней весь распластался, весь открылся, дальше некуда.

Эля услышала сигнал сообщения и достала телефон. Костик... Странно, раньше он с ней так не общался — если и писал, то только необязательную, бессвязную ерунду или спрашивал уроки, никуда не приглашал, ни на выставки, ни на каток, ни в кино. Они ходили везде только компанией. Может, ему было этого достаточно? А что вдруг он так разволновался, когда она уехала? Ведь он, скорей всего, не знает, что Эля, считай, вдвоем с Митей здесь...

❖ Эль, как ты спела? Какое место заняла?

❖ Кажется, первое. Или Гран-при. Вечером будет награждение. Поищи в Интернете, будет онлайн-трансляция.

❖ Хорошо. Ты что сейчас делаешь?

Эля взглянула на Митю. Стоит ли обманывать Костика и давать ему надежду, разговаривать с ним... Если бы Митя только что опять не начал грубить, Эля бы не стала ничего отвечать Костику. А так она подумала и ответила:

❖ Я на велосипеде, езжу по морю.

❖ Красиво там? — задал Костик совсем не мужской вопрос. Спросил бы лучше, с кем она сейчас.

❖ Красиво. Море красивое, берег красивый, чайки и люди тоже красивые, — честно написала Эля, глядя на невероятно красивого сейчас Митю. Он все-таки остановился и оглядывался — где же она.

Что-то в нем как будто изменилось прямо со вчерашнего дня. Вчера еще был мальчишка, а сегодня — юноша, высокий, красивый, идеально сложенный... Если бы не чуть неуверенный взгляд, был бы похож на юного древнегреческого бога. Но боги так не смотрят — исподлобья, чуть в сторону, как будто стесняясь и себя, и своего взгляда, и сказанных слов, и несказанных, и всех противоречивых мыслей и желаний, которые просто разрывают его, а то, что Митю разрывает — это ясно. Вон как опять понесся, не оглядываясь...

Глава 21

— Слушай, ты правда еще в школе учишься?

Молодой, но уже известный Петерис с удовольствием поправил золотую лямку Элиного платья.

— Правда... — засмеялась Эля.

— Класс... Давай с тобой этот номер где-то покажем... У меня большой концерт через пару недель, турне по Латвии и Литве, в девяти городах, хочешь, приезжай. За свой счет, конечно, но будет интересно, и еще что-то споем. Сольно можешь одну песню спеть в моем концерте. По-русски или по-английски.

— Ладно, спасибо, — кивнула Эля. — Может, и приеду.

— Давай, приезжай. — Петерис дружески приобнял ее. — Ты классная, голос супер, и харизма такая... Тебе точно надо петь.

Многим не надо, а тебе надо. В консерваторию пойдешь после школы, да?

— Нет, — чуть менее уверенно, чем обычно, ответила Эля. Как они все единодушны, и Петерис, и Эдмундас, и многие, кто уговаривает ее думать о пении как о профессии. — У моего отца прекрасный голос, но он не поет в театре. Пел раньше, был солистом.

— И что? — удивился певец. — Ты поэтому тоже петь не должна?

— Ребята, приготовьтесь, ваш выход через номер! — Организатор махнула им рукой. — Теплакова, потом быстро переодевайся, еще через три — твой сольный, времени не много.

— Хорошо.

Эля отошла в сторону, чтобы чуть разогреть голос, попеть с закрытым ртом. Пришел ли Митя? Он как уехал в гостиницу, умчался, так она его и не видела. Она не обедала, у нее хватило денег только на хлеб. Знали бы родители... Хотя ее родители легко относятся к таким вещам. Тем более хлеб — главная еда. Хочется думать, что они сейчас смотрят трансляцию концерта в онлайн-режиме.

Митя сидел в зале и думал, видно ли его со сцены. Он сам никого не видит, когда играет. Но у Эли острое зрение. Нет, пусть лучше она его не видит. И вообще, зря он пришел. Что ему тут делать? Думать, что сейчас на сцене должен быть он? Завидовать? Не то чтобы прямо завидовать... Но неприятно. И она — такая чужая, он видел ее издали, хотел сначала зайти в гримерку, прошел за кулисы, его не хотели пускать, но у него висел бейджик участника фестиваля, и все-таки пустили. Митя видел, как Эля разговаривает с Петерисом. Тот крутится вокруг нее, крутится, а она так серьезно слушает, как будто он может что-то интересное ей рассказывать. Интересно? Ну и говори с ним!

Митя развернулся и ушел, не стал подходить, доказывать свои права. Свои права он докажет сегодня ночью. И тогда уже она вряд ли будет слушать каких-то Петерисов... Митя расправил плечи. Да, докажет. Он не трусит, он сегодня днем понял, что все знает. Лишь бы она его пустила. Он ей докажет, что он настоящий, что он — лучше всех.

Первый номер, дуэт с Петерисом, Митя смотреть не хотел, стал ковыряться в телефоне. Но не смог не смотреть. Песня была зажигательная, Эля умудрилась за одну репетицию вчера все выучить, такие сложные распевы, фиоритуры, Петерис на самом деле пел хорошо, тембр отлично укладывался с Элиным, дуэт великолепный. Митя же сам музыкант, он слышит такие вещи.

Ладно, он всем еще покажет, особенно этим попсовым звездочкам, когда на его концерты будут летать с других континентов... Как-то дальше эта мысль не пошла, не грела сегодня. Да, конечно, все у него будет, и Эля в золотом платье тоже будет его. Митя потер виски. Болит голова — то ли от напряжения, которое весь день сковывает его тело, то ли от расстройства — он должен быть на сцене, а сидит в зале. Или продуло, когда он носился сегодня по берегу, как оглашенный, думал, она будет догонять, а она и не стала.

Митя нетерпеливо ждал, когда же Эля выйдет с их дуэтным номером, который она сегодня исполнит одна, под фонограмму оркестра. Ему совсем неинтересно, он сам не понимает, зачем сидит, но сидит, ждет...

— Элина Теплакова! — объявил ведущий, неверно поставив ударение на второй слог фамилии.

Обаятельный ведущий — итальянец, живущий в Латвии, одинаково плохо говорящий по-русски и по-латышски, — вывел Элю за руку. Ну кто бы сомневался, что он откажется взять Элю — его, Митину Элю — за руку, вывести ее на середину сцены, долго стоять, не отпуская руки, потом еще приобнять, посмеяться над собственными несмешными, тупыми словами...

Митя глубоко вздохнул и покрутил головой. Не очень это все как-то... Некомфортно. Уйти? Он приподнялся и сел, потому что Эля запела.

Он как будто никогда раньше не слышал этой песни. Эля пела по-другому. Или, играя на виолончели, он думал только о своей игре? Неважно. Ее голос, мощный, светлый, теплый, то взлетал на нереальную высоту и там звучал нежно, тонко, прозрачно, то опускался на такие ноты, которые редко поет женщина, но они звучали не грубо, а страстно, так, что у Мити все внутри завертелось, подожглось и стало рваться наружу. Он хотел вскочить и... И что? Что он может, сидя в зале? Только сдерживать неожиданно выступившие слезы, только держать себя за руки, чтобы не хлопать в середине номера, только опустить голову, чтобы не мешать ей своим взглядом, потому что она смотрела прямо на него. Но так хочется видеть ее прекрасное, неземное, ангельское лицо, эти светящиеся волосы, светящуюся кожу, светящиеся глаза... И он хотел, чтобы это все принадлежало ему? Это вообще не должно принадлежать никакому мужчине. Это может принадлежать только Богу...

Мальчик даже вздрогнул от этой мысли. Он слабо верующий вообще-то. Вот уже не первый раз за эти дни он ловил себя на какой-то чужой, не свойственной ему мысли... Да, да, Богу, не мужчине... Это божественное пение, удивительный, нездешний голос, вот как он летает, как падает и взмывает, чистейший, сильный, как родниковая струя, бьющая из зарослей жимолости, ароматной, цветущей... Нарисовать... этот голос слепить нельзя, но его можно нарисовать, он сегодня нарисует его... Чем? Неважно, найдет чем, попросит в гостинице что-то, чем можно рисовать, чтобы выплеснуть все, что у него в душе, потому что если это не найдет выхода, он просто сойдет с ума, от любви, от страсти, от невозможности, невозможности быть с ней... Разве можно быть — с ангелом, а она — как ангел, еще это молочно-белое полупрозрачное платье, он ведь его видел, она в нем пела вчера, но он был занят собой, тем, как он сам сыграет, и платье не произвело на него никакого впечатления...

Митя нервно обернулся — что, все мужчины, так же, как он, смотрят сейчас на нее в этом платье, сквозь которое так хорошо проглядывается ее фигура, со всеми ее прелестями, с тончайшей талией, туго перехваченной мягким поясом, отливающим бронзой, высокой круглой грудкой, ровными, плавно закругленными бедрами, длинными, стройными ногами идеальной, идеальнейшей формы... Или ему только так кажется? Да нет... Не кажется...

Митя ревниво заметил один восхищенный взгляд, другой, все ее снимали — на видео, на фото... Нет, нет, зачем ему это, это просто невыносимо... Господи, если бы он знал, какое откровенное платье, он бы ее заставил снять его, надеть что-то другое... Снять... Она бы сняла платье, и он бы увидел ее всю... Нет, нет... Зачем это сейчас у него в голове... Сейчас вообще не о том, сейчас он уносится в другом потоке, он растворен в ее голосе, нереальном, прекрасном, далеком...

Митя вспотел от напряжения, от нервного перевозбуждения, от всего, что бурлило в его теле, беспокоя, раздражая, отвлекая от пения... Ведь он столько раз слышал, как Эля поет, но даже не мог себе представить, что ее песня со сцены произведет на него такое впечатление.

Это самое лучшее, что он слышал за свою жизнь. Это песня — про него. Он же знает ее содержание. И она пела — про него, он это понял. Она пела, как он погиб, и как она хочет его вернуть. Знает, что это невозможно, но садится в лодку и едет в бурный океан, в шторм, искать его. А его давно нет. Есть его душа, маетная, мающаяся, она и при жизни маялась, вот как сейчас у Мити, а после смерти — что ей еще делать, только вечно страдать... Сколько боли, сколько любви, сколько надежды, столько безнадежности и муки...

— Что ты искрутился весь? — с досадой сказала женщина сзади. — Ой, Митрофанушка... Это ты? Бедный... Ты в зале? А я думаю — приболел, что ли...

Ольга Ивановна, севшая за ним в середине прошлого номера, погладила Митю по голове и плечам. Мальчик нервно дернул плечами. Нет, только не это. Не надо его гладить, не надо его трогать вообще.

— Что ты? Ну, успокойся... — неверно поняла его движение учительница. — Приходи ко мне вечерком, после фуршета, вместе пойдем, надо напряжение снять... Какая гадина все-таки эта Элька... Одна выперлась, вы смотрите... Мальчик, такой талантливый, в зале сидит, а она... Да, всё у нас решают деньги...

Митя обернулся, посмотрел на Ольгу Ивановну страшными глазами, хотел что-то сказать, но только глубоко перевел дух. Нет слов, чтобы ей ответить. Она испортила все. И он ведь не снял, как поет Эля. К ней за камерой не зашел, телефон у него примитивный, не снимешь... Черт, черт... Надо найти где-то эту запись — все вокруг записывали, и организаторы фестиваля тоже записывали, вон камеры огромные ездят по сцене... Он теперь не сможет жить без этой песни, он будет ее слушать каждый день, каждый день...

Мальчик встал и, пока зал хлопал Эле, выбрался со своего места.

Было уже десять вечера, но еще не стемнело. Прекрасные балтийские белые ночи. Он будет гулять всю ночь. Он не пойдет в номер, он будет думать о том, как ему жить, как теперь жить. Он увидел все по-другому. Услышал в ее голосе то, чего ему не хватало для жизни. Услышал в этой песне какую-то другую правду. О себе, о ней, о жизни вообще. Разве так бывает? У других — может быть, и нет. А у него — вот так.

Митя шел по пустынному берегу. Жалко, что нечем снять такой удивительный, нежный, дымчатый закат. Но он его запомнит и обязательно нарисует. Можно, нельзя ему рисовать — нарисует. Чем угодно, самой дешевой акварелью. И Элю, уходящую от него на этом закате. Почему уходящую? Уходящую... Не может такая прекрасная, неземная, совершенная девушка быть с ним, с ужасным, с грубым, который весь день в своих грубых, плотских фантазиях раздевал ее, мечтал о таком... представлял, как он будет с ней, снова и снова представлял...

Как он мог? Он — грубый, он — тупой, он — никчемный, бесталанный, он — отвратительный, пошлый, постоянно потеющий, ничтожный, земной, а она — нездешняя, ее голос — от Бога. Ей надо петь и быть ничьей. Просто ничьей. Выходить на сцену в белом платье, только не в таком прозрачном, как сегодня, волосы можно распустить, они тоже божественны, как у Мадонны... И петь. А он будет сидеть в зале на последнем ряду и смотреть на нее, и слушать. И больше никогда, никогда не будет даже в мыслях приближаться к ней.

Да, но как сделать, чтобы к ней не приближался никто вообще? Митя застыл на месте от этой мысли. Он-то не приблизится. А остальные? Все, все мужчины в мыслях ее раздевают, с ней близки, не он один. И наглый Никита, и перевозбужденный Дуда, и красный Костик, и этот гладкий, успешный нолик — поп-звезда Петерис, да все вокруг. Он видел, как смотрели, как сглатывали слюну... Как сделать так, чтобы она не принадлежала никому? Разве что убить ее.

Митя наклонился, умылся холодной водой. Это уже слишком. Мысли его готовы взорвать голову, но зато тело спокойно. Теперь он спокоен. Он знает, что он ее любит. И он знает, что не прикоснется к ней никогда.

Мальчик подобрал кусок старой расщепленной доски, может быть, обшивки какой-то лодки. Стал разламывать ее на мелкие кусочки. Дерево под его пальцами легко крошилось, обсыпалось трухой. Была лодка, на ней плавали, ловили рыбу, ее красили, берегли, подновляли... Такая же лодка, на которой девушка уходила в океан искать того, кто не вернется. Сама не вернулась, наверно. Утонула, а лодку выбросило на берег, разбило о камни.

Здесь, правда, на Балтике камней особых нет. Да вообще никаких камней нет. Но можно представить...

Шторм, белая пена волн, летящая перевернутая лодка, Эля, в светлом платье, спиной опрокидывающаяся в темную воду, вода темно-зеленая, почти черная, и искрящиеся брызги волн... Ее золотые волосы ярче всего блестят, ярче солнца, которое всполохами проглядывает сквозь мрачные фиолетовые тучи... И все должно быть не очень реально, странно, как во сне, когда смотришь вроде со стороны, а вроде и с тобой это происходит — и ты изнутри, ты сам тонешь в этой толще бешено вздымающихся волн и видишь все сквозь свою боль, сквозь бьющуюся волну...

Митя сильно сжал кусочек деревяшки, заноза впилась ему в палец. Надо попробовать нарисовать все это. Нужно масло, акварели тут мало. Масло или темпера. Остро пахнущая краска, яркая, жирная, ложащаяся на холст плотными, внятными мазками... Черт, как больно, глубоко впилась щепка... Митя попробовал вытащить ее зубами, только обломал. Черт, как же хочется рисовать... Мучительно, как голод, как тоска по Элиным губам... Нет, ведь он же запретил себе думать о ней. Запретил, навсегда.

В кармане лежал выключенный телефон. Митя понимал, что теперь, включив телефон, он будет обречен на вынос мозга, иначе не назовешь, иначе с отцом разобраться не получится. Непонятно, что лучше — приехать и попасть под шквал его проклятий и ударов — то, что его будут бить, это точно, или же все-таки часть его гнева принять заочно, по телефону.

На фуршете, куда пригласили педагогов и старших участников-победителей, Эля стояла в сторонке, оглядываясь и надеясь, что где-то появится высокая стройная фигура ее друга, которого совершенно несправедливо не взяли петь на гала-концерте, а она поддалась уговорам и своему тщеславию. И ей тоже не надо было петь, без него. Потому что, конечно, никак он ее номер испортить не мог. Немного тянул, немного отставал от нее, не хватало ему техники, легкости, виртуозности, не все он может выразить, что чувствует, но он же такой красивый, такой вдохновенный со своей виолончелью, оркестр в записи никак не заменил Митю, с его прекрасными глазами, руками, растрепанными волосами...

Эля вздохнула. Кажется, она по нему соскучилась. И чувствует свою вину. А как ему сказать об этом? На концерт он, по всей видимости, не пришел — обиделся, понятно. Тем более не придет на фуршет, он считает, что Гран-при не ему дали, а ей одной... Телефон у него по-прежнему отключен. Где он вообще? Такой человек, как Митя, мог и в Ригу уехать. Бродит там сейчас по городу один, страдает — от своего несовершенства, от того, что она его, получается, предала...

— Как настроение? — Никита наконец отыскал Элю и подошел к ней, закусывая на ходу бутербродом с рыбой. — Хорошо все устроили, правда? Но я еще лучше устрою. У меня будет суперфестиваль. Я насмотрелся в этом году, наездился, вижу чужие ошибки, на них учусь, знаю, как надо. Слушай, я заранее хотел договориться о том, что ты будешь петь. В какую сторону хотя бы выбирать. Мы, конечно, с тобой это еще обсудим... Аранжировку можно какого-нибудь хита за мой счет сделать, отличный кавер, у меня есть ребята... Ты надумала поехать со мной в Норвегию? Паром, кстати, идет из Риги. Можно завтра сесть и... Ты как?

— Никак. Спасибо, конечно. Но я точно не поеду. Я приехала сюда с Митей и уеду с ним.

— Ясненько... — Никита улыбнулся. — С одной стороны, конечно, приятно, что ты такая верная... Но не очень приятно, что верность хранишь не мне.

— Никита! — Эля нахмурилась. Почему мужчины сразу начинают предъявлять на нее такие серьезные права? Хотя, может быть, если бы Митя это сказал, ей бы было приятно.

— Зря ты не хочешь ехать. У тебя будет отдельная каюта, я уже заказал — так, на всякий случай, две каюты на лайнере. Прекрасно прокатишься, сервис там — люкс, ты не ездила в круиз? В Норвегии такую программу я тебе продумал...

— Никита, — остановила его Эля. — Мне вообще-то еще нет шестнадцати лет, я в школе учусь.

— Здорово! — засмеялся Никита. — А мне — двадцать шесть. Отличный возраст. И разница — то, что надо. Разве нет?

— Нет. Я никуда не поеду.

— Из-за этого парнишки? Никчемный он, забудь про него. Псих, эгоист. Вот где он? Почему сейчас не рядом с тобой? Пока он занимается собой, своими переживаниями, тебя из-под носа уведут, он не думает об этом?

— Не уведут, — улыбнулась Эля.

— Не скажи, — покачал головой молодой человек. — Не скажи. Я — упорный... Давай так. Ты до завтрашнего дня ничего не решай. Завтра утро мудрёнее ночи.

— Утро вечера мудренее, — поправила его Эля.

— А, ну да. Странная поговорка, кстати, всегда меня удивляла. Я многие решения принимаю вечером... Вот сейчас, например... — Никита попытался взять Элю за плечи. — Давай сядем в машину, я вчера взял напрокат отличный автомобиль, поедем покатаемся по ночной Риге, там столько интересных местечек, ты наверняка не была со своим нищим принцем... А?

Эля аккуратно освободилась от его рук.

— Прости, Никита. На фестиваль я, может, и приеду. Но сегодня с тобой точно в Ригу не поеду. И завтра — тоже.

— Про завтра — не торопись... Вот, кстати, чуть не забыл! Тебе золотую статуэтку же подарили?

— Да.

— Из золотого пластика? — засмеялся Никита. — А вот я тебе, смотри... — Он достал из кармана коробочку и ловко открыл ее, не обращая внимания на возражения Эли, повесил ей украшение на шею. — Красиво, пойди посмотри в зеркало.

Эля подошла к высокому зеркалу. На шее у нее поблескивала недлинная, но толстенькая крученая цепочка с оригинальным украшением — как будто необработанный кусочек золота, похожий на льдинку, с вкраплением зеленых и прозрачных камешков.

— Это изумрудная и алмазная крошка. Красиво, правда? Дороговато, но я не смог устоять. Увидел — и в миг влюбился... Красота такая... — Никита смеющимися глазами смотрел на Элю.

Непонятно было, что именно он имел в виду — необыкновенное украшение или красавицу, для которой он его купил.

— Я не могу это взять у тебя... — Эля попыталась снять украшение.

— Даже не вздумай! — Никита покачал головой. — Я имею право позволить себе такую роскошь. Тем более ничего особенного здесь нет. Не куски бриллиантов. А ты имеешь право получить приз. Здесь-то тебе что дали — статуэтку и диплом, и всё?

— Еще Петерис меня пригласил спеть у него на концерте, и запись на латвийском телевидении...

Никита осторожно провел по спине Эли.

— Ты — хорошая девочка и очень талантливая. Я не отстану от тебя. Имей в виду. Редкое сочетание красоты, ума и порядочности. Да еще и голос. И яркая ты на сцене. Бывает, в жизни красотка, а на сцене — куда все девается. А ты только расцветаешь. И спокойная такая, как будто всю жизнь на больших сценах поешь. В общем, супердевочка. Я отцу уже рассказал.

Эля пожала плечами. Как будто это говорится не о ней. Вряд ли все это так. Скорей всего, Никита правда влюбился и говорит комплименты, как положено в таких случаях. Ее ровесники так не умеют — а Никита, считай, другого поколения. Когда он заканчивал школу, Эля только училась писать.

— Что, совсем не нравлюсь? — прищурился Никита.

Эля посмотрела на молодого человека. Ведь она и не вглядывалась в него. А зачем? И так понятно, что влюбиться сейчас в кого-то другого, кроме Мити, просто невозможно.

— Ты — симпатичный, — примирительно сказала она.

Правда, если бы не было Мити, может быть, ей бы и понравился Никита, тем более он так настойчив в своих симпатиях к ней. Среднего роста, улыбчивый, приятный тип — славяно-балтийский, такой, каким мечтал бы быть Митя, — светлые волосы, серо-голубые глаза. Интеллигентный, целеустремленный, много читал, много видел... Ну и что? В душе ничего не дрогнет, рядом с ним ни холодно ни горячо.

— Я не возьму украшения, сними его, пожалуйста, я не понимаю, как замочек открывается.

— Выбрось его! — Никита махнул рукой и ушел, улыбнувшись и подмигнув.

Приятный, мирный, может быть, надежный... Но при чем тут она?

Эля допила воду, поставила стакан. Она ничего не съела. Ведь в номере у нее еды нет и денег тоже нет. Но еда не лезет. Днем она очень хотела есть, за два часа до концерта даже голова кружилась от голода, а потом только хотелось пить. И вот она пьет воду, лимонад, сок, никак не напьется, но есть не хочется. Так неспокойно на душе, так нужно увидеть Митю, сказать ему, что она не права, что она не должна была петь без него, что она понимает, как скребут кошки у него на душе...

Эля решила выйти на побережье и пройти — вдруг Митя тоже там гуляет? Еще долго будет светло, почти до двенадцати. Солнце садится, а остается свет, как будто ниоткуда.

Она накинула куртку прямо на легкое платье, в котором была на фуршете, и вышла из ресторана, где был организован прощальный ужин. Да, надо было все-таки что-то съесть. Ну ничего, завтра в Москве будет и еда, и деньги, и любящие родители, которые порадуются за нее, расцелуют и убегут по делам. Эля принципиально выключила телефон после концерта, потому что отец сказал, что посмотреть трансляцию не удалось — у них были переговоры с поставщиками, важнейшие, внеочередные! Она включит телефон, когда будет подъезжать к дому. Родителям неинтересно, как у нее дела, и ей тоже неинтересно, волнуются ли они. Скорей всего, нет. Они же знают, что у нее все всегда хорошо.

Вот возьмет и уедет завтра с Никитой в Осло... И позвонит им оттуда — скажет: «Родители, я выхожу замуж. Школу буду заканчивать в Норвегии. Или не буду. Сразу поступлю здесь в Музыкальную академию. Им все равно наш школьный аттестат не нужен, мне мой будущий муж так сказал». Вот они ахнут... Ахнут и побегут проверять, запущена ли вовремя линия, которую вчера аварийно остановили. Может, даже на свадьбу не успеют приехать. У них будут срочные дела. Они решили делать «царский хлеб». Особый, по рецепту, найденному где-то в архивах. И преподнести его на день рождения... понятно кому, царю. Веселая, сумасшедшая идея, которая приводит отца в крайне приподнятое состояние. Как пробиться к царю, придумает Лариса... Но это же гораздо интереснее, чем Элины дела. И правда. Разве идет это в сравнение с ее ничтожными переживаниями о каком-то мальчишке? Почему Никита так сказал о нем — «псих, эгоист»? От ревности, наверно.

Эля прошла по побережью километра полтора, замерзла, повернула обратно. Когда ничего не ешь, то очень холодно. Она поежилась в своей курточке. Вообще-то курточка осенняя, а сейчас июнь, но платье легкое, ноги голые, с моря — прохладный ветер, на душе — неспокойно, есть хочется ужасно, непонятно, как дожить до завтра, когда будет еда, хотя бы завтрак, если он еще оплачен фестивалем, и вообще — холодно и одиноко.

Эля пошла побыстрее, подумала, не включить ли телефон, не позвонить ли, к примеру, Никите. Сказать: «Я хочу есть». Но, конечно, она делать этого не будет. Стыдобища какая. И так он все время козыряет своим богатством, не понял, что она тоже из очень обеспеченной и успешной семьи.

Эля не сразу заметила Митю, он сидел на песке, там, где дюны переходили в полоску леса, и в своей темно-серой куртке сливался в наступающей темноте с деревьями. Девочка чуть помедлила и повернула к нему. Она бы узнала его в любой темноте. Его волосы, его фигуру не спутаешь ни с кем.

— Привет, — сказала Эля и села рядом.

— Привет, — ответил Митя и чуть отодвинулся.

Обиделся, да, обиделся. На всё, на всё вообще.

— Прости меня, — сказала девочка.

Митя поднял на нее глаза.

— Ты что? За что?

— За то, что я пела без тебя.

— Ты должна петь без меня. Ты... — Митя больше не стал ничего говорить, отвернулся.

— Мить... — Эля снова пододвинулась к нему, положила подбородок ему на плечо. — Митя...

Мальчик повернулся к ней. Нет, это невозможно. Как она его нашла? Он собирался здесь просидеть всю ночь. Он нашел отличное место. Он не должен был ее видеть до самолета. Он вообще больше не должен быть с ней рядом. Зачем она пришла? И вообще — она ли это? Простая девчонка, с бледными губами, кажется, она опять плакала, или не плакала, но глаза какие-то неяркие... Разве эта богиня сразила его несколько часов назад на сцене, так, что у него перехватило дыхание, он не мог продохнуть, в глазах прыгали зеленые светлячки...

Эля встала. Митя посмотрел на нее снизу вверх. Да нет, это все же она. Когда проводишь взглядом по ее ногам... Почему она в таком коротком платье, ей холодно, и не нужно совершенство этих ног показывать всему миру... Кому нужно, тот увидит... Митя хотел провести рукой по ее ноге, уже протянул руку и остановил сам себя. Он — дал — себе — слово. И он его сдержит. Он сделал неопределенный жест рукой, как будто он... ну просто... хотел ею помахать, размяться. И спрятал руку за спину.

Эля стояла рядом с ним и ничего не говорила. Митя слышал легкий запах ее духов — прозрачных, свежих, с едва уловимой сладкой ноткой. Так же, как и сама Эля все время была разной, духи ее казались то терпкими, то свежими, то загадочно-сладкими. Митя сам не понял, как его вторая рука потянулась и крепко взяла Элю за щиколотку. Черт! Но было уже поздно. Слово не сдержал, значит, не сдержал. Митя встал. Почему-то она то маленькая, то высокая, почти с него ростом. Кажется ему, или туфли разные? Он перевел дух и обнял девушку. Та прильнула к нему. Ну и что ему делать? Что будет дальше с ним, он уже знал. Она, видимо, нет. Потому что льнула и льнула к нему, окутывая его своим ароматом, обнимая, заполняя собой. Вот уже ничего, кроме ее глаз, ее шелковых бровей, ее порозовевшей на холодном воздухе нежной кожи, ее волос, ничего, кроме ее тонкого, трепетного тела... Ей холодно или она трепещет от того, что он рядом, он близко, он совсем близко...

Митя резко отстранился. Нет. Нет, нет и нет. Ничего не будет. Он так решил. Он, что, забыл, что она неземная и прекрасная и ни один мужчина не должен ее касаться? Ведь он весь вечер об этом думал...

— Ты что? — Она опять прижалась к нему, попыталась его поцеловать.

— Ничего. Пошли, завтра рано улетаем.

Митя взял ее за руку, потом обнял за плечи, крепко, чтобы она не обиделась, чтобы ей даже в голову не пришло обижаться. Как он объяснит ей... Какие найти слова, чтобы она поняла?

— Ты был на концерте?

— Был.

— Почему ушел?

— Ты... Ты слишком хорошо пела.

— Ты издеваешься? — Эля постаралась заглянуть ему в глаза.

— Нет, правда. Ты... была как будто... не знаю, как сказать. Неземная.

— Мить, не придумывай. Я, кстати, ужасно голодная, а ты?

— Голодная? Ты не ела на фуршете?

— Нет, не лезло. — Эля подумала, не рассказать ли ему о Никите и о его настойчивых предложениях, но не стала рисковать. Взовьется, убежит... Да и вообще как-то неловко о таком рассказывать, как будто нарочно вызывать ревность.

— У меня остались деньги, что-нибудь купим, пошли!

Это так приятно, черт побери, — сейчас он ее накормит, это гораздо приятнее глупых мыслей о том, что он самец, глупых мечтаний о тысяче поклонниц... Это вранье, выдумки, бред. Вот оно — настоящее. Милая, нежная, невероятно красивая Эля, которая идет с ним за руку, то и дело касаясь его боком, он чувствует, что ей приятно касаться его, она специально прислоняется, она поднимается на цыпочки, чтобы поцеловать его, чтобы провести рукой по волосам... Какие поклонницы, какие другие девушки, женщины, «бабы», как говорит батя... Батя... Митя встряхнул головой — нет, лучше не думать. Это все будет завтра. А сегодня у него... Любовь? Это любовь? Ну, а что еще... Сказать ей? Об этом ведь говорят, кажется... Митя взглянул на девушку. Вдруг она засмеется? Уйдет, всем расскажет... Всем — кому? Никите — да и пусть расскажет. И в школе... Пусть расскажет, ему не стыдно.

— Я люблю тебя, — сказал Митя совсем негромко, но Эля расслышала.

Она замерла, крепко сжала его руку, остановилась, прислонилась к нему всем телом, потянулась, чтобы поцеловать. Он дал себе слово, да. Он его уже не сдержал. И сейчас сдержать было невозможно. Невозможно.

Кажется, она что-то шептала, что-то неразличимое, но очень хорошее, кажется, хотела его остановить. Кажется, она говорила ему о любви, что-то спрашивала, о чем-то просила...

— Мить... — Девочка чуть отстранилась от него, взяла лицо обеими руками. — Пойдем, пожалуйста.

Митя перевел дух. Посмотрел ей в глаза. Права — она. Ведь он сам думал о том, что нужно будет остановиться. Что не надо, сегодня не надо... Или надо... Он запутался, ему было и хорошо, и очень плохо, конечно, ему плохо, плохо, потому что невозможно себя останавливать, когда горит и взрывается тело, и вместе с душой, и отдельно от нее, когда он может по-другому сказать ей о любви, он знает, что может, но она боится, или не хочет, нет, конечно, боится... И он даже не может сказать ей: «Не бойся», — потому что не может с собой совладать, потому что ему уже не хорошо, ему плохо, очень плохо... Митя встряхнул Элю, прижал к себе, оттолкнул, снова прижал, смял ее волосы, отбросил их, опять крепко прижал ее к себе, так, что слышал быстрое биение ее сердца.

— Пошли, — бросил он.

Это он так решил. Да, это он решил. Еще днем. И будет так, как он решил. Вообще-то сначала он решил к ней прийти ночью, потом решил никогда не приходить, потом, вот сейчас, полчаса назад, или час... или сколько времени прошло, пока он, дрожа и мучаясь — от наслаждения, от страха, от нерешительности, от первых прекрасных ощущений — никогда он еще так смело не целовал ее и никого не целовал, — все думал — вот сейчас, вот сейчас, да, сейчас... Но так и не решился прикоснуться к ней, как хотел. Не решился или передумал? Передумал. Потому что... Митя снял свою куртку и надел на дрожащую Элю, крепко ее обнял.

— Мы завтра прилетим и вечером встретимся, ладно? — спросил он.

— Хорошо, — улыбнулась Эля. — Хорошо, да. Конечно.

— А послезавтра поедем в тот лагерь, да? Помнишь, я тебе говорил?

— Хорошо, поедем.

— Давай сделаем снимок, у тебя же берет ночную съемку, красивый ракурс будет. Вставай сюда...

Они сфотографировались вместе, Митя встал так, чтобы в кадр попала огромная раскидистая лапа сосны, растущей по кромке дюн.

— Хороший кадр, поставишь Вконтакте?

— Конечно.

— То есть ты всем скажешь, что ты... — Митя как-то не решился выговорить.

— Что я... — Эля вопросительно посмотрела на него и тоже замялась.

Не говорит! Нет, не говорит. Он сказал, два раза уже сегодня сказал, а она — нет. Может быть, потому что он остановился, может быть, она ждала... Или наоборот, потому что не уверена в себе и испугалась его натиска... Он сам от себя не ожидал... Митя от досады несколько раз шумно выдохнул. Нет, не говорит. Замолчала, идет, поглядывает. Ладно. Разберемся. Ведь это только начало. Ведь у него впереди еще ночь... И она согласилась поехать с ним. И вообще, впереди целое лето...

На улице у гостиницы было веселье. Кто-то отъезжал на автобусе на ночной рейс. Группа танцоров фотографировалась в обнимку с организаторами, несколько преподавателей, как следует наугощавшись на фуршете, громко пересказывали друг другу откровения членов жюри и их впечатления от участников, которыми те делились на вечеринке.

— Толстый-то этот, из Коряжмы... голос, конечно, есть, но держаться не умеет, и прическа, ну провинция, одним словом, а итальянец говорит: «Бэне! Бэне!» Чего там у него «бэне», не понимаю.

— Ты что, по-итальянски понимаешь?

— Я? Да у меня в Гнесинке итальянский был, все партии по-итальянски пела...

— Сама пела?

— Сама пела!.. Я в Мариинке работала...

— Не гони...

Эля, слыша разговоры педагогов, пихнула Митю в бок:

— А меня еще родители ругают за такие слова...

— Тебя не за что ругать... — шепнул ей Митя и, увидев вдалеке Никиту, обнял девушку за шею.

Никита заметил сначала Элю — вокруг было много народу, пошел было к ней, но, увидев ее в обнимку с Митей, притормозил. Потом широко улыбнулся и все-таки подошел.

— Эля, как мы договорились — до завтра, да? — нагло спросил он, делая вид, что не видит, что Митя обнимает девушку, не видит, что Эля — теперь Митина девушка.

— Ты ч? — Митя изо всех сил попытался толкнуть Никиту свободной рукой.

— Успокойся, парень! Нервы у тебя ни к черту! — с улыбочкой ответил Никита и подмигнул Эле. — У тебя есть целая ночь, чтобы решать. Сладких снов!

— Разберемся! — рявкнул Митя.

Вот оно, начинается. Такая теперь будет у него жизнь. Но ничего, он и к такому готов. Если она рядом — все хорошо, даже подраться с Никитой можно. Он отпустил Элину руку, догнал Никиту и изо всех сил пнул его в спину.

Молодой человек обернулся и с размаху ударил Митю в живот, когда тот согнулся, то еще и дал по шее.

— Скажи спасибо Эле, мне жалко ей праздник портить, — прошипел Никита. — Уничтожил бы тебя сейчас.

Эля подбежала к ним, стояла рядом, но почему-то ничего не говорила. Митя с трудом распрямился.

— Никита, зачем ты... — наконец выговорила девушка.

— Он первый начал! — засмеялся Никита. — Так, кажется, маленькие мальчики говорят. Да, Мить? Маленькие, сопливые... Стой ровно! Не нервничай так! Я повторяю — до завтра, Эля. Не буду сейчас раздувать огонь, который и без меня горит в башке этого мачо. И тебе советую покрепче дверь закрывать на ночь.

— Себе посоветуй! — крикнул Митя и попытался было опять наброситься на Никиту. Но тут его уже оттащили ребята из вологодского танцевального коллектива, слегка стукнув при этом Митю по затылку.

— Хватит, ты че, парень? Сейчас набегут, еще телевизионщики не разъехались, их тоже поили на фуршете. Попадешь в новости — русские дрались в конце фестиваля, давай уже успокойся, ага?

— Ага... — Митя отряхнул брюки и исподлобья взглянул на Элю. Она видела, какой он смело набросился на Никиту? Она вообще видела, какой он сильный и смелый?

Эля почему-то отвернулась и грустно ковыряла мыском туфли асфальт. Потом погладила Митю по плечу и первая пошла в гостиницу, не оборачиваясь. Что это значит? Митя совершенно не понял, догнал ее, стал подниматься по лестнице, заглядывая ей в глаза.

— Не надо с ним драться, пожалуйста. И вообще из-за меня не надо драться.

Митя пожал плечами. Ничего себе! Ну ладно. Обычно все девчонки рады, если из-за них пацаны дерутся... Кажется... Если просит — он может и не драться... До первого случая, пока к ней кто-то полезет. Он вообще-то не драчун. И дерется отлично, но... не всегда побеждает. Но если надо, он с любым может подраться.

— Я есть хочу, — напомнила Эля. — А у меня ничего в номере нет. До завтрака осталось часов шесть, конечно...

Митя с сомнением взглянул в окно на лестнице. Внизу по-прежнему стоял Никита, с кем-то дружески беседовал.

— А пошли! Мы же хотели что-то купить поесть!

— Ты спокойно пройдешь мимо Никиты? — спросила его Эля. Митя остановился.

— Если скажешь, что ты...

Эля поняла, что он имел в виду. Точно поняла. Внимательно посмотрела ему в глаза. Он тоже понял ее ответ. А почему ничего не хочет вслух сказать?

— Скажи, — резковато попросил он. — Скажи это.

— Зачем? — пожала плечами Эля. — Не скажу.

— Вообще никогда?

Девушка засмеялась и легко сбежала вниз по ступенькам. Митя — за ней. Впереди целая ночь, они пойдут в ресторан, дотратят все, что у него есть, а потом переоденутся и будут гулять по морю, рассвет — очень рано, он уже посмотрел, успел посмотреть, когда решал, что просидит всю ночь у моря. Он всю ночь будет гулять с ней. И если она согласится с ним не спать всю ночь, это будет лучший ее ответ. Хотя словами пусть все равно скажет. Он это должен услышать. Услышать, запомнить, как это звучит, и дальше жить с этим. И жизнь его теперь будет совсем другая. Только сейчас, когда она рядом, об этом думать невозможно. Но у него будет еще время подумать — потом, когда они на время, на очень короткое время, расстанутся в Москве.

Никита видел, как они вышли друг за другом из гостиницы. Да, парень, вот так-то! Деньги — у тебя, и ты взрослый, успешный, а Эля — у меня и счастье — у меня! Митя снисходительно усмехнулся и легко махнул Никите. Пнет в спину так пнет. Никита его не пнул, но взглядом проводил, Митя чувствовал этот взгляд. У него вообще все чувства за эти дни обострились до крайнего предела. До невозможности. Это хорошо, невыносимо, больно и прекрасно одновременно. Прекрасная мука — любовь.

Глава 22

— Боишься? — Эля взглянула на Митю и сама засмеялась. — Я, кажется, тебя так же спрашивала, когда мы летели четыре дня назад, пять, в Ригу. Только тогда я о другом спрашивала.

— Не боюсь. — Митя изо всей силы помотал головой. — И лететь не боюсь. И домой идти не боюсь. И вообще ничего не боюсь.

— Может быть, включишь телефон? Я включила.

— Будут родители встречать?

— Да что ты! — Эля снова засмеялась. — Легче Луна на Землю упадет, чем они бросят дела и приедут. Это невозможно. А что ты скажешь отцу насчет телефона, Мить... А? Хочешь, я с тобой пойду и скажу, что видела, как у тебя телефон завис, хочешь?

— Нет. — Митя отвернулся к окну.

Он боялся ехать домой. Он даже не мог себе представить, что с ним сделает отец. Однажды, когда он был маленький, он убежал от отца из музыкальной школы. Взял и убежал. Тот привел его на специальность и хор, а Митя не пошел ни на один урок, ловко пробежал мимо отца с пацанами, они спрятались в соседнем дворе и смотрели воинственное японское аниме в телефоне у одного из мальчиков, два часа подряд смотрели, пока не затекли шеи и спины. Там было что смотреть — и подвиги, и взрывы, и инопланетяне, и полураздетые девочки, похожие на живых кукол, таких красивых в жизни не бывает, и отважные, сильные герои... Они опоздали к концу хора, иначе бы отец ничего не узнал. А так — узнал. И порол его дома с перерывом больше часа, отдохнул и снова начал пороть, и вот тогда как раз заставлял говорить: «Мне не больно, мне не больно». Что он сделает сейчас, когда Митя пропал почти на два дня?

В аэропорт Эля вызвала такси, Митя нехотя согласился поехать за ее счет — выхода не было, денег у него совсем не осталось, сорок рублей разве что, он даже поменял в Риге пятьсот рублей из копилки и купил на них толстые шоколадные подковы — родителям и Нине Георгиевне, — когда ушел от Эли, ходил один, обижался на нее, на Эдмундаса, на свою жизнь. Поэтому и купил подковы — как внятный символ счастья, который к тому же можно еще и съесть.

— Ты помнишь: деньги — песок, — приговаривала Эля, Митя лишь кивал, его мысли были уже о другом.

Ему нужно собраться. К порке можно приготовиться. Ко всему можно приготовиться. Будет больно, но можно будет терпеть. И еще. Он дал себе слово — как бы отец ни настаивал, он не скажет ему об Эле. О том, что было. Почему? Ведь отец — самый близкий, самый родной... Митя не хотел объяснять себе, почему. Потому. Лучше не думать, мысли в голове сталкиваются, становится больно, ответ очень болезненный. Не скажет — и все.

Эля довезла Митю на такси до его дома, Митя попросил во двор не заезжать, вышел на проезжей улице. Эля выскочила за ним, обняла, прижалась.

— До завтра! — шепнула она. — Завтра в десять у моего дома, да?

Митя провел губами по лбу девушки, вдохнул запах ее волос. Он не был уверен, что его завтра отпустят. Но говорить ничего не стал, кивнул.

Эля смотрела, как Митя шел к дому, наклонив голову и не оборачиваясь. Потерянный тюлень — так, кажется, она называла его весной, когда он часто шел по школе, как в безлюдном мире — не обращая ни на кого внимания, казалось, шел, не очень понимая, куда идет.

* * *

— Элька! — ахнули родители, когда Эля поднялась вместе с шофером и отперла дверь своим ключом.

— Пап, вы дома? — обрадовалась девочка. — Заплати, пожалуйста, за такси, у меня денег нет.

Родители переглянулись, почему-то очень весело засмеялись, Лариса помчалась за деньгами, Федор подошел и обнял дочь.

— Пять дней тебя не видел, забыл, какая же ты красотка, ужас просто! — искренне сказал Федор и обнял дочь. — Заходи, заходи, там тебе сюрприз!

В гостиной стоял огромный, больше самого любимого отцовского кресла, торт, весь усыпанный мармеладными, марципановыми нотками, а из середины возвышался, понятно, большой, изящный шоколадный скрипичный ключ.

— Ешь, дочка, и не забывай, что дома у тебя старые родители, которые тебя любят и волнуются, если ты им не звонишь! — хохотнул Федор. — Ну что такое, почему телефон не заряжала, а?

— Глючил, — коротко сказала Элька. — Прости, пап. Чудо какое... А как же мы его съедим? Придется звать гостей?

— Да! Поедем вечером на дачу, позовем гостей, соседей, ну всех, в общем. Ты тоже зови, кого хочешь.

— Мне утром в Москву надо, пап... — растерянно ответила Элька.

— А что у тебя? Сидела бы на даче...

— Дело одно важное, пап... Помочь надо... друзьям.

— Ну, приедешь! — легко согласился Федор. — Утром мы же сами по делам, у нас открывается один цех после реконструкции, телевидение будет. Вот мы как раз, — отец подмигнул, — там всем идейку нашу и расскажем — про «царский хлеб».

Эля отковырнула белый шоколадный бемоль и села с ним в кресло.

— М-м-м... шоколад какой... Это что за шоколад, пап? Вкусный очень... во рту тает.

— Ты давно последний раз ела? — подозрительно спросила мать. — С тебя одежда сваливается, вон...

— Ела! — Элька вскочила, потянулась. — Я помою руки, посплю... нет, сначала поем, потом поспплю... Я сегодня не выспалась.

— Почему? — Федор подошел, обнял дочь. — Какая ты взрослая... Посмотрим обязательно твое выступление вместе, да?

— Вы еще не смотрели?

— Дочка, ну не обижайся, нет. Почему не выспалась?

— Белые ночи, пап! Вчера было закрытие, потом разговаривали с интересными людьми, потом по морю гуляли, а утром спать ложиться было уже не к чему...

— Ну, поспи сейчас. — Лариса подошла к ним, тоже обняла дочь.

Эля посмотрела на родителей. Может, зря она на них обижается? Разве есть лучше родители, чем у нее? Умные, любящие, терпеливые, работают с утра до вечера, у нее все есть, все вообще, что она захочет. Она может учиться, где хочет, если попросит, ей купят собаку, обезьяну, попугая, мотоцикл, она может поехать, куда хочет летом, хоть каждый день перелетать в другую страну и объехать за лето весь мир.

Но ей хотелось бы, чтобы они сели сейчас, пусть один из них, посмотрел бы ей в глаза и спросил: «А что у тебя в душе, дочка?» Может быть, она бы и не рассказала ничего. Но чтобы им было интересно.

— Мы тебя поздравляем с победой, дочка! Вот, поёшь за меня, значит... — Федор похлопал ее по спине. — Ну, иди, отдыхай, а мы с матерью помчались, уже опаздываем. Просто не хотели уезжать, не повидавшись с тобой. Встретили бы в аэропорту, если бы ты позвонила.

Эля с сомнением посмотрела на отца. Может, она что-то не так понимает? Да нет, все так. Вон уже бегут к выходу, не оборачиваясь, как только что Митя ушел, ни разу не обернувшись на нее, весь в своих мыслях. И они тоже, за ручку, как дети, пихаясь, смеясь, поправляя друг на друге одежду. Успешные, взрослые люди... Здорово, наверно, иметь такого мужа или жену... Эля сама усмехнулась своим мыслям. Никогда она не думала о своих родителях с этой точки зрения.

Она обошла торт с другой стороны. О, там, оказывается, еще и надпись! «Элька — звезда!» Очень смешно! Эля старательно сковырнула все переливающиеся помадные буквы, сложила их горкой рядом с тортом. Забавные у нее родители, очень хорошие. И ничего вообще не понимают.

— Как у нее с тем мальчиком, как ты думаешь? — озабоченно спросил Федор жену в машине.

Лариса взглянула на мужа. Сказать, или Федор расстроится?

— Мне кажется, все очень серьезно, Федь, — все-таки ответила Лариса. — Она другая приехала, ты же видишь.

— Ты хочешь сказать... — Федор мгновенно покраснел и стал освобождать воротник от галстука. — Ты...

— Нет, Феденька... — Лариса погладила мужа по щеке. — Паш, чуть припусти, а? — попросила она шофера. — Опаздываем. Нет, Федя, я уверена в Эльке. Я имею в виду ее чувства.

— Чувства... Чувства... — Федор все-таки сдернул галстук и протянул его Ларисе. — Возьми.

— Зачем мне твой галстук? — удивилась жена.

— Возьми, Лара! Завяжешь мне потом... Да ну тебя... Упустим дочь...

— Так говоришь, как будто все это только мне надо...

— Да я вообще... — Федор с неожиданной тоской посмотрел в окно. — Я вообще, может, петь снова пойду.

— Вот и хорошо... — Лариса с нежностью положила голову на плечо мужа. — А я всем заправлять буду. Я только рада буду, Феденька...

— Да куда уж теперь... — Федор махнул рукой. — Поздно мне в театр... Кто меня теперь возьмет... Паш, ты же возил этого парня? Ну, и что он, как?

Павел посмотрел в зеркальце на хозяина.

— Бедный очень и себе на уме.

— Вот тебе и ответ! — засмеялся Федор. — Отбрил. А человек хороший, как ты думаешь?

— Я лучше, — тоже улыбнулся Павел.

— Ну ты, Пашенька, для Эльки староват, — заметила Лариса.

— Так, что за разговоры! — нахмурился Федор. — Мы что, замуж, что ли, ее выдаем? Я просто спрашиваю.

— Она мне тут сообщала, что в Мурманске можно выходить замуж в четырнадцать лет, — вздохнула Лариса.

— Так там лето короткое, радостей у людей мало, — опять засмеялся Федор. — Слушай, а что ты вообще такие разговоры с ней ведешь? Какое замуж? О чем это? Учиться надо, а не замуж... Давай-ка, может, с родителями этого мальчика познакомимся, кстати, или хотя бы с ним самим. Вот пусть завтра приходит. Бедный, богатый, что за разговоры вообще? В Латвию поехал, не такой уж бедный, значит.

— Он на Элькин грант поехал, не забывай.

— Все, пусть завтра приходит, я с ним поговорю, что там вообще и как... В Мурманске... Где Мурманск, а где мы... — Федор все приговаривал, качая головой, а Лариса тем временем листала в телефоне фотографии, которые Элька успела выложить Вконтакте.

— Красиво там, в Юрмале... Холодно, видно, было... Ну-ка, Федя, посмотри...

Федор взглянул на фотографии улыбающейся, счастливой, разрумянившейся дочери и ахнул, увидев среди ее фото Митины портреты.

— Хорошо снимает Элька, правда? Видит кадр...

— Какой кадр, ты что? Убери это! Немедленно убери! Что это такое? Это что? Это зачем вообще? Это кто? Хлыщ какой, а!

— Федь, ты что, это же Митя...

— А что он так смотрит в камеру? Это что за взгляд, а? Он же на нее так смотрит, ты не понимаешь? Это же она снимала, она?

— Да успокойся ты... Она. А что такого? Ну, смотрит...

— А ее кто снимал? Тоже он? Хлыщ этот самодовольный?

— Ну наверно... Только почему хлыщ, Федя? Симпатичный мальчик, лицо хорошее...

— А-ах... — Федор открыл окно и глубоко подышал. — Лара, ты что, вообще ничего не понимаешь? Ничего себе, я-то и не знал, какой он...

— Какой?

— А ты не видишь... Ничего себе... Зачем она его вообще снимала? Так, ну все, я понял... Ну-ка, Паша, обратно поворачивай...

— Федь, Федь... — Лариса примирительно положила руку на ладонь мужа и мигнула водителю: — Езжай, как ехал! Федюша, все хорошо! Приедет, посмотрим на него и разберемся.

— Уши ему надрать... — пробурчал Федор. — Я уже все понял, увидел... Красавчик... Кому нужен такой красавчик... Ты смотри, а... Аполлон... Нам такие не подходят... Еще смотрит он на Эльку, вы глядите-ка! Смо-отрит! Да не только уши ему надрать за такой взгляд! Что за свинство вообще!..

— Федя, ей пятнадцать лет! Успокойся!

— Лариса Сергеевна, — Павел кивнул ей на две незнакомые машины, въезжая во двор фабрики. — Приехали уже к вам.

— Всё, Феденька, дела домашние дома оставь.

— Да! — Федор взъерошил коротко остриженные волосы. — Всё, да. Работа. Всё забыли на время. У нас сегодня важный день.

— Вот именно, — проговорила Лариса, протягивая мужу галстук. — Давай, приди в себя, ревнивый отец. Надо же, меня так никогда не ревновал...

Глава 23

Митя стоял под дверью, собираясь с духом. Сейчас он позвонит, сейчас... Отец обычно в это время спит, но только не сегодня... Наверняка сидит уже на кухне, широко расставив ноги, поигрывая ремнем, ждет не дождется, когда же любимый сына в дверь постучится. Митя выдохнул и коротко нажал на звонок. Он услышал, как мать сказала: «Приехал». Все, сейчас начнется.

Марьяна открыла дверь, руки у нее были в муке. Митя удивился — мать крайне редко что-то готовила.

— Сынок! — Марьяна поцеловала Митю, отводя руки в стороны, чтобы не испачкать его. — Заходи, мой хороший! Как у тебя дела? Как долетел?

— Все нормально, мам... — буркнул Митя, ничего не понимая. Он заглянул в комнату, отца нигде не было видно. — А... А где папа?

— Я здесь, сына, — тихо, но внятно ответил откуда-то отец, видимо, с кухни.

Митя быстро скинул ботинки и пробежал на кухню. Нет, отца там не было. Филипп сидел в его комнате, на его стуле. Перед ним лежал открытый альбом с Митиными детскими рисунками. Откуда они его только раскопали — Митя уже много лет не видел этот альбом. И рядом лежала открытая нотная тетрадка — маленький Митя сочинил когда-то две короткие пьески, им задавали по сольфеджио. Одна называлась «Спешу», а другая — «Грустный дождик».

Филипп развернулся к нему на крутящемся стуле. На голове у отца была Митина повязка. Сам Филипп был в тельняшке, в которой он иногда копал в огороде у бабушки. Отец сейчас был очень похож на него самого, ведь он обычно ходит дома в тельняшке и в повязке.

Филипп широко распахнул руки:

— Иди ко мне, сына!

Митя, оглядываясь на мать, осторожно подошел к отцу.

— Да иди ты, не бойся! Обниму тебя, уж душа вся у бати изболелась. Звонили мы на этот ваш фестиваль, нашла мать телефон, знаем, что ты в порядке...

Митя подошел к отцу, тот сгреб его в охапку, усадил себе на колени, крепко обнял.

— Что с телефоном-то у тебя, сынок?

— Вырубился... — проговорил Митя, зарываясь в большие плечи отца, не поднимая глаз.

— Ну хорошо, сынок, что телефон вырубился, а не ты сам. Как сыграли-то, а? Показал ты им всем там, зажег? Заставил девчонку попотеть, за тобой небось не успевала, а? Как? Ну, показывай свой Гран-при, показывай, победитель! Поздравляю тебя, сына, ты начал свой звездный путь! Сейчас будем праздновать! А телефон мы тебе с матерью уже присмотрели другой. Что же это такое, негоже будущей мировой звезде с таким телефоном ходить!

Митя растерянно поднял голову на отца. Ничего себе... Его родители сумели найти телефон организаторов, дозвонились, ну да, Марьяна, конечно, может, но ему бы в голову не пришло... И не сердится отец. Какой же у него замечательный отец.

— Спасибо, батя, — искренне сказал Митя, чувствуя, что сейчас расплачется. Все то напряжение, которое он испытывал уже несколько часов, подъезжая к дому, сейчас вылилось в слезы.

— Ну, сына мой, ты ж мой маленький сына... — Филипп отер сыну слезы. — Соскучился о бате, да? Устал там, на чужбинке-то? Как там все было-то? Ну, все нам рассказывай! Мать сейчас блины нажарит, да на работу ей надо, а мы с тобой как сядем, ты мне все рассказывать и показывать будешь! Пленку всю отснял?

— Всю. И еще Элька... — Митя запнулся.

— Что? — улыбнулся Филипп, и ничего плохого в этой улыбке не было.

— Элька тоже много снимала... И еще мне свою старую видеокамеру на время дала... Я тоже на нее поснимал... И видео, и фотки...

— Здорово... — опять улыбнулся Филипп.

В старой растянутой тельняшке, с Митиным ободком на голове отец был похож на очень усталого, внезапно поседевшего подростка. Когда он убрал волосы со лба, то оказалось, что лоб у отца в веснушках и прорезан двумя глубокими морщинами. У Мити защемило сердце.

— Бать... Ты как себя чувствуешь? — спросил он, не слезая с колен отца.

— Плохо, сына. Но... как только узнал, что ты Гран-при получил, сразу стало лучше. Но вообще плохо, тяжело дышать и вообще... Мне нельзя волноваться.

— А приезжал тогда врач? Что сказал?

— Да какой там врач, сына! Какой врач! Разве их дождешься? Не дозвонишься даже! Помрешь, а ты никому и не нужен! Мать вот прискакала вечером, валерьянки мне заварила да валидол с кухни принесла.

— А ты так и лежал до самого вечера один, без помощи? — ужаснулся Митя.

— Лежал, сына. А что мне было делать? Сын — на гастролях в Европе, матери его до меня дела нет...

Марьяна высунулась с кухни:

— Ну ладно уже пугать-то Митрофана, отец! Все хорошо, ты же видишь, сыночек!

Филипп крепко сжал Митино плечо.

— Ей хорошо, она думает, и мне хорошо. А у меня душа болит за тебя. Ну, все, мать, иди давай, поработай немножко, мы тут сами разберемся, а то опоздаешь! Дожарим блины, да, сына? Кубок показывай!

— А... — растерялся Митя. — А у меня его и нет, батя.

— Нет? Вот дают капиталисты... Ну, грамоту хотя бы дали?

— И грамоты нет.

— Это как? — нахмурился Филипп. — В смысле — нет? А что есть?

Митя развел руками. Вот это поворот. Меньше всего он думал о том, как рассказать отцу, чем закончилось его выступление на фестивале. Ничем. Но говорить это было совершенно невозможно.

— Так, ну сейчас разберемся. Давай, мать, по блинку с нами съешь да и топай на работу, опаздывать нехорошо!

Они сели втроем за маленький столик на кухне.

Митя чувствовал, что как-то не может приехать домой. Вот вроде он и дома, а вроде и нет. Эли рядом нет, а он чувствует ее присутствие, видит ее взгляд, слышит ее, ощущает, уже скучает. Он даже толком не попрощался с ней, убежал домой.

— Сына? — Филипп вопросительно посмотрел на него. — О чем думаешь? Ты где был сейчас?

— Когда?

— Когда я с тобой разговаривал.

— Я... Да нет, батя, не обращай внимания, я просто... не выспался. Вчера долго было закрытие фестиваля, а сегодня утром рано уже на самолет... — Митя говорил, чувствуя, что отец пролезает ему в душу, слышит не то, что он говорит, а то, что сказать не собирался.

Марьяна быстро съела блин со сметаной, поцеловала Митю, потрепала его за волосы и убежала на работу. Филипп сходил, запер за ней дверь, что-то негромко сказал, Митя не расслышал, Марьяна засмеялась.

— Ну, сына, вот теперь мы с тобой одни. Рассказывай.

— Что, батя?

— Почему телефон выключил. Почему не звонил отцу, больному, который чуть не умер. Почему так выглядишь. Почему чужой. Почему ешь так, как будто голодал две недели. Почему от тебя пахнет... Не пойму, чем пахнет... Чужим чем-то!..

Филипп сгреб несколько салфеток, которыми Марьяна аккуратно промакивала уже накрашенный на работу рот, яростно их сжал и бросил обратно на стол. Они легли живописной кучкой — неровный клубок белоснежных салфеток с красными ободками от яркой материной помады.

— Что скажешь, сына, своему бате? — Филипп улыбался, сидя совсем рядом с Митей, зажимая его ногу своей огромной коленкой.

Митя задрожал. Ну вот, сейчас начнется... Филипп взял его рукой за шею, приблизил Митино лицо к своему.

— Что, сына, загулял?

— Батя...

— Ну, и как она? — Лицо отца было близко-близко. Митя никак не мог сосредоточиться на его зрачках, попытался отодвинуться, Филипп не дал — крепко держал его шею.

— Батя... — Митя опустил голову. Нет. Нет, он не готов, он не будет говорить об этом.

— Повторяю вопрос: ну, и как она?

— Кто? – спросил Митя.

— Она. Смотри мне в глаза! В глаза!!!

Митя поднял голову и посмотрел отцу в глаза.

— Никак, батя. Я... не понимаю... Я устал, можно я посплю? Я почти не спал сегодня.

— А-а-ах... — выдохнул Филипп. — Не спал!.. Что делал, сына? Расскажи...

— Вещи собирал, не мог уснуть перед самолетом. — Митя заставил себя не отводить глаз.

Филипп сжал плечи и шею сына так, что у Мити что-то хрустнуло в позвоночнике.

— Скажешь, — твердо сказал Филипп. — Все скажешь. Буду бить, пока не скажешь.

— Бей, — пожал плечами Митя. — Бей.

— Вот ты как! — засмеялся Филипп и отбросил Митю от себя. — Вот ты как, сыночка мой! Вот ты как с батей со своим родным поступаешь! А-а-а... Я так и знал, я так и знал, я чувствовал неладное, я знал... Иди!!! Иди-и-и-и!!! — Он страшно крикнул и одним движением большой руки резко сбросил на Митю всё, что стояло на столе. — Иди к ней! Или куда ты там хочешь идти! Иди! Сволочь!!! — Филипп столкнул Митю со стула. — Ты же сволочь! Я вырастил сволочь! И эта маленькая сволочь предала меня!

Филипп второй раз сильно толкнул Митю, который собирался встать с пола. Митя отлетел к стене, снова попытался встать. По ногам его стекало масло с блинов, которые уже упали на пол, сметана, сливовое варенье... Митя перешагнул через кучу сваленной посуды, еды, растерянно остановился посреди кухни. Отец... плакал. Он больше не кричал. Он сидел на табуретке, огромный, несчастный, повязка съехала с его взлохмаченных волос... И плакал.

— Батя... — Митя потоптался на пороге кухни и попытался протянуть руку к отцу, взять его за плечо.

— Уйди! — Филипп с силой отбросил руку сына. — Уйди, Митька! Я все понял про тебя! И жизнь моя — кончена! Я больше не нужен тебе! Ты забыл меня! Ты бросил меня ради этой... Ты предал меня...

— Батя, нет... Нет, это неправда... Я... Нет, я не предал...

Митя плакал вместе с отцом, чувствуя, что маленький кусочек внутри него остается спокойным и накрепко закрытым для отца. Ни жалость, ни огромная нежность, которую он сейчас испытывал к отцу, не заставят его рассказать ему про то, что было, и про то, чего не было, но могло быть с Элей, он точно это знает теперь. Он вообще многое узнал о жизни и о себе. Но он почему-то не готов делиться этим с отцом.

Отец пошел выносить мусор — хотел, наверное, покурить на улице, а Митя быстро убрал все на кухне, вытер пол, выбросил кучу прекрасной еды, штук десять блинов, которые у Марьяны получились неровные, подгоревшие, но все равно аппетитные, золотистые, толстенькие. Митя вздохнул и выбросил разлившуюся баночку сметаны, натертый сыр... Постаралась мать, в кои-то веки раз.

Филиппа не было довольно долго. Наверно, ходил вокруг двора, разговорился с кем-то из собачников, отец иногда может зацепиться с кем-то и проговорить часа два. Когда Филипп пришел с улицы, пахнущий табаком, расслабленный, с посветлевшим лицом, Митя уже лежал в постели. Он быстро скинул грязную одежду, замочил ее в тазу, принял душ и нырнул под одеяло.

Филипп сдернул с него пододеяльник.

— Ну? — подмигнул он сыну. — Работает?

— В смысле? — спросил Митя и покраснел.

— Знаю, что работает. У нас, у Бубенцовых, с этим все в порядке, до старости будешь баб... только так... кивнешь... уже бегут, готовые... юбки на бегу задирают... Выбирай только... Так что ты не спеши с этой своей... Любишь ее, да, сына?

Митя задохнулся. Нет, нет и нет. Он ничего не скажет, он не будет говорить об этом. Все улетучится, все растворится, если он скажет, ничего нельзя обсуждать, он это точно знает.

— Ладно, молчи... Затаился, смотрите, сучонок...

Филипп говорил ласково, но от Мити не отходил. Тот напрягся. Если отец хочет чего-то добиться, он своего добьется, любым путем. Поэтому лучше что-то сказать.

— Батя, все вообще не так.

— А как, сына? Ты расскажи отцу.

— Она... — Митя набрал побольше воздуха. — Мне не нравится.

— Не понравилась? — захохотал Филипп. — Что — рыба? Я так и думал. Смотрел еще, думал, что за рыба такая — холодная вся, скользкая. Глазенками своими вылупилась, стоит, смотрит, рыбьими, цвета в них нет... Глаза у бабы должны быть черные —

огонь! А у этой что... студень... Да? — Филипп пытливо посмотрел на сына.

Тот пробурчал что-то невнятное. Филипп ухмыльнулся.

— А что не понравилось-то? Расскажи, сына, расскажи, кому ты еще расскажешь, как не мне? Ну! — Филипп подмигнул, сел рядом на кровать, зажал ноги сына большой рукой. — Говори!

— Нечего говорить, батя, — как можно тверже сказал Митя. — Ничего не было.

Филипп прищурился.

— Ну не было так и не было, сына. — Он легко встал, отошел от Мити, в дверном проеме повернулся к нему. — Помирать мне можно, да, сына? Отжил я свое? Не нужен больше тебе? Никому больше не нужен? Зря я жизнь свою закопал ради тебя, да?

— Батя... — Митя привстал на кровати. Филипп ждал, что тот подбежит к нему, обнимет, но Митя лег обратно. — Я посплю, ладно?

Филипп долгим взглядом посмотрел на сына и тихо произнес:

— Ладно, сыночка, ладно. Спи. Умаялся ты, утомился. А я пойду посмотрю, сколько таблеток у меня осталось. Вот как последнюю таблетку допью, так и помру.

Митя слышал, как отец на кухне наливал себе чай, полез за чем-то в холодильник, потом включил радио, прикрыл дверь на кухню. Мальчик хотел поскорее уснуть, но сон как-то не шел. Надо ехать завтра в тот лагерь, обязательно, он это чувствовал. Он должен помочь отцу. Отец должен увидеть свою прекрасную скульптуру, должен вспомнить, какой он был успешный в молодости, может быть, что-то в нем всколыхнется, может быть, он поверит в себя.

Митя был уверен, что, как бы отец ни хорохорился, он в себе изуверился. Он ждет и ждет заказов, иногда ему звонят, но все реже и реже. Вот в этом году, кажется, вообще не звонили. А если и звонят, то заказывают какую-то ерунду, а отец ждет большого, важного заказа, где он сможет, наконец, реализовать все, что он накопил за эти годы, все нерастраченное, все его мучительные поиски себя, смыслов, о которых он так любит говорить с Митей. А с кем еще? У отца больше никого нет. Друзья давно все отвернулись — кому же нужен человек, у которого что-то не пошло, не заладилось в жизни, все тянутся к успешным... Мать — хорошая и любит отца, но совершенно ничего не понимает в искусстве.

А Митя — понимает. Отец научил его понимать. Лепить — не научишь. Отец — гениален, Мите это не дано, он просто ковыряет своими пальцами, ковыряет все, что ни попадя, — а толку нет. Фразу эту Митя знал с детства как «Отче наш». И все равно ковырял и ковыряет, что бы отец ни говорил. Но отец-то гениален. Только все об этом забыли.

Мите казалось — вот увидит он тот памятник, сфотографирует его, привезет домой, и отец воспрянет. Может быть, Митя пойдет с этой фотографией в Академию художеств... Куда-то еще... В Строгановку... Отца возьмут преподавать... Ему есть чему научить студентов, точно есть. А он сидит дома, никому не нужный, всеми забытый...

Как только уехать? Отец не отпустит его на целый день, а с Элей — тем более. Придется что-то придумывать, врать. Но это ложь — во спасение. Это уж точно — во спасение.

Митя уснул, так и не придумав, что сказать отцу, чтобы он ни о чем пока не догадался.

Когда проснулся, то решение было в голове готовое. Вот удивительное свойство подсознания — отпустило Митю отдохнуть, а само тем временем проработало все возможные варианты и выбрало самый лучший и неожиданный: Митя скажет, что пойдет в школу помогать завучу, Таись-Игнатьевне, родители всегда приветствуют, когда Митя активен в школе, больше мать, конечно, но отец не спорит, соглашается. И главное, в школу отец за ним не пойдет — школа рядом, в соседнем дворе, с Таисией он поругался еще в прошлом году, когда та попыталась поговорить с отцом о том, что они единственные из полных семей не сдают деньги на нужное школе оборудование. Зря Таись-Игнать тогда задела эту тему, отец взвился, конечно, лишнего наговорил. Но замдиректора к Мите относится хорошо, подмигивает ему, часто просит помочь с чем-то, не лезет так, как Марина, но точно симпатизирует.

Вот он пойдет в школу, а там якобы застрянет. Они ведь не на целый день с Элей уедут — туда-обратно... Митя не хотел точно считать, сколько времени уйдет на поездку. Как получится... Отец будет думать, что он в школе, будет звонить, Митя будет отвечать, отец, зная, что Митя — вот он, рядом, в триста метрах от дома, будет спокоен. Ну, а уж когда вечером Митя приедет с фотографией той статуи, за которую отец когда-то получил первую премию в Москве... Или даже не в Москве... в России... Митя сразу, по дороге сделает фотографию, есть фотостудия у метро, и придет с ней домой, и повесит ее в гостиной, и можно будет честно признаться, что ездил в лагерь. Отец ругаться не будет, Митя был почти точно уверен в этом. А про Элю он и не скажет. Это — закрытая территория. Территория его свободы. Территория его любви.

При мысли об Эле заволновалось все в душе и теле, Митя побыстрее встал, помахал руками, размялся, побежал в душ, включил сразу ледяную воду. Отец, услышав, что сын проснулся, зашел большими шагами в ванную, отдернул шторку, прислонился к стене.

— Бать... — Митя смущенно стал задвигать шторку. — Льется вода...

— А и пусть льется! — ухмыльнулся отец. — Какой ты стал... Просто юноша... Мужик... Бабы, наверное, с ума сходят, да, Митяй... Так что там у тебя было с девицей этой? Неужели вот так и съездил с ней, в одной гостинице жил и ничего, а?

— Говорю, ничего. — Митя отвернулся от отца и плотно зашторил ванну.

— Ишь ты... Самостоятельный, взрослый... Помру, придешь на могилку... станешь плакать, батю звать, а бати-то уже и нет!

Митя растерянно топтался в ванне, опустив лейку душа.

— Бать, не надо, пожалуйста...

— Эх! — Филипп махнул рукой и вышел из ванной.

Митя посмотрел на себя в маленькое запотевшее зеркальце, которое висело над раковиной. Что, получается, Эля встала между ним и отцом? Как-то это неправильно, наверно... Но думать дальше не стал, мысль прогнал.

— Пошли отдадим отпечатать пленку, да и телефон тебе новый купим, раз старый барахлит, мать как раз вчера деньги принесла, а мне — таблетки от старости и одиночества... — горько усмехнулся Филипп, когда Митя вышел из ванной, завернувшись в полотенце. — И с каких пор ты стал меня стесняться, сына... Я же тебя растил, лечил, всего знаю наизусть, а ты от меня прикрываешься... Ладно! Я готов уже ко всему!

Митя не знал, что сказать, и побыстрее проскользнул в свою комнату. Как-то все не так, но, наверно, все образуется, выправится... Как себя вести с отцом — непонятно. Долго ли удастся продержаться и не отвечать ничего про Элю? Врать долго невозможно, но и рассказывать тоже он ничего не будет. Как быть? На-

верно, как-то выплывет. Он же Рыбы по знаку Зодиака, мать всегда всем объясняет: «Мой сын — Рыбы, плывет то туда, то сюда».
Митя часто это слышал еще маленьким, когда не умел плавать, и
очень удивлялся — куда же он плывет, как это мать видит? Может
быть, он плавает, когда спит? Или мать видит во сне его плыву-
щим? Но со временем он понял, что мать имела в виду. Не очень
это приятное качество у других... А у себя — если себе это прощать,
не корить себя за неустойчивость и непостоянство — вполне даже
удобное качество. Что ж поделаешь, если это врожденное. То сюда
поплыл, то туда... Раз мать говорит об этом так спокойно — значит, это нормально. Мать, конечно, не такой авторитет, как отец,
но когда отец с ней не спорит, то можно и ее послушать.

Кажется, он приехал домой. Кажется, он становится таким,
как прежде. Его связь с родителями никуда не делась. Просто она
чуть ослабла, из-за всех событий, которые произошли, и могли
произойти, и вот-вот, возможно, произойдут...

Митя, оглядываясь на дверь, чтобы отец не вошел и не взял
телефон, который пришлось включить, быстро написал:

❖ В десять подойду к твоему дому.

❖ Хорошо, — сразу ответила Эля. — Как твои?

❖ Все отлично.

❖ Отец не сердился?

❖ С чего бы это? — чуть подумав, написал Митя. — Не на что
сердиться.

Эля больше ничего не написала, Митя спрятал телефон. Хорошо, что отец еле-еле справляется с новыми устройствами, совсем не пользуется интернетом. Он и не догадывается, какие там
есть возможности, что, например, можно, не выходя из комнаты
и не заходя в Митину, понять, спит ли Митя ночью или сидит
Вконтакте. Или что он только что заходил в сеть и за его спиной
договорился с Элей. Но отец этого не знает. Верит Мите, а Митя
его обманывает, потому что выхода другого нет.

Глава 24

У Мити сладко защемило сердце, когда он увидел Элю. Пре-
лестное платьице какое на ней сегодня... Она умеет одеваться так,
чтобы максимально подчеркнуть всю свою красоту. Не открыть
ноги, грудь, а именно подчеркнуть, как-то чувствует, наверно, это.

На ней было простое расклешенное светлое платье, не белое, цвета молока, в мелкий черный цветочек, не очень частый, на тонких лямках, открывающих нежные и достаточно широкие плечи. Кажется, он его уже видел... Да, когда приезжал репетировать к ней в загородный дом. Он тогда был совсем другим человеком, не понимал многого...

Сегодня она собрала волосы у шеи, чуть прихватив их светлой лентой. Митя сразу обнял девушку, та прижалась к нему. Все, вот это то, чего ему не хватало вчера днем, вечером, ночью... Это то, из-за чего он обманывает отца. То, без чего теперь, кажется, жить совсем невозможно.

Митя взял Элю за руку и больше не отпускал, только на секунду, когда надо было платить за троллейбус, метро, электричку. Странно, как он раньше жил без этого. Даже не представлял, что ему в жизни чего-то не хватает. Скажет она сегодня то, что так и не сказала в Юрмале? Почему не говорит? Ведь она точно его любит, это же не спутаешь... Или не любит? Просто так — играет с ним, время проводит, наслаждается своей победой? Да нет, вряд ли. Так не сыграешь.

В электричке они сели на пустое сиденье, Митя обнял ее по-взрослому, за талию. Платье тонкое, он почувствовал, как она замерла под его рукой. Митя провел по ее спине, бедру, ноге, сам удивился своей смелости и уверенности. Эля вопросительно посмотрела на юношу, но руку его снимать не стала, покраснела, а потом сказала как ни в чем не бывало:

— Хотела рассказать тебе, как меня родители встретили. Вчера вечером на даче такой прием устроили, столько гостей было... Торт огромный мне на фабрике сделали...

— А... когда же ты вернулась в Москву? — не понял Митя.

— Утром, с родаками, они на работу, а я... к тебе. — Эля взглянула прямо ему в глаза...

Зря отец называет ее глаза рыбьими... Какие же они рыбьи... Глаза, как у волшебной феи в мультфильме, из них как будто свет, звезды сыплются, цвет меняется, сейчас прямо темно-голубыми кажутся...

Митя поцеловал девушку в висок и чуть отодвинулся. Ее близость смущала, волновала, не давала думать ни о чем и говорить о посторонних предметах. Как другие в обнимку ездят — сколько раз он видел такие пары? Спокойные... Он спокойно рядом с Элей сидеть не мог. Митя даже вспотел от напряжения. Эля же...

достала книжку. Ничего себе! Едет рядом с ним, он весь взорвался изнутри, а она...

— Садись ко мне на колени! — сказал Митя, сам удивляясь своим словам.

— Ты уверен? — Эля посмотрела на друга.

— Садись! — грубовато сказал Митя. А как еще он мог ей это сказать?

Эля перебралась к нему на колени, немного смущенно наклонив голову. Митя взял книгу, которую она только что достала. «Мастер и Маргарита».

— Я в прошлом году еще прочитал! — небрежно бросил он. — Хорошая книга! Ты поняла что-нибудь?

— Я только начала... — непонятно улыбаясь, ответила Эля.

— Расскажешь мне потом! — Митя прижал девочку к себе.

Вот если бы можно было вообще не разговаривать... Это очень отвлекает от новых, сильных ощущений... Вот просто держать ее в руках, знать, что она не уйдет, не вырвется, что она хочет сидеть у него на коленях, что она ответит, если он ее поцелует, а он ее поцелует, вот только выйдут из электрички...

— Я посмотрел — дальше нам на автобус и там еще пешком.

— Ага! — легко согласилась Эля. И сама поцеловала его в шею.

Митя растаял, Митя взлетел, Митя растекся по скамейке, Митя хотел что-то сказать, не смог, как будто она раньше не целовала его, позавчера, весь вечер и всю ночь... Но это было позавчера... Он уже забыл, как это было... В висках стучало, в теле стучало, язык говорил сам по себе, что-то смешное и веселое — как всегда... Эля смеялась и прислонялась к нему, легкая, нежная, теплая...

— Нам на следующей, кажется, — сказала Эля и слезла с его коленей.

Митя поймал ее за руку.

— Всегда будешь рядом со мной ходить, поняла? — сказал он как можно тверже. Чтобы она поняла, чтобы не сказала «нет», чтобы и не вздумала отшучиваться. Какие уж тут теперь шутки, когда все так закрутилось — серьезнее некуда!

Карта, которую вчера изучал Митя в Интернете, им не пригодилась. У Эли в телефоне был включен навигатор, и они легко нашли нужную дорогу от автобуса. Идти надо было по полю, а дальше — свернуть к поселку, не доходя, еще раз повернуть в лес.

— Раньше, наверно, ходил автобус, а сейчас лагерь забросили... — Эля фотографировала природу, бездомную собаку, бабушку, которая торговала первым укропом на остановке.

— Здорово... — Митя вздохнул. Нарисовать бы все это... Черным... легкими быстрыми штрихами... или нет, можно и в цвете, несколько ярких цветовых пятен сделать... — Вот тот пейзаж еще сфотографируй. Видишь, чтобы труба попадала от дома с красной крышей. Гармонично очень получится.

— Кстати! — Эля засмеялась. — Я же забыла! Я тебе свой старый телефон принесла! В нем отличная камера.

— В смысле? — напрягся Митя и отстранил от себя девочку. — У меня есть телефон. Зачем?

— Мить... Не обижайся... Возьми, пожалуйста... — Эля стала доставать из сумки телефон.

— Да не возьму я ничего, ты что! Неужели я еще у тебя подарки буду брать! Я сам тебе все подарю, когда... — Митя замялся. Он ведь все время хотел рассказать ей, что ждет его в будущем. И так ни разу и не рассказал, обмолвился неясно пару раз, да и все.

Они шли по широкой дороге по краю поля. Наверно, здесь ездят машины, поля, возможно, урожайные. Но за то время, пока они шли, не проехала еще ни одна машина.

— Я могла бы здесь жить, — с удовольствием оглянувшись, сказала Эля. — А ты? Мог бы уехать из города?

— Конечно... Особенно с тобой...

Эля взглянула на Митю, засмущалась, отвернулась. Вот когда она смущается, это несравнимо ни с чем. Такая сладкая, огромная нежность разливается по его груди, так хочется ее прижать, спрятать ото всех, стать с ней одним целым... Митя даже закашлялся от волнения и покрепче обнял Элю. Потом остановился.

— Мы так не дойдем никогда! — негромко засмеялась девушка, обнимая его.

Целый мир, огромный новый мир, в котором все по-другому. Как будто не видел и стал видеть. Или в мире появились новые краски, или природа расцветилась после долгой муторной зимы. Столько новых острых ощущений, столько наслаждения, какая же пресная жизнь была у него раньше, пока он этого не знал, а ведь это только начало, только прелюдия... Митя поднял ладонями Элин подбородок и заглянул ей в глаза. Спросить? Или об этом не спрашивают? А если обидится, если рассердится, он слышал такие истории... Что ему важнее — чтобы она не рассердилась или чтобы прелюдия, растянувшаяся на столько дней, перешла... в основную часть. А что — основное? То, чего пока не было и от чего волнуется и взрывается его тело, или то, что в душе? Или это не разделить...

Митя рассердился от собственных мыслей. Он об этом думает, потому что... потому что не понимает, чего хочет она. Могла бы и яснее как-то выражать свои намерения. Потом рассердился от того, что Эля, как будто не видя и не понимая его смятения, идет, легко помахивая какой-то веточкой, что-то красивое напевая. «Je suis malade... completement malade...» — пела она, дразня его своим спокойствием, ясной улыбкой, свежестью, своим летящим, проникающим в него голосом...

Митя потряс головой, поднял камень, зашвырнул его далеко в поле. Эля лишь подняла брови, но ничего не сказала. Пошла вперед. Легкая, грациозная, свободная. Как будто ничья. Как будто только что и не целовала его. Идет, не оборачиваясь, уверенная, что он догонит... Ах, так! Картинка, пронесшаяся в этот момент у Мити в голове, испугала его самого. Конечно, и так бывает. Но он так не хотел, он хотел по-хорошему, по согласию, даже наоборот, чтобы она сама к нему подошла... Он не имел в виду никакой грубости, никакого насилия... Но картинка, которую он увидел, такая яркая, такая жаркая...

— Можно воды? У тебя была вода, я видел, — хриплым голосом попросил он Элю, догнав ее в два прыжка и стараясь не сталкиваться с ней глазами. Кто-то внутри него живет, кого он, оказывается, совсем не знает...

Позвонил отец. Митя старался говорить спокойно, но, видимо, ему это не совсем удалось.

— Ты скоро там? — спросил отец.

— Думаю, да. Но... тут еще надо передвинуть кое-что...

— Хотел как раз с ней поговорить, я подойду, наверно, через полчасика, чай допью...

— Нет! То есть подходи, но Таисия собиралась уйти, вот поручила целый список...

— Так я тебе помогу, — мягко сказал Филипп.

Догадался? Он догадался, что Митя так же далеко от школы, как и от дома?

— Не надо, бать, смеяться будут, здесь же другие ребята еще.

— Ах, смеяться надо мной будут... Ладно, сына, дома разберемся... — Филипп резко отключился.

Митя перевел дух. Что будет дома, сейчас думать не надо. Главное, чтобы отец не пошел в школу. Пусть лучше рассердится.

— Все хорошо? — спросила Эля.

Митя кивнул.

— Вот здесь поворот. Смотри, кажется, вон там забор какой-то.

Они подошли к старому забору, когда-то покрашенному зелено-голубой краской, невысокому, сквозь который хорошо проглядывалась территория.

— Где бы нам перелезть...

Митя перемахнул через забор в том месте, где он покосился, и помог перелезть Эле. Территория старого пионерского лагеря была вся заросшая. Аккуратные когда-то кусты калины и боярышника превратились в густые непролазные заросли, вымахали сосны, осины, березы, сквозь дорожки, уложенные плиткой, продралась трава.

— Смотри! — Эля наклонилась, сфотографировала землянику, выросшую между плитками, сорвала ягоды. — Ешь... — Она положила несколько ягодок в рот Мите.

Тот не отпустил ее руку. Как-то не думается о деле, о важном деле, ради которого они приехали, о котором он думал всю зиму — он ведь давно это замыслил... Но когда она рядом, этот запах — то ли от ее волос, то ли от ягод земляники... Эти влажные губы, испачканные ягодами, сладкие, податливые, ее горячее тело под тонким платьем...

Эля отступила от него.

— Что? — резко спросил Митя и шагнул снова к ней.

— Мы хотели что-то найти здесь. Ты хотел.

— Успеется.

— Мить... — Эля смотрела на него совсем не тем взглядом, которого он ждал.

— Что?!

Понятно, ему все понятно. Это то, о чем рассказывали, очень грубо, цинично, другие парни. И что ты с ней поделаешь, если она так с ним...

— Но мы же не за этим сюда приехали. Ты не за этим сюда стремился.

— Ну, еще раз скажи! Скажи!!! — выкрикнул Митя. — Одно другому не мешает! — буркнул Митя, чуть погодя, заставляя себя не кричать, не показывать ей, как ему обидно. Вот позор какой, а! Еще и говорит прямо... Понимает все, значит. Понимает и не хочет. Почему? Почему?!! Может, не спрашивать разрешения? Не ждать, пока она согласится... Не нюниться, ведь это тоже нюни!

Митя опять шагнул к ней, Эля не двигалась с места, не отступала, не поднимала рук, чтобы обнять его... Почему-то совершенно некстати он вспомнил, как дал себе слово в Юрмале, что ее вообще ни один мужчина никогда не коснется, потому что она ангел, а не девушка... Ерунду он тогда надумал, конечно, но...

Эта мысль помешала Мите.

— Ладно! — махнул он рукой.

Говорить ей, что она права, он не будет, но... И действительно. Он хотел найти скульптуру, ради этого ехал, а вовсе не ради Эли, точнее, не ради того, чтобы перешагнуть черту, отделяющую его от мира взрослых мужчин. До нее осталось полшага. Сделает ли он их сегодня?

Митя дома взял тайком у отца две сигареты и коробок спичек, сунул их в рюкзак. Вот сейчас он как раз выкурит одну сигарету. Он уже пробовал пару раз курить, год назад и недавно, с Деряевым, его не стошнило, не закружилась голова, было вполне нормально. Больше не хотелось, правда. А сейчас как раз тот момент, когда можно покурить.

Мальчик отошел в сторону, сел на ступеньки заколоченной веранды. Удивительно, что за много лет, когда лагерь явно был брошен, никто здесь не жил, не пытался проникнуть. Стекла были все на месте. Нигде не было следов ни пикников, ни вообще людей, посещавших это место. Митя достал сигарету, не глядя на Элю, закурил. Вот то, чего ему сейчас не хватало. Отец бы сделал именно так.

Сбоку от тропинки на столбе висели старые круглые часы, остановившиеся когда-то на 11.42. Без восемнадцати двенадцать. Интересно, ночи или дня? Был день, ясный, летний, или, наоборот, морозный, январский, или пасмурный, осенний, когда стрелка, и так двигавшаяся еле-еле, последний раз щелкнула и замерла, не дотянув даже до без четверти? Или же была ночь, часы могли остановиться в полночь, это было бы символично, есть же такая книжка, детектив, кажется... Это красиво — остановиться в полночь, на грани нового дня, но они не дотянули, не смогли. Почему-то Мите казалось, что они остановились все-таки утром. Была жизнь, пели птицы, скорей всего — ранняя весна. Почему — он и сам не знал. Но он четко видел сейчас, как шли стрелки, шли и замерли, покачнувшись. Все. Точка.

— Митя! — Эля ахнула, увидев его с сигаретой. — А я думаю, откуда запах идет. Ты что, куришь?

— Да! — Мальчик небрежно стряхнул пепел, как отец всегда делает. Мать, правда, гонит Митю, не разрешает ему толочься рядом с отцом, когда он курит на лестничной клетке, но Митя все равно любит стоять рядом, вдыхать ароматный дым. Чуть-чуть начинает дрожать в голове, но хорошо, приятно, мысли как бы затухают, уже так не прыгают, все воспринимаешь как сквозь незримую, но плотную пелену. А уж когда сам куришь — тем более.

Митя курил с удовольствием, глубоко затягиваясь. Всего ведь третий раз курит, а как будто курил всю жизнь!

— Садись рядом! — бросил он Эле.

Эля, покачав головой, отошла от него, побрела дальше по тропинке. Симпатичные одноэтажные корпуса, с резными наличниками, балясинами в русском стиле, хвостатыми петушками, растительными орнаментами, все такое старое, милое. Когда-то здесь кипела жизнь, теперь — гнезда птиц под крышей, земляника, желтые шары жарков на длинных гибких стеблях, ромашки... Эля увидела крупного ежа, быстро перебегавшего дорожку, остановившегося посередине, за ним шли ежата, шесть или семь маленьких ежиков, у одного на иголках зацепился листик. Эля сфотографировала их.

За большим кустом с белыми соцветиями была небольшая площадка. Эля прошла на нее, на ходу сорвав веточку с цветками.

На площадке посередине стоял мишка, в шляпе, чем-то напоминающей любимую Митину шляпку, но еще и с кокетливым цветочком на ободке. В руках у мишки была то ли удочка, то ли сачок, теперь уже не разобрать, верх был отломан. Плотненький, фигуристый мишка стоял, расставив ноги, упираясь в постамент, горделиво, по-барски, но при этом у него такая растерянная, жалкая ухмылка на мордочке...

У Эли в голове пронеслась совершенно неожиданная картинка. Она некстати вспомнила, как впервые увидела Митиных родителей в музыкальной школе в мае, когда Митя играл на классном концерте и пригласил ее послушать. Зрителей было мало, только родственники детей-виолончелистов, человек двадцать. Эля у дверей актового зала заметила пару — женщину, очень похожую на Митю, и высокого грузного мужчину, стоявшего так же, как стоит в школе на перемене Митя, когда крайне неуверен в чем-то, но хочет, чтобы никто об этом не догадался. Понятно, решила тогда Эля, Митя на самом деле — копия мамы, а старается держаться, как отец,— стоять прямо, чуть откинувшись назад, идти, выбрасывая ноги, как будто они полные, тяжелые, да не то что идя, а шествуя, внушительно переставляя ноги по одной. Нога, нога, еще нога, гордый поворот головы вместе с корпусом. Иногда Митя забывает о том, как надо ходить, чтобы производить впечатление, и тогда идет, как обычный подросток — легко, его ловкая подтянутая фигура видна издалека, а иногда ходит, как отец, тяжело, грузно, и очень глупо выглядит при этом, глупо, странно, никто же не знает, что он просто копирует любимого отца...

Эля прошла мимо мишки, задумавшись. Остановилась от какой-то неясной догадки и вернулась. На скульптуре внизу была полустертая надпись. Она присела на корточки. «Ф. Бубенцов. На отдыхе». Нет, этого не может быть. Что за ерунда? Эля встала, оглянулась. Сквозь кусты было видно, что Митя все так же сидит с сигаретой на ступеньках крыльца. Девушка сфотографировала скульптуру. Быстро прошла дальше по дорожке.

Лагерь на самом деле был очень небольшой. Она вышла на площадку, побольше первой, где когда-то проводились линейки, там скульптур никаких не было, стояла просевшая трибуна, очень небольшая, и опора для флага. Эля обошла кругом лагерь по внешней дороге, вдоль четырех корпусов, трех жилых и одного, в котором были столовая и клуб — об этом так трогательно было написано, вывески сохранились — «Столовая» и «Клуб». И единственная скульптура на весь лагерь. Больше скульптур нет. И на этой единственной скульптуре написана так хорошо знакомая ей фамилия...

Эля быстро пошла обратно. Митя, не докурив сигарету, как раз затушивал ее. Вопросительно взглянул на девочку. Она хотела сказать, что нашла скульптуру, и осеклась. Что с ним будет, если он увидит этого мишку? Мишка, конечно, симпатичный, но...

— Сядь со мной рядом... — Митя постучал рядом с собой по ступеньке. — Где ты бегаешь?

Эля даже не стала сейчас говорить, что ненавидит, не переносит запах табака. Сейчас главное, чтобы Митя не пошел туда, за белый цветущий куст. С каждой секундой ей становилось яснее — нельзя, категорически нельзя, чтобы он видел эту скульптуру. Девочка обняла его. Запах табака, такой чужой, душный, мешал ей, но она поцеловала Митю. Мальчик не ответил ей на поцелуй. Целует и целует. Он не холоп ей, чтобы по первому зову бежать. Сейчас он не настроен. У него здесь дело, ему не до лирики. Он похлопал Элю по руке. Целует его — приятно, конечно. Но...

Митя встал, потянулся, как отец, покряхтел... Почувствовал, какой он крупный, тяжелый, взрослый...

— Пошли, — бросил он Эле.

И направился в ту сторону, где стоял этот жалкий мишка в шляпке с обломанной удочкой или сачком.

— Мить! — окликнула его Эля. — Я там уже смотрела, там ничего нет.

— Я еще раз схожу, сам везде посмотрю.

— Давай по внешнему кругу пройдем, обычно там скульптуры ставили... — Эля настойчиво потянула его за руку. — Знаешь, девушка с веслом... И другие... Мне кажется, во-он там что-то...

— Да? — удивился Митя. — Я не вижу. Но я хотел вообще-то сам все обойти...

— Вот и обойдешь. Сначала по внешнему кругу, потом по внутреннему... Тут всего-то две круговые дорожки и несколько радиальных тропинок между ними, и все. Ты часы видел?

— Да. Как ты думаешь, они днем или ночью остановились?

— Мне кажется, ночью.

— А мне кажется, что днем. В самом разгаре дня, не дошли до полудня немного... Ты сняла их?

— Сам сними, на новый телефон, который я тебе привезла.

— Нет, я не возьму телефон, даже не доставай его. Сделай снимок, мне пришли, я поставлю себе заставку на компьютер.

— Остановившиеся часы? — ужаснулась Эля. — Зачем?

— Не знаю. Мне нравятся они. Как-то щемит внутри, когда смотришь на них.

Митя услышал в кармане звонок. Черт, опять отец.

— Ну, как, сына, у тебя дела — ближе к концу уже? — вкрадчиво спросил отец.

— Да! — небрежно ответил Митя. — Сейчас вот еще Ивану Селиверстовичу помогу, что-то разобрать надо в кабинете... ну кружок у нас театральный, помнишь, бать... Таисия отпустит меня сейчас...

— А! — сказал отец и замолчал.

— Бать? — с некоторым испугом спросил Митя. — Ты там?

— Я-то там, а вот где ты? — так же тихо и внятно ответил ему отец. — Я стою рядом с Таисией Игнатьевной. А где! Стоишь! Ты! А?!! — Отец изо всех сил крикнул в трубку, и Митя услышал голос Таисии: «Не волнуйтесь так! Сейчас выясним, дайте мне... я поговорю с ним!»

— Бать, бать... — заторопился Митя.

— Да нет уж! Я ему сам скажу. Если ты, сыночка мой, не будешь через полчаса дома, я... лучше я не буду вслух продолжать, ты знаешь, что будет.

— Знаю, батя, — обреченно вздохнул Митя.

— Всё-о-о-о!.. — проорал отец и сам отключился.

— Митя... — Эля, которая слышала и поняла почти все, потянула его к выходу. — Побежали, мы успеем на электричку, она через сорок минут, там как раз автобус будет сейчас. Но придется бежать до автобуса.

— А как же... — Митя растерянно оглянулся.

— Нет скульптуры, я все два раз обошла, пока ты курил. Нет. Или лагерь другой, или, может быть, ее забрали.

— А, точно, в музей, скорей всего! Я поеду тогда в областной музей. В другой раз теперь уже... черт... Хорошо, побежали!

Митя так легко поверил. Эля смотрела в профиль на своего друга, пока они бежали. Что, вот так легко его можно обмануть? Можно сказать все, что угодно? Любую ерунду, и он поведется, поверит? Мальчики — совсем другие. И как он зависим от отца! Почему? Он боится его? Или любит? Или тут вообще что-то другое?

— Он будет ругаться, да? — спросила его Эля, взяв за руку, когда они в последний момент впрыгнули в автобус.

— Он... — Митя посмотрел на Элю.

Он стал привыкать к ее красоте. Когда часто смотришь на нее, она уже не кажется такой необыкновенной. Красота и красота. Правильное лицо, милое, не более того. Что он так разошелся по дороге? Думал всякое... Разгорелся... Прошла минута. Он вообще может смотреть на нее совершенно спокойно. И ни о чем не думать.

— Батя — справедливый человек. Я же не прав. Он мне сейчас это объяснит.

— Но ты и так знаешь, что не прав. Потом, ты же хотел сделать как лучше, разве нет?

— Хотел, но не сделал. Получу по справедливости.

— Странная какая зависимость у тебя...

— Зависимость? Нет. Он — мой отец. Он отдал мне все. Он — необыкновенная личность, понимаешь, больше таких я не знаю. И не потому, что он мой отец.

— Митя...

Как это сказать? Ну, как это сказать? Может быть, пусть лучше ее друг живет в иллюзиях? Разве она вправе отнимать у Мити его правду, на которой строится вообще вся его жизнь? Что с ним будет, если он узнает, что та знаменитая скульптура, о которой он столько бредил, о которой ему рассказывал отец, — жалкий, никчемный мишка с сачком?

Но и отец тоже хорош... А разве лучше, если бы Митя ненавидел такого отца, презирал, боялся? Ведь гораздо лучше, если в душе живет любовь, пусть даже и к такому отцу, чем ненависть.

Эля вздохнула. Митя не так понял ее вздох.

— Что?! — стал наступать он. — Что ты хотела сказать? Что отец — тиран? Нет, просто он сильная личность, он знает, что надо мне, что надо матери, он вообще все знает, понимаешь?

— Почему ты так решил, Мить?

— Он так сказал, — ответил Митя.

— Религия такая — филиппобубенцизм, да, Митя?

— Что?! — Мальчик аж поперхнулся, закашлялся от неожиданности.

— Ты теряешь юмор, Митя, когда речь заходит о твоем отце.

— Ты не понимаешь, Эля. Ваша семья вообще очень приземленная. Очень. Твои родители занимаются нужным делом, конечно, но они фабриканты, этим все сказано. А мой отец — художник, у него тонкая душа, он творец.

«И что он сотворил, Митя?» — хотела спросить Эля, но не спросила, не могла же она бить Митю под дых.

— Вот, молчишь, понимаешь, что я прав. Ладно, я прощу тебе. Ты... не понимаешь, не можешь понять. У вас другая жизнь. Деньги... Прислуга... И вообще. Другая. Но у нас тоже все будет, когда я... — Митя не стал продолжать. Придет к ней победителем, если она еще нужна ему будет. Не подпустила его сегодня к себе. Нет, не подпустила. Ну что ж. Эля — хорошая девочка и пусть такой остается. Он обиделся, да. Какая же эта любовь, когда так? И еще она не понимает его отца. Не понимает, что общается с сыном великого человека.

Митя приосанился, посмотрел на себя в окно автобуса. Жалко он как-то сегодня выглядит. Он освободил свою руку от Элиной. И вообще ходить за руку с девушкой ему не очень идет. Он — свободный человек. Ни с кем не связан.

— Мить, ты что? — Эля тихонько провела ему по плечу. — Обиделся, да? За папу обиделся? Ну, прости, пожалуйста!

— Бог простит! — легко ответил Митя. Отец так всегда говорит, когда Митя просит у него прощения.

Маленькому Мите казалось, что бог, улыбаясь, стоит за батиным плечом, маленький, седенький, не выглядывает оттуда, но где-то там. И если простит бог, то и батя простит. Или наоборот. Если простит батя, перестанет кричать, краснея, вышвыривая вперед огромные руки, топая мощными ногами, сотрясая криком всю пятиэтажку, то простит и тот маленький бог, который не рискует выходить из-за батиного плеча, пока он серчает.

Митя любит повторять за отцом старые выражения, которых многие не понимают. Отец — как ходячий словарь русского языка, отец — как энциклопедия мудрости, как мерило ценностей. Все равно по-другому в их семье не будет, чем считает отец. Надо все пропустить через него и получить добро. Или осуждение. Вот сейчас он приедет и честно ему все расскажет. И мужественно вытерпит наказание. Он должен быть наказан за ложь. За то, что поехал. За то, что поехал с ней, предал отца, обманул.

Эля еще раз попыталась взять Митю за руку. Он еще раз освободился. В электричке они ехали молча. Эля через какое-то время достала книгу. Увидев, что она читает, Митя ухмыльнулся. Ладно. Могла бы сесть к нему, сама обнять... Не хочет. Ладно. Посидел, пообижался, посмотрел в окно. Сам обнял девушку. Просто чтобы проверить — побежит ли по всему телу дрожь, загорится ли. Не загорелось, не побежало. Наверно, он ее разлюбил.

Митя достал из рюкзака припрятанный карандаш и блокнот, стал чиркать. Невольно нарисовал Элин профиль. Потом ее бегущую, потом — летящую, и те часы.

— Пришли мне фото часов, обязательно, ладно? — попросил он.

Эля молча посмотрела на него. Что-то хотела сказать, он это видел. Может быть, извиниться за то, что оттолкнула его? Поздно, девочка! Митя неожиданно почувствовал, как затикало, закрутилось все, когда он вспомнил свои мысли на поле. Да, надо было ничего не спрашивать, не заглядывать в глаза, не ждать разрешения... Черт, когда еще представится такая возможность. Отец ведь засадит дома, как пить дать. Когда еще они смогут встретиться? Будет теперь следить за ним. И главное, он-то думал, что ему простится его маленькая ложь, даже если отец узнает о поездке, он же привезет фото отцовской знаменитой скульптуры! А он ничего не нашел. Ну, ничего, он узнает, где находится областной музей, и поедет туда. Скульптуру точно забрали, что ж произведение искусства будет пропадать в заброшенном лагере! На него должны смотреть люди...

— Ты пиши мне, хорошо? — совершенно нелогично сказал Митя, отвечая на свои собственные мысли. Не увидит он ее в ближайшее время, никуда его из дома не выпустят.

— Хорошо.

Эля поправила ему волосы, поцеловала в щеку. Как сестра. Или не как сестра. Теперь уже не разберешь. Теперь уже вообще ничего не поймешь! Потому что он не знает, что его ждет дома, точнее, он знает, но как это несправедливо, ведь он хотел как лучше... Он не хотел обманывать отца... Несправедливо — потому что он долго не увидит Элю, а ее наверняка куда-то увезут, а он на самом деле совершенно не готов с ней расставаться, нет, не готов. Он хочет видеть ее, да, он привык к ее красоте, но... она должна быть с ним, он должен видеть ее каждый день, хотя бы на час, но чтобы никого не было рядом, но как это устроить? Как? Никак.

Митя изо всех сил сжал Элю, как только мог, прижал к себе. Ну и что ему теперь делать? С собой? С ней? Точнее, без нее. Лучше бы ничего этого не было. Сидел бы он в своей комнатке и пилил бы на виолончели. И смотрел бы в окно на огромную березу, переросшую пятый этаж их дома. Он загадал — если не спилят ее, как требует соседка сверху, которая ненавидит его отца, тогда он поступит в консерваторию, сразу, с ходу. Он на эту березу смотрит всю жизнь, сколько себя помнит.

Смотрит, делая уроки, смотрит, когда отец его порет, смотрит, когда играет на виолончели, когда просыпается, когда, задумавшись, лепит, крутит в руках все тот же, единственный кусочек пластилина, завалявшийся в его ящике, и смотрит. Чем только этот кусочек пластилина не был. И Митиной головой, и Элиной, и батиной, и Митиными руками, и виолончелью, и сердцем — настоящим, живым, бьющимся, с выпуклыми сосудами, и Элиными ногами, и ее круглой нежной грудью, и торсом — он никогда не видел ее полностью раздетой, но это нетрудно домыслить, был и Митиным котом, который раньше всегда приходил и смотрел на Митю долгим мудрым взглядом, садился рядом и смотрел, смотрел, никогда не запрыгивая на коленки, не терся об ноги, не мяукал, очень странный был кот, Мите казалось, что в нем — душа человека, так точно тот всегда понимал Митино состояние, жаль, что пропал этой весной.

Если бы не было Эли, Митя бы все лето сидел спокойно в своей комнатке, смотрел бы на березу и мечтал. Точнее, старался бы не мечтать. Потому что все его мечты — не те. Мечтать о том, о чем рассказывает ему отец, пока не получается. Он знает, что так будет, он все для этого делает, работает, играет, играет часами, но не мечтает. Он мечтает о другом. Его мечты лживы и убоги, ничтожны, как тот крохотный кусочек пластилина. А теперь еще в мечтах будет Эля.

Разная, меняющаяся, далекая, близкая, недоступная, нежная, строгая, волнующая до дрожи, Эля, которая никогда не будет плестись за ним в толпе поклонниц, Эля, за которой он готов — да, готов! — бежать, идти, ползти... Все наоборот, все не так, как говорит батя. Еще одна запретная мечта. Еще одна тайна, которой не должно быть. А она есть. Она — вот. Сидит, мягко улыбается, гладит его руку своими легкими пальцами, светится, манит, тянет за собой, зовет — никак, ничем, ни единым словом, чем-то другим, не поддающимся словам.

Глава 25

Больно. Плохо. Страшно. Но надо терпеть. Почему-то сегодня боль кажется невыносимой. Он разнюнился, он обабился, он связался с бабой, он предатель, он предал отца, он предал семью, он предал все. Он получает за это. Он не кричит, не стонет, он закусил губу, иногда помогает, когда он начинает кричать, этим отца можно остановить, а иногда, наоборот, от криков тот распаляется, вроде говорит: «Не смей кричать, молчи», — но крики как будто подхлестывают его, будят в нем что-то страшное, отец может забить до полуобморока, так уже было... Нет, он не может больше терпеть, это невыносимо. Митя попытался привстать, но Филипп сшиб его точным ударом. Хоть бы потерять сознание, хоть бы перестать чувствовать эту невыносимую боль.

Митя слышал, как в комнату заходила мать, но отец вытолкал ее и продолжал бить его, то молча, тяжело дыша, отпивая воды, которую он принес с собой, то приговаривая:

— Не будешь предавать... Не будешь врать мне... Врать мне... Не будешь с ней... Не будешь с ней... Предал меня с ней... Предал меня... За нее тебе... За предательство тебе... За предательство... Не подойдешь больше к ней... Не получится у тебя с ней... Не получится ничего... Сопливый ты щенок, описанный... мерзкий... потный описанный щенок... кому ты нужен... ты ей не нужен... Захочешь с ней — ничего не выйдет... не выйдет у тебя... не получится... не сможешь... не сможешь...

Отец вбивал и вбивал свою правду, и Митя, чувствуя вкус крови во рту, повторял за ним выборочно слова, самые простые, самые короткие, они сами повторялись, крутились в голове: «Щенок... предал... за нее... не будешь... врать... не сможешь...» Неожиданно он услышал странный звук. Громкий, неприятный, как будто кто-то выпил залпом слишком много воды и подавился.

Боль осталась, страшная, разрывающая спину, поясницу, плечи, но Митя больше не чувствовал ударов. Звук стал громче. Потом раздался грохот. Митя приподнял голову и увидел, что отец рухнул на колени около топчана, на котором лежал Митя, уткнулся головой в край топчана и, громко всхлипывая... рыдал. Отец — плачет?

Митя с трудом перевернулся, стараясь не стонать, все тело было в огне, болело, ломило, жгло.

— Батя, ты что?

— Сына... — рыдал в голос отец, давясь, всхлипывая, вытирая огромной рукой нос, глаза, затыкая себе рот. — Сы-ы-ы-н-а-а-а мой... Как же ты будешь без меня... Какой же ты у меня беспомощный... Лежишь... Худой... Исхудал как... Все ребра на спине вылезли... Господи... Только мне ты нужен... Только мне... Сла-

бенький... Глупый... Любая тебя уведет... Что ж ты такой слабый...
Как же ты без меня...

— Да почему без тебя?

Митя сел на топчане, свесил ноги. Каждое движение дава-
лось с трудом, но он старался больше не стонать. Он дотянулся
до кружки, из которой пил отец. Отпил — удивился, вода была
сладкая, пенистая. Квас, не вода.

— Почему без тебя? Попей, батя, квасу...

— Квасу... — зарыдал что есть мочи отец. — Квасу... Да что
мне теперь квасу-то пить, когда жить мне осталось всего ничего...
А как я тебя оставлю, как?

— Почему, батя? Ты что... ты что... — мысли у Мити замета-
лись, — какие-то анализы сдал, да? Скажи!

— Да какие там анализы! Без анализов я чувствую — конец мой
близок! А я еще из тебя мужика не сделал! Ничего не объяснил!
И ты мне врешь, ничего не говоришь, а я бы тебе объяснил, что
надо делать, чтобы бабы тебя не ухватили за одно место, чтобы
ты свободу свою не потерял! А ты там тыркаешься где-то, тыркаешься, вот, уже на себя не похож... Приехал сегодня, а я тебя и не
узнал — мой это сына или нет... Лица на тебе нет, что ж с тобой
сделала эта баба, а? Деваха эта... Где ты был с ней, сына, где? Что
же ты молчишь, а?

— Не могу сказать, батя! Не могу... — Митя повесил голову.

Ведь целый час они бились до того, как отец взялся за ремень.
И так и сяк уговаривал его отец, уламывал, а Митя не мог сказать, с кем и зачем он ездил. Отец сам догадался, что с Элей, но
куда — не догадался. Почему-то Митя знал — не надо говорить
отцу. Почему — сам понять не мог. Что-то подсказывало, какое-то непонятное чувство. Наверно, не надо предвосхищать тот
триумф, который будет, когда Митя привезет домой фотографию
отцовского шедевра. Или что-то другое его удерживало. Отец же
сам рассказывал об этой скульптуре, так гордился ею, мог даже
похвастаться перед незнакомыми людьми своей первой премией,
но как только Митя заводил разговоры о том, чтобы съездить всем
вместе, всей семьей, посмотреть ее, сфотографироваться там, отец
отказывался.

И Митя решил для себя — отец, его гордый и скромный отец,
просто не хочет возвращаться в то прошлое, где у него все было
впереди, где у него был долгий звездный путь, вот как сейчас у Ми-

ти. Не хочет, ему больно. Пути звездного не получилось. И Митя перестал спрашивать об этой скульптуре. Отец сам ее описывал, из его слов Митя понимал — это что-то грандиозное, не имеющее четкой формы, что-то философское, эпическое... Как сам отец.

Ну, ничего, Митя найдет ее и привезет фотографию. Может быть, и договорится о презентации в музее. И вот еще... Эля по дороге рассказывала ему, что ее родители разрабатывают производство какого-то особого хлеба по древнему рецепту, «царский хлеб», хотят преподнести его самому Президенту, так, может, как раз и скульптуру отца показать Президенту? Ведь если Президент поймет, какой пропадает на Руси талант, поймет, что Филипп Бубенцов — это лучший скульптор во всей стране, он и даст ему заказ, самый главный, самый лучший заказ...

Филипп пнул Митю, мальчик завалился на бок, невольно застонал.

— Не ныть в моем доме! — обернулся к нему отец, допил квас и бросил на ходу: — В себя приди, переоденься, и чтобы через полчаса я слышал из твоей комнаты виолончель. У меня времени мало на этой земле осталось. Ты должен стать мировой звездой еще при моей жизни!

— Хорошо, батя, я постараюсь, — вздохнул Митя.

— Что ты сказал?

— Я верю и надеюсь, что так будет.

— Не слышу! — Филипп изо всей силы ударил себя по уху, раз, два, потом по другому... — Не слы-шу!!!

— Сделаю, батя, — четко ответил Митя.

— Вот! — Филипп потряс огромным указательным пальцем. — Вот как должен отвечать мужик. Не надо стараться! Надо делать! Глаза боятся — руки делают! В душе сомнение, а в руках — сила и мощь! — Филипп показал Мите два кулака. — Вот, как у меня! Мощь!!!

Глава 26

Эля в задумчивости перелистывала фотографии в телефоне. Митя смеется... Какая же у него изумительная улыбка, когда он искренен. Светлая, широкая, чудесные белые зубы... Да и не в зубах дело. Улыбка — это же не зубы, это что-то, идущее изнутри. Митя бывает похож на собаку — не в плохом смысле, в хорошем,

он наивен, открыт, эмоционален, как веселый неугомонный щенок. Говорить особо не умеет, фразу толком закончить не может,
но все понимает, смотрит на тебя добрыми, доверчивыми глазами,
любит тебя... Любит? Ну да. Ведь он сказал это в Юрмале. Первый
раз Эле показалось, что она ослышалась. Нет. Он повторил это.
И потом говорил еще несколько раз той, последней, прекрасной
ночью, когда они гуляли до утра, ночь была бесконечная, но когда
кончилась, показалось, что они еще не все сказали друг другу, еще
не нацеловались вдоволь.

Вот фотография — Митя смотрит на нее серьезно, вот задорно, вот он подпрыгнул невероятно высоко, прямо с места. И ей
удалось снять этот момент, получилось как будто монтаж. Митя
в профиль, Митя в фас, Митя грустный, веселый, задумчивый,
играет на виолончели, пьет воду из бутылки, напевает...

Только вот почему-то уже третий день Митя ей не пишет ничего. Эля перечитала предпоследнюю переписку:

❖ Как ты?
❖ Хорошо.
❖ Что делаешь?
❖ Репетирую.

Он не спросил, что делает она, как она. Эля сама предложила
пойти погулять, хотя бы в парк, Митя написал:

❖ Извини, занят. Надо работать.

Она подумала, что наверняка у него какие-то проблемы из-за
их поездки, хотя мальчик уверял ее, что все в полном порядке и
отец совершенно не рассердился. Эле трудно было в это поверить, но никак не узнаешь. Если Митя не хочет чего-то говорить,
его можно все-таки раскусить, если очень постараться, но сейчас
никак не получилось. Переписываться иногда бывает трудно. Не
видишь лица, не слышишь интонации. Поставил смайлик, значит, улыбается, значит, хочет смягчить сказанное. Поставил хохо-
чущий смайлик — значит, всерьез можно не воспринимать слова.
Но иногда разговор получается таким убогим, таким невнятным.
Эля пыталась ему звонить, но Митя трубку не брал. Наверно, рядом ходил отец, и мальчику было неудобно с ней разговаривать.

— Элька! — в комнату заглянула мать. — Ужин на столе, Алина
потрясающие шаньги сделала. Я уже две съела. Давай, бегом.

— Я не хочу есть, мам.

— Эля? — Лариса встревоженно подошла к девочке, потрогала лоб.

Эля успела щелкнуть телефоном, закрыть переписку.

— Эль, что с тобой?

— Все хорошо, мам. Днем поела, пока вас не было.

— Точно?

— Точно.

— Через неделю уезжать. Я билеты брать буду.

— Я никуда не еду, мам.

— Эля, ну что, ты будешь все лето сидеть на даче?

— Некоторые все лето сидят в городе, мам.

— Некоторые — это кто, дочка? — вздохнула Лариса и присела напротив дочери, попыталась взять ее руки в свои. Эля выдернула руки.

— Никто. Так. Люди.

В комнату заглянул теперь уже отец.

— Девчонки, вы что?

— Заходи, — махнула ему Лариса. — Вот, послушай свою дочь.

Эля взглянула на мать. Вот если бы она так не сказала, если бы она не позвала Федора, Эля, может, и рассказала бы ей... Она уже пыталась поделиться с Танькой, но та ответила: «Поматросил и бросил?» И поставила три хохочущих смайлика — не в том смысле, что можно всерьез не воспринимать ее слова, а в том смысле, что очень смешно, очень-очень. Обхохочешься.

Единственный человек, который слушает ее и говорит хоть что-то вразумительное, это их садовник, Сергей Тихонович. Но ему можно пожаловаться на Таньку или Софию, на родителей. А про Митю рассказать ему никак нельзя. Неловко. Слов не находится. Сказать — мы так целовались, что я думала, это навсегда, на всю жизнь, а теперь он не хочет со мной ни о чем разговаривать? Стыд и бред. Не скажешь, никому не скажешь.

— Элечка, дочка...

Федор сел рядом с ней, обнял ее, поманил еще и Ларису, та присела с другой стороны, отец обнял обеих.

— Ну что ты, наша маленькая, что случилось? Расскажи папке... Папка тебя любит, папка тебе шапочку, смотри, какую купил... Оп! — Федор достал из-за спины розовую кепку со стразами. — Она цвет меняет! Чем ярче солнце, тем она бледнее. Примерь, дочка!

Эля взяла кепку и вздохнула.

Как они не понимают — так не получится. Рассказать такое можно по секрету, только одному. Невозможно обсуждать свои муки на семейном совете, дружеском, шутливом... Мерить шапки...

— Все хорошо, пап, — ответила Элька, поцеловала отца в щеку, пахнущую всегда одинаково — морозными елками, свежо, бодро, и сняла его руку. — Кепка супер. Идите, ешьте. Я есть не хочу. Потом пойдем прогуляемся, посмотрим, можно ли уже купаться.

— Ой, пойдем, пойдем! — преувеличенно обрадовался Федор. — Сейчас мы с мамой заглотим по шанежке, да, Ларик? И салатику навернем. И — на речку? Да, Элечка?

— Да, папочка. Наверните — и на речку.

Эля отвернулась. У нее — самые лучшие родители в мире. Ее никогда не наказывали, ее почти не ругают. У нее все есть. Через неделю она едет, летит куда-то на тропические острова, вряд ли бы нашелся среди ее товарищей человек, кто бы отказался быть на ее месте. Она сама разве что.

Когда родители ушли, Эля быстро написала:

❖ Я по тебе скучаю.

Она видела, что Митя Вконтакте, он прочитал ее сообщение, не сразу, но прочитал. И ничего не ответил. Ни «Да», ни «Я тоже», ни смайлик, ни хотя бы странное Митино «Угу», как сумрачный кивок, которого не видишь. Просто прочитал. Конечно, он мог бы оставить непрочитанным, это бы означало, что он вообще не хочет с ней иметь никакого дела. Это особый несложный язык. Вижу, что ты мне пишешь, вижу даже начало твоего послания, но мне это не нужно, я его не открываю. Митя открыл. И ничего — ничегошеньки не ответил.

Эля ждала-ждала, потом, понимая, что делает что-то совсем не то, делает то, о чем потом пожалеет, написала:

❖ Митя, что случилось? Почему ты не хочешь со мной разговаривать?

❖ Занятой, прости, Эль.

И ушел из онлайна, чтобы не разговаривать, чтобы не приставала.

Эля решительно выключила телефон, совсем, окончательно, убрала его с глаз. Вот пусть увидит, что она вообще и не обиделась, что ей вообще все равно... что она не будет больше ничего спрашивать...

— Мам, пап, я готова на речку!

— Да? — Родители переглянулись с набитыми ртами, быстро прожевали, проглотили и вскочили из-за стола.

— И... еще. Да, я поеду, полечу, поплыву, куда надо.

— Элечка, ведь это не нам надо... — завела мать.

Федор схватил ее за руку и перебил:

— Вот и отлично, дочка. Ты съезди в Москву, купи все, что нужно, — там купальники, очки... Все, что хочешь, книжки в дорогу...

— Хорошо, пап. Можно я куплю себе собаку?

— Собаку? — Родители ахнули и снова переглянулись. — Собаку... Можно, конечно, но на нее нужны справки, с собой ее не возьмешь... так быстро не получится.

— Ладно, проехали! — махнула рукой Элька. — А с кем я еду? С бонной?

— С хорошей женщиной, Элечка, — заторопилась Лариса. — Сегодня она придет, ты ее помнишь, она...

— Мне все равно. Я согласна.

Глава 27

— Что, Митяй, не пора ли нам загрузиться пшеном? — Отец остановился в дверях комнаты, как обычно, привалившись к косяку и почесывая живот.

— Не хочу.

— А ты через не хочу, сына, через не хочу. Ставь инструмент и пошли на кухню.

Митя поднял глаза на отца. Молча отставил виолончель, пошел на кухню.

— Звонит? — Филипп, усмехнувшись, кивнул на телефон, который Митя по привычке держал в руке. — Прилип ты прямо к телефону, не отпускаешь его. Вот сейчас заказ получу и куплю тебе новый.

Митя молча положил себе каши в тарелку и сел.

— Говорю — звонит?! Что молчишь?

— Бать... Мы не говорим по телефону.

— Ну... как там вы... Пишет что-то?

— Пишет.

— Что? Покажи.

— Батя... — Митя умоляюще посмотрел на Филиппа.

— Покажи!!! У моего сына от меня секретов не должно быть! Я скажу тебе, как отвечать, я скажу тебе, как с бабами быть, ты же ничего не знаешь!

Митя протянул отцу открытую переписку.

— «Скучаю...», «Митенька...» Ну все ясно... Эх, сына, сына! А говоришь, ничего не было! Да привязать она тебя хочет, разве не ясно! Свободы лишить! Чтобы ни одна больше к тебе не подошла! А тебе это надо? Тебе не постоянная женщина нужна, а поклонницы, разве ты не понимаешь? Тебе нужно, чтобы тебе поклонялись, а не время твое драгоценное на себя тратили! Одно дело — ты встал на ролики, взял книжку, прокатился по Москве — на тебя все смотрят, ты свободный, красивый, одинокий, загадочный, сидишь в парке, читаешь Ремарка, Булгакова... Бабы, девки крутятся вокруг тебя, крутятся, то задом, то передом — себя предлагают... А совсем другое дело — это ты с одной из них за ручку идешь! Понимаешь?

Митя неуверенно кивнул. Филипп стукнул его по шее, так, что Митя ткнулся носом в тарелку.

— Кивает он мне! Что?! Ты хочешь, чтобы тобой больше никто не интересовался? Ты хочешь, чтобы она тебя подмяла под себя? Да тем более, такая шикарная девка! Да, я вижу прекрасно, из-за чего ты бесишься, сына! Вижу! Шикарная, отрицать не буду! Ешь и слушай меня, что ты застыл? А зачем тебе шикарная? Тебе нужна такая, которая воду будет с твоих ног пить, а эта — точно не будет! У этой ты в подметалах будешь ходить, тридцать вторым номером причем! Ты думаешь, ты у нее один? Ты думаешь, других дураков нет?

— Нет, — как можно тверже постарался сказать Митя.

— Что — нет? — Филипп стал надвигаться на сына, тяжело дыша. Не понимает! Что с ним делать? Слов сын не понимает, бить, только бить, каждый день, только так что-то может услышать...

— Других нет, — ответил Митя, не отводя глаз, выдерживая отцовский бешеный взгляд. А будь что будет. Хуже уже не будет.

— Сына, сына... Не боишься батю, смелый... — Филипп неожиданно обнял сына, привалил к себе. — Эх, маленький ты у меня еще, наивный... А девки, они раньше развиваются. Да ты и не узнаешь никогда, пока она тебе не скажет — давай анализы иди сдавай, а то я не знаю, от кого беременная.

— Батя... — Митя аж подавился кашей.

— Не батя! Ты — маленький еще. Сколько раз ты ее... Говори! Говори отцу все! Ну! — Филипп взял Митю за шею.

— Нисколько, батя... — выдавил из себя Митя.

— А почему? Растерялся? Не смог?

— Батя... — Митя почувствовал, что слезы подступают к глазам. — Ну, не надо, прошу тебя...

— А-а-а... — засмеялся Филипп. — Не дала! Ясно! Моему сыну отказала! И что, ты с ней после этого — как? Ползал вокруг нее, просил, да?

— Батя... — Митя опустил голову.

Филипп рывком вздернул его лицо.

— Эт-то что такое? Ты что это, не мужик? Ну-ка... — Он сгреб Митино лицо ладонью, смял его, оттолкнул голову.

Митя слегка стукнулся об стенку, около которой сидел.

— Значит, так, сына. Скажу тебе, что делать, чтобы она побежала за тобой. Я же вижу — тебе именно это и нужно. Тебе не нужны мои слова о тысячах поклонниц. Я, сына, человек проницательный и тонкий. Я тебя вижу насквозь. Чувствую, что тебе надо. Нужна тебе она? Хорошо! Я — всегда за тебя. Я давить не буду! Я научу, как сделать, чтобы она была твоей и навсегда. Тебе же это нужно, правда?

Митя недоверчиво посмотрел на отца.

— Что ты? Что? Не веришь? Эх, сына, сына... — У Филиппа тоже намокли глаза. — Когда я что делал тебе во зло? Я ведь живу ради тебя, ты знаешь. У меня... у меня вообще в жизни больше ничего нет, кроме тебя... Мать да ты...

— Батя, я верю... — Мите стало неловко от собственных сомнений. Как он мог подумать, что отец — против него. Отец — самый близкий, самый лучший, отец его любит любым, хочет ему счастья, прокладывает ему дорогу в жизни, указывает путь...

— Вот слушай. Что сказал Пушкин, помнишь? «Чем меньше мы ее..., тем больше она нам...» — Филипп громко захохотал. — Ну, ты в курсе. А если серьезно, баб не надо любить, их надо по углам расшвыривать, тогда они за тобой бежать будут. А с такой штучкой, как эта Теплакова...

Митя удивленно посмотрел на отца. Фамилию знает... Обычно отец витает в эмпиреях, все больше по философии, путает имена, а тут...

— Да, да, сына! Я все знаю, все помню, я не просто так говорю. С такой штучкой нужен особый подход. А ты сделай вид, что она тебе совсем не нужна, понимаешь? Я не буду больше говорить тебе о том, что она мешает тебе готовиться, отвлекает твои мысли, забирает твою энергию. Я не буду тебя убеждать, что без нее у тебя дела бы шли гораздо быстрее. У тебя открыт канал, вот здесь, — Филипп ткнул пальцем Мите в лоб. — Еще вот здесь, — ткнул пальцем в грудь. — Ну и... — он легонько щелкнул его по штанам ниже пояса, — про это я уже и не говорю. Всё может сюда уйти, вся твоя сила вообще.

Митя внимательно слушал отца, молчал, сопел. Слезы в глазах высохли.

— Но! Я, сына, об этом тебе не говорю. Я говорю о другом. Хочешь ее добиться?

— Не знаю уже...

— Хочешь, хочешь! Я — вижу! Я — знаю! Я своего сына чувствую! На энергетическом уровне все ловлю! Так вот. Будь с ней высокомерен, холоден, равнодушен. Это действует только так. На раз-два-три. Помаринуй ее так недельку-другую, а потом подступись к ней...

— А если она обидится, батя?

— Она? Да никогда! Только больше любить будет! Чем больше будет страдать, тем больше любить!

Митя с сомнением ковырял кашу.

— Давай-давай, доедай, трамбуй, если не лезет! И еще, знаешь что, сына? А на хрена тебе эта Эля Теплакова? Что она тебе сдалась? Буржуйка, да еще и красавица! Я же тебе уже говорил: мантию за ней носить — ты слишком хорош. Ты идешь по улице — ни одна тебя не пропускает, все бабы оборачиваются, и молодые, и старые...

Митя кивнул, вспомнив Марину Тимофеевну, и Ольгу Ивановну, и школьную учительницу музыки, и девчонок, которые ставили лайки под фотографиями после Юрмалы. Эля выложила несколько фотографий, скромных, не селфи в обнимку, которых они наснимали вдоволь в последнюю короткую ночь и утро, нет. Обычные фотографии — Митя на море, Митя в ресторане, Митя с виолончелью перед конкурсом. Он сначала рассердился — зачем это? Он себя не любит на фотографиях. Но как пошли лайки, как девочки начали комментировать его фотографии, он обрадовался и одну поставил себе на страничку. Приятно, когда ты нравишься даже незнакомым девочкам. К Эле это не имеет отношения. Просто... приятно.

— Вот, вижу, задумался. Оно и есть. Тебе нужна девка попроще, чтобы ей и в морду при случае можно было дать, делать с ней все, что хочешь. Скажу тебе потом, научу уж, ладно, так и быть, парни тебе такого не расскажут... Малой еще пока ты у меня, не все можно тебе сказать... Не спеши, придет это. Побудь еще малым-то, Митяй! Будут у тебя бабы и так, и наперекосяк, и вверх ногами, и по двое, и по трое! А как ты думал? Мужик ты будешь крепкий, весь в меня!

Митя с тоской смотрел на тарелку, на которой осталась ложка остывшей, пресной каши. Если он ее съест, его вытошнит. Если не съест — тоже вытошнит, от таких разговоров. Почему-то от отцовских слов его некоторое время назад начало мутить.

— Что? Доедай! И вон твоя чашка валерьянки стоит, с вечера не допил!

— Не могу, батя!

— Я уже сказал, кажется, — через не могу. И вообще, мне должны сегодня звонить насчет заказа, ты мне нервы, сына, не порть, а то я с ними нормально разговаривать не смогу, с подонками, опять меня раскрутят на какую-нибудь муть, от которой потом не отвертишься, как тогда было, с оформлением садика. Уболтали сначала, чуть было не взялся за муть такую, весь талант можно растратить на ерунду. Тебя касается в первую очередь! Себя, Митька, не растрачивай попусту. Придет к тебе твоя любовь, не сейчас. Понял, сына? Не сейчас. Потом. После сорока. Вот как у меня. Все, что было до матери, — все ерунда. Ты знаешь, я тех детей и не признаю. Не мои они. Чьи — мне все равно. Так любая, которая с тобой переспит, будет потом говорить — корми моих детей. Так что чем баба проще, тем с ней легче потом развязаться. Выбирай себе попроще, чтобы никому больше не нравилась, чтобы согласна была на все. С бабами — с ними, как с собаками нужно, понимаешь? Когда надо — приласкать, когда надо — ногой пнуть, чтобы они скулили где-то под твоим стулом и ногу лизали, которая их пнула. Вот такая баба — твоя. Понял, сына? Что ты, что?

— Бать, мне как-то... Плохо мне, батя... — Митя, пошатываясь, пошел в ванную, попытался там запереться.

— Плохо ему! — Филипп широкими шагами пошел за сыном и одним рывком открыл дверь. — Я не разрешаю в ванной запираться, усеки это раз и навсегда! Что бы ты здесь ни делал, я должен все знать! Только я тебе помогу. Рвет — значит, рви. Она это все, она...

— Бать, выйди... — через силу выдавил из себя Митя.

Филипп обнял сына за спину и держал его.

— Освобождайся, сына, освобождайся, смотри, ведьма какая, а! То-то мне глаза ее показались такими липкими, водянистыми, затягивающими... Вот что с сыной моим сделала, стерва, а! Довела мужика... Выворачивает его наизнанку! Затянула в свое липкое болото... Вот сына, вот что такое эта твоя любовь... Вот что у тебя сейчас во рту, то и любовь... Что ты? — Филипп почувствовал, как тело сына обмякло под его руками, Митя сполз на пол, ударившись головой об унитаз. — Да что же это! Сыночка мой, сейчас я... Сейчас...

Филипп набрал тазик воды и стал умывать Митю, который постепенно приходил в себя, мутными глазами смотря на отца. Митя хотел что-то сказать, но не смог, его снова стало рвать, одновременно по лицу катились слезы.

— Плачь, сына, плачь. Пусть через все дырки выходит из тебя эта смурь, этот морок. Присушила мужика, ничего, мы справимся, мы сильные, да, сына? Сына с батей — это сила — ого-го!..

Глава 28

Эля пристегнулась, закрыла глаза. Месяца не прошло с тех пор, как они с Митей вот так же сидели в самолете. Все было еще непонятно, все было еще впереди. Теперь все понятно и все позади.

За пять дней после того разговора, когда Митя ответил, что он «занятой», он так больше сам ничего не написал. Кратко, сухо отвечал или просто просматривал ее сообщения. Самое последнее сообщение от него было «В!» Эля спросила: «Ты домой едешь или в парк?» «В!» — ответил Митя и отключился, чтобы не продолжать разговора.

Она надела наушники, не успела включить звук, как услышала сигнал телефона. Вконтакте. Эля машинально ткнула экран, ожидая очередной глупости от Таньки, которая каждое лето влюбляется на даче в одного и того же мальчика, к концу лета сходит от него с ума, потом приезжает в Москву и через пару дней все забывает. На следующее лето повторяется все то же самое.

❖ Привет, Элька! Как дела? Почему не пишешь ничего?

Митя... Первый раз за все время он ей написал. Когда? Уже часа полтора назад. Почему-то только сейчас пришло сообщение.

❖ Привет, все нормально. У тебя как? — быстро набрала Эля, пока не попросили включить режим «в самолете».

❖ Тоже норм. — Митя ответил сразу, как будто сидел и ждал ее ответа. — Иду на роликах.

❖ Здорово.

❖ А ты?

❖ Я не иду на роликах. ☺

❖ У тебя же они есть?

❖ Есть.

❖ Пошли вместе. Сможешь через час?

Эля почувствовала, как у нее застучало в голове. Она посмотрела на «бонну», Аллу Тарасовну, которую ей дали в провожатые. Та спокойно разворачивала сосательную конфету, улыбнулась Эле в ответ.

❖ Смогу. Через полтора.

Эля быстро сдернула наушники, убрала телефон, встала.

— Ты куда? — удивилась Алла Тарасовна.

— Я не лечу.

— Ты что, ты что... — заторопилась та, пытаясь поймать Элю за руку.

Эля выдернула руку, быстро сняла сумку с еще не закрытой полки над головой и пошла к выходу.

— Подождите, вы куда?

— Я не лечу. Я не могу. У меня... Срочное дело... Я не могу. Пустите меня...

Две стюардессы пытались перегородить ей путь. Алла Тарасовна побежала за ней вдогонку. В голове у Эли пронеслась неожиданная мысль — она читала недавно в сети об аэрофобах... Курсы даже есть специальные в Москве, для тех, кто боится самолетов...

— Я боюсь лететь, — сказала Эля. — Самолет разобьется.

Стюардессы пытались усадить ее на откидной стульчик около выхода.

— Пожалуйста, сядьте, пожалуйста! Все будет хорошо. Давайте мы вам корвалол нальем... Или шампанского... немножко... Давайте?

Рядом топталась растерянная Алла Тарасовна, пытаясь включить телефон, который она уже приготовила к полету, чтобы позвонить Федору или Ларисе.

— Я — не — полечу! — четко сказала Эля. — Я боюсь лететь. Я не полечу.

— Хорошо, — неожиданно согласилась одна из стюардесс. — Сейчас я скажу пилоту. — Она действительно прошла в рубку пилота, и самолет, у которого уже начал разогреваться мотор и он потихоньку тронулся с места, через несколько мгновений остановился.

— Сейчас самолет отгонят на специальную площадку, — спокойно объяснила ей вторая стюардесса.

— А трап пригонят? Чтобы можно было выйти?

— Пригонят, конечно. Всех эвакуируют в здание аэропорта, в особый зал, там будет досмотр, самолет будут обыскивать с собаками. Потом, если ничего не найдут, проверят всех пассажиров, и самолет полетит.

— А я поеду домой, да? — немного растерялась Эля.

— Конечно, когда самолет приземлится через восемь часов на Канарских островах в порту назначения. Вы тогда сможете спокойно поехать домой.

— В смысле? — удивилась Эля. — Я что, буду сидеть в аэропорту все это время?

— Да, три часа, пока по регламенту не проверят все судно и пассажиров, и все то время, пока самолет находится в воздухе.

— А если взрывное устройство сработает через пятнадцать часов? — тихо спросила Эля.

Стюардессы нервно переглянулись.

— Выпейте, пожалуйста, успокоительного.

— Скажи, — одна из них подсела к Эле на корточках. — Ну, чего ты боишься?

— Самолет упадет, — не очень уверенно произнесла Эля.

— Откуда ты знаешь это? Ну, расскажи... Мы все тоже хотим попасть домой. Все будет хорошо, как всегда. Сейчас в небе, знаешь, сколько самолетов над землей? И ни один из них не упадет.

Через небольшой салон бизнес-класса Эля видела мальчика. На первом ряду в обычном салоне сидел мальчик с костылями. По тому, какой он был худой, совсем без мышц и тела, Эля догадалась — не травма, скорей всего, инвалид. И что, он будет вот так сидеть три часа в аэропорту, ждать, пока проверят самолет? И она этому будет виной? Сама Эля бы просидела всё положенное время, конечно... Раз с Мити сошло то непонятное, что с ним было, раз он написал, раз сам пригласил ее, так прямо, определенно... Подождал бы день. Пошли бы на роликах завтра. Но представить, что из-за нее триста человек будут сидеть в ледяном зале аэропорта, проклинать ее на чем свет стоит, не знать, что там на самом деле — взрывчатка или чьи-то нервы, а ведь даже и не нервы, а просто — личные обстоятельства. И этот худенький мальчик с потухшим взглядом тоже будет терпеливо сидеть, и рядом будут покорно стоять его костыли...

Эля встала и молча прошла на свое место. За ней потянулись обе стюардессы и Алла Тарасовна.

— Если надо, меня можно проверить, — не так поняла Эля девушек, которые парой встали около ее кресла, когда она снова села. — Я готова. Пусть убедятся, что на мне нет взрывчатки... Куда пройти?

— Никуда не надо, — сказала одна из девушек.

— Сейчас... Немного подождите... — Вторая быстро прошла снова в сторону рубки.

Через некоторое время из кабины вышел пилот, симпатичный, с простоватым лицом, лет сорока пяти, спокойный, внимательно посмотрел на Элю, попросил Аллу Тарасовну на минутку уступить ему место.

— Как самочувствие? — негромко спросил он Элю.

— Все хорошо, простите меня, — так же негромко ответила девушка. — У меня... личные обстоятельства. Если надо, я пройду досмотр.

Пилот цепким взглядом оглядел Элю. Та была в легкой одежде — шорты и майка без рукавов.

— Скажешь, какие обстоятельства?

Эля помедлила. Лучше бы ее досматривали.

— Я вообще-то обязан сейчас по инструкции всех эвакуировать, понимаешь? И МЧС должен осмотреть самолет.

— Меня можно обыскать.

— А если ты дистанционно взорвешь что-нибудь на борту? — Пилот вроде шутил, но смотрел на нее серьезно и пытливо.

Черт, вот попала, а... Эля вздохнула. Что теперь делать?

— Понимаете, мне только что друг написал, который... вот... — Она быстро открыла в телефоне переписку.

Летчик небрежно просмотрел то, что она показывала, и опять стал смотреть в глаза. Похоже, как смотрит иногда отец, когда ревнует, только еще глубже.

Эля спокойно выдержала его взгляд. Летчик перевел взгляд на ее крестик.

— Давно в церкви последний раз была?

— Я редко хожу. Была на годовщину смерти бабушки. — Что-то подсказывало Эле, что отвечать надо, не задумываясь, так, как есть на самом деле, ничего не искать в его словах.

— Бабушка давно умерла?

— Два года назад.

— Любила ее?

— Да, — кивнула Эля. — Без нее стало одиноко.

— Родители есть?

— Есть. Мама и папа.

— Оба — родные?

— Да.

— Вместе живут?

— Да. У нас хорошая семья.

— Ладно. — Летчик похлопал ее по застывшей от волнения руке и встал. — Поехали. Девочки, по местам, пожалуйста.

Люди вокруг уже начали обеспокоенно переговариваться. Пилот дошел до своей рубки, объявил по громкой связи:

— Приносим извинение за короткую заминку. Экипаж и судно к полету готовы.

Стюардесса принесла Эле плед и предложила:

— Хотите пересесть поближе? Есть свободные места.

Эля помотала головой. Она-то думала, что командир корабля сейчас ее выпустит... Она быстро достала телефон и хотела написать Мите, что не придет. Нет связи... Как, почему? Только что ведь была... Она попыталась написать sms. Нет, связи нету.

— Алла Тарасовна, у вас связь есть?

— Убирайте все электронные устройства, выключайте телефоны. — Стюардессы пошли по рядам.

Эля смотрела на экран телефона, на котором не было значка телефонного оператора. Ну не может такого быть! Она заметалась, стала включать-выключать телефон. Нет, ни в какую.

— Элечка, у меня тоже связи нет...

Эля кивнула. Да, значит, так нужно. Это все не зря. Почему-то так нужно. Она сможет написать Мите только через восемь часов, а то и больше. За это время Митя перегорит, будет сердиться, расстраиваться, принимать окончательные решения — расстаться с ней, не обращать на нее внимание, больше никогда причем... Как быть? Ну нельзя же так поплыть по течению? Кто это решил, кто это подстроил? Как же быть? Глупость какая... Ну что она может поделать? Спрашивать у каждого пассажира по очереди, у кого есть связь, когда всех просили приготовиться к полету? И так пассажиры уже начали нервничать, и так косо на нее смотрят...

Эля снова включила-выключила телефон. Нет, связи нет.

— Пожалуйста, дайте мне написать эсэмэс... — Эля рванулась было к пассажиру впереди, увидела, что у него еще включен телефон.

Парень обернулся на нее с неприязнью, покрутил пальцем у виска:

— Посиди уже спокойно... Всех перебаламутила, психопатка...

— Мне нужно... Черт... Простите меня... — Эля отвернулась к окну.

— Дома надо сидеть с такими нервами!

— Элюшка, давай, миленький, не плакать... — Алла Тарасовна сунулась к ней с платком.

— Я не плачу, у меня аллергия.

— На что? — заботливо спросила Алла Тарасовна, которая когда-то недолго была у Эли няней, водила ее маленькую в бассейн и на танцы.

— На жизнь.

Эля воткнула наушники в уши, включила французскую музыку, стала слушать песни Лары Фабиан — певицы с удивительным голосом, высоким, светлым, чистым, мощным. Все ее песни — про Элю, про то, как у нее могло бы быть, но не было. Уже понятно, что в какой-то момент после приезда всё пошло не так. Отчего, почему так изменился Митя — непонятно. Почему решил прекратить с ней все отношения? Почему стал так груб? Почему вдруг написал сегодня? Написал бы на час раньше, пока они не сели в самолет... История не знает сослагательного наклонения. Все вышло, как вышло.

«I don't know where to find you... I don't know how to reach you...» «Не знаю, где найти тебя, не знаю, как добраться до тебя...» — пела французская певица по-английски, Эля обычно подпевала ей, просто так, потому что песня красивая. Теперь она понимает, почему всегда так щемило сердце, как будто она наперед все знала, что случится с ней.

Шекспировская Джульетта не хотела жить без своего друга и не стала жить. А Эля летит на Тенерифе с Аллой Тарасовной. Все жалко, мелко и глупо. Болит душа, болит сердце, взрывается мозг. Нужно только одно — быть с ним, видеть его, слышать его голос, любоваться его улыбкой, целовать его, ощущать его руки... Эля помотала головой. Зря она согласилась с родителями. Ведь как чувствовала — подождала бы еще всего лишь день! Билеты можно было сдать. Гостиницу отменить — один клик в Интернете. Теперь поздно. Мите всего этого не объяснить, он и слушать не будет, замкнется, обидится.

— Вот и хорошо, вот и умница. Сейчас прилетим, там море, рай земной... Будешь купаться, отдыхать...

Алла Тарасовна погладила ее по руке, Эля отвернулась. Дура она, сама виновата. Надо было пойти работать, как она и хотела. Утром бы работала курьером, вечером — каталась с Митей на роликах. И была бы самым счастливым человеком на Земле. Можно, конечно, прилететь на Канары, побыть там два дня, а не три недели, да и улететь...

От неожиданной отличной мысли Эля даже порозовела. Да! Да, конечно. Если Митя поначалу и рассердится, она ему все объяснит. Не захочет слушать, напишет еще и еще раз...

Эля откинулась на кресле. Все, выход найден. Родители будут ругаться, сначала денег не дадут на билет, то, что у нее есть на карточке, наверно, не хватит на двоих... Алла Тарасовна может остаться. Главное, чтобы Митя дождался. Не предпринял никаких неожиданных шагов. Каких? Эля не знала, но какая-то неприятная мысль поселилась у нее в голове, скреблась, беспокоила. Ничего определенного, так, предчувствие.

Эля выключила музыку и постаралась заснуть. Он сказал, что любит ее. Любовь так просто за два дня не проходит, и за неделю — тоже.

* * *

— Ну что, сына? Как?

Митя спрятал телефон. Он не последовал совету отца. Точнее, он последовал, не писал Эле, она тоже перестала писать. Он не выдержал и позвал ее гулять. Потому что уже не мог не видеть ее. Закрывал глаза — вставало ее лицо, она снилась, она чудилась ему везде. Сколько раз, катаясь на роликах, он видел как будто бы Элю, догонял девушку — нет, конечно, не она... Ни с кем знакомиться он не хотел, думать ни о чем другом не думалось.

Отец прав и... в чем-то не прав. Он знает о жизни все. И чего-то не знает. Или забыл.

Утром не хочется вставать. Нет сил бегать по тихому двору, пока не проснутся соседи. Не хочется весело мчаться на роликах. Раздражает, все раздражает — взгляды, улыбки, июльское ясное небо. Он здоров, абсолютно здоров. И как будто болен. Вот нарушил слово, данное бате и себе самому, написал ей и — выздоровел. Еще до того, как она ответила: «Пошли!» А уж когда ответила... Сразу как-то появился смысл во всем. Позавчерашняя пшенка пролетела, как пирожок с грибами, Митя сам себе понравился в зеркале с вымытыми, блестящими волосами, ловко села новая яркая футболка... Даже получилось трудное место в сонатине, над которым он бьется уже не первый день.

Сейчас, главное, уйти, чтобы отец ничего не заподозрил. Митя увидит Элю, побудет с ней, а потом... наверно, снова будет следовать советам отца. Заодно посмотрит, прав ли отец, изменится ли как-то отношение Эли к нему после того, как он две недели не хотел с ней общаться. Может, она подойдет и сразу скажет ему о любви? Ведь он так и не добился от нее признания. Хотя это не главное. Сразу согласилась пойти, не раздумывая, — это уже ответ. Ему так не хватало все это время ее взгляда, улыбки... Он соскучился. Он только сейчас это понял окончательно. Когда вдруг задрожало все внутри. Соскучился! Дурак, он дурак, зачем он столько времени потерял, валял ваньку, не отвечал ей...

Митя посмотрел на часы. Стрелка ползла, ползла, издевательски медленно, никак не могла доползти до без пятнадцати, когда он решил выходить... Еще круг, еще... Все! Митя выдохнул, неловко перекрестился в комнате и быстренько прошел к дверям.

— Пойду, бать, пройдусь. Прокачусь на роликах...

— А побрился зачем? — Отец догнал его и привалился к входной двери, не давая Мите пройти. — И выпендрился-то как... Лохмы прибей, а то не голова — шар. Говорю — постригись!

— Хорошо, — покорно кивнул Митя. Сейчас главное — не вступать в спор.

— Один идешь? — Отец подозрительно всматривался в него.

— Один.

— Покажи телефон.

Митя протянул отцу телефон, из которого успел удалить последнюю переписку с Элей.

— Ну ладно... — с сомнением сказал отец. — Давай, сына, иди, катайся... Звонить буду тебе каждые полчаса.

— Агась! — легко согласился Митя, быстро подхватил сумку с роликами и выскочил из дома.

Глава 29

Иногда хочется свободы, хочется почувствовать себя самостоятельным, не так накрепко привязанным к отцу, вот как было в Юрмале, когда он взял и выключил телефон. Ему пришлось дорого за это заплатить. Но прошло же все. Синяки пожелтели, ссадины прошли, боль быстро забывается. А то новое ощущение — свободного полета, когда идешь и ноги не касаются земли, то пока не забывается. И хочется, чтобы это было снова.

Но не выключишь телефон. С Элей надо связаться. Митя дошел до ее дома, сто раз посмотрев на себя во все окна и витрины. Хорош, прав батя — он хорош. Наверно, она тоже о нем соскучилась. Вот как сразу ответила, сразу согласилась. Приятно тикало в теле, сладко ныло, дрожало при мысли о том, что через полчаса, вот уже через десять минут он обнимет Элю... Может быть, и ролики не пригодятся. Они пойдут в парк, поговорят, не просто поговорят, а сядут близко, близко...

Митя растерянно оглядывался. Эли не было, прошло уже минут пятнадцать с тех пор, как она вообще-то должна была вылететь из подъезда ему навстречу. Он звонить не будет. Во-первых, у него есть гордость. А во-вторых, у него нет денег на звонок. Напишет или позвонит сама, если у нее что-то не получается и она задерживается. Но он подождет. Ему же ничего не стоит подождать.

Раз он решил с ней встретиться, значит, встретится. Он ведь не псих, убегать не будет. Он в себе уверен. Она к нему придет. И он будет спокойно ждать.

Пока можно японские слова вспомнить. Он ей уже намекнул, что у него интересное занятие, новое, вообще из другой жизни... Он учит японский... Элька придет, а он так небрежно ей скажет: «Коннитива! Огенькидеська?» Привет, мол, Элька, как дела... Вот она удивится! А он еще и нарисует пару иероглифов, у него так красиво получается... Митя даже специально бросил в рюкзак блокнот и черную гелевую ручку — ей очень изящно можно написать.

Митя ждал еще полчаса, начал рисовать картинку — Эля на роликах, он мог отлично себе представить, как она будет выглядеть на роликах, подписал по-японски 音楽, единственное слово, которое он мог по памяти написать — «музыка», как раз иероглиф похож на пару — мужчина и женщина, мужчина в шляпке, женщина ручки в сторону расставила, задорно так, можно представить, что она поет... Эля подойдет, а он как будто ее и не замечает, рисует, она перегнется через плечо и ахнет — иероглифы и она сама, похожая, как будто с натуры нарисованная.

Митя посидел, откинувшись на лавочке, убрал блокнот. Решил все же спросить — что такое случилось, почему она опаздывает. Написал Вконтакте: «?». Потом еще: «?!!» Потом: «Ты где?!» Она не отвечала. И не приходила. И никак не давала о себе знать. Даже не прочла ни одно его сообщение! Показывает ему, кто он. В смысле, что он для нее — никто! Понятно...

Митя еще посидел, вскочил, походил. Стал нервничать, постоял под деревом, глубоко подышал. Нет, он не псих, он не взорвется. Он — не взорвется! Он не будет быстро ходить по скверику вокруг ее двора! Он не будет пинать ногой скамейки, забор, не будет бегать за голубями, клевавшими рассыпанное зерно, не рявкнет на черного кота, некстати перешедшего ему дорогу...

Всё. Надо идти напролом. Двор закрытый — ну что ж, нужно в него войти! Он правда не знает точно, где она живет, не знает номера квартиры.

Митя спросил у охранника на въезде во двор, тот нехотя, но ответил:

— Теплаковы? Уехали они, еще утром!

— Куда? А Эля, девушка, дочка их, тоже уехала? Нет?

— Да откуда мне знать! — Охранник посмотрел на взбудораженного Митю, на рюкзак, из которого высовывались роликовые коньки. — На такси уехала она куда-то!

Она уехала. Пошутила с ним, значит. Пошутила, ладно... Митя побрел в сторону дома, потом резко свернул. Как раз позвонил отец, Митя решил ответить ему и после этого отключить телефон — если Эля теперь и проявится, она его не найдет! Будет знать, как издеваться так над ним! Наверно, решила проверить — сколько он будет ждать, надолго ли у него хватит терпения. Проверила? Теперь — все! Он выключит телефон и будет недоступен, а с отцом как-нибудь уж потом разберется.

— Митя-а-а-а... — Мальчик услышал за спиной протяжный голосок, обернулся.

— А, привет!

Тося, ярко накрашенная, с недлинными распущенными волосами, спадающими на один глаз, в зеленой майке, из-под которой выпирала неестественно огромная грудь — ничего себе, он и не замечал, что у Тоси такая грудь, пышная, широкая... — в черных шортах, которые ей не очень шли, открывали мясистые коротковатые ноги, в крошечных туфлях, похожих на вышитые бисером тапочки, спадающие с ноги, стояла перед ним и откровенно радовалась, что встретила его. Это не спутаешь. Улыбалась широко, радостно, во весь ярко накрашенный рот, открывая мелкие желтоватые зубы. Цвет помады не тот — машинально заметил для себя Митя. Точнее, не Митя, а кто-то спокойный и холодный, кто-то, кого сейчас не трясло, не било, кому было совершенно наплевать, что Эля с ним так поступила, как просто не могла поступить!..

Митя стал внимательно рассматривать Тосю. Внимательно и спокойно. Да-да, именно спокойно. А что ему волноваться? Сходить с ума, думать, почему так жестоко подшутила над ним...

Тосе волосы надо бы убрать, заколоть, помада должна быть пастельная, стрелки на глазах не делать, зеленый цвет — к черту, юбочку свободную, подлиннее, чтобы не было видно некрасивого места над коленками, как будто лишний кусок мяса, жирного, без мышц, — и Тося будет вполне даже ничего, мгновенно подправил Митя в голове ее внешность, даже азарт какой-то появился. Да, вот он так может взять себя в руки.

— Мить... Ты что здесь?

— Ничего, гуляю.

— Погуляем вместе?

Митя посмотрел на девушку. Интересно как все разворачивается.

— А как же Деряев?

— Кирюшка? — Тося прищурилась. — А ч? Драться с ним будешь за меня?

— Драться? — растерялся Митя. — А надо?

— Не знаю, не знаю... — как-то так она это сказала, как будто имела в виду что-то другое. Как-то так, что у Мити все заволновалось и затикало, словно рядом была Эля. Что это? Как же это?

Митя остановился, глубоко подышал. Что он, совсем, что ли... Но подумать дальше не удалось. Тося подхватила его под руку, крепко-крепко, дотянулась, дыхнула ему в ухо, провела губами по шее, хихикнула:

— Не пачкается! У меня специальная помада, для поцелуев!

— Да? — глупо спросил Митя.

— Да-а-а... — так ответила Тося, что у Мити сомнений не осталось — кажется, девушка очень хочет сегодня быть с ним.

Вот и хорошо! Прекрасно! Случайно таких вещей не бывает. Как будто кто-то стоит за углом и смеется, испытывая нас. Ну-ка, ну-ка, и как ты поступишь, Митрофанушка, в этой ситуации? Как? А вот как!

Митя сгреб маленькую Тосю в охапку, неловко поцеловал ее, попал куда-то между носом и верхней губой. А и ладно. Потом разберемся, кто куда попал... Митя сам покраснел от собственной мысли, даже ничего не говоря вслух.

— Ко мне, да, Мить? — шепнула Тося. — У меня мать в смену... Коньяк есть... Ты какой любишь? У меня армянский... И вино еще осталось... Я вино буду...

— Сигареты есть? — сипло спросил Митя, потому что понял, что очень хотел бы сейчас закурить.

— Конечно, есть, — улыбнулась Тося и протянула ему пачку. — Бери, Мить... Всё бери... Я так долго тебя ждала...

Митя удивленно посмотрел на Тосю. Как она умеет говорить... Может быть, он недооценивал ее?

— Я пить не буду, — предупредил он. — Меня батя потом убьет.

— Я тоже не буду, я — как ты, Мить... — Тося говорила тихо, заставляла к себе наклоняться, сама прижималась все ближе и ближе. — Пошли?

Митя кивнул и пошел. Просто пошел, по улице. Он еще ничего не решил. Он вряд ли пойдет к ней в гости. Но он может гулять с кем хочет.

Тося сама обняла его за пояс, потом рука ее сползла ему на бедро. Мите было и стыдно, и приятно. Он ненароком огляделся. Конечно, если увидит кто-то знакомый, это не очень...

— Ты Бродского любишь? — так же негромко и интимно продолжала Тося.

— Бродского? — удивился Митя резкой перемене темы. — Ну... как... не знаю...

— А я люблю... Он кла-ассный...

— «И жизнь, как смерть, печальна и легка, Так выбери одно наверняка...» Такое любишь, да? — усмехнулся Митя, все-таки подняв Тосину руку на талию со своих ягодиц. Так как-то спокойнее.

— Не-е... Я про любо-овь... Мне там давали читать... один человек... «Вы по-омните, вы все, конечно, помните... Как я стоял... приблизившись...» — Тося засмеялась и залезла ладошкой под Митину футболку.

Митя пожал плечами, больше прислушиваясь к тому, как Тося гладит его маленькой горячей ручкой. Как-то даже по спине она гладит так, что сразу весь взмокаешь. Ноготками впивается, что-то руками говорит как будто... Что-то очень волнительное...

— Дак это Есенин вроде...

— Есенин? А... точно... он тоже кла-ассный... Очень люблю Есенина... Я вообще люблю стихи, музыку... Моцарта... Как ты, Мить!

Когда они дошли до ее дома, Тося уже буквально висела на мальчике.

— Опять у тебя новый... — покачала головой соседка с белой грузной собакой на длинном поводке. — Как же тебя хватает, а?

— Это мой самый люби-имый... Да, Мить? Я с другими просто так ходила... И ничего не было, не надо мне тут, теть Надь... Я Митеньку ждала... Я ему сейчас кофейку сварю... Любишь кофе, Мить?

Митя, растерянный и взбудораженный, кивнул. Когда Тося стала открывать дверь подъезда, он как-то заколебался. А надо ему это все? Может, свернуть, пока не поздно? У него с собой ролики, мотануть сейчас в парк, побегать там час, другой...

— Тось, я...

— Ничего слышать не хочу... — Маленькая Тося с неожиданной хваткой стала заталкивать его в подъезд. — Ты что, обидеть меня хочешь?

— Нет, но... У тебя Кирюшка...

— А ты знаешь это? Ты откуда знаешь? Да меня Кирюшка, знаешь, как обидел? Я тебе расскажу...

— Не надо. Я, наверно, не пойду...

— Ну, Мить... — Тося надула губки и собрала брови домиком.

— Не плачь, — испугался Митя. — Я не люблю, когда плачут. Ну ладно, я на десять минут, договорились?

— Ага, ага... — Тося быстренько захлопнула за ним дверь, взяла его крепко за руку и потащила за собой. — Вот тут, по лестнице, на второй этаж...

Митя старался глубоко не дышать, подъезд был грязный, хуже, чем у них.

— Заходи...

Митя огляделся. Как же он не любит чужих домов. У Эли — другое. Там чистота, красота, дизайн, все делали художники, можно рассматривать, подправлять в голове, как Митя привык, выравнивать, если что не так, забавляться, видя воплощенную чужую идею, он может себе представить, как это было придумано, как нарисовано... А в чужих обычных квартирах все так плохо, так неправильно, так мучает глаз... Вот как здесь — давяще низкий потолок, потому что сделаны антресоли на всю прихожую, неприятные обои, со стертым золотым рисунком, темный грязноватый линолеум на полу, грубая мебель... Все плохо, некрасиво, убого... Еще и нечисто... Запахи, огрызки какие-то валяются...

— Сюда, сюда, — заторопилась Тося, — вот сюда проходи, Митенька.

— Мы же кофе хотели пить... — удивился Митя, оглядываясь. Комнатка какая-то... Плакаты с полуобнаженными певцами, наклейки, одежда висит на стуле... сероватый лифчик... Окно пыльное, на подоконнике навалены тетрадки вперемешку с коробками, пакетами...

— Кофе, конечно, кофеёчек с коньячком... Я принесу сейчас... Ну, хочешь, на кухню пойдем.

Митя заглянул на кухню и отшатнулся. Посуда, немытая, наверно, неделю, стояла везде. Полуоткрытые банки с огурцами, какими-то консервами, грязные кастрюли, огромная сковорода с остатками блюда — черные страшные жирные куски чего-то невнятного, початая бутылка водки...

— Нет, я лучше сюда.

— Давай-давай, это моя комнатка... Здесь уютно... Умыться хочешь?

— Да нет.

Митя чувствовал себя крайне неловко и не мог понять, зачем он пришел. Он достал телефон, быстро включил его. Один пропущенный звонок от отца. От Эли — ничего. Ни-че-го. Ни единого словечка. Она подшутила над ним. Отомстила так за то, что он не писал ей две недели. Ну ладно. Он тоже ей отомстит. Митя снова выключил телефон. Его ни для кого нет. И — точка.

Митя сел с размаху на низкий топчан, похожий, как у него. Вообще все похоже, только у него свое, родное, и не убогое. У него хорошо и уютно, и очень чисто, мать следит за чистотой и его заставляет. Отец никогда не убирается, все швыряет, но мать каждый вечер убирает все так, как будто завтра к ним нагрянут все родственники, иначе спать не ложится, и Митю заставляет в комнате убираться.

У Тоси в комнатке все же было не так грязно, как в прихожей и особенно на кухне, приятно пахло чем-то восточным. Кучу одежды со стула Тося быстренько затолкала в шкафчик, зашторила окно. На шторе у Тоси оказался огромный павлин с разноцветным покачивающимся хвостом. Из форточки дуло, и павлин все качал и качал хвостом, мерно, настойчиво.

— Кальян будешь? — Тося втащила в комнату большой золоченый кальян.

— Да нет... Слушай, давай кофе попьем и пойдем гулять. — Митя с трудом оторвал глаз от павлина. — У тебя ролики есть?

— Ролики? — засмеялась Тося, как будто Митя сказал что-то очень смешное и даже неприличное. — Ролики есть... Сейчас покажу...

Она вернулась через минуту с дымящейся чашечкой кофе.

Митя понюхал.

— Какой интересный запах... — Он отхлебнул, удивился: — А ты что-то добавляла в кофе?

— Добавляла... Секрет...

— Коньяк, что ли?

— Капельку, да. А себе — вот. — Тося облизала рюмочку, задорно глядя на Митю. — Пей-пей, там полчайной ложки, не парься...

— Хорошо. — Митя отхлебнул еще кофе, чувствуя, что в голове у него как-то все стало... яснее. Хорошо и весело. Да, хороший кофе. Приятная девчонка. Милая такая. Он отпил еще. — А есть еще кофе?

— Да, есть, сейчас-сейчас... — Тося взяла у него чашечку, ненароком задев его своей огромной грудью, тут же вернулась. — Вкусненько, правда? Я так всегда Кирю.... — Она осеклась. — Слу-у-шай, давай музон поставим!

Митя услышал про Деряева, не дурак, но вовсе не расстроился. Ну и что. Он — лучше Деряева. Он — виолончелист, он красивый, Деряев — урод. У Мити фигура шикарная, и вообще... Бабы за ним бегают, все, особенно 45+. Да! Митя встал, размялся, пошатнулся.

— Ой... Что-то я...

— Сядь, сядь, Мить...

Тося, включившая медленную музыку, усадила его на свою кровать и сама села рядом. Совсем рядом, ближе, чем Митя мог себе предположить. Как она так сумела? Ловко, быстро... Митя не успевал за мгновенными перемещениями Тоси... Вот он уже оказался на подушке, вот ее красивое, сильно накрашенное лицо приблизилось к нему — почему ему раньше казалось, что она некрасивая, нет, она очень красивая... Тося сбросила лифчик... Фиолетовый, в зеленый горох... Какая крохотная грудь... Милая и крохотная... А он думал — огромная, пухлая... но это даже лучше... Митя ткнулся в нее губами... Тося захихикала и быстренько расстегнула на нем все, что расстегивалось.

Тося плыла перед его глазами, но это было не плохо, а забавно. Приятное, теплое ощущение, маленькая, ловкая, умелая Тося... Ничего с ней не стыдно... Так непривычно... Но как будто он это уже когда-то все делал... Ничего особого... Минута острого, обжигающего наслаждения... Тосино лицо рядом, черные угрожающие стрелки, которые чуть смазались, оттопыренные губы с замазанными пупырышками и корочками... герпес... это называется герпес... гнусное слово... Митя резко отвернулся.

Как-то стало душно и неприятно. И невероятно противно. Его собственное гадкое тело, слабое, волосатое... Почему слабое? Он же сильный, спортивный... Нет, слабое и мерзкое... Раздетая некрасивая Тося, с жалкими коричневыми сосочками на прыщавой груди, ее толстые ноги, которые она так откровенно раскинула, ничуть не смущаясь. Митя пошарил рукой на полу, дотянулся до телефона, включил его.

— Ну ч? По второй? — подмигнула Тося и снова полезла к нему, так откровенно, так грубо и так настойчиво, что он просто не успел отказаться. Этого он не ожидал. Он видел, ему показывали, но он не ожидал, не думал, что и ему так предложат...

Митя выдохнул. Сладко и гадко одновременно. Тося быстренько закурила сигаретку и вставила ему в рот.

— Покури...

Митя затянулся пару раз, закашлялся.

— Крепкие сигаретки... — тихо засмеялась Тося.

— Это с чем? — ужаснулся Митя.

— Ни с чем, не бойся... Для расслабления... Не наркота, не наркота, просто табак крепкий очень, я люблю иногда покрепче, когда все задолбает...

Митя попытался встать, Тося держала его так, что никакой возможности освободиться от нее не было.

— Понравилось тебе? — спросила она. — Я еще и не так умею. Покажу-у потом...

— Я пойду, — сказал Митя.

— А сказочку рассказать? — улыбнулась Тося.

Когда губы у нее не накрашены, они, оказывается, такие безобразные... Распухшие, потрескавшиеся, кривые из-за герпеса...

Стараясь не смотреть на подругу, Митя все же встал, оделся, не попадая в рукава, никак не мог застегнуть молнию, пуговицу... Черт, как-то все криво и тошно... Воняет чем-то... Этот гнусно ухмыляющийся павлин, глаза вытаращены, как у Деряева... Хвост успокоился, теперь голова колышется, как будто он глазами вертит, вертит, осматривает Митю, усмехается...

— Вот так и уйдешь? — спросила Тося, не вставая с кроватки.

— Ага...

— Ну иди... Приходи еще... Ты придешь, я знаю... Первый раз так всегда бывает... Ты классный, Мить... — Она неожиданно вскочила, прыгнула на него, повисла, целуя его.

Митя даже отпрянул, пошатнулся.

— Ты — классный. Слышишь меня? Самый-самый...

— Правда? — недоверчиво спросил Митя. — Я...

— Да... — горячо зашептала Тося. — Давай сейчас сразу не уходи... В кинцо сгоняем, потом вернемся...

— Не, я домой... — Митя отвернулся. Уходить, надо уходить, что-то ему подсказывало, что уходить надо как можно скорее. Как-то все это неправильно, хотя... Она сказала, что он — классный?

Тося почувствовала сомнение в его голосе и стала уговаривать.

— Я тебя покормлю, у меня мясо есть. И деньги есть, хочешь, пойдем в Макдак? Или возьмем вина, пойдем на речку, посидим...

Митя услышал звонок. Отец уже звонил, некоторое время назад, Митя как сквозь сон слышал. Надо ответить, иначе отца разорвет.

— Да, батя.

Тося замолчала и прислонилась к нему, перебирая его волосы. Митя чуть отвел ее руку, она стала гладить его по спине, по шее, по ягодицам.

— Ты где?! — кричал отец.

Когда он кричит, это нормально, хуже, когда батя говорит тихо и внятно, отбивая своей яростью каждое слово.

— Я катаюсь, бать. Извини, не успел в тот раз ответить. — Митя неровно дышал, поэтому отец поверил.

— А что ж не перезвонил?

— У меня же денег нет, батя! — мирно ответил Митя, чувствуя, как руки девушки все активнее и активнее пролезают ему под одежду.

Митя хотел отступить, но было уже поздно, Тося уже завладела его тайными закутками, расположилась там, проникая туда, куда никто никогда не проникал... Митя нажал отбой. Невозможно. Он даже не мог себе предположить... Он вообще о себе ничего не знал, оказывается. У него столько сил! У него столько мужской энергии! Он закрыл глаза, потому что Тосино лицо, спутанные волосы ему немножко мешали. Так вот совсем хорошо. Так можно думать, что это и не она. Вообще не думать, кто это. Хорошо, невыносимо хорошо, потрясающе, самое острое и большое удовольствие, которое он испытывал в своей жизни. Сейчас уже и гадко не было. Наоборот, полно и хорошо. Полнота бытия. Распирающая изнутри. Вот она какая, оказывается. И так может быть, в маленькой, не очень чистой чужой комнатке с павлином на шторе, с дешевыми плакатиками на стенах, с девушкой, о которой он вообще и не думал еще сегодня утром.

Митя лежал на Тосиной подушке и гладил ее небольшое и такое несовершенное без одежды тельце. Ну и что. Зато она дает ему такое удовольствие. Зато она открыла ему целый мир. Зато она его любит. Тут уж никаких сомнений быть не может. Делать такое можно только от любви.

— Ты меня любишь? — на всякий случай спросил он, просто чтобы это услышать. Ведь та даже и не сказала, как он ни просил.

— Люблю... — прошептала Тося. — Только тебя люблю, больше никого не люблю.

Последняя фраза не очень понравилась Мите, но он сразу отогнал все неприятные мысли. Она с ним — значит, она его любит.

У Тоси зазвонил мобильный. Девушка дотянулась, ответила коротко: «Не-е» и нажала отбой.

Митя вопросительно посмотрел на нее.

— А! Так! Ерунда, забей! — улыбнулась Тося.

Телефон зазвонил снова, Тося ответила:

— Ну чего? Сказала — нет, не сегодня. Ладно... Ну ладно...

Митя подозрительно посмотрел на подругу.

— Слушай, а кто это звонит?

— А ч? — усмехнулась Тося. — Ревнуешь? Кирюшка звонит. — Она облизала подсохшие губы. — Пожрать бы чего. Пошли на кухню.

Митя вздохнул. Ну вот, было такое хорошее у него настроение. И, кажется, прошло. Он быстро оделся, не обращая внимание на увещания и уговоры Тоси, и ушел. Он — так — решил. Встал и ушел. Он — самец. Вот теперь-то он точно знает, что это значит. Раньше он повторял это, дурачок... Теперь он — самец. У него началась новая жизнь.

Кататься на роликах Митя не стал. Купил на двадцать рублей батон, пошел в парк, покормил уток в пруду, сам поел, не чувствуя вкуса, только утоляя неожиданный сильный голод. Подошел к колонке, наклонился, попил воды, чуть отдающей металлическим.

Гадко и плохо, и все совсем не так, как он думал. Теперь еще гаже, чем было, когда Тося его остановила и он дал слабину, не ушел.

Да, он — классный, он это услышал. Он ей верит. Были минуты, которые он не отказался бы повторить. Но он не пойдет больше к Тосе, наверное, не пойдет. А может, и пойдет. Пока не знает. Он — свободный. Кажется, он начинает жить так, как учил его отец. Ведь именно этому он его учил? Именно это он и имел в виду, когда рассказывал, как баб надо ногами раскидывать и ждать, кто из них за ним после этого поползет. Вот сегодня он ушел от Тоси, слыша, как она просит: «Митенька, не уходи, Митенька, ну что ты обиделся? Митенька, я Деряеву вообще больше никогда...» А он ушел и не оглянулся. И Тося уже звонила ему, спрашивала, хорошо ли ему с ней было. Вот, наверно, это и есть его женщина? Почему только так невесело, почему так гнусно? Может быть, иначе и не бывает? Может быть, сама жизнь — это очень гнусная штука?

Он помнит, что было с Элей, он помнит, как его захлестывало, когда они просто целовались. Тогда для него тоже целый мир открылся, какой-то другой мир. Но, наверно, он совсем ничего еще не понимал. Понял сегодня. Да, ему понравилось быть с Тосей. Да, он придет к ней еще. Да, он теперь мужчина и может с усмешкой смотреть на Деряева и остальных, особенно на тех, кто только мечтает, кто еще не знает, что это такое. Он — знает. Он — взрослый. Он — самец. Он — классный. И ему все равно, что какая-то там Эля ему сегодня устроила вот такое испытание. Отомстила? И он ей отомстил, и еще отомстит. И сделает так, чтобы она тоже за ним побегала. А потом он ее пнет и пойдет дальше.

От таких мыслей настроение Мити совсем испортилось. Он докрошил батон в пруд, стряхнул руки и побрел по дорожке, по которой собирался мчаться на роликах. Какие уж тут ролики. Тело ломило, тянуло, как будто он заболевал, так бывает в начале гриппа. На душе было мерзко и гадко, и становилось с каждым шагом все хуже. Не так он себе это представлял, совсем не так. Неужели вот так оно должно быть — минута наслаждения, а потом гадостно и пусто?

Но у него есть куда спрятаться. У него есть виолончель, у него есть путь, по которому он идет. Он вообще, может быть, будет жить без женщин. Всегда, не до сорока двух лет, как говорит батя, а вообще. Он будет играть, у него будут сотни поклонниц, а он будет один — гордый, независимый, недоступный. Да, как-то так.

И к Тосе в ее грязную квартирку он больше не пойдет. Найдет, где с ней встречаться... Хотя целоваться в парке можно, а так, как сейчас было... Митя даже помотал головой. Видели бы его ребята, которые над ним смеются... Он знает, что над ним смеются — над его виолончелью, над особым языком, на котором разговаривают они с батей, над тем, что его лучший друг — отец. Если бы они видели его с Тосей, какой он сильный, ловкий, сексуальный, они бы так не смеялись.

Мысли у Мити скакали, он, задумавшись, врезался в какого-то парня, который прикуривал сигарету.

— Ты че, парень? — Тот несильно толкнул Митю, а мальчик, не ожидая, отлетел, стукнулся головой о фонарный столб.

В голове загудело, что-то сдвинулось, потом шум утих, все встало на свое место. Митя сидел на земле, смотрел на муравьев, один тащит хвоинку, другой — товарища... Недавно ведь уже он так же сидел и тоже смотрел на муравьев, только это было как будто в другой жизни, все тогда было по-другому или все казалось по-другому? Эля, ее нежность, свет, которым она как будто наполнена, ее золотые волосы, их разговоры обо всем, ее быстрый ум, веселые неожиданные мысли, от которых он хохотал, подпрыгивал, зависал над землей и так и летел, летел, не касаясь ногами земли... Ее теплые губы, осторожные поначалу поцелуи... Все это так далеко теперь. Теперь он знает другое. И другое ему понравилось. Это ужасно, и это ему понравилось. Так же может быть?

Митя, пошатнувшись, встал. Он бы с удовольствием пошел сейчас домой, принял бы горячий душ, поел супу и лег спать. Но отец не даст ему сделать ничего из этого. В душ зайдет и будет пристально его осматривать. Мите показалось, что Тося слегка поцарапала его своими черными ногтями — увидит отец, начнет допрос с пристрастием, и что скажет Митя? Что его поцарапали ветки в лесу? Супа вечером он тоже ему не даст, заставит доедать утреннюю кашу. В пшене — вся сила... Мясной суп — баловство... И спать лечь так рано не даст. Придет в комнату, встанет в дверях, потом сядет к нему на кровать, станет вести долгие разговоры... Отец — самый близкий и самый лучший. Но сегодня Мите хотелось быть одному.

Поэтому он гулял и гулял по парку, уже десятый раз заворачивая на одни и те же тропинки, отвечал отцу, который звонил каждые двадцать минут: «Да, бать, я скоро, да, вот сейчас дочитаю, да... Да, вот учительницу по биологии встретил, она на пенсии, да, разговорились... Уже ушла... Да, скоро буду... Голодный, ну и что...»

Когда ноги стали чугунными, Митя все же повернул домой, надел ролики, чтобы побыстрее, и поехал прямо на роликах по улицам, по переходам. Несколько раз ему казалось, что он видит Элю — в троллейбусе, сидящую у окна, или впереди, весело бегущую по дороге... Но он знал, что это обман зрения. Она — уехала. Обманула его, посмеялась над ним и — уехала.

Дома отец осмотрел его придирчиво, вопросительно поднял бровь, попробовал порасспрашивать, но Митя дал себе слово — ни звуком не обмолвиться о Тосе. Нет, табу. Отец начнет вытягивать из него такие подробности, что Митю опять стошнит. И вообще. Это его жизнь и его свобода. Отец же учит его быть свободным и независимым. Вот — он свободен. Сегодня он стал мужчиной, что ж, значит, у него началась новая жизнь. Отец пусть в нее не лезет. Надо будет — он сам спросит у него совета, но раздеваться догола он больше перед ним не будет.

— Митяй, ты что на батю волчонком смотришь? — Филипп сграбастал Митю, обнюхал его. — Слушай, сына, ты курил, что ли? И еще чем-то пахнет...

Нюх у отца средний, поэтому Митя легко ответил:

— В троллейбусе ехал, набит был, чем только там не пахло, бать.

— А, ну ладно...

Около десяти часов Митя услышал звук сообщения. Эля. Появилась! Смотрите-ка!

❖ Митя, прости, пожалуйста, я...

Он не стал даже открывать сообщение, увидел начало и удалил его. Все. Теперь он так будет поступать со всеми ее сообщениями. Хватит у нее терпения, будет добиваться его, может быть, он ее и простит со временем. Но у него теперь есть женщина. Не девчонка — настоящая женщина. Любящая, смелая, готовая ради Мити на все, он уверен в этом. Так что Эля, получается, в пролете...

Митя отложил телефон, подождал. Эля написала что-то снова. Он снова, не читая, удалил сообщение. Еще подождал. Больше она ничего не писала. Ничего, напишет. Напишет! Куда денется. Больше всего Мите сейчас хотелось помыться, смыть с себя весь сегодняшний день, но в ванную идти он опасался. Отец не спит. Придется ждать до утра. Утром отца из пушки не добудишься. Он даже не встал его провожать, когда он улетал в Ригу.

Митя ждал, ждал, но Эля больше ничего не писала. Зря он, конечно, не ответил ей. Надо было ответить что-то такое, чтобы она поняла, что он уже не тот глупый мальчишка, который целовался с ней в дюнах, который смотрел на нее с восхищением, замирал от каждого прикосновения... Или хотя бы прочитать, что она написала... Он успел увидеть начало второго сообщения «Я не смогла...». Что она не смогла? Что не смогла? Черт... Ведь невозможно самому написать, нет, невозможно... Он же уронит свое достоинство, она же решит, что с ним всегда вот так можно, как сегодня... Будет пинать его, а это же он должен пинать баб...

Митя увидел сообщение от Тоси. Ничего себе. Таких слов он никогда не слышал и не читал. Такая откровенность, такая смелость... Вот это девчонка... На грани, конечно, или вовсе уже за гранью... Как только она это пишет... Митя перечитывал и перечитывал Тосины сообщения, чувствуя, как в его теле, живущем, по-видимому, какими-то своими законами, начинается активная и бурная жизнь. Все как-то забурлило, зашевелилось, ожило... И... что? Бежать сейчас к Тосе? Как? Что сказать отцу? Время — десять двадцать, еще светло, конечно... Лето, июль...

— Бать, я на волейбол. — Митя решительно прошел к двери, так стремительно, что отец сначала и не понял, что происходит.

— Что-о? — Расслышав, что Митя отпирает дверь, отец в два огромных шага оказался в прихожей.

— Поиграть с ребятишками... — как можно небрежнее и свободнее сказал Митя.

— Завтра поиграешь! — рявкнул отец. — Ночь уже! Мать, ты слыхала? Митяй на волейбол собрался!

Марьяна вышла из кухни, вытирая руки.

— Сынок, поздно уже...

— Бать... — Митя объяснял отцу, зная, что решит все равно он, а не мать. — Мы тренируемся! Для соревнований!

— Что за соревнования летом? Ну-ка, погоди, пойду с тобой... Ишь, придумал, гляньте-ка...

— Бать... Да я на пятнадцать минут — двор за новым домом, я бегом! Ребята меня не вызвонили, они уже начали играть. А то меня заменят! Соревнования от школы! В летнем лагере! — Митя говорил быстро, все подряд, умоляюще глядя на мать, она подошла к отцу, слушая Митю с полным доверием.

— Отец, ну ладно, может, и ничего. А кто там будет? Кирюшка будет?

— И Кирюшка, и все... Мам, бать... Я — одна нога здесь, другая — там!

— Ну, ладно, отец, пусть мальчики в мяч поиграют! Им же хочется! — Мать прислонилась к мужу.

Отец отстранил Марьяну, с огромным подозрением осмотрел Митю, убедился, что тот не взял ни сумки, ни кошелька, что одет в волейбольные шорты и самую простую майку, не надушен, не причесан... Отец еще взлохматил Митины волосы, дернул его за майку:

— Слышь, сына, чтобы через двадцать минут был дома!

— Агась! — ответил Митя, перепрыгивая через две ступеньки и молясь, чтобы отец не увидел его телефончик, который мальчик нарочно оставил в комнате, для того, чтобы отец не вызванивал его, предварительно стерев в нем все Тосины слова — стыдные, сладостные, невозможные...

Жаль было их стирать, но сейчас он увидит ее саму и заставит ее сказать это ему вслух. Он понял, что может заставлять ее делать все, что он хочет. Что только может себе вообразить и что пока еще не может.

Глава 30

Иногда Мите казалось, что отец догадывается о том, что происходит в его жизни. Посматривает на него, посмеивается, почему-то не лезет. Понимает, наверное, что это не Эля. Пару раз спрашивал, небрежно, походя:

— Как там поживает Эля?

— Не знаю, — честно отвечал Митя. — Не переписываемся.

Все как-то так закрутилось... День за днем, день за днем... Тося, Тося, Тося... Митя стал привыкать, Митя осмелел, Мите слегка приелось, он заскучал и решил сделать паузу, не ходил к ней с недельку, потом забегал с новым азартом. Он был уверен, что Тося прогнала Деряева, а даже если и нет... Сама пишет, сама просит прийти, такая послушная и смелая, неожиданная, откровенная... Митя перестал видеть, какая она некрасивая. Присмотрелся, привык. Пару раз сталкивался с ее матерью, но при ней он у Тоси в комнате не запирался, уходил. Мать попробовала с ним заговорить, да он разговаривать не стал. О чем? Они и с Тосей разговаривали мало. Когда он слушал ее сбивчивые рассказы о ее жизни, о подружках, ему становилось скучно, а то и неприятно. Сам он ей рассказал о своих планах на жизнь, да и все. Ему же было ясно, что в эту жизнь Тосю он не возьмет. Он вообще никого туда не возьмет. Он — одинокий музыкант, и это не плохо, а хорошо, в этом его сила.

— Бать, я работать пойду, — сообщил он отцу как-то утром за завтраком, в начале августа.

— Что это вдруг? — спокойно спросил отец, с хрустом откусывая сушку. — Хорошие челночки, знатные... Кстати, твоей бывшей знакомой мануфактура... Да, умеют люди воровать... Не пожалели денег — упаковка у них экологическая, разлагающаяся! Сами они разлагающиеся, буржуи хреновы! Так куда ты пойдешь работать, сына?

— Курьером.

— Да ты что это, Митенька! — всплеснула руками мать. — Зачем?

— Хочу подработать, — кратко ответил Митя. — Велосипед куплю.

— Послушай меня, сына. — Отец положил руку ему на плечо, да так, что Митя прогнулся под ее тяжестью. — Послушай очень внимательно. В этом доме все по-прежнему решаю я. Я говорю — нет. Объяснить — почему? Объясняю. Мать работает, нам этого хватает. Мы с тобой — творческие люди. Ты — тонкая натура, виолончелист. Ты не можешь бегать по городу за две копейки.

— Правда, сынок. — Марьяна с любовью смотрела на внезапно возмужавшего сына. — Ты вон и так что-то осунулся. Щечки за лето сошли совсем. Сидишь, сидишь, играешь... Ну куда тебе еще курьером бегать! Я денег скоплю на велосипед тебе. Вон отцу скоро заказ должны хороший дать...

— Да! — Филипп откинулся на спинку стула. — Сообразили, наконец, кто может оформить Тверскую площадь...

— Тверскую площадь? — ахнул Митя. — Тебе дали заказ?

— Дадут, куда денутся! — Филипп махнул большой рукой. — Я уже поговорил с кем надо... Людишки уже там забегали! Бубенцов согласился! А кто еще может такое вытянуть?

— Отец у нас гений... — Марьяна с любовью погладила мужа по плечу. — А гении иногда по полжизни ждут своего часа...

— Или после смерти становятся знаменитыми, — горько усмехнулся Филипп.

— Бать, не надо...

— Так что, сына, забудь. Тебе деньги нужны?

— Ну не так чтобы... — замялся Митя.

— Вот и хорошо. Вот и ладно-ть. Дома тебя кормят, велик старый можно починить, что там делов-то — раз плюнуть, вот я соберусь в это воскресенье как раз да и посмотрю, что там с ним... В волейбол ты играешь бесплатно! Когда, кстати, у вас соревнования?

— Скоро, батя, скоро. — Митя постарался выдержать взгляд отца.

Конечно, он понимал, что чем дольше он не говорит отцу, который, кажется, начал догадываться о его тайной жизни, тем страшнее потом будет разоблачение. Но говорить об этом он не мог.

Два дня назад ему написала Эля. Она пишет редко, раз в неделю, а то и реже. Иногда он кратко, сухо отвечает, иногда молча удаляет ее письма. Сейчас он прочитал сообщение:

❖ Я во Франции. Здесь так же пусто и одиноко, как и в Карелии, как и на Тенерифе, как и в Москве. Митя...

Зачем он это прочитал? Что он ей может сказать? Что все изменилось? Что у него теперь другая жизнь? Или что он иногда видит ее во сне, просыпается и плачет. Да, он плачет. И об этом никто никогда не узнает. Почему он плачет, он сам понять не может. У него все хорошо, все распланировано. Четыре часа в день он играет на виолончели, не семь, ему хватает, он и так идет семимильными шагами, программа уже почти готова, два часа катается на роликах, два часа читает в парке по программе, если хорошая погода, если плохая — дома. Через день ходит к Тосе. Иногда два раза в день, это весело. Иногда пропускает. Это тоже весело, особенно когда она его уговаривает. Глупыми такими словами, неприличными... У него все отлично. Не надо было его кидать. Кинула — получила. Ему все равно, пусто ей или не пусто.

А дразнить его тем, что она объездила весь мир... У него денег нет. Он никуда летом не поедет. Зато у него другое. Он стал взрослым. А она пусть теперь бегает с Дудой и Костиком и смотрит на него издалека, завидует Тосе.

Мите было тошно от своих собственных мыслей, но он заставлял себя думать именно так. Жестко, четко, определенно. Он знает, что ему нужно. Эля ему мешает, все, точка. Отвлекает, забирает силы. А Тося — не мешает. Даже наоборот. С ней все понятно и просто. К тому же усы стали быстро расти, голос совсем окреп, походка стала другая, уверенная, мужская. Еще бы! Он то и дело идет от своей женщины, которая стонет, тает от его прикосновений, дождаться его не может, умоляет прийти, делает все, что он хочет, и даже больше. С ней он — всевластный король, а не жалкий щенок. А то, что иногда вдруг накатывает и становится тошно и мерзко... Ну что с этим поделаешь. Тося — несовершенна, а у него очень высокие требования. Когда-нибудь его женщина будет прекрасная. А сейчас ему хватит и такой.

Эля дала себе слово — просматривать почту раз в три дня. Не чаще. Раз в три дня у нее совсем портилось настроение, не хотелось смотреть на лазурное море, на горы, ничего не хотелось. Хотелось запереться в комнате и сидеть, смотреть в стенку, часами, пока стенка не начинала кружиться перед глазами. Потом это проходило. Ей казалось — вот сейчас она найдет нужные слова, вот сейчас... Митя прочитает их, поймет, что все не так, как ему кажется, все совсем не так...

Два раза за лето она приезжала в Москву, специально ходила к дому Мити. Она должна его встретить. Писать и договариваться о встрече Эля не хотела, боялась, что он откажется — резко, определенно, и она была уверена, что встретит его случайно. Должна встретить. Он пойдет туда же, где она. И она почувствует, где он... Но — нет. Не встретила. Эля ходила около его дома, ездила в парк, где Митя любит кататься на роликах. Нет. Не получилось.

Митя писать ей совсем перестал, ни слова, ни полслова. На ее письма он или не отвечал ничего, или коротко — «Угу», «Понял», «Супер», или ставил смайлик в черных очках. Сам не писал ничего. Иногда молча прочитывал ее сообщения, иногда они оставались непрочитанными. Почему? Неужели он так обиделся, неужели не понимает, что она тогда не пришла не по своей воле?

Эля ждала начала учебного года. Ей казалось, что в школе все сразу изменится, не сможет он ходить мимо нее и делать вид, что ничего не было.

Писем ждать она не хотела, но все равно ждала. Вдруг все-таки напишет... Встанет утром, перещелкнет у него что-то в голове, и он — напишет. Просто, два слова... «Как дела?» Она видела, что он каждый день был онлайн. Жаль, лучше этого не знать. Что человек сидит сейчас с телефоном или у компьютера — и ты это знаешь, так прямо и написано: «Дзен До с телефона».

Митя недавно поставил на главную новую фотографию — из Юрмалы, где он смотрит на нее вполоборота, лукаво, влюбленными глазами, и взял себе такой псевдоним, он же решил учить летом японский, кратко сказал ей об этом в письме, давно еще, до роликов... До тех разнесчастных роликов, из-за которых у них все разладилось. Он так и не простил ей, что она улетела. Ничего не захотел слушать. Никаких объяснений. И она не вернулась с Тенерифе через два дня, как решила в самолете. Родители так расстроились, умоляли ее побыть хотя бы дней десять, отдохнуть, поплавать. А Митя все равно те первые сообщения ее даже не открывал. Один раз написал: «Занятой, прости!» И все. А надо было улететь! Тогда еще можно было что-то поправить...

Потому что когда она вернулась, Митя общаться ни в какую не захотел. Понятно, что он готовит программу, понятно, что увлечен японским... Наверно, увлечен... Наверно, японским, не чем-то еще... Просто у него нет времени на развлечения, на посторонние разговоры... Проходила неделя, другая, Эля уехала снова, пыталась писать ему — бесполезно.

Эля посылала фотографии из тех мест, где она была, то пыталась писать, то ставила смайлики, и подмигивающие, и грустные, потом послала ссылку на их видео с конкурса, и ещё ссылку на очень красивую музыку, которую можно было бы сыграть и спеть вдвоем. Митя не отвечал и в августе совсем перестал открывать ее сообщения. Эля тоже перестала писать. Если почти два месяца плакать и ждать с утра до вечера сообщения, то это время покажется вечностью.

— Все так же? — Лариса с надеждой посмотрела на мужа, который вышел из комнаты Эли.

— Да еще хуже, Лара. Говорить ни о чем не хочет. Алла Тарасовна не поедет больше с ней. Говорит, ничего не ест, на экскурсии ходить не хочет, книжку возьмет, может просидеть над одной страницей три часа, смотрит — ничего не видит.

— И что нам делать?

— Не знаю... Ты хоть догадываешься, в чем дело?

— Думаю, в том мальчике.

— Не сложилось что-то, да?

— Не сложилось.

— Может, дать ей поработать? Помнишь, она хотела?

— Федь, ну как ты себе это представляешь? Красотка Эля ходит по квартирам, носит посылки... Ей с телохранителем надо ходить.

— Нет, я имею в виду, пусть на мануфактуре поработает. Упаковщицей или там... контролером... не знаю... В цеху пусть с мастером постоит, кнопки научится нажимать, тесто месить... Или в бухгалтерии посидит, за компьютером...

— Тебе девочку не жалко? Она и так бледная, худющая, даром что лето...

— А что делать-то, Лара?

— Пусть едет снова за границу. Или на Алтай, или в Крым...

— С кем?

Лариса посмотрела на мужа.

— Давай делиться, Федя. Неделю ты, две — я. Хотя бы так.

— И это говоришь — ты? Мы с тобой, кажется, дольше, чем на два дня, не разлучались, когда я на рыбалку как-то с ребятами ездил...

— Что делать, Федя? Дочь у нас одна.

Федор с сомнением покачал головой.

— Да... Производство не остановишь, так все под нас с тобой заточено, под личное присутствие... Я без тебя не знаю, как буду...

— Хорошо. Пусть в лагерь поедет.

— Нет! Никакого лагеря. Ты что? Эля и лагерь! Будут там ходить вокруг нее гоголем вот такие же Мити, с пробивающимися усами...

— Мам, пап... — неожиданно Эля сама вышла из комнаты. — Тут вот... — Она протянула им планшет с открытой почтой.

— Ух ты... — Федор покачал головой. — Как интересно. На фестиваль ее в Италию зовут. Жара там сейчас, конечно, август, и итальянцы начнут гоняться за ней...

— У нашего папы новая тема появилась... — вздохнула Лариса.

— Я там буду не одна, не беспокойся, пап.

— В смысле? — У Федора поползли брови наверх, Лариса придержала его за руку. — В смысле — не одна?!

— Пап... — Эля вздохнула. — Там будет человек, с которым я познакомилась в Юрмале, Никита, он продюсер, молодой, только что начал работать. Он в руководстве этого фестиваля. Присмотрит за мной, в случае чего.

— Ты издеваешься? — Федор начал активно ходить по веранде, хватая со стола то печенье, то кусочки мелко нарезанных марципанов. — Что ему надо? Что? Почему? Что ты этим летом — совсем с ума сошла?

— Ему, может, что-то и надо, мне — нет, успокойся, пап. Я, если поеду, буду петь. Там программа, видишь, какая. Я и классику спою, и эстраду. Сейчас буду готовиться тогда, если вы разрешите.

— Разрешим... — Федор ходил, бурчал, смотрел на жену, на Элю. — Тебе разрешишь, а ты... Что это столько парней вокруг тебя вдруг появилось? Что это такое? Не знаю я... Ну... хорошо, ладно.

— Не переживай, пап, у меня сердце все равно разорвано. — Эля улыбнулась. — Пока никого другого не будет.

— Ты так легко говоришь об этом... — покачал головой Федор.

— А что мне, головой об стенку биться? Сердце — разорвано, мужчин — ненавижу, Никита мне не нравится. И не понравится — в том смысле, которого ты боишься, пап. Все хорошо. Ты, как ревнивый отец, можешь дальше спокойно печь булочки. Я бы хотела с вами втроем поехать, но вы же не можете, правда?

— Мы можем, мы можем... — хором заговорили родители. — А давай мы к тебе на Сицилию приедем. На... пару денечков...

— На Сардинию, читай внимательно, пап! А то ты приедешь, да не туда. Да ну вас! — Эля махнула рукой, взяла книжку и пошла в сад.

— Не должно быть так у нашей дочки, — сказала Лариса.

— Да разве закажешь, Лара. Вот уже так, как есть. Правда, давай приедем к ней...

Супруги переглянулись, дружно засмеялись:

— На Сардинию! На Сардинию, не перепутай!

— Это ты не перепутай!

Эля, услышав за спиной веселый смех родителей, только покачала головой. Вот бывает же так, как у ее родителей. Не надоедают друг другу никогда. И никто им больше не нужен, даже она.

Глава 31

— Это за кем, за кем? Ничего себе тачка... Да не к нам приехала... А во двор как пустили? Такую тачку? Конечно, пустили! Да ничего особенного... У моего брата такая же... У твоего брата? Что ты гонишь, что ты гонишь?

Эля тоже подошла к окну. Просила же его... Нарочно приехал, нарочно... Самец, как все, и старые, и молодые, и сопливые, и уже поднаторевшие... Права свои приехал утверждать, думает, что-то изменится от этого... Машину пригнал для этого из Норвегии, надо же, не поленился, какой дурак, а... И взрослый уже, и все равно дурак...

— Никит... — Эля набрала номер своего друга. — Я же просила — в школу не надо приезжать. Как ты меня нашел? Мы же договорились — ты едешь к нам на дачу, родители вечером тебя ждут.

— Я с подарком, мне его тебе отдать нужно.

Эля вздохнула. Знает она эти подарки. Такие смешные мужчины...

— Мне ничего не нужно.

— Это тебе понравится.

— Хорошо, подожди тогда меня у дома. Ты же знаешь, как ехать.

— Нет, я подожду здесь, — твердо сказал Никита.

Эля вышла из школы в окружении друзей. То есть, может быть, настоящих друзей среди них и не было... Настоящие друзья остались там, где ее больше нет — в детстве.

Теперь каждый за себя. Соня ревнует Костика, как и в прошлом году, Танька занимается собой и своими неудачными любовями, несовпадениями, никак она не встретит того, кто бы и ей нравился, и она бы ему нравилась, а ждать не хочет, все пробует и пробует встречаться на два дня то с одним, то с другим — и, понятное дело, сплошное разочарование. Костик, как обычно, при Эле, но от него толка мало. Ходит рядом, ест, ест, одно съест, достает из сумки другое, заглядывает к ней — принесла ли что-то вкусненькое, после уроков сразу мчится домой — обедать. Ирка гоняется то за Костиком, то за Ваней, по-прежнему влюбленным в Таню...

Эле показалось, что она видела в толпе выходящих из школы и Митину синюю куртку, по привычке побыстрее отвернулась.

Митя ходил в начале сентября с Тосей, но недолго. Эля все поняла, теперь ей стало ясно, почему он летом пропал. Видеть это было невозможно, поверить очень трудно. Но все было очевидно. Потом, видимо, что-то произошло, Мити несколько дней не было в школе, пришел он с подбитым глазом, с замазанным синяком. И с Тосей стал ходить Деряев. А еще через некоторое время они стали, как раньше, как в прошлом году, ходить втроем, или вчетвером, с Артюхиным, или еще с одной девчонкой.

Эля, может быть, ничего бы этого не узнала — она старалась на них не смотреть. Митя — совсем другой, коротко подстригся, ему не очень шла такая стрижка, он повзрослел, стал как старший брат того Мити, которого она так хорошо знала. Но есть же Интернет, есть школьная группа «Подслушано — мой лицей». Там всё пишут — что было, и чего не было, и что у Мити синяк, что они дрались с Деряевым, точнее, Деряев бил Митю, а Митя не хотел с ним драться, кричал, что он и сам Тосю может ему отдать, что ему это ничего не нужно, а Деряев его за это бил, или не за это, а за то, что Тося ушла от Деряева к Мите...

Народ обсуждал, высказывал разные мнения — интересно же, целая драма в одиннадцатом. Никто не знал, что есть еще Эля, видели несколько фотографий с фестиваля, даже кто-то запись песни слышал в Ютубе, но что это по сравнению с Тосиными приключениями! Целая драма — драка, ревность. Тося надела имиджевые очки, без диоптрий, состригла себе аккуратную ровную челочку посредине лба и ходила по школе с Деряевым за руку, как маленькая послушная сестричка.

Эля не хотела верить. Уговаривала себя — это все вранье, грязное вранье, сплетни, те, кому не хочется учиться, сидят с утра до вечера в сети и собирают сплетни, как раньше в деревне. Один что-то увидел, другому рассказал, другой недослышал или нарочно переврал, пересказал третьему, так и покатилась брехня по деревне...

На Элю Митя в школе не смотрел. Не здоровался. Если сталкивались где-то лицом к лицу, отворачивался, делал вид, что совсем ее не знает. Это было невыносимо. Эля хотела перейти в другую школу, сходила в соседнюю гимназию, через дорогу, поговорила с директором — та удивилась, что Эля пришла одна, без родителей, еще больше удивилась, узнав, кто ее родители. Девочка походила там по коридорам, посмотрела на сверстников, с которыми ей пришлось бы учиться... У себя — хотя бы известное зло. Чего опасаться, с кем не дружить, кто привычно называется ее друзьями, годами сидит рядом... И решила не переходить. Родители, кажется, даже не узнали об этом. У них открывался филиал мануфактуры в Санкт-Петербурге, они теперь два раза в неделю туда летали. Им было не до чего.

Эля хотела попрощаться с друзьями и пойти к Никите, но они потянулись за ней — машину посмотреть, красный кабриолет, да и вообще... Интересно!

— Привет всем! — Никита улыбался, а Эля подумала, что в Москве, да еще на фоне ее прыщеватых, недоросших сверстников он смотрится превосходно. Если бы она его встретила до Мити, наверно бы влюбилась.

Костик смотрел на него исподлобья, Дуда, который тоже увязался за ними, запрыгнул без разрешения в автомобиль.

— Слышь, дашь прокатиться? Я заплатить могу...

— У тебя столько денег не будет, парень, — улыбнулся Никита.

— Ой, это кто здесь... — Дуда завозился в машине, наклонился куда-то.

Девочки начали кокетничать с Никитой, особенно, понятно, Ирка, и Эля не поняла, о чем говорит Дуда. Она вздохнула — просто нереальная ситуация какая-то.

— А Митяй где? — Никита широко улыбался. — Он же, кажется, с тобой в одной школе учится? Вот, кстати, тебе подарок...

Эля уже все поняла. Она услышала лай. Неужели?.. Вот это здорово. Это правда подарок.

Никита обернулся и достал из машины милого щенка, похожего на игрушечного. Рыжий спаниель, с чудесной палевой шерсткой, блестящей, с задорной мордочкой, умными глазами...

— Ой... ой... — заохали девчонки.

Эля протянула руки и взяла щенка.

— Везет тебе, Элька, — не выдержала Ирка и первая развернулась и ушла.

— Никита... — Эля покачала головой. — Ты не понимаешь. Меня и так ненавидят.

Таня, расслышав последние Элины слова, обиженно надулась, махнула сумкой и тоже ушла.

— Зря ты приехал.

— Не зря.

Эля от неожиданности замерла. Нет. Незаметно подошедший сзади Митя крепко обнял ее за плечо, передвинул руку на шею, резко качнул к себе.

— Привет, Никит! — сказал он так, как будто они расстались два часа назад у концертного зала Юрмалы. — Как поживаешь?

— Отлично поживаю, Митя. А ты как? — прищурился Никита. — Что ты Элю держишь за плечи? Она не упадет.

— Держу, потому что...

Эля поняла, что весь запал Митин прошел. Она не вырывалась, замерла. Он так еще немного постоял, потом отпустил руку.

— Вот то-то же, парень, — с самой милой улыбкой и негромко сказал Никита. — Я, видишь, собаку своей девушке привез.

— Эля — твоя девушка, — очень плохо улыбаясь, повторил Митя.

— Конечно. Мы целые две недели сейчас провели на Сардинии. Эля пела на фестивале, мы объездили весь остров, она тебе не говорила?

Эля переводила глаза с одного на другого и не знала, что ей делать. Уйти — взять щенка, который стал ерзать на ее руках, изо всех сил пытаясь слезть, и уйти домой? Потом Митя будет сидеть дома два дня с синяком, потом придет в школу с пластырем, все будут опять над ним смеяться...

Объяснить Никите... Она уже сто раз пыталась ему объяснить, что не готова быть ничьей девушкой. Никита — упорный. Он ей это сказал еще в Юрмале и собирается добиться своего. Ему так, кажется, еще интереснее. Она уехала с Сардинии, не простившись с ним. И вот, прошло чуть больше месяца, он приехал в Москву, нашел ее, вчера ждал у дома, сегодня познакомился с родителями — сам, съездил на мануфактуру, сделал все, чтобы понравиться ее отцу, Федор сам пригласил его в гости — и домой, и в загородный дом...

Объяснить Мите, что все давно кончено, и не она этому виной? Так он все сам знает. Зачем тогда прибежал?

Эля оставила щенка в открытой машине, взяла сумку, кивнула Костику, который топтался ни жив ни мертв рядом, но стоял, глубоко дышал, помахала Дуде, замершему в автомобиле, и пошла домой. Подерутся, значит, подерутся. Мужчины же всем аргументам предпочитают войну. И цари, и холопы, и пожилые, и вот такие юные, полные сил, гормонов, амбиций, и бедные, и богатые, и умные, и глупцы, и обладатели кабриолетов, и те, из-за которых можно плакать, плакать, думать, что уже все, что все прошло, но вот подошел он, обнял и — как будто не было этих трех с лишним месяцев, как будто не было никакой Тоси, как будто он не отталкивал ее, не прекратил общаться — не выговаривает язык, не хочется говорить «бросил», она слишком хороша для того, чтобы ее бросали, да, она слишком хороша для этого...

Эля достала из кармана темные очки, которые завалялись в куртке с теплого солнечного воскресенья, и надела их. Зачем давать повод новой сплетне — к Теплаковой приехал парень на кабриолете... из Норвегии... Из Норвегии, да ладно! Из «Алых парусов» небось мажор какой-нибудь! Да нет, из Норвегии, а она его послала и шла потом домой, обревелась вся. Из-за чего? Из-за того, что послала? Да нет, из-за Митьки. Из-за Митьки? Из-за придурка Бубенцова? Да не придурок он, вон какой самец стал, столько девчонок побежало за ним осенью... Да никто не побежал, одна Тоська, а ей все равно с кем... Не скажи... Так из-за чего ревела Теплакова?

Эля высморкалась и постаралась взять себя в руки — машина резко затормозила, потому что Эля, думая о своем, дождалась зеленого света для машин и ровно вместе с машинами стала переходить дорогу. Почему? Кто ж знает... Училась водить в выходные... Ездила рано утром по поселку с Павлом... Как-то так сейчас вышло, показалось, что она за рулем... Показалось? Или специально пошла? Да нет, с чего бы это...

Она ведь видела в начале сентября, что он с Тосей, вернее, Тося семенит рядом с ним, вешаясь на руку, на плечо, обнимая его, хихикая... — ей все равно, даже не оглянулась. Она видела, что он пришел с огромным синяком на лице, все спросили, все, последняя собака, а она — нет, не подошла, ничего не спросила, не написала, в конце концов. Она прекратила писать в августе. Он ждал, он запрещал себе ждать и ждал, как последний дурак.

И когда она никак не прореагировала в сентябре, вообще с ним перестала здороваться, когда вышла эта убогая драка с Деряевым — да ради бога, он и не собирался драться за Тоську, он решил: ну раз так, ему все равно. Кто его позовет, с теми он и будет. И он опять стал ходить в школе с Деряевым, стоять рядом. Постоит — пойдет дальше. Может поговорить с Тосей, может пройти мимо. Тося — это... Не получается ответить себе, что это. Ничего. Урок жизни. Просто он теперь знает и умеет то, чего не знал и не умел раньше. Он попрощался с детством этим летом. И переступил ту самую грань. Не с Элей, нет. С Элей вообще все было не так и не про то. С Тосей. Но она сама ничего для него не значит, все равно он — один. Один по жизни.

Эля светилась, Эля ходила по школе со свитой, все так же, как было в мае, в апреле — идет Эля, рядом девчонки, сзади тащится Костик и еще один парень, его друг, и где-то поблизости крутится Дуда. Теперь только прибавился еще один девятиклассник, высокий, волейболист, блондин с темными глазами, яркий, наглый... Митя много раз видел, как он ненароком проходил мимо Эли, что-то спрашивал, что-то показывал в тетрадке, шутил... Она вежливо и равнодушно улыбалась. Как обычно. Всем, одинаково. Он пытался найти в ее лице следы переживаний — ничего подобного. Как будто ничего и не было.

Он много раз давал себе слово — да не будет он вообще на нее смотреть! Ходит себе и ходит. Если ей все равно, ему тоже — в сто раз больше все равно. У него — Путь, у него карьера, у него работа, ежедневная тяжелая работа, четыре-пять часов сложнейших этюдов, гамм, он готовится к поступлению. Было лето, да, было, чего там только этим летом не случилось! Было, и перестало быть. Настала осень. И все летние заботы испарились, развеялись. Все, кроме одной — у него впереди экзамены и поступление.

Зачем ему еще вот это? Зачем ему эти нервы? Сколько энергии туда уйдет... А зачем этот парень приехал из Норвегии? Неужели вот прямо из-за Эльки? Какое он имеет право приезжать к Эле? Она... Митя вставал в логический тупик. Она — что? Она любит его, Митю, это же ясно! Летом любила... Никуда ничего деваться не могло! Просто... просто она обиделась. Вот сегодня он обнял ее, сам того не ожидая, подошел только так, мимо шел, увидел красивую машину, народ стоит, он и подошел — он же свободный человек... Обнял ее, а она вся затрепетала, он почувствовал это. И сам он тоже заволновался. Хотя теперь он взрослый. Он уже знает цену всем своим волнениям, и оттого что Эля взяла его за руку, он не задрожит.

— Митяй! — Отец кинул в него сухарем. — Ты что? Заснул за столом? Сидишь с открытым ртом, как дебил...

— Нет, прости, батя, задумался... А... — Митя посмотрел себе в тарелку. — Больше ничего нет?

— Нет, Митяй, нет! Вот сейчас твой батя пойдет на работу, вот и купит тебе мяса, а пока — ничего нет, вермишель пустая. Ешь, что дали.

Митя, не веря своим ушам, посмотрел на отца, осторожно переспросил:

— На работу?

— Да, сына, да. В подёнщики! — У отца дрогнул голос. — Столько лет верность хранил принципам, талант не растрачивал, но вот видишь... Сынка одевать нужно, кормить...

— Да нет, батя, подожди, у меня же все есть...

— За курсы платить! — повысил голос отец. — Ты вообще узнавал, сколько стоят твои подготовительные курсы, на которые ты собрался поступать?

— Подготовительное отделение, Филипп, — осторожно поправила его Марьяна.

— Вот именно! Выше бери! Так знаешь, сколько учеба там стоит?

— Нет...

— А, то-то же! А ты узнай! Не потянет мать. Вот пойду сам работать, чтобы тебе учебу оплачивать...

— Да подожди, я... Я могу... Я хотел...

Филипп махнул рукой.

— Все уже! Договорился. И если ты узнаешь, куда и кем...

Марьяна, наливающая чай, только вздохнула.

— Ну я не знаю, Филипп, давай лучше я полы пойду мыть после работы, чем ты вот так...

— Нет уж, мать, я — мужик. Я пойду работать, раз надо. Я ради своего сына принципами поступлюсь, что уж мне осталось на этой земле, только сына выучить, да и помирать можно...

Митя с Марьяной хором запротестовали. Филипп только отмахнулся от них.

— Бать, так куда ты... устроился?

— В батраки к родителям твоей Эли!

— Не моей... — пробормотал Митя. — В смысле — в батраки? Это кем? Ты будешь у них... кем? Не прислугой же? Пекарем?

Филипп захохотал и стукнул Митю по лбу.

— Еще чего! Не-а, сына, я буду фантики им рисовать. В которые они булки заворачивают. Целлофановые фантики будет рисовать твой батя! — Филипп неожиданно хлюпнул носом. — Вот так, сына! Вот так я тебя люблю! Дожили...

— Нет, батя, зачем... Я пойду курьером... Или грузчиком... Я...

— Ты — учись, сына! У тебя — звездный путь! Вот сейчас пойдем поступать на подготовительное отделение в консерваторию, будешь ездить, будешь учиться у лучших профессоров...

— В училище сначала, наверное, придется идти, Филипп, я узнала, — негромко поправила его жена.

— Но при консерватории?

— При консерватории. В субботу прослушивание на подготовительное.

— Вот, сыночка мой, готовься сиди, чтобы там все ахнули. Может... — Филипп лукаво посмотрел на сына, — может, и сразу в консерваторию предложат. Это пусть бездари в колледжах да училищах учатся, а нам сразу высшее образование подавай, да, сына?

Митя неуверенно качнул головой. Он будет стараться. Отец ради него будет поденщиком, его гениальный отец будет рисовать какую-то ерунду, чтобы оплатить его курсы... Ну ладно. Это ненадолго. Митя поступит на бюджет, Митя сам будет зарабатывать, Митя получит грант, Эля еще пожалеет, что променяла его на этого никчемного норвежца! Да он ниже Мити на полголовы! На четверть... Да он вообще... Он же не музыкант, он — ничто и никто! Продюсер — это что, профессия? Она еще поймет... Она даже не представляет, что теряет, какой он мужчина...

Он-то теперь про себя все знает, он видит, как смотрит на него Тося... Деряев восстановился в своих правах, накостылял Мите — и лишь потому, что Митя не собирался с ним драться, не из-за чего! Он так и сказал Деряеву — забирай, мне больше неинтересно, а тот полез драться, оскорбился! И за то, что Митя попользовался Тосей, и за то, что сам, легко, с брезгливостью отказался. А Тося пишет, пишет, глупости, гадости, фотографии немыслимые посылает, от которых тело дрожит, а в душе тошно, он два ее последних письма вовсе не открыл — зачем себя лишний раз раздражать. Было — было. Сходил в тренажерный зал, подкачался, вроде того. Про себя узнал, про женщин. Вряд ли все такие, как Тося. Он и не хотел бы, чтобы Эля была способна на многое из того, что умеет и знает Тося. И ему не все нужно было. А теперь-то уж, когда он увидел снова Элю...

— Митяй! Я тебе говорю, что ты уплываешь куда-то? Не выспался? Я спрашиваю — готов к поступлению? Обучение на подготовительном хоть и платное, да вон мать беспокоится...

— Правда, сынок, мне сказали — прослушивание серьезное, виолончелистов не более трех возьмут...

— У меня все произведения готовы, не переживайте. Все хорошо, мам, бать! — Митя улыбнулся. У него самые лучшие родители. Он их обманывает, все время обманывает. Но невозможно им все рассказать. Их разорвет. Как-то так вышло, с какого-то момента стало невозможным делиться с родителями. Кто в этом виноват — Митя или они, уже и не разберешь.

Он пробовал рассказать о Тосе другу Сенечке, который окончил первый курс колледжа. Но Сенечка — плохой советчик, у него женщин еще не было, и девочек не было. Он может только глупо смеяться и давать советы на уровне «Ну ты, это, ей скажи... блин, ну ч ты как лох...». И дальше смеяться. Митя поделился, душу отлил да и остался один на один со своими проблемами. Но ничего, сейчас он начнет учиться в училище при консерватории, пусть на подготовительном, но у лучших педагогов во всей стране, и он подойдет к Эле и скажет, так, небрежно, как будто походя: «Ехал вчера из Консы» или «Мне препод в Консе руку ставит...» И она ахнет, посмотрит на него так же, как смотрела в Юрмале. Зачем ему это надо? Зачем... Потому что без нее, без этого ее взгляда — тошно и пусто. Не объяснить никому, даже себе. Почему от одного ее взгляда хочется жить, смеяться, бежать, не чувствуя под собой ног, а когда этого взгляда нет, не хочется ни есть, ни смеяться, не жить.

Митя отодвинул тарелку с засохшей вермишелью.

— Пойду заниматься, бать, мам. Спасибо!

— Иди, сына, иди! — Филипп внимательно проводил взглядом Митю. — Неладное что-то с ним, Марьяна.

— Устает сыночек. И в волейбол, видишь, перестали играть... А как хорошо было летом-то! Бегал, здоровый, румяный, в мячик играл с ребятками...

— Ага... Пойду, спрошу насчет волейбола! — Филипп хлопнул жену по спине и пошел к Мите в комнату, поплотнее прикрыв за собой дверь.

— Митяй, ну-ка выкладывай, что у тебя с той бабёшкой-то?

— С какой? — Митя испуганно поднял глаза на отца, быстро закрывая Интернет, как раз увидел очередное Тосино послание, безграмотное и до дрожи пошлое. До дрожи, до сладкой и муторной дрожи, думал — читать, не читать... Боролся с собой, с гадким, мерзким, развратным собой.

— А у тебя их много, бабёшек? Да с той, у которой ты в августе ошивался. Волейболист хренов... Это ты мать обманывай, а батю не обманешь.

Митя молча смотрел на отца. Откуда он узнал? Когда? И молчал?

— Митяй, батя твой знает все про тебя, ты не думай. Зря ты так часто к ней гонял, но я ничего не говорил, не останавливал. Я ведь все понял, не лез. Думал, станешь мужиком, поговоришь. Стал?

Митя опустил голову.

— Вот. Опять ты меня предал, не пришел, не рассказал. А теперь и вовсе. Что там у тебя? Ну-ка, рассказывай. Бросил ее?

Митя молчал. Нет, он не готов рассказывать. Нет, он не хочет.

— Все равно расскажешь, не сейчас, так потом. Я скажу тебе: простая, удобная, так и ходи к ней иногда, если без всяких претензий. Только... Ну ты понимаешь, чтобы никаких последствий не было. Но ты ей скажи — сама обо всем заботься, мое дело — сторона.

— Я в волейбол играл, батя, — твердо ответил Митя. — Можешь спросить у кого хочешь. Я не понимаю, о чем ты говоришь.

— Звони, набирай номер, — Филипп кивнул на телефон. — Спрошу.

Митя спокойно набрал номер Сени. Он уже договорился с ним. Если отец спросит...

Филипп взял трубку, страшно улыбнулся, глядя на Митю, и нажал отбой.

— Так, значит, ты со мной, сына... Ладно!!! Ладно...

Филипп потоптался у двери сына, обнял было его, оттолкнул, поперекладывал какие-то книги на столе, вышел из комнаты, сильно хлопнув дверью, что-то заорал Марьяне, Митя услышал звон разбитого стакана, услышал, как охнула и, кажется, заплакала мать... Или не заплакала... Засмеялась. Кажется... И не вышел из комнаты. Нет, он не будет с отцом говорить об этом, ни за что.

Митя открыл Интернет, быстро удалил два последних письма Тоси, которые он не открывал.

❖ Тось, я занят, не пиши мне.

Он отправил сообщение сразу, пока не передумал. Это не значит, что она действительно не станет больше писать. Но он ей сказал, ему нужно это было сказать.

❖ Нам надо поговорить, — тут же написал он Эле.

❖ Не о чем. — Эля ответила быстро, сразу. На это он даже не рассчитывал.

❖ Давай встретимся.

❖ Нет, Митя. Ничего больше не будет.

❖ Давай встретимся.

❖ Нет.

❖ Ты с тем парнем из Юрмалы?

❖ Это Никита. И вообще тебя это не касается.

❖ Хорошо.

Митя выключил телефон. Не касается так не касается. Он унижаться не будет. У него есть музыка. Больше у него ничего нет. У него есть еще родители, батя. Он его очень любит, но с ним тяжело. Тяжело...

Вообще все очень тяжело. Тяжело играть по четыре-пять часов. Он знает, зачем он играет, но очень тяжело, иногда муторно, иногда невыносимо. Тяжело тянуться в школе, пытаться хорошо учиться, отец настаивает, хочет, чтобы он окончил с хорошими баллами — вдруг пригодится. Зачем, для чего? Ему для поступления в консерваторию баллы по общеобразовательным предметам вообще не нужны. Нет, уперся — учись, чтобы сдать экзамены. Учи физику — мужику нужна физика. Учи географию — мужику нужна география. Не пропускай никакие уроки — мужику нужна дисциплина.

И Митя тянет, тянет, спит по пять-шесть часов, учится, учится... Ничего интересного. Интересно — рисовать. Он рисует, рисует в школе, рисует, когда отец редко, но выходит из дома, прячет потом рисунки. Но он отлично понимает, что все, что он рисует, это плохо, это очень плохо, бездарно. Рисует он только потому, что не может не рисовать. Удовольствия это не приносит, одну муку. Тем более что рисование — это слабая замена лепке. Он хочет делать что-то руками, всегда, всю жизнь. Но это запрещено, в этом смысла нет. Наверно, отец прав — и в том, что Митя бездарен, отцу же виднее, и в том, что искусством заниматься нет смысла, все равно никаких перспектив нет.

Митя залез как-то на сайт художественного училища, посмотрел требования для поступления... Ничего себе... Просто так, с улицы не придешь. Надо сдавать рисунок — «классику», надо знать специальные вещи, надо где-то учиться, в художественной школе, хотя бы в кружке, сам этому не научишься — нужно рисовать на вступительном экзамене кувшины с тенями и прочую обязательную муть... Тайком от отца можно было к Тосе бегать, а заниматься в художественной школе тайком не получится. Да и зачем — что потом делать? Сидеть, как отец, всю жизнь — ждать заказов?

Митя гнал от себя эти мысли, но деваться от них было некуда. Спасало только одно — фанатичная вера отца в его музыкальный талант и то, что Митя сам постепенно поверил в это. Что может быть лучше карьеры мировой звезды? Всемирно известного музыканта? Митя знал, что люди странно на него смотрят, когда он отвечает, что хочет стать солистом-виолончелистом. Но, наверно, им странно, что все вокруг хотят стать экономистами, а он — музыкантом, да еще и мировым!

Эля... Мите не давала покоя сцена, которую он сегодня наблюдал в школе. Приехал, наглец, качает свои права...

Митя быстро оделся. Решил пройтись до Элиного дома. А что? Может, он прогуливается и мимо ее дома случайно пройдет, район-то один... Он видел, что она отвечала ему с компьютера. Значит, дома.

Подойдя к ее дому, он написал:

❖ Выйди. Поговорить нужно.

Митя подождал. Посмотрел на окна. Он ведь не знает, где точно она живет. У нее двухэтажная квартира, и из нее видны башни Москва-Сити, значит, не на втором этаже. Может, она и говорила, да он часто засматривался на нее, что-то пропускал мимо ушей. На нее засматривался, к своим ощущениям прислушивался... Может, вон то окно, с белыми шторками? Мите показалось, что он даже видит Элю в окне. Или очень хочет увидеть...

Сообщение не прочитано. Митя погулял десять минут, полчаса, час. Еще раз написал:

❖ Нам нужно поговорить. Мне есть что сказать.

Нет, не читает. Она в Сети, с компьютера. Это — ее ответ. Видит, что он пишет ей, и не читает. Ладно, понятно. Она не хочет иметь с ним дела. Она обиделась. Она ревнует к Тосе. Может, написать, что все это ерунда?

❖ Если ты из-за Тоськи, то зря. Это другое. Я тебе объясню.

Как бы он стал это объяснять, Митя не думал. Какие бы слова нашел... Нашел бы! Лишь бы она вышла. Разве человек не имеет права ошибаться? То, что он провел август с Тосей — это была ошибка? Вообще-то до сегодняшнего дня Митя так не считал. Пока не увидел, что у Эли — другая жизнь, в которой, судя по всему, ему нет места.

❖ Эля...

Он начал писать, задумался и случайно послал это сообщение. Вот так, одно имя. Да черт! Что он, совсем разнюнился перед ней? Она будет теперь ноги вытирать об него.

Хорошо, он уйдет. Он уйдет, вообще, совсем, ото всех. Он будет жить один. У него не будет ни Тоси, ни Эли, никого... Он будет одинокий музыкант, он же всегда это знал...

Какой вообще смысл тогда во всем? Зачем тогда жить? Чтобы играть на виолончели. А зачем? Чтобы стать звездой. А зачем? Чтобы ему хлопали, чтобы у него было много поклонниц. Зачем? Зачем?! Где-то здесь вкралась логическая ошибка, но искать ее так мучительно... Нет, нет, он не будет думать в эту сторону, это невозможно, иначе его просто взорвет... Лучше он пойдет домой и будет играть, играть до тех пор, пока не занемеет спина, не станут отваливаться руки, пока пальцы не заледенеют, не скрючатся, пока не застучит в батарею соседка, проклиная его, его виолончель, его отца, его мать, свою жизнь, нищую Россию, их ветхую пятиэтажку, президента, мэра, стройку под окном, свою нищенскую зарплату, буржуев, холода, слякоть, которой еще вчера не было, а сегодня зачавкало, зачавкало, и так — на полгода, до весны, до которой надо еще дожить, доползти, дотянуть, домерзнуть, домучиться...

Митя поежился. Его внесезонная австрийская куртка, которую мать купила в комиссионке, как-то перестала греть после стирки. Или он не ест уже второй день, с тех пор, как увидел холеного, улыбающегося, румяного, одетого, как с иголочки, как с подиума, Никиту. Вот это поворот. Норвежский продюсер приперся в Москву, к его Эльке! Оказывается, она ездила с ним в Сардинию. Нет, нет, какая чушь! Зачем это, почему? Как она могла? Вот что такое женщины... Чистая, нежная... Неужели она такая же, как Тося? Что, все такие, как Тося? Нет, она еще хуже, она с ним за деньги, за фестивали, за Гран-при... Она... Фу черт, какая мерзость, какие мерзкие мысли... Конечно, нет, конечно, Эля — ангел, она ведь даже Митю не подпустила ближе, Митя сходил с ума, Митя умирал от любви, да, да, теперь он может себе в этом признаться, Митя взрывался рядом с ней, а она не подпустила... Так, может, и не любила? Нет, любила... Не спутаешь... А Тося — любила? Нет. Или непонятно... Что такое любовь? Кого любит сам Митя? Конечно, Элю, не Тосю же. А зачем тогда он столько времени провел с Тосей? Он и сам не знает. Было хорошо, было приятно, было внове, было острое наслаждение, иногда грязное, иногда мерзкое, но острое... И он бежал, снова и снова, не думая...

Но ведь больше не бежит! И не из-за Деряева, при чем тут Деряев... Он еще раньше перестал к ней ходить. Она липла к нему, в школе липла, у подъезда ждала, провожала, а он к ней больше не ходил. Надоело, всё — наигрался...

Нет, не выпутаться. Нет, он должен все объяснить Эле, он так жить не сможет, не объяснив... Он не может жить, зная, что она с другим. Особенно теперь, когда он помимо своей воли представляет, что она с Никитой... Нет, нет, он не будет это представлять... Но Никита взрослый, Никита опытный, у него было уже сто женщин, это же ясно... И он не будет беречь Элю, нет, не будет, попользуется и бросит, а она, маленькая, глупая, поверит ему...

Митя метался, несколько раз возвращался к Элиному дому, один раз даже попытался позвонить ей, но сам сбросил. Что он ей скажет? Что? И как он выдержит ее небрежное «Не звони мне, Мить»? Пусть лучше она этого не произнесет. Пусть лучше останется надежда.

Глава 32

— Бубенцов!

Митя вошел в небольшой класс. Надо же... Крохотное помещение, висит огромный портрет... кого? От растерянности Митя не понял, кто нарисован на портрете. Глаза сумасшедшие, кажется, Мусоргский... Или нет, Глинка... Нет, у Глинки глаза спокойные, он всегда на портретах как будто хорошо поел и поспал...

— Что будете играть? — Две преподавательницы благосклонно смотрели на аккуратно одетого, взволнованного Митю.

— Баха и могу еще Мендельсона... Остальное у меня с концертмейстером, но сказали же — лучше играть соло...

— Что хочешь играй. Тебе сколько лет? — Одна перешла с ним на «ты», ему так даже проще.

— Шестнадцать.

— Хорошо, начинай.

Митя пригладил разлетевшиеся волосы. Сейчас. Вот сейчас они поймут. К этому он готовился полтора года. Конечно, это еще не вступительные экзамены, но с блеском поступить на подготовительное отделение, попасть к завкафедрой учиться, снискать славу выдающегося ученика еще до основного набора — это уже полдела. Так отец говорит. Отца не пустили в аудиторию, он стоит, волнуется под дверью.

— Сейчас...

Митя сел, поднял смычок, подождал немного, иногда внутри начинает подниматься и раскатываться особая волна, похожая на то, что он чувствует, когда видит Элю. Особенно теперь, когда он понимает, что потерял ее навсегда... Теплая, сильная и очень горькая волна... Она уносит, и все становится неважно. Ты плывешь по ней, думаешь, вспоминаешь, живешь как будто где-то в другой реальности.

Но сейчас волны не было. Во рту пересохло, руки дрожали. Он не любит выступать. Он не любит играть, когда кто-то на него смотрит. Он так редко выступает. Последний раз — в Юрмале, тогда, с Элей на сцене, когда ее попросили спеть еще раз, без него...

— Ну, не волнуйся, давай... — Вторая преподавательница, перешедшая с ним на «ты», что-то сказала первой, та пожала плечами, улыбнулась. — Не переживай так, играй.

Митя кивнул и заиграл. Первая часть легкая, дальше не споткнуться, на кульминационном пассаже не завраться, там очень легко завраться, затем не потерять темп... Митя играл, стараясь не смотреть на преподавательниц, мешает. Он был в очках, ему было видно, как они перешептывались, было видно выражение лиц, он его не понимал. Ближе к концу первая сказала:

— Ну, хватит. Давай-ка что-нибудь еще. Что ты еще хотел сыграть?

— Мендельсона.

— Хорошо, давай.

Митя приготовился, настроился, напомнил себе — это его шанс, надо сыграть по максимуму, надо собраться, он ради этого момента все лето сидел, упорно занимался. Заиграл, стараясь вложить в игру все, что у него есть в душе.

— Ну ладно, — опять прервала его первая, не дав доиграть. — Давай еще этюдик какой-нибудь нам покажи, а? Технику твою посмотрим. Что из этюдов играешь?

— Брукнера...

— Давай, и повеселей, ну что ты такой зажатый, что?

Она встала, подошла к нему, неожиданно встряхнула его за плечи.

— Ну, что ты? Что?! Ты хорошо себя чувствуешь?

— Да.

— А что тогда, как не живой?

Митя с надеждой посмотрел на вторую, которой он вроде больше понравился. Та сидела, отвернувшись к окну. Ничего себе... Может, слушает, не глядя? Чтобы не отвлекаться на его внешность? Все-таки она 45+... Митя расправил плечи.

— Да, я... волнуюсь.

— А ты не волнуйся! Покажи все, что можешь! Бояться нечего!

— Можно я еще раз Баха сыграю?

— Играй! — махнула рукой первая, не отходя от него. — Давай, сразу, не сиди, ничего не придумывай, начал, смело: та-та-та, та-ра-ра-татата! Ну, вперед, вперед, звук, звук где твой? Что ты? Ай... Ну, попробуй со второй цифры. И... давай, вперед... а-а-а... — Она напевала с ним, отбивала такт, смотрела на руки, подгоняла, даже по спине стучала, пытаясь растормошить его.

Потом, вздохнув, отошла ко второй преподавательнице, они о чем-то тихо поговорили. Первая сказала:

— Ну, ты выйди пока, мы потом все тебе скажем. Ты один пришел?

— С батей... с отцом, — поправился Митя.

Первая преподавательница, которая только что трясла его за плечи, усмехнулась:

— Приехали откуда-то, что ли?

— Нет, я москвич.

— А, ну ладно, разницы особой нет.

— Мне скажите, — попросил Митя. — Ему тоже скажите, но сначала мне.

Он чувствовал, что как-то не очень понравился преподавательницам. Программа слишком сложная, надо было попроще что-то брать.

— А скажу! — Первая даже встала, подбоченилась. — Скажу, потому что... Не надо тебе играть... — Она взглянула в список абитуриентов, лежащий перед ней. — Митрофан Бубенцов. Ты не музыкант.

— В смысле? — оторопел Митя, еще не понимая, что она говорит. — Я — виолончелист.

— Ты — не виолончелист, ты не исполнитель вообще. Дирижер — вряд ли. Композитор — не знаю... Ты сочиняешь что-то?

Митя машинально кивнул. «Спешу» и «Грустный дождик»... Ведь было же? Потом просто больше не пробовал...

— Ну вот, попробуй сочинять, если так музыку любишь. Это уже не к нам. Но ты не виолончелист точно. Ты — не слышишь, не понимаешь, не пропускаешь через себя. Дело не в технике. Не в здоровье, даже если ты болен сегодня.

— Я не болен... — тихо сказал Митя.

— Тем более. Не трать время, мальчик. Не надо. Ни свое, ни чужое...

— Я буду стараться... — Митя начал что-то говорить, чтобы она замолчала, чтобы больше не говорила то, что он выслушать не в силах.

— Помолчи! — резко прервала она его. — Ты можешь сходить в Академию Гнесиных, я тебе даже советую сходить, потому что бывают педагогические ошибки, вот, чтобы ты не думал, что мы с Елизаветой Григорьевной ошибаемся — а мы не ошибаемся, мы сотни абитуриентов видели и десятки приняли и выпустили из консерватории. Но ты сходи.

— Спасибо, — сказал Митя.

— Пожалуйста. Позови следующего, Арамова.

— Вы моему отцу то же самое скажете? — тихо спросил Митя.

— Пожалуйста, ради бога, пошли. При тебе?

— Да.

Первая преподавательница вышла с Митей, им навстречу встал Филипп, красивый, вальяжный, он ради такого случай выискал в кладовке шикарный велюровый пиджак, повязал фиолетовый шейный платок. Отец, то и дело забрасывая рукой волосы назад, пошел к ним, широко раскидывая ноги.

— Ну, как вам мой сын? — улыбаясь и щурясь, спросил он. — Гений? Вы поняли, кто к вам пришел?

Митя опустил голову.

— Так, послушайте меня. — Преподавательница даже опешила, она уже открыла рот, чтобы сказать Филиппу то же, что и Мите, но от неожиданности замолчала.

— Он вам всем еще покажет! — Филипп ухмыльнулся и обнял Митю.

— Так. Гм... — Преподавательница нервно повела плечами и сказала: — Если и покажет, то не нам, увы.

— То есть? — Филипп принял эту за шутку. — Что вы, мадам, имеете в виду?

— Я — не мадам. Я — заведующая кафедрой струнных инструментов Московской государственной консерватории. И со всей ответственностью заявляю вам — ваш сын не должен заниматься музыкой. Не ломайте мальчику жизнь. Не мучайте его. Возможно, он талантлив в чем-то другом. Возможно, он просто хороший человек. Но не музыкант. Вам ясно? Все, спасибо.

— Позвольте, позвольте... — Филипп, судорожно сжимавший Митино плечо все время, пока говорила преподавательница, отпустил его и шагнул к ней, как будто хотел лучше разглядеть выражение ее лица. Может быть, эта такая остроумная шутка? Женщины ведь шутят иногда так, что лучше бы они вообще не шутили и рты не раскрывали...

— Я вам все сказала, — устало ответила преподавательница. — Кто Арамов? — Она оглянулась, махнула рукой темноволосому мальчику, вскочившему со стула. — Давай, заходи. Мужчина, у вас хороший ребенок, его же видно. Но он не виолончелист.

— То есть вы хотите сказать... — Филипп стал повышать голос, багровея. Волосы падали на лицо, туда-сюда ходил кадык. — Вы, мадам, моего сына не принимаете на платное отделение? Мы имеем право учиться!!! Я буду платить за него! Вы не имеете права... Мы...

— Успокойтесь, пожалуйста. — На крик Филиппа выглянула вторая преподавательница. — Успокойтесь, не надо так переживать. Это неприятно, но лучше сейчас, чем потом. У него все впереди, вся жизнь.

— Нет!!! — крикнул Филипп. — Я буду жаловаться! Где у вас ректор? Я на телевидение напишу! Да вы знаете, кто я?

— Батя, батя... — Митя тянул отца за мягкий рукав. — Пожалуйста, пойдем, не надо.

Как стыдно, ужас как стыдно, почему-то Митя совсем не удивился. Он знает, что он будет мировой звездой, но все равно он не удивился. Как-то он ждал этих слов. Кто-то внутри него ждал. Ведь внутри него столько разных людей. Один идет к мировой славе, другой хочет лепить, третий бегает к Тосе, четвертый любит Элю, любит с каждым днем все больше, ничего больше не хочет, только, чтобы она его простила, тот, кто идет к славе, говорит, что это ерунда, а тот, кто любит, слушать ничего не хочет. И слова преподавательницы неожиданны... и знакомы. Как будто кто-то уже говорил Мите это, просто он забыл, а сейчас вспомнил.

— Я им покажу! — Филипп уже несся по коридору. — Где здесь ректорат? Где?!! Послушайте, где у вас ректор? — Он схватил на бегу какую-то девушку, которая в испуге отпрянула от него. — Где ректор?!!

— Отец, я прошу... — Митя обежал отца и встал перед ним, Филипп снес его с дороги.

— Пошел прочь! Они у меня узнают, как такое моему сыну говорить! Куски дерьма! Куски старого засохшего дерьма!!!

Митя увидел надпись «Выход» и рванулся туда, на лестницу. Филипп заметил, что Митя убежал, и попытался его остановить.

— Нет, батя, нет, какой стыд, я уйду...

— Не уйдешь! — Филипп кинул Митю, тот стукнулся об стенку, уронил виолончель, она поехала по лестнице.

Митя с ужасом смотрел на свой инструмент, как он съезжает вниз, под ноги какому-то седому профессору, с бабочкой, все, как положено, все, как в старой черно-белой комедии... Клоуны, клоуны, они с батей просто как клоуны...

Митя сбежал вниз, подхватил виолончель.

— Что происходит? — с ужасом спросил профессор.

— Ко мне пришла мировая слава! — ответил Митя, видя, как поехало набок лицо отца от этих его слов. А и ладно. Не надо было устраивать все это. Ужас, кошмар, позор.

Митя выбежал из училища, его с трудом догнал задыхающийся и держащийся за сердце Филипп. Дал ему затрещину и прохрипел:

— Воды мне!

— У меня нет, батя.

— Воды даже для отца нет... Господи... — Он с трудом дошел до ближайшей лавочки, согнал студентов, сидевших там с сигаретами, плюхнулся на нее. — Садись, сына! Подумаем, что делать дальше.

— Отец, поехали домой, пожалуйста. Ничего не делать.

— Нет, сына, нет! Я это так не оставлю! Я им еще покажу! Поедем во вторник в Гнесинку! Там нормальные люди работают!

— Поедем, — кивнул Митя. — Но только там то же самое скажут.

— Да ты что! Ты что, сдался? Ты — сдался? Мой сын — сдался?!! Эти бабы ничего не понимают! Да их по мордам видно! Мужиков у них нет, вот они и злые! Что они понимают в искусстве? А?

— Бать, пойдем, пожалуйста, не кричи так...

— Стесняешься меня, да, сына? — горько спросил Филипп. — Стесняешься... Ну ладно... Вот помрет твой батя, будешь на могилке у меня стесняться.

— Бать... — вздохнул Митя, взял виолончель и пошел, не оглядываясь.

Филипп через некоторое время догнал его, взял у него виолончель, несмотря на возражения Мити, обнял сына.

— Мы еще им покажем всем, да, сына?

— Да, батя, обязательно покажем.

Глава 33

— Принесите нам еще чаю, с лимоном! — Никита сделал знак официанту и продолжил, останавливая Элю, которая все порывалась ему возразить: — Не надо ничего говорить, пожалуйста. Ты маленькая, ты просто многого не понимаешь.

— Никит, зачем я буду тебя обманывать?

— Глупая! — Никита засмеялся, хотя Эля видела, что ему совсем не весело. — Не надо никого обманывать. Ты живи, зная, что вот есть я. Я буду приезжать, я тут завязался в двух проектах. Будем видеться очень часто, раза два-три в месяц. Поедешь в Осло...

— Нет.

— Хорошо, не поедешь. Эля... — Он все-таки взял ее руки в свои, несмотря на протесты Эли. — Тебе надо петь, ты понимаешь? Тебе все это в голос говорят.

— Я не знаю.

— А я знаю. Надо петь. И вообще. Тебе надо жить в шоколаде. Смеяться, ездить по всему миру, быть любимой, рожать детей, петь на лучших сценах мира... У тебя всё для этого есть.

— Хорошо.

— Ты так говоришь, как будто выслушала приговор.

— Я... тебя... не люблю.

— Разве вообще слово о любви было произнесено? — легко улыбнулся Никита. — Тебе сколько сахару? Давай тростникового положу, полезнее. Кто говорит о любви? Я тебя не заставляю себя любить. Только пообещай мне, что ты никаких глупостей с этим мальчишкой делать не будешь.

— Что ты имеешь в виду?

— Сейчас тебе кажется, что ты его любишь...

— Я не буду с тобой об этом говорить. — Эля высвободила руки и хотела уйти.

— Значит... — Никита встал и усадил ее обратно. — Значит, любишь. Ничего, разлюбишь. С ним тебя ждут одни страдания и лишения, это раз. Ты слишком маленькая еще, это два. Я видел его глаза — это три. А он уже не маленький, поверь мне. И предложит тебе совсем не то, что предлагаю я.

— А что предлагаешь ты? — Эля устало подняла на него глаза.

— А я тебе не предлагаю срочно со мной спать. А он предложит, вот увидишь.

— Никит... Давай не будем все сводить к...

— Послушай меня. Тебе есть с кем поговорить об этом?

— Нет, — честно ответила Эля.

— Так поговори со мной.

— Не хочу. Ты не понимаешь. Мы расстались с Митей.

— Как же это звучит! Как красиво звучит! Как расстались, так и снова встретитесь!

— Нет, я не прощу его.

— Элечка, милая... — Никита пересел к ней, осторожно поправил волосы. — Вот я к тебе не лезу, правда? И не потому, что я не хочу. А потому что я порядочный и взрослый. И хочу, чтобы у тебя все было хорошо. Причем хорошо со мной.

— Зачем тебе это надо? — пожала плечами Эля.

— Глупый и детский вопрос, можно, я не буду отвечать?

— Никит, наверно, ты хороший и даже... — Эля посмотрела в огромное зеркало на своего друга, — даже красивый. Но не для меня.

— Не торопись, пожалуйста. Школу закончи. Поступи учиться. Тебе открыты все двери. Я буду рядом, я тебе обещаю это.

— Ты так хорошо все про себя знаешь?

— Ты похожа на девушку из моего сна, — засмеялся Никита. — Когда мне было пятнадцать лет, мне снилась такая девушка, с золотыми волосами, тонкая, высокая. Она шла мимо, оглядывалась, улыбалась и шла дальше. Я всегда знал, что я ее придумал, а когда увидел тебя, то понял, что она существует.

— Красиво...

— Веришь?

— Нет. Ты думаешь, так бывает — вот сейчас ты мне не нравишься, а когда-нибудь понравишься?

— Ты жестокая, — опять засмеялся Никита, — но, по крайней мере, искренняя. Бывает по-разному. Я знаю только это.

— Может, будем дружить? — растерянно спросила Эля. — У меня как раз нет никого, с кем можно поделиться...

— Рассказать о том, как ты скучаешь о Мите? Я готов выслушать даже это. Но пообещай мне...

— Это несложно пообещать, Никита, — кивнула Эля. — Я понимаю, о чем ты говоришь. Я не смогу его простить. Никогда.

Уже несколько раз она слышала значок сообщения. Телефон лежал рядом, с другой стороны от Никиты. Эля видела начало сообщений.

❖ Прошу тебя...

❖ Эля, прошу тебя...

❖ Ты все не так...

❖ Выслушай, это о другом...

❖ Я сегодня ходил...

Зачем он ей пишет? Ведь она все объяснила. Он думает, ей интересно, куда он сегодня ходил? Все, конец, пути назад нет.

Что-то можно простить, а что-то — нет. Все всё знают, одна деревня. Столько человек их видели с Тосей, та сама так откровенно рассказывает, охотно распускает сплетни, не боясь Деряева, не стесняясь...

— Вот и договорились! — Никита приобнял Элю и сразу сам пересел напротив. — Давай поговорим о деле. В январе будет хороший фестиваль в Стокгольме... Как раз на ваше Рождество, на наше то есть... на православное. Отпустят тебя?

Эля слушала, кивала и набирала сообщение:

❖ Больше не пиши мне.

Нет, это слишком слабо. Надо написать так, чтобы Митя понял, что это конец. Не надо ее трогать, не надо лезть. Она не будет с ним после такого предательства.

❖ Митя, ты мне не нужен. Я тебя не люблю.

Да, вот так. Это правильные слова. Эля некоторое время помедлила и отправила сообщение.

Митя молчал несколько минут, потом написал:

❖ Я подойду сегодня вечером к твоему дому, выйди на минутку.

❖ Ты хочешь меня убить?

❖ Нет, я хочу на тебя посмотреть. В последний раз.

❖ Ахахах! Какая романтика. Хорошо, я выйду. В половине девятого.

— Эля, ты меня слушаешь? Ты с ним переписывалась?

— А? Нет, мне наша классная писала...

— Зря ты так. Покажи мне вашу переписку.

Эля с сомнением протянула Никите телефон.

— Я думаю, такой псих может и убить. Хочешь, я буду с тобой?

Эля посмотрела на Никиту. Это будет хорошая месть Мите за предательство, за Тосю, за то, сколько она плакала этим летом, за все.

— Хорошо, Никит, конечно, спасибо. Вместе к нему выйдем. Хочешь, поехали к нам, папа образец царского хлеба привезет, попробуешь как раз.

— Вот почему ты от обеда отказалась! — засмеялся Никита. — Ну, поехали! А то все говорила «лавочка», «лавочка», я думал, у вас маленькая пекарня, а тут гляди ж ты — целая мануфактура.

— Это меняет дело, правда, Никит? — прищурилась Эля. — И красивая, да и с приданым...

— Ты злая такая стала... В июне ты была совсем другая. Вот какой вред от этого никчемного мальчишки. — Никита погладил ее по руке, забирая пальто из гардероба. — Но это все поправимо. Немножко золота, шоколада, верности... И это точно пройдет. Да?

— Не знаю, — пожала плечами Эля. — Я шоколад не люблю. Как-то к сладкому вообще остыла. Родителям моим предложи, они поесть любят, найдете общий язык.

Никита, посмеиваясь и покачивая головой, открыл Эле дверь. Два высоких кавказца с восхищением проводили ее глазами, цокнули языками, показали большой палец Никите.

— А то! — ответил Никита. — Так что пусть девушка говорит что хочет. Временно кусачая — это не страшная, не кривоногая. Разница есть, правда, Эль?

— Ты что-то сказал? — Эля обернулась к своему другу. — Нет? Мне показалось, значит...

Федор с Ларисой занеслись домой на сорок минут, привезли царский хлеб и еще много разных булок, батонов, плюшек, пирожных — свежих, ароматных, аппетитных.

— Пап, мам, куда столько? — удивилась Эля.

— Так гости же! — весело ответил Федор. — Ну, знакомь. — Отец, потирая руки, вышел в большую гостиную.

— Не понимаю причин такого бурного веселья, пап, — пожала плечами Эля. — Тем более вы знакомы уже.

— А теперь ты представь, как положено! Мать еще не знакома с Никитой Олеговичем...

— Ах, Олеговичем!.. — Эля покачала головой. Ловко Никита обработал ее такого ревнивого и подозрительного отца.

Никита поздоровался с родителями дружелюбно и сдержанно, Ларисе поцеловал руку, подарил букет и вообще вел себя очень скромно. Попробовал царский хлеб, высоко оценил его, подмигнув Эле, но к ней не подходил, рядом не садился. Федор успокоился окончательно, всерьез поговорил с Никитой о трех фестивалях, на которые может поехать Эля, о Никитиных планах на будущее.

— Как у тебя с семейным положением? — между прочим осведомился Федор. — В смысле...

— У меня отец. Мы живем вместе, у нас еще две большие собаки. Мама давно уехала в Канаду. У нее другая семья.

Эля удивленно взглянула на Никиту. Вот это да. Она даже не спрашивала, ей было неинтересно, она была поглощена своими собственными переживаниями. Да ей и сейчас неинтересно, и все время, пока она с Никитой, а особенно когда он пришел в гости, ее не оставляет чувство ужасного, бесстыдного вранья. Эля напряженно взглянула на часы. Двадцать пять минут десятого.

— Пап, мам, я пойду с Бубой прогуляюсь... — небрежно сказала Эля.

— Я с тобой, — тут же встал Никита.

— Да и мы побежали, ты уж извини. — Федор, который сразу же перешел с Никитой на «ты», протянул ему руку. — Линия новая, нужен глаз да глаз...

— Ночью? — удивился Никита.

— Так ночная смена самая ненадежная! К утру же хлеб печем, не останавливаемся.

— Почему другие капиталисты девять месяцев в году живут на островах и оттуда поглядывают за своим делом? — спросила Эля.

— Не знаю, дочка, — засмеялся Федор. — Дело у них явно другое какое-то. Ты уж прости нас. Никита, видишь, дочь у нас заброшена, так что ей забота и ласка не помешают. Участие, внимание...

— Ну, ты даешь, папа! — Эля замерла с щенком на руках. — Заботливый отец, молодец! Куда же твоя ревность подевалась? Ты сплавить меня хочешь, да? Всех денег никак не заработаешь?

— Дочка, ну зачем ты так...

— Да не зачем, папа! Кому все ваши деньги нужны? Куда столько? Вот ты сколько булок можешь съесть за раз? Я — одну.

— Дочка, дочка... — заторопился Федор, на взволнованные голоса вышла и Лариса, переодевшаяся и готовая выезжать.

— Элечка... Ну ты другая, мы и не настаиваем, чтобы ты этим же занималась...

— Ага, я — эскимос!

— Почему эскимос? — засмеялся Никита.

— Эскимосы хлеба не пекут! — ответила Эля.

Родители стали переглядываться, смеяться, совершенно не обижаясь на Элин резкий тон.

— Да ну вас!.. — Эля, не оглядываясь, вышла, за ней поспешил Никита, жестами успокаивая ее родителей, мол, пока она с ним, все будет в порядке.

В маленьком скверике, примыкавшем к их закрытому двору, Эля обернулась. Мити нигде не было видно. Эля спустила собаку.

— Здесь можно гулять с собакой? — удивился Никита. — Прямо так вот?

— У нас все можно, — пожала плечами Эля. — Ты просто забыл. Ты давно, кстати, уехал?

— В третьем классе.

— Забыл, значит. Куда он побежал!.. Буба, ну-ка иди ко мне, не ходи туда! Очень непослушный пока щенок... Буба, Бубенцов, ко мне, ко мне!

— Как оригинально ты назвала щенка... — Никита прикусил губу.

Эля увидела, как из-за дерева появился Митя. Она чувствовала, что он где-то здесь. Услышав свою фамилию, он вышел. Мальчики все-таки дебилы.

— Привет, Бубенцов! — громко сказала Эля. — А я собаку назвала твоей фамилией, ты не против? Мне Никита подарил собаку. Очень дорогую, породистую. И шерсть на ощупь — прямо как твои волосы.

Эля, чувствуя, как от собственных слов кровь приливает к лицу, коротко взглянула на Никиту. Уйдет? Да ни за что, только шагнул к ней. Никита, сдержанно улыбаясь, стоял близко к Эле, но ни за руку, ни за плечи ее не брал.

Митя нерешительно подошел к ним.

— Привет, — сказал он. Подумав, протянул руку Никите.

— Мальчики — дебилы! — уже вслух повторила Эля. — Зачем ты руку ему жмешь? Мужское братство превыше всего? А то, что он ко мне приехал, это нормально? Собачку погладь еще, она не кусается! Тезка твоя! Шалун Бубенцов! Шалунишка!

Щенок прыгал рядом и тявкал, словно поддакивая хозяйке.

Митя пожал плечами, не найдя, что сказать, опустил голову, стал отбрасывать ногой сухие листья.

— Ну, говори, что ты хотел сказать, зачем рвался меня увидеть?

Митя поднял на нее глаза. Чужая. Красивая, злая, совсем чужая. Золотые волосы заплетены сейчас в косу. Коса — как золотая плетка. Митя загляделся. На мягкой замшевой куртке, шоколадно-коричневой — длинная золотая коса, кончик ее так задорно завивается. В свете уличного фонаря было видно, как раскраснелась Эля — от вечернего холода, от гнева... Сердится — хотя бы не отворачивается равнодушно.

— Я хотел тебя увидеть, — сказал Митя, не обращая внимания на Никиту.

— Зачем?!

Тонкие ноздри раздуваются, глаза сверкают от ярости. Красивая, другая совсем.

— Хотел сказать...

— Что?!

— Так, ничего.

Что он скажет, когда она вышла во двор с собакой, которую назвала его фамилией, и с Никитой, их общим знакомым из Юрмалы. Никита приехал в Москву и встречается с ней... Думать об этом сейчас просто невозможно. Не получается думать, перегорает в голове.

— Эля... Давай поговорим... — Митя посмотрел на Никиту. — Никит, мне надо с Элей поговорить...

— Говори... — усмехнулся Никита. — Ты псих такой. Я ее одну с тобой не оставлю.

Что он говорит? Почему он так говорит? Какое он имеет право? Что Митя может сказать? Что... Взрослый, богатый, холеный, успешный Никита и он, сопливый, никчемный, осмеянный... Вон бежит собака по фамилии Бубенцов...

Митя отвернулся и пошел из двора. Больше ему здесь нечего делать. Да, не зря ему отец говорил, еще раньше говорил... Митя остановился. Нет, он так не уйдет. Он должен ей сказать... Сам не знает что...

Мальчик вернулся. Эля так и стояла с Никитой, ничего ему не говоря, молча наблюдая за щенком, который теперь весело возился с мячиком.

— Эля...

— Что? Что ты хочешь еще?

— Вот батя...

Митя от растерянности хотел сказать, что его отец теперь работает художником у них на мануфактуре, уже две недели, разрабатывает новую обертку для традиционных булочек с изюмом... Но Эля, только услышав, что Митя опять заговорил, ни с того ни с сего, о своем отце, взвилась:

— Батя?! Ты хочешь поговорить о своем бате? Зря я тебя пожалела! Зря! Надо было тебе, убогому, показать скульптуру, которую сделал твой батя!

— Скульптуру? — Митя не поверил своим ушам. — Какую? Ты видела скульптуру...

— Да! Да, Митрофан, я видела это убожество, эту ничтожную уродскую фигуру... — Эля с ужасом почувствовала, что не может сдержать слез. Откуда слезы, почему? При чем тут слезы? Она ненавидит его, ненавидит! — Я ненавижу тебя, я ненавижу твое идиотское имя, твою клоунскую фамилию, я ненавижу твоего отца, урода, я ненавижу всю вашу уродскую, бездарную, никчемную, нищую семью, ты понял меня? Уходи вон отсюда, никогда мне больше не пиши, ничего не говори, никогда не приходи, я тебя ненавижу и буду ненавидеть всю жизнь! — Эля отвернулась, подхватила на руки щенка, который с веселым лаем подпрыгивал, глупый, как будто отвечая на каждое Элино слово, и побежала, споткнувшись и еле удержавшись на ногах, домой.

Никита подошел к Мите, ткнул его в грудь, так, что Митя отшатнулся и тоже чуть не упал.

— Вон пошел, ничтожество! — негромко сказал Никита. — И чтоб ты близко к ней не подходил, ты услышал меня?

Митя молча выслушал Элю, молча взглянул на Никиту, не произнеся ни одного слова. Молча развернулся и ушел.

Надо дождаться утра. Утром он поедет и посмотрит на то, о чем он слышал с детства. То, о чем такими страшными словами сказала Эля. Она видела, обманула его, не сказала тогда.

Митя, как во сне, дошел до дома. Отец пытался спрашивать, где он был, почему так задержался в магазине, почему ничего не купил. Митя молча выложил на стол сто пятьдесят рублей, которые ему дали на молоко и хлеб. Он купил Эле шоколадку, ее он тоже выложил. Пусть съедят родители. Шоколадку купил на свои деньги. Он давно ходит пешком и экономит деньги, которые мать дает на троллейбус.

— Митяй, ну-ка... — Отец подступался к нему то с лаской, сграбастывая его в охапку, то дал подзатыльник, то снял ремень и все поигрывал им, растягивал, пробовал в воздухе.

Митя равнодушно сидел в своей комнате, раскрыв книгу на одной и той же странице. «Мастер и Маргарита», там, где про древние времена, самая любимая Митина книга, самая любимая часть. Так все странно, загадочно, так все реально. Так и было, Митя точно это знает. И как хорошо уйти мыслями туда, где как будто остановилось время, где творилась история на многие века вперед, и снова и снова перечитывать эти строчки, зная их наизусть, слыша что-то новое...

Только чтобы не думать о своем, о сегодняшнем дне, из которого просто нет никакого выхода. Завтра он поедет. Но он, кажется, знает, что он там увидит. Может быть, она нарочно сказала, чтобы побольнее его задеть? Но почему-то ему кажется, что не нарочно.

Митя стал засыпать прямо над книгой. Перелег на кровать. Отец, обнаружив, что Митя уснул одетый, растолкал его, заставил раздеться. Митя разделся и снова уснул. Отец снова разбудил его, потому что Митя не вынес мусор и вообще. Не положено у них в семье, чтобы так вот, молча, ничего не говоря, Митя приходил и уходил, ничего не объясняя, вдруг ложился спать, не сказав бате «Доброй ночи». Митя вынес мусор, почистил зубы, постирал себе футболку, сказал бате «Доброй ночи» и лег спать.

Глава 34

Утром он выскользнул еще до того, как стала ворочаться мать. Она привыкла вставать рано, провожая Митю в школу, хотя на работу уходила гораздо позже, но сейчас спала. Митя выпил воды из чайника, сунул в карман два сухаря, взял сбереженные деньги на электричку и автобус и выбежал из дома. Было еще темно и очень холодно. Митя пожалел, что не надел старую зимнюю куртку с меховым капюшончиком. Рукава коротки, на капюшоне — ушки, как у облезлого медвежонка, и похож он в ней на малыша, которого забыли в детском саду, но в ней хотя бы тепло. На улице ноль или даже минус. Под ногами хрустели опавшие листья, замерзшие за ночь.

Наверно, надо было попросить у Эли прощения. Но как — рядом стоял этот парень... Такой холеный, благополучный, так по-хозяйски себя ведет с Элей... Надо было попросить... Надо, чтобы она знала, что он очень жалеет обо всем, что было. Жалеет, что не отвечал ей, жалеет, что встречался с Тосей... Ничего эти встречи ему не дали. Только в душе стало тошно. Тошно и плохо. Но как это сказать, какими словами, чтобы она услышала? Тем более она написала, что не любит его. От обиды написала. Или правда — разлюбила? Так же бывает, наверно. Зачем тогда плакала? Говорила, что ненавидит, и плакала. Он бы тоже не простил такого предательства никогда. Никогда.

Митя как во сне пересаживался с транспорта на транспорт. Была суббота, народу очень мало. Полупустое метро, пустой вагон в электричке — холодно, конец октября, на дачу уже никто не ездит. Митя сидел у окна и вспоминал, как они с Элей ехали вместе — это было как будто совсем недавно, может быть, даже в этом же вагоне... И в то же время очень давно, в другой жизни, в которой еще не было темноватой Тосиной комнатки, запаха, въевшегося ему в кожу — сладковатого, приторного, ни на что не похожего, запаха Тосиной близости.

Митя помотал головой. Черт, черт, зачем все это, как это все случилось, почему? Почему? И что ему теперь делать? А что ему делать с музыкой? С его звездным путем? С залами, полными поклонниц, которых он будет расшвыривать ногами... Зачем вообще женщин расшвыривать ногами... Но отец не может ошибаться... Не может... Он не ошибся, нет, ошиблись те женщины... Вот сейчас Митя пойдет в Гнесинку, во вторник, и там ему другие, хорошие педагоги, не женщины, мужчины — они гораздо больше понимают, у женщин нет логики, нет ума — они ему скажут, что для него открыты двери Музыкальной академии, что он — гений, что все гении сначала считались бездарностями... Потому что простой человек не может понять, что у гения внутри...

Как-то очень плохо от всех этих мыслей... Почему он должен быть гением? Почему он не может быть простым человеком? Почему он должен играть по пять часов в день? У него ничего не получается, он плохо запоминает, его руки не хотят запоминать, не хотят играть, его руки хотят делать что-то совсем другое...

В автобусе, кроме Мити, было только двое женщин. Одна из них, пожилая, но еще не очень старая, все поглядывала и поглядывала на Митю, как будто знала его. Митя даже отвернулся к окну. Женщина же села поближе, на сиденье через проход.

— Видела тебя где-то... Не могу вспомнить где... Ты на похоронах не был?

— На каких похоронах? — похолодел Митя.

— Да хоронили сейчас у нас парня... На тебя похожий...

Митя смотрел на женщину и не мог понять, о чем она говорит.

— Это не я...

— Нет, тот, которого хоронили, не ты, конечно... Просто все друзья на тебя похожие, такие же... А ты из Горяновки?

— Нет.

— А откуда?

— Из Москвы.

— А-а-а... А едешь в Горяновку?

— Нет.

— А куда?

— В Криволепово.

— Нижнее или Верхнее?

— В лагерь, там есть заброшенный рядом...

— А-а-а... лагерь... Был там лагерь, да... А зачем?

— Надо... Там...

Женщина все допытывалась и допытывалась, так рассматривая его, как будто хотела что-то найти в его лице, кого-то, на кого он похож или кого она сначала увидела в нем... Это было очень неприятно. Митя бы вышел, чтобы не продолжать этот разговор, но сколько придется ждать следующего автобуса, он видел расписание, автобусы ходят два или три раза в день.

Наконец Митя с облегчением вышел. В ту же сторону, куда и ему было нужно повернуть, шла какая-то подозрительная компания, Митя переждал, пока они пройдут. Еще не хватало лишних приключений по дороге. Он завернул в магазин, купил сигарет.

— Сколько лет? — спросила продавщица, уже пробивая чек.

— Сто, — ответил Митя.

— Я и вижу, — криво улыбнулась та. — А че такой злой-то с утра, а, дед? Сто лет...

— Жизнь такая, не я такой, — проговорил Митя.

— А я вот не злая... — подмигнула ему продавщица. — Может, тебе еще чего продать? У нас ассортимент... Для столетних как раз... Да посидим потом, покурим, поболтаем... А, красивый? Глаза какие грустные...

Митя молча взял пачку сигарет, сдачу и вышел. Что он им всем дался? Не хочет он больше ни с кем болтать. Митя закурил, но с утра как-то от дыма стало нехорошо, тем более что он не курил с лета, с тех пор, как перестал ходить к Тосе. Митя выбросил сигарету и спрятал пачку. Отцу отдаст, в случае чего. Отцу... Митя с досадой выключил телефон. Не надо, чтобы его сейчас дергали, а отец как раз скоро проснется и забьет тревогу — как же так, Мити нет дома!

Митя перемахнул через забор в том же месте, что и летом. Да, вот здесь перелезала Эля, только трава была зеленая, высокая, цвело что-то белым, куст какой-то, и на поле желтела сурепка, ароматно пахла...

Сейчас в лагере было мрачновато. Еще пару дней, и листьев не останется совсем. Несколько дней были с дождем, поэтому под ногами чавкало, Митя шел по старым дорожкам, усыпанным листьями. Земля поднималась под некоторыми плитками, они качались под ногами. Вот здесь на крыльце он сидел тогда, курил, Эля отошла от него, он еще усмехался: «Ничего, привыкнет, дым она не любит!» Все вообще не так вышло. Все не так...

Митя прошел по боковой дорожке, как тогда шла Эля, и вышел на небольшую площадку, прямо уткнулся в мишку. Маленький мишка, ростом с Митю, или чуть пониже. С толстыми ножками, расставленными широко, как обычно стоит батя, упираясь в землю. Уверенно. Или наоборот. Ногами цепляясь за качающуюся, такую непрочную, ненадежную землю. Вот поднимешь одну ногу, покачнешься и — все, нет тебя. Смоет. Сдует. Унесет.

Митя присел на корточки. «Ф. Бубенцов. На отдыхе». Мишка со сломанным сачком. Или удочкой. Или... смычком? Митя провел рукой по скульптуре. Отец когда-то лепил ее. Старательно, любовно вылепливая цветочки на шляпке у мишки, так рельефно лепя ножки, жирненькие, кругленькие... Зачем? Зачем отец так старался? Это — скульптура, за которую он получил первую премию? Это его знаменитая скульптура?

Митя был готов, и все равно ему стало очень нехорошо. Зачем? Зачем он врал? Зачем Митя привез сюда Элю? Зачем так рвался сам? Зачем отец все это придумал? Зачем, зачем...

Митя сел около мишки. Все-таки выкурил сигарету, от которой заболела голова и стало подташнивать. Сфотографировать мишку ему было нечем, фотоаппарат он брать не стал, пленки все равно нет, другого фотоаппарата у него тоже нет. Да и зачем. Зачем фотографировать эту фигуру. Эля сказала «убожество». Она хотела сделать ему больно. Мишка — симпатичный. Мишка даже очень симпатичный...

Митя почувствовал, что сейчас разрыдается. Нет, так не может быть, потому что отец не мог его так обманывать. Он ему верил!

Отец — гений, все, что он говорит, это правда. Почему? С чего он так решил? Почему он так верил отцу? Отец говорил, что он тоже гений, что Бубенцовы — это лучшие, что тот, кто этого не понимает, он просто глупец и бездарь. А может быть... Может быть, это они с отцом — глупцы и бездари? Они ничего не могут? Они пустые болтуны... Болтуны... И все, что отец говорил про Элю, — тоже неправда, тоже вранье? Про женщин, про то, как они будут сидеть у него под стулом, а он будет пинать их ногой, и та, которая ногу поцелует, оближет, как верная собака, плача и благодаря, она и есть его женщина? Митя засмеялся сквозь слезы. Господи, какой ужас... Какой ужас... Ведь так не может быть...

Мишка ухмылялся, глядя на Митю, и был очень похож на батю, молоденького, самонадеянного, глупого, очень глупого и наглого... Митя отвернулся.

Что ему теперь делать? Что ему делать? Он все потерял, у него ничего нет. У него нет друзей, один глупый Сеня, который играет в компьютер по восемь часов в день и разговаривает, как персонажи игр — никак не разговаривает, тремя словами.

Он потерял Элю, она никогда его не простит, никогда к нему не вернется.

Он зря просидел столько часов в своей убогой комнатке, пиля, пиля, до ломоты, до судорог в скрюченных пальцах, зря — он не музыкант, ему четко и ясно это сказали. То же, что он хочет делать, делать нельзя. Он — бездарь, у него ничего не получается, лепит и рисует он плохо... Почему он так решил? Отец так сказал, но отец же его обманывал...

От невозможных мыслей, от холода — он так и сидел на голой мокрой земле, от дыма — он снова попробовал покурить, от голода Мите стало как-то плохо. Плохо, очень плохо. Впереди ничего нет, ничего нет вообще. Он не видит ничего. Ему просто нечего делать на этой земле. Никакого пути у него нет — ни звездного, ни обычного. Нет, и все. Не зря та женщина говорила о похоронах. Не зря он ее встретил. Только похорон никаких не надо. Нет, не надо.

Да. Митя понял, что ему делать. Да, это единственный правильный и мужественный поступок, который он совершит за свою жизнь.

Митя встал, отряхнул брюки, еще раз взглянул на мишку. Хорошо, что он сюда приехал. Вот и часы, которые остановились на

11.42, не дошли восемнадцать минут до полудня. Тогда он думал, что у них не хватило сил. Теперь он понимает — смысла не было идти. Все было кончено когда-то для этих часов. Старая жизнь кончилась, лагерь забросили. Вот они и остановились. Зачем им было идти? Не за чем.

Митя долго ждал автобуса, уже не чувствуя холода. Мысли как-то приятно теперь крутились вокруг одной и той же точки. Есть спасение, оно такое простое — выход такой простой, очень простой, понятный. Хорошо, что выход есть, выход есть. Он не знал, что делать, а теперь знает. И часы ему то же самое подсказали.

В электричке в сторону Москвы народу было больше, Митя стал отвлекаться — на людей, на посторонние разговоры, опять какие-то женщины хотели с ним разговаривать, смотрели на него, пробовали зазывно улыбаться. Нет, спасибо. Ничего этого больше не надо. Митя вышел в тамбур. Можно, интересно, здесь курить? Пахло сильно табаком, Митя тоже попробовал закурить, но почувствовал, что его сейчас вырвет — ничем, просто слюной, горькой, густой...

Он затушил сигарету, взглянул на мужчину неопределенного возраста, который тоже вышел в тамбур покурить.

— Что, хреново? — спросил тот Митю.

Митя, ничего не говоря, невнятно кивнул и прошел в другой вагон. Не надо его трогать, пожалуйста, не надо его отвлекать, сбивать. У него есть решение. Не нужно ему мешать.

Не замечая дороги, он доехал до своего района, пересел с метро на троллейбус, хорошо, что никого знакомого не встретил. Телефон свой он выбросил в первую же мусорку, выйдя из метро. Телефон ему уже больше не понадобится.

Митя доехал на троллейбусе до ближайшего к мосту перекрестка, оттуда дошел пешком. День был темный, время уже близилось к шести. Неужели он провел столько времени в лагере и дороге? Ну да, часа четыре в одну сторону, пока подождал... Митя отмахнулся от подсчетов, которые неожиданно стала предлагать ему голова. Нет, голова, ты меня с моего пути не собьешь. Мне все равно, сколько я ехал, мне все равно, сколько денег у меня осталось, мне деньги больше не нужны. Митя выгреб всю мелочь, которая оставалась в кармане, отдал бабушке, которая сидела у остановки, продавала поздние яблоки в мешочке. Та даже не удивилась, спросила только:

— Яблоко будешь, сынок?

— Нет, спасибо, — ответил Митя. Услышал свой голос — чужой какой-то, другой.

Ключи... В кармане гремели ключи — он их тоже бросил в мусорку. Пути обратно нет. Он это специально сделал, проверил себя. Да, ключи он бросил спокойно. Митя видел вдали церковь, в просвете между высокими домами, — промелькнула мысль, которая могла бы сбить, отвлечь, помешать... Он прогнал эту мысль. Он не будет ни о чем думать, всё, все мысли его вышли. Вся жизнь его вышла. Вот такая короткая, жалкая, никчемная, никому не нужная, бездарная, бессмысленная жизнь. Ему подарили девушку с золотыми волосами, он ее променял на грязную Тосину комнатку... Митя заставил себя не думать. Это мысли о живом, о том, чего у него больше нет и никогда не будет.

Митя дошел до моста, на который всегда смотрел издалека, мимо которого столько раз ездил на роликах в парк. Моста, похожего на перевернутую арфу... Почему на арфу? Мост похож на упавшую виолончель, лежащую на боку, с порванными струнами, красными, обагренными кровью. Какой грубый символ. Но очень точный. Не Митя его придумал. Мост ведь построили именно в его районе, строили, пока он был маленький, чтобы однажды в конце октября он сюда пришел, встал на широкие, очень удобные перила, последний раз посмотрел на серое, беспроглядное небо, в котором нет ничего, и прыгнул вниз, в ледяную черную воду.

Эля проснулась рано. Разбудили тревожные мысли. Ни о чем в точности. Или это были тревожные сны? Эля полежала-полежала и встала. Родители вскочили, как обычно, тоже рано, уехали. Им что — суббота не суббота — семь дней рабочих. Весело жить! Дружные прекрасные родители делают общее дело, которое растет и крепнет, что плохого? Где-то рядом растет Эля, со своими сомнениями, бедами, страхами. Да, сегодня в душе — только непонятный страх, тревога. Отчего, почему...

Весь день Эля пыталась чем-то заниматься. Читала, делала уроки, вспоминала что-то на фортепиано. Общаться Вконтакте было невозможно — друзья говорили о таких глупостях. Спорили, служить ли девочкам в армии. Мальчики очень настаивали, чтобы ввели такой закон, потому что нечестно... Девочки обещали как можно быстрее родить... Мальчики предупреждали — они помогут, но детей кормить не будут, нечем. И вообще — они еще маленькие, отцами быть не могут, самим нужны няньки. Не согласятся ли девочки быть их няньками... Штанишки им застегивать. А лучше — расстегивать... Наверно, это смешно, но не сегодня. Сегодня Эле это кажется бессмысленным и похабным. Край, за которым — пустота. Если все так, то зачем?

Пару раз звонил Никита, Эле говорить с ним не хотелось. О чем? Всё переговорили вчера. Все ясно, все хорошо. Эля согласна — пусть приезжает. Чем плохо, когда есть такой друг? Да ничем. Наоборот. Все хорошо, все очень хорошо. Позитивно, положительно. Взрослый надежный друг, который еще года четыре с удовольствием поживет, погуляет со своими свободными норвежскими подругами, а потом женится на очень красивой, благополучной русской. И корни в России укрепятся, и денег прибавится, и рядом будет красивая юная жена. Стошнить может от таких позитивных мыслей.

О Мите думать не хотелось. Точнее, хотелось, но Эля не разрешала себе. Что о нем думать? Какой он вчера был жалкий? И все равно, даже такой жалкий он ей нравится. Нет! Да. Нет!!!

Как спорить с самой собой? Чтобы разорвало?

Эля вспоминала, как он смотрел на нее, когда понял, что спаниеля зовут Бубенцов. Ну и что. Это же шутка, что такого... Не шутка, что она его не простила и не простит. Нет, не простит. Это невозможно простить. Пусть живет, как хочет, с кем хочет, идет по своей дороге, дружит со своим замечательным отцом, слушает его бредни, верит в него, как в бога.

Эля несколько раз наливала себе чай, но есть не могла. Она подумала, не заболевает ли. Померила температуру — вроде нет. Есть не хотелось, читать не хотелось. Сделав уроки, ближе к вечеру она решила поехать на дачу, не дожидаться родителей, которые, понятно, застряли на работе, позвонила шоферу, чтобы он через полчаса приехал.

Эля не могла понять, что с ней происходит. Какие-то невнятные, непонятные страхи. То вдруг становилось зябко, то она смотрела в окно, и темнеющее пасмурное небо вдруг начинало покачиваться, и в голове как-то неприятно потрескивало, как далекие цикады, спрятавшиеся где-то в глубине ее черепной коробки, то перед глазами проносились лица — страшные, с закрытыми глазами, как будто покойники. Да что такое! Наверно, вчерашняя встреча с Митей на нее так повлияла... Митя...

Эля неожиданно для самой себя набрала его номер. Вот сейчас он ответит — если ответит, а не сбросит, как сбрасывал ее летом, — то она ему скажет: «Все кончено!» Она уже вчера это говорила, ну и что... Просто услышит его голос, в последний раз... Почему в последний? Потому что все кончено! У Мити телефон был выключен. Ну выключен и выключен, ему же хуже!

Эле было не по себе, она ходила по дому, перекладывала вещи с места на место, взяла и вымыла абсолютно чистый пол в холле, в своей комнате, в гостиной, пол, который через день моет горничная. От работы, от вида влажного сверкающего пола на некоторое время острая нервозность прошла. Но по-прежнему было как-то неспокойно, непонятно, тревожно.

Приехал Павел, позвонил с улицы. Эля взяла сумку и вышла. Да, поедет на дачу, там лучше — сад, поле, лес. Темно, плохая погода — ну и что. Наверняка там все равно будет лучше, пройдет непонятная маета. Затопит камин, будет смотреть на огонь.

— Как поедем, Эль? — спросил Павел. — Как обычно?

— Да. Или... Давайте мимо трамвайных путей.

— А что?

— Ну просто. Не знаю. По времени одинаково.

— Хорошо, как скажешь, — пожал плечами Павел. — Что грустная такая? Заболела?

— Вроде того.

Внутри теперь как будто гудела какая-то тревожная низкая нота. Гудела и никак не замолкала. Тяжело дергало сердце, словно останавливалось и потом начинало быстрее, чем нужно, стучать. И всё что-то гудело внутри, гудело...

— Паш, не слышите, ничего не гудит на улице? — даже спросила Эля.

Павел посмотрел на нее в зеркальце.

— Да вроде нет.

— Значит, у меня в голове все-таки.

Почему так холодно, тревожно, неприятно... Эля смотрела в окно. Стройка, построены семь этажей, серое здание, будет потом цветным, наверняка зеленым, оранжевым, пронзительно-голубым, расцветится к весне или раньше... Всё так раскрашивают у них в районе, как будто балуются дети своими первыми красками... Будут сорок этажей яркой жизни... Еще стройка, сломали старый садик, строят новый. Это же хорошо, да, наверно, хорошо и правильно... Рубят, пилят деревья, лучше не смотреть... Деревья мешают стройке, мешают новой жизни... Строить новую жизнь приехали две бетономешалки, дружно, парой, стоят на перекрестке друг за другом, за ними дымит огромный трейлер, сизым вонючим дымом, проникает в салон даже сквозь закрытые окна.

— Чем только заправился... — покачал головой Павел. Он посмотрел на девушку в зеркальце. — Ну что, гудит в голове? Не заболела, точно?

Эля только пожала плечами. Заболела, и давно. А почему вот сейчас так загудело — непонятно. Она опять отвернулась к окну.

Люди, спешащие домой... — в такую погоду никто не гуляет. Дождя нет, но смурь, влажно, противно, лишнюю минуту на улице не хочется быть, по крайней мере, в городе, где воздух тяжелый, грохот, грязные большие машины, серый липкий туман, пахнущий отработанным топливом.

Красный мост в такую погоду был единственным цветовым пятном на их пути. Черные деревья парка, темная река, серые дома — все яркие пятна растворились в блеклой пелене сумерек, а тонкие красные нити моста были видны издалека даже в наступающей темноте. Эля достала по привычке телефон — сфотографировать, каждый раз получается разный пейзаж.

— Паш, притормозите немного, я сниму...

Эля навела камеру телефона и увидела на экране маленькую фигурку. Она увеличила изображение. Что это? Зачем человек залез на поручни? Как он странно стоит. Он не фотографируется — в руках ничего нет, и никто его не снимает, никого рядом нет...

Мысли проносились с бешеной скоростью в Элиной голове. Что это, зачем... Почему на нем такая знакомая ярко-синяя детская куртка со светящейся полоской на спине, чтобы родители всегда могли найти своего ребенка... Она знает только одного человека в такой куртке. Нет... Нет!!!

— Паша, остановите!

Водитель не сразу понял.

— Остановите!!! — Эля закричала, схватив Павла за плечо.

Тот, чертыхнувшись, резко затормозил.

— Ты что?

Эля, ничего не говоря, выскочила из машины и бросилась через широкую проезжую часть на другую сторону моста.

— Митя! — закричала она.

Вряд ли с такого расстояния он ее услышит, а это, конечно, был он. На мосту машин было мало, но близко, по диагонали, через высокое пластиковое ограждение — начинается трасса, въезд в тоннель, десятки машин, гул...

— Митя! Митя!!!

Эля увидела, как мальчик задрал голову, посмотрел в небо, потом вниз, на секунду замер и прыгнул в воду. До воды — метров пятьдесят, мост высокий. Место это судоходное, очень глубокое. Рядом — красивый старинный парк и усадьба. В ней жили князья древнего рода. Славные, счастливые, несчастные, разные. Кто-то дожил до старости, кто-то проиграл свою жизнь, кто-то остался в книжках — выдуманными историями или настоящими, кто ж теперь это точно скажет.

Эля на секунду задохнулась, не веря своим глазам, потом закричала: «Не-ет!!!» — и бросилась к тому месту, где только что был Митя. Не задумываясь, что делает, она залезла на парапет, который оказался высоким, и с ходу прыгнула за ним.

Три секунды страшного полета, как будто сдирающего кожу, удар о поверхность воды, резко уходишь под воду, не в силах противостоять тяготению, пытаешься что есть силы вынырнуть, где верх, где низ, непонятно, дыхание кончается, обжигающе ледяная, невыносимо ледяная вода, уже нет дыхания, нельзя вдохнуть, нельзя, надо выбраться, руки не слушаются, нет, не хватит сил, не хватит...

Эля вынырнула, задыхаясь, дыша что есть силы, ничего нет лучше, чем глоток воздуха, первый глоток воздуха... Стараясь удержаться на одном месте, в тяжелой, сильно впитавшей воду куртке, она сдернула отвратительно мокрую шапку, которая не соскочила, ни когда она падала, ни в воде, и стала судорожно искать Митю. Он вынырнул, он отлично плавает, он не мог не вынырнуть. Он наверняка отлично плавает... Даже если он и не хочет выныривать, он вынырнул. Эля заметила невдалеке какое-то движение, поплыла туда. Плыть в одежде, ботинках было невозможно, но она плыла. Потому что по-другому поступить было невозможно. Митина голова показалась из воды и снова ушла под воду.

Эля слышала крики сверху. Кричал Павел, еще кто-то. Это очень далеко и высоко. Это совсем другая жизнь. Сейчас вся ее жизнь сосредоточилась на маленьком кусочке реки, где еще несколько секунд у нее есть, чтобы доплыть, чтобы успеть, чтобы сказать, что совершенно необязательно так было поступать, нет, что так нельзя было поступать, что все еще впереди, что все точно впереди, что все можно простить, почти все можно простить, что она его простила, потому что не может не простить, потому что жизнь — одна, короткая, драгоценная, и в ней надо делать то, для чего ты рожден, что хочешь делать, без чего невозможно жить, и быть с тем, без кого невозможно быть, — по тайному, мощному, главному закону нашей жизни... Она все это скажет, потому что она успеет доплыть, руки, скованные ледяной водой, ее донесут, ноги, которые она перестала чувствовать, помогут доплыть, сердце, тяжело стучащее в груди, будет стучать, оно не остановится от невыносимой боли, от невыносимого холода... И она успеет, она обязательно успеет, у нее хватит воли и сил.

Когда не останется сил, хватит любви — чтобы доплыть, чтобы успеть, чтобы сказать самое главное — то, что никак не произносилось, то, что он, глупый мальчишка, так хотел услышать, то, что нельзя говорить каждый день, потому что это — как тайный ключ, тайный код, страшный, всевластный, который может вернуть к жизни, заставить жить, если он настоящий. И только они, эти слова, могут заставить тебя плыть в ледяной черной воде, которая сама как смерть, которая наступает на тебя молчаливой толщей, которая сильнее тебя, но не сильнее тех слов, которые обязательно надо ему сказать, чтобы он вынырнул и помог вынырнуть ей в тот момент, когда перестают слушаться руки, ноги, устает перегонять кровь бешено стучащее сердце, леденеет все тело, и, кажется, сил больше нет, им неоткуда взяться. Если он не повернет голову, если не поверит, что все впереди, все поправимо, кроме смерти, что нельзя ее приближать, она и так всегда где-то рядом, просто мы не знаем об этом, вот как сейчас, когда несколько секунд отделяет от той границы, за которой уже нет возврата к жизни — с серым небом, с голубым небом, с плохими родителями, с хорошими, с любовью или без нее...

Митя все-таки вынырнул и оглянулся. Он не хотел выныривать, он хотел быть там, где не болит, где ничего нет, где ничего не гложет, не мучает, не тревожит. Но он вынырнул. А когда вынырнул — увидел ее. Ему показалось, что он ее увидел. И больше он не захотел обратно в глубину ледяной темной воды. Ее не может здесь быть. Что она здесь делает? Он — где? Может, он уже умер?

— Митя... Митя... — Эля, задыхаясь, с трудом плыла к нему.

— Ч-черт... — Митя попытался сбросить намокшую, вздувшуюся от воды куртку, когда начал расстегивать молнию, снова ушел под воду, вынырнул, хватая ртом воздух. — Элька...

Сверху бегали, кричали люди, завыла то ли сирена «Скорой помощи», то ли пожарная. Ледяная вода сковывала ноги и руки, сил больше не было, но им надо было доплыть до берега. Им...

Митя смотрел на мокрое, бледное Элино лицо, не веря, ничего не понимая.

— Т-ты...

— Не говори ничего... — с трудом произнесла Эля. — Береги силы... Идиот...

— Ты меня простила?

У Эли не было сил ни смеяться, ни плакать, она не чувствовала своего тела и одновременно ощущала дикий холод — как так может быть, непонятно.

— Я умру сейчас от холода... — проговорила она.

— Нет... — Митя подплыл к ней, тяжело дыша. — Прости меня...

— Если я выплыву и не заболею, и не умру от воспаления легких, прощу. Смотри...

Эля сначала услышала громкий шум мотора, потом увидела, как над ними завис вертолет, белый, с яркой оранжевой полоской. Из него показался человек на тросе. Далеко до него, очень далеко. Не доплыть. Митя попытался взять Элю за рукав, помочь ей плыть, но ей стало только тяжелее.

— Нет... — помотала она головой. — Плыви сам...

Вертолет опустился еще ниже, человек медленно спускался. Как будто зависший в воздухе вертолет переместился чуть ближе к ним.

Митя первый доплыл до спасателя, опустившегося на длинном тросе совсем близко к воде, обернулся на Элю. Тот, протягивая ему оранжевый жилет, закричал:

— Попытайся надеть! Руку просовывай! Быстрее! Вторую! Теперь застегивай на защелку!

Митя, то и дело уходя под воду, кое-как справился с жилетом. Спасатель ловко пристегнул его на большой карабин ко второму тросу, который он держал в руке.

— А она? — плохо слушающимися губами спросил Митя.

— Ее тоже пристегнем сейчас. — Спасатель махнул Эльке, изо всех сил старающейся подплыть к ним: — Доплывешь?

— Да...

Спасатель пристегнул Митю и Элю на один и тот же трос, сам обхватил их, и так втроем их подняли в вертолет.

В вертолете Митю и Элю сразу раздели, завернули в одеяла, дали глотнуть обжигающего чая из большого термоса. Эля закашлялась, Митю чуть не вырвало.

— Пей уж, герой! — Тот спасатель, который поднимался с ними на тросе, смотрел на него недоброжелательно, говорил очень громко, из-за шума вертолета его было все равно плохо слышно. — Еще раз так прыгнешь, никто за тобой не прилетит на голубом вертолете, ясно?

— Ясно... — прохрипел Митя.

— Во, видишь... Как неприятно помирать. Ты что хотел-то? Снимал кто полет твой? Что это было? Нарочно прыгал? Акт смелости? Расскажи хотя бы.

Митя ничего не ответил, посмотрел на Элю и помотал головой. Ведь теперь придется жить. И решать все то, что решить было невозможно, что навалилось, смяло его, и от чего он хотел убежать — туда, где ничего не надо решать, потому что там ничего нет. А здесь — есть. Эля с золотыми волосами, мокрыми, свалявшимися сейчас, потемневшими, ее глаза, смотрящие на него с жалостью и... да, наверно, с любовью, но и еще с чем-то, тревожащим, не очень приятным... с осуждением, наверно... Здесь есть батя... Нет, сейчас не надо про него думать... Только не это... Митя опять стал кашлять.

— Напился воды... — покачал головой спасатель. — Ну что, сразу в больницу тебя, значит. Даже домой не заедешь, герой, не расскажешь родакам, какой ты смелый, с моста прыгнул. Родаки есть?

— Есть...

— Оба-вместе?

— Оба.

— А тебя — сразу на коечку да укол в задницу, чтобы на коечке не помереть от обширного воспаления легких или инфаркта.

— Инфаркта? — удивился Митя.

— А что ты думал? В такой ледяной воде обычно сердце останавливается. Сразу не остановилось, хорошо. Но что дальше будет, еще неизвестно. Если себя не жалко, девушку бы пожалел.

— Я не звал ее с собой... — буркнул Митя, поглядывая на Элю.

— То-то я и вижу, ага... А что ж она в воде оказалась? — Он внимательнее присмотрелся к дрожащей Эле. — Красотка такая... Нам сказали, девчонка сиганула второй... Ну вы даете... Вот, правда, поколение с облученными мозгами... Чего вам не хватает? Ты зачем с моста прыгнул? Похвастаться хотел, видео кто снимал или... как?

— Или как, — ответил Митя. — И не надо больше об этом говорить.

— Ах, говорить не надо! Прыгать надо, девчонку с собой тянуть надо, а говорить не надо!

— Я не тянул. Она сама прыгнула.

— Ну, а ты зачем прыгнула? Тоже полежишь на коечке недельку-другую. Не согрелась? — Он поправил на Эле одеяло, которым она была умотана.

— За ним... — Эля говорила с трудом, хотелось спать, и сильно заболели голова и грудь.

— За ним... У него мозгов нет, а ты за ним прыгаешь! Моя бы дочь прыгнула, я бы ей показал потом, где раки зимуют...

— Детей бить нельзя... — вдруг сказал Митя.

— Да я и не бью... — удивился спасатель. — Вот, подлетаем. Сейчас приземляться будем. Уже с носилками к вам бегут, герои. А ты знаешь, да, что детей бить нельзя?

— Знаю, — сказал Митя. — Я своих детей бить не буду.

— Главное, чтобы ты дожил до своих детей и они у тебя были, после сегодняшнего моциона, — усмехнулся спасатель.

Митя вытащил руку из-под одеяла, которым тоже был умотан, потрогал Элины мокрые волосы.

— Ты согрелась?

Эля молча подняла на него глаза.

— Как ты оказалась на мосту?

Девочка молчала.

— Я... Я люблю тебя, — негромко сказал Митя. — Прости меня, если сможешь.

— И облака — не облака, — дымы от тех костров, где прошлое сгорело... — непослушными губами проговорила Эля.

Митя молча смотрел на нее.

— Помнишь, я стихи тебе посылала весной? «...и, выгорев дотла, осталось цело, и эти двое на скамейке — мы». — Девушка провела рукой по откидывающейся кожаной банкетке, на которой они сидели рядом.

— Обалдеть! — хлопнул себя по бокам спасатель. — А мне же на говорит: «Ты, Лёша, со мной в кино не ходишь!» Какое кино! У меня кино каждый день на работе! Прошлое у них сгорело... А ты, пацан, если ты ее любишь, зачем в воду прыгал? Ты знаешь, что еще неизвестно, что теперь с вами будет и что вам отрежут после купания в воде? Температура воды знаешь какая?

— Отрежут? — испугался Митя.

— Отрежут! Тебе отрежут — уши, язык и всякое, что жить мешает. Так, всё. Что там? — Он ответил по внутренней связи, которая была у него в шлеме. — Куда везем? Вот, вас даже в больницу принимать не хотят. Говорят, такие никому не нужны, кто в реку прыгает. Куда? — переспросил он в трубку. — Я понял.

— А куда нас?

Митя посмотрел на крепкого, веселого спасателя. И на второго, молчаливого, который встречал их в вертолете. В возрасте уже, наверно, такой же, как его бедный отец... Надо же, он и не думал, что в этой профессии бывают такие веселые, хорошие люди... Он вообще не думал ни о чем таком раньше, о профессиях не думал, о людях не думал, о жизни другой — той, которая за окном его квартирки, его комнаты с виолончелью, — не думал.

— В Склиф летим.

Эля, зябко кутаясь в одеяло, прикрывая голое тело, с которого в первые минуты спасатели сдернули мокрую тяжелую одежду и накинули большое шерстяное одеяло, приподнялась и посмотрела в окошко. Кажется, пролетели над ее домом. Хотя вряд ли, они же уже давно летят. Дом должен был остаться позади.

Москва, в сумрачной пелене раннего вечера, зажигала огни. На глазах загорались, как огоньки на гирлянде, окна, реклама, виден был экран на высотной башне на Пресненской набережной, да, цветное изображение, она видит его из окна своего дома, как большой телевизор... Потоки машин — белые и красные. Живая движущаяся масса, где-то, в одной из машин, едут ее родители, смеются, перемигиваются, или нет, наверно, им позвонил Павел, и они, держась за руки, плачут, мчатся в больницу, чтобы приехать раньше, чем прилетит вертолет, чтобы сказать ей, как они ее любят, что они пекут хлеб, потому что хлеб — это жизнь, сказать, чтобы она не обижалась на них и не смеялась над ними, потому что они когда-то нашли друг друга, раз и навсегда, и поэтому родилась она, Эля, и она — это их продолжение, даже если она так не считает, если она — эскимос и не хочет смеяться вместе с ними и печь хлеб...

И вот так — в каждой машине, в каждом зажегшемся на ее глазах окне — смеются, и плачут, и надеются, и просят прощения, и отчаиваются, и пытаются найти силы — из ничего, из вчерашнего дня, которого больше нет, из самого далекого забытого детства, которого как будто и не было никогда, силы, чтобы верить и жить, не думая о краткости жизни, о том, что она может оборваться в любой момент, не думая о том, как она бывает несправедлива, жить, чуть-чуть, как птица — петь от полноты бытия, пытаться ощутить эту полноту во всем — даже в сумрачном осеннем дне, в чавкающей земле под ногами, во взвеси городского смога, жить, как Бубенцов — не ее несчастный друг Митя, а веселый глупый щенок Буба, радостно тявкающий в ответ на злые, несправедливые слова. Иногда иначе не прорваться сквозь сумрачную пелену, сквозь унылую беспроглядность осени, сквозь понятную конечность жизни, сквозь ее бесконечную несправедливость.

Но ведь прорваться надо. Потому что ничего нет бесценнее этого короткого кусочка бытия, наполненного страстями, кровью, дыханием, болью, надеждой и тем горячим, тайным, непознанным, не поддающимся разгадке, той мукой и радостью, благодаря которой каждый из нас когда-то появился на свет.

— Прилетели, гаврики! — Спасатель неожиданно подошел к ним и погладил по головам. — Какие же вы оба красивые, надо же... Хорошо, что не утонули. Жаль было бы достать из воды ваши вздувшиеся трупы.

Эля вздрогнула от слов спасателя, Митя усмехнулся.

— Как мокрые ангелы, право слово! — Спасатель покачал головой. — Живите, ладно? Обещайте глупостей больше не делать и жить очень долго.

Митя протянул Эле руку. Та, чуть помедлив, взяла ее.

— Тебе, герой, сколько лет? — спросил спасатель, собирая их мокрую одежду в страшный черный мешок.

— Семнадцать скоро будет. — Митя с ужасом смотрел на этот мешок. Такими мешками когда-то его пугал отец, когда Митя был маленький. На бульваре в них собирали листья, а Филипп говорил — там мальчики, которые не слушаются своих отцов. Их отвезут за город и закопают. Или сожгут.

— Вот, даю тебе... — спасатель прикинул, — не меньше семидесяти лет, чтобы быть счастливым и сделать счастливой эту девушку. Получится?

Митя неуверенно кивнул.

— Я постараюсь.

— Старайся, парень, старайся. Иначе в нашей жизни не получается.

Эля улыбнулась. Смешные какие мужчины все-таки. И маленькие, и уже большие. Им иногда кажется, что все в жизни происходит по их воле. Они забывают, что есть что-то, что больше их, выше их, сильнее, что-то, с чем бороться они не в силах. Что-то, от чего они не могут убежать, как бы ни пытались.

— А тебе, красавица, даю полтора дня, чтобы выздороветь и быть счастливой, начиная с понедельника и до конца твоей долгой жизни. Договорились?

— Значит, мне — семьдесят лет, а ей — полтора дня? — удивился Митя.

— Я тебе потом объясню, — засмеялась Эля. — Это очень просто. Зависит от того, как считать... И как жить.

Август — ноябрь 2015 г.
Паланга, Москва

Литературно-художественное издание

ТАМ, ГДЕ ТРАВА ЗЕЛЕНЕЕ... ПРОЗА НАТАЛИИ ТЕРЕНТЬЕВОЙ

Терентьева Наталия Михайловна

СТРАСТИ ПО МИТРОФАНУ

Роман

Книга издана в авторской редакции

Редакционно-издательская группа «Жанры»
Зав. группой *М. Сергеева*
Ответственный за выпуск *Т. Захарова*
Технический редактор *Г. Этманова*
Компьютерная верстка *Е. Мельниковой*

ООО «Издательство АСТ»
129085 г. Москва, Звездный бульвар, д. 21,
строение 3, комната 5

Наш электронный адрес: www.ast.ru
E-mail: astpub@aha.ru

«Баспа Аста» деген ООО
129085 г. Мәскеу, жулдызы гулзар, д. 21, 3 құрылым, 5 бөлме
Біздің электрондық мекенжайымыз: www.ast.ru
E-mail: astpub@aha.ru

Қазақстан Республикасында дистрибьютор
және өнім бойынша арыз-талаптарды қабылдаушының
өкілі «РДЦ-Алматы» ЖШС, Алматы қ., Домбровский көш., 3«а», литер Б, офис 1.
Тел.: 8(727) 2 51 59 89,90,91,92,
факс: 8 (727) 251 58 12 вн. 107;
E-mail: RDC-Almaty@eksmo.kz
Өнімнің жарамдылық мерзімі шектелмеген.

Өндірген мемлекет: Ресей
Сертификация қарастырылмаған

Подписано в печать 14.12. 2015. Формат 84x108^1/$_{32}$.
Гарнитура «Newton». Печать офсетная. Усл. печ. л. 21,84.
Тираж 3000 экз. Заказ № 1753.

Отпечатано в ОАО «Можайский полиграфический комбинат».
143200, г. Можайск, ул. Мира, 93.
www.oaompk.ru, www.oaompk.рф тел.: (495) 745-84-28, (49638) 20-685

ИНТЕРНЕТ-МАГАЗИН
shop.ast.ru
shop.ast.ru
А С Т

ISBN 978-5-17-095019-5

9 785170 950195 >

16+

МиЛАНаз, Хорошая книга, поправила
любовная история.